Knaur.

Im Knaur Taschenbuch Verlag erschienen bereits
Caiseal Mórs historische Romane

Der Schwur des Kreuzfahrers
In der Hand der Tempelritter

sowie seine Fantasy-Serie *Die Wanderer*. Eine Übersicht über diese Serie finden Sie ab Seite 718.

Über den Autor:
Caiseal Mór wurde zwar in Australien geboren, wuchs aber als So irischer Eltern mit den Traditionen der gälischen Musik und des schichtenerzählens auf. Er lernte bereits als kleines Kind, die Har spielen, so wie es in seiner Familie seit Generationen üblich ist. schloss er sein Studium an der University of Western Sydney ab hat seitdem als Schauspieler, Lehrer und Musiker gearbeitet. Informationen finden sich auf seiner Homepage:
http://www.home.aone.net.au/caismor/caiseal.html

CAISEAL MÓR

Der Barde der grünen Insel

Roman

Aus dem Englischen von
Michaela Link

Knaur Taschenbuch Verlag

Die australische Originalausgabe erschien 1999 unter dem Titel
Carolan's Concerto bei Random House Australia Pty Ltd.

Besuchen Sie uns im Internet:
www.knaur.de

Deutsche Erstausgabe 2004

Redaktion: Alexander Groß
Umschlaggestaltung: ZERO Werbeagentur, München
Umschlagabbildung: FinePic
Satz: Ventura Publisher im Verlag
Druck und Bindung: Nørhaven Paperback A/S
Printed in Denmark
ISBN 3-426-62655-1

2 4 5 3 1

A toast to the three sacred pastimes
of old Irland:
music, storytelling and whiskey

(Ein Hoch auf die drei heiligen Beschäftigungen
des alten Irland:
Musik, Geschichtenerzählen und Whiskey)

Toírdhealbhach Ó Cearbhalláín

Turlough O'Carolan
1670–1738

Kapitel 1

Sein Atem ging stoßweise und seine Lungen schmerzten. Der junge Mann krümmte sich und rang, die Hände auf die Knie gestützt, nach Luft. Seine Brust drohte von den quälenden Anstrengungen seiner wilden Flucht zu bersten. Auf dem kahlen, baumlosen Hügel verfluchte er seine schmerzenden Beine, während ihm der Nieselregen übers Gesicht rann.

Mit einem Stöhnen versuchte er, sich wieder aufzurichten, sah sich hastig um und beugte sich dann abermals vor, um den Krampf in seinen Lungen zu lösen. Seine Kleidung war ihm hinderlich. Die modischen Rockschöße seines langen, dunkelgrauen Mantels erschwerten das Laufen, und die breiten, geknöpften Manschetten beeinträchtigten die Bewegungsfreiheit seiner Arme.

Der junge Mann überlegte, ob er sich seines Gehrocks auf der Stelle entledigen sollte, aber dann würden die Soldaten das Kleidungsstück gewiss finden und ihn aufspüren. Außerdem würde er das gute Stück in Dublin noch brauchen.

Er blickte zurück zum Fuß des grünen, von Wind, Wetter und den Jahrhunderten glatt geschmirgelten Hügels. »Edward«, schalt er sich, »du bist ein verfluchter Narr.«

Wassertropfen sammelten sich auf seinem Kinn und spritzten auf sein langes schwarzes Wams. Seine Kehle war trocken, seine Hände waren geschwollen, und das Herz schlug ihm wie wild. In der Hand hielt er immer noch die blutbespritzte Pistole.

Edward betrachtete das Steinschloss und versuchte sich

zu beruhigen. Aber er war zu berauscht von seinem Erfolg und hatte gleichzeitig zu große Angst, um einen kühlen Kopf zu bewahren. Er richtete sich auf, hob den Kopf ungeachtet des Regens gen Himmel und hielt sich die Pistole vors Gesicht.

Er hatte nicht damit gerechnet, dass es so viel Blut geben würde. Er hatte noch nie zuvor einen Mann erschossen. Er hatte nicht einmal mit angesehen, wie ein Mann erschossen wurde. »Ich habe den Bastard umgebracht«, stieß er atemlos und triumphierend hervor und fuchtelte mit seiner Pistole herum. Dann warf er die Waffe mit aller Kraft den Hang hinab. Anschließend schüttelte ihn ein heftiger Hustenanfall. »Lang lebe Irland!«, keuchte er, als seine Lunge wieder frei war, dann krümmte er sich abermals. Edward fuhr mit der Hand über die andere Pistole in seinem Gürtel, um sich davon zu überzeugen, dass sie immer noch sicher befestigt war. Auf diesem mit Gras bewachsenen Hügel fühlte er sich wie ein König, der sich soeben ein Königreich erstritten hatte.

»Bei Gott!«, rief er heiser und voller Jubel in den Himmel. »Ich bin ein verdammter Held!«

Die Arme weit von sich gestreckt, drehte er sich um, um der Welt seine Herausforderung entgegenzubrüllen. Aber er hatte den Mund noch nicht geöffnet, da sah er keine hundert Meter hinter sich etwas leuchtend rot aufblitzen. Ein scharfer Stich der Furcht durchzuckte ihn.

Soldaten.

Er blinzelte, in der Hoffnung, dass er sich die rot berockten Teufel mit ihren schwarzen Dreispitzen nur eingebildet hatte. Aber nachdem er sich die Augen gerieben hatte, waren die Engländer immer noch da. Und jetzt strebten drei von ihnen mit schnellem Schritt hügelan auf ihn zu, die gefüllten Zündpfannen ihrer Musketen sorgfältig mit den schmutzigen Fingern bedeckt, um Zündstein und Pulver im Regen trocken zu halten.

Edward wusste, dass er ein toter Mann war, wenn er die Soldaten so nahe herankommen ließ, dass sie auf ihn schießen konnten. In der Hoffnung auf einen kräftigen Schauer suchte er hastig den Himmel nach Wolken ab. Dann nahm er die Pistole aus seinem Gürtel, überprüfte das Pulver in der Pfanne und schob sich die Waffe wieder unter den Mantel.

Ohne noch einen weiteren Atemzug auf Flüche oder Selbstbeglückwünschungen zu vergeuden, wandte er sich von der drohenden Gefahr ab und floh, so schnell ihn die Füße trugen, die andere Seite des Hügels hinab. Der Dreispitz aus feinem Filz, den er in Dublin zu einem hohen Preis erstanden hatte, flog ihm vom Kopf und landete das Unterste zuoberst auf dem nassen Boden. In seiner verzweifelten Hast bemerkte der junge Rebell kaum etwas davon.

Da sein Hut nun fort war, lockerte sich das schwarze Band, mit dem er sein glattes, aschblondes Haar im Nacken festhielt. Die feinen Strähnen fielen ihm über die Augen und behinderten seine Sicht, so dass er kaum noch den Boden vor sich sehen konnte. Er strich sich das Haar aus der Stirn und rannte weiter, indessen der Regen wieder einsetzte, ein schwerer Guss, der alles durchnässte und ihm hochwillkommen war.

Es scherte ihn nicht, dass der Schauer seine feinen Kleider verdarb. Nässe war die Geißel aller Musketenschützen. Solange der Regen weiter schwer und gleichmäßig vom Himmel fiel, würden die Rotröcke ihre Steinschlossgewehre nicht auf ihn anlegen. Sie würden keinesfalls das Risiko eingehen, dass ihnen das Pulver oder der Feuerstein nass wurde.

Der junge Mann stolperte hastig den Hang hinunter und hielt auf das Flüsschen zu, das an seinem Grund verlief. Am anderen Ufer stand eine Kuh und stillte – völlig unbeeindruckt von der Verfolgungsjagd – ihren Durst.

Weiter ging es über Bülten und Steine. Aber Schuhe aus feinstem englischem Leder taugen für die Straßen von London, Bath oder Dublin. In der rauen Natur Irlands sind sie eine eher hinderliche Extravaganz. Der gut gekleidete Rebell war noch nicht sehr weit gekommen, als seine glatten Sohlen ihm auf dem durchweichten Boden zum Verhängnis wurden. Er rutschte aus und schlug mit dem Rücken auf dem Boden auf.

Während er noch dalag und um Luft rang, hatte ein frischer Wind die Regenwolke weitergetrieben. Als er aufstand und sich seine schmerzende Kehrseite rieb, fielen die letzten Tropfen. Er schüttelte den Schmutz von seinen Rockschößen, starrte zum Himmel empor und wagte es dann, vorsichtig nach den Rotröcken Ausschau zu halten. Aber es war nichts von ihnen zu sehen. Ihn durchzuckte der Gedanke, dass sein Schuhwerk ihm so sicher den Tod bringen würde wie eine Unze Blei, aber bevor er die Schuhe ausziehen konnte, rief ihn eine raue Stimme beim Namen.

»Edward Sutler, bleibt stehen, im Namen des Königs!«

Edward sah sich nicht um. Die Rotröcke mussten die Kuppe des Hügels inzwischen erreicht haben. Er heftete stattdessen den Blick auf die Kuh, die noch immer in aller Gemütsruhe von dem Wasser des Flusses soff, und hielt direkt auf sie zu. Er strauchelte abermals und hatte sich kaum wieder aufgerappelt, als ein scharfer, sirrender Laut die Luft durchschnitt. Es klang so seltsam, dass er wie angewurzelt stehen blieb.

Edward wandte sich in Richtung des schrillen Kreischens. Im nächsten Augenblick spritzte keine drei Meter rechts von ihm Erde auf und verteilte sich bis auf seine Strümpfe. Einen Sekundenbruchteil später folgte ein scharfes Krachen. Der Schuss einer Muskete.

»Allmächtiger!«, zischte er, während seine Gedärme sich vor Furcht zusammenkrampften.

Etwa auf halbem Wege den Hügel hinunter ließen sich zwei englische Soldaten auf die Knie nieder, um auf ihn zu zielen. Das Gesicht des dritten Mannes war hinter einer Wand aus weißem Qualm verborgen. Aus der Mündung seiner Waffe quollen weitere dicke Rauchwolken. Noch während all das geschah, riss der Himmel über den Rotröcken auf, und die Sonne schien auf die Erde hinab, als hätte sie sich plötzlich mit ihnen verbündet.

»Ich bin ein toter Mann«, stöhnte der junge Rebell. »Es schert sie nicht, ob sie mich tot oder lebend erwischen.«

Edward drehte sich um, um einmal mehr sein Heil in der Flucht zu suchen, als eine zweite Musketenkugel zischend in seine Richtung flog. Er konnte vor dem tödlichen Bleiklumpen nicht weglaufen, daher betete er, dass die Soldaten, da sie schon vom Wetter begünstigt waren, sich nicht auch noch als gute Schützen erweisen würden.

Wenn sie mich hängen, wäre das noch schlimmer, sagte er sich, schlimmer jedenfalls als eine Musketenkugel im Rücken. Beide Möglichkeiten waren grauenvoll. Aber Henker waren nicht immer so geschickt, wie manch einer sich das vorstellte.

Die Kuh blickte vom Wasser auf, gestört durch den jungen Mann, der ihr plötzlich so nahe kam. Sie konnte Edwards Furcht wittern, und es war ein Geruch, an den sie nicht gewöhnt war. Die Kuh brüllte laut, um ihn zu verschrecken.

Jetzt sah der Rebell auch den Wald am anderen Ufer des Flusses, und er schöpfte neue Hoffnung. Wenn er es erst einmal geschafft hätte, dort in Deckung zu gehen, wäre er in Sicherheit. Bevor die Rotröcke den Wald gründlich durchsucht hatten, konnte er schon lange fort sein.

Er watete in den Fluss hinein, wo das Wasser ihm bis über die Knie stieg, und kämpfte sich gegen die Strömung auf die andere Seite hinüber. Aber mit seinen vornehmen Schuhen fiel das Gehen ihm schwer, und sein langer Mantel hing in der Strömung. Außerdem war das Wasser so kalt, dass ihm die Zähne klapperten.

Auf halbem Weg durch den Fluss blickte der junge Rebell noch einmal zurück. Ein Soldat stand bereits unten am Fuß des Hügels und lud gerade seine Muskete nach. Edward zog seine Pistole, denn ihm war vollauf bewusst, dass er ein leichtes Ziel abgab. Er hielt die Waffe in die Höhe, drückte den Arm gerade durch, wie man es ihm beigebracht hatte, und neigte ihn ein wenig nach links, damit das Pulver nicht aus der Pfanne laufen konnte. Er atmete tief ein, zielte genau und zog den Abzug durch.

Nichts geschah.

Edward fluchte, dann zog er den Hahn zurück, bis er mit einem Klicken einschnappte. In seiner nervösen Hast hatte er vergessen, die Waffe zu spannen. Jetzt richtete er die Pistole abermals auf den Soldaten am gegenüberliegenden Ufer, der seinen Ladestock beiseite gelegt hatte und jetzt die Pfanne mit Pulver füllte.

Edward zielte bedächtig und drückte dann sanft den Hahn durch. Der Hahn mit dem Feuerstein senkte sich auf die Pulverpfanne. Der Feuerstein rieb über die Schlagfläche und öffnete damit die Pulverpfanne. Funken stoben auf, das Pulver in der Pfanne entzündete sich, und eine kleine weiße Rauchwolke quoll daraus hervor. Dann herrschte absolute Stille. Die Ladung im Lauf hatte sich nicht entzündet und war nicht explodiert.

»Heiliger Himmel!« Fluchend schleuderte er die nutzlose Waffe in den Fluss und drehte sich um, um wegzulaufen.

Gerade in diesem Moment hörte er noch einmal das stetige, schrille Zischen einer Musketenkugel. Aber diesmal drehte er sich nicht um. Er war entschlossen, die andere Seite des Flusses zu erreichen, und die Furcht vor dem englische Blei würde ihn jetzt nicht mehr aufhalten.

In diesem Augenblick trat er auf einen unter dem Wasser verborgenen Stein. Edward spürte, wie er leicht unter ihm nachgab, während die Strömung jetzt deutlicher an seinem Mantel zog. Dann fuhr ihm ein scharfer Schmerz durch den Knöchel. In der nächsten Sekunde stürzte der junge Rebell mit dem Gesicht nach vorn in das dahinbrausende Wasser.

Während Edward fiel, hörte er das laute Krachen einer weiteren Muskete. Sein Herz setzte einen Schlag aus, und er blieb mit angehaltenem Atem, das Gesicht im Wasser, reglos liegen. Der Fluss zog ihn ein paar Sekunden lang mit sich, bevor er es wagte, wieder nach Grund unter seinen Füßen zu tasten. Es erstaunte ihn, dass er keinen Schmerz verspürte.

Bin ich tot?, fragte er sich, während er sich langsam aufrichtete, um sich die nassen Haarsträhnen aus den Augen zu streichen.

Dann sah er, dass das Wasser um ihn herum leuchtend

rot war. Er griff sich ans Gesicht; es war über und über mit Blut bedeckt, das die gleiche Farbe hatte wie die Jacken der Soldaten.

»Es ist aus mit mir«, murmelte er, während er sich bemühte, trotz des Gewichts seines durchweichten Mantels nicht den Halt zu verlieren. »Sie haben mich getroffen.«

»Was seid Ihr denn für ein Simpel?«, blaffte ihn eine fremde Stimme mit schwerem irischem Akzent an. »Oder habt Ihr Euch bei Eurem Sturz den Kopf verletzt?«

Edward blickte auf und sah einen hoch gewachsenen Mann mit schulterlangem rotem Haar auf der anderen Seite des Flusses stehen. Der Fremde trug einen schwarzen, schlammbespritzten Mantel, der schon bessere Tage gesehen hatte. Das zerlumpte Kleidungsstück gab ihm das Aussehen eines armen Bauern. Die Hände in die Hüften gestemmt, starrte er Edward mit finsterer Miene an.

»Wer seid Ihr?«, fragte der Rebell verwirrt.

»Mein Name ist Daniel McHugh«, antwortete der Fremde. »Und Ihr befindet Euch ohne Erlaubnis auf dem Land meiner Familie. Wer seid Ihr?«

»Edward«, begann der junge Rebell, aber bevor er seinen Satz beenden konnte, lenkte ein jämmerliches Stöhnen ihn ab. Drei Meter von ihm entfernt lag auf dem kiesbedeckten Ufer die große braune Kuh, die noch kurz zuvor in aller Gemütsruhe aus dem Fluss getrunken hatte. Aus einer üblen Wunde an ihrem Hals quoll dunkles Blut ins Wasser. Es dauerte ein paar Sekunden, bevor Edward sich einen Reim auf dieses schreckliche Bild machen konnte. Dann stieß einen tiefen Seufzer der Erleichterung aus. Das Blut im Wasser stammte nicht von ihm.

Kaum war der junge Rebell zu dem Schluss gekommen,

dass er nicht tödlich verwundet war, erregte auch schon eine Bewegung am Rand des Waldes seine Aufmerksamkeit. Zwei weitere rothaarige Männer, die ebenfalls schwarze Mäntel trugen, kamen aus dem Gebüsch gesprungen und schwenkten, bereit zum Kampf, ihre Gehstöcke.

Edward kam schnell zu dem Urteil, dass es sich bei den drei Männern um Brüder handeln müsse. Ihre Ähnlichkeit untereinander war unübersehbar. Der jüngste der drei ließ sich sofort neben der sterbenden Kuh auf die Knie nieder, strich ihr sanft über den Kopf und flüsterte ihr beruhigende Worte zu. Der andere Mann trat hinter das Tier und schüttelte ungläubig den Kopf. Alle drei hatten leuchtend grüne Augen, die jetzt vor Zorn loderten.

Der hoch gewachsene Mann, den Edward als ersten der drei gesehen hatte, ging zielstrebig auf den Fluss zu. Sein Gesicht war rot vor Wut, und Edward zweifelte nicht daran, dass er auf Mord sann.

»Wie heißt du, Junge?«, verlangte Daniel McHugh zu wissen. »Woher kommst du?«

»Edward Sutler aus Dublin«, erwiderte der Rebell und versuchte, gleichzeitig aufrecht stehen zu bleiben und sich zu verbeugen. »Ich bitte Euch um Hilfe, Sir, denn wie es aussieht, bin ich unter die Räuber gefallen.« Dann brachte ihn die Strömung abermals zu Fall, und er hatte beträchtliche Mühe, den Kopf über Wasser zu halten.

Daniels Gesichtsausdruck veränderte sich jäh, als irgendetwas hinter Edward seine Aufmerksamkeit erregte. Der rothaarige Bauer drehte sich um und wechselte ein paar Worte mit einem seiner Brüder, die Edward jedoch nicht verstand. Dann watete Daniel direkt in den Fluss hinein, um dem jungen Rebellen die Hand hinzuhalten.

»Es sind in der Tat Diebe; sie gehören einer schurkischen Rasse an, die mit ihren Kriegen und ihrer Verschlagenheit die heilige Erde besudelt. Könnt Ihr mehr von ihnen erwarten als Raub?«

Daniels Augen wurden schmal. »Was habt Ihr in Eurem Besitz, das die Rotröcke haben wollen?«

»Ich habe nichts«, beteuerte Edward. »Möglich, dass ich auf dem Marktplatz ein paar voreilige Worte gesagt habe, an denen sie, wie ich bei näherem Nachdenken einräumen will, vielleicht Anstoß genommen haben. Und jetzt zahle ich den Preis dafür, dass ich meine Einsichten anderen mitgeteilt habe.«

Der rothaarige Mann schnaubte. Offensichtlich glaubte er kein Wort von dieser Erklärung. »Wenn Ihr auch nur über einige bescheidene Einsichten verfügtet, hättet Ihr Euch gar nicht erst mit Rotröcken eingelassen.«

Der Bauer lächelte ein wenig, als Edward sich hochrappelte, und der junge Rebell begriff instinktiv, dass dieser Mann seine Geschichte zwar nicht schlucken mochte, dass er aber höchstwahrscheinlich Verständnis für seine missliche Lage hatte.

»Keine Angst, sie werden Euch auf diesen Ländereien nicht anrühren«, versicherte Daniel ihm mit beruhigender Zuversicht. »Mein Großvater würde den Soldaten das Fell abziehen, wenn sie Euch auch nur ein Haar krümmten. Tretet hinter mich, und ich schicke sie weg. Meine Brüder und ich werden dafür sorgen, dass Euch kein Leid geschieht.«

Kaum hatte der Fremde diese Worte ausgesprochen, als auch schon die beiden anderen Soldaten keuchend und atemlos neben ihrem Kameraden am Fuß des Hügels anlangten. Der Rotrock, der den letzten Schuss abgefeuert hatte, lud bereits seine Muskete nach. Er trug drei breite weiße Streifen auf dem Ärmel, die ihn als Sergeant auswiesen, und erledigte seine Aufgabe mit großem Geschick.

»Steht nicht herum und haltet Maulaffen feil«, brüllte der Sergeant die beiden anderen Soldaten an, »ladet eure Musketen nach, und zwar schnell!«

Binnen Sekunden war die Pulverpfanne des Sergeants wieder gefüllt. Der alte Soldat hob seine Waffe, spannte den Hahn und richtete das Gewehr direkt auf Edward. Die beiden anderen standen in sicherem Abstand am Ufer und machten gewissenhaft ihre Musketen wieder schussbereit.

Der junge Rebell taumelte rückwärts aus dem Wasser und trat wie geheißen hinter Daniel.

»Im Namen Seiner Majestät, König George des Dritten seines Namens«, rief der Sergeant und drückte sich den Kolben seiner Muskete an die Schulter, »ergebt Euch ohne Widerstand, oder ich blase Euch ein Loch in den Leib so groß wie das in dieser Kuh.«

»Seid mir gegrüßt«, erklärte Daniel ungerührt und trat vor die Mündung des Gewehrs. Dann hielt er dem Soldaten die Hand hin, als hätten sie sich alle bei einem Jahrmarkt getroffen und wollten sich den Nachmittag damit vertreiben, sich am Ale gütlich zu tun.

Der Sergeant brummte etwas Unverständliches und watete in den Fluss hinein, um Edward zu stellen. Die ganze Zeit über achtete er sorgfältig darauf, dass seine Muskete trocken blieb.

»Was hat dieser Junge getan, dass es einen Sergeant und zwei gemeine Soldaten braucht, um ihn gefügig zu machen?«, fragte Daniel unschuldig und mit dem Anflug eines Lächelns auf dem Gesicht.

»Er ist ein Verräter, ein Mörder und ein Rebell«, erklärte der Sergeant schroff. »Er hat Major D'Arcy kaltblütig niedergeschossen, heute Morgen nach dem Wachwechsel. Colonel Cumberland hat zehn Pfund Belohnung auf seinen Kopf ausgesetzt. Tot oder lebendig. Ich habe den größten Teil des Tages darauf verwandt, den Schurken zu verfolgen.«

Daniel zog die Augenbrauen hoch und drehte sich um, um seinen Gehstock aufzuheben. Während er sich nach dem Stock bückte, neigte er den Kopf leicht in Edwards Richtung, eine Geste, die man entweder als Glückwunsch oder als Hohn deuten konnte.

»Zehn Pfund, wie?«, rief er und griff sich dann nachdenklich ans Kinn. »Tot oder lebendig?«

»Tot oder lebendig«, bekräftigte der alte Soldat. »Und ich habe die Absicht, die Belohnung selbst zu kassieren.«

»Nun, Sergeant«, erwiderte Daniel mit einem leichten Kopfschütteln, »ich fürchte, ich kann Euch nicht gestatten, diesen Jungen zu Eurem Colonel zurückzubringen. Er ist ein Gast meines Großvaters, und es wäre sehr nachlässig von mir, ließe ich ihn in Eure Hände fallen. Eine solche Unachtsamkeit würde den gastfreundlichen Ruf meiner Familie gewiss ruinieren.«

»Und wer, in Gottes Namen, seid Ihr?«, knurrte der Soldat, ließ die Muskete jedoch ein wenig sinken.

»Squire Daniel Connor McHugh. Ihr dürft mich einfach Daniel nennen, wenn Ihr wollt. Das sind meine Brüder, Finbar und Francis«, fügte er höflich hinzu und deutete mit einer weit ausholenden Handbewegung auf die beiden anderen Männer.

Der Sergeant trat vor und richtete die Mündung seiner

Muskete nun nicht länger auf den Rebellen, sondern direkt auf die Brust des hoch gewachsenen Mannes.

»Ihr seid kein verfluchter Squire«, lachte der Soldat. »Ihr seid nichts als ein jämmerlicher Bauer, der hier draußen Torf für seine Familie schneidet.«

»Das Land, auf dem Ihr steht, gehört den McHughs«, informierte Daniel ihn. »Und ob wir Bauern sind oder Squires, ich wäre Euch dankbar, wenn Ihr unsere Rechte respektieren wolltet.«

»Eure Rechte?«, fragte der Sergeant mit einem Grinsen. »Welche Rechte? Ihr seid Iren, habt Ihr das vergessen?«

»Es ist Euch nicht gestattet, unser Land ohne unsere Erlaubnis zu betreten«, erklärte Daniel. »So will es das Gesetz. Es schert mich nicht, wie viele weiße Streifen Ihr auf Eurem Arm habt oder wie viele Musketen Ihr auf uns richtet. Ihr seid dem Gesetz untertan, geradeso, wie ich es bin.«

»Ich bin das Gesetz, McHugh«, lachte der Soldat, dann veränderte sich sein Gesichtsausdruck plötzlich. »McHugh«, wiederholte er mit einem Stirnrunzeln. »Jetzt erinnere ich mich, wo ich schon einmal von Eurer Familie gehört habe. Ihr seid Patrick McHughs Sohn. Ich habe Euren Vater letztes Jahr gesehen – in Ketten auf einem Gefangenenschiff. Er war ein Mörder und Verräter. Ein blutrünstiger Lump, wenn es je einen gab.« Seine Miene hellte sich auf. »Ich bin über ein verdammtes Rebellennest gestolpert«, flüsterte er ungläubig. »Das wird mir mehr einbringen als lächerliche zehn Pfund.«

»Mein Vater war ein ehrlicher Mann, der unter die Räuber gefallen ist«, erklärte Daniel, sorgsam darauf bedacht, sich keinerlei Gefühl anmerken zu lassen. Dann trat er kühl und herausfordernd auf den Sergeant zu, bis die Mündung der Muskete seine Brust berührte.

Der Engländer war ein gut Teil kleiner als Daniel, und er schluckte hörbar, als der Ire vor ihn trat. »Euer Vater wird dort, wo er hinkommt, unter seinesgleichen sein«, stieß der Soldat nervös und in dem Bemühen, die Oberhand zu behalten, hervor. »In der Botany Bay wimmelt es von Straßenräubern, Mördern und Taschendieben.«

»Und das sind nur die Aufseher«, warf der jüngste der drei Brüder ein.

»Sei still, Finbar!«, fuhr Daniel ihn an. »Du solltest den Herren in Rot ein wenig Respekt erweisen. Sie versuchen nur, ihre Pflicht zu tun.« Dann wandte er sich wieder seinem Gegenüber zu. »Ich habe nichts gegen Euch«, erklärte er mit ruhiger Stimme, während er dem Sergeant direkt in die Augen sah. Er hob seinen Stock und zeigte damit auf Edward. »Dieser Herr ist ein Gast meines Großvaters. Lasst ihn in Frieden. Geht Eures Weges, und Ihr werdet später keinen Grund haben, irgendetwas zu bedauern.«

»Tretet beiseite und lasst mich den Jungen ergreifen, oder ich schieße Euch eine Unze Blei in Euren Rebellenkopf«, knurrte der Sergeant.

»Ach ja?«, rief Daniel mit blitzenden Augen. Binnen einer Sekunde hatte er seine freie Hand ausgestreckt, die Mündung des Steinschlossgewehrs gepackt und hoch in die Luft gedrückt, bevor der Sergeant recht wusste, wie ihm geschah. Dann schwang Daniel mit einer eleganten Bewegung seinen Stock herum und schlug dem Soldaten den schwarzen Dreispitz vom Kopf, so dass dessen kahler Schädel zum Vorschein kam. Der Hut indes landete im Wasser.

Der Rotrock war außer sich vor Zorn. »Das ist Eigentum von König George«, tobte er, während sein Hut von der Strömung fortgerissen wurde und kurz darauf verschwand.

»Dann soll König George kommen und es sich holen«, entgegnete Daniel mit einem Lächeln.

Der Sergeant versuchte, seine Muskete wieder auf Daniels Brust zu richten, aber der hoch gewachsene Ire war zu stark für ihn.

»Lasst mein Gewehr los!«, verlangte der Soldat. »Und Ihr da, steht nicht einfach nur herum«, brüllte er den beiden anderen Rotröcken zu. »Helft mir!«

Die beiden Soldaten sahen einander an, machten aber keine Anstalten, dem Befehl des älteren Mannes nachzukommen.

Mittlerweile hatte Daniel seinen Stock in der Hand gedreht und den Knauf in den Fluss getaucht. Mit einer einzigen fließenden Bewegung ließ er ihn durch das Wasser schnellen und riss ihn zwischen den Beinen des Sergeants ruckartig in die Höhe.

Die Augen des Rotrocks weiteten sich, bis es so aussah, als wollten sie aus den Höhlen springen. Er versuchte zu stöhnen, aber der Schmerz war so ungeheuer, dass er lediglich blass wurde, ein ersticktes Gurgeln ausstieß und mitten im Fluss auf die Knie fiel.

Während er im Wasser zusammenbrach, drückte der Sergeant versehentlich den Abzug durch, und seine Muskete entlud sich in den Himmel, ohne Schaden anzurichten. Daniel entrang dem Mann die Waffe und ließ sie in den tiefsten Teil des Flusses fallen.

Die beiden anderen Soldaten hantierten immer noch nervös mit ihren Ladestöcken und Pulverpfannen herum. Als sie den Knall der Muskete hörten und sahen, wie mühelos ihr Sergeant überwältigt worden war, wichen sie einige Schritte zurück und blieben dann ratlos stehen. Daniel watete auf sie zu, und das Wasser spritzte ihm dabei bis über die Schenkel.

»Geht nach Hause, Jungs«, riet er ihnen mit einem ruhigen, vernünftigen Tonfall. »Es sei denn, ihr wollt eine Tracht Prügel, die ihr für den Rest eures Lebens nicht vergessen werdet.« Finbar und Francis traten bis zum Rand des Wassers vor, um den Worten ihres Bruders Nachdruck zu verleihen.

»Bleibt, wo Ihr seid, Ihr verfluchten Feiglinge«, keuchte der Sergeant, dessen schmerzerfüllte Stimme kaum hörbar war und dessen Gesicht noch immer eine purpurne Farbe zeigte.

»Eure Pulverpfannen sind nicht gefüllt«, bemerkte Daniel. »Eure Musketen sind nutzlos. Wir dagegen haben drei kräftige Schwarzdornstöcke, die nicht nach jedem Schlag neu geladen werden müssen. Geht nach Hause und nehmt diesen Jämmerling von einem Krieger gleich mit.« Er zeigte mit dem Kopf auf den Sergeant, der immer noch im Fluss auf den Knien lag und sich seinen schmerzenden Unterleib hielt.

»Und Gott steh uns bei, wenn die Franzosen in diesem Jahr hier einfallen«, seufzte Daniel. »Wenn alle Sergeants so sind wie er, sollten wir am besten gleich eine Einladung an die Bürger von Paris schicken, damit sie herkommen und uns vor uns selbst retten.«

Die beiden Soldaten sahen einander an und kamen schweigend zu dem Schluss, dass es wohl das Beste wäre, sich mit einem Mindestmaß an Würde und ohne gebrochene Knochen zurückzuziehen.

»Ihr tätet gut daran, mit ihnen zu gehen«, sagte Francis zu dem Sergeant. »Ihr habt die Kuh meines Großvaters getötet, und ich glaube nicht, dass er viel übrig hat für einen Mann, der ihn seiner einzigen Quelle für frische Milch und Butter beraubt.«

Der alte Soldat unternahm einen tapferen Versuch, aufzustehen, aber Daniel hob seinen Stiefel und stieß ihn mühelos zurück ins Wasser.

»Bevor Ihr Eurer Wege geht, werdet Ihr uns für den Verlust dieses Tieres entschädigen.«

»Ich habe kein Geld«, protestierte der Sergeant, nachdem er das Wasser in seinem Mund ausgespuckt hatte.

»Ich denke, ein paar Guineen werdet Ihr wohl bei Euch haben«, sagte Daniel. »Und wenn nicht, dann müssen wir Euch wohl persönlich haftbar machen.«

»Ich habe einen Arrestbefehl von Colonel Cumberland. Ich bin im Auftrag des Königs hier. Und Ihr hindert mich daran, dem Gesetz Geltung zu verschaffen. Cumberland wird Euch alle dafür hängen, dass Ihr einem Rebellen Zuflucht gewährt und einen Offizier der Krone angegriffen habt.«

»Der gute Colonel ist ein persönlicher Freund meines Großvaters«, erwiderte Daniel lächelnd. »Und wenn er der Kommandant der Garnison gewesen wäre, als das letzte Großmaul von einem Sergeant auf dieses Land gestürmt kam, dann wäre mein Vater vielleicht heute noch in Freiheit. Colonel Cumberland ist ein Gentleman, und ich bin davon überzeugt, dass ihm das ungerechtfertigte Abschlachten der Kuh meines Großvaters sehr missfallen wird.« Mit einem Seufzer blickte Daniel auf den Kadaver des Tieres. »Im letzten Jahr hat man uns genug Unrecht zugefügt«, erklärte er weiter, und seine Stimme verhärtete sich. »Ich werde keine weiteren Beschneidungen unserer Freiheit zulassen. Dieses Tier hat meine ganze Familie mit Milch versorgt. Woher sollen wir jetzt Käse und Butter nehmen? Haben wir nicht schon genug Grausamkeiten im Namen des guten Königs George erlitten?«

»In diesem Kadaver steckt Fleisch für einen ganzen Monat«, protestierte der Sergeant.

»Das Tier war für uns lebend mehr wert als mit englischem Blei im Hals. Von dem Fleisch wird in zwei Wochen kaum noch etwas übrig sein, und wir haben immer noch keine Butter.«

»Diebe!«, zischte der Rotrock. »Verfluchte, rebellische irische Räuber.«

»Prügelt es aus ihm heraus, Jungs«, wies Daniel seine Brüder mit resigniertem Tonfall an.

Finbar und Francis ließen sich das nicht zweimal sagen. Ohne zu zögern, stürzten sie sich in den Fluss, dass das Wasser nur so spritzte. Sie hatten nicht einmal ihre Stöcke erhoben, als der Sergeant auch schon seine Lederbörse gefunden hatte und sie in den Fluss warf, Daniel vor die Füße.

»In diesem Beutel sind zwei Goldguineen«, erklärte der Rotrock, »und jeder einzelne Penny davon gehört Colonel Cumberland. Das Geld war für die Bezahlung von Informanten gedacht.«

Daniel hob die Börse auf und wog sie in der Hand, um den Inhalt zu schätzen.

»Das wird für den Anfang genügen«, sagte der hoch gewachsene rothaarige Mann gelassen. »Jetzt entfernt Euch von unserem Land, bevor ich es mir noch einmal überlege, Euch so leicht davonkommen zu lassen.«

Einer der gemeinen Soldaten legte seine Waffe nieder und trat vor, um dem Sergeant auf die Füße zu helfen. Der andere Rotrock fischte die Muskete seines Vorgesetzten aus dem Fluss. Bis zu den Knien im Wasser blieben Daniel und seine Brüder ungerührt stehen, bis die Rotröcke sich hügelan zurückgezogen hatten.

»Dafür werdet Ihr bezahlen, Daniel McHugh«, rief der Sergeant ihnen über die Schulter zu. »Für das, was Ihr heute getan habt, werde ich Euch an einem Seil baumeln sehen.«

»Geht zurück in Eure Kaserne, und wenn Ihr es wagt, Euer Gesicht noch einmal hier zu zeigen, werdet Ihr noch eine Tracht Prügel beziehen«, brüllte Finbar ihm nach.

Daniel lächelte, denn er wusste, dass die Soldaten nicht zurückkehren würden – jedenfalls nicht so bald. »Francis«, rief er, als die Rotröcke die Kuppe des Hügels erreicht hatten, »geh und erzähl Großvater, was hier passiert ist. Und sag unserer Schwester Mhairgead, dass wir zum Abendessen einen Gast erwarten.«

Der jüngere Mann nickte und lief ohne ein weiteres Wort durch den Fluss davon und in den Wald hinein.

»Und dann komm zurück, um den Kadaver zu holen!«, brüllte Daniel ihm nach, aber er war sich nicht sicher, ob sein Bruder ihn noch gehört hatte.

»Finbar«, sagte Daniel, »ich möchte, dass du Colonel Cumberland einen Krug von unserem besten Whiskey bringst, mit meiner freundlichen Empfehlung. Lass ihn wissen, dass wir einen seiner Sergeants dabei erwischt haben, wie er auf unserem Land wilderte, und dass Großvater es als einen persönlichen Gefallen betrachten würde, wenn man den Mann zur Rechenschaft zöge.«

»Wird gemacht, Daniel«, erwiderte sein Bruder grinsend.

»Und wenn der Colonel dich nach unserem jungen Freund hier fragt«, fügte Daniel hinzu, als sei ihm dieser Gedanke erst jetzt gekommen, »dann sag ihm, dass du ihn nie gesehen hast. Du weißt nichts über irgendwelche Rebellen. Wir wollen doch nicht, dass dieser Sergeant sein ganzes Regiment auf die Beine bringt. Wenn er seine Version der Ereignisse erzählt, wird Cumberland seine Geschichte vielleicht für eine raffinierte Lüge halten, um seine eigene Untat zu verbergen. Ich nehme unseren Helden derweil mit nach Hause, während ihr beide, du und Finbar, die Kuh schlachtet.«

»Wird gemacht«, erwiderte der jüngste Bruder, dann wandte er sich um, um sein Pferd zu suchen.

Edward stand reglos neben der Kuh, den Mund vor Schreck noch leicht geöffnet. »Wie kann ich Euch das je vergelten?«, stammelte er. »Ihr müsst wahre Patrioten sein, dass Ihr Euch so für Euer Land einsetzt in der Stunde, da es Eurer bedarf.«

»Was schwätzt Ihr da?«, fragte Daniel kopfschüttelnd, während er durch den Fluss zurückwatete.

»Ihr habt mich vor dem sicheren Tod auf dem Schafott bewahrt«, erklärte Edward.

»Habt Ihr Major D'Arcy ermordet?«

»Das habe ich«, antwortete der junge Mann stolz. »Ich habe ihm in den Hinterkopf geschossen, als er gerade in die Taverne ging.«

»Nun, kein Rotrock hatte je mehr Gelegenheiten, sich das Gehirn aus dem Schädel blasen zu lassen, als dieser Bastard«, erklärte Daniel mit einem Nicken und baute sich vor dem Rebellen auf. »Aber ich habe Euch nicht das Leben gerettet, weil ich patriotische Ideale verfolge. Ebenso wenig habe ich die Soldaten vertrieben, weil mir die Vorstellung zu schaffen machte, Euren jungen Körper am Galgen baumeln zu sehen.«

»Warum habt Ihr dann eingegriffen?«

Daniel zuckte die Achseln und hob die Hände. »Auf Euren Kopf sind zehn Pfund ausgesetzt.«

Bevor der Rebell die Hand heben konnte, um sich zu verteidigen, versetzte der Rothaarige ihm einen Hieb aufs Kinn. Edward fiel rückwärts zu Boden, schlug mit dem Kopf auf einem Stein auf und blieb reglos liegen.

»Ich habe einfach keine Lust, mir die Belohnung mit diesen rotröckigen Herren zu teilen«, sagte Daniel, obwohl ihm niemand mehr zuhörte. Dann ließ er sich auf die Knie nieder, um die Taschen des Rebellen zu leeren, nach einer Pistole zu suchen und mit den Fingern das Tuch von Edwards Mantel zu befühlen.

»Ihr seid mir ein schöner Rebell«, flüsterte er. »Ihr habt in Eurem Leben noch keinen einzigen Tag gearbeitet«, murmelte er voller Abscheu, nachdem er sich die Hände des jungen Mannes angesehen hatte. »Ihr könntet für uns auf Dauer vielleicht mehr wert sein als zehn Pfund, Edward. Und nun würde ich Euch den guten Rat geben, nicht aufzuwachen, sonst müsste ich Euch abermals besinnungslos schlagen.«

Dann packte Daniel den jungen Mann an den Armen und warf ihn sich mühelos über die Schultern. Als er aufstand, überzeugte er sich davon, dass er nichts zurückgelassen hatte, warf einen letzten Blick auf die tote Kuh und ging dann entschlossen nach Hause.

Und Daniel Connor McHugh lächelte bei dem Gedanken, dass er einen irischen Rebellen im Wert von zehn Pfund nach Hause trug, damit dieser dort vielleicht die letzte anständige Mahlzeit seines Lebens zu sich nehmen konnte.

Kapitel 2

Es war dunkel, und Edward verspürte einen stechenden Kopfschmerz. Er bewegte sich ein wenig und zuckte zusammen. Dann tastete er über sein Gesicht und berührte vorsichtig seinen Hinterkopf, um nach Schäden zu suchen. Er fand eine feuchte Stelle in seinem Haar und vermutete, dass es Blut war.

Er schlug die Augen auf, konnte aber überhaupt nichts sehen. »Bin ich blind?«, murmelte er vor sich hin.

Wie als Antwort auf seine Frage wurde schallendes Gelächter laut. Edward blinzelte, und das Bohren in seinem Schädel verwandelte sich jetzt in einen dumpfen, mahlenden Schmerz. Stöhnend schloss er die Augen wieder. Sein Herz hämmerte, und er konnte jeden Pulsschlag in der Stirn spüren. Aber zumindest war er in der Lage, sich zu bewegen. Bei jedem Herzschlag zuckte er vor Unbehagen zusammen.

Wieder stöhnte er laut, kniff die Augen fest zusammen und massierte sich die Stirn, um den Schmerz zu lindern.

»Er ist aufgewacht«, ertönte in der Nähe die melodische Stimme einer Frau.

»Nun, dann bring ihn zum Feuer rüber«, erwiderte ein Mann in schroffem Tonfall.

Edward öffnete zaghaft ein Auge und versuchte, etwas zu erkennen. Seine Sicht war jedoch verschwommen, und er konnte keine Einzelheiten ausmachen. Das Einzige, was er sah, war ein leuchtend orangefarbenes Glühen etwa fünfzehn Schritt von ihm entfernt.

»Oh Gott!«, flüsterte der Rebell. »Ich bin blind.«

»Wenn es so wäre, befändet Ihr Euch in guter Gesellschaft«, entgegnete die Frau leise. Edward spürte einen Becher an seinen Lippen. »Trinkt das«, sagte die Frau, »das wird Eurem Kopf Linderung verschaffen.«

Edward starrte die Gestalt an, die vor ihm aufragte, und ganz allmählich konnte er die Züge der Frau klarer erkennen. Ihre Augen waren funkelnde, dunkle Kreise, und ihr langes, gewelltes Haar war schwarz. Sie hatte die rötesten Lippen, die er je gesehen hatte, und jetzt lächelte sie ihn damit auf eine seltsame Art und Weise an.

»Wer seid Ihr?«, murmelte er.

»Mhairgead ist mein Name«, erwiderte die Frau, und die Wärme in ihrer Stimme war wohltuend und mütterlich. »Und nun trinkt«, fuhr sie fort. »Das wird heilen, was immer Euch plagt.«

Edward führte sich das stark riechende Gebräu an die Lippen und nahm einen großen Schluck. Plötzlich stand seine Zunge in Flammen; sie brannte so heftig, als hätte das Getränk alles Fleisch aus seinem Mund geätzt. Seine Kehle fühlte sich an, als hätte er geschmolzenes Blei zu sich genommen. Die Flüssigkeit hatte kaum seinen Magen erreicht, als er auch schon heftig zu husten begann.

»Allmächtiger Jesus!«, kreischte Edward, während er versuchte, das abscheuliche Gebräu aus seinem Mund zu bekommen.

»Verschwendet Euer Getränk nicht!«, rief die Frau aus. »Es ist kostbar und rein. Und seht zu, dass Ihr nichts auf Eure feinen Hosen bekommt, sonst habt Ihr das Tuch für immer ruiniert.«

Sie sah den besorgten Ausdruck auf dem Gesicht des

jungen Mannes. »Habt keine Furcht«, besänftigte sie ihn und legte ihm dabei eine Hand auf die Schulter, als spreche sie mit einem Kind. »Wie jeder guter Branntwein mag es Löcher in Eure Hosen brennen, aber für Euren Magen ist es eine Wohltat.«

»Ihr versucht mich umzubringen!«, stieß der Rebell mit erstickter Stimme hervor.

Mhairgead lachte. »Kein Mann ist je gestorben, nur weil er Großvaters Whiskey getrunken hat. Obwohl es viele Männer gibt, die zu viel getrunken und später gewünscht haben, der Whiskey hätte sie umgebracht.«

»Da war Pater Connell, der sein Pferd in eine Felsspalte gelenkt hat«, wurde eine Männerstimme hörbar.

»Ach ja«, sagte Mhairgead, »aber er hatte auch drei Tage ohne Unterlass getrunken. Und er war ohnehin ein bisschen seltsam. Ich erinnere mich, dass sein Affe starb, nachdem er nur einen einzigen Becher getrunken hatte.«

»Das war Whiskey, was Ihr mir gegeben habt?«, unterbrach Edward mit einem Husten ihre Geschichten. »Seid Ihr Euch sicher? Mir schmeckte es nicht nach Whiskey.«

»Das Aroma eines guten Whiskeys ist eine Kunst für sich«, erwiderte die Frau hochmütig. »Und ich kann mich dafür verbürgen, dass dies der beste Whiskey in der Grafschaft ist. Großvater hat ihn in seiner eigenen Brennerei hergestellt. Es gibt Leute, die würden mit Freuden zwei Pennys für ein Pint von dem bezahlen, was Ihr gerade umsonst gekostet und wieder auszuspucken versucht habt.«

»Bei Jesus und allen Heiligen«, ächzte der junge Mann, beide Hände auf den Unterleib gepresst. Plötzlich knurrte sein Magen und ein gewaltiger Luftschwall entwich lautstark aus seinen Gedärmen. »Ich bin vergiftet worden«, stöhnte er.

»Schön wär's! Und jetzt seid endlich still«, verspottete ihn Mhairgead. »Was ist das für ein Mann, der so viel Wirbel um ein Glas Whiskey macht?«

»Er ist Dubliner«, ertönte wieder die Männerstimme aus dem anderen Teil des Raums, und nun erkannte Edward sie auch. Es war der rothaarige Mann mit Namen Daniel. »Beachte ihn gar nicht, Mhairgead. In Dublin trinken die Leute nur englisches Ale. Deshalb müssen sie auch immer furzen.«

»Und du willst mir erzählen«, erwiderte die Frau höhnisch, »dass dieser blähsüchtige, schmächtige Junge Major D'Arcy kaltblütig niedergeschossen hat?«

»Wenn wir seiner Geschichte Glauben schenken dürfen«, antwortete Daniel und zog dabei die Augenbrauen in die Höhe, um anzudeuten, dass er ebenfalls Zweifel hegte.

»So sieht er mir jedenfalls nicht aus«, erklärte Mhairgead und tat die bloße Möglichkeit mit einer knappen Handbewegung ab.

»Wo bin ich?«, fragte Edward, dessen Sehkraft sich von Sekunde zu Sekunde verbesserte.

»Ihr befindet Euch im Haus von Hugh Connor, meinem Großvater«, antwortete Daniel.

Der junge Rebell richtete sich ein wenig auf. In seinem Kopf hämmerte es immer noch, und außerdem war ihm übel. Als er sich bewegte, entwichen ihm abermals und noch lauter als zuvor Winde aus den Gedärmen. Er suchte den Raum hastig nach Rotröcken ab, dann lehnte er sich an die Wand und sah sich um. Am anderen Ende des Raums brannten in einem Kamin große Torfbrocken. Die Flammen zeichneten die dunklen Gestalten von zwei Männern nach, die auf einfachen Holzstühlen saßen.

»Werdet Ihr mich an die Soldaten ausliefern?«, fragte Edward, und die Furcht in seiner Stimme war unüberhörbar.

»Diese Frage müsst Ihr Großvater stellen«, antwortete ihm Daniel.

Der Mann, der auf der linken Seite des Kamins saß, drehte sich auf seinem Stuhl halb um. »Ist er wach?«, erklang eine angestrengte, raue, alte Stimme.

»Er ist jetzt hellwach, Großvater«, erwiderte Daniel.

»Dann bring ihn herüber zum Feuer und gib ihm einen Stuhl. Ich möchte wissen, was für ein Bursche das ist, der herumläuft und den Inhalt seiner Pistole in den Schädel anderer Männer leert.«

Daniel beugte sich dicht zu Edward hinüber, und der junge Mann roch den Alkohol in seinem Atem. »Ihr habt gehört, was Großvater gesagt hat. Hoch mit Euch und rüber zum Feuer. Es kommt nicht jeden Tag vor, dass Ihr das Privileg habt, bei zwei so berühmten und begabten Männern zu sitzen.« Dann fügte er im Flüsterton hinzu: »In Dublin gibt es manchen Engländer, der gutes Geld dafür zahlen würde, diese beiden von den alten Zeiten reden zu hören. So blind und nutzlos, wie die beiden sind.« Der rothaarige Mann lachte leise. »Und hier stehe ich mit einem Paar kräftiger Arme und guten, scharfen Augen im Kopf und bin nicht in der Lage, den Lebensunterhalt für meine Familie zu verdienen. Ihr werdet Euch noch wünschen, dass die Rotröcke Euch erwischt hätten, bevor diese beiden da mit ihrer Geschichte fertig sind. Ihr könnt mir nur Leid tun.«

Edward starrte den Mann verständnislos an, weil er nicht wusste, ob er eine Spur Sarkasmus wahrgenommen hatte.

»Bring ihn her, Enkelsohn«, sagte der alte Mann auf der linken Seite streng.

»Ja, Großvater.«

Edward spürte eine Hand unter seinem Arm, und Daniel half ihm zum Feuer hinüber. Erst da wurde ihm bewusst, dass sein Mantel fort war und dass er nur sein Hemd, Schuhe und Reithosen trug.

»Meine Kleider sind trocken«, murmelte Edward, der sich noch daran erinnern konnte, dass er in den Fluss gefallen war.

»Ich habe sie am Feuer getrocknet«, erklärte Mhairgead, »während Ihr geschlafen habt.« Sie sah den erschrockenen Ausdruck auf seinem Gesicht, und ihr schelmisches Lächeln wurde noch breiter. »Keine Bange, Daniel war draußen, und die beiden da sind blind wie die Maulwürfe. Ich war die Einzige, die Euch ohne Kleider gesehen hat.«

Sie lächelte ihm abermals zu und zog eine Augenbraue in die Höhe, woraufhin Edward dunkelrot anlief.

»Vielen Dank … dass Ihr Euch um mich gekümmert habt«, murmelte er.

»War mir ein Vergnügen«, erwiderte sie augenzwinkernd. »Falls Ihr noch einmal jemanden brauchen solltet, der sich um Euch kümmert, dürft Ihr Euch gern an mich wenden.«

Edward hüstelte verlegen, als Mhairgead ihm nun lachend einen dreibeinigen Hocker holte. Diesen stellte sie zwischen die beiden alten Männer, ein Stück abseits von dem Kamin, so dass der junge Rebell keinem der beiden direkt ins Gesicht sehen konnte.

»Großvater«, sagte Daniel förmlich, als der Junge seinen Platz eingenommen hatte, »das ist Edward Sutler aus Dublin. Seinem eigenen Geständnis nach ist er ein kaltblütiger Mörder und Rebell. Er trägt die Verantwortung dafür, dass Philomena gestorben ist.«

Edward drehte sich auf seinem Hocker um, um zu protestieren, aber Daniel legte ihm eine Hand auf die Schulter, und der junge Mann vergaß vollkommen, was er hatte sagen wollen.

»Mein Name ist Hugh Connor«, warf der alte Mann, der auf der linken Seite saß, ein. Dabei drehte er den Kopf ein wenig, so dass der junge Rebell gerade eben seine leeren Augenhöhlen ausmachen konnte. »Diesem Umstand verdanken mein Sohn und meine Enkelsöhne den Namen McHugh. Dieser Herr zu Eurer Rechten ist bekannt als Denis Hempson, ein Harfenspieler der alten Tradition und ein Mann von ausnehmend gutem Geschmack und scharfem Verstand, selbst wenn er nüchtern ist, wie man mir erzählt, obwohl ich mich nicht daran erinnern kann, wann das das letzte Mal vorgekommen ist.«

»Es war im Jahr unseres Herrn, 1745«, informierte Denis alle Anwesenden. »Das war die Zeit der großen Rebellion in Schottland, und all unser irischer Whiskey wurde fortgeschickt, um die Armee von Bonnie Prince Charlie warm und bei Laune zu halten. Fast zwölf Monate lang war in ganz Irland kein Tropfen Alkohol zu bekommen. Es waren harte Zeiten, aber wie immer gab unser Land das Beste, was es hatte, um der Sache der Stuarts zu dienen.« Der alte Harfenspieler seufzte wehmütig, trank dann seinen hölzernen Becher in einem Zug aus und hielt Daniel das leere Gefäß erwartungsvoll hin.

»Es ist mir eine Freude, Eure Bekanntschaft zu machen«, erwiderte Edward höflich.

Denis brummte etwas Unverständliches, offenkundig verstimmt, dass Daniel keine Anstalten machte, seinen Becher nachzufüllen.

Hempson war ein ausnehmend dünner Mann mit vollem grauem Haar. Seine Finger waren bemerkenswert knochig, mit langen, vollkommenen, mandelförmigen Nägeln. Edward runzelte verwirrt die Stirn, als er diese Nägel bemerkte. Er konnte sich nicht daran erinnern, je zuvor etwas Derartiges gesehen zu haben. Zwar hatte er davon gehört, dass vor langer Zeit manche Harfenisten ihre Nägel nach dieser Mode formten, bisher hatte er aber geglaubt, diese Sitte gehöre einer fernen Vergangenheit an und sei schon seit einer Generation mehr oder weniger ausgestorben.

»Ihr scheint Euer Vergnügen auf eine sehr seltsame Art und Weise zu suchen«, griff Hugh nun Edwards letzte Bemerkung auf. »Eurer Torheit verdanken wir es, dass Philomena heute Morgen erschossen wurde. Sie war zehn Jahre lang meine ständige Gefährtin. Ich bin außer mir vor Trauer über ihren Verlust. Sie hat stets willig zu diesem Haushalt beigetragen, und sie war eine freundliche, großzügige Seele.«

»Ich hatte nichts mit dem Tod Eurer Dienerin zu tun!«, rief Edward, der sich wirklich nicht daran erinnern konnte, dass jemand bei dem Zwischenfall am Fluss getötet worden war.

»Was schwätzt Ihr da?«, brauste Hugh auf. »Philomena war der Name meiner Kuh. Ich werde morgen früh keine Milch zum Frühstück haben, und heute Abend ist kein Gramm Butter im Haus.«

Der Rebell stieß einen erleichterten Seufzer aus und ließ seinen Blick über den kahlen Kopf des alten Mannes und die trockene, schorfige Haut seines Gesichts gleiten. Um die Augen hatte der Alte tiefe Runzeln und ungezählte Sommersprossen. Edward fragte sich, wie alt der Mann wohl sein mochte.

»Ich bedaure sehr -«, begann der junge Mann die fällige Entschuldigung, aber Hugh unterbrach ihn, bevor er seinen Satz beenden konnte.

»Bedauern wird mir keine Milch zum Frühstück bescheren, noch wird es Major D'Arcy von den Toten zurückholen.«

»D'Arcy war ein kaltherziger, skrupelloser Tyrann«, erklärte Edward ruhig, und in seiner Stimme schwang eine gehörige Portion gerechter Überzeugung mit.

»Er war ein verheirateter Mann und der Vater zweier kleiner Mädchen«, schnaubte sein Gastgeber angewidert. »Mein eigener Sohn war ein unschuldiger Mann und seinen Söhnen ein guter Vater. Aber weil ein starrköpfiger Soldat es sich anmaßte, meinen Jungen zu verfolgen, verrottet er jetzt in irgendeinem Gefängnis am anderen Ende der Welt. Ich werde meinen Sohn nie wieder sehen, und Major D'Arcys Töchter werden ihren Vater in diesem Leben nicht wieder sehen.«

»D'Arcy war ein verfluchter Mörder«, widersprach der junge Mann.

»Ihr seid ebenfalls ein verfluchter Mörder, wenn man Eurer Geschichte Glauben schenken darf«, erwiderte Hugh brüsk. »Habt Ihr deshalb den Tod verdient?«

Edward holte tief Luft, bevor er antwortete. »Wenn es sein muss, bin ich bereit zu sterben, um mein Land vom Joch der Engländer zu befreien.«

»Schöne Worte«, höhnte Denis mit einem zahnlosen Lächeln. »Ihr und der alte Hugh werdet schnell Freundschaft schließen, wenn Ihr weiter solche Reden führt. Denn wenn er mit einem vollen Becher Whiskey in der Hand, dem schon etliche vorausgegangen sind, dasitzt, ist er selbst ein beachtlicher Lügner und ein großer Held.«

»Euer Vater ist ein recht wohlhabender Mann«, bemerkte Hugh, nachdem er dem alten Harfenspieler einen Fußtritt versetzt hatte, um ihm zu bedeuten, dass er schweigen solle.

»Ja«, erwiderte Edward höflich, entschlossen, sich keine Kränkung über all diese Fragen und Anschuldigungen anmerken zu lassen. Langsam wurde ihm klar, dass seine Freiheit von der Gunst des alten Hugh abhing.

»Und Ihr vergeltet ihm seine Güte«, warf der blinde Whiskeybrenner barsch ein, »indem Ihr durchs Land zieht und ehrliche Männer ermordet?«

Dieser Tadel bestürzte den Rebellen. Er hatte geglaubt, Major D'Arcy werde allgemein verachtet. Mit seiner Ermordung glaubte Edward, nur das Beste für das Land getan zu haben, insbesondere für die einheimische Bevölkerung.

»Ich weiß nicht, was Ihr meint«, stotterte er, darum bemüht, sich seinen Unmut nicht anmerken zu lassen.

»Euer Vater hat für diese schönen neuen Schuhe, die Ihr tragt, bezahlt«, fuhr Hugh ihn an, »und für Euren hübschen, warmen Mantel ebenfalls. Er hat Euch in Eurer Liebe zu Büchern bestärkt und Euch eine gute Erziehung angedeihen lassen. Er bezahlt Eure Rechnungen, wenn Euer Einkommen nicht ausreicht. Und er hat all das getan, um Euch eine strahlende Zukunft zu ermöglichen, wie er selbst sie nie gehabt hat. Aber Ihr beschreitet den Weg der Selbstzerstörung. Was in Gottes Namen ist nur über Euch gekommen? Seid Ihr vom Teufel selbst besessen?«

Edward holte tief Luft und versuchte, seine Nerven zu beruhigen. War dieser Mann ein Verräter an der Sache der

Freiheit? Oder hatten die Jahre, in denen er seinen eigenen Whiskey getrunken hatte, ihm einfach den Verstand getrübt? »Woher maßt Ihr Euch an, so viel über mich zu wissen?«

»Ich kann es an Eurem stolzen Gehabe und Eurem törichten Geschwätz sehen«, zischte der alte Mann. »Ich sehe es an der Art, wie Ihr dort sitzt und Euch in Rage redet, während ein alter Mann mit blinden Augen sich anschickt, Euch Dinge zu sagen, die Euch niemand sonst sagen würde.«

»Ihr seid blind«, rief Edward ihm ins Gedächtnis. »Wie könnt Ihr solche Dinge sehen? Wie könnt Ihr zu dergleichen Schlussfolgerungen kommen?«

»Ich mag blind sein, aber ich bin nicht dumm«, gab Hugh scharf zurück. »Die Kunst des Sehens besteht darin, Dinge zu sehen, die unsichtbar sind.«

Edward runzelte einen Moment lang die Stirn. Er hatte diese Bemerkung schon einmal irgendwo gelesen. Plötzlich fiel ihm die Antwort ein und er schüttelte den Kopf. »Dekan Jonathan Swift hat diesen Satz geschrieben«, sagte er, ein wenig überrascht, dass ein ungebildeter Whiskeybrenner vom Land wie Hugh Connor darüber gestolpert war.

»Das hat er in der Tat«, erwiderte der alte Mann, »und war ich nicht mit ihm zusammen, als er diese Worte zum ersten Mal sprach?«

»Ihr könnt nicht mit ihm zusammen gewesen sein«, wandte Edward ein. »Dekan Swift ist vor mehr als vierzig Jahren gestorben.«

»Welches Jahr haben wir, Daniel?«, rief der alte Mann.

»1788«, erwiderte der Enkelsohn.

»Dann bin ich hundert Jahre alt, ich Glücklicher«, lachte Hugh.

»Konserviert in hundert Gallonen reinem Alkohol ist er, jawohl«, witzelte Denis.

»Wart Ihr einer der Diener des Dekans?«, fragte der junge Rebell und beugte sich auf seinem Hocker vor, plötzlich interessiert an diesem alten Mann.

»Das war ich nicht!«, entgegnete Hugh gekränkt. »Ich war ein Freund des armen, alten, verrückten Mr Swift. Gesegnet sei sein gütiges Herz, aber zwischen seinen Ohren stimmte etwas nicht.«

»Was wollt Ihr damit sagen?«, fragte Edward.

Hugh tippte sich mit einem Finger an die Stirn und ließ ihn in der Luft kreisen. »Er war verrückt.«

»Absolut irre«, fügte Denis leise hinzu. »Er wusste nicht mal, wie man eine Kuh melkt. So verrückt war er.«

Edward war nicht recht klar, warum dieses Unvermögen ein Zeichen für mangelnde Geisteskraft sein sollte. »Wo seid Ihr Dekan Swift begegnet?«, wollte er wissen.

»Ich war ein bescheidener Diener von Master Carolan, dem berühmtesten Harfner von ganz Irland. Wir haben häufig bei dem armen verrückten Herrn, Mr Swift, gewohnt.«

»Dekan Swift«, korrigierte Edward ihn. »Er war der Dekan von Saint Patrick's. Es ist nicht recht, ihn als Mister zu titulieren.«

»Als ich ihn das erste Mal traf, war er Mr Swift. Und abgesehen von dem kleinen Einkommen, das der Titel ihm später eintrug, scherte er sich herzlich wenig um die Stellung als Dekan und noch weniger um die Kirche.«

»Der Dekan war ein guter Christenmensch und ein großer Schriftsteller«, protestierte der Rebell. »Er war ein wahrer irischer Patriot, der seine Feder benutzte, um die Macht Englands in Frage zu stellen.«

Die beiden alten Männer brachen in donnerndes Gelächter aus.

»Er war ein verrückter alter Trunkenbold!«, rief Denis immer noch lachend. »Und dabei habe ich ihn erst am Ende seines Lebens kennen gelernt, als er schon etwas maßvoller geworden war. In seiner Jugend war er ein Teufel, was den Whiskey betraf, so sagt man jedenfalls. Und bei den Damen hat er auch nur selten nein gesagt.«

»Das ist die Wahrheit«, erklärte Hugh. »Niemand außer meinem Herrn, Turlough O'Carolan selbst, konnte an einem Abend mehr trinken als der liebe alte Mr Swift.«

»Wart Ihr wirklich ein Diener des großen Carolan?«, fragte Edward, der sich nicht sicher war, ob er richtig verstanden hatte. »Des berühmten Harfners?«

»Ich war sein Gefährte und sein Berater«, erwiderte Hugh. Dann bückte sich der alte Mann und tastete nach der Pfeife, die zu seinen Füßen lag. »Ich nehme an, ein Mann wie Ihr hat wahrscheinlich auch etwas Tabak bei sich«, sagte er. »Wollt Ihr eine Pfeife rauchen?«

»Vielen Dank, ich habe reichlich eigenen Tabak«, lehnte Edward das Angebot ab.

»Dann lasst uns sein edles Aroma riechen«, verlangte der alte Mann und streckte erwartungsvoll die Hand aus. »Oder wollt Ihr so ungehobelt sein, ihn für Euch zu behalten? Ihr mit Eurem reichen Vater in Dublin, der für alles bezahlt?«

Edward verdrehte die Augen und suchte nach dem Tabaksbeutel, den er für gewöhnlich an seinem Gürtel trug. Aber der Gürtel war nicht da. In diesem Augenblick trat Daniel vor und hob den Tabaksbeutel, der vor dem Feuer gelegen hatte, auf. Der rothaarige Mann überzeugte sich davon, dass der Beutel trocken war, dann drückte er ihn seinem Großvater in die Hand. Kurz darauf stopfte Hugh die Tabaksfäden mit geschickten Fingern in den Tonkopf seiner Pfeife. Als er fertig war, zog die junge Frau namens Mhairgead einen brennenden Zweig aus dem Feuer und gab ihn dem alten Mann vorsichtig in die Hand. Als sie sich vorbeugte, warf sie einen Blick auf Edward. Ihre Augen blitzten noch heller als zuvor, und wieder lächelte sie. Aber es war kein Lächeln der Erheiterung. Oder der Freude. Es war etwas anderes. Der junge Rebell spürte, dass ihm abermals heiße Röte ins Gesicht stieg, und er rutschte unruhig auf seinem Hocker hin und her.

Edward wandte den Blick ab, aber kurz darauf bemerkte er, dass die Frau ihn immer noch anlächelte. Er drehte sich um und besah sich angelegentlich den Raum, um nicht länger in ihre Richtung schauen zu müssen. Er war verwirrt und fühlte sich äußerst unbehaglich. Auf seiner Stirn sammelten sich Schweißperlen. Diese fremden Leute hielten seine Zukunft in Händen, daher würde er sich so höflich wie möglich benehmen müssen, bis er wusste, was sie mit ihm vorhatten.

Um seine Augen daran zu hindern, nach Mhairgead zu suchen, unterzog Edward seine Umgebung einer gründlichen Musterung. Das Cottage war anscheinend eher klein. Der Raum, in dem sie saßen, war typisch für die Häuser der Landbevölkerung. An der Wand standen zwei Holzbetten mit Baumwollvorhängen, die dem Benutzer ein wenig Intimität ermöglichten. Als er erwacht war, hatte er in dem Bett gelegen, das dem Feuer am nächsten stand. Rechts vom Kamin befand sich eine Tür, aber Edward hatte keine Ahnung, wie groß das Haus sein mochte. Er überlegte, dass es noch weitere Räume geben müsse, für Daniel und seine beiden Brüder.

»Vielen Dank, Enkeltochter«, sagte Hugh leise, während er die Spitze des Zweigs bedächtig an seinen Tabak legte und den Rauch einsog. Nachdem er einige Züge genommen und wieder ausgeblasen hatte, hustete er ein wenig. Dann drehte er sich halb auf seinem Stuhl um, um Edward anzusehen.

»Ein guter Virginia«, erklärte er zufrieden mit einem genüsslichen Schmatzen. »Es geht doch nichts über eine Pfeife voller Virginiatabak am Ende des Tages. Dieser Beutel hat Euren Vater sicher ein oder zwei glänzende Shillings gekostet.«

»Ich habe ihn von meinem eigenen Einkommen gekauft«, erwiderte Edward – sehr sanftmütig, wenn man bedachte, dass dieser alte Mann seine Geduld arg strapazierte. »Ich habe Freunde in Amerika, die mich mit diesem Tabak versorgen. Für all meine anderen Bedürfnisse kann ich von meinem Lohn als Lehrer in Dublin selbst aufkommen.«

»Amerika?«, hustete Hugh und spuckte ins Feuer. »Dann steht Ihr also in Verbindung mit den Rebellen in der Neuen Welt, ja?« Er reichte den Beutel an Denis weiter. »Was soll ich mit Euch machen, mein Junge?«, fragte der alte Mann kopfschüttelnd.

»Mit mir machen?«, wiederholte Edward.

»Ihr glaubt doch nicht, dass ich Euch einfach freilassen kann, nachdem Ihr einen so wichtigen Mann kaltblütig niedergeschossen habt, oder? Noch dazu, wo Ihr nach eigenem Geständnis ein Rebell seid?«

»Ich sehe keinen Grund, warum Ihr mich nicht gehen lassen solltet«, gab der junge Mann zurück und beherrschte mühsam seinen Ärger, »wenn Ihr ein wahrer Ire seid, der sein Land befreit sehen will. D'Arcy war ein Feind des einfachen Volkes. Ich habe das Land von einem boshaften, schurkischen Despoten befreit, und ich habe absolut nichts getan, um Euch zu schaden.«

»Und gerade in diesem Punkt irrt Ihr Euch«, fuhr Hugh auf. »Ihr habt mir und den meinen einen großen Schaden zugefügt, und der kleinste Teil davon war der Tod meiner letzten Kuh. Eure übereilten Taten werden schreckliche Folgen haben.«Wieder zog er an seiner Pfeife. »Jeder in unserer Gemeinde wird zu leiden haben. Die Engländer werden sich an den Unschuldigen rächen. Es kann gut sein, dass einige arglose junge Männer ins Gefängnis kommen oder sogar gehängt werden, weil man sie der Tat verdächtigt. Die Rotröcke scheren sich nicht um Schuld oder Unschuld, solange sie nur jemanden haben, den sie bestrafen können. Die Beziehungen zu den Offizieren der Krone werden sich in Zukunft gewiss noch schwieriger gestalten, weil sie glauben werden, dass das einfache Volk Euch Zuflucht gewährt.«

»Dann lasst mich gehen«, wandte der Rebell vernünftig ein. »Ich werde schon morgen in Dublin sein, und sobald ich dort bin, werde ich einen Brief an die Burg schreiben, die Tat gestehen und erklären, dass ich allein dafür verantwortlich war.«

»Und was ist mit Philomena?«, beharrte Hugh.

»Das mit Eurer Kuh tut mir Leid«, räumte Edward ein.

»Philomena«, informierte ihn der alte Mann, »stammte von einem prächtigen Tier, das Carolan selbst mir hinterlassen hatte und das ein persönliches Geschenk an ihn von Signor Geminiani war.«

»Der berühmte Violinenspieler Francesco Geminiani hat Euch eine Kuh geschenkt?«, rief Edward ungläubig.

»Er hat sie meinem Herrn geschenkt«, verbesserte ihn Hugh. »Der Signore spielte die Fiedel. Und was für ein guter Fiedler er war, wenn er sich Mühe gab und sich vom Fass fern hielt.«

»Und wenn er nicht gerade den Rockschößen eines jungen Herrn nachjagte«, fügte Denis hinzu.

»Das war nur ein boshaftes Gerücht«, tadelte Hugh ihn.

»Ich bin mit Geminianis Musik wohlvertraut«, erklärte der junge Rebell aufgeregt und ohne auf das Geplänkel der beiden alten Männer zu achten. »Ich habe Violine studiert und alle italienischen Konzerte gespielt.« Edward brach jäh ab, als ihm aufging, dass der alte Whiskeybrenner wahrscheinlich nicht die Wahrheit sagte. Hugh mochte irgendwann einmal Dekan Jonathan Swift begegnet sein. Möglich sogar, dass er Bekanntschaft mit Carolan, dem Harfenspieler, gemacht hatte. Aber es klang doch ein wenig zu fantastisch, dass er überdies auch den berühmten Geminiani gekannt haben wollte.

Der alte Mann, der Edwards Skepsis spürte, hüstelte. »Ihr wurdet am Konservatorium unterwiesen, hm? Tut mir Leid, das zu hören. Was für ein Jammer. Denn in diesem Falle taugt Ihr als Fiedler wahrscheinlich nicht viel. Aber verratet mir eins: Wie kommt es, dass ein Gelehrter der Musik sich an so gefährlichen Dingen wie wilder Rebellion versucht?«

»Meine tapferen Gefährten und ich kämpfen darum, Irland aus den Händen der grausamen Eindringlinge zu befreien.«

»Und dabei zerstört Ihr das ehrliche Geschäft, das aufzubauen ich Jahre gebraucht habe«, seufzte Hugh. »Ihr mögt denken, dass Ihr mich und mein Volk von der Tyrannei befreit, aber ich will Euch sagen, was Ihr wirklich erreicht habt.

Ihr habt arme Leute wie mich von der Last befreit, einen vollen Bauch auf unseren alten Beinen zu tragen.«

»Was soll das heißen?«

»Major D'Arcy hat all seinen Branntwein von mir gekauft. Ich habe ihm die offiziellen Vorräte für seine Kasernen geliefert. Er hat all seine Soldaten mit Whiskey versorgt, den ich und meine Enkelsöhne gebrannt und auf Flaschen gezogen haben. Captain Morgan dagegen, der Mann, der jetzt gewiss an D'Arcys Stelle Proviantmeister werden wird, rührt selbst keinen Tropfen an. Und er erwartet das Gleiche von seinen Soldaten.«

»Purer, blinder Optimismus, wenn Ihr mich fragt«, brummte Denis.

Hugh zog abermals an seiner Pfeife und paffte den Rauch dann Edward ins Gesicht. Der junge Rebell hustete. Der alte Whiskeybrenner konnte doch gewiss nicht genau gewusst haben, wo er saß?

»Und selbst wenn ein gesegnetes Wunder geschehen sollte«, fuhr Hugh fort, »und Captain Morgan eine neue Seite aufschlagen und anfangen würde, zum Wohl seiner Truppen Whiskey zu kaufen, so würde er sich durch sein Gewissen genötigt sehen, ihn über offizielle Kanäle zu erwerben.«

»Morgans Vater ist ein berüchtigter Pfarrer in Edinburgh, müsst Ihr wissen«, sagte Denis, um die Einstellung des Captains dem Alkohol gegenüber zu erläutern. »Ich habe noch nie einen Presbyterianer kennen gelernt, der es ertragen konnte, einen Mann ein Schlückchen Whiskey genießen zu sehen. Die Protestanten selbst vertragen keinen Alkohol, heißt es, daher missgönnen sie ihn jedem, dem er Genuss bereitet.«

»In Folge Eures ruhmreichen Kampfes um die Freiheit

Irlands«, erklärte Hugh, »habe ich ein jährliches Einkommen von über zweihundert Pfund verloren.«

»Das tut mir Leid«, sagte Edward aufrichtig. »Ich wollte Euch nicht ins Elend stürzen. Ich konnte nicht ahnen, dass Ihr Euer Einkommen von der Armee bezieht. Aber ich fühle mich doch genötigt, Euch darauf hinzuweisen, dass Ihr überhaupt keinen Handel mit den englischen Soldaten treiben solltet. Nicht solange es Iren gibt, die unter der Tyrannei der Fremden leiden.«

»Was seid Ihr doch für ein dummer Junge! Wer sonst als die Engländer kann es sich leisten, stark dem Alkohol zuzusprechen und die Preise zu bezahlen, die ich verlange? Gewiss nicht diese Iren, die Ihr zu befreien hofft. Die Iren sind das ärmste Volk auf Erden. Nicht einmal die Eichmeister können von ihrem Gewerbe einigermaßen gut leben.«

»Die was?«

»Wisst Ihr denn gar nichts über dieses Land, das Ihr angeblich befreien wollt?« Hugh hustete überrascht. »Die Eichmeister arbeiten für Dublin Castle und treiben Steuern für allen Whiskey ein, der in Irland gebrannt wird. Mir und meiner Familie geht es seit einigen Jahren gut, weil wir die Steuer umgehen konnten. Ich bin auf meine Weise ebenfalls ein Rebell, obwohl ich niemals nach einer Pistole greifen würde, um es zu beweisen.«

»Jedenfalls nicht nach einer geladenen«, warf Daniel ein.

»Ruhe dahinten!«, blaffte Hugh ihn an, und Daniel hüstelte nervös.

Der alte Whiskeybrenner zog an seiner Pfeife und sprach bereits wieder, als der Rauch ihm aus Mund und Nase quoll. »In den alten Tagen gab es keine Steuer auf Whiskey oder Tabak. Seit die Eichmeister ihr Unwesen treiben und in Schottland eine Reihe Brennereien in Betrieb gegangen sind, verwässern die Gastwirte ihren Alkohol und setzen die Tabakhändler dem Virginia trockenes Heu zu, um aus ihrem Gewerbe möglichst viel Gewinn zu ziehen. Ich bezahle keine Steuern, daher sind meine Preise erschwinglich, und mein Whiskey ist pur.«

»Wo soll das alles nur enden?«, lamentierte Denis voller Abscheu, bevor er einen glimmenden Stock von Mhairgead in Empfang nahm und seine Pfeife entzündete. »Absolut untrinkbar, dieser schottische Whiskey. Und von Heu im Tabak bekomme ich Schmerzen in der Brust. Wenn ihr mich fragt, macht es alle heilsamen Wirkungen einer Pfeife voller Virginiatabak zunichte.«

»Jetzt wird meine Familie Not leiden«, ergriff Hugh wieder das Wort, »und Ihr könnt nicht mehr als eine halbherzige Entschuldigung für all das schreckliche Leid hervorbringen, das Ihr verursacht habt.«

»Wenn ich irgendetwas tun kann, um den Schaden wieder gutzumachen …«, sagte Edward.

»Es könnte da durchaus eine Möglichkeit geben«, antwortete Hugh, bevor der Rebell seinen Satz beenden konnte. Und in seinen Worten schwang der winzige Hauch einer Drohung mit.

»Ihr werdet mich doch nicht an die Engländer ausliefern, oder?«, stieß der junge Mann hervor, weil er argwöhnte, dass es genau das sein könne, was der alte Mann im Sinn hatte.

»Wenn der Preis ein wenig höher wäre, würde ich gewiss nicht zögern«, gab Hugh zu. »Aber zehn Pfund würden nicht länger als ein paar Wochen genügen, um mein Geschäft gesund und die Bäuche meiner großen Familie gefüllt zu halten. Offensichtlich hat nicht einmal der gute Colonel Cumberland Major D'Arcy allzu hoch geschätzt.«

Denis spie ins Feuer. »Mit zehn Pfund könnte man eine ganz hübsche Menge Virginia kaufen.«

Hugh erwog diesen Vorschlag einen Moment lang, schüttelte dann aber den Kopf, als wolle er die Versuchung daraus vertreiben. »Da wären immer noch Mhairgead und ihre beiden kleinen Kinder, die Kleidung und etwas zu essen brauchen«, zählte der alte Whiskeybrenner die Leute auf, die von ihm abhängig waren. »Ihr Mann wurde zusammen mit meinem Sohn verhaftet und bestellt mittlerweile wahrscheinlich die Erde in New South Wales, daher fällt mir die Pflicht zu, für sie zu sorgen.« Hugh dachte kurz nach. »Außerdem wären da noch Daniel, seine Frau und sieben Kleine. Finbar hat eine Frau und vier Söhne. Damit wären es neunzehn Esser, die satt werden wollen.«

»Und Francis wird Ende des Monats ebenfalls heiraten«, rief Denis ihm ins Gedächtnis.

Hugh nickte. »Vor lauter Eifer, sein Eheleben zu beginnen, ist schon ein Kleines unterwegs.«

»Sieht für mich eher nach Zwillingen aus«, erklärte der andere alte Mann und zeichnete dabei mit beiden Händen eine Silhouette in die Luft, als beschriebe er den Bauch einer schwangeren Frau.

Edward zog die Augenbrauen in die Höhe und lächelte, dann fragte er sich, ob sie wohl alle in diesem Haus leben mochten.

»Da gibt es nichts zu lächeln, Master Edward«, tadelte ihn Hugh. »Das ist eine sehr ernste Angelegenheit.«

Sofort wich jede Heiterkeit aus Edwards Zügen, und er runzelte die Stirn. Wie hatte der alte Mann wissen können, dass er gelächelt hatte? Er spähte noch einmal in Hughs Augenhöhlen, nur um sich davon zu überzeugen, dass der Mann wirklich blind war. Aber es waren überhaupt keine Augen dort zu sehen. Die Augenlider waren schon vor langer Zeit zugewachsen, und die Haut war verheilt und vollkommen glatt.

»Ich hatte einen Unfall«, erklärte Hugh, der spürte, dass er eindringlich gemustert wurde, »und dabei habe ich mein Augenlicht verloren. Vor zwanzig Jahren hatte ich draußen auf dem Hügel eine große Destille. Und durch meine eigene Torheit fing die kostbare Brennerei Feuer und explodierte. Ich konnte von Glück sagen, dass ich mit dem Leben davongekommen war.«

»Ihr wärt um ein Haar in Eurem eigenen Gift ertrunken«, bemerkte Denis trocken. »Das Gras ist auf diesem Hügel nie wieder nachgewachsen. Vielleicht ist Euch ja ein Tropfen von dem bösartigen Zeug in jedes Eurer törichten Augen gespritzt.«

»Mein Whiskey ist der Beste in ganz Irland«, empörte sich Hugh. »Und wenn Gift darin wäre, hättet Ihr inzwischen genug getrunken, um ein paar Dutzend nörgelnder alter Harfenspieler zu töten.«

»Beleidigt mich nicht, Hugh Connor. Oder ich werde nicht für Euch spielen.«

»Wenn Ihr nicht für mich spielt«, entgegnete Hugh, »dann bekommt Ihr von mir keinen Whiskey mehr, bevor Ihr Euch auf den Weg macht.«

»Ihr würdet selbst den Teufel zum Wahnsinn treiben mit Eurem herzlosen Feilschen«, erwiderte Denis und schnitt eine Grimasse. »Aber wenn das der Preis für einen Tropfen von Eurem Whiskey in Eurem Haus ist, dann spiele ich Euch ein halbes Dutzend Melodien und mache mich anschließend auf den Weg.«

»Ich lasse Daniel ein neues Fass aufmachen, um Euren Verstand zu feiern und Euer unersättliches Verlangen nach Alkohol«, erklärte Hugh.

»Was wollt Ihr hören?«, fragte Denis.

»Das Concerto.«

»Nicht schon wieder, Hugh. Ich habe diesen Monat schon drei Mal gespielt, und es verlangt mich nicht im Mindesten danach, noch einmal dafür in die Saiten zu greifen. Meine Finger sind alt und steif, und das Stück ist höllisch schwierig.«

»Wisst Ihr«, sagte der alte Whiskeybrenner, »dass ein Mann angeblich nach nur wenigen Tagen der Enthaltsamkeit eines jämmerlichen Todes sterben kann?«

»Ich werde eher an Eurer Liebe zur Musik Eures alten Herrn sterben«, zischte der Harfner.

»Ihr seid neidisch auf Carolans Talent, Denis, sonst würdet Ihr niemals etwas Derartiges sagen.«

»Papperlapapp. Seine Melodien waren viel zu verschnörkelt für meinen Geschmack. Er hat niemals eine der großen alten Weisen gespielt. Er hätte geradeso gut ein verfluchter Italiener sein können.«

»Das Concerto, Denis. Wenn Ihr so freundlich sein wollt.«

Der alte Harfenist brummte etwas vor sich hin, aber nach ein paar Sekunden gab er nach und hielt Edward die Hand hin. Der junge Rebell betrachtete die Hand verständnislos; er hatte keine Ahnung, was Denis von ihm erwartete.

Die Antwort kam, als Mhairgead eine abgenutzte alte Harfe herbeiholte, die zuvor an der Tür gelehnt hatte. Mhairgead strich dichter an Edward vorbei, als ihm lieb war, bevor sie dem Harfner das Instrument überreichte, und er rutschte unbehaglich ein Stück auf seinem Hocker zurück. Wieder schenkte Mhairgead Edward ein Lächeln, aber er beachtete sie nicht.

»Wollt Ihr nicht lieber An Cúileann hören, Hugh?«, fragte der Harfenist.

»Nein, Denis. Ich will das Concerto hören.«

»Ich würde Euch von Herzen gern die Klage von Limerick spielen«, kam die Antwort. »Eine schöne Melodie und ein geziemend ernsthaftes Stück für solch illustre Gesellschaft wie unseren jungen Unruhestifter hier, denn es erzählt von dem heldenhaften Widerstand, den König Jakobs Armee gegen den Holländer und seine Bande brutaler Söldner geleistet hat.«

»Das Concerto«, beharrte Hugh. »Ich will das Concerto hören.«

»Das kann ich nicht spielen, bevor ich nicht noch ein oder zwei Schluck Whiskey unter meinem Gürtel habe«, entgegnete Denis mit einer Mischung aus Ärger und Resignation. »Ihr werdet also warten müssen, bis ich mich an einem weiteren großzügigen Schluck Whiskey gütlich getan habe.«

»Dann spielt mir das Receipt.«

»Ich spiele Carolans Musik nicht gern«, erklärte der Harfner, während er mit den Fingern über die Saiten strich, um zu überprüfen, ob das Instrument richtig gestimmt war. »Seine Melodien erinnern mich an einen Kummer, der mir in meiner Jugend widerfuhr. Sie rufen mir die harten Zeiten ins Gedächtnis, da ich kein Brot hatte. Wie dem auch sei, Carolan hat niemals echte irische Weisen gespielt.«

»Er hat seine eigenen Weisen gespielt und auch die alten

Melodien«, widersprach sein Freund. »Und er war der Erste Musiker Irlands.«

Denis spuckte ins Feuer. »Erster Musiker Irlands!«, rief er zweifelnd. »Der Erste Prahlhans und Scharlatan, das war er. Er war ein Freund der Engländer und außerdem nicht einmal ein besonders guter Harfner. Er hat zu spät angefangen.«

»Er war klug genug, um zu begreifen, wo er am besten seine nächste Mahlzeit und sein nächstes Glas Whiskey bekommen konnte«, sagte Hugh mit scharfem Tadel. »Wenn er keine Bedenken hatte, für die Engländer zu spielen, dann nur deshalb, weil er eine Familie zu ernähren hatte.«

»Er hatte ein starkes Verlangen nach Alkohol, das befriedigt sein wollte.«

»Und über dieses spezielle Laster wisst Ihr natürlich bestens Bescheid.«

»Dann spiele ich Euch jetzt das SheeBeg SheeMor«, gab Denis sich geschlagen, »denn es ist die einzige Melodie von Carolan, die mir wirklich Freude bereitet. Obwohl ich viele Leute habe sagen hören, das Stück stamme überhaupt nicht aus der Feder des alten Turlough.«

»Es war sein erstes«, ereiferte sich Hugh, der nun endgültig die Beherrschung verlor, »das weiß doch jeder. Und jeder, der etwas anderes behauptet, ist ein Lügner. Nur ein kleiner Mann versucht, einen großen herabzuwürdigen.«

Der Harfenist zuckte die Achseln und holte einen Stimmschlüssel hervor, der genau in die Innenfläche seiner rechten Hand passte. Dann begann er, sanft zu zupfen und die Messingdrähte neu zu spannen, wobei er mit den dicken, langen Saiten anfing und sich bis zu den kürzesten und feinsten im oberen Teil der Harfe vorarbeitete.

Hugh beugte sich zu Edward vor und sprach im Flüsterton zu ihm, um den Musiker nicht abzulenken. »Was soll ich jetzt mit Euch anstellen? Es wäre doch ein großer Jammer, wenn Ihr keine Gelegenheit bekämet, Eurem Vater und auch mir selbst wieder gutzumachen, was Ihr angerichtet habt. Der Gedanke wäre mir grässlich, dass Ihr eine Ewigkeit in der Hölle schmachtet, nur weil ich Euch keine Chance gegeben habe zu sühnen.«

Edward runzelte die Stirn, sagte aber nichts.

»Und es wäre kaum der Mühe wert, Euch an Colonel Cumberland auszuliefern«, fuhr Hugh fort, »da er Euch nur hängen würde. Die sinnlose Vergeudung eines jungen Lebens wäre das. Obwohl Ihr auf dem Konservatorium erzogen wurdet, habe ich dennoch das Gefühl, dass Ihr vielleicht ein wenig Verstand besitzt, vielleicht sogar eine Tugend, die Eure anderen Mängel wettmacht und die mir von Nutzen sein könnte. Ihr werdet heute Nacht hier bleiben, während ich über Euer Schicksal entscheide.«

»Ich muss nach Dublin zurückkehren, falls die Soldaten hier nach mir suchen sollten«, protestierte Edward.

»Sie werden Euch nicht holen kommen«, versicherte ihm Hugh, »es sei denn, ich ließe sie holen.« Er drehte sich um und rief über die Schulter gewandt: »Mhairgead! Hol dem Jungen etwas Suppe. Er wird heute Nacht unser Gast sein.«

»Vielen Dank, Großvater«, rief die junge Frau begeistert. »Aber meinst du nicht, du solltest noch ein paar Erkundigungen über ihn einziehen?«

Der alte Hugh hob die Augenbrauen und dachte kurz nach. »Edward, mein junger Freund«, sagte er dann, »habt Ihr ein Weib?«

»Nein, Sir, das habe ich nicht.«

»Seid Ihr einem Weib versprochen?«

»Ich bin mit dem Kampf um Irlands Freiheit vermählt«, erklärte der junge Rebell.

»Da wäre Irland heute ja um ein Haar zur Witwe geworden«, warf Denis ein.

»Und wenn Ihr Euch vermählen wolltet«, fuhr Hugh fort, »würde Euer Vater dann Einwände erheben, wenn Ihr selbst Eure Braut auswähltet?«

»Mein Vater würde von mir erwarten, dass ich aus keinem geringeren Grund als um der höchsten Ideale der Liebe willen heirate.«

Als Mhairgead das hörte, drückte sie sich beide Hände auf den Mund und stieß einen Seufzer der Bewunderung aus.

»Aber solche Gedanken liegen mir fern«, fügte der junge Rebell hastig hinzu. »Mein Leben ist der großen Sache der Freiheit gewidmet.«

»Und davon könnt Ihr Euch verabschieden, sobald Ihr verheiratet seid«, kicherte Denis.

»Einem gut aussehenden jungen Burschen wie Euch müssen die Frauen doch nachlaufen wie Jagdhunde dem Fuchs«, bemerkte Hugh mit einem leisen Lachen.

Edward errötete. »Es gab tatsächlich ein oder zwei junge Damen, die Interesse bekundet haben«, gestand er. »Aber ich hatte keine Zeit, mich solchen Dingen zu widmen. Ich war an der Planung des Aufstands beteiligt.«

Alle Anwesenden im Raum keuchten auf. Daniel schlug die Tür des Cottage zu, warf den Riegel vor und stellte sich breitbeinig vor den Eingang, während er Edward argwöhnisch musterte.

»Was wisst Ihr über den Aufstand?«, fragte Hugh scharf.

»Ich kann nicht darüber reden«, erwiderte Edward, »selbst

wenn Ihr mich an die Rotröcke ausliefern würdet. Ich werde eher sterben, als mein Wissen über die bevorstehende Rebellion preiszugeben.«

»Seid still, dummer Junge«, zischte Hugh. »Was ist, wenn irgendein Rotrock Euch solche Reden führen hörte? Rebellen werden nämlich gehängt, und jeder in diesem Haus würde in Verdacht geraten. Wollt Ihr vielleicht etwas Gesellschaft am Galgen? Ist es das?«

»Es tut mir Leid.«

»Dann hütet Eure kecke Zunge, Junge.« Der alte Whiskeybrenner seufzte, dann wandte er sich in die Richtung, wo er Mhairgead vermutete. »Wird er genügen?«

»Er ist genau richtig!«, erklärte die junge Frau freudestrahlend, dann biss sie sich auf die Unterlippe und summte leise vor sich hin.

»Also schön«, erwiderte Hugh, »wir werden ihn behalten.«

»Vielen Dank, Großvater«, erwiderte sie und eilte durch den Raum, um den alten Mann auf die Stirn zu küssen.

»Keine Ursache, mein Liebes«, sagte Hugh. »Das ist das Mindeste, was ich für dich und die Kinder tun kann, nach allem, was Ihr durchgemacht habt. Aber lass ihn dir nicht entwischen.«

»Das werde ich nicht«, versprach sie und eilte dann in die Küche davon, um eine Schale Suppe zu holen.

Edward blickte zwischen Hugh und Denis hin und her, dann sah er zu Daniel hinüber, der noch immer vor der Tür stand und sich seine Pfeife stopfte. Als der rothaarige Mann den fragenden Blick des Rebellen auffing, zuckte er die Achseln, als wolle er sagen, dass auch er keine Ahnung habe, was das alles zu bedeuten habe.

»Wenn Ihr nicht die Absicht habt, mich an die Engländer auszuliefern, dann muss ich unverzüglich aufbrechen und nach Dublin zurückkehren«, erklärte Edward, in dessen Sorge sich nun ein gut Teil Verwirrung mischte.

»Ich habe nie gesagt, dass ich Euch nicht an die Rotröcke ausliefern will«, erwiderte Hugh. »Ich habe noch nicht entschieden, was ich mit Euch machen werde. Außerdem habe ich gesagt, dass es ein Jammer wäre, Euch hängen zu sehen. Ich habe noch reichlich Zeit, zu einer Entscheidung zu kommen. Wir werden heute Nacht darüber schlafen, und morgen früh weiß ich dann vielleicht, was ich tun will.«

»Ich muss zurück nach Dublin«, beharrte Edward. »Dort wartet Arbeit auf mich.«

»Ihr habt Euch eine kleine Ruhepause verdient«, antwortete der alte Whiskeybrenner. »Es gibt nicht viele Männer, die der Sache so hingebungsvoll dienen, dass sie dafür ihr Leben aufs Spiel setzen. Lehnt Euch heute Abend zurück und entspannt Euch. Lauscht der Musik unseres geliebten Irlands. Der Musik, die die Engländer gern verbieten würden. Das ist es doch, wofür Ihr kämpft. Oder nicht?«

Der junge Rebell nickte und dachte, dass sein Gastgeber vielleicht Recht hatte. Er hatte in der Tat Leib und Leben für die Sache aufs Spiel gesetzt, und er verdiente sich ein wenig Ruhe und auch etwas gute Gesellschaft und Musik.

»Also schön«, gab Edward nach. »Aber ich muss morgen in aller Frühe aufbrechen.«

»In aller Frühe«, stimmte Hugh zu. »Wir werden morgen in aller Frühe darüber reden.«

Bevor der junge Rebell gegen die Feinheiten dieser Absprache protestieren konnte, stimmte Denis eine muntere kleine Melodie an. Edward kannte das Stück nicht, begriff dann aber schnell, dass es wohl eine Melodie war, die Harfenisten spielten, um sich davon zu überzeugen, dass die Saiten der Harfe richtig gestimmt waren.

»Ich habe Carolans Kompositionen auf dem Pianoforte gehört«, bemerkte der junge Rebell. Er wusste, dass es nicht als unhöflich galt, zu sprechen, während ein Instrument gestimmt wurde. »Es sind wirklich recht ergötzliche Stücke, wenn man bedenkt, dass er blind war.«

Die beiden alten Männer seufzten schwer und schüttelten den Kopf.

»Ich will damit nicht andeuten, dass er kein großer Musiker gewesen wäre«, fügte Edward hastig hinzu. »Nur weil ihm das Augenlicht fehlte, bedeutet das nicht, dass es ihm an Talent gebrach.«

»Das Pianoforte ist das Instrument der fettärschigen großen Damen«, entgegnete Denis voller Verachtung. Dann wandte er sich wieder seiner Harfe zu.

»Außerdem wird dieses Instrument der Musik meines Herrn in keiner Weise gerecht«, ergänzte Hugh. »Denn er hat sein Talent von dem Kleinen Volk persönlich empfangen.«

»Wovon sprecht Ihr?«, fragte Edward verwirrt.

»Während seiner Krankheit haben die Guten Leute ihn zu sich geholt und ihn zu spielen gelehrt.«

»Die Guten Leute?«

»Das Feenvolk«, erklärte Hugh und sprach dabei laut und langsam, als sei sein Gast taub.

»Wollt Ihr damit sagen, dass Carolan von den Feen entführt wurde?«, höhnte der junge Mann, der sich ein Lächeln über diese Vorstellung nicht verkneifen konnte. Der alte Mann musste einen Scherz gemacht haben.

»Ihr könnt über König George III. oder die gesamte englische Nation sagen, was Ihr wollt. Ihr könnt jedes Gerücht wiederholen, das Ihr über die persönlichen Gewohnheiten der Franzosen gehört habt. Ihr dürft sogar die Iren tadeln für ihr Pech in der Schlacht und die Torheit, mit der sie immer wieder schlechte Anführer wählen. Aber wagt es nicht, in diesem Haus das Kleine Volk zu verspotten«, warnte Hugh ihn mit ernster Stimme. »Denn sie haben meinem Herrn die Talente geschenkt, die ihm jeder neidete, der ihn kennen lernte, und dafür haben die Feen Respekt verdient.«

»Die Feen sind doch nur ein uralter Mythos«, erwiderte Edward abschätzig. »Niemand glaubt wirklich an sie.«

»Jedenfalls niemand in Dublin, wie man sieht«, brummte Denis kopfschüttelnd.

»Die Feen sind so real wie Ihr oder ich!«, gab Hugh zurück. »Und wer unter diesem Dach etwas anderes behauptet, verdient es nicht, unser Gast zu sein.«

Der alte Mann drehte sich auf seinem Stuhl um. »Daniel?«, rief er.

Sein Enkel richtete sich hoch auf und legte seine Pfeife weg.

»Ja, Großvater.«

»Geh und hol den Colonel. Ich habe einen jungen Mann hier, der meine Gastfreundschaft nicht länger zu genießen wünscht. Ich möchte diesen jungen Narren der Obhut der Krone anempfehlen.«

»Wie du wünschst, Großvater.«

»Vielleicht werdet Ihr Euch wohler fühlen, wenn Ihr in Ketten auf einem Gefangenenschiff auf Euren Abtransport wartet«, schnaubte der alte Whiskeybrenner.

»Einen Moment«, warf Edward nervös ein. »Ich habe

nicht gesagt, dass es die Feen nicht gibt. Ich habe lediglich bemerkt, dass sie ein alter Mythos sind. Ich würde nicht im Traum daran denken, meinem Gastgeber zu widersprechen.«

Hugh rührte sich nicht.

»Ihr verfügt offensichtlich über großes Wissen in diesen Dingen«, fügte der Rebell hastig hinzu. »Ich maße mir nicht an, über so große Kenntnisse zu verfügen, wie Ihr es tut. Auf der Hohen Schule zu Dublin hat man uns solche Dinge natürlich nicht beigebracht.«

»Ihr gesteht also, dass Ihr im Irrtum seid?«

»Ich gebe zu, dass ich keine Erfahrung mit den Feen habe«, entschloss Edward sich zu einem Kompromiss. »Und dass ich offenen Sinnes sein sollte, bis ich mehr darüber weiß.«

»Dann seid Ihr ein weiser und willkommener Besucher, Master Edward«, erklärte Hugh.

»Ich werde trotzdem mein Pferd satteln, nur für den Fall«, informierte Daniel den alten Mann.

»Ich denke nicht, dass das notwendig sein wird, Enkelsohn. Ich habe das Gefühl, dass unser Freund Edward sich langsam für unsere einfachen, ländlichen Sitten erwärmt. Also, wo ist nun dieser Whiskey?«

Der alte Mann verstand sich wahrhaft meisterlich darauf, die Dinge nach seinem Willen zu lenken, und Daniel neigte nur mit einem schiefen Lächeln den Kopf, dann trat er aus dem Haus, um den Krug zu holen.

»Was bringt Euch auf die Vermutung, dass Carolan von den Feen entführt wurde?«, fragte Edward, um das Thema weiterzuverfolgen und ein wenig Interesse zu zeigen.

»Ich habe die Geschichte von den Lippen meines Herrn

selbst gehört«, erwiderte Hugh. »Ich habe ihn im Laufe der Jahre wieder und wieder davon reden hören. Er hatte ein trauriges Leben, aber wie sich herausstellte, hat er das Beste daraus gemacht. Wer die Not scheut, verdient auch keinen Wohlstand, wie das Sprichwort besagt.«

»Oh heilige Maria im Himmel«, flüsterte Denis, »nicht schon wieder. Ich könnte es nicht ertragen, diese verfluchte Geschichte noch einmal zu hören.« Der alte Harfenist verschränkte die Hände vor seinem Instrument wie zum Gebet. »Allmächtiger Gott, der du das Leiden der Schwachen linderst, ich werde dem Whiskey für immer abschwören, wenn du nur die Zunge dieses alten Knaben lähmen willst, bevor er seine Geschichte beginnt.«

»Bitte niemals um etwas, das dein Herz mit Macht begehrt«, riet ihm Hugh, »denn dein Wunsch könnte in Erfüllung gehen. Mein Herr hat einmal einen Wunsch ausgesprochen. Und alles, was den großen Turlough O'Carolan später befiel, geschah nur, weil er etwas begehrte, das ihm nicht bestimmt war. Er brauchte viele Jahre, um seinen Irrtum zu erkennen, und zu dem Zeitpunkt hatte sein Leben sich bereits für immer verändert.«

Wieder drehte der alte Whiskeybrenner sich halb auf seinem Stuhl um, um seinen Worten Nachdruck zu verleihen. Die nutzlos gewordenen Muskeln hinter seinen leeren Augenhöhlen zuckten, als er sprach, und seine Augenbrauen bewegten sich auf höchst ausdrucksvolle Weise.

»Ihr könntet die eine oder andere Lektion aus der Geschichte meines Herrn lernen«, sagte er mit seiner rauen Stimme zu Edward. »Dann hättet Ihr vielleicht, statt mit rauchenden Pistolen durchs Dorf zu laufen, die Vernunft, die Kümmernisse des Lebens anzunehmen und sie zum

Wohle Eurer Mitmenschen zu nutzen. Habt Ihr noch andere Talente, abgesehen von Eurer Fähigkeit, Majore zu ermorden und den Rotröcken Gelegenheit zu geben, ihre Schießkünste zu üben?«

»Ich spiele die Violine und das Pianoforte –«, begann Edward.

»Fettärschige vornehme Damen«, murmelte Denis kopfschüttelnd vor sich hin. »Bei Jesus und allen Heiligen, warum ertrage ich es nur, Abend um Abend hier zu sitzen?«

»Ich habe eine irische Version der *Menschenrechte* herausgegeben«, übertönte der Rebell nun die Stimme des alten Harfenisten.

»Was soll das sein?«, fragte Mhairgead, die gerade mit einer leeren Schale in den Raum kam. Sie ging ans Feuer, hob den Deckel von dem Kessel, der dort hing, und begann, etwas Suppe in die Schale zu löffeln.

Edward lächelte, weil er glaubte, die Frau habe einen Scherz gemacht. Sie sah ihn jedoch weiter fragend an und wartete auf seine Antwort. Der junge Rebell begriff mit einem Mal, dass sie höchstwahrscheinlich keine Ahnung hatte, wovon er sprach.

»Die *Menschenrechte* sind eine Abhandlung über die Würde aller menschlichen Wesen«, erklärte er. »Diese Schrift drückt die Auffassung aus, dass alle Menschen gleich sind.«

»Alle gleich unterwürfig, wenn es um Frauen geht«, bemerkte Denis, und Mhairgead lachte.

»Ich bin wohlvertraut mit den Werken Carolans«, erklärte Edward, der zu dem Schluss gekommen war, dass es das Beste sei, nicht allzu sehr auf seine Aktivitäten als Rebell einzugehen. »Ich habe seine Werke von vielen hervorragenden Musikern gehört. Aber wie Mr Hempson bereits bemerkte, Carolan galt, nach allem, was man hört, zu seiner eigenen Zeit nicht als besonders guter Musiker.«

»Kein guter Musiker!«, wiederholte Hugh und geriet dabei so in Zorn, dass seine Stimme brach. »Er war der großartigste Harfner, der je auf Erden lebte. Was könnt Ihr außerdem schon darüber wissen? Carolan ist vor fünfzig Jahren gestorben. Lange bevor Ihr geboren wurdet.«

»Ich habe gehört ...«, begann Edward.

»Es gibt unzählige törichte Geschichten über Carolan«, unterbrach ihn Hugh, »so viele Anekdoten, dass es schwierig ist, Wahrheit von Erfindung zu unterscheiden. Es ist nur recht und billig, dass sich um einen großen Mann Legenden entspinnen. Aber ich habe die ganze Geschichte aus seinem eigenen Mund gehört. Und ich war ihm während der letzten zwanzig Jahre seines Lebens ein treuer Diener. Ich habe seine Harfe getragen und sein Pferd geführt, bis er starb.«

»Und wenn daraus kein großes Talent erwachsen ist«, murmelte Denis. »Kein Mann in ganz Irland zeigte solches Geschick, alte Mähren an der Nase zu führen. Ihr wart berühmt für Eure Kunst.« Der Harfenist kicherte leise vor sich hin, aber Hugh ignorierte die Kränkung.

»Die Feen waren Carolans Gönner«, fuhr der alte Mann eigensinnig fort, entschlossen, seine Geschichte zu erzählen. »Ich weiß, dass es die Wahrheit ist, denn mein Herr hat niemals gelogen, es sei denn, seine Ehre stand auf dem Spiel.«

Edward runzelte die Stirn, versagte sich aber jede Bemerkung über den offenkundigen Widerspruch in dieser letzten Feststellung.

Gerade in dem Augenblick kam Daniel mit einem irdenen Krug zurück. Er klopfte die feuchte Erde von dem Bauch der Flasche ab, zog mit dramatischer Gebärde einen dicken Korken aus dem Hals und füllte drei hölzerne Becher, die schon auf dem Küchentisch bereitstanden. Dann verteilte er die Becher an die Männer, die vorm Feuer saßen.

»Ist das der Krug, der unter dem Misthaufen vergraben war?«, erkundigte sich Hugh.

»Das ist er, Großvater«, erwiderte Daniel.

»Slainté«, sagte Hugh, und Denis wiederholte den Trinkspruch, bevor er den Whiskey mit einem einzigen Schluck herunterkippte. Daniel füllte ihre Becher unverzüglich nach.

»Wohlsein«, erwiderte Edward verlegen, da er der irischen Sprache nicht mächtig war.

»Wie lange hat dieser Whiskey unter der Erde gelegen?«, fragte Denis, während er sich den frisch gefüllten Becher unter die Nase hielt.

»Vier Monate«, antwortete Hugh.

»Vier Monate!«, rief der alte Harfenist. »Bei Jesus und allen Heiligen! Meint Ihr nicht, dass Ihr den Alterungsprozess damit arg in die Länge zieht?«

»Daniel hatte vergessen, dass wir an dieser Stelle einen Krug vergraben hatten«, erklärte der alte Whiskeybrenner seinem Gast.

»Es ist jedenfalls ein guter Tropfen, wenn auch ein wenig alt für meinen Geschmack«, beschied Denis abschließend. »Mit einer jungen Frau und jungem Whiskey kann ein Mann ewig leben, wie man sagt.«

»Wer sagt das?«, fragte Hugh skeptisch.

»Viele Gelehrte sind sich in diesem Punkt absolut einig.«

»Unfug«, spottete Hugh. »Wenn Ihr mir zuhören wollt«, fuhr er an Edward gewandt fort, »werde ich Euch von den frühen Jahren meines Herrn erzählen, lange bevor ich ihm begegnete. Anschließend werde ich Euch alles berichten, was dem großen Carolan widerfuhr, nachdem mir die Aufgabe zugefallen war, seine Harfe zu tragen.«

»Es ist eine gute Geschichte«, bemerkte Denis heuchlerisch. Dann kippte er seinen Whiskey hastig herunter und griff nach seinem Reiseumhang, der über der Rückenlehne des Stuhls hing. »Aber ich habe für einen Nacht wahrlich genug gehört«, flüsterte er.

»Wohin geht Ihr?«, fragte Hugh scharf und wandte sein Ohr dem alten Harfenisten zu. »Warum tut Ihr so, als wolltet Ihr Euren Mantel anziehen?«

»Ich wollte nur auf einen Sprung bei Finnegan vorbeischauen, um etwas von dem hervorragenden französischen Rotspon zu kosten, den er zur Zeit ausschenkt. Ich habe diese Geschichte hundert Mal gehört. Nichts für ungut, aber ich komme zurück, wenn Ihr fertig seid, und dann werde ich Euch vor dem Schlafengehen ein paar Weisen spielen.«

»Ihr bleibt, wo Ihr seid, Ihr hinterhältiger alter Schurke«, fuhr Hugh ihn an. »Ich habe Euch vom besten Whiskey in meinem Haus zu trinken gegeben, und Ihr werdet für mich spielen, während ich die Geschichte erzähle.«

Als er Daniels schwere Hand auf seiner Schulter spürte, setzte Denis sich murrend wieder hin. »Also schön«, gab er nach, »aber fasst Euch kurz. Ich muss in einigen Tagen nach Belfast reisen, um dort einen Mann zu treffen, der mich gut für meine Weisen entlohnen wird. Einen Shilling jedes Mal, wenn ich spiele, sagt er. Und mir steht nicht der Sinn danach, mich Euretwegen zu verspäten.«

»Erregt Euch nicht, Master Hempson«, riet Hugh ihm. »Meine Geschichte wird wohl kaum mehrere Tage in Anspruch nehmen. Außerdem, was ist das für ein Mann, der ein solches Vermögen bezahlt, nur um Euch auf Eurer zerschundenen alten Harfe spielen zu hören? Fasst Euch, sonst werdet Ihr noch die Saiten zerreißen, wenn Ihr sie zupft.«

»Ich wünschte, der allmächtige Herr im Himmel würde Eure verfluchten Saiten zerreißen«, gab Denis zurück, ohne sich allzu große Mühe zu geben, seinen Groll zu verbergen.

Edward fand das Geplänkel der beiden alten Männer recht erheiternd und zog die Augenbrauen in die Höhe, während er höflich an seinem Whiskey nippte. Die scharfe Flüssigkeit betäubte seine Zunge und würgte ihn in der Kehle, so dass er nur sehr langsam und vorsichtig trank. Sein Kopf schmerzte noch immer, und er fühlte sich sehr schwach. Außerdem machte er sich ein wenig Sorgen, dass der Schlag, den Daniel ihm versetzt hatte, dauerhaften Schaden hinterlassen haben könnte.

»Also, wo war ich gerade?«, überlegte Hugh mit einem Stirnrunzeln, so dass sich die Haut um seine leeren Augenhöhlen in tausend Falten legte. »Ach ja. Jetzt weiß ich es wieder«, rief der Whiskeybrenner zufrieden aus und machte es sich wieder auf seinem Stuhl bequem. »Ich wollte gerade mit dem Anfang anfangen, als Carolans Karriere begann.«

Denis seufzte tief und hielt Daniel erwartungsvoll seinen hölzernen Becher hin. Erst als der alte Harfenist mit seinen scharfen Ohren gehört hatte, dass der rothaarige Mann nachgeschenkt hatte, hielt Denis sich abermals den Becher unter die Nase. Der alte Musiker schnupperte vorsichtig an seinem Trinkgefäß und schluckte dann den gesamten Inhalt auf einmal herunter. Unverzüglich hielt er Daniel mit einem begeisterten Schmatzen erneut seinen Becher hin, aber Daniel rührte sich nicht.

»Ihr müsst Eure Sinne beisammenhalten, wenn Ihr

spielen wollt, Master Hempson«, ermahnte ihn der junge Mann. Aber dann füllte er den Becher dennoch wieder auf, und Denis lehnte sich zurück, um langsam an dem Whiskey zu nippen und der Geschichte zu lauschen.

»Der größte Harfenist in ganz Irland«, nahm Hugh seinen Faden wieder auf, »anwesende Herrschaften eingeschlossen …« Denis gab mit einem leisen Schniefen zu erkennen, dass er anderer Meinung war. »… der größte Harfenist in ganz Irland«, wiederholte Hugh, »erblickte in der Stadt Nobber das Licht der Welt, die, wie Ihr wissen solltet, wenn Ihr jemals dieses Land bereist habt, in der schönen, grünen Grafschaft Meath liegt. Der Vater meines Herrn war ein armer Landarbeiter, der später aus Not das Gewerbe eines Schmieds erlernte und in die Grafschaft Roscommon zog, um für die Familie MacDermot zu arbeiten. Dort begegnete mein Herr seiner großen und einzigen Liebe, der Frau, die sein Herz eroberte und für die auf immer ein Licht in seiner Seele brannte. Und dort erlitt er im zarten Alter von achtzehn Sommern sein furchtbares Schicksal unter den Händen eines Eindringlings, der gnadenloser war als selbst die Schlimmsten aller Engländer.«

»Wenn man glauben kann, dass es eine derartige Kreatur je unter dem Himmel gegeben hat«, fügte Denis hinzu.

Hugh beantwortete die Unterbrechung mit einem entrüsteten Hüsteln.

Denis nippte an seinem Whiskey und reagierte auf den sanften Tadel, indem er seinem Gastgeber beipflichtete. »Ein Fluch war es, der in diesen grausamen Jahren über uns alle kam.«

»Im selben Monat wurde ich geboren«, erklärte Hugh. »Turlough O'Carolan vollendete sein achtzehntes Jahr. Das liegt jetzt genau hundert Jahre zurück. Binnen eines Jahres nach meiner Geburt wurde der Usurpator Wilhelm, einstiger Herzog von Oranien und eingeschworener Feind des guten Königs Jakob Stuart, zum König gekrönt. Dies geschah nach der blutigen Katastrophe der Schlacht an der Boyne. Anschließend begann die Flucht der Grafen nach Frankreich, und der alte Adel Irlands zerstreute sich.«

»Mögen Sie alle eines Tages zurückkehren und uns vor englischer Tyrannei, verwässertem schottischem Whiskey und getrocknetem Heu in unserem Tabak retten«, warf Denis ein.

»Im Jahr meiner Geburt«, fuhr Hugh ungeachtet der Störung fort, »1688, brachten die Winde eine furchtbare Pockenplage über unsere Insel, die die Segel der fremden Schiffe füllten.«

»Fünfzig Jahre lang fand diese grausame Seuche ihr boshaftes Vergnügen darin, das irische Volk zu geißeln«, sagte Denis mit ehrlichem, tiefem Kummer. »Jene, die nicht von einem qualvollen Tod dahingerafft wurden, verloren ihr Augenlicht, wie ich. Die weniger Glücklichen waren später verkrüppelt und entstellt. Ich war ein Kind von zehn Jahren, als die Krankheit mich befiel.«

»Die Blattern?«, fragte Edward.

»Ich habe die Krankheit oft bei diesem Namen nennen hören«, bekräftigte der alte Harfenist. »Aber in jenen Tagen kannten wir sie als die Galar-breac, was Fleckenkrankheit bedeutet.«

»Der Teufel selbst wäre willkommener gewesen«, seufzte Hugh. »Hoch und niedrig Geborene gleichermaßen wurden davon befallen. Und daher sagt man nun, dass Satan keinen Unterschied macht zwischen den Menschen, ganz gleich, wie der Inhalt ihrer Taschen aussieht oder von welcher Qualität das Tuch ihres Mantels ist.«

»In meiner Familie blieben viele Menschen verschont«, fuhr Denis fort, »aber die meisten meiner Nachbarn wurden in der Blüte ihres Lebens dahingerafft.«

»Und für viele wäre es besser gewesen, wären sie an dem Fieber gestorben«, sagte Hugh. »Denn ein Leben ohne Augenlicht oder ohne die Kraft der Glieder ist wahrlich hart.«

»Ist das Gleiche auch Carolan zugestoßen?«, wollte Edward wissen.

»Wenn Ihr Euch noch ein Weilchen gedulden würdet«, ermahnte ihn der alte Whiskeybrenner, »es steckt noch viel mehr hinter meiner Geschichte, und ich möchte, dass Ihr alles hört.«

»Ich muss mich morgen früh auf den Weg machen«, rief Edward seinem Gastgeber ins Gedächtnis.

»Ihr werdet nach Dublin abreisen, wenn ich es will – und falls ich es will. Seid Ihr Euch sicher, dass Ihr nicht doch lieber die Gastfreundschaft Seiner Majestät in Anspruch nehmen wollt? Das lässt sich ohne weiteres machen.«

»Ich bin begierig darauf, Eure Geschichte zu hören«, versicherte Edward dem alten Mann eilends. »Bitte, verzeiht mir meine Ungeduld. Es war ein anstrengender Tag für mich.«

»Für Major D'Arcy war der Tag auch nicht besonders erfreulich«, bemerkte Denis trocken.

Hugh nahm noch einen Schluck Whiskey. Dann stellte er das hölzerne Gefäß vorsichtig neben sich auf den Boden, in dem befriedigenden Bewusstsein, dass er nun die ungeteilte Aufmerksamkeit aller Anwesenden hatte.

»1688 war ein schreckliches Jahr. Die Engländer standen

auf unserer Schwelle, und Lord Mayo, der König Jakob treu ergeben war, zog übers Land und sammelte alle kräftigen Männer für den Kampf um Irlands Freiheit. In ebendiesem Jahr fand Master Carolan seine Berufung.«

Kapitel 3

Hinter dem steinernen Herrenhaus befand sich ein großer Hof mit einer geräumigen, grob gezimmerten Holzscheune und der Werkstatt eines Schmieds. Zwei breite Türen führten in die dunklen Tiefen des Gebäudes, wo ein Dutzend Ackergäule und einige wenige schöne Reitpferde untergebracht waren.

In früheren Zeiten war dieser Bau eine prunkvolle Halle gewesen, in der berauschende Feste gefeiert wurden. Jetzt bestanden die einzigen Festessen dort aus süßem Heu und Brunnenwasser. Das einzige Lied, das dort erklang, war das Wiehern seiner vierbeinigen Bewohner, und an die Stelle der höfischen Tänze des Adels waren die stampfenden Hufe unruhiger Pferde getreten.

Direkt hinter der Stalltür stand ein junger Mann, der die zwanzig noch nicht erreicht hatte. Er trat auf dem Gras, das durch die Risse in der steinernen Türschwelle wuchs, ungeduldig von einem Fuß auf den anderen. Die Sonne ging gerade unter, und er hatte sein Tagewerk getan. Die meisten anderen Knechte saßen bereits beim Abendessen.

Aber dieser Junge würde nicht heimgehen, um mit seinem Vater zu essen. Nicht heute Abend. Denn diesen Abend würde er in Gesellschaft, deren Stand weit über dem seinen lag, Musik hören. Mrs MacDermot-Rua, die Ehefrau des Gutsbesitzers, war ein gütiger Mensch und hatte außerdem eine Schwäche für den Jungen. Seit ihr Gemahl sich König Jakob in Frankreich angeschlossen hatte, hatte sie die Ausbildung des Jungen gefördert.

Der Junge besaß einen scharfen Verstand und sah gut aus, war fleißig und ehrlich. Er war der Sohn, den Mrs MacDermot nie geboren hatte. Seine Gesichtszüge waren glatt, und seine Augen blitzten wie zwei dunkle Edelsteine. Er lernte schnell und hatte unter Mrs MacDermots Patronat die englische Sprache studiert und Lesen und Schreiben gelernt.

Aber dieser Junge hatte eine Schwäche, die ihm endlose Sehnsucht, tiefen Schmerz und Stunden unvergleichlichen Glücks bescherte.

Sie war die Tochter eines Squires und hieß Bridget Cruise.

Ab und an blickte der junge Mann jetzt erwartungsvoll zum Haus hinauf. Während er die Küchentür auf der anderen Seite des Hofs beobachtete, wünschte er sich, sie möge sich endlich öffnen. Als sich immer noch nichts bewegte, blickte er verdrossen zu Boden und trat mit seinen neuen Schuhen ins Gras.

»Wo bleibt sie nur?«, fragte er sich laut, während er seine Taschen nach Pfeife und Tabak durchsuchte. Als er die Pfeife gefunden hatte, machte er sich daran, sie sorgfältig zu stopfen, wobei er darauf achtete, dass kein einziger Faden des kostbaren Krauts auf dem Boden landete. Er fühlte sich unbehaglich mit seinen besten Kleidern mitten in der Woche, daher löste er das Tuch um seinen Hals ein wenig und knöpfte sein Wams auf.

Wieder blickte der Junge zur Küchentür hinüber, dann wurde ihm klar, dass er in die Schmiede gehen musste, um seine Pfeife an der Esse zu entzünden. Er war erst wenige Schritte weit gekommen, als die Küchentür nach innen aufschwang und ein junges Mädchen mit goldenem Haar und in einem bestickten Kleid aus dunklem, burgunderfarbenem Tuch heraustrat.

Ohne auch nur einen Augenblick zu zögern, steckte der Junge seine Pfeife wieder in die Tasche und eilte auf die Ställe zu. Er drehte sich nicht noch einmal um, bevor er hineinschlüpfte und die Tür hastig hinter sich zuzog. Dann lehnte er sich an die Wand und wartete mit wild hämmerndem Herzen.

Eine lange Zeit verstrich, und der Junge fühlte sich versucht, die Tür einen Spaltbreit zu öffnen, um hinauszusehen. Aber er hielt sich zurück und befahl seinem ungeduldigen Herzen, noch ein Weilchen länger auszuharren. Er zwang sich, zur Decke aufzublicken und seine Gedanken von seiner geliebten Bridget abzulenken, indem er die schweren Holzbalken zählte, die sich über ihm wölbten. Und als er sämtliche Ablenkungsmöglichkeiten erschöpft hatte, schloss er die Augen, um sich mit allen Sinnen auf das leiseste Geräusch, den winzigsten Fingerzeig ihrer Ankunft zu konzentrieren.

Endlich, gerade als er schwach werden und wieder in den Hof hinausgehen wollte, wurde die Tür ein klein wenig geöffnet. Eine zarte, glatte weiße Hand schob sich über das grob behauene Holz. Der Junge stand wie angewurzelt da und beobachtete erwartungsvoll die zierlichen Finger.

Während er die Tür anstarrte, schwang diese plötzlich auf und wurde eine Sekunde später wieder geschlossen. Die junge Frau spähte durch eine Ritze im Holz zurück nach draußen, um sich davon zu überzeugen, ob sie auch wirklich niemand beobachtet hatte. Nachdem sie sich vergewissert hatte, dass sie ungesehen entkommen war, drehte sie sich um.

»Turlough?«, flüsterte sie, während ihre Augen sich an die Dunkelheit gewöhnten. »Wo bist du?«

Der Junge konnte sich nicht bewegen. Das herrliche Geschöpf, das vor ihm stand, hielt ihn vollkommen in seinem Bann. Sie war eine Prinzessin. Ein Juwel. Eine warme, zärtliche Erholung von der harten Arbeit in der Schmiede und auf dem Bauernhof.

»Turlough!«, wiederholte sie eindringlich. »Spiel nicht mit mir. Du weißt, dass ich es hasse, wenn du mich zum Narren hältst.«

Bei diesen Worten trat der junge Mann einen Schritt näher auf sie zu. Sie zuckte überrascht zusammen und lehnte sich dann wieder an die Tür. Als sie den Geruch der Schmiede erkannte, lächelte sie verschmitzt. Sie drohte Turlough spielerisch mit dem Finger und winkte ihn zu sich heran.

»Bridget«, murmelte der Junge, bevor er sich in ihre Arme sinken ließ, »wo bist du gewesen? Ich habe eine Ewigkeit auf dich gewartet.«

»Ich konnte nicht weg«, antwortete sie und strich ihm dabei über das Kinn. »Vater beobachtet mich wie eine Katze, die sich an eine Maus heranpirscht. Ich musste den neuen Butlergehilfen, William O'Flynn, bitten, ihn abzulenken.«

»Können wir ihm trauen?«, fragte Turlough besorgt.

»Ich denke schon«, erwiderte Bridget. »Ich habe ihn heute Morgen erwischt, wie er aus der Kammer des Zimmermädchens geschlichen kam. Ich glaube nicht, dass er etwas sagen wird, weil er weiß, dass ich in dem Falle mit Mrs MacDermot sprechen würde.«

»Hat dich sonst noch jemand gesehen?«

Bridget legte ihm sachte eine Hand auf den Mund, um ihn am Weitersprechen zu hindern. »Wir haben nicht viel Zeit.« Langsam zeichnete sie mit dem Finger seine Oberlippe nach. Turlough seufzte, warf den Kopf in den Nacken und kostete jede ihrer Berührungen aus. Die junge Frau kam noch näher und foppte ihn mit dem Versprechen eines Kusses.

Der Junge strich zaghaft mit den Fingerspitzen über ihre Schulter und tastete sich dann zärtlich bis zu ihrem Hals vor. Die andere Hand legte er ihr um die Taille und zog sie so fest an sich, dass er ihren Körper an seinem spüren konnte.

Bridget schnurrte zufrieden, dann legte sie ihm beide Hände ums Gesicht und strich sachte über seine Wangen und seine Stirn. Sie war fast genauso groß wie er, daher sah er, als sein Blick wieder schärfer wurde, direkt in ihre dunklen, ozeanblauen Augen.

Wieder berührte sie seine Lippen mit dem Fingernagel und zog sein Gesicht schließlich näher an ihres heran.

Als ihre Lippen sich trafen, spürte der junge Mann, dass seine Knie zitterten und sein ganzer Körper vor Erregung brannte.

Turlough wusste, dass sie mit ihm spielte. Sie neckte ihn, verspottete ihn. Aber das kümmerte ihn nicht. Der Junge hatte noch nie ein solch ungeheures Glücksgefühl erlebt. Er war noch nie von einer jungen Frau geküsst worden, wie dieses Mädchen ihn küsste. Er schloss abermals die Augen und verlor sich endgültig in ihrer Umarmung.

Bridget biss ihrem Liebsten sanft in die Lippen und ließ ihre Zunge dann behutsam über seine Zähne wandern, so dass er aufhörte zu atmen und die Augen weit aufriss.

»Ich habe dich vermisst«, wisperte sie.

»Ich habe dich auch vermisst«, wiederholte er wie in Trance.

Jetzt ließ sie ihre Hände an seiner Brust hinunterwandern, schob sein aufgeknöpftes Wams zur Seite und liebkoste seinen Bauch, bevor sie sich zu seinen Hüften hinunterwagte und die Arme um ihn schlang, um ihre Hände fest auf seine Pobacken zu pressen.

Turlough ließ die Hände auf ihre Schultern sinken. Es lag nicht in seiner Macht, ihrer Umarmung zu widerstehen. Wann immer sie ihn berührte, schmolz er dahin wie goldene Butter in der Pfanne. Es war, als hätte sie ihn mit einem Zauberbann belegt; er war zu ihrem widerstandslosen Sklaven geworden. Sie hätte alles von ihm verlangen können, absolut alles. Wenn sie ihn in diesen Zustand gebracht hatte, war er nicht mehr Herr seiner selbst.

Eine ihrer Hände wanderte zu seinem Schenkel hinunter, und seine Atmung wurde plötzlich tief und rhythmisch. Er strich ihr über den Hals und ließ seine Finger dann langsam, bedächtig und sachte über ihr Schlüsselbein gleiten. Ohne den Blick von ihr abzuwenden, liebkoste er ihre nackte Haut.

Schließlich schob Turlough den feinen, burgunderfarbenen Stoff von ihren Schultern, während sie ihn mit neu entfachter Leidenschaft küsste. Er wölbte seine Hand um ihre Brust, und die junge Frau stieß ein wonnevolles Stöhnen aus. Ihre Hand fand sein Gesicht. Mit einem leisen Keuchen umfasste sie sein Kinn.

Und gerade in dem Augenblick, als Turlough das Gefühl hatte, endgültig den Verstand zu verlieren, gerade als er glaubte, er werde in ihrem Duft, in ihrer bloßen Anwesenheit ertrinken, stieß Bridget ihn von sich.

»Die Musik wird gleich beginnen«, gurrte sie aufgeregt. »Und Lord Mayo wird unter den Gästen sein. Kannst du dir das vorstellen? Lord Mayo persönlich, Stellvertreter des

Vizekönigs, Lord Tyrconnels. Und er hat einen Harfner namens David Murphy bei sich. Ich sage dir, das ist ein Mann! Er ist genauso alt wie du, höre ich, aber er ist trotz seiner Jugend ein großer Musiker. Der beste Harfenist im ganzen Land, sagt man.«

»Wer sagt das?«, fragte Turlough, dessen Stimme vor Eifersucht und Enttäuschung heiser war. Er hätte sich denken können, dass sie dieses kleine Spiel mit ihm spielen würde. Normalerweise machte es ihm nicht wirklich etwas aus, wenn sie ihn wegstieß, weil er wusste, dass sie am Ende doch nachgeben würde.

Turlough nahm an, dass sie noch viele Male Gelegenheit haben würden, auf diese Weise zusammenzukommen. Und in den letzten sechs Monaten hatte er langsam Gefallen an Bridgets neckischen Spielchen gefunden. Tatsächlich fieberte er jener berauschenden Erregung entgegen, die auf stundenlanges Geplänkel folgte. Aber heute Abend nahm er etwas Ungewöhnliches in ihrer Stimme wahr, etwas, das er zuvor nie bei ihr gehört hatte.

»Mrs MacDermot sagt, David Murphy sei ein großer Musiker, und sie muss es wissen«, erwiderte das Mädchen. »Kommst du jetzt mit ins Musikzimmer, oder willst du nur da rumstehen und schmollen? Deine Unterlippe hängt schon fast bis ins Heu hinunter.«

»Ich komme mit«, antwortete der Junge, während er um Fassung rang und versuchte, seine Atmung unter Kontrolle zu bekommen.

»Dann binde dir dein Halstuch, richte dein Wams und bring dein Haar in Ordnung. Irgendwie«, sprach sie mit gespielter Unschuld weiter, »hat sich das Band gelöst.«

Bridget trat einen Schritt näher heran, drehte ihn um und

begann, seine langen braunen Locken zu ordnen, bis sie adrett und präsentabel wirkten. Sie wollte nicht, dass irgendjemand im großen Haus erriet, was sie in den Ställen getrieben hatten.

»Ich bin nur der Sohn eines Schmieds«, erinnerte Turlough sie. »Es ist nicht nötig, dass ich wie ein großer Mann auftrete oder mich in vornehme Gewänder hülle.«

»Mrs MacDermot sorgt für deine Ausbildung«, schalt ihn Bridget, während sie ihm mit den Fingern durchs Haar fuhr. »Wenn sie nicht glaubte, dass du zu Höherem als der Schmiede bestimmt bist, hätte sie weder für deine Englischlektionen bezahlt noch dich zu dem Konzert heute Abend eingeladen. Und nun richte endlich dein Halstuch und zieh deine Jacke zurecht, bevor wir hineingehen. Ich werde nicht dulden, dass du unsere Gönnerin vor dem gesamten Adel Irlands in Verlegenheit bringst.«

Der Junge murrte zwar, tat aber wie geheißen. »Ich dachte, wir würden ein wenig mehr Zeit füreinander haben«, protestierte er, als sie so heftig an seinem Haar zog, dass sie ihm dabei den Kopf nach hinten riss.

»Wozu um alles in der Welt sollte ich meine Zeit mit deinesgleichen vergeuden, wenn Lord Mayo persönlich im Herrenhaus zu Abend speist? Du bist ein seltsamer Bursche, Turlough O'Carolan – zu denken, ich würde meine Stunden mit einem Burschen vom Land in den Ställen vertändeln, während der Mann, der vielleicht eines Tages im Namen des Königs Irland regieren wird, unter ebendiesem Dach speist.«

»Du hast es nicht für Zeitverschwendung gehalten, als wir letzte Woche den Heuboden für uns hatten«, erwiderte der Junge mit einem Augenzwinkern.

»Still!«, stieß sie mit gespieltem Tadel hervor, während sie sachte an seinen braunen Locken zupfte. »Wenn mein Vater auch nur den leisesten Verdacht schöpfte, dass ich meine Zeit mit dir verbringe, statt am Unterricht teilzunehmen, säße ich furchtbar in der Klemme. Und du würdest schreckliche Prügel für deine Unverfrorenheit beziehen. Unsere einzige Ausrede, überhaupt miteinander zu sprechen, ist die, dass wir dieselbe Lehrerin haben.«

»Bridget Cruise«, sagte er lächelnd, »ich glaube langsam, du hast Angst davor, dass dein Vater herausfinden könnte, was wir getrieben haben.«

»Natürlich habe ich Angst davor«, zischte sie.

»Bin ich nicht vornehm genug für dich?«

»Du dürftest genügen«, räumte sie neckend ein. »In gewisser Hinsicht kannst du es beinahe mit David Murphy aufnehmen.«

Dann drehte sie ihn an den Schultern herum und schickte sich an, sein Halstuch zu einem säuberlichen Knoten zu binden.

»Möchtest du lieber mit deinem galanten Harfenisten auf und davon gehen und an der Seite von Lord Mayo durch die Welt reisen?«, fragte Turlough.

»Seine Lordschaft wird in Kürze nach Frankreich aufbrechen, um den französischen König um Hilfe im Krieg gegen die Engländer zu ersuchen«, erklärte Bridget und ahmte dabei gekonnt die patriotische Redeweise ihres Vaters nach. »Er wird mit einer großen Armee rechtgläubiger Katholiken zurückkehren, die die Invasoren für alle Zeit von unseren Gestaden vertreiben werden. Und wenn sie mit dem Herzog von Oranien fertig sind, wird die heldenhafte Armee von König Jakob wieder in England einmarschieren, um dem

Parlament eine Lektion in Demut und Loyalität der Krone gegenüber zu erteilen.«

»Und ich nehme an, dieser Harfenist wird seine Lordschaft begleiten«, fügte Turlough hinzu.

»Das wird er.«

»Es ist eine gefährliche Reise«, sagte der junge Mann mit einem ernsthaften Kopfschütteln. »Viele Schiffe gehen auf hoher See verloren. Und noch viel mehr werden von den Engländern erbeutet.«

»Lord Mayo und sein Musiker werden eines Tages zurückkehren«, stellte Bridget entschieden fest.

»Wenn ich doch nur Harfe spielen könnte«, murmelte der Junge.

»Was redest du da?«

»Wenn ich Harfenist wäre, würdest du mir nicht nur einen kurzen Blick von der Seite gönnen, wenn wir uns auf der Straße begegnen. Du würdest dich nicht zu mir in den Stall schleichen müssen, um mich zu treffen, wann immer du meine Gesellschaft begehrst. Du würdest an meine Tür kommen und anklopfen, ohne zu fürchten, was man über dich reden könnte. Du wärst stolz auf mich.«

Turlough legte ihr eine Hand an die Wange. Bridget ließ von seinem Halstuch ab und sah dem Jungen in die Augen, während dieser die Hände auf ihre Taille hinabsinken ließ. Dann beugte er sich vor, um ihr einen Kuss auf die Lippen zu drücken. Aber kurz bevor sie einander berührten, lächelte Bridget ihr boshaftes Lächeln und zog sich ein wenig zurück.

»Wenn ich vornehme Kleider hätte und schöne Melodien spielen könnte«, sagte Turlough und erwiderte ihr Lächeln, »würdest du mich ganz für dich allein haben wollen. Wenn wir dann eine Stunde auf dem Heuboden verbrächten, würdest du nicht zu mir sprechen, als sei ich nicht mehr als ein Diener.«

»Sei still!«, zischte sie, und das Lächeln verschwand aus ihrem Gesicht. »Du vergisst deinen Platz. Du bist der Sohn eines Schmieds. Du bist nicht mehr als ein Diener.« Sie bemerkte das Aufblitzen von Ärger in seinen Augen und ließ ihre nächsten Worte ein wenig sanfter klingen. »Du magst eines Tages zählen lernen, um die Bücher deines Herrn zu führen. Vielleicht wirst du sogar deine Fähigkeiten im Lesen vervollkommnen, deine Kenntnis der Welt vergrößern. Aber du wirst niemals ein Musiker werden. Du bist zu alt, um jetzt noch das Harfenspiel zu erlernen, und außerdem werden deine starken Hände auf dem Gut benötigt. Du wirst immer der Sohn eines Schmieds sein, Turlough. Daran wirst du niemals etwas ändern.«

»Und du wirst immer die Tochter eines Squires sein, der sich in Schulden gestürzt hat und von der Barmherzigkeit von Menschen wie den MacDermots abhängig ist«, erwiderte Turlough verbittert. »Deiner Familie mag einmal die halbe Grafschaft gehört haben, aber jetzt bist du geradeso arm wie ich. Ohne Mrs MacDermots wohltätige Unterstützung hättest du nicht einmal etwas, um dir den Bauch zu füllen.«

»Du weißt ja nicht, was du da redest«, brauste Bridget auf, packte ihn an den Schultern und drehte ihn zur Tür um. Sie zupfte ein letztes Mal an dem Band an seinem Haar, um sich davon zu überzeugen, dass der Knoten auch stramm genug war. »Wenn Lord Mayo an der Spitze einer französischen Armee zurückkehrt, werden die Engländer flüchten wie die Ratten vor einer Flut. Dann wird König Jakob wieder nach London gehen und seinen rechtmäßigen Platz auf dem

Thron einnehmen. An diesem Tag wird mein Vater seine Ländereien und Titel zurückerhalten, zum Lohn für seine Treue. Und jeder, der unter dem Krieg mit dem holländischen Prinzen Wilhelm gelitten hat, wird wieder in Frieden leben können.«

»Das sind schöne Worte, aber es wird einer großen Armee bedürfen, um König Jakob wieder auf den Thron zu bringen. Ich habe mit dem alten Teeg gesprochen, dem Böttcher, der in Drogheda war, als Cromwell nach Irland kam. Er sagte, die englischen Soldaten seien die brutalsten und stursten Männer auf der ganzen Welt. Und Prinz Wilhelm von Oranien hat viele holländische und deutsche Regimenter mit nach England genommen, um dafür zu sorgen, dass er den Thron nicht wieder verliert.«

»Mit Männern wie Lord Mayo und dem Tyrconnel an der Spitze seiner Armee wird König Jakob seinen rechtmäßigen Platz schon bald wieder einnehmen«, widersprach sie. »Die englischen Lords mögen über keinen Funken Gerechtigkeit verfügen, aber das gemeine Volk dieses Landes hat sehr wohl ein Ehrgefühl. Es wird nicht zulassen, dass ein Thronräuber an der Stelle des rechtmäßigen Monarchen regiert.«

»Ich habe sagen hören, dass die Engländer durchaus bereit sind, Wilhelm anstelle eines Stuarts zum König zu krönen, da er mit König Jakobs Schwester verheiratet ist.«

»Das würden Lord Mayo und der Tyrconnel ihnen niemals gestatten!«

»Nun«, sagte Turlough mit einem Lächeln, »dann sollte ich ihn mir wohl besser einmal ansehen, diesen großen Herrn mit seinem hübschen Harfenisten.«

Bridget hatte das schwarze Seidenband in seinem Haar inzwischen zu ihrer Zufriedenheit geordnet und zupfte jetzt seine Jacke zurecht. »So wird es genügen müssen«, seufzte sie, während sie seinen Mantel abklopfte.

»Gibst du mir noch einen Kuss, Bridget Cruise?«, fragte er und legte ihr mit einem breiten Lächeln einen Arm um die Taille.

»Oh nein, das tue ich nicht!« Lachend schob sie ihn auf die Stalltür zu. Dann spähte sie vorsichtig durch die Ritze, um sich davon zu überzeugen, dass niemand sie beobachtete, bevor sie sich wieder zu Turlough umwandte. »Hüte deine Zunge, sonst ziehe ich sie dir aus dem Mund.«

»Das würdest du nicht tun, meine Liebste«, erwiderte Turlough, immer noch lächelnd. Er trat dicht vor sie hin, und sie lehnte sich an die Tür. »Dann würdest du nämlich nie wieder in den Genuss all der Dinge kommen, die sie zu tun vermag.«

Bridget grinste und strich ihm sanft mit den Lippen über die Wange. »Ich muss jetzt gehen, und du musst mitkommen«, flüsterte sie, aber Turlough spürte, dass es nicht schwierig sein würde, sie zu überreden, noch ein Weilchen bei ihm in der Scheune zu bleiben.

»Wir sehen uns nach dem Konzert«, versprach das Mädchen, »aber ich werde nicht mehr als ein paar Minuten bleiben können. Mein Vater möchte, dass wir heute Abend zeitig nach Hause zurückfahren.«

Turlough wollte gerade sagen, dass er lieber den Abend mit ihr zusammen verbringen würde, als sich die Musik irgendeines reisenden Harfenisten anzuhören, aber bevor er den Mund öffnen konnte, hörten sie beide, wie die Küchentür aufschwang. Bridget spähte mit jäher Furcht durch den Türspalt.

Als sie eine vertraute Gestalt auf den Hof hinaustreten

sah, stieß sie einen tiefen Seufzer der Erleichterung aus. Der Mann, der aus der Küche gekommen war, trug schwarze Livree und eine kurze graue Perücke, die ihn als Butlergehilfen auswies. Händeringend sah er nun zu den Ställen hinüber.

»Mistress Bridget! Wollt Ihr nun bitte hereinkommen? Die Musik fängt gleich an«, rief William.

Bevor Turlough ihr einen Abschiedskuss entlocken konnte, öffnete Bridget die Stalltür und schritt hinaus in den Hof.

»Ich komme schon, William«, erwiderte das Mädchen. »Turloughs Kleidung war in Unordnung geraten, und ich habe mich bereit erklärt, ihm zu helfen.«

Der Butlergehilfe legte sich eine Hand auf den Mund, um Erschrecken zu heucheln, obwohl er eine recht gute Vorstellung davon hatte, was sie mit dem Sohn des Schmieds in den Ställen getrieben haben mochte. Binnen Sekunden hatte Turlough Bridget eingeholt und ging gelassen neben ihr her.

»Wollt Ihr zwei vielleicht die ganze Nacht hier draußen bleiben?«, flüsterte der Butler, um sie zur Eile zu drängen. »Der beste Harfenist in ganz Irland wird gleich mit seinem Spiel beginnen. Etwas wie ihn werdet Ihr nie wieder zu hören bekommen.«

Dann drehte William sich um und ging ins Haus, ohne auf sie zu warten. Bridget eilte hinter ihm her, der junge Turlough ihr dicht auf den Fersen. Schon bald hatten sie die warme Küche hinter sich gelassen und durchquerten die geräumige, kalte Eingangshalle. Als sie das Musikzimmer erreichten, das Mrs MacDermot eigens für ihre Gäste unterhielt, herrschte in dem Raum bereits großes Gedränge.

Turloughs Augen weiteten sich vor Erstaunen, als er all die dort versammelten Gäste sah. Er stellte sich auf die

Zehenspitzen, um über ihre Köpfe hinwegzuspähen, und sog bei dem Anblick, der sich ihm bot, scharf die Luft ein. Der Raum wurde von einem goldenen Licht erhellt. Die Wirkung von zwei Dutzend Kerzen wurde durch die vier riesigen Spiegel, die in jede Wand eingelassen waren, vervielfacht. Ihre Flammen flackerten bei jedem Luftzug sanft hin und her.

Angetan mit ihren feinsten Gewändern, standen die meisten Gäste an den Wänden des Raums, plauderten miteinander und lachten. Die Spiegel weckten den Eindruck, als erstrecke sich das Musikzimmer bis in die Unendlichkeit und als seien viel mehr Menschen hier versammelt, als in den kleinen Raum passen konnten. Aus einem Dutzend Kristallkaraffen auf silbernen Tabletts strömte der Rotwein, und eifrige Diener füllten geschickt die Gläser. Einige dieser Dienstboten waren für den Abend aus den Herrenhäusern in der näheren Umgebung herbeigekommen, andere hatten die weite Reise aus Dublin unternommen, um die Gäste mit allen Annehmlichkeiten zu versorgen.

Mrs MacDermot hatte bereits ihren Platz neben Lord Mayo eingenommen und unterhielt sich mit ihm, als seien sie alte Freunde. Die Dame war ausstaffiert mit ihrem feinsten grünen Kleid mit langen, geschlitzten schwarzen Ärmeln. Wenn auch von sehr schlichtem Schnitt, bot das Gewand farblich einen starken Kontrast zu ihrem feuerroten Haar. Turlough fand, dass sie aussah wie eine Königin aus den alten Legenden.

Turlough beugte sich vor und flüsterte Bridget eine Frage ins Ohr. »Wie kommt es, dass Mrs MacDermot-Rua Lord Mayo so gut kennt?«

»Sie ist eine Fitzgerald. Lord Mayos Gemahlin ist ebenfalls eine Fitzgerald und Mrs MacDermots Cousine. Ihre Ladyschaft stammt aus dem alten Adel Irlands. Deshalb führt sie auch weiter den Namen ihrer Vorfahren, der Rua, der Roten.«

»Sie sollte unsere Königin sein«, murmelte Turlough, und Bridget lachte über seine Torheit.

Gerade in diesem Augenblick beugte Bridgets Vater, der hinter Lord Mayo saß, sich vor und flüsterte Mrs MacDermot etwas zu. Squire Cruise machte ein finsteres Gesicht, und nun blickten sie beide zu Turlough und Bridget hinüber. Die Dame nickte, runzelte die Stirn, als müsse sie ihm widerstrebend Recht geben, dann wandte sie sich wieder ihrem Gespräch mit Lord Mayo zu. Turlough verkrampfte sich innerlich. Er wusste, dass sie über ihn gesprochen hatten.

Jetzt berührte Mrs MacDermot Lord Mayo mit den Fingern ihrer schwarz behandschuhten Hand an der Schulter, und der hohe Herr richtete einige Worte an sie, bevor er von seinem Platz aufstand und sich räusperte.

Turlough schätzte Lord Mayo auf über sechzig Jahre. Die Locken des alten Mannes waren lang und grau und wurden im Nacken von einem schwarzen Band zusammengehalten. Sein Haar war so perfekt geflochten, dass es ihm schnurgerade den Rücken hinunterhing. Sein Bart war nach französischer Sitte gestutzt, so dass er auf seinem Kinn zu einer Spitze auslief, und sein Mantel war aus dem feinsten schwarzen Samt geschneidert, den Turlough je gesehen hatte, umsäumt mit einer kunstvollen Goldstickerei und gefüttert mit Leinen.

Das Hemd des Lords war schwarz, ebenso wie sein Wams, das gleichermaßen üppig mit blitzendem Goldgarn bestickt war. Seine langen Hosen steckten in kniehohen Reitstiefeln.

An seinem Gürtel hing eine Pistole, und an der Hüfte trug er ein Breitschwert mit Korb, wie es die Schotten in der Schlacht benutzten.

Die Kleidung des alten Mannes unterschied sich auffällig von den vielfarbigen Gewändern bei Hof. Es war die Tracht eines Soldaten. Trotz der feinen Stickerei war das Tuch seines Mantels dazu geschaffen, ihm lange Aufenthalte im Freien zu ermöglichen und ihn vor den Unbilden des Wetters zu schützen. Verglichen mit den anderen Männern im Raum mit ihren vornehmen Perücken und ihren kostbaren Strümpfen verströmte Lord Mayo Kraft, Erfahrung und Weisheit.

»Ich danke Euch«, erklärte der Lord, und ehrfürchtige Stille senkte sich über den Raum. Seine Stimme war volltönend, aber sanft, und er klang wie ein hingebungsvoller Vater, der zu seinen Kindern sprach. »Und einen besonderen Dank diesem Haus für so ein wunderbares Festmahl. Mein höchstes Lob gilt Mrs MacDermot für ihre großzügige und freigebige Gastfreundschaft. Ihr Gemahl dient dem König in Frankreich, und sie tut daheim das Ihre. Mrs MacDermot ist ein großartiges Vorbild für uns alle. Ich werde es nicht versäumen, Seine Majestät König Jakob von ihrer aufrichtigen Liebe zu berichten, mit der sie selbst mich unterstützt, den Niedrigsten und Bescheidensten seiner Untertanen.«

Ein Raunen lief durch den Saal, mit dem die übrigen Gäste diesen demütigenden Worten Beifall zollten. Sie alle wussten, dass er in den Augen des Königs alles andere war als der Niedrigste und Bescheidenste seiner Diener. Mayo war einer der größten Soldaten seiner Zeit und ein Staatsmann ohnegleichen.

»Erheben wir die Gläser, meine verehrten Damen und

Herren«, fuhr der Lord fort, während er einen schönen Kristallkelch schwenkte, »auf Seine Durchlauchtigste Katholische Majestät, König Jakob II., durch Gottes Gnade zum Verteidiger des Glaubens bestimmt. Gott schütze den König!«

»Gott schütze den König!«, riefen alle Anwesenden im Raum begeistert aus, dann kehrte wieder Stille ein, und die Gäste leerten feierlich ihre Gläser.

Als Lord Mayo seinen Wein ausgetrunken hatte, warf er einen Blick auf Mrs MacDermot. Sie stand auf, und Mayo zog sich auf seinen Platz zurück.

»Und Gott stehe Seiner Majestät Diener, Lord Mayo, bei«, fügte sie hinzu.

»Gott stehe ihm bei«, wünschten ihm die übrigen Gäste, während die Dienstboten im Raum umhereilten und die Gläser nachfüllten.

»Seine Lordschaft wird uns heute Abend eine besondere Gunst erweisen«, verkündete die Dame, deren Gesicht vor Erregung glühte. »Der persönliche Harfenist des Lords, David Murphy, der während der beiden vergangenen Jahre mit dem König Frankreich durchreist hat, wird uns heute Abend einige Weisen spielen. Der junge Murphy ist Euch allen vom Hörensagen wohlbekannt, und in den nächsten Stunden werdet Ihr erfahren, wie ein so junger Mann zu solchem Ruhm gelangen konnte.«

Sobald sie mit ihrer Ansprache fertig war, setzte sie sich nieder, und erwartungsvolles Schweigen hüllte das Musikzimmer ein. Ein magerer Bursche in dunkelblauem Rock, der perfekt die Konturen seines Körpers nachzeichnete, erhob sich von seinem Stuhl hinter Lord Mayo.

David Murphys dunkles Haar war im Nacken säuberlich

zusammengebunden und sein Halstuch sachkundig geknotet, so dass es ihm makellos über die Kehle floss, bevor es in seinem Wams verschwand. Der junge Mann hüstelte. Dabei hielt er sich elegant eine Hand vor den Mund, so dass die Spitzen seiner Hemdsärmel seine Lippen verbargen.

Turlough hasste den gut gekleideten Harfenisten auf den ersten Blick, angefangen von dem seidenen Tuch um seinen Hals bis hin zu den goldenen Schnallen auf seinen Schuhen.

Murphy hob eine kleine Harfe, die vor ihm auf dem Fußboden gestanden hatte, auf und ging zu einem Stuhl in der Mitte des Raums hinüber, wo alle Anwesenden ihn deutlich sehen und hören konnten. Dann sammelte er sich einige Sekunden lang, um sein kunstvoll geschnitztes Instrument zu stimmen. Turlough bemerkte, dass die Finger des Jungen sehr kurz und dünn waren. Seine Nägel dagegen waren überlang und liefen an den Enden spitz zu.

»Der Harfenist hat in seinem ganzen Leben nicht einen Tag gearbeitet«, bemerkte er leise.

»Sei still«, zischte Bridget und stieß ihm mit dem Ellbogen unbarmherzig in die Rippen.

Als die Harfe gestimmt war, blickte Murphy von dem Instrument auf und lächelte seinem Publikum herzlich zu. »Durch die Gnade Gottes«, erklärte er, »und aufgrund der Unfähigkeit von Herzog Wilhelms Parlament sind mein Herr und ich noch immer auf freiem Fuß und können uns ungehindert unter Euch bewegen. Möge der Tag kommen, da Seine Majestät König Jakob zu seinen treuen Untertanen zurückkehrt und den Usurpator stürzt.«

»Aye«, stimmten ihm alle Anwesenden zu.

»Ich werde zunächst eine Weise spielen, die seine Majestät häufig von mir erbeten hat«, fuhr Murphy fort. »Er sagt, sie erinnere ihn stets an Irland und seine treuen Bewohner, die geduldig hier ausharren und auf seine Rückkehr warten. Die Melodie ist Euch allen wohlbekannt als An Cúileann.«

Der junge Musikant holte tief Atem und ließ dann die ersten Klänge einer wunderschönen, sehnsüchtigen Weise hervorperlen. Die Gäste blickten nun in nachdenklichem Schweigen in ihre Weinkelche, während die Melodie durch den Raum schwebte.

Die Frauen betupften sich mit ihren Taschentüchern die Augen und taten so, als müssten sie sich Tränen fortwischen, selbst wenn sie gar keine hatten. Die Männer griffen mit der freien Hand nach ihren Rockschößen und murmelten, wie es die alten Sitten verlangten, nach jeder Phrase des Stückes einen beifälligen Kommentar. Lord Mayos Stolz auf seinen begabten Schützling war unübersehbar.

Die Harfe war nur ein kleines Reiseinstrument, das Murphy sich auf den Schoß statt auf den Boden gesetzt hatte. Sie eignete sich mehr für die Straße als für das Musikzimmer eines großen Hauses. Aber unter den geschickten Fingern des jungen David Murphy sang sie eine süße und klagende Melodie. Und der Zauber ihres Liedes griff nach jedem Herzen.

Turlough warf einen Seitenblick auf Bridget und schnaubte angewidert. Es überraschte ihn nicht, wie sehr sie diesen Musikus bewunderte; es verlangte sie stets nach hübschen Dingen, die nur geringen praktischen Wert hatten. Aber Turlough musste widerstrebend eingestehen, dass der Harfner tatsächlich ausnehmend begabt war.

Als Murphy mit seinem ersten Satz zum Ende kam, hielt er bereits alle Anwesenden in seinem Bann. Niemand dachte in diesem Augenblick noch an sein alltägliches Leben außerhalb dieses Raums. Vergessen war der blutige Streit um den Thron. Die Sorgen des Königs wurden plötzlich belanglos. Das Einzige, was zählte, war die magische, glockenhelle Musik der Harfe.

Die jüngeren Frauen erröteten tief, die älteren Matronen griffen sich an die Wange und bestaunten das Talent des Jungen und seine schön geschnittenen Gesichtszüge. David Murphy war sich der Wirkung vollauf bewusst, die er auf sie alle hatte. Auch bezweifelte er nicht im Mindesten, dass er der bestaussehende Mann in diesem Haus war. Und er segnete den Tag, da er sich entschlossen hatte, in die Fußstapfen seines Vaters zu treten und das Harfenspiel zu erlernen. Das Instrument wirkte einen unwiderstehlichen Zauber bei Frauen, und er genoss die Macht, die sein Talent ihm eintrug.

Am Ende des zweiten Satzes nahm sich der junge Harfenist die Zeit, sich im Raum umzusehen und einigen Damen diskret zuzunicken. Alle Frauen starrten ihn an, eine jede mit einem bewundernden Blitzen in den Augen. Wie gewöhnlich sahen alle Männer zu Boden.

Der Harfenist bemerkte einen ärmlich gekleideten Jungen, der in einem übergroßen Mantel an der Tür stand. Die Augen des Jungen waren voller Verachtung, was den Harfenisten überraschte, bis ihm bewusst wurde, dass er wohl eifersüchtig sein musste. Murphy neigte sachte den Kopf, zur Antwort auf die Feindseligkeit des Fremden, dann richtete er seine Gedanken wieder auf die Musik.

Murphy spielte auch den dritten und vierten Satz mit vollendetem Können und großer Zuversicht, bevor er zum Finale seine ganze Brillanz in die Waagschale warf. Er beendete seine Darbietung mit einem zarten Triller, bevor er noch einmal die Eröffnungstakte des ersten Satzes wiederholte. An dieser Stelle hielt er eine Sekunde lang inne, schöpfte tief Atem und begann, die Worte zu singen, die er für diese Weise geschrieben hatte.

Alle anwesenden Männer blickten erstaunt auf, und die Frauen erröteten noch tiefer, jetzt endgültig gefangen im Bann dieses klugen jungen Mannes. Es war höchst selten, dass ein begabter Harfenist neben solch geschickten Händen auch eine schöne Stimme besaß.

Murphy hatte viele Jahre darauf verwandt, seine Kunst zu vervollkommnen. Auch wenn er wusste, dass er ein herausragender Instrumentalist war, so war er doch gleichermaßen überzeugt von der großen Kraft seiner Stimme. Außerdem hatte er seine Talente vor den Damen des französischen Hofs erprobt – Damen von unvergleichlichem Geschmack und ebensolchen Geistesgaben, die nicht zögerten, ihn zu seinen Erfolgen zu beglückwünschen oder bei Fehlschlägen zu kritisieren.

»So manche Stunde verbrachte ich«, säuselte der junge Harfenist und ließ seine Stimme der Melodie folgen, die seine Finger auf den Saiten der Harfe zupften, »in den Armen meiner Liebsten. Und doch kann ich ihrer nicht gedenken ohne eine Träne der Trauer. Wie oft hat sie mir zärtliche Schwüre geschworen von Liebe und Treue. Und wenn ich von ihr Abschied nehme, ist ihr Herz noch immer voller Kummer gewesen.« Er blickte von dem Instrument auf und lächelte seinem Publikum zu, bevor er fortfuhr: »Not und Elend nimmt sie mit Freuden für mich in Kauf. Und des Nachts an meiner Brust vergisst sie all ihre Sorgen.«

Mehrere der Damen klappten an dieser Stelle ihre Fächer

auf und verbargen das Gesicht, eine jede fest davon überzeugt, dass dieser hübsche junge Mann nur für sie sang und für keine andere im Raum. Einige der übrigen Frauen hielten sich die Hände vor den Mund und kicherten, als Murphy aufsah, um abermals bewundernde Blicke oder anerkennende Gesten einzuheimsen.

»In ferne Länder werden wir ziehen, Seite an Seite. Und alle Not vergessen, die wir daheim erfuhren. Möge das Schicksal mir nun gewogen sein und mir seine Gunst gewähren. Gib mir meine liebste Cúileann, und meine Mühen sind mir reichlich vergolten.«

Murphy spielte noch einmal den Eröffnungssatz, dann ließ er die Messingdrähte seiner Harfe nachklingen, bis die letzten Schwingungen erstorben waren.

Noch lange nachdem tiefe Stille in das Musikzimmer eingekehrt war, regte sich keine Hand. Es war, als hielten alle in Erwartung eines weiteren Verses den Atem an. Dann begann Lord Mayo zu applaudieren, und schon bald klatschten alle Gäste begeistert in die Hände, um der großen Kunst des jungen Mannes zu huldigen.

Murphy neigte höflich den Kopf, während die Herren ihm zuriefen und pfiffen. Aber der fremde Junge mit dem braunen Haar, der auf der anderen Seite des Raums stand, runzelte noch immer finster die Stirn, und der Harfenist fragte sich einen Moment lang, wer dieser Bursche sein mochte.

Schließlich hob Murphy die Hand, um sich für die Großzügigkeit seines Publikums zu bedanken, und als seine Zuhörer nicht aufhörten zu klatschen, schlug er einen Akkord auf der Harfe an, um sie zum Schweigen zu bringen. Die Aussicht auf eine weitere Melodie ließ sie verstummen.

»Ich werde noch ein Stück spielen«, verkündete er mit klarer Stimme, dann wartete er geduldig ab, denn einige Gäste tuschelten noch immer hinter vorgehaltener Hand. »Ich werde ein Stück spielen, das ich jüngst zu Ehren meines großzügigen Gönners, Lord Mayo, komponiert habe.«

Der Lord lächelte breit. Dies war immerhin einer der Gründe, warum Adelige Harfenisten in ihrem Gefolge hielten, damit sie ihnen huldigten, ihnen schmeichelten und ihre hohen Tugenden herausstellten. Nicht zum ersten Mal beglückwünschte sich der alte Lord zu seiner Klugheit, dass er diesen Jungen schon in einem zarten Alter zu sich geholt hatte. Zwölf Jahre lang hatte Mayo Murphy beinahe so behandelt, wie er vielleicht seinen eigenen Sohn behandelt hätte. Er hatte ihn mit Geschenken überhäuft und ihm nur das Beste an Kleidung, Wein und Nahrung zur Verfügung gestellt. Und die beste musikalische Ausbildung, die man mit Gold kaufen konnte.

Murphy ließ die Saiten schwirren, bevor er einen mitreißenden Marsch anstimmte, bei dem die Männer sich voller Stolz aufrichteten, als seien sie soeben aufs Schlachtfeld gerufen worden. Auch die meisten der Damen setzten sich aufrechter hin, und einige, deren Ehemänner oder Söhne mit König Jakob in Frankreich waren, schlossen die Augen, um an ihre Lieben zu denken.

Der Harfenist kam mit seiner kriegerischen Weise nur bis zum dritten Satz, als ein Mann in einem langen blauen, schlammbespritzten Reitumhang in der Tür erschien. Turlough und Bridget wurden unsanft beiseite gestoßen, damit der Bote an ihnen vorbeigehen konnte. Sobald der Reiter eingetreten war, sah er sich suchend im Raum um, bis er den alten Lord Mayo entdeckte. Dann schritt der Fremde, ohne auf die wunderbare Musik zu achten, direkt auf Mayos Platz zu. Der alte Mann sah seinen Offizier näher kommen und legte eine Hand vor die Augen. Offensichtlich vermutete er das Schlimmste. Als er wieder aufblickte, geschah es nur, um den Boten mit einer knappen Handbewegung fortzuscheuchen, als sei dies nicht der rechte Augenblick für schlechte Nachrichten. Aber der Reiter war entschlossen, seine Botschaft zu überbringen.

Er beugte sich über Mayo und flüsterte ihm einige Worte ins Ohr. Während der Mann sprach, wechselte das Gesicht des alten Lords die Farbe, und er griff nach Mrs MacDermots Hand. Dann berichtete er ihr leise, was der Offizier ihm erzählt hatte. Ohne zu zögern, stand sie auf.

Murphy unterbrach unverzüglich sein Spiel. Er brauchte nicht lange zu rätseln, was geschehen war. Wenn der Kommandant der Leibwache seiner Lordschaft persönlich erschien, konnte das nur eins bedeuten.

Lord Mayo erhob sich gelassen und räusperte sich. »Es tut mir Leid, dass ich dein Spiel so schmählich unterbrechen muss, David«, sagte er mit einem gezwungenen, aber sehr ernsten Tonfall. »Und ich muss dich um Verzeihung für diese Störung deiner Musik bitten. Aber ich habe soeben die Nachricht erhalten, dass eine Kompanie englischer Dragoner, die dem holländischen Usurpator treu ergeben sind, weniger als fünf Meilen von diesem Haus entfernt auf der Straße gesehen wurde. Wir müssen annehmen, dass sie auf dem Weg hierher sind, in der Hoffnung, meine Soldaten unvorbereitet überfallen zu können.«

Plötzlich summte der ganze Raum, und ein nervöses Raunen lief durch die Reihen der Gäste. Eine Dame wurde ohnmächtig und fiel von ihrem Stuhl auf den Boden.

Mrs MacDermot eilte zu der Frau hinüber und befahl einem Diener, ihr Wein zu bringen.

»Es tut mir furchtbar Leid«, fuhr Lord Mayo nun an das Publikum gewandt fort. »Ich habe nicht genug Männer bei mir, um den Engländern einen anständigen Kampf zu liefern, daher muss ich mich eilends in Sicherheit bringen. Zu meinem großen Bedauern wünsche ich den Herrschaften nun eine gute Nacht. Doch habt keine Furcht. Die Engländer werden euch kein Leid antun. Sie sind höchstwahrscheinlich auf der Suche nach mir.«

Mit diesen Worten trat der alte Lord auf Mrs MacDermot zu und küsste ihr mit einer eleganten Verneigung die Hand. Einen Augenblick später geleiteten seine Offiziere ihn aus dem Raum und durch die Küche auf den Hof, wo die Pferde bereits warteten.

David Murphy hüllte in aller Eile seine Harfe in ihr ledernes Futteral und folgte ihnen, um nur ja nicht zurückgelassen zu werden. Zunächst einmal war kein Durchkommen durch das Gedränge im Saal, und er musste sich den Weg mit den Ellbogen freikämpfen. Schließlich hatte er die Tür erreicht, und dort stand Bridget, die nun eine Hand auf seinen Ärmel legte.

»Das war ein wunderschönes Lied«, sagte sie atemlos, und ihre Wangen waren rosig überhaucht, als sie sprach. »Ich hoffe, Ihr werdet bald einmal wiederkehren und uns mit Eurer Musik beehren.«

Der junge Harfenist ließ sich niemals eine Gelegenheit entgehen, eine Dame zu beeindrucken, selbst wenn er damit das Risiko einging, von englischen Dragonern gefangen zu werden. Er griff nach Bridgets Hand und drückte seine Lippen sanft auf die weiche Haut über ihren Knöcheln.

»Ich werde zurückkommen, wenn Ihr mir einen Kuss versprecht«, erwiderte der Harfenspieler, als ihre Blicke sich begegneten.

Bridget lächelte und beugte sich zu ihm vor, als wolle sie ihm etwas zuflüstern, aber im letzten Augenblick berührte sie mit den Lippen seine Wange. Murphy mochte eine hohe Meinung von sich haben, aber er hatte nicht damit gerechnet, dass das Mädchen in Anwesenheit so vieler Menschen derart kühn sein würde.

»Ich werde gewiss zurückkehren«, versprach er, ein wenig verblüfft über ihre Keckheit. Erst da bemerkte er den jungen Mann, der ihn zornig anfunkelte. Das Stirnrunzeln des anderen hatte sich inzwischen noch vertieft, was ihn ein wenig lächerlich aussehen ließ. Offensichtlich war dieses Mädchen seine Angebetete.

»Wie werde ich Euch finden, wenn ich zurückkehre?«, fragte Murphy das Mädchen, allein um den verdrossenen jungen Mann zu ärgern. »Nach wem soll ich mich erkundigen?«

»Mein Name ist Bridget«, sagte sie, und ihr Busen hob sich vor Erregung, »Bridget Cruise.«

»Dann werde ich auf ein Wiedersehen hoffen, Bridget mit den goldenen Locken«, erwiderte er leise. »Gehabt Euch wohl und betet um meine sichere Rückkehr.«

»Auf Wiedersehen«, gurrte sie. »Ich werde für Euch beten, mein galanter Harfenspieler.«

Dann folgte sie dem gut aussehenden jungen Mann mit den Blicken, bis er durch die Küchentür verschwunden war.

»Du solltest dir keine solchen Freiheiten bei einem Mann wie ihm herausnehmen«, zischte Turlough und fasste

Bridget am Arm. »Er ist nichts als ein vagabundierender Musikant.«

»Immer noch besser als der Sohn eines Schmieds«, konterte sie, solchermaßen jäh aus ihrem Traum herausgerissen. »Er hat Anmut und Geist …«

»Hübsche Kleider und ein regelmäßiges Einkommen, das er aus den Schatztruhen seiner Lordschaft abschöpft«, fügte der Junge hinzu, bevor sie ihren Satz beenden konnte.

»Sei still!«, brauste Bridget auf. »Er ist ein vornehmer junger Mann, der seine Pflicht an seinem König tut.« Damit drehte sie sich um und zwängte sich an allen anderen vorbei, die schwatzend in der Küche standen. Sie war fest entschlossen, einen letzten Blick auf David Murphy zu erhaschen, bevor er vom Hof ritt.

Turlough zuckte die Achseln und folgte ihr. Sobald sie draußen angekommen waren, versuchte er, ihr eine Hand auf die Schulter zu legen, aber sie schüttelte ihn ab.

»Lass mich in Ruhe, du ungehobelter, ungewaschener, ungebildeter, närrischer Junge«, fauchte sie ihn an.

Die Pferde waren mittlerweile gesattelt, und Lord Mayo war bereits mit seiner Leibwache davongaloppiert, aber Murphy stand noch immer neben seinem Reittier, nachdem er zuerst die Harfe in einer großen Satteltasche verstaut hatte. Als er sich in den Sattel schwang, bemerkte er Bridget und winkte ihr mit einer anmutigen Geste zu. Dann gab der Harfenspieler seinem Ross die Sporen und galoppierte in die Nacht hinaus, während Bridget und mehrere andere Damen auf dem Pflaster standen und ihm sehnsüchtig nachblickten.

»Was ist so Besonderes an diesem Burschen?«, fragte Turlough verärgert.

»Er ist ein echter Mann«, erwiderte Bridget knapp. »Er ist mutig und sanft. Er ist ein Dichter und ein Musiker. Er ist ein Hüter der alten Traditionen, die wir aufgeben würden, wenn es nach den Engländern ginge.«

»Wie kann ich mich damit wohl messen?«, lachte der junge Mann.

Bridget drehte sich zu ihm um, als sei sie plötzlich aus einem tiefen Schlaf erwacht. »Du kannst dich gar nicht mit ihm messen, Turlough O'Carolan. Wenn du der größte Harfenspieler deiner Zeit wärst, würde ich vielleicht, nur vielleicht, ein Auge auf dich werfen. Wenn du ein berühmter Herr wärst wie David Murphy und von allen großen Edelleuten des Landes geschätzt würdest, könnte ich deine Aufmerksamkeiten vielleicht als geziemend für eine Dame meines Standes erachten. Aber du bist ein Bauernknecht. Der Sohn eines Schmieds. Und du bist ein kleingeistiger, eifersüchtiger Junge. Jetzt, da ich mit eigenen Augen gesehen habe, welche Höhen ein Mann in dieser Welt erklimmen kann, werde ich niemals wieder meine Zeit mit deinesgleichen vergeuden.«

»Was?«, stammelte der Junge. »Wie viele Male hast du mir erklärt, mich zu lieben?«

»Sei still, oder ich werde nach meinem Vater rufen.« Bridgets Stimme war voller Verachtung.

In diesem Augenblick spürte Turlough eine Hand auf seinem Arm. Er drehte sich um und fand sich William O'Flynn gegenüber, dem Butlergehilfen. Er war ein wenig jünger als Turlough, doch sein Wesen verströmte etwas Gebieterisches.

»Die Lady wünscht, mit dir zu sprechen, Turlough«, erklärte William, »noch bevor du dich für die Nacht zurückziehst, wenn es beliebt. Sie hat mich hergeschickt, um dich zu holen.«

»Ich werde gleich nachkommen«, erwiderte der Junge, verwirrt von der plötzlichen Veränderung in Bridgets Verhalten ihm gegenüber.

»Die Lady wünscht dich auf der Stelle zu sehen«, beharrte der Butler. »Komm jetzt. Es gibt noch viel zu tun, bevor die englischen Soldaten kommen, und Mrs MacDermot braucht deine Hilfe.«

»Also schön«, gab Turlough nach und wandte sich noch einmal zu Bridget um. »Ich komme mit.« Aber das Mädchen ging bereits davon, noch bevor er weiter in sie dringen konnte. Nach ein paar Sekunden beschloss der Junge, es ein andermal zu versuchen, und folgte William zurück ins Haus.

Der Butler öffnete die Doppeltüren zum Musikzimmer und wartete, bis Turlough eingetreten war. Kaum hatte der Junge einen Fuß über die Schwelle gesetzt, schwangen die Türen hinter ihm zu. Mrs MacDermot und Squire Cruise saßen noch auf ihren Plätzen, nippten an ihrem Wein und tuschelten miteinander. Es schien ein freundschaftliches Gespräch zu sein, dennoch lag eine gewisse Spannung im Raum. Die Dame blickte auf, als sie den Jungen höflich in einigem Abstand warten sah, wo er ihre Unterredung nicht mit anhören konnte.

»Turlough«, begann sie und winkte ihn zu sich heran, »einen guten Abend wünsche ich dir.«

Der junge Mann trat näher und neigte leicht den Kopf. »Guten Abend, Mylady.«

»Hat dir die Musik gefallen?«, fragte Mrs MacDermot, und Turlough dachte, dass sie jünger und zerbrechlicher aussah, als er sie je erlebt hatte. Manchmal fiel es ihm schwer, sich daran zu erinnern, dass sie erst siebenundzwanzig Jahre alt war, denn sie besaß große Charakterstärke und führte den Haushalt mit strenger Hand.

»Es war eine großartige Darbietung, Mylady«, log der Junge.

»Schön. Jetzt habe ich eine Aufgabe für dich, wenn du so freundlich sein willst. Wie du wahrscheinlich weißt, hat man uns berichtet, dass englische Dragoner auf dem Weg hierher sind. Tatsächlich könnten sie jeden Augenblick erscheinen. Ich wäre dir sehr zu Dank verbunden, wenn du von Squire Crillys Hügel aus nach ihnen Ausschau halten würdest.«

»Beim ersten Zeichen, dass der Feind naht«, griff Bridgets Vater nun ihre Worte auf, »wirst du eine Fackel entzünden, damit wir das Signal hier sehen können.«

»Auf diese Weise erfahren wir rechtzeitig von ihrer Ankunft«, fügte Mrs MacDermot hinzu.

»Ich verstehe, Mylady«, antwortete Turlough, ohne Squire Cruise zu beachten.

»Da wäre noch etwas«, sprach sie weiter, »da du schon einmal hier bist.« Sie warf einen Blick auf Bridgets Vater. »Du hast gehört, welche Schwierigkeiten der holländische Herzog Wilhelm uns macht?«

Turlough nickte.

»Angeblich schicken die Engländer sich an, in Irland einzufallen. Lord Mayo sucht nach Rekruten, die er in seinem Regiment ausbilden will, für den Fall, dass die Engländer versuchen, dieses Land mit Gewalt zu erobern und König Jakob zu besiegen. Ich wünsche, dass du darüber nachdenkst, ob du dich Lord Mayos Regiment anschließen und deinen Teil dazu beitragen willst, unser Land vor den Eindringlingen zu schützen.«

»Sehr wohl, Mylady.«

»Denke gründlich darüber nach, Turlough. Ich glaube, dass wir dich hier entbehren könnten, aber nur, wenn du selbst es willst. Das Leben eines Soldaten ist hart und gefährlich, aber falls du dich Lord Mayo anschließen solltest, werde ich für deine Kleidung, die Waffen und andere notwendige Dinge aufkommen. Und ich werde dir ein kleines Einkommen zur Verfügung stellen, damit du immer einen vollen Magen hast, sofern eine Mahlzeit zu haben ist.«

»Sehr wohl, Mylady«, wiederholte der Junge.

»Also, das wäre geregelt«, sagte sie abschließend. »Und nun fort mit dir auf Squire Crillys Hügel. Und vergiss nicht, beim ersten Zeichen von Gefahr eine Fackel zu entzünden.«

»Das werde ich tun, Mylady.«

Turlough wandte sich zum Gehen, wohl wissend, dass Squire Cruise den Plan ersonnen hatte, ihn in den Krieg zu schicken, um ihn von Bridget fern zu halten.

»Es ist nur zu deinem Besten«, bemerkte William, als er Turlough in die Halle geleitete. »Ich weiß, du bist gut Freund mit Bridget, aber du musst verstehen, dass du ihre Bekanntschaft einzig der Tatsache verdankst, dass die Lady für euer beider Erziehung aufkommt. Ohne ihre Großzügigkeit hättest du Bridget niemals kennen gelernt. Unseresgleichen ist es nicht bestimmt, mit dem Adel zu tändeln.«

Turlough nickte schweigend. William hatte offensichtlich Mrs MacDermots Gespräch mit Bridgets Vater belauscht.

»Du kannst sie niemals heiraten«, fuhr William fort. »Ihre Leute sind hochgeborene Landbesitzer, und trotz des Unglücks, das sie befallen hat, ist ihr Vater ein sehr einflussreicher Mann. Für Menschen wie sie sind wir nichts. Unseresgleichen kann sich niemals in ihren Rang erheben. Wir müssen uns mit dem zufrieden geben, was wir haben.«

»Ich weiß«, warf der Junge ein. »Ich mag nicht mehr sein als ein Bauernknecht, aber ich habe Augen im Kopf, um zu sehen.« Er wandte sich zu William um und sagte kalt: »Wenn du mich jetzt bitte entschuldigen würdest, die Lady hat mir einen Auftrag gegeben.« Dann schob er sich an O'Flynn vorbei und ging auf den Innenhof zu.

Turlough konnte Bridget draußen vor der Küche, wo er sie zurückgelassen hatte, nicht finden, daher griff er sich eine Fackel, einen Feuerstein, Stahl und einen Lederbeutel. Dann holte er eine kleine Flasche Whiskey aus dem Vorrat seines Vaters und machte sich, so schnell er konnte, auf den Weg zu dem Hügel, von dem aus man beide Straßen und den Besitz der MacDermots im Blick hatte.

Den ganzen Weg zum Gipfel hinauf verfluchte er Squire Cruise für dessen Einmischung. Dann verfluchte er Mrs MacDermot, weil sie sich dem Willen des alten Mannes gebeugt hatte. Er verfluchte sein Missgeschick, als ein armer Knecht zur Welt gekommen zu sein. Aber vor allem verfluchte er das plötzliche Erscheinen David Murphys, des Harfenspielers von Lord Mayo, der sein Leben an einem einzigen Abend auf den Kopf gestellt hatte.

»Bridget hätte niemals daran gedacht, sich von mir abzuwenden«, murmelte er laut vor sich hin. »Sie hätte ihrem Vater getrotzt, wenn sie diesem arbeitsscheuen Dandy mit seiner protzigen Kleidung nicht begegnet wäre.«

Als der Junge den Gipfel erreichte, war der Mond bereits untergegangen, und es herrschte pechschwarze Finsternis. In der frischen Brise schlug ihm sein Umhang um die Knie.

Aber die Bäume, die auf der Kuppe des Hügels im Kreis wuchsen – neun alte Eichen und neun Weißdornbüsche –, boten etwas Schutz vor dem Wind.

Turlough hielt auf diese Bäume zu und setzte sich dann an eine der Eichen. Weit unter sich konnte er gerade noch das silbrige Band der Straße ausmachen, die sich durch die Felder auf das Anwesen der MacDermots zuschlängelte.

Obwohl die Bäume ihm einen erheblichen Schutz boten, war die Luft doch kalt, und Turlough überlegte, ob er ein Feuer entzünden solle. Dann wurde ihm klar, dass die Menschen im Haus in dieser dunklen Nacht selbst eine noch so kleine Flamme versehentlich für ein Signal halten könnten. Außerdem hatte man ihn oft genug davor gewarnt, in der Nähe alter Orte ein Feuer zu entzünden. Er wollte nicht das Risiko eingehen, die Geister aufzustören, die auf diesem verlassenen Gipfel hausten.

Während er sich unter die Eichen kauerte, fragte er sich, ob dieser Hügel tatsächlich von dem Guten Volk heimgesucht wurde, den anderweltlichen Geschöpfen, die angeblich gleich jenseits der Grenzen dieser Welt weilten. Man erzählte sich, dass der Weißdorn ihr Lieblingsbusch sei, obwohl Turlough nicht hätte sagen können, warum.

Gewiss war es um Mitternacht, allein auf diesem einsamen Hügel, nicht schwer, an die Geschichten über die Feen zu glauben, wie sie von jenen genannt wurden, die die englische Sprache benutzten. Statt einzudösen, wie er befürchtet hatte, blieb sein Verstand klar, und seine Sinne waren hellwach. Er nahm jeden Seufzer der Brise wahr, jedes Knarren der Zweige.

Das Gute Volk – oder die Alten, wie es auch genannt wurde – war allenthalben bekannt für seine Unart, gewöhnliche

Menschen einzufangen. Die Feen entführten ihre Gefangenen in die Anderwelt, um sie dort zu Sklaven oder zu ihren Geliebten zu machen. Oder aber sie stahlen ihnen ihre armen, unglücklichen Seelen und ließen die zerstörten, leeren Körper ihrer Opfer im Wald verrotten.

Die größten Musikanten und Geschichtenerzähler waren alle angeblich von den Feen gefangen, unterrichtet und dann nach Vollendung ihrer Ausbildung wieder freigelassen worden. Vor allem Harfenspieler wurden von dem Guten Volk ausgewählt, um bei ihnen das Handwerk dieser alten Musik zu erlernen.

»David Murphy versteht sich wirklich auf seine Kunst«, gestand sich Turlough verbittert ein, als seine Gedanken zu dem Grund seines Jammers zurückkehrten. »Ich werde niemals die Gaben besitzen, die er besitzt. Ich bin nur ein armer Bauernknecht. Und jetzt wird Mrs MacDermot mich in den Krieg schicken, nur um dafür zu sorgen, dass Bridget und ich nie wieder zusammenkommen.«

Der Junge fragte sich, ob seine Geliebte ihm wohl eher gewogen wäre, wenn er ein berühmter Harfenspieler würde. Turlough liebte die Musik. Gesang und Tanz waren ihm stets eine besondere Freude gewesen.

Einen Moment lang stellte er sich vor, in David Murphys Haut zu stecken. Was für ein Gefühl es wohl sein mochte, solch herrliche Melodien heraufbeschwören zu können, selbst an einem gewöhnliche Wochentag so vornehm gewandet zu sein, sein eigenes Pferd zu besitzen, so gut zu speisen wie ein Edelmann und von den Damen mit flatternden Lidern angeschaut zu werden? Und noch besser als all das, sich den Luxus langer Fingernägel gönnen zu können, die einen Harfenspieler von jeder niederen Arbeit ausschlossen. Der junge Turlough, allein auf dem Gipfel des Feenhügels, schloss die Augen und träumte davon, wie es sein mochte, nie wieder die Erde bestellen oder die Kühe von der Weide nach Hause treiben zu müssen.

»Nie mehr Torf schneiden, bis mir der Rücken schmerzt«, flüsterte er. »Keine Pferde oder Schafe mehr versorgen. Keine Ernte einbringen oder Heu schobern.«

Eine Eule flog aus den Bäumen auf, und Turlough sog scharf die Luft ein, aufgeschreckt von dem plötzlichen Geräusch.

»Wenn ich Harfenspieler wäre, könnte ich schlafen bis zur Frühstückszeit«, sagte er laut zu sich selbst, nachdem er sich von dem kleinen Schreck erholt hatte, »wie alle reichen Leute es tun. Kein Holz mehr hacken für den Ofen, keine Kühe mehr melken, keine Gänse füttern, keine Ziegen anbinden. Und wenn ich Harfenspieler wäre, würde ich hart an meiner Kunst arbeiten. Ich würde für die Musik geradeso schuften, wie ich es auf den Feldern getan habe oder in der Schmiede bei meinem Vater. Wenn es nur bedeutete, dass ich meiner Bridget näher sein könnte.«

Turlough blickte auf die Straße hinab. Der Mond war untergegangen, aber es war noch immer hell genug, um sicher zu sein, dass sich keine Reiter dem Haus näherten. Vielleicht, dachte er, kamen die englischen Dragoner überhaupt nicht mehr. Der Gedanke gefiel dem Jungen gar nicht, die ganze Nacht auf dem Hügel warten zu müssen und kein wärmendes Feuer entzünden zu dürfen, aus Furcht, dass der Feind doch noch erschien.

Turlough dachte an das Cottage, das er mit seinem Vater teilte, das warme Torffeuer im Kamin und das schmale Bett mit den warmen Decken. Auf diesem Hügel wurde es von

Minute zu Minute kälter. Seine Haut brannte; seine Finger waren taub. Bei Morgengrauen würde es gewiss Frost geben.

»Ich wünschte, Bridget wäre hier oben, um mich warm zu halten«, sagte der Junge mutlos. »Wahrscheinlich wird sie nie wieder mit mir sprechen wollen.«

Er seufzte und legte sich zwischen den verschlungenen Wurzeln der Eiche nieder, den Kopf auf eine davon gebettet, so dass er nach den Engländern Ausschau halten konnte, während er sich ein wenig Ruhe gönnte. Er schlang seinen Mantel fester um sich und zog sich seinen großen Filzhut über den Kopf, um ein wenig Wärme zu finden. Langsam bemächtigte sich der Schlaf seines müden Körpers. Turlough war es gewohnt, lange vor Mitternacht zu Bett zu gehen, damit er sich beim Morgengrauen erheben und sein Tagewerk beginnen konnte.

Er wusste, dass es seine Pflicht war, wach zu bleiben, daher kämpfte er lange Zeit gegen den Schlaf an und zwang sich gelegentlich, sich aufzurichten und in tiefen Zügen die kalte Nachtluft einzuatmen, bis seine Lunge brannte. Schließlich holte er seine noch gestopfte Pfeife hervor, um sich damit die Zeit zu vertreiben. Aber dann erinnerte er sich verbittert daran, dass er sie nicht anzünden konnte. Der kleinste Funke könnte als das Signal für die Ankunft der Dragoner erachtet werden. Zutiefst enttäuscht, steckte er die Pfeife wieder in seine Tasche.

Abermals richtete Turlough seine Gedanken auf Bridget, und dies hielt ihn über eine lange Zeit hinweg wach. Aber am Ende konnte er den Kampf gegen die Müdigkeit nicht gewinnen und döste allmählich ein. Es war eins von jenen kurzen Schläfchen, von denen er wusste, dass er sie sich nicht hätte gestatten dürfen, aber wie es uns allen bisweilen ergeht, schloss er einen Handel mit sich selbst.

»Ich will nur ein paar Minuten ruhen«, sagte der Junge leise zu sich selbst, »dann werde ich umso besser Wache halten können. Die Engländer sind bisher noch nicht gekommen, und sie werden es wohl auch kaum in den nächsten Minuten tun. Ich will nur für ein kleines Weilchen die Augen schließen.«

Und so beging er jenen Fehler, der ihn bis ans Ende seines Lebens verfolgen würde. Allein auf dem Gipfel eines Hügels, umschlossen von einem Hain, den die Feen bewohnten, in einer Nacht, da der Feind nicht weit war, sank Turlough O'Carolan in einen tiefen Schlaf.

Der alte Hugh unterbrach seine Erzählung und wandte sich zu Edward um, die Augenbrauen so tief heruntergezogen, dass sie beinahe seine Nase berührten.

»Was gibt es da zu lachen?«, fuhr er seinen Gast an.

»Dieser junge Bursche ist ein Idiot«, meldete sich Denis zu Wort, »ein verfluchter Idiot. Beachtet ihn einfach nicht.«

»Ich bitte um Vergebung, Mr Connor.« Edward versuchte sich zu beherrschen. »Es ist eine sehr gute Geschichte. Aber Ihr könnt doch gewiss nicht von mir erwarten, dass ich sie glaube. Niemand glaubt heutzutage noch an das Gute Volk.«

Beide Männer tranken hastig ihren Whiskey aus und hielten ihre hölzernen Becher Daniel hin, damit dieser ihnen nachschenke.

»Ihr seid mehr Engländer als Ire«, schnaubte Hugh. »Ihr stammt gewiss aus Dublin, und das mag der Grund für Eure Unwissenheit sein. Ich werde Euch Eure Torheit nachsehen.

Und ich werde um Euretwillen beten, dass die Feen Euch die gleiche Nachsicht erweisen.«

»Ich hoffe, Ihr werdet Euch niemals allein des Nachts auf der Straße wiederfinden«, fügte Denis ernsthaft hinzu. »Denn falls Ihr das tun solltet, werdet Ihr wünschen, die Rotröcke hätten Euch erwischt und Euch mit Blei voll gepumpt. Das ist immer noch besser als eine Seele, die von der Furcht vor den Feen erfüllt ist.«

»Das Gute Volk gebietet über beträchtliche Macht«, stimmte Hugh ihm zu. »Es vermag Euch mit einem Grauen zu schlagen, das Eure Knochen in Pudding verwandelt. Oder aber es segnet Euch mit der unerschöpflichen Fülle seiner Gaben, geradeso wie die Laune es ankommt.«

»Aber was für Geschöpfe sind die Feen eigentlich?«, fragte Edward, voller Staunen darüber, dass diese beiden alten Männer so erbittert an derart seltsamen und altertümlichen Vorstellungen festhielten.

»Sie sind älter als die älteste Eiche«, antwortete Denis ihm im Flüsterton, »und weiser selbst als die wachsame Eule. Sie sind von sehr altem Blut und stammen aus einer Zeit, bevor die Iren hierher kamen, als dieses Land noch voller Geister war, bösartiger wie gütiger.«

»Ich habe einen Priester einmal sagen hören, die Feen seien bei Gott in Ungnade gefallene Engel«, ergänzte Hugh. »Er behauptete, sie seien die Diener des Herrn, die sich nicht entscheiden konnten, auf welche Seite sie sich in den Kriegen des Himmels stellen sollten. Da sie sich jedoch auch nicht auf Gedeih und Verderb Satan anschlossen, mochte Gott sie nicht zu den Feuern der Hölle verdammen. Aber andererseits hatten sie sich auch nicht den Armeen der Gerechten beigesellt und mit ihnen den Kampf gegen das Böse ausgefochten. Daher beschied Gott, dass sie gegen den Willen ihres Schöpfers verstoßen hätten.«

»Und so«, warf der alte Harfenspieler ein, »musste der Allmächtige eine besondere Art der Buße für sie ersinnen.«

»Sie wurden dazu verdammt, die irischen Gestade zu durchstreifen«, eröffnete Hugh seinem Gast, »und zwar bis zur Wiederkehr Christi und zum Kommen seines Friedensreiches. Daher leben sie nun abseits unserer Welt, durch einen dünnen Schleier des Zaubers verborgen, in einem wunderschönen Land, das den Weiten des Himmels ähnelt. Und weil sie unsterblich sind, ist anzunehmen, dass sie mehr Sünden auf sich laden, als irgendein sterbliches Wesen es binnen eines einzigen Lebens zu tun vermag.«

»Aber gleichzeitig haben sie, da ihr Leben so lang ist, auch mehr Gelegenheit zu guten Werken und zur Sühne«, konterte Denis.

»Wie wahr«, sagte Hugh mit einem Nicken, »und es gibt viele unter ihnen, die nur für das Glück leben, das sie in die Welt bringen können. Obwohl die meisten Feen vom gleichen Schlag sind wie wir Sterblichen: eine seltsame Mischung aus Gut und Böse, weder ganz schlecht noch durch und durch heilig.«

»Dann sind die Feen also Geister?«, wollte Edward wissen.

»Das ist schwer zu sagen«, erwiderte Hugh bedächtig. »Diese Frage müsstet Ihr ihnen selbst stellen. Obwohl ich Euch nicht empfehlen würde, so kühn zu sein. Sie mögen keine neugierigen Fremden, und Fragen schätzen sie noch weniger. Ich weiß nur, dass jene, die die Feen gesehen haben, schwören, ihre Körper seien geradeso greifbar wie der Eure, mein junger Freund, der Ihr da am Feuer sitzt mit einem Grinsen auf Eurem Gesicht.«

Edward sah den alten Mann schuldbewusst an, aber dann fiel ihm wieder ein, dass sein Gastgeber blind war und nicht wissen konnte, dass er lächelte. »Wie ist es möglich, dass ich niemals eins dieser Geschöpfe gesehen habe, wenn sie so gewöhnlich sind?«

Beide Männer lachten leise und nippten nachdenklich an ihrem Whiskey.

»Ihr habt Euer ganzes Leben in Dublin verbracht, nicht wahr?«, fragte Hugh.

»Ich bin letztes Jahr nach London gereist, um meinen Onkel zu besuchen.«

Wieder lachten die beiden Alten.

»Ihr werdet kein Kaninchen in einem Fuchsbau finden«, erklärte ihm Denis. »Geradeso wenig wie das Gute Volk sich in kleinen oder großen Städten niederlässt. Sie hausen in den unzugänglichsten Teilen des Landes, fernab unserer Einmischung. Sie kommen nur gelegentlich in die Städte, um ihren eigenen Angelegenheiten nachzugehen.«

»Und wenn Ihr ihnen begegnet wärt«, sagte Hugh streng, »dann hätte sich Euer Schicksal von Grund auf verändert, das kann ich Euch versichern. Zum Guten oder zum Schlechten, Euer Leben wäre auf den Kopf gestellt worden. Die Feen begeben sich aus gutem Grund nur selten in die Städte, wo die Menschen kalt und humorlos sind und sich nur um sich selbst sorgen. Sie mögen den Geruch von Kloaken und Kohlenrauch nicht. Sie ziehen die Gesellschaft der ländlichen Bevölkerung vor, sofern sie überhaupt die Gesellschaft von Sterblichen suchen. Denn auf dem Land haben die Menschen sich noch ihren Verstand bewahrt. Hier wissen wir noch, wie der Mond steht und was das Wetter uns morgen bringen wird.«

»Alle Städter sind wie die Engländer«, bemerkte Denis, »sie würden einen Kuhfladen nicht einmal erkennen, wenn er in einem Fass frischen Honigs triebe.«

»Also spottet nicht über Dinge, von denen Ihr nichts versteht«, tadelte Hugh ihn. »Schon manch einer hat die Geschichten über das Feenvolk verlacht. Einige von ihnen hatten das Glück, am Leben zu bleiben, um ihren Spott zu bedauern. Den meisten aber wird dieser Luxus nicht zuteil. Denn die Alten dulden keine Dummheit. Und da sie unter Gottes Buße stehen und über die Macht zu strafen gebieten, ist es wahrhaft gefährlich, ihren Unmut zu erregen.«

»Und es ist Eure feste Überzeugung«, fragte Edward stirnrunzelnd, »dass Carolan seine Gaben in irgendeiner Weise von den Feen erhalten hat?«

»So ist es, und daran besteht kein Zweifel«, erwiderte Hugh. »So sicher wie dieser Whiskey zu lange reifen durfte.« Wieder hob er seinen Becher, damit Daniel ihm nachschenkte.

»Wir dürfen ihn auf keinen Fall auch nur eine Nacht älter werden lassen«, stimmte Denis ihm zu, der gleichfalls seinen Becher emporhielt. »Sonst kann man ihn gar nicht mehr trinken.«

In diesem Augenblick kam Mhairgead in den Raum zurück und lachte über ihren Großvater. »So manch einer«, kicherte sie und zwinkerte Edward dabei zu, »behauptet indes, dass man die Aufmerksamkeit des Guten Volkes auch auf sich zieht, wenn man zu viel Whiskey trinkt.«

»Wenn das so wäre«, protestierte Hugh, »dann wäre unser junger Freund, Denis, der König der Feen, und ich wäre sein Kammerherr. Denn es gibt keinen Mann auf Gottes schöner Erde, der einen Harfenspieler unter den Tisch trinken könnte, wenn dieser sich nur mit rechtem Eifer auf seine Aufgabe stürzt. Und ich muss es ihm natürlich nach bestem Vermögen gleichtun.«

»Natürlich«, lachte die junge Frau. »Dann hast du die Feen also mit eigenen Augen gesehen?«

»Das habe ich nicht!«, fuhr der alte Whiskeybrenner sie an. »Und vielleicht bleibt mir dieses Missgeschick ja auch für immer erspart. Es ist ein wankelmütiges Völkchen, und ich möchte keinem von ihnen in die Quere kommen. Obwohl ich zugeben muss, dass ich, seit ich mit Blindheit geschlagen bin, des Nachts Dinge gehört habe, die kein Christenmensch hören sollte. Ich würde beschwören, dass ich mit angehört habe, wie die Alten hier in diesem Zimmer ihren Schabernack getrieben haben. Sie haben getanzt und wilde, trunkene Orgien von unaussprechlichen Wonnen gefeiert.«

Daniel hüstelte nervös, und Mhairgead errötete.

»Was führst du da für Reden?«, sagte Daniel, nachdem ein paar Sekunden verstrichen waren. »In mancher Nacht hattest du so viel Whiskey im Bauch, dass du nicht einmal ein ganzes Regiment Rotröcke mit Militärkapelle und dröhnenden Kanonen gehört hättest.«

»Ich weiß, was ich weiß«, erwiderte Hugh rätselhaft.

»Nehmt noch einen Becher Whiskey, Master Edward«, sagte Mhairgead einladend.

Der junge Rebell fügte sich und lehnte sich dann wieder zurück, um an seinem Becher zu nippen. »Wie ist es gekommen, dass die Feen eine so wichtige Rolle im Leben Eures Herrn spielen konnten?«, fragte er und versuchte dabei, nicht auf die junge Frau zu achten, die so dicht hinter ihm stand.

»Das ist eine gute Frage«, erwiderte Hugh und nickte.

»Nun, dann erzählt es endlich!«, knurrte Denis. »Ich möchte nicht noch nächste Woche hier sitzen und darauf warten, dass Ihr Eure Geschichte beendet.«

»Also schön«, seufzte der alte Whiskeybrenner und hob die Hand, um der Ungeduld seines Freundes Einhalt zu gebieten. Aber der alte Harfenspieler konnte die Geste natürlich nicht sehen, daher beruhigte sie ihn keineswegs.

Kapitel 4

Der Wind war bereits vollends abgeflaut, als Turlough erwachte, aber seine Füße schmerzten vor Kälte. Sofort erhob er sich und suchte die Straße ab, denn er befürchtete, dass er länger geschlafen hatte als nur wenige Minuten.

Aber nichts regte sich, und von englischen Dragonern war weit und breit keine Spur zu entdecken. Die Nacht war vollkommen still, abgesehen von dem sanftem Rascheln der Zweige über ihm.

»Ich hätte es gewiss gehört, wenn eine Truppe berittener Krieger vorbeigekommen wäre«, versicherte er sich; er sprach laut, weil es ihm wohl tat, seine eigene Stimme zu hören.

Dann streckte er sich, gähnte und stampfte mit den Füßen auf, damit das Blut sich wieder durch die Adern bewegen konnte. Nach einigen Augenblicken setzte er sich wieder nieder, dann lehnte er sich zurück und ließ lange Minuten seinen Geist wandern. Er fror noch immer an den Beinen, daher zog er die Knie bis zur Brust hoch und schlang die Arme darum.

»Ich wünschte, ich wäre ein Harfenspieler«, seufzte er, wohl wissend, dass er kaum eine Chance hatte, dieses Ziel zu erreichen. »Es kümmert mich nicht, welches Elend ich dafür vielleicht erdulden müsste. Es kümmert mich nicht, wenn es bedeutet, dass ich dieses verwünschte Gut und Mrs MacDermot niemals mehr wieder sehe. Ich wünschte, ich wäre der größte Harfenspieler, der je gelebt hat.«

Der Wind schwoll plötzlich wieder an, und das Laub der Bäume begann zu zittern.

»Du solltest vorsichtig mit dem sein, was du dir wünschst«, durchschnitt eine dunkle Stimme die Luft, »denn es ist gut möglich, dass es dir im Übermaße zuteil werden wird.«

Turlough war binnen einer Sekunde auf den Beinen, stolperte sogleich über die Wurzeln der Eiche und landete einmal mehr auf den Händen. Während er geschlafen hatte, musste sich irgendwie eine Horde gut bewaffneter Dragoner auf dem Hügel eingerichtet haben.

In seinem Entsetzen hob der Junge den Blick, um zu sehen, wer der Fremde war und ob er Begleiter bei sich hatte. Langsam bewegte sich jetzt eine hoch gewachsene Gestalt über die Lichtung auf ihn zu, um dann jedoch plötzlich hinter einem Weißdorn zu verschwinden.

»Mutter Gottes, steh mir bei!«, rief der Junge aus. »Ich bin auf Wache eingeschlafen, und jetzt werden mich die heidnischen Engländer ermorden.«

Seine von panischem Schrecken erfüllten Worte wurden von einem heiseren Lachen beantwortet, das ihn bis auf die Knochen frieren ließ. Es war ein fröhliches und dabei doch spöttisches Lachen. Turlough sah sich voller Furcht um. Nur wenige Meter von ihm entfernt stand ein magerer Mann, den die missliche Lage des Jungen offenkundig erheiterte.

»Seid Ihr ein englischer Dragoner?«, fragte Turlough und versuchte, das Entsetzen in seiner Stimme zu bemänteln.

»Du kannst deinen Glückssternen und allen Heiligen im Himmel danken, dass ich das nicht bin«, erwiderte der Mann, »sonst hätte ich dir bereits die Kehle aufgeschlitzt und dich als Festmahl für die Füchse und Raben liegen gelassen.«

»Wer seid Ihr? Was tut Ihr hier?«

»Dies ist mein Land, Turlough O'Carolan«, antwortete der Fremde. »Gewiss darf ich mich auf meinem eigenen Grund und Boden aufhalten, wann immer es mir beliebt.«

»Squire Crilly?«, fragte der Junge und blinzelte, um das Gesicht des Mannes in der Dunkelheit erkennen zu können.

»Der bin ich«, sagte der Squire mit einem leisen Lachen und trat dann einen Schritt näher. »Was soll dieses Gefasel von englischen Dragonern?«

»Wart Ihr heute Abend denn nicht drüben im großen Haus?«

»Nein.«

»Lord Mayo war dort.«

»Ich habe gerüchtweise gehört, dass seine Lordschaft für heute Abend erwartet werde, aber ich war anderweitig beschäftigt.« Der Squire blickte über die Schulter zu dem Baumkreis hinüber.

»Ich war dort«, flüsterte Turlough, »als die Nachricht kam, dass die Engländer anrückten, um seine Lordschaft und all seine Soldaten gefangen zu nehmen.«

»Es würde mich doch sehr überraschen, wenn die Engländer so kühn wären, Lord Mayo in seinem eigenen Land ergreifen zu wollen, Turlough«, spottete Crilly. »Sie haben nicht genug Soldaten in Irland, um einen so verwegenen Überfall zu versuchen. Und gewiss hätten die Dragoner, von denen du sprichst, inzwischen die ganze Grafschaft in Aufruhr versetzt. Die Engländer reiten selten ruhig und friedlich irgendwohin.«

»Die Leibwache seiner Lordschaft hat ihm berichtet, es seien Dragoner gesehen worden«, protestierte Turlough.

»Die Leibwache seiner Lordschaft besteht aus einem Haufen nervöser Männer. Sie werden dafür bezahlt, argwöhnisch zu sein. Die Engländer wären in dieser Grafschaft nicht weit gekommen, ohne auf grimmigen Widerstand zu stoßen. Außerdem sind englische Soldaten nicht bei Nacht unterwegs. Sie schätzen ihre warmen Kasernen, und ihre warmen Huren schätzen sie noch mehr.«

Der Squire blickte nach Osten, zum Himmel hinauf. »Es wird bald dämmern«, sagte er und lachte. Selbst wenn eine ganze Truppe englischer Dragoner vorbeigeritten wäre, hätte der junge Turlough sie wahrscheinlich trotz des lauten Klirrens ihrer Rüstungen nicht bemerkt. »Du bist mir ein schöner Wächter, dass du den größten Teil der Nacht verschläfst«, zog Crilly ihn auf.

»Gott helfe mir, wenn sie vorbeigeritten sind und ich sie nicht gesehen habe«, murmelte Turlough, während er sich hochrappelte. »Ihre Ladyschaft wird mir bei lebendigem Leib die Haut abziehen, wenn ich sie übersehen habe.«

»Kein Engländer ist heute Nacht über diese Straße gekommen, das kann ich dir versichern«, antwortete Crilly mit einem Lächeln. »Ich hätte ihre ungepflegten Pferde und ihre eisernen Häute gewiss gerochen. Aber hast du denn gar keine Angst vor dem Guten Volk, dass du dich mitten in einer mondlosen Nacht hier auf dem Hügel schlafen legst?«

»Ich habe nur getan, was mir befohlen wurde«, murrte Turlough.

»Das hast du allerdings«, lenkte der Squire ein, »und ich habe nichts dagegen, wenn du dich auf meinem Land aufhältst, solange du wirklich nur nach Engländern Ausschau hältst und nichts anderes dabei im Sinn hast.« Der Mann trat näher und sah dem Jungen eindringlich ins Gesicht. Turlough trug noch immer seine besten Kleider und Crilly runzelte fragend die Stirn. »Was hast du da geredet, dass du gern ein großer Harfenspieler wärst?«

Turlough blickte zu Boden und trat verlegen von einem Fuß auf den anderen.

»Bridget hat sich in Lord Mayos Musiker verguckt«, erklärte er. »Einen schmächtigen Burschen namens Murphy.«

»David Murphy ist zu groß für die winzigen Stiefel, die er trägt, und seine Hüte sind gleichfalls immer größer geworden, seit er mit seiner Lordschaft umherzieht«, schnaubte Crilly angewidert.

»Kennt Ihr ihn etwa?«

»Ich habe ihn gelegentlich spielen hören.« Der Squire machte eine wegwerfende Handbewegung. »Ich versuche mich selbst ein wenig an der Musik, müsst Ihr wissen, aber Murphys Spiel ist mir zu fad. Weißt du, wie ich das nenne?«, fügte er mit einem Lächeln hinzu, bevor er noch einen Schritt auf Turlough zutrat.

»Nein«, antwortete Turlough neugierig.

»So lala«, erwiderte der Squire und bewegte dabei im Rhythmus der Silben den Kopf hin und her. Dann gähnte er übertrieben, um seinen Worten Nachdruck zu verleihen.

»Ich habe nicht recht verstanden, warum alle anderen in solche Aufregung über seine Musik gerieten«, gab Turlough zu. »Mir schien sein Spiel auch nichts Besonderes zu sein.«

»Was kannst du schon von der Musik mitbekommen haben? Dich haben doch deine Gefühle für Bridget blind gemacht«, lachte Crilly. »Dann hat sie also ihr Herz an den jungen Murphy verloren?«

Turlough ließ den Kopf sinken und nickte.

»Und du glaubst, du kannst ihre Zuneigung zurückgewinnen, indem du ein großer Harfenspieler wirst, ja?«

»Zumindest würde sie mich vielleicht ansehen, wenn ich ein Musiker wäre und einen feinen Mantel und einen Hut trüge.«

»Was würdest du dafür geben, sie zurückzugewinnen?«

Turlough brauchte nicht lange über die Antwort nachzudenken. »Ich würde alles geben, absolut alles, um ein großer Musiker zu sein und Bridget Cruise dazu zu bringen, mich so anzusehen, wie sie David Murphy heute Abend angesehen hat.«

»Das Leben eines Harfenspielers ist hart«, warnte ihn Crilly. »Ich muss es wissen, denn ich bin vor langer Zeit selbst einmal mit Harfe und Pferd durchs Land gereist. Es kann dir geschehen, dass du dein Heim verlässt und manchmal jahrelang nicht zurückkehrst. Genauso könnte es geschehen, dass du zwölf Monate lang kreuz und quer durch Irland wanderst und dabei kaum deinen Lebensunterhalt verdienst.«

»Ich würde jede Unannehmlichkeit auf mich nehmen, um das Handwerk der Musik zu erlernen. Es würde mich nicht kümmern, wenn ich die MacDermots oder ihre fetten Kühe und ihre spindeldürren Ziegen nie mehr wieder sehe, solange ich lebe.«

Crilly zog die Augenbrauen in die Höhe und legte dem jungen Mann die Hand auf die Schulter. »Du weißt nicht, was du redest«, sagte er streng. »Aus dir spricht das Ungestüm der Jugend, daher will ich so tun, als seien diese Worte niemals über deine Lippen gekommen.«

»Ich wäre wirklich nicht traurig, wenn ich diese Gemeinde niemals wieder sehen würde«, wiederholte Turlough. »Ich möchte so weit wie möglich fort von diesem Stück Land und Bridgets Vater.«

Crilly umfasste den Oberarm des Jungen mit hartem Griff. »Sag so etwas nicht. Nicht hier. Nicht auf einem Hügel, auf dem die Feen dich hören könnten. Nicht in einer Nacht ohne Mond, der sie in ihren Häusern festhält.«

»Würdet Ihr mich unterrichten?«, fragte Turlough.

»Würdest du üben?«, entgegnete der Squire und lockerte seinen Griff.

»Wenn sich mir die Gelegenheit dazu böte, würde ich jeden freien Augenblick an diesem Instrument verbringen. Ich würde studieren und üben, bis ich ein Meister wäre. Ich würde den Titel des Ersten Musikers Irlands erringen.«

»Und was ist mit der Arbeit auf dem Land, die getan werden muss?«, gab Crilly zurück. »Ein Harfenspieler braucht gesunde, starke Fingernägel. Ein Bauernknecht kann sich einen solchen Luxus nicht leisten. Und was ist mit Mrs MacDermots Plan, dich der ruhmreichen Armee unseres guten Königs Jakob beitreten zu lassen?«

»Woher wisst Ihr davon?«

»Neuigkeiten verbreiten sich schnell«, antwortete der Squire geheimnisvoll. »Squire Cruise war gestern Abend zum Essen mein Gast und fragte mich um meine Meinung zu seinem Plan«, erklärte Crilly, als er die Verwirrung auf Turloughs Gesicht bemerkte. »Ich persönlich würde dich nicht gern in der Armee sehen. Die Harfe ist ein besserer Weg als Muskete und Pike. Aber das letzte Wort wird Mrs MacDermot zukommen. Sie hat für deine Ausbildung gesorgt und dich gekleidet und genährt. Du stehst in ihrer

Schuld, daher musst du dorthin gehen, wo sie dich hinschickt.«

»Wenn ich die Harfe erlernte, würde ich damit auch ihr zur Ehre gereichen«, erklärte Turlough, »geradeso wie Murphy Lord Mayo Ehre macht. Ich würde Melodien für sie komponieren.«

»Ich werde am Morgen auf ein Wort bei Mrs MacDermot vorbeischauen«, versprach der Squire. »Möglich, dass sie mir überhaupt nicht zuhört. Aber andererseits könnte sie den Sinn einer musikalischen Ausbildung durchaus einsehen. Schließlich schicken sie dich nur fort, um dich von Bridget Cruise fern zu halten. Wenn du bei mir lebtest, wärst du geradeso weit von ihr entfernt, als würdest du dein Leben in irgendeiner sinnlosen Schlacht aufs Spiel setzen.«

»Ich würde für immer in Eurer Schuld stehen, wenn Ihr bei der Lady ein gutes Wort für mich einlegen wolltet«, erwiderte Turlough, der inzwischen in der Kälte des Frostes zitterte und sich fragte, ob er wohl träume.

»Du gehst jetzt am besten nach Hause und ans Feuer, mein Junge«, riet ihm Crilly. »Nicht einmal die dümmsten aller englischen Dragoner würden zu dieser Zeit des Jahres vor dem Morgengrauen ausreiten. Hab keine Furcht, wenn sie dennoch auftauchen sollten, werde ich die Fackel entzünden. Ich werde bis weit nach Sonnenaufgang hier oben sein.«

»Ich danke Euch, Squire«, erwiderte der Junge, der jetzt wirklich böse fror. »Ich wäre in der Tat dankbar für ein warmes Bett und einen Tropfen Whiskey.«

»Mögest du immer beides zu deiner Verfügung haben«, murmelte Squire Crilly, »und einen vollen Bauch obendrein. Aber vergiss nicht, gib Acht, was du sagst, wenn du dich in den Stunden vor dem Morgengrauen auf einem Feenhügel aufhältst. Es könnten einige von ihnen zuhören, die deine Laune für einen Wunsch halten und dir ein Leben gewähren, das ganz und gar nicht das ist, was du davon erwartet hast.«

»Gute Nacht, Sir«, sagte der junge Mann.

»Und dir auch eine gute Nacht, Turlough O'Carolan«, erwiderte der Squire, und als der Junge ein paar Schritte weit gegangen war, fügte er hinzu: »Es klingt gut, nicht wahr?«

»Was klingt gut?«, fragte der Junge stirnrunzelnd.

»Turlough O'Carolan, Erster Musiker Irlands.«

Der junge Mann lachte, dann lief er über den Viehpfad zurück nach Hause, während seine Gedanken ihm vorauseilten. Eines Tages, sagte er sich, würde er als großer Musiker bekannt sein. Er würdet Bridgets Herz zurückgewinnen. Und die Menschen würden ihm dieselben Ehren erweisen wie Murphy und seinesgleichen. Und er würde für König Jakob und den königlichen Hof in London spielen.

Plötzlich kam ihm der Gedanke, dass es merkwürdig war, Squire Crilly mitten in der Nacht auf dem Hügel zu begegnen, aber er tat die Möglichkeit, Crilly könne ein englischer Spion sein, schnell wieder ab. Der Squire stand allgemein in dem Ruf, ein wenig merkwürdig zu sein.

Überglücklich, dass er nun vielleicht doch noch Gelegenheit bekäme, zu tun, was Bridget für unmöglich hielt, eilte Turlough leichtfüßig den Hügel hinunter, voller Jubel darüber, dass Crilly versprochen hatte, mit Mrs MacDermot zu reden. Als er den Fußweg zum Haus seines Vaters erreichte, begann er zu schwitzen. Noch bevor er das kleine Haus vor der Schmiede erreichte, war ihm schwindlig geworden, und die Welt schien sich auf merkwürdige Weise vor seinen Augen zu drehen.

Zuerst dachte er, er müsse sich in der Nachtluft erkältet haben. Er taumelte zum Schrank hinüber, um nach Whiskey zu suchen, und fand einen halb leeren, irdenen Krug. Er schenkte sich einen Becher ein, stürzte ihn hastig herunter und kostete die Wärme des Alkohols aus.

»Wenn mich das nicht vor einer Erkältung bewahrt«, sagte er leise, »dann kann mir gar nichts helfen.«

Turlough legte sich ins Bett; er hatte das Gefühl, als hätte er zu viel getrunken, obwohl er in Wahrheit nur den einen Becher zu sich genommen hatte. Sein Kopf schmerzte. Der Kopf tat ihm weh. In seinen Armen und Beinen pochte ein dumpfer Schmerz.

»Das war wirklich dumm von mir, ohne eine Decke dort hinaufzugehen«, flüsterte er seinem Vater zu, als er kurz nach Sonnenaufgang erwachte. »Ich war die ganze Nacht draußen auf dem Hügel, um nach den Engländern Ausschau zu halten. Aber sie sind überhaupt nicht gekommen.«

John O'Carolan fühlte die brennende Stirn seines Sohns und sah dem Jungen tief in die Augen. Dies war keine Erkältung, fürchtete der Schmied, aber er fasste seine Sorge um Turlough nicht in Worte. John hatte diese Symptome schon einmal gesehen, und sein Herz krampfte sich zusammen, als er sie jetzt bei seinem Sohn wiedererkannte. Dies, dessen war er gewiss, war das gleiche Gebrechen, das ihm erst vor zwei Jahren seine Frau genommen hatte.

»Möge Gott dir helfen, mein Junge«, flüsterte er, »denn es gibt keinen Menschen auf Erden, der dir jetzt noch beistehen könnte.«

Turlough blickte zu seinem Vater auf und fragte sich, was

er da redete. Er war ohne ein Feuer die Nacht über draußen gewesen und hatte sich eine Erkältung zugezogen, mehr steckte nicht dahinter.

»Kann ich einen Whiskey bekommen, Vater?«

»Einen Becher darfst du trinken, ja«, antwortete der Schmied. »Dann werde ich Pater Donnelly holen, damit er ein Ave-Maria für dich spricht. Er hat diesen Fluch überlebt, daher wird er ihn nicht noch einmal treffen.«

»Ich brauche nur ein wenig Ruhe«, protestierte Turlough. »Dann stehe ich wieder auf und versehe meine Arbeit.«

»Du wirst bleiben, wo du bist, bis ein Arzt nach dir gesehen hat«, befahl sein Vater. »Jeder Mensch, den du berührst, jeder, mit dem du sprichst, ist in Gefahr. Du hast deine Freunde zum letzten Mal gesehen, bis diese Krankheit vorüber ist. Selbst ich muss mich von dir fern halten, denn die Seuche hat mich beim letzten Mal, als ihr Fluch über unsere Familie kam, verschont. Du musst dich auf eine schwierige Zeit vorbereiten.«

»Ich muss aufstehen und das Holz für das Frühstücksfeuer schlagen.«

»Wenn du durch diese Tür trittst«, warnte John O'Carolan ihn, »wirst du den Tod unschuldiger Menschen auf dein Gewissen laden. Die Pocken breiten sich aus wie Ratten, die sich im Rinnstein vermehren.«

»Wovon redest du?«

»Ich kann nicht sicher sein«, räumte sein Vater ein, »aber bevor wir mit Bestimmtheit wissen, ob die Galar-breac über dich gekommen ist, ist es das Beste, du bleibst in diesem Bett. Ich werde jetzt zu unserer Herrin gehen und sie bitten, nach dem Arzt zu schicken.«

Ohne ein weiteres Wort verließ der Schmied den Raum.

Turlough runzelte verwirrt die Stirn, richtete sich auf und fühlte sich plötzlich schon viel besser. Er holte sich einen Whiskey aus der Flasche, die er in der Kommode aufbewahrte. Dann fiel ihm wieder ein, dass er die Flasche am vergangenen Abend in seinen Lederbeutel gesteckt hatte, um sie mit auf den Hügel zu nehmen.

Er holte die in einem ledernen Futteral steckende Flasche aus seinem Beutel und zog den Korken heraus. Dann nahm er ein paar große Schlucke, um seinen Leib zu wärmen. Anschließend stellte er die Flasche wieder auf ihren gewohnten Platz im Schrank.

»Ich fühle mich gar nicht so schlecht«, sagte er laut, als wolle er seine Stimme erproben. »Ich glaube nicht, dass es die Galar-breac ist.«

Aber in ebendiesem Augenblick hatte der Junge das Gefühl, dass der Boden sich unter ihm bewegte. Sein Kopf drehte sich, als hätte er einen Schlag mit einem schweren Knüppel bekommen. Er musste sich auf die Bettkante setzen und schloss die Augen, um den Schmerz in seinem Schädel zu besänftigen.

Als er wieder erwachte – und es schien ihm, als seien nicht mehr als einige Minuten vergangen –, waren seine Kleider schweißdurchnässt. Ein Mann mit einer großen roten Nase und einer zerfledderten grauen Perücke, die ihm schief auf der Stirn saß, beugte sich über ihn. Der Fremde drückte auf das Fleisch unter den Achseln des Jungen.

Während er dies tat, murmelte der Mann unausgesetzt vor sich hin und schüttelte schließlich auf eine höchst seltsame Art und Weise den Kopf. Plötzlich erkannte Turlough den Burschen. Er hatte viele Male mit dem Doktor gesprochen. Dr. Lindsay wandte seine Aufmerksamkeit unterdessen der Nase des Jungen zu, klemmte sie zwischen zwei Fingern ein und zählte dabei bis zehn. Nachdem er wieder losgelassen hatte, beugte er sich vor, um zu prüfen, welche Farbe Turloughs Haut an der Nase angenommen hatte.

»Was macht Ihr da?«, fragte Turlough.

»Ich führe eine Untersuchung durch«, erklärte der Doktor, ohne auch nur eine Sekunde lang den Blick von der Nase abzuwenden, die zur Zeit der Gegenstand seiner Untersuchung war. »Nun, dein Blut scheint ungehindert zu fließen«, erklärte er kurz darauf. »Die Gedärme sind frei?«

»Ja.«

»Und wie steht es mit deinem Wasser?«

»Bestens.«

»Ein schöner, kräftiger Strom?«

»Ja.«

»Und wie lange fühlst du dich schon krank, Turlough?«

»Seit dem frühen Morgen. Ich bin vom Hügel heruntergekommen, nachdem ich während der Nacht dort Wache gehalten habe, um nach den englischen Dragonern Ausschau zu halten, und ...«

»Nun«, unterbrach ihn der Doktor und blickte seinem Patienten dabei tief in die Augen, »es ist jedenfalls nicht die schwarze Pest. Das ist immerhin erfreulich. Und die Wassersucht ist es auch nicht. Mit deinen Zähnen scheint mir alles in Ordnung zu sein, darum können wir die Wassersucht ausschließen. Aber ich fürchte, was Euch geschlagen hat, sind die Blattern.«

»Ich verstehe nicht, wovon Ihr redet«, protestierte Turlough.

»Ich meine«, sagte Lindsay langsam, »dass ich vermute, dass Ihr vielleicht die Galar-breac habt.«

»Der Schneider, Mr Quigley, der vor einem Monat aus Dublin gekommen ist, hatte die Galar-breac«, keuchte Turlough. »Er starb nach einer Woche furchtbarer Qualen.«

»Quigley war ein Mann von loser Moral«, zischte der Doktor. »Ich komme gerade von der Witwe Keenan; ihre beiden Töchter sind von der Krankheit geschlagen. Gott schütze uns, aber Quigley war ein launenhafter Mann, der seine Saat weit ausgestreut hat.«

Turlough runzelte die Stirn, da er nicht ganz verstand, worauf Lindsay hinauswollte.

»Auch Squire Farrells Tochter ist an den Blattern erkrankt«, erklärte der Doktor. »Quigley war sowohl im Haus der Farrells als auch bei den Keenans ein häufiger Gast. Und man weiß, dass er in Dublin gewisse Beziehungen zu einer Spanierin unterhielt, die ihm sein Tuch beschaffte. Genau dort kommt die Krankheit immer her. Fremde. Ausländer. Spanier. Reisende. Englische Matrosen und dergleichen.«

Turlough versuchte sich aufzurichten, weil ihm etwas eingefallen war, das er vor einiger Zeit gehört hatte. »Ich habe sagen hören, dass Mr Quigley Jeannie Farrell den Hof machte.«

»Quigley hätte jeder Frau von hier bis London den Hof gemacht, wenn er ein Boot, ein Paar Ruder und ein ordentliches Gebiss gehabt hätte.« Der Arzt fühlte dem Jungen die Stirn. »Bist du in der letzten Woche einmal bei den Farrells oder den Keenans gewesen?«

»Squire Farrells Pferd hat am Dienstag ein Hufeisen verloren«, sagte Turlough. »Mrs MacDermot hat dem Squire ein Pferd geliehen, und nachdem mein Vater das Pferd der Farrells neu beschlagen hatte, habe ich es ihm zurückgebracht.«

»Hast du mit Jeannie Farrell gesprochen?«

»Ich bin ihr nicht begegnet, Doktor. Ich habe das Pferd zu Farrell hinübergebracht und bin dann direkt wieder nach Hause gegangen.«

Der Doktor murmelte in einer merkwürdigen Sprache vor sich hin. Turlough vermutete, dass es Latein war. Dr. Lindsay machte ständig irgendwelche Bemerkungen in lateinischer Sprache, die niemand verstand, nicht einmal Pater Donnelly.

Lindsay sah dem Jungen aufmerksam in beide Ohren und griff sich dann nachdenklich ans Kinn. »Nun, spätestens heute Abend werden wir wohl genauer wissen, woran du leidest«, befand er. »Wenn es die Blattern sind, wird bis dahin kein Zweifel mehr daran bestehen. Du wirst im Bett bleiben, bis ich nach Einbruch der Dunkelheit auf dem Rückweg von den Keenans wieder vorbeischaue. Du darfst nichts essen, absolut gar nichts, bevor ich dich noch einmal untersucht habe. Hast du das verstanden?«

»Darf ich einen Whiskey trinken?«

»Auf keinen Fall!«, rief der Doktor. »Es würde mich nicht wundern, wenn es gerade dieses abscheuliche Gebräu wäre, das an der Wurzel dieser schrecklichen Krankheit sitzt. Gäbe es die stinkenden Whiskeyhöhlen nicht, die die Straße von hier bis nach Dublin säumen, hätten die Pocken sich nicht so schnell bis aufs Land verbreiten können.«

Jetzt richtete Lindsay sich auf und tupfte sich mit einem weißen Spitzentaschentuch, das in seinem Ärmel gesteckt hatte, die Stirn ab. »Ein allgemein anerkannter und gelehrter Arzt am Hofe König Jakobs ist der Meinung, dass die Dämpfe, die beim Brennen von starkem Alkohol entstehen, tödliche Ausdünstungen enthalten, die in die Lunge eindringen und das Fieber auslösen. Sobald das Fieber sein Opfer erst einmal im Griff hat, vermehren sich die Pocken, geradeso wie die Gerste in Gärung kommt, wenn der Whiskeybrenner sie zu Brei zerdrückt.« Der Doktor fuhr sich nervös über die Stirn. »Und Whiskey ist der Alkohol, in dem die Galar-breac sich besonders gern vermehrt. Ihr werdet nichts davon mehr zu Euch nehmen, bevor Ihr wieder kräftig genug seid, um zu gehen. Und wenn Ihr meinen Rat wollt, rührt Ihr keinen Tropfen von dem Zeug mehr an, solange Ihr lebt.«

»Habt Ihr selbst einmal viel getrunken?«, fragte Turlough, dem das seltsame Leuchten in den Augen des Arztes, während er von den Übeln des Alkohols sprach, nicht entgangen war. »Bevor Ihr von der Galar-breac geschlagen wurdet?«

»Ganz gewiss nicht!«, erwiderte Lindsay schockiert. »Ich war nie Whiskeytrinker, abgesehen von einem kurzen Anfall von Torheit, als ich Student war. Ich konnte den Reiz dieses abscheulichen Gebräus nie begreifen. Einzig die Blattern haben mir jemals schlimmere Übelkeit beschert als der verfluchte Whiskey.«

»Vielleicht habt Ihr ihn zu schnell getrunken«, meinte Turlough, dem auffiel, dass die Hände des Arztes zitterten.

»Ich habe keinen Tropfen angerührt!«, rief der Arzt. »Nur deshalb habe ich die schrecklichen Pocken überlebt, obwohl die meisten meiner Patienten eines entsetzlichen, langsamen Todes gestorben sind und Gott um die Gnade anflehten, sie schnell zu holen.«

Lindsays Blicke irrten durch den Raum, als befürchte er, ein Dämon könne aus seinem Versteck herausspringen und ihn ergreifen, falls er sich einen Augenblick der Unachtsamkeit gestattete.

»Es gab nichts, was ich für diese armen, unglücklichen Seelen hätte tun können, deren Leiber aufgedunsen waren vom Whiskey.«

Der Junge lehnte sich im Bett zurück und atmete tief ein; die Worte des Arztes hatten ihn keineswegs beruhigt. Er dachte an all die Patienten, die der Mann an die Pocken verloren haben musste. Dann überlegte er, dass dies wahrscheinlich eher auf mangelnde Kunst seinerseits zurückzuführen war als auf die Übel des Whiskeys. Turlough blickte zu dem Schrank hinüber, in dem sein Vater die kleine Flasche mit selbst gebranntem Alkohol aufbewahrte. Sobald dieser alte Narr aus dem Haus war, nahm er sich vor, würde er sich einen Becher davon holen.

»Nun«, erklärte der Wundarzt schließlich, während er sein Taschentuch wieder in den Ärmel schob und langsam seine Fassung zurückgewann, »alles, was wir tun können, ist beten. Ich werde nach Pater Donnelly schicken, damit er Euch heute Abend die Letzte Ölung erteilt.«

»Die Letzte Ölung!«, stieß Turlough entsetzt hervor.

»Das ist kein Grund zur Sorge«, besänftigte ihn der Arzt. »Es ist nur eine Vorsichtsmaßnahme und wird Euch nicht schaden. Ihr wollt doch nicht etwa ohne Absolution im Schlaf sterben, hm? Und manchmal stelle ich fest, dass die Letzte Ölung die Macht hat, Menschen zu heilen, die ansonsten lediglich nach einer Ausrede suchen, um im Bett herumzuliegen.«

»Ich weiß nicht, ob ich den guten Pater um diese Zeit noch belästigen möchte«, erwiderte Turlough nervös. »Es gibt gewiss wichtigere Leute, um die er sich kümmern muss.«

»Unfug, Junge. Du hast nichts zu befürchten. Ich habe selbst eine großzügige Dosis von der Letzten Ölung erhalten, als ich mit den Pocken daniederlag. Das Sakrament hat wahre Wunder bei mir bewirkt.« Er klopfte sich mit der Hand auf die Brust und hustete. »Und seht mich doch an«, erklärte er voller Stolz, »abgesehen von einem leichten Rheumatismus, einem hartnäckigen Husten und einem recht weichen Stuhlgang sechs Mal am Tag bin ich gesund wie ein frisch geborenes Fohlen.«

»Ich denke, ich würde jetzt gern ein Weilchen schlafen«, murmelte Turlough.

»Das ist das Beste für Euch«, erwiderte Lindsay und fügte dann hinzu: »Falls es sich tatsächlich um die Blattern handeln sollte, darf nicht der leiseste Lichtstrahl in diesen Raum eindringen, während Ihr gegen die Krankheit kämpft. Die Pocken verschlimmern sich bei Sonnenlicht und Kerzenschein, und das ist der Hauptgrund für die Ausbreitung der Krankheit, abgesehen natürlich von den abträglichen Ausdünstungen des Whiskeys.«

»Also schön, Doktor«, seufzte Turlough. »Aber was wird mit mir geschehen, wenn ich wirklich die Blattern habe? Werde ich sterben?«

»Die heutige Nacht könnte sehr hart für Euch werden«, antwortete der Arzt und knirschte beim Sprechen mit den Zähnen. »Als ich an der Krankheit litt, hatte ich Träume von so verstörender Natur, dass ich sie keiner Menschenseele anvertrauen kann. Nicht einmal einem Priester.« Wieder holte er sein Taschentuch hervor und tupfte sich mit zitternden Fingern die Stirn ab. »Erst recht keinem Priester.«

»Was ist passiert?«, fragte Turlough.

»Einmal«, erwiderte der Doktor düster, »war ich davon überzeugt, dass hundert junge Mädchen in mein Zimmer kamen, sich alle Kleider vom Leib rissen und unaussprechliche Dinge mit mir taten, während ich hilflos dalag und sie nicht daran hindern konnte. Ich habe sie natürlich nach bestem Vermögen abgewehrt. Aber am Ende behielten sie die Oberhand, und ich war machtlos gegen das schändliche Tun.«

Der Doktor brach jäh ab, weil ihm bewusst wurde, dass er bereits zu viel gesagt hatte. Dann hüstelte er ein wenig, um seine Verlegenheit zu verbergen, und schob das Taschentuch wieder in seinen Ärmel.

»Es war natürlich nicht mehr als ein Traum, den die Galar-breac mir gebracht hatte. Meine Pflegerin erzählte mir, dass sie mich während der Nacht aus Gründen der Schicklichkeit habe allein lassen müssen. Die arme Frau. Möglicherweise wirst du eine ähnlich verstörende Erfahrung machen. Glaube nicht alles, was du siehst. Es ist lediglich der Fieberwahn, sonst nichts.«

»Vielen Dank, Doktor«, antwortete Turlough schwach. Inzwischen war ihm wieder furchtbar schwindlig, und seine Hände fühlten sich an, als würden sie langsam anschwellen. Er versuchte sich auf die Seite zu drehen, musste aber feststellen, dass er sich nicht bewegen konnte. In der nächsten Sekunde trübte sich seine Sicht, und die Silhouette des Doktors erschien ihm seltsam verzerrt.

»Ich sehe, dass es dir schon viel besser geht«, erklärte der alte Mann munter. »Du hast wieder Farbe in den Wangen. Hab keine Furcht. Ich genieße einen guten Ruf als Arzt. Vor allem aber bin ich berühmt für meine Kunstfertigkeit, Menschen zu ihrer letzten Ruhe zu geleiten. Wenn es so weit kommen sollte, bist du in den besten Händen.«

Turlough hörte diese letzten zweifelhaften Worte des Trostes nicht mehr. Er verlor bereits langsam das Bewusstsein. Als der Junge wieder erwachte, herrschte trübes Licht in seiner Schlafkammer. Er schlug die Augen auf und dachte sofort, es müsse kurz vor Morgengrauen sein. Die Nacht auf dem Hügel, das Fieber und den Besuch von Dr. Lindsay hatte er vollkommen vergessen. Erst als er versuchte, sich zu erheben, besann er sich langsam auf einige der Dinge, die sich ereignet hatten, und er befürchtete das Schlimmste.

Nach einer Weile nahm er seine letzte Kraft zu Hilfe und stieß die Decke weg, unter der er gelegen hatte. Er stellte fest, dass sein Körper schweißüberströmt war. Die Haut auf seinen Armen war über und über von Flecken bedeckt, obwohl er in dem schwachen Licht ihre Farbe nicht erkennen konnte. Sein Kopf schmerzte furchtbar. Verwirrt legte er sich wieder nieder und starrte mit leerem Blick auf die Muster, die das Stroh in dem Dach über ihm formte.

Als Turlough sich wieder stark genug fühlte, um sich zu bewegen, bemerkte er, dass es in seiner Kammer stockdunkel geworden war. Dieser Umstand erschreckte ihn ein wenig, daher zwang er sich, die Beine auf den Boden zu schwingen, und blieb, vor Anstrengung schwer atmend, auf der Bettkante sitzen. Er wollte sich gerade erheben, als in der Tür ein Licht erschien und ein schwarz gekleideter Mann mit einer Laterne das Cottage betrat. Es war Dr. Lindsay.

»Ich habe dir doch gesagt, du sollst im Bett bleiben!«, rief der Doktor und kam herbeigeeilt, um den Jungen wieder in die Kissen zu drücken.

»Ich bin krank«, murmelte Turlough, dem ihr letztes Gespräch vollends entfallen war.

»Das bist du allerdings, mein Junge«, sprach Lindsay besänftigend auf ihn ein, bevor er die Laterne auf den Tisch stellte. Er nahm seine Perücke ab und entblößte darunter einen vollkommen kahlen Kopf. Dann half er seinem Patienten, sich wieder hinzulegen.

»Hast du unter Zuckungen gelitten?«, fragte er sanft, nachdem Turlough sich gezwungenermaßen wieder ins Bett gelegt hatte.

»Was ist das?«

»Hast du unkontrolliert gezittert?«

»Nein«, erwiderte der Junge.

»Nun, dann besteht eine gewisse Hoffnung, dass die Galar-breac dir nicht allzu übel mitspielen wird«, log Lindsay. Er hatte die Symptome viele Male gesehen, und für ihn bestand kein Zweifel mehr. Der einzige Sohn von John O'Carolan war von den Blattern geschlagen worden, so viel stand fest. In den nächsten vierundzwanzig Stunden würde der Junge entweder der Krankheit erliegen oder über sie triumphieren. Es ließ sich unmöglich sagen, ob er überleben würde.

»Ist das Whiskey, den ich da an Euch rieche?«, fragte der Junge.

»Das ist es ganz gewiss nicht!«, rief Lindsay schrill und legte sich hastig die Hände vor den Mund, um seinen eigenen Atem zu riechen. »Du musst fantasieren. Das ist der Fieberwahn.« Dann sah der Wundarzt seinem Patienten forschend in die Augen. »Ich werde dich ein wenig zur Ader lassen, Turlough«, erklärte er ihm, während er zum Tisch hinüberging und aus seiner Satteltasche ein langes, dünnes Messer und eine große, irdene Schale holte. »Sobald ich etwas von dem Gift aus deinem Körper abgezogen habe, wirst du schlafen können.«

Als Lindsay zum Bett zurückkehrte, verlor der Junge bereits langsam wieder das Bewusstsein.

»Kannst du mich hören, Turlough?«

Der Junge schüttelte den Kopf, brachte aber ein gemurmeltes »Ja« hervor.

»Es wird wehtun, aber ein Aderlass wird dir mehr nutzen als alles andere, was mir einfallen will.«

Der Arzt beugte sich über den jungen Mann und umfasste seinen Arm mit festem Griff. Dann stellte er die irdene Schale auf den Fußboden und fuhr mit einer schnellen Bewegung der scharfen Klinge über Turloughs Handgelenk. Unverzüglich quoll dunkles Blut aus der Wunde. Die klebrige rote Flüssigkeit tropfte in die Schale, bis der Arzt fand, dass es genug sei.

»Die Krankheit liegt in deinem Blut«, erklärte Lindsay sanft, während er Turloughs Arm abwischte und dann eine Hand fest auf die Wunde drückte. »Je mehr Blut ich deinem Körper also gefahrlos abzapfen kann, umso größer sind die Chancen, dass du überleben wirst.«

Turlough sah den Wundarzt verständnislos an und nickte. Dann begann der Doktor, die Wunde mit einem Baumwollstreifen zu verbinden, und als er damit fertig war, hob er die Schale mit Blut an seine Nase. Er beschnupperte den Inhalt, zuckte zusammen und kam zu dem Schluss, dass seine Diagnose ohne jeden Zweifel zutreffend war.

»Morgen wird eine Schwester herkommen, um dich zu pflegen«, sagte Lindsay. »Geradeso wie ich selbst und Pater Donnelly hat sie die Blattern gehabt und ohne jedes Gebrechen ihres Körpers überlebt, was ein Segen ist. Durch ihre Genesung ist sie nun nicht mehr anfällig für die Krankheit. Daher verbringt sie ihre Tage mit der Pflege jener, die an diesem Fluch erkrankt sind.« Der Arzt fasste dem Jungen unters Kinn und sah ihm abermals in die Augen. »Die gute

Schwester wird dich mehrmals am Tag waschen. Du darfst dich ihr nicht widersetzen. Wenn du nicht vollkommen sauber bist, werden die Pocken sauer, und du wirst gewiss sterben. Denke immer daran, dass deine Pflegerin eine Ordensfrau ist und dir also nichts Böses will.«

Turlough schwanden immer wieder die Sinne, und er hätte nicht mit Sicherheit sagen können, ob er außer der Stimme des Doktors noch andere im Raum vernahm. Die Kopfschmerzen hatten sich gelegt, aber es fiel ihm schwer, sich auf Lindsays Worte zu konzentrieren.

»Niemand sonst darf dich besuchen, solange du nicht wieder wohlauf bist. Hast du mich gehört, Turlough?«

Der Junge nickte langsam.

»Dein Vater wird für den Augenblick im großen Haus schlafen. Ich werde ihm berichten, wie es um dich steht. Deine Mutter ist an der Galar-breac gestorben, nicht wahr?«

Wieder nickte der Junge, dann fielen ihm die Augen zu. Er hatte das Gefühl, als würde sein Körper in der Dunkelheit umhergeworfen, und er hielt sich krampfhaft an seinem Bett fest.

»Bei ihr war es ganz anders«, gelang es ihm, mit schwacher Stimme hervorzustoßen.

»Die Krankheit zeigt sich nicht bei allen Menschen auf die gleiche Art und Weise«, erwiderte Lindsay. »Einige scheiden friedlich dahin, und andere ...« Der Doktor hüstelte. »Ich muss jetzt gehen. Schlaf gut heute Nacht. Morgen komme ich noch einmal wieder, falls ich mich nicht um zu viele andere Fälle kümmern muss.«

Mit diesen Worten erhob sich Lindsay und ging zur Tür, wo er die Schale mit dem Blut an William O'Flynn weiterreichte, der draußen gewartet hatte.

»Schütte das hier in den Fluss«, wies er ihn an. »Und wenn der Junge in der Nacht stirbt, dann lass weder seinen Vater noch einen der Diener in seine Nähe. Und gib mir Bescheid, damit ich am Morgen meine Zeit nicht mit einem unnützen Ritt vergeude. Nur Menschen, die die Blattern überlebt haben, dürfen mit der Leiche in Berührung kommen, wenn du nicht willst, dass die verfluchte Pestilenz sich überall in Ballyfarnon ausbreitet.«

Der junge Butler nickte mit weit aufgerissenen Augen und spürbarer Nervosität. Der Doktor ging noch einmal zum Tisch zurück, schob sein Messer wieder in das lederne Futteral, zog seine Satteltasche zu und verließ dann, nachdem er seine Laterne ergriffen hatte, lautlos den Raum.

Turlough wurde ein wenig unruhig, als die Tür zufiel. Es war vollkommen dunkel, aber er glaubte, Schritte vernommen zu haben, die sich über den Boden des Cottage näherten. Er riss die Augen auf, um sich umzusehen, aber es war niemand im Raum, und es brannte kein Licht. Er zitterte mittlerweile und verstand nicht, warum ihn niemand sonst besucht hatte.

Trotz des sachkundig ausgeführten Aderlasses konnte Turlough lange nicht einschlafen. Ein dumpfer Schmerz pulsierte in seinem Rücken, der es ihm unmöglich machte, längere Zeit in einer Position auszuharren. Der Schmerz wurde immer schlimmer und schlimmer, bis der Junge vor Qual stöhnte und überhaupt nicht mehr still liegen konnte.

Es schienen mehrere Stunden vergangen zu sein, als Turlough sich endlich auf den Bauch drehte und die Arme weit von sich streckte. Die Erschöpfung forderte ihren Tribut, und trotz des unerträglichen Schmerzes im Rücken versank er langsam in einen Halbschlaf. Plötzlich fühlte sein Rücken sich an, als stünde er in Flammen. Seine Kehle war wie ausgedörrt, da er den ganzen Tag über kein Wasser zu sich genommen, dafür aber unaufhörlich geschwitzt hatte. Er brachte nicht die Kraft auf, sich aufzurichten, geschweige denn, den ganzen Weg bis zum Brunnen zu gehen, um sich etwas Wasser heraufzuziehen.

Vielleicht, dachte er benommen, war das der Grund, warum viele Menschen an der Galar-breac starben. Niemand wagte es, während der Krankheit in ihre Nähe zu kommen, und solchermaßen vernachlässigt, starben sie dann an Durst oder Hunger.

In seiner Verwirrung glaubte Turlough, Bridget zu hören, die ihn auslachte und erklärte, dass nichts mehr sie daran hindern könne, mit David Murphy auf und davon zu gehen, wenn er, Turlough, jetzt starb. Und selbst wenn er die Pocken überlebte, würde sie ihn niemals lieben, denn er könne ja nicht die Harfe spielen wie Lord Mayos hübscher, tüchtiger Musiker.

»Ich werde es lernen«, murmelte Turlough vor sich hin. »Ich werde der größte Harfenspieler ganz Irlands sein …«

Kaum hatte er dieses Versprechen gegeben, erschien ein Licht an der Tür. Mit ungeheurer Anstrengung hob der Junge den Kopf, um zu sehen, wer sein Besucher sein mochte. Doch wer es auch war, er verweilte nicht lange. Er stand lediglich einige Augenblicke an der Tür und verschwand dann wieder, zusammen mit dem Licht. Ein kurzes Weilchen später kehrte das Licht zurück, und wieder wurde die Tür einen Spaltbreit geöffnet.

Turlough gebrach es an Energie, um etwas zu sagen, daher stöhnte er nur, um seinem Besucher zu verstehen zu geben, dass er ihn wahrgenommen hatte. Eine junge Frau begann leise zu sprechen.

»Turlough. Bist du wach?«

Er erkannte die Stimme sofort. Es war seine geliebte Bridget. Sie war also doch zu ihm gekommen. In einer Zeit, da niemand sonst ihn besuchen mochte, war sie gekommen. Seine Stimmung besserte sich schlagartig. Vielleicht, dachte er, liebte sie ihn ja doch. Vielleicht hatte sie ihre harten Worte nicht ernst gemeint. Er nahm seine ganze Kraft zusammen und mühte sich, sich aufzurichten.

»Turlough«, sagte sie noch einmal, bevor er auch nur genug Zeit gehabt hatte, sich zu bewegen. »Ich bin gekommen, um Lebewohl zu sagen. Wir bleiben heute Nacht hier, bevor wir unsere Reise antreten. Vater bringt mich morgen früh nach Dublin. Ich soll im Kloster zur Schule gehen. Er hat mir verboten, mit dir zu sprechen, aber ich musste einfach Lebewohl sagen. Wir werden uns vielleicht nie wieder sehen.«

Ihre Stimme brach. Turlough kämpfte gegen seine Schwäche an, um den Kopf zu heben und die Augen zu öffnen. Das Mädchen stand im Nachtgewand an der Tür, und ihre goldenen Locken flossen ihr wie ein Wasserfall über die Schultern.

»Es tut mir so Leid, dass ich mit dir gestritten habe«, schluchzte sie. »Ich komme einfach nicht los von dem Gedanken, dass das alles meine Schuld ist. Gott straft uns dafür, dass wir seine Gesetze gebrochen haben. Es tut mir so furchtbar Leid, dass ich diese Krankheit über dich gebracht habe.«

Der Junge versuchte zu sprechen. Er zwang seinen Mund, sich zu öffnen. Aber seine trockene Kehle brachte keinen

Laut hervor, und seine Zunge, geschwollen und rau, verweigerte ihm den Dienst.

»Bitte, verzeih mir, Turlough«, flehte sie. »Ich wusste, dass man uns eines Tages erwischen würde, aber ich hatte nicht gedacht, dass Vater dich in der kalten Nacht auf den Hügel hinausschicken würde. Wenn ich auch nur den geringsten Verdacht gehabt hätte, dass du krank werden würdest, hätte ich an deiner Stelle Wache gehalten.«

Turlough wollte ihr sagen, dass die Krankheit überhaupt nichts mit der kalten Nachtluft zu tun hatte und dass Gott ihn nicht strafte. Aber seine Zunge wollte sich einfach nicht bewegen.

Dann hörte der Junge eine andere Stimme und erkannte auch diese sofort. Es war der neue Butlergehilfe der MacDermots.

»Kommt heraus, Miss Bridget!«, sagte O'Flynn drängend. »Es ist gefährlich für Euch, zu lange zu bleiben. Der Doktor hat gesagt, dass jeder Besucher an den Pocken erkranken könnte. Und wenn Euer Vater uns hier antrifft, werden wir beide es gewiss zu bedauern haben. Ich weiß nicht, was schlimmer wäre, die Pocken zu bekommen oder seinen Zorn auf mich zu laden, aber ich möchte mich lieber nicht zwischen diesen beiden Möglichkeiten entscheiden müssen.«

»Ich komme schon, William«, entgegnete Bridget scharf. »Ich wollte nur einen letzten Blick auf Turlough werfen und ihm sagen, wie sehr ich ihn liebe.«

Dann drehte sie sich noch einmal zu dem kranken Jungen um, in dessen weit aufgerissenen Augen Überraschung und Glück standen.

»Gute Nacht«, wünschte sie ihm. »Ich werde dich nie

vergessen. Ich hoffe, dass wir uns eines Tages wieder sehen werden.«

Turlough stöhnte und ließ den Kopf wieder aufs Bett fallen; seine Schwäche hatte zu guter Letzt wieder die Oberhand gewonnen. Er wünschte sich sehnlichst, Bridget sagen zu können, dass auch er sie niemals vergessen würde und dass er sie suchen wolle, sobald er wieder vollends genesen war. Aber sie war bereits fort, und er lag abermals allein in der Dunkelheit.

Schließlich gelang es dem Jungen, sich unter Schmerzen wieder auf den Bauch zu drehen. Jetzt war er fest entschlossen, Bridget zu heiraten, sobald er wieder im Stande war zu gehen. Ihr Vater würde Einwände erheben gegen die Verbindung, aber Turlough wusste, dass keine Macht auf Erden zwei Liebende trennen konnte, die einander so viel bedeuteten.

Erschöpft schloss er die Augen und nahm sich vor, dass seine erste Aufgabe darin bestehen müsse, wieder gesund zu werden. In wenigen Tagen, sagte er sich, würde er wieder kräftig genug sein, um zu reiten. Er würde Bridget nach Dublin folgen und sie mit sich nehmen. Seinen Traum, die Harfe spielen zu lernen, hatte er beinahe vergessen.

Im Halbschlaf bemerkte er, dass eine Stelle auf seinem linken Arm juckte. Aber er hatte nicht genug Kraft, um sich zu kratzen. Während die Nacht sich dahinzog, begann seine Haut überall zu jucken. Doch mittlerweile war der junge Mann in einen unruhigen Schlummer gefallen und bemerkte es kaum noch.

Nachdem viele Stunden vergangen zu sein schienen, tauchte abermals ein Licht an der Tür auf und weckte Turlough aus dem Schlaf. Es war noch dunkel, obwohl er keine

Ahnung hatte, wie weit die Nacht fortgeschritten sein mochte. Dann hörte der Junge das Hufgetrappel vieler Pferde und fragte sich, ob die englischen Dragoner doch noch gekommen seien.

Einmal mehr versuchte er, sich aufzurichten, aber seine Beine fühlten sich vollkommen taub an und versagten ihm den Gehorsam. Nach geraumer Zeit war sein Durst so quälend geworden, dass er ihm die nötige Kraft verlieh, sich zu erheben. Als er sich endlich auf dem Bett aufgesetzt hatte, fühlte er sich sehr unwohl. Im Raum herrschte tödliche Finsternis. Draußen war das Hufgetrappel verstummt, und er fragte sich, ob er es sich nur eingebildet hatte.

Einige Minuten blieb er auf seinem Bett sitzen, bevor es ihm gelang, aufzustehen. Dann taumelte er langsam zu dem Schrank hinüber, wo der Whiskey aufbewahrt wurde. Trotz der Dunkelheit brauchte Turlough nur wenige Sekunden, um die Flasche zu finden, und bald darauf nahm er einen großen Schluck daraus. Der Alkohol stillte seinen Durst jedoch nicht. Im Gegenteil, jetzt brannte seine Kehle noch schlimmer als zuvor.

»Was fällt dir ein, das Bett zu verlassen?«, erklang eine vertraute Stimme.

Turlough drehte sich zur Tür um. Er hatte niemanden eintreten hören. Dort stand, mit einer Kerze in der Hand, Squire Crilly.

»Fühlst du dich immer noch schlecht?«

Der junge Mann nickte. »Was tut Ihr hier?«, brachte er mit einiger Mühe hervor.

»Ich bin gekommen, um dich zu pflegen«, erklärte der Squire. »Du hast nichts zu befürchten.«

Turlough verkorkte die Whiskeyflasche und stellte sie auf den Tisch.

»Du solltest besser dies hier trinken«, sagte der Squire und hielt ihm eine große grüne Glasflasche hin. Turlough machte einige unsichere Schritte auf ihn zu, dann kam Crilly ihm entgegen und hielt dem jungen Mann die Flasche an die Lippen.

Kühles, klares Wasser füllte Turloughs Mund, und er fühlte sich plötzlich erfrischt.

»Jetzt geh wieder zu Bett«, befahl der Squire, »sonst wirst du nicht lange genug leben, um ein großer Harfenspieler zu werden, wie du es dir so sehr wünschst.«

Der junge Mann nickte und setzte sich schwer atmend auf die Bettkante.

»Verlangt es dich noch immer danach, der größte Harfenspieler ganz Irlands zu werden?«, wollte Crilly wissen, während er dem Jungen eine Hand auf die Stirn legte.

Turlough nickte abermals, obwohl er inzwischen vermutete, dass Bridget ihn auch so nehmen würde, wie er war. Andererseits würde er, wenn er die Harfe spielen konnte, zumindest in der Lage sein, sich selbst und seine Frau zu ernähren, so viel war ihm selbst in diesem benommenen Zustand klar.

»Es ist ein harter Weg«, sagte der Squire warnend. »Aber ich spüre, dass du deinen Entschluss getroffen hast. Ruh dich noch ein Weilchen aus. Ich werde dich vor dem Morgengrauen holen kommen.«

Turlough runzelte die Stirn. Was hatte Dr. Lindsay noch gleich darüber gesagt, dass er weder das Haus verlassen noch mit irgendjemandem sprechen dürfe?

»Sorge dich nicht«, bemerkte Crilly, als hätte er seine

Gedanken gelesen. »Die Seuche wird mich nicht berühren, und es wird auch sonst niemand in Gefahr gebracht werden.«

Solchermaßen beruhigt, dass Squire Crilly ebenfalls einmal unter der Galar-breac gelitten und überlebt hatte, legte er sich wieder hin und fiel unverzüglich in einen friedlichen Schlaf. Alle Schmerzen waren plötzlich fort, als hätte sich ein dichter Nebel gehoben. Seine Kehle war jetzt angenehm kühl, und das Atmen fiel ihm leichter.

Als er wieder erwachte, war es noch dunkel, und der Squire saß am Tisch. Eine Kerze steckte in dem Hals einer Flasche und verströmte ein helles, goldenes Licht.

»Geht es dir besser, Turlough?«, fragte der Squire, ohne von dem Buch, das er las, aufzublicken.

»Ja, Sir«, antwortete der Junge. Seine Zunge war nicht länger geschwollen, und er fühlte sich viel stärker als zuvor.

»Dann werden wir einen kleinen Spaziergang machen, damit du einen klaren Kopf bekommst«, erwiderte Crilly, klappte das kleine Buch zu und steckte es in seine Tasche.

Turlough erhob sich ohne Mühe, aber sein Kopf hämmerte immer noch, und ihm war ein wenig schwindlig. Als er seine Stiefel angezogen hatte, erwartete Crilly ihn bereits an der Tür.

»Der Doktor hat mir befohlen, im Bett zu bleiben und nicht aus dem Haus zu gehen«, protestierte Turlough.

»Was weiß Lindsay, dieser alte Narr, schon von solchen Dingen?«, höhnte Crilly. »Und im Übrigen wird niemand außer dir und mir von diesem kleinen Spaziergang erfahren. Ich werde es niemandem erzählen, gib du also Acht, dass du es auch nicht tust.«

»Ich werde es keiner Menschenseele verraten«, schwor der Junge.

»Dann komm jetzt, Bursche, wir haben noch viel zu tun, bevor die Sonne aufgeht. Das heißt, wenn es immer noch dein inniger Wunsch ist, ein großer Musiker zu werden.«

Crilly hielt ihm abermals die grüne Glasflasche hin, und Turlough nahm einen tiefen Schluck daraus. Die Flüssigkeit war süß wie reines Bergwasser nach der Schneeschmelze, zu süß, um lediglich Brunnenwasser zu sein. Turlough fühlte sich unverzüglich erfrischt und voller Energie, als sei der Schleier der Krankheit von ihm abgefallen.

»Enthält dieses Wasser irgendwelche Kräuter?«, fragte Turlough.

»Allerdings«, antwortete Crilly. »Dieses Wasser ist mich teuer zu stehen gekommen. Ich habe es von einer weisen Frau, die an der Westküste lebt. Also sieh zu, dass du das Beste daraus machst. Die Wirkung wird sich in einigen Stunden verlieren, und dann gibt es nichts mehr, was die Krankheit daran hindern wird, dich mit ihrem ganzen Zorn zu schlagen.«

»Ich danke Euch, Squire«, seufzte Turlough, der nur staunen konnte, wie gut er sich fühlte. »Vielleicht brauchte ich nur ein paar Schlucke von Eurem Heiltrank. Es kommt mir so vor, als sei ich niemals krank gewesen.«

»Wir können nicht hier herumstehen und Höflichkeiten austauschen«, sagte Crilly mit einem Lächeln. »Uns bleibt nur wenig Zeit, und es gibt viel zu tun. Lass uns gehen.«

Turlough nickte, obwohl er keine Ahnung hatte, welchen Plan der Squire verfolgte. Crilly öffnete die Tür einen Spaltbreit und spähte durch die Lücke, um sich zu versichern, dass niemand in der Nähe war. Erst als er sich davon überzeugt hatte, dass sie nicht gesehen werden würden, blies Crilly die Kerze aus und führte den jungen Turlough in die Dunkelheit hinaus.

Schweigend überquerten sie den Hof und gingen auf den Pfad zu, der zu demselben Hügel hinaufführte, auf dem Turlough die vergangene Nacht verbracht hatte.

»Du wirst heute Nacht einige seltsame Dinge erleben, mein Junge«, flüsterte Crilly ihm zu, während sie mit schnellem Schritt den Weg hinaufgingen. »Aber was du auch sehen magst, du darfst keine Furcht haben. Stell keine Fragen. Lauf nicht weg.« Der Squire blieb stehen, um Atem zu schöpfen, und legte Turlough die Hand auf die Schulter. »Vergiss nicht, wenn du tust, was ich dir sage, wird dir nichts geschehen, und vielleicht geht sogar dein größter Wunsch in Erfüllung. Mit der Hilfe einiger sehr einflussreicher Freunde von mir werde ich dir eine Chance geben, die nicht vielen Menschen geboten wird. Hast du verstanden?«

»Ich denke schon«, erwiderte der junge Mann, der vollkommen durcheinander war. Tausend Fragen schossen ihm durch den Kopf, aber er wagte es nicht, auch nur eine davon zu stellen, um den Squire nicht zu verärgern.

Nach einer kurzen Rast machten sie sich wieder auf den Weg, und wenige Minuten später waren sie bereits dem Gipfel nahe. Turlough blickte erschrocken auf, als er ein großes Feuer zwischen den Bäumen lodern sah.

»Wer ist dort oben auf dem Hügel und verbrennt um diese späte Stunde so viel Holz?«, fragte er, erschrocken über die Verschwendung von kostbarem Feuerholz.

»Da haben wir es schon«, tadelte Crilly ihn sanft. »Habe ich dir nicht befohlen, keine Fragen zu stellen, ganz gleich, was du siehst? In kurzer Zeit wird sich dir alles offenbaren. Fasse dich in Geduld, und hüte um Himmels willen deine Zunge. Die Leute, die du gleich kennen lernen wirst, sind gütig und freundlich, aber sie geraten auch leicht in Zorn, wenn man gegen ihre Sitten verstößt. Das ist das Signalfeuer, das ihre Leute zum Spiel ruft.«

»Zum Spiel?«

»Hab Geduld.«

Während die beiden sich dem Kreis aus Eichen und Weißdorn näherten, stieg in Turlough langsam eine unerklärliche Furcht auf.

Er konnte niemanden auf dem Gipfel erkennen, was seltsam war, denn ein Feuer von solcher Größe sollte gut bewacht sein. Und trotz der hohen Flammen lag eine scharfe Kälte in der Luft, die ihn schlimmer frieren ließ als jeder eisige Wind. Ein ungewöhnlicher Duft drang an Turloughs Nase. Der Geruch war süß, aber verstörend unvertraut, und er erfüllte den Jungen mit einem tiefen Unbehagen.

Schließlich kamen sie zum Rand der Bäume, und Crilly legte Turlough die Hand auf die Brust, um ihn am Weitergehen zu hindern.

»Wir werden heute Nacht nicht in den heiligen Kreis eintreten«, erklärte der Squire dem Jungen mit einem heiseren Flüstern. »Du darfst niemals in den heiligen Wald vordringen, wenn das Feuer brennt, es sei denn, du wirst dazu eingeladen.«

Der Wind wurde stärker, und es schien Turlough, als sei die Brise erfüllt von tausend körperlosen Stimmen. Einige lockten ihn, in den Kreis einzutreten, und führten ihn mit schmeichlerischen Tönen in Versuchung. Andere zischten ihm barsche Warnungen zu, dass er sich fern halten solle.

»Was sind das für Stimmen?«, murmelte Turlough. »Wer sind diese Leute, zu denen Ihr mich bringen wollt?«

»Das wirst du bald genug erfahren. Du hast nichts zu befürchten. Solange du meine Anweisungen befolgst, wird dir nichts geschehen. Bist du bereit, weiterzugehen?«

Turlough nickte, ohne einen Augenblick zu zögern. Er war erleichtert, dass sie den Baumkreis nicht betreten würden. Etwas Unheimliches, Unirdisches ging von diesem Ort aus. Dort war irgendetwas, das ihm noch nie im Leben begegnet war. Inzwischen stand für ihn außer Frage, dass die Feen sich in dieser Nacht dort versammelten. Das seltsame Feuer war ihr Leuchtstrahl. Ein Ruf, der an alle Geschöpfe ihresgleichen erging, damit sie herbeigeeilt kämen.

»Komm weiter, mein Junge«, sagte der Squire sehr leise und griff dann drängend nach Turloughs Arm. »Wir müssen uns beeilen, wenn wir die Versammlung rechtzeitig erreichen wollen.«

»Seid Ihr einer von ihnen?«, fragte Turlough, nachdem er endlich den Mut aufgebracht hatte zu sprechen.

Der Squire drehte sich um und sah dem Jungen in die Augen. »Das bin ich nicht«, erwiderte er. »Ich bin ein Sterblicher wie du. Aber meine Familie ist schon immer hier ansässig gewesen und mit den Feen durch eine lange Tradition des Dienstes und der Freundschaft verbunden. Ich gehe auf das Feld, seit ich ein kleines Kind war. Meine Mutter hat mich, noch bevor ich mein siebtes Jahr erreichte, dem König und der Königin zugeführt. Ich fürchte sie nicht, und du solltest es auch nicht tun.«

»Was sind das für Geschöpfe?«

»Das kann ich dir nicht beantworten«, erwiderte der Squire. »Ich weiß es selbst nicht mit Gewissheit. Ich habe es nie gewagt, danach zu fragen, und niemand hat mir die Angelegenheit je zur Gänze erklärt. Ich kann dir nur sagen, dass sie uns in vieler Hinsicht ähnlich sind, nur dass sie an einem anderen Ort leben, in einem Land der Nebel, das sie vollends verschluckt. Einige von ihnen leben unter uns und werden für Sterbliche gehalten. Die Übrigen betreten kaum je einmal unsere Welt.« Crilly sah sich nervös um, bevor er fortfuhr. »Und ich weiß, dass sie so alterslos sind wie die Hügel. Einige von ihnen kenne ich schon mein Leben lang, und in dieser Zeit sind sie nicht mehr gealtert, als du und ich es in einer Woche tun würden. Die Zeit berührt sie nicht.«Der Squire legte Turlough die Hand auf die Schulter. »Ich bin in der Position, eine Gunst von ihrem König zu erbitten, und ich habe einen Wunsch geäußert, der dich betrifft. Wenn alles gut geht, wird man mir meinen Wunsch gewähren. Aber diese Geschöpfe geraten leicht in Zorn. Erzürne sie daher nicht. Zeig dich demütig und aufrichtig, und du wirst nichts zu befürchten haben. Aber nun müssen wir wirklich gehen!«

Crilly packte Turlough am Arm und schob ihn am Rand der Bäume vorbei. Schon bald erreichten sie den Pfad, der auf der anderen Seite des Hügels hinunterführte, zu dem uralten Haus der Familie Crilly. Etwa auf halber Höhe des Abhangs befand sich ein weites, ebenes Feld, das seit Menschengedenken nicht mehr bestellt worden war. Es war überall im Distrikt unter dem Namen Hurlingfeld bekannt.

Turlough fiel eine Legende ein, die er als kleines Kind gehört hatte. Es hieß, dies sei der Ort, an dem die Feen in alter Zeit ihre großen Hurlingspiele austrugen. Außerdem ging das Gerücht, dass sie an diesem Ort ihre Ratsversammlungen abhielten und ihre Schlachten ausfochten. Der Junge hatte diese Geschichten viele Male gehört, und jetzt konnte er sich zum ersten Mal vorstellen, dass etwas Wahres daran sein mochte.

Turlough hatte nicht oft Hurling gespielt. Er fand kein Vergnügen daran, wie ein Wahnsinniger mit einem krummen Stock über ein Feld zu jagen. Es schien ihm keinen Sinn zu haben, einen Nachmittag auf den Versuch zu verschwenden, einen kleinen Holzball über eine Linie im Gras zu schlagen. Deshalb hatte er nie besonderes Geschick in diesem Sport entwickelt. Ihm fehlte einfach die Neigung dazu, wie seine Mutter zu sagen pflegte.

Dennoch hatten die anderen Jungen auf dem Gut ihn oft gedrängt, sich ihren Mannschaften anzuschließen, um gegen die Kinder aus den Nachbardörfern zu spielen. Turlough fand nicht einmal Gefallen daran, sich die Hurlingspiele anzusehen. Er hatte zu oft erlebt, dass seine Freunde sich dabei die Knochen brachen und blaue Flecken holten. Er fand das ganze Spiel nutzlos und brutal.

Langsam fragte sich Turlough, was das alles zu bedeuten hatte. Er hoffte nur, dass sie sich kein Spiel würden ansehen müssen. Es kümmerte ihn wenig, dass die Spieler vielleicht Feen wären. Seiner Meinung nach gab es nur eins, was langweiliger war, als Hurling zu spielen. Nämlich beim Hurling zuzuschauen.

Als Turlough auf das Feld hinabblickte, konnte er mit Mühe die dunklen Umrisse vieler Leute erkennen, die in großen Gruppen beisammenstanden. Sie schienen auf etwas zu warten.

»Wir sind gleich da«, flüsterte Crilly.

»Was geht da vor?«, flüsterte der junge Mann zurück. »Soll hier ein Spiel stattfinden? Wer sind all diese Leute?«

»Ich bin deiner Fragen müde«, fuhr der Squire auf. »Habe ich dich nicht gewarnt, deine Neugier zu bezähmen? Jetzt tu, was ich dir befohlen habe, und hüte deine Zunge!«

Als sie den Rand des Feldes erreichten, kamen all die Leute, die sich dort versammelt hatten, plötzlich auf sie zu, wie eine wogende, raunende Welle. Schon bald sah es so aus, als stünden alle in einem Kreis um sie herum, tuschelten mit ihren Nachbarn und zeigten kopfschüttelnd auf den jungen Mann neben Crilly. Turlough konnte diese große Gruppe fremder Leute nur voller Ehrfurcht anstarren.

»Und dass du mir ja kein einziges Wort sagst«, erinnerte Crilly den Jungen.

Er hätte sich keine Sorgen zu machen brauchen. Turlough war sprachlos.

Zu seiner Überraschung stellte der Junge fest, dass er überhaupt keine Angst vor diesen fremdartigen Geschöpfen hatte. Er hatte zwar das Gefühl, dass er aufpassen sollte, sie nicht zu kränken, aber es ging keinerlei Bedrohung von ihnen aus. Einige von ihnen waren gekleidet, als gingen sie zu ihrer eigenen Beerdigung – sie trugen Leichentücher oder ihren Sonntagsstaat, waren aber barfuß. Einige der Männer trugen schockierend kurze Pantalons, die sich um ihre Hüften blähten, und lange Strümpfe, die ihnen bis zu den Oberschenkeln hinaufreichten. Bei vielen der Männer und Frauen sah er eiserne Brustpanzer, wie sie die englischen Dragoner trugen. Ein oder zwei hatten verrostete Helme auf dem Kopf.

Und sie alle waren unvorstellbar hässlich. Turlough durchsuchte die Menge nach irgendeinem Zeichen von Schönheit. Aber das Einzige, was er sah, waren große Nasen, rot wie überreife Äpfel oder kurz und eckig mit gewaltigen

Nasenlöchern. Einige dieser Geschöpfe waren überdies grotesk behaart. Andere dagegen wiesen nicht ein einziges Haar auf.

Der Squire verneigte sich vor mehreren der Geschöpfe und sprach sie mit Namen an. Er erhielt ohne Ausnahme höfliche Erwiderungen. Ein hoch gewachsener Bursche tätschelte Crilly freundlich den Kopf und erkundigte sich nach seiner Katze.

Mittlerweile hatte Turlough seine Krankheit vollkommen vergessen. Und Crillys Befehl, Schweigen zu wahren, erschien ihm immer absurder. Er brannte vor Neugier und wollte gerade den Mund zu einer Frage öffnen, als sich jähe Erregung breit machte. Wenige Sekunden später sah Turlough, dass die Menge sich teilte. Die meisten der seltsamen Geschöpfe nahmen ihre Hüte und ihren Kopfschmuck ab, bevor sie auf die Knie fielen.

Dann erhaschte der Junge einen Blick auf zwei große, dunkle Gestalten, die sich ihren Weg durch das Gedränge bahnten. Als das prunkvoll aussehende Paar an ihnen vorüberging, küssten einige der Leute die Gewänder der beiden. Aber sie hielten kein einziges Mal inne und sahen auch nicht um sich, während sie durch die Menge schritten.

Schließlich kamen sie zu der Stelle, an der Turlough und Crilly darauf warteten, von ihnen begrüßt zu werden, und der Junge hatte Gelegenheit, sich die beiden Fremden genau anzusehen.

Die Frau hatte schwarzes Haar, in dem das Mondlicht silberne Strähnen aufschimmern ließ. Sie trug ein zauberhaftes Gewand aus burgunderfarbenem Samt, das sich eng um ihren Körper schmiegte und ihre Rundungen nachzeichnete, um dann in einer langen Schleppe hinter ihr auszulaufen. Zwei deutlich kleinere Gefolgsleute gingen hinter ihr her, um dafür zu sorgen, dass die Schleppe nicht durch den Schmutz schleifte.

Diese wunderschöne Dame sah Turlough mit blitzenden, dunklen Augen durch einen Schleier aus schwarzer Spitze an, die so zart und duftig war wie Tau auf einem Spinnennetz. Gleichzeitig drückte sie den Arm des leichenblassen Herrn an ihrer Seite. Die Dame war kleiner als ihr Begleiter, aber Turlough spürte instinktiv, dass mit dieser Frau nicht zu spaßen war. Die Männer und Frauen in der Menge sahen sie mit einem Ausdruck der Bewunderung an, den man leicht für Verehrung hätte halten können.

Der Gentleman an ihrer Seite trug einen langen schwarzen Mantel, der große Ähnlichkeit mit dem von Lord Mayo hatte, nur dass dieser aus Samt war und mit schwarzem Garn bestickt. Der Kopfschmuck des Mannes bestand aus einem kleinen, schlichten Dreispitz, dessen einziger Schmuck ein roter Rubin in einem Stück schwarzer Seide über seinem linken Auge war.

Sein Halstuch war ein üppiges Gewebe aus schwarzer Spitze, und schwarze Spitze zierte auch seine Manschetten. Die Schnallen seiner Schuhe waren aus schimmerndem Silber. Als die beiden näher kamen, reichte der Mann seinen silberbeschlagenen Gehstock einem seiner Gefolgsleute, bevor er seiner Gefährtin schelmisch zuzwinkerte.

Plötzlich erklang von irgendwoher eine wunderschöne Melodie. Turlough konnte nicht sehen, woher die Musik kam, dachte aber, dass es das Bezauberndste sei, was er je gehört hatte. Die Weise schien ihm wie geschaffen zu sein, um die Schönheit der Dame zu unterstreichen.

Turlough erkannte das Instrument zuerst nicht, kam am

Ende jedoch zu dem Schluss, dass es sich um eine Art Flöte handeln müsse. Dann drängte sich ihm der unerklärliche Gedanke auf, dass die Weise nicht nur der Dame gewidmet war, sondern dass die Musik und diese Frau irgendwie untrennbar waren.

»Du darfst sie nicht direkt ansehen«, flüsterte Crilly ihm drängend ins Ohr, und der Junge zwang sich, seinen Blick auf ihren Begleiter zu richten.

»Warum nicht?«

»Stell keine Fragen«, zischte Crilly. »Und du musst dich tief verneigen.«

Während Turlough folgsam den Kopf senkte, blickte er zu dem fremden Herrn auf. Dessen Haut war unvorstellbar bleich und glatt. Seine Augen waren unglaublich dunkel. Sein Haar dagegen war so weiß wie frisch gefallener Schnee, und doch konnte man nicht eine einzige Falte auf seinem Gesicht entdecken. Der Mann schien nicht älter als dreißig Jahre zu sein. Jemandem wie ihm war Turlough noch nie im Leben begegnet.

»Ist das der Junge?«, fragte der Herr mit einer tiefen, wohltuend klaren Stimme, die gleichzeitig voller strahlender Heiterkeit und seelenvoller Erschöpfung war.

»Das ist der junge Turlough«, antwortete Crilly respektvoll und stieß dem Jungen in die Seite, damit dieser den Kopf höbe.

Der Fremde löste sich von seiner Dame und ging um den Jungen herum, um ihn von Kopf bis Fuß zu mustern. Schließlich blieb er stehen, drückte seine Zeigefinger in Turloughs Schultern und seufzte dann.

»Er ist recht gut gebaut«, räumte der Fremde ein. »Er könnte unsere Zwecke durchaus erfüllen.«

»Er kann hart arbeiten«, schwärmte der Squire. »Er ist intelligent. Gebildet. Was er seiner Gönnerin verdankt. Und er hat die Leidenschaft.«

Der Gentleman zog eine Augenbraue in die Höhe, aber es war die Dame, die sprach.

»Er hat die Leidenschaft? Seid Ihr Euch sicher?«

»Die Liebe zu einer jungen Frau hat ihn diesen Weg beschreiten lassen«, antwortete Crilly.

Die Dame stieß einen Laut der Bewunderung aus. Dann trat sie vor und fasste Turlough unterm Kinn, so dass ihm nichts anderes übrig blieb, als ihr tief in die Augen zu sehen.

Sie waren von dem schwärzesten Schwarz, das er je gesehen hatte. Schwärzer noch als Kohle. Schwärzer als die Mitternacht in einer tiefen, dunklen Höhle. Aber in ihrem schwärzesten Teil glaubte der Junge, das winzige Flackern einer Flamme ausmachen zu können. Als er blinzelte, verschwand das Licht, und er fragte sich unwillkürlich, ob er es sich eingebildet hatte.

»Er ist ein hübscher Bursche«, sagte sie, ohne auch nur eine Sekunde lang den Blick von Turlough abzuwenden. Ihre Stimme war tief und rau, und die Atmung des Jungen beschleunigte sich. Er hüstelte nervös, und die Frau lächelte, ließ ihn aber immer noch nicht los.

»Ja«, blaffte der weißhaarige Mann ungeduldig, »das alles bedeutet sehr wenig für mich. Kann er tanzen?«

Crilly sah den Herrn einen Moment lang verständnislos an. »Ich bin mir nicht sicher«, stotterte der Squire und warf einen nervösen Blick auf seinen jungen Freund. »Kannst du tanzen, Turlough?«

»Das kann ich«, erwiderte Turlough zuversichtlich. »Ich kann tanzen, dass sich ein Sturm zusammenbraut.«

»Das wird nicht nötig sein«, entgegnete der Herr. »Wenn mir nach einem Sturm zumute ist, lasse ich das von einem meiner eigenen Leute erledigen.«

Die Dame zog eine Augenbraue in die Höhe. »Ich bin davon überzeugt, dass du ein sehr tüchtiger Tänzer bist«, warf sie ein, und ein liebliches Lächeln umspielte ihre Lippen. Turlough dachte, dass ihre Lippen genau den gleichen Rotton hatten wie der Rubin in dem Hut ihres Begleiters.

»Ich glaube, dass er fast perfekt ist«, erklärte die Dame.

Sie ließ Turloughs Kinn los, und er verneigte sich leicht vor ihr, während sie sich zurückzog und wieder den Arm des Herrn ergriff. In diesem Augenblick wurde dem Jungen klar, dass die Dame den gleichen neckischen Tonfall in ihrer Stimme hatte wie Bridget.

»Kannst du einen Hurlingstock halten?«, erkundigte der Herr sich ungeduldig. Mit tief gerunzelter Stirn versuchte er, den Wert des Jungen abzuschätzen.

»Das kann ich.«

»Bist du ein guter Spieler?«

Es schoss Turlough durch den Sinn, dass er an dieser Stelle die Wahrheit sagen sollte, welche Konsequenzen das auch immer haben mochte, dass jede falsche Behauptung unaussprechlichen Zorn auf sein Haupt laden würde. Aber die Dame lächelte ihn noch immer mit unverhohlener Bewunderung an, und sein Stolz gewann die Oberhand über seine Vernunft.

Der Junge sah Squire Crilly an, der ihm zunickte, als wolle er ihn schweigend zum Sprechen auffordern.

»Ich beherrsche das Spiel sehr gut«, log der Junge.

»Nun denn, Crilly«, erwiderte der weißhaarige Herr mit seiner kultivierten Stimme, ohne indes Turlough auch nur eine Sekunde lang aus den Augen zu lassen, »du sollst deinen Handel bekommen. Wenn meine Leute das Spiel für sich entscheiden und ich meine Wette gewinne, werde ich alles so veranlassen, wie wir es besprochen haben.«

Der Herr streckte die Hand aus, um seinen langen Gehstock wieder in Empfang zu nehmen.

»Und wenn Eure Mannschaft verlieren sollte?«, erkundigte sich Crilly mit angespanntem Tonfall.

»Squire Crilly«, erwiderte der weißhaarige Herr lächelnd und tippte Turlough dabei sachte mit seinem Gehstock auf die Schulter, »ich brauche Euch kaum zu sagen, was geschehen wird, solltet Ihr mich in die Irre geführt haben. Und was Euren Freund betrifft …« Der Mann hob seinen Stock und machte eine abschätzige Handbewegung. »Er hätte aller Wahrscheinlichkeit nach ohnehin nicht überlebt.«

Crilly nickte, dann drehte er sich wieder zu Turlough um. Der Herr führte seine Dame durch die Menge und hob im Gehen seinen Stock. Die Dame sah sich nach Turlough um und lächelte ihm zu, während ihr Begleiter den Befehl gab: »Lasst das Spiel beginnen.«

Mit einem Mal gellten laute Jubelschreie durch die Nacht, und ungestümer Beifall brach los.

»Vor dem Morgengrauen wird hier ein Hurlingspiel stattfinden«, erklärte Crilly, der den Jungen beiseite zog. »Der Mannschaft seiner Majestät fehlte ein Mann, und du bist auserwählt worden, diesen Platz einzunehmen. Hast du verstanden?«

»Ja, Sir«, antwortete der junge Mann. »Seine Majestät? Ist er der König? Und wer war die Dame?«

»Stell mir keine Fragen«, unterbrach ihn Crilly scharf, bevor Turlough Gelegenheit hatte, abermals den Mund aufzumachen. »Spiel so gut du kannst, und wenn die Mannschaft seiner Majestät den Sieg davonträgt, wird man dir deine Wünsche gewiss gewähren.«

Turlough runzelte die Stirn. Er verstand überhaupt nichts.

»Mach dich einfach bereit für das härteste Hurlingspiel, das du je im Leben bestritten hast. Danke Gott dafür, dass du in dem Spiel etwas taugst, sonst stünden deine Chancen sicher nicht gut.«

»Also«, gab der junge Mann zu, »die Wahrheit ist, dass ich kein guter Spieler bin. Ich hasse Hurling. Ich habe es seit Jahren nicht mehr gespielt.«

Squire Crilly klappte vor Schreck der Kiefer nach unten. »Du hast gelogen«, murmelte er entsetzt und packte den Jungen an den Schultern. »Du hast Ihre Majestäten belogen? Du hast dem König und der Königin der Feen die Unwahrheit gesagt?«

»Ist sie die Königin der Feen?«, stieß Turlough hervor.

»Natürlich ist sie das, du dummer Junge«, zischte der Squire. »Was in Himmels Namen hast du denn geglaubt, wer sie sei?«

»Und dieser Herr war der König der Feen?«

»In der Tat«, informierte ihn der Squire. »Hast du ihn belogen?«

»Ja.« Der Junge senkte reuig den Blick.

»Dann möge er deiner unsterblichen Seele gnädig sein«, wisperte Crilly, »denn du wirst die schlimmste Tracht Prügel deines ganzen Lebens beziehen.« Der Squire dachte kurz nach. »Und mein eigenes Schicksal wird ebenfalls nicht angenehm sein. Zumindest war ich mir der Lüge nicht bewusst, daher darf ich vielleicht auf Gnade hoffen.«

Der Squire reichte dem jungen Mann einen Stock, der

einer schmalen, altmodischen Schaufel ähnelte, nur dass das Blatt gebogen war.

»Nimm das hier«, befahl Crilly ihm. »Und gib dein Bestes, denn jetzt ist es zu spät, um dich aus diesem Schlamassel zu befreien. Wir müssen hoffen, dass du dich größtenteils ein wenig abseits des Geschehens halten kannst und man dir nicht deinen törichten Kopf abschlägt.«

»Sind wir bereit?«, rief der König ungeduldig.

»Bereit«, erwiderte Crilly mit gespielter Munterkeit, während jemand ihm einen eisernen Helm reichte. Der Squire stülpte ihn dem Jungen über den Kopf, und der Helm rutschte unverzüglich herunter und bedeckte Turloughs Augen.

»Es besteht kein Grund zur Sorge«, versicherte Crilly ihm. »Wenn du die ersten zehn Minuten überlebst, wirst du wahrscheinlich mit geringfügigen Verletzungen davonkommen.«

»Was?«, protestierte Turlough, der sich nicht sicher war, ob er richtig gehört hatte. Er schob sich den Helm auf den Hinterkopf, so dass er wieder etwas sehen konnte. »Von Verletzungen habt Ihr aber nichts gesagt.«

»Du hast auch nichts davon gesagt, dass du seit Jahren nicht mehr Hurling gespielt hast«, konterte Crilly. »Tu dein Bestes.« Und damit schob er den Jungen hinaus aufs Feld.

In diesem Augenblick ertönte eine neue Melodie. Es war ein lebhaftes Stück und voller Freude. Turlough begann instinktiv, mit den Füßen auf den Boden zu klopfen, während die Melodie immer schneller wurde, und unter anderen Umständen hätte er sich nur allzu gern in einen Tanz gestürzt. Wie die Dinge lagen, raste sein Herz vor Furcht.

Der weißhaarige König hob seinen Gehstock hoch in die

Luft. »Lasst das Spiel zwischen dem alten Volk vom Großen Hügel und dem ehrwürdigen Volk vom Kleinen Hügel beginnen.«

Abermals wogte wilder Jubel auf, und Crilly schob Turlough weiter auf das Spielfeld hinaus, bis Hunderte von Feen ihn umringten. Dann zog der Squire sich in die Sicherheit der Seitenlinie zurück.

Die Spieler standen einander in zwei riesigen, kaum geordneten Mannschaften gegenüber. Zwischen den gegnerischen Spielern befand sich eine freie Fläche von etwa vierzig Schritten, aber davon abgesehen drängten die Leute sich dicht an dicht. Die meisten der Spieler hielten Schlagstöcke in Händen; andere trugen überdies seltsame Rüstungen, und etliche von ihnen gehörten zu den hässlichsten Kreaturen, die Turlough jemals gesehen hatte.

Der Junge bemerkte, dass viele seiner Mannschaftskameraden überdies lange, wie Tränentropfen geformte Schilde trugen. Und einige schwangen sogar ein Schwert. Erst jetzt fiel ihm auf, dass an den Gürteln der Spieler außerdem Messer, Knüppel und Streitkolben hingen. Turlough sah sich verzweifelt nach Crilly um. Aber der Squire war verborgen hinter einer Wand von Feen.

»Ich glaube, ich stecke in Schwierigkeiten«, murmelte er leise. »Wenn diese Geschöpfe wirklich zum Guten Volk gehören, wäre ich in der Armee von König Jakob wahrscheinlich sicherer gewesen als in diesem Hurlingspiel.«

Auf der anderen Seite des flachen, grasbewachsenen Feldes konnte er gerade noch die gegnerische Mannschaft erkennen. Ihre Aufmachung entsprach im Wesentlichen der der Spieler auf seiner eigenen Seite. Ihre Kleider wiesen viele verschiedene Farben auf, einige von ihnen trugen Helme oder Brustpanzer, andere hielten gewaltige Äxte in Händen. Aber weder in ihrer Kleidung noch in ihrem Auftreten gab es irgendetwas, woran man die eine Mannschaft von der anderen unterscheiden konnte. Turlough hatte keine Ahnung, wie er, wenn das Spiel erst einmal begonnen hatte, die Mitglieder seiner eigenen Mannschaft erkennen sollte.

»Hundert Männer auf beiden Seiten, und allen steht die Mordlust ins Gesicht geschrieben«, murmelte er leise vor sich hin. »Heilige Maria, ich stehe mitten auf einem verfluchten Schlachtfeld.«

Plötzlich stießen alle Spieler um ihn herum laute, kehlige Schreie aus. Sie schwangen ihre Stöcke, Schwerter, Äxte und Schilde und stampften mit einem bedrohlichen Rhythmus über das Feld. Turlough spürte, wie seine Eingeweide schlaff wurden, während das Gebrüll um ihn herum zunahm. Er hatte noch nie zuvor eine Schlacht mit angesehen. Jetzt wünschte er sich verzweifelt, er hätte dem König der Feen nicht vorgemacht, ein erfahrener Spieler zu sein.

Turlough verfluchte noch immer seine törichte Zunge, als der Beifall der Menge jäh abbrach und sich Stille herabsenkte. Es war indes keine friedliche Stille. Es war ein angespanntes Schweigen, in dem nur das schwere Atmen der Männer zu hören war, die sich dicht an ihn drängten. Der Gestank ihrer verschwitzten Leiber würgte Turlough im Hals, und wieder stieg Schwindel in ihm auf.

Als die Erde unter seinen Füßen zu dröhnen begann, glaubte er, sein Herz würde bersten vor Furcht.

Er sah sich nach einem Fluchtweg um, und das Bild, das sich ihm bot, erfüllte ihn mit Grauen: Die gegnerischen Spieler hoben ihre mannigfaltigen Stöcke, Schilde und Waffen hoch in die Luft und stimmten nun ihrerseits einen schauerlichen Kriegsschrei an. Turloughs Blut schien sich in Eis zu verwandeln. Der Schweiß rann ihm jetzt in Strömen von der Stirn.

»Ich werde sterben«, murmelte der Junge, während er verzweifelt nach einer Bresche in der Menge Ausschau hielt, durch die er hätte entkommen können.

Plötzlich kam ihm aus einem unerklärlichen Grund Dr. Lindsays Warnung wieder in den Sinn, dass die Galarbreac häufig unwillkommene Wirkungen auf den Geist zeige. Vielleicht war all dies nur eine bizarre Illusion, die das Fieber ausgelöst hatte.

»Es ist ein Traum«, versicherte sich Turlough, und dies beruhigte ihn ungemein. »Ich bin sehr krank. Nichts von alledem ist Wirklichkeit. Die Blattern sind die Quelle dieser seltsamen Illusion. Das Ganze ist nur eine Fantasie, die mein aufgewühlter Verstand mir vorgaukelt. Ich habe nichts zu befürchten.«

Einen Augenblick lang entspannte er sich. Dann begann dicht neben ihm einer seiner Mannschaftskameraden, ein hässliches, fettes Geschöpf mit einer riesigen Unterlippe, zu lachen. Der Fremde verdrehte belustigt die Augen, und große Speicheltropfen rollten ihm übers Kinn, während er sich vor Lachen bog. Sein Atem stank nach wilden Zwiebeln.

Als der dicke Mann sich wieder gefasst hatte, beugte er sich zu Turlough vor. »Du wirst dir noch wünschen, das alles sei wirklich nur ein verfluchter Traum«, rief er, und die Lachtränen rannen ihm über die Wangen. »Bevor diese Nacht vorüber ist, wirst du mehr Blut auf diesem Feld fließen sehen, als du dir vorstellen kannst. Wenn ich in deiner Haut steckte, würde ich zittern wie Espenlaub und meine Rüstung auf Schwachstellen untersuchen.«

Turlough wich vor dem Gestank zurück, der ihm aus dem Atem des Fremden entgegenschlug, dann wurde ihm plötzlich klar, dass dieser üble Geruch unmöglich das Produkt eines Traums sein konnte. Der Gestank war unvorstellbar ekelhaft. Mit einem Mal begann das Herz des Jungen wieder zu rasen.

»Wir haben die ganze Nacht auf dich gewartet, damit wir unsere Armee ins Feld schicken konnten«, erklärte der dicke Mann. »Es bleibt nicht mehr viel Zeit, bevor die Sonne aufgeht. Und die Mannschaft, die die meisten Tore erzielt hat, wenn die ersten Strahlen über den Horizont kriechen, wird zum Sieger erklärt werden. Also spiele, was das Zeug hält, schlag immer tief und bete, dass du zur Frühstückszeit noch einen Kopf auf deinen Schultern hast.«

Der Himmel wurde bereits langsam blasser, während die Sonne sich zu ihrer Reise zurück in die Welt anschickte. Turlough begriff, dass ein solches Spiel selbst unter den günstigsten Bedingungen gefährlich gewesen wäre. Aber jetzt, da ihnen nur noch zehn oder fünfzehn Minuten bis zum Sonnenaufgang blieben, würde es besonders brutal ausfallen, da beide Mannschaften erbittert um das erste Tor kämpfen würden.

Von einer Sekunde auf die andere brachen die Spieler um ihn herum in neuerliches Geschrei aus, und der junge Mann entdeckte Squire Crilly in der Mitte des Feldes zwischen den beiden gegnerischen Mannschaften. In seinen Händen hielt er einen schweren Gegenstand aus rotem Holz, der etwa halb so groß war wie eine Kanonenkugel.

Der Squire hob den Ball in die Höhe, und unverzüglich kehrte Stille ein. Alle Augen waren auf den Ball gerichtet.

»Das ist der heilige rote Hurlingklotz«, erklärte Turloughs

dicker Mannschaftsgefährte mit einem kehligen Kichern, das wie das Knurren eines Wolfshundes klang.

Mit unendlicher Sorgfalt legte Squire Crilly den heiligen Ball auf einen winzigen Erdhügel in der Mitte des Feldes. Dann sah er nacheinander beide Mannschaften an, bevor er die Hand hob.

»Lasst die Schlacht beginnen!«, rief er, und kaum waren ihm die Worte über die Lippen gekommen, da rannte er auch schon, so schnell seine Beine ihn tragen konnten, zum Rand des Spielfeldes. Als er sich wieder zu dem König und der Königin gesellte, nahmen die beiden sein Erscheinen mit einem höflichen Nicken zur Kenntnis.

»Gut gemacht, Crilly«, beglückwünschte ihn der König.

»Ihr verfügt über eine ungewöhnliche Anmut«, fügte die Königin hinzu.

»Vielen Dank, Eure Majestäten«, keuchte der Squire, während er seinen Platz neben ihnen einnahm.

»Ihr braucht uns gegenüber nicht so förmlich zu sein«, tadelte der König ihn sanft. »Es wäre uns auch nicht recht, wenn Ihr Euch unter anderen Umständen vergessen und uns in Verlegenheit stürzen würdet, nicht wahr?«

»Natürlich nicht«, erwiderte Crilly. »Vielen Dank«, sagte er und wandte seine Aufmerksamkeit dann dem Spiel zu.

Im nächsten Augenblick schien die Luft um Turlough herum zu explodieren, so wild waren die Schreie der Feen. Das Getöse hatte kaum begonnen, als seine gesamte Mannschaft mit einer einzigen Bewegung nach vorn wogte. So schnell sie konnten, stürzten die Feen auf den Ball zu, der auf seinem kleinen Hügel lag. Der junge Mann hatte zu große Angst, um mit ihnen zu laufen, und er ließ ihnen willig den Vortritt, in der Hoffnung, dass sie ihn zurücklassen würden.

»Sagtet Ihr nicht, er sei ein guter Spieler?«, blaffte der König der Feen Crilly kühl an, ohne dabei den Blick von dem Spiel abzuwenden.

»Das habe ich nie behauptet«, stieß Crilly hervor, begriff dann aber, wie verdächtig das klingen mochte. »Euer Majestät, er gehört zu den besten Spielern ganz Irlands.« Crillys Stimme zitterte ein wenig, und er hustete, um seinen Mangel an Überzeugung zu verbergen. »Er wartet lediglich auf einen günstigen Zeitpunkt«, versicherte der Squire seinem Gönner. »Er ist ein Taktiker.«

»Ein Taktiker«, wiederholte der König zweifelnd. »Das ist Hurling. Welchen Nutzen soll Taktik in dem Spiel haben?«

»Das ist das Geheimnis seines Erfolges«, entgegnete Crilly, und der König wandte einen Moment lang den Blick von dem Spiel ab, um den Squire zu mustern.

»Ich habe das Gefühl, dass er sich sehr gut schlagen wird«, erklärte die Königin voller Zuversicht. Dann lächelte sie Crilly zu, und dieser schluckte hörbar.

»Ja, Mylady. Ich hoffe es.«

»Das solltet Ihr«, fügte der König hinzu und wandte seine Aufmerksamkeit dann wieder dem Spiel zu.

Die beiden Mannschaften rannten nun schreiend aufeinander zu und schwangen ihre Stöcke. Turlough kam zu dem Schluss, dass er in der Tat versuchen musste, den Furien der Schlacht zu entkommen, wenn er nicht ernsthaft verletzt werden wollte.

»Das ist Wahnsinn«, sagte er sich, während er der Horde wilder Kämpfer auswich, die verwegen aufeinander zupreschten.

Wenige Sekunden später, als Turlough noch immer versuchte, einen Ausweg aus der brodelnden Masse von

Spielern zu finden, trafen die vordersten Reihen der gegnerischen Armeen mit einem lauten Krachen von Stöcken, Schwertern, Fäusten und Flüchen aufeinander. Mit einem Übelkeit erregenden Knirschen kamen die Kolonnen zum Stillstand, und es ging mit Stoßen und Schlagen weiter. Schreie und gequältes Stöhnen erfüllten die Luft, durchbrochen von dem Klirren von Metall auf Metall und dem lauten Knacken brechender Knochen.

Inmitten dieses sinnlosen Gedränges war der heilige rote Schlagstein hoffnungslos untergegangen. Tatsächlich hatte Turlough den Eindruck, dass der kleine rote Ball die Spieler überhaupt nicht interessierte. Die meisten von ihnen verwendeten ihre ganze Energie darauf, mit verschiedenen stumpfen oder nicht gar so stumpfen Gegenständen auf Köpfe oder Oberkörper einzudreschen. In der allgemeinen Verwirrung ließ sich unmöglich sagen, wer auf welche Seite gehörte.

»Der Doktor hatte Recht«, ging es Turlough erschrocken durch den Sinn, »dies ist in der Tat der seltsamste Traum, den ich in meinem ganzen Leben gehabt habe. Es ist alles sehr beängstigend. Ich denke, ich möchte jetzt heimgehen.«

Mit schreckgeweiteten Augen verfolgte der junge Mann die wilde Schlacht, zu benommen von dem ganzen Spektakel, um das Weite zu suchen. Überall um ihn herum lagen Feen auf dem Boden, stöhnten, hielten sich zerschlagene Glieder, tupften sich Blut vom Gesicht oder bewegten sich überhaupt nicht mehr. Andere schlenderten ziellos umher, halb betäubt von den Schlägen, die sie abbekommen hatten. Inmitten des Gemetzels schlugen die noch unversehrten Kämpfer verzweifelt mit jeder Waffe um sich, die ihnen in die Hand fiel.

»Euer junger Freund scheint mir nicht viel zu taugen«, bemerkte der König säuerlich.

»Er muss erst warm werden«, erklärte Crilly hastig. »Er wartet auf den richtigen Augenblick, um zuzuschlagen.«

Turlough zuckte zusammen, als sein dicker Mannschaftskamerad mit dem schlechten Atem leblos vor ihm zu Boden sank, ein gewaltiges Breitschwert tief in der Brust. Eine Sekunde später entdeckte der Junge eine Bresche in der Menge, und ohne einen Augenblick zu zögern, rannte er durch die Lücke und hinaus auf das freie Feld, fort von den schwersten Kämpfen.

Als er abseits des Kampfgeschehens stand, drehte er sich um, um sich die Schlacht aus sichererer Entfernung anzusehen. Er mochte noch immer kaum seinen Augen trauen. Dieser grimmige Kampf übertraf alles, was er jemals erlebt hatte. Das Ganze schien ihm nicht den geringsten Sinn zu ergeben.

Turlough glaubte, an seinem neuen Platz in Sicherheit zu sein. Aber kaum hatte er den Gedanken zu Ende gedacht, da sah er auch schon einen Gegenstand durch die Luft fliegen, der anmutig auf ihn zusegelte. Instinktiv wich er aus. Zuerst dachte er, es handele sich lediglich um ein schlecht gezieltes Wurfgeschoss, das aus den Tiefen der stöhnenden Masse von Kämpfern gekommen war. Aber als der leuchtend rote Ball nur wenige Schritte von ihm entfernt ins Gras fiel, wurde dem Jungen sofort klar, worum es sich handelte.

Es war der heilige rote Schlagstein, und jetzt rollte er friedlich über den Boden, bis er direkt vor Turloughs Füßen zu liegen kam.

Der junge Mann blickte sekundenlang leidenschaftslos

auf den Ball hinab, bis ihm eine entsetzliche Erkenntnis dämmerte.

»Heilige Mutter Gottes!«, wisperte er, und seine Kehle war trocken vor Entsetzen.

Er blickte auf und sah, dass alle Spieler, die sich noch auf den Beinen halten konnten, und viele, die es nicht konnten, ihren Blick fest auf ihn gerichtet hatten. Eine furchtbare Spannung lag in der Luft, während der Zorn der Schlacht sich langsam legte und die Nachricht sich herumsprach, dass der Sterbliche den Ball gefunden hatte.

Turlough zitterte am ganzen Leib und dachte, dass er wahrscheinlich in Ohnmacht fallen werde, lange bevor er unter den Schlägen der feindlichen Äxte gestorben war. Diese Erkenntnis tröstete ihn jedoch keineswegs.

Bevor Turlough jedoch Zeit hatte, das Bewusstsein zu verlieren, stießen die beiden gegnerischen Armeen von neuem ihre wildesten Schreie aus. Und im nächsten Augenblick kamen alle noch halbwegs unversehrten Spieler in wilder Raserei auf ihn zugeschossen. Turloughs Unterkiefer klappte vor Schreck nach unten, und sein Herz setzte einen Schlag aus. Und dann noch einen.

Es gab keinen Ausweg, keine Hoffnung auf Flucht.

»Es ist nur ein Traum«, stotterte er, obwohl er nicht eine Sekunde daran glaubte.

Keiner der Spieler würdigte den heiligen roten Schlagstein auch nur eines Blickes. Sie richteten alle ihren Zorn auf den sterblichen Jungen, auf den sie die ganze Nacht gewartet hatten. Turlough spürte förmlich, wie ihre Wut sich nach ihm ausstreckte, wie eine gewaltige Welle des Zorns. Sein Herz hämmerte so heftig in seiner Brust, dass er glaubte, es müsse seinen Brustkorb zum Bersten bringen, und er stand wie angewurzelt vor Furcht.

Der tobende Mob war nicht mehr als dreißig Schritte von ihm entfernt und näherte sich mit immer größerer Geschwindigkeit. Turlough hielt sich seinen Schlagstock vors Gesicht, um sich zu schützen, und als das Holz seine Nase berührte, blitzte eine jähe Inspiration in ihm auf.

Zu seiner eigenen Überraschung stieß Turlough einen gewaltigen Schrei aus, mehr aus Furcht, als um die anderen Spieler abzulenken. Ihm blieb nur sehr wenig Zeit, wenn er sich vor dem Ingrimm der schreienden Meute retten wollte.

Zitternd schob er den heiligen roten Schlagstein in den Löffel seines Stocks. Aber der Ball rollte sofort wieder ins Gras zurück. Turlough zitterte wie Espenlaub, als er den Ball abermals mit dem Stock zu fassen versuchte. In seiner Verzweiflung schwang er den Stock und schleuderte den heiligen roten Schlagstein mit aller Kraft in die Richtung, aus der die Spieler herbeigestürmt kamen. Dann ließ er seine Knie einknicken und sackte auf dem Gras in sich zusammen, um auf den Ansturm des tollwütigen Mobs zu warten.

Aber nichts geschah.

Turlough hatte seit Jahren nicht mehr Hurling gespielt. Falls er sich in seiner Kindheit irgendwelche Geschicklichkeit in dem Spiel erworben hatte, so hatte sie ihn schon vor langer Zeit verlassen. Er hatte die Absicht gehabt, den Ball direkt in die Menge zu werfen, um die Feen abzulenken und so ihrem Angriff zu entgehen, aber er hatte sein Ziel um Längen verfehlt.

Der heilige rote Schlagstein beschrieb einen lang gezogenen, eleganten Bogen hoch über den Köpfen aller Spieler. Turlough beobachtete, wie der Ball immer höher in den

Himmel aufstieg, und nun verfolgte er mit ungläubigem Blick die Kurve seines Flugs.

Auch die heranstürmenden Spieler beobachteten die himmlische Reise des Balls. Helles Staunen in den Augen, hielten sie in ihrer kopflosen Jagd inne und stellten sich auf die Zehenspitzen, um ohnmächtig mit ihren Stöcken nach dem leuchtend roten Ball zu schlagen, der über sie hinwegflog. Im nächsten Moment war er auch schon außer Reichweite und schwebte über beide Mannschaften hinweg, bis Turlough ihn nicht mehr sehen konnte.

Am Rand des Spielfelds stand Crilly mit offenem Mund. Er konnte sehen, was Turloughs Blicken verborgen blieb. Und der Squire begriff schnell, wo der Ball landen würde.

Der heilige rote Schlagstein fiel am anderen Ende des Felds zu Boden und rollte eine lange Strecke über das Gras, unerreichbar für die gegnerischen Spieler. Bevor er endgültig liegen blieb, kullerte der leuchtende Holzball über die Linie, die das Tor der gegnerischen Mannschaft markierte.

Und in ebendiesem Augenblick erschienen am Horizont die ersten Sonnenstrahlen, und der rasende Mob brach in Jubelschreie und gezischte Schmähungen aus, je nach Mannschaftszugehörigkeit.

Der junge Mann, der nun vor dem sicheren Tod oder doch zumindest einer schweren Verstümmelung gerettet war, fiel vornüber ins Gras, sein Mund noch immer zu einem stummen Schrei geöffnet. Das Einzige, was ihm in diesem Moment einfiel, war das Ave-Maria, das er neun Mal hintereinander sprach.

Während Turlough dalag, tauchte die Sonne das ganze Land um ihn herum in flüssiges Gold. Die Spieler wandten sich von dem Licht ab, um ihre Augen zu beschirmen. Die

Toten kehrten ins Leben zurück, die Verletzten fanden ihre Gesundheit wieder. Alles vergossene Blut wurde von der Erde aufgesogen. Und selbst die Hässlichsten unter den Spielern schienen plötzlich eine gewisse Anmut zu gewinnen.

Turlough beendete sein letztes Ave-Maria, dann kniete er sich hin, um sich umzusehen. Und vor seinen Augen verschmolzen das Gute Volk vom Großen Hügel und das vom Kleinen Hügel mit der Luft, als hätten sie nie existiert.

Turlough O'Carolan blieb allein in der Mitte des grasbewachsenen Feldes zurück, einen altertümlichen Schlagstock an die Brust gepresst. Er starrte mit leerem Blick vor sich hin und versuchte, dem Gesehenen irgendeinen Sinn zuzuschreiben. So tief saß der Schock, der sich seiner bemächtigt hatte, dass er die drei Gestalten, die zielstrebig auf ihn zukamen, nicht einmal bemerkte.

»Gut gemacht, Junge«, schrie Crilly triumphierend und aus Leibeskräften von der anderen Seite des Feldes. »Ich hab meinen Lebtag noch keinen solchen Wurf gesehen. Du bist ein verfluchter Champion!«

Der weißhaarige König und seine dunkle Königin lächelten, und als die drei Turlough erreichten, beugte die Königin der Feen sich leicht vor und bot dem Helden ihre Hand.

»Ein Champion, wahrlich«, sagte sie voller Bewunderung. »Ich sehe große Dinge für dich in der Zukunft, junger Mann. Das war die verlorene Wette wahrhaftig wert, einen solch meisterlichen Wurf mit ansehen zu dürfen. Ich wage zu behaupten, dass du es selbst meinem Gemahl auf dem Spielfeld recht schwer machen würdest.«

Der König hüstelte laut, als Turlough sich erhob und zum zweiten Mal in die tiefen Augen der Königin sah. Sosehr er es auch versuchte, er konnte den Blick nicht abwenden. Doch mit einem Mal fühlte der Junge sich wieder sehr krank.

»Nun, Crilly«, erklärte der König trocken und mit einem argwöhnischen Seitenblick zu seiner Königin, »zu guter Letzt erwies er sich ja doch noch als ein Taktiker. Mir scheint, ich muss nun meinen Teil unseres Handels einhalten. Ihr werdet in wenigen Tagen von mir hören. Die alte Frau, die ich für diese Aufgabe im Sinn habe, wird in Kürze durch Ballyfarnon kommen. Und nun bring den Jungen nach Hause, damit er ein wenig ruht. Wir werden tun, was wir für ihn tun können, und wenn er die Pocken überlebt, werden wir seine Gönner sein.«

Der Squire öffnete den Mund, um dem König zu danken, bekam aber keine Gelegenheit dazu. Bevor er sprechen konnte, gaben Turloughs Knie unter ihm nach. Der Squire sprang schnell herbei, um den Jungen auf den Füßen zu halten. Er legte ihm einen Arm um die Taille, um ihn zu stützen.

Als Crilly Turlough so weit hatte, dass er wieder stehen konnte, waren der König und die Königin bereits fort, verschwunden im Nebel geradeso wie ihre Leute.

»Wer waren diese beiden denn nun?«, fragte der Junge durch einen Nebel aus Schmerz und Verwirrung.

»Das habe ich dir doch bereits gesagt. Der König und die Königin der Feen«, flüsterte Crilly sanft. »Er ist der König vom Großen Hügel, und sie ist die Königin vom Kleinen Hügel, aber sie ist die ältere der beiden.«

Turlough hörte die Erklärungen des Squires jedoch nicht mehr. Die Welt um ihn herum hatte sich bereits so weit zurückgezogen, dass er sie nicht mehr wahrnahm.

Kapitel 5

Edward hob den Whiskeybecher an die Lippen, trank den letzten Schluck und beäugte den alten Hugh argwöhnisch. Das Licht des Feuers tauchte die Nase des alten Mannes in ein dunkelrotes Licht, und Edward dachte, dass der Whiskeybrenner in seinen ersten hundert Jahren wohl an vielen Gallonen ungesetzlich gebrannten Alkohols geschnuppert hatte.

»Ihr erwartet doch hoffentlich nicht von mir, dass ich Euch diese Geschichte glaube? Dass Euer Herr tatsächlich mit den Feen Hurling gespielt hat?«

»Ob Ihr es glaubt oder nicht«, entrüstete sich der alte Mann, »das ist die Geschichte, die er mir erzählt hat, Wort für Wort und Satz für Satz.«

»Mit nur geringfügigen Übertreibungen«, fügte Denis leise hinzu, »um seiner Erzählung ein wenig Glanz zu verleihen.«

Hugh hüstelte, um sein Missfallen über diese Störung zum Ausdruck zu bringen.

Edwards Augen wurden schmal. Dann blickte er zu Hughs Enkel auf und hielt ihm seinen Becher hin, um sich nachschenken zu lassen. Daniel kam der Aufforderung mit einem Achselzucken nach, als wolle er damit andeuten, dass auch er gewisse Zweifel an der Wahrheit dieser Geschichte hegte.

»Ich weiß nicht, was ich von Euch halten soll, alter Mann«, sagte Edward, während er den Becher wieder in

Empfang nahm. Seine Worte klangen ein wenig vernuschelt, und ein seliges Lächeln hatte sich auf seinem Gesicht breit gemacht. »Ich weiß wirklich nicht, was ich von Euch halten soll«, wiederholte er, bevor er noch einen Schluck von dem selbst gebrannten Whiskey nahm.

»Als all diese Dinge geschahen, war ich kaum mehr als ein Säugling an der Brust meiner Mutter«, informierte Hugh seinen Gast. »Ich war also kein Augenzeuge dieser Ereignisse. Aber der gute Master Turlough hat mir in all seinen Jahren auf dieser Erde nichts erzählt als die Wahrheit.«

»Es sei denn, er konnte sicher sein, dass man ihn nicht beim Lügen ertappte«, murmelte Denis verschmitzt.

Mhairgead kicherte, als sie sich nun einen Stuhl heranzog, sich hinter Edward setzte und begann, ein paar Wollstrümpfe zu flicken.

»Wollt Ihr Eure Harfe die ganze Nacht nur als bequeme Stütze benutzen?«, fuhr Hugh Denis an, »oder werdet Ihr noch etwas für uns spielen?«

»Eure Ungeduld steht Euch gar nicht gut zu Gesicht«, tadelte Denis ihn und hob abwehrend die Hand, als erfreue der alte Hugh sich noch immer seines Augenlichts. »Habt Ihr es so eilig? Gibt es noch irgendwo anders einen Kamin, an dem Ihr erwartet werdet? Oder zu irgendeinem Hurlingmatch vielleicht?«

»Seid still, Ihr alter Trunkenbold, und jetzt spielt mir das Concerto.«

»Ich werde es spielen, wenn ich so weit bin«, kam die scharfe Antwort des Harfenisten. »Für den Augenblick werdet Ihr wohl mit SheeBeg SheeMor vorlieb nehmen müssen. Wäre das etwa kein passendes Stück?«

»Ich stimme Euch zu«, sagte Hugh und lehnte sich auf

seinem Stuhl zurück, um der Darbietung zu lauschen. »Gerade nach diesem Teil der Geschichte ist das SheeBeg Shee-Mor genau das Richtige«, fügte er hinzu. Edward sah seinen Gastgeber aufmerksam an. Nach dem Gesichtsausdruck des alten Mannes zu schließen, hätte er bei der Aussicht auf eine der Weisen seines Herrn wohl eine Träne vergossen, wäre er dazu im Stande gewesen.

Nachdem Denis sich davon überzeugt hatte, dass die Harfe richtig gestimmt war, ließ er nun eine lebhafte Interpretation der beliebten Melodie erklingen. Edward schloss die Augen und lauschte den herrlichen, goldenen Tönen, die wie Honig von den Saiten des Instruments tropften. Denis' ledrige Hände erweckten das harte Holz und das spröde Messing der Harfe mühelos zum Leben.

Plötzlich wirbelten Edwards Gedanken im Rhythmus der vertrauten Melodie in einem wilden Tanz herum. Seine Lider waren jetzt so schwer, dass sie ihm zufielen, und der Kopf sank ihm auf die Brust. Es war, als hätte das Feuerwerk der Töne einen magischen Zauber gewoben, der ihn wie ein Spinnennetz umhüllte.

In seiner Fantasie sah Edward den hohen Hügel, auf dem das Hurlingmatch stattgefunden hatte. Er konnte die beiden Armeen an den gegenüberliegenden Enden des Spielfelds erkennen, bereit zum Kampf um ihre Ehre. In den summenden Basstönen der Harfe vernahm er die dumpfen Gesänge der Krieger. In den silberhellen, hohen Tönen sah er ihre leuchtend bunten Gewänder und erhaschte einen Blick auf die Gestalt eines sterblichen Mannes inmitten der großen Schar von Feen.

Nur allzu bald endete die Weise, und die Saiten kamen zur Ruhe, bis wieder vollkommene Stille im Raum herrschte.

»Mein Herr hat sie von den Feen gelernt, müsst Ihr wissen«, sagte Hugh sehr leise, um den Bann nicht zu brechen. »Es ist die fröhlichste Weise, die ich je gehört habe, und sie war seine erste. Er schrieb sie zum Andenken an die Schlacht, an der er damals teilnahm, und mit dem Titel dieser Melodie hat er den Feen vom Großen Hügel und den Feen vom Kleinen Hügel seinen Respekt gezollt.«

»Es ist eins der wenigen Stücke Carolans, die ich fast auswendig spielen kann«, erzählte Edward seinem Gastgeber, »obwohl ich viele seiner Melodien gespielt habe.«

»Wenn Ihr eine Weise nicht Note um Note auswendig kennt«, fragte Denis, »wie könnt Ihr sie dann spielen?«

»Ich habe mir das Notenlesen beigebracht.«

»Was ist das?«

»Die Noten werden allesamt auf Papier niedergeschrieben, so dass der Musiker sie während des Spielens lesen kann«, erklärte Edward. »Auf diese Weise brauche ich ein Musikstück nicht einmal zu hören, um es spielen zu können.«

»Klingt sehr schlau«, erwiderte Denis mit finsterem Blick, und es war offenkundig, dass das Wort schlau aus dem Mund des Harfenspielers kein Kompliment war.

»Ich würde es Euch morgen gern einmal zeigen«, erbot sich Edward. »Es ist wirklich ganz einfach.«

Denis wandte sich mit gerunzelter Stirn dem jungen Mann zu, und Edward hätte sich am liebsten selbst einen Tritt gegeben. Er hatte noch nie darüber nachgedacht, dass blinde alte Harfenspieler jede Melodie auswendig lernen mussten, indem sie wieder und wieder dem Spiel eines anderen lauschten.

»Ich habe geradeso viel Hoffnung, Euch ein wenig gesunden Menschenverstand zu lehren, wie Ihr hoffen dürft, mir das Lesen beizubringen«, seufzte Denis; dann lehnte er die Harfe wieder an seinen Stuhl und streckte die Hand in Daniels Richtung aus, um nach seinem Becher zu verlangen.

»Diese Melodie hat mein Herr von den Feen gelernt«, bemerkte Hugh, um das Gespräch wieder auf seine Geschichte zu lenken. »Diese Weise war es, die er hörte, als die beiden Mannschaften sich für den Kampf bereitmachten. Er erinnerte sich auch noch an ein anderes Stück, und das war die Melodie, die die Feenkönigin auf all ihren Wegen begleitete. Und er hat diese Weise nach ihr benannt. Die Feen haben ihm so manche schöne Melodie geschenkt. Und sie sorgten dafür, dass er die beste Harfenlehrerin ganz Irlands bekam. Aber ich greife mir schon wieder vor.«

Der alte Mann stützte die Hand aufs Kinn und dachte kurz nach.

»Also, wo waren wir stehen geblieben?«

»Wolltest du uns nicht erzählen, was aus Bridget Cruise wurde?«, fragte Mhairgead.

»Ganz gewiss nicht«, erwiderte Hugh. »Ich wollte Euch erzählen, wie Carolan der großen Liebe seines Lebens begegnete.«

»Aber Ihr habt uns doch bereits erzählt, wie er Bridget kennen lernte«, widersprach Edward.

»Doch nicht sie!«, rief Hugh aus. »Sie war nicht seine große Liebe. Carolan *dachte* nur, Bridget sei seine wahre Liebe. Nein, in Wirklichkeit war die Frau seiner Träume ein einfaches Mädchen ohne Familiennamen, und sie liebte ihn, wie keine Frau vorher oder nachher jemals einen Mann geliebt hat.«

»Diesen Teil der Geschichte liebe ich besonders«, sagte Mhairgead träumerisch und beugte sich vor, um Edward an der Schulter zu berühren.

Der Rebell spürte ihre Liebkosung, und er drehte sich um, um ihre Finger zu betrachten. Plötzlich war er sehr verwirrt, und sein Kopf begann von neuem zu schmerzen.

»Wie spät ist es?«, fragte er.

»Zeit für den nächsten Teil der Geschichte«, antwortete Mhairgead hastig.

»Zeit für einen weiteren Whiskey«, erklärte Denis.

»Zeit, dass ihr alle jetzt den Mund haltet und mich weiterreden lasst«, brummte Hugh.

Daniel schenkte Edward noch einmal nach, und dieser schluckte den Whiskey herunter, ohne auch nur einen Moment zu zögern. Als der Becher leer war, wurde dem jungen Rebellen bewusst, dass er gar nichts davon geschmeckt hatte.

»Ist meine Zunge etwa schon taub von diesem Gebräu?«, fragte er Daniel. »Oder habt Ihr Wasser hinzugegeben?«

»Verwässere niemals den Whiskey eines anderen Mannes«, bemerkte Hugh, »und schlafe auch nicht mit seiner Frau, wenn dir an einer sorgenfreien Existenz ohne Streit und Hader gelegen ist.«

»Sagt man so?«, brummte Denis kopfschüttelnd.

»Und ob man das tut«, antwortete der alte Whiskeybrenner scharf.

»Nun, ich habe zu spät begriffen, dass ich die Bedeutung dieses Sprichworts ganz und gar missverstanden hatte«, seufzte Denis.

»Was redet Ihr da?«, fuhr Hugh ihn ungeduldig an.

Denis atmete tief ein und griff sich an die Stirn, als dächte er über etwas nach. Dann formte er lautlos ein paar Worte mit den Lippen und schüttelte abermals den Kopf.

»Zumindest kann ich in aller Aufrichtigkeit behaupten«, meinte der Harfenspieler schließlich, und seine Worte klangen dabei leicht vernuschelt, »dass ich niemals die Frau eines anderen Mannes gewässert oder mit dem Whiskey eines anderen Mannes geschlafen habe.«

»Ihr seid ein alter Narr.« Hugh schüttelte den Kopf. »Wo um alles in der Welt habt Ihr nur den Verstand gelassen, den Gott Euch gab, als Ihr in diese Welt geboren wurdet?«

»Es ist kein Wasser in Eurem Whiskey«, erklärte Daniel Edward mit einem Grinsen. »Es ist nur so, dass der Mund sich nach einiger Zeit an diesen Whiskey gewöhnt und er dadurch weniger stark erscheint.«

»Verstehe«, erwiderte der junge Mann, obwohl er damit keineswegs die Wahrheit sagte.

»Ich werde nun zum nächsten Teil der Geschichte kommen«, verkündete Hugh, »wenn Ihr drei Herren und die junge Dame es mir gestatten.«

»Wie Ihr wünscht«, sagte Denis, »aber lasst mich zuvor noch einen Gedanken äußern. Ich hatte schon immer den Verdacht, dass meine Jugend vergeudet und irregeleitet war. Und nun, da ich zu alt bin, um Buße zu tun, habe ich den endgültigen Beweis dafür.«

»Seid still«, zischte Hugh, nun sichtlich aufgebracht.

In diesem Augenblick hob Denis die Hand, um die anderen zum Schweigen zu bringen. »Habt Ihr das gehört?«, sagte er leise.

»Pferde«, befand Hugh einige Sekunden später.

»Sie sind noch ein gutes Stück entfernt«, fügte der alte Harfenspieler hinzu.

»Ich habe nichts gehört«, sagte Daniel.

»Du musst lernen, unseren blinden Ohren zu vertrauen«, schalt sein Großvater ihn. »Denis und ich können Dinge hören, die dir niemals auffallen würden.«

»Sind es die Engländer?«, fragte Edward angstvoll.

»Das könnte durchaus sein«, erwiderte Hugh mit feierlichem Tonfall. »Sie müssen sehr entschlossen sein, Euch zu finden, wenn sie sich nach Sonnenuntergang aus ihrer Kaserne wagen.«

»Ihr müsst mich verstecken!«, rief der Rebell erschrocken. »Was ist, wenn sie hier nach mir suchen?«

»Ich werde nicht zulassen, dass sie Euch finden«, versprach Hugh. »Nicht bevor ich dazu bereit bin.«

»Was soll das heißen?« Edward fand dieses Versprechen keineswegs beruhigend.

»Zerbrecht Euch nicht den Kopf darüber«, riet ihm Mhairgead. »Er will Euch doch nur aufziehen. Es bereitet ihm größtes Vergnügen, mit gutgläubigen Menschen seine Scherze zu treiben.« Sie strich über Edwards Haar und legte ihm eine Hand auf den Arm. »Ihr könnt unbesorgt sein«, sprach sie sanft. »Die Rotröcke werden Euch nicht mitnehmen. Nicht wahr, Großvater?«

Hugh dachte eine Sekunde lang über ihre Frage nach, und Edward sackte in sich zusammen. Nicht einmal eine Truppe Engländer konnte den Wirkungen des Whiskeys Einhalt gebieten. Binnen weniger Sekunden waren tiefe und gleichmäßige Atemzüge von dem jungen Rebellen zu hören.

»Schläft er?«, fragte Hugh.

»Er ruht nur ein wenig«, sagte Mhairgead, nachdem sie sich davon überzeugt hatte, dass Edwards Augen geschlossen waren. »Das überrascht mich keineswegs. Du hast ihn den ganzen Abend mit deinem Whiskey abgefüllt.«

»Bist du dir sicher, dass dein Entschluss feststeht, Enkeltochter?«, flüsterte Hugh.

»Ich wusste es, als ich ihn sah. Er sieht gut aus und ist wohlhabend, und er wird nicht von einem Moment auf den anderen mit irgendeinem Rotschopf aus Dublin auf und davon gehen.«

»Wenn die Rotschöpfe ihn nicht erwischen, werden es die Rotröcke tun«, bemerkte Hugh.

»Dann solltest du besser dafür sorgen, dass die Rotröcke ihn nicht in die Finger bekommen«, entgegnete die junge Frau.

»Was geht mich das an?«, ereiferte sich Hugh.

»Wenn diesem Burschen etwas zustößt«, sagte Mhairgead warnend, »dann bin ich so schnell auf Dublin Castle, dass nicht einmal die Postkutsche mich einholen kann. Und ich bin davon überzeugt, die hohen Herren dort werden mir mit größtem Interesse lauschen, wenn ich von deinen Brennereien erzähle, deinem verbotenen Whiskeyhandel mit drei Garnisonen und deinen betrügerischen Geschäften mit Major D'Arcy.«

»Das würdest du nicht wagen«, stotterte Hugh.

»Und ob ich das würde. Und ich würde gewiss obendrein noch eine hübsche Belohnung für meine Informationen bekommen. Mehr als genug, um den Rest meines Lebens in einem schönen Haus wohnen zu können.«

»Wer hätte je gedacht, dass mein eigen Fleisch und Blut eines Tages zum Verräter an mir werden würde?«, stieß Hugh entsetzt hervor.

»Ich wette, der Richter in Dublin würde das anders sehen.«

»Was willst du damit sagen?«

»Der Richter würde mich vielleicht keineswegs als die Verräterin in dieser Familie betrachten. Er könnte durchaus geneigt sein, einen Mann zu verurteilen, der einem missratenen englischen Offizier gute Musketen abkauft und diese Gewehre dann an die Rebellen weiterverkauft«, flüsterte sie. »Einen solchen Mann werden die Engländer gewiss hängen – schon allein dafür, dass er einen Diener der Krone zu einer solchen Schandtat verleitet und die Rebellen mit Waffen versorgt hat. Aber den jungen Rebellen, der den habgierigen und verräterischen Major D'Arcy mutig ins Jenseits befördert hat, würden sie mit ebensolcher Gewissheit als eine Art Helden ansehen. Möglich, dass Edward sogar selbst eine Belohnung für seine Tat erhalten würde.«

»Ich kann nicht glauben, was ich da höre«, zischte Hugh. »Ich bin dein Großvater. Ich habe dich als Kind gehegt und gepflegt. Du hast das Essen gegessen, das ich auf den Tisch gebracht habe. Dein Vater ist mein eigener Sohn.«

»Mein Vater verrottet in Botany Bay, weil ihr beiden, du und Major D'Arcy, bei euren Geschäften nicht vorsichtig genug wart.«

»Ich habe dich genährt und gekleidet, wie kannst du es da wagen, mir zu drohen?«

»Ich werde nicht jünger, während ich deine Strümpfe stopfe, deine Mahlzeiten zubereite und hinter deinen trunksüchtigen Freunden herputze. Ich will einen guten Mann, der sich um mich und meine Kinder kümmert. Und mich vielleicht gelegentlich mal mit nach Dublin nimmt.«

»Und was war an dem Ehemann auszusetzen, den ich für dich ausgesucht hatte?«, verlangte Hugh zu wissen.

»Dieser elende Narr!« Mhairgead lachte mit solcher Gehässigkeit auf, dass Edward die Augen aufschlug. »Er hat noch schlimmer getrunken als du! Sein einziges Verdienst bestand darin, dass er es geschafft hat, sich deportieren zu lassen!«

»Was war das?«, fragte der junge Rebell. »Wer spricht hier von Deportierung?«

»Kümmert Euch nicht darum, es hat nichts zu bedeuten«, beruhigte ihn Hugh. »Daniel!«, rief er dann. »Geh hinaus und sieh nach, was es mit dem Lärm draußen auf sich hat. Wenn es eine Truppe Rotröcke ist, dann bring sie von ihrer Fährte ab.«

»Ja, Großvater«, erwiderte Daniel resigniert. Er griff nach seinem Mantel und war im nächsten Augenblick auch schon verschwunden, um zu tun wie ihn geheißen.

»Haben die Rotröcke uns entdeckt?«, fragte Edward, dem sich auf unangenehme Weise der Kopf drehte.

»Es wird alles wieder gut«, beschwichtigte Hugh. »Daniel wird sie abfertigen. Ihr habt nichts zu befürchten. Hol dem jungen Gentleman noch einen Drink, Mhairgead«, erklärte der Whiskeybrenner nachdrücklich. »Wir wollen doch nicht, dass unser geschätzter Gast Durst leidet, nicht wahr?«

Die junge Frau lächelte. Zumindest für den Augenblick hatte sie die Oberhand gewonnen.

»Wolltest du uns nicht den nächsten Teil der Geschichte erzählen, Großvater?«, fragte Mhairgead, als sie mit dem irdenen Krug vor Edward trat und seinen Becher nachfüllte.

»Ich habe nur darauf gewartet, dass unser junger Held, Master Edward, wieder zu Sinnen kommt«, sagte Hugh mit einem Anflug von Sarkasmus.

»Ich bin hellwach«, versicherte der Rebell seinem Gastgeber. »Wenn die Engländer heute Nacht in der Nähe sind, wäre ich wohl gut beraten, auf der Hut zu sein.«

»Dann braucht Ihr noch einen Becher Whiskey, um Euch gegen den Schlaf zu wappnen«, warf Denis ein. »Der Geschichtenerzähler wird Euch wohl kaum wach halten.«

»Ich wollte gerade auf die Genesung meines Herrn von den Blattern zu sprechen kommen«, knurrte Hugh.

»Wir können unsere Neugier kaum noch bezähmen«, erwiderte Denis.

Als Turlough die Augen öffnete, blickte er in grelles Sonnenlicht. Die Tür zum Haus seines Vaters stand offen, und das gelbe Licht hatte die satte Farbe von Honig und Gold.

Der Anblick war so schön, dass Turlough tief einatmete und die kühle Süße sekundenlang in seiner Lunge festhielt.

»Bin ich tot?«, fragte er laut.

»Nein«, kam zur Antwort die sanfte Stimme einer jungen Frau. »Ihr seid noch unter uns.«

Erschrocken wandte Turlough den Kopf und sah eine junge Frau, mit einem frischen, blassen Gesicht und schwarzem Haar. Sie faltete ein feuchtes Tuch zusammen und lächelte dabei auf ihn herab. Ihre dunklen Augen leuchteten in dem Licht, und Turlough musste mehrmals blinzeln, um sich davon zu überzeugen, dass sie keine Ausgeburt seiner Fantasie war.

Das heitere, ernste Gesicht des Mädchens erinnerte ihn an die Gemälde von der Heiligen Jungfrau, die er in der Kirche gesehen hatte.

»Seid Ihr gewiss, dass ich nicht tot bin, denn Ihr erscheint mir wie ein Engel aus dem Himmel.«

»Ihr redet mit mir«, lachte die Frau. »Es wäre also recht

bemerkenswert, wäret Ihr bereits ins Jenseits hinübergegangen. Außerdem, wo wollt Ihr denn einen Engel gesehen haben?«

»Wer seid Ihr, wenn Ihr nicht die Mutter Gottes selbst seid?«

»Mein Name ist tatsächlich Mary«, gestand die junge Frau, während sie ein Stück Stoff in eine Schale mit Wasser tauchte und ihm das Gesicht abtupfte. Dann dachte sie kurz nach, bevor sie hinzufügte: »Aber ich bin nicht diese Mary.«

»Ich heiße Turlough.«

»Das weiß ich.«

Dann fiel dem Jungen die Warnung des Arztes wieder ein. »Ihr müsst gehen«, drängte er sie. »Andernfalls lauft Ihr Gefahr, Euch selbst an die Galar-breac zu verlieren.«

»Seid still«, erwiderte sie leise. »Ich hatte die Galar-breac, als ich noch sehr jung war, und ich habe sie unversehrt überstanden. Sie kann mir nichts anhaben. Ich bin hergekommen, um Euch zu pflegen. Solange nur jemand dafür sorgt, dass Ihr gut gewaschen werdet, werdet auch Ihr die Krankheit überleben.«

»Seid Ihr eine der frommen Schwestern der Hospitalerinnen?«

Die junge Frau lachte laut auf, und ihre Augen blitzten vor Erheiterung.

»Was bringt Euch nur auf den Gedanken, ich sei eine Nonne?«, kicherte sie. »Ihr scheint ja geradezu besessen zu sein von heiligen Frauen. Hattet Ihr gehofft, selbst eines Tages Priester zu werden? Oder vielleicht gar Bischof?«

»Nein!«, entfuhr es dem Jungen. »Gott steh mir bei, das ist das Letzte, was ich will. Aber der Doktor hat mir gesagt, eine Nonne werde herkommen, um mich zu pflegen.«

»Ich weiß nichts von einer Nonne«, beschied ihm die junge Frau. »Meine Großmutter und ich waren gestern Abend bei den MacDermots zu Gast, und als die gute Dame hörte, dass ich die Seuche überstanden hatte, bat sie mich, mich um Euch zu kümmern.«

»Seid Ihr Freunde der Familie MacDermot?«

»Nein«, sagte sie schlicht, »wir sind Reisende.«

»Reisende?«

»Meine Großmutter und ich sind immer von Ort zu Ort gereist und haben jede Arbeit angenommen, die man uns anbot.«

»Wie ist so etwas möglich?«, stieß Turlough hervor. »Wo die Zeiten so hart sind?«

»Das sind jetzt erst einmal genug Fragen. Gönnt Eurer Zunge ein wenig Ruhe, sonst bleibt Euch keine Kraft, um gesund zu werden.«

»Ich hatte einen seltsamen Traum«, murmelte Turlough, als ihm nun langsam das Hurlingmatch wieder in Erinnerung kam. »Es war so echt, dass ich davon überzeugt bin, dass das alles wirklich passiert sein muss.«

»Ich hatte damals ebenfalls seltsame Träume.« Das Mädchen tupfte ihm die Stirn ab. »Fast jeder, der von der Galar-breac geschlagen wird, wird von lebhaften Visionen heimgesucht. Ihr müsst sie Euch aus dem Sinn schlagen.«

»Ich will Harfe spielen lernen«, sagte er leise, während er die Augen schloss. »Ich werde eines Tages der größte Harfenspieler in ganz Irland sein.«

»Ach ja?«, erwiderte das Mädchen mit einem Lächeln. »Nun, wir werden sehen. Was habt Ihr denn geträumt?«

»Da war ein Feld hoch oben auf dem Hügel«, begann

Turlough mit träumerischer Stimme, »und es war voller merkwürdiger Geschöpfe, die mitten in der Nacht Hurling gespielt haben.«

»Ach wirklich?«

»Es war eine große Zusammenkunft des Guten Volkes, und ich habe in Anwesenheit des Königs und der Königin der Feen Hurling gespielt.«

»Schlaft jetzt«, sagte Mary besänftigend, während sie sein Gesicht mit dem feuchten Tuch berührte. »Schlaft friedlich und macht Euch keine Sorgen. Die Visionen werden vergehen.«

Ihre Stimme war so beruhigend, dass Turlough seufzte und mit einem Mal leichter atmen konnte. Es dauerte nicht lange, da rollte sein Kopf wieder in die Mitte des Strohkissens, und er schlummerte ein.

Mary tupfte noch einmal die Stirn ihres Patienten ab, dann zog sie ihm die Laken bis zum Hals hinauf. Dabei bemerkte sie etwas Seltsames unter dem Bettzeug. Sie rollte die Laken beiseite und runzelte die Stirn, als sie den Gegenstand ertastete.

Lächelnd entwand sie Turloughs Fingern einen alten, schon sehr mitgenommenen Hurlingstock und fragte sich, wie dieser um alles in der Welt in das Bett gekommen sein mochte. Dann deckte sie ihren Patienten wieder gut zu, stellte den Stock in die Ecke des Raums und wusch ihm einmal mehr den Schweiß von der Stirn.

Turlough schlief eine Weile ganz friedlich, dann warf er sich einige Stunden lang unruhig von einer Seite auf die andere, bevor er abermals in einen tiefen Schlaf sank. Als der Junge die Augen wieder aufschlug, schienen ihm nur wenige Minuten verstrichen zu sein. Aber der Raum lag abermals in tiefer Dunkelheit. Die Tür war geschlossen, und es brannte nicht einmal eine Kerze.

»Wer war diese Frau, die hier war, um mir die Stirn zu kühlen?«, flüsterte er.

»Was für eine Frau?«, erklang eine Männerstimme, in der ein drängender Unterton lag.

»Das Mädchen mit dem schwarzen Haar und den leuchtenden Augen.«

»Ich weiß nichts von ihr«, erwiderte die Stimme, und plötzlich beugte sich Squire Crilly über Turlough, fasste den Jungen unterm Kinn und sah ihm forschend in die Augen.

»Geht es dir gut genug, um aufzustehen?«, fragte der Squire.

»Ich bin sehr müde. Ich will weiterschlafen.«

»Wir müssen heute Nacht einen Besuch machen, denn es ist sehr wahrscheinlich, dass du dich ab morgen überhaupt nicht mehr bewegen kannst. Die Pocken sind fast reif, und wenn sie ihr Gift erst einmal freigesetzt haben, musst du ganz still liegen, oder du gefährdest dein Leben.«

»Wohin gehen wir?«

»Zum König und zur Königin.«

Turlough blickte zu Crilly auf und bemerkte, dass seine Augen geradeso hell leuchteten, wie die seiner Pflegerin es zuvor getan hatten.

»Ich möchte nicht noch einmal Hurling spielen«, erklärte der Junge bestimmt.

»Der König und die Königin wünschen, dir zu deinem Geschick zu gratulieren. Dieser Wurf, der deiner Mannschaft den Sieg eingetragen hat, hat sie sehr beeindruckt. Sie geben ein Fest für dich.«

»Ich bin zu müde«, widersprach Turlough.

»Was hier auch immer geschehen mag«, ermahnte Crilly ihn streng, »ganz gleich, wo du bist oder wie müde du sein solltest, wenn sie dich rufen, dann musst du dem Ruf Folge leisten. Das heißt, wenn du weißt, was gut für dich ist.«

»Wie meint Ihr das?«

»Der König und die Königin haben sich bereit gefunden, deine Gönner zu werden«, erklärte der Squire. »Mit ihrer Hilfe werden deine größten Wünsche in Erfüllung gehen.«

»Warum sollten sie mir helfen wollen? Ich bin nur der Sohn eines Schmieds.«

»Vielleicht hat es etwas mit ihrem Sinn für Ironie zu tun«, erwiderte Crilly und lächelte.

»Ich verstehe nicht, wovon Ihr sprecht.«

»Genug der Fragerei, mein Junge. Und vergiss nicht, du darfst dem König oder der Königin niemals eine direkte Frage stellen. Hast du verstanden?«

»Ja.«

»Gut. Jetzt trink etwas von diesem Alkohol. Es ist kein Whiskey, aber er wird dir die Kraft geben, um bei Hof zu erscheinen und dem Königspaar deinen Respekt zu erweisen.«

»Bitte, lasst mich schlafen«, bettelte Turlough, als der Squire ihm die Flasche an die Lippen hielt.

»Dafür ist es zu spät, mein Junge. Du hast deinen Wunsch ausgesprochen, und du warst so töricht, es in Hörweite eines Menschen zu tun, der ein Freund des Guten Volkes ist. Wenn du dich einmal auf einen Handel einlässt, musst du bis ans Ende deiner Tage damit leben.«

Mit diesen Worten goss Crilly dem Jungen einige Tropfen von dem Gebräu in den Mund, dann schob er sorgfältig den Stöpsel zurück in seine kostbare Flasche.

»Wie fühlst du dich jetzt?«, erkundigte sich der Squire.

Zu seiner Überraschung fühlte sich Turlough plötzlich, als sei er gerade aus einem langen und friedlichen Schlaf erwacht und hinreichend gestärkt für sein Tagewerk.

»Was ist in dieser Flasche?«, wollte der Junge wissen.

»Stell nicht so viele Fragen, Bursche, dann wirst du herausfinden, dass das Leben sehr viel freundlicher zu dir ist.«

Der Squire half dem jungen Mann, sich zu erheben und in Hemd und Hose zu schlüpfen. Dann warf er Turlough einen dunkelblauen Umhang um die Schultern. »Dieser Mantel wird dich warm halten, außerdem siehst du darin ein wenig respektabler aus.«

»Wohin gehen wir?«

»Du wirst wahrhaftig lernen müssen, deine Neugier im Zaum zu halten«, schalt Crilly ihn. Dann seufzte er und sagte: »Der König hält heute Nacht in den Ställen Hof, zu Ehren deines erstaunlichen Sieges beim Hurling. Es werden einige sehr interessante Leute dort zusammenkommen. Ein paar von ihnen könnten sich in der Zukunft als gute Freunde für dich erweisen, solltest du einmal in Not geraten.«

Turlough nickte, obwohl er den Squire nicht wirklich verstand, und zog dann hastig seine Stiefel an. Wenige Minuten später standen sie beide draußen auf dem Hof. Es war mitten in der Nacht, und um sie herum herrschten Stille und Dunkelheit. Im großen Haus brannten keine Lichter mehr. Selbst das Küchenfeuer gab nur noch ein schwaches Leuchten von sich, das kaum unter der Tür hindurchdrang.

Der junge Mann sah zu den Ställen hinüber. Alles war vollkommen still. Nichts regte sich, weder Pferde noch Hunde, noch irgendein anderes Tier.

»Seid Ihr wirklich sicher, dass wir den König und die Königin in den Ställen treffen sollen?«

»Ich bin mir sicher.« Crilly führte Turlough am Arm zur Stalltür, dann hielt er sich einen Finger an die Lippen und flüsterte: »Ganz gleich, was du siehst, wenn diese Tür sich öffnet, du darfst keinen Laut von dir geben. Hast du verstanden? Keinen Laut.«

»Ich habe verstanden«, erwiderte Turlough, und Crilly drückte die Tür einen Spaltbreit auf.

Plötzlich schlug ihnen ein herrliches, goldenes Licht entgegen, und als die knarrende Holztür sich noch weiter öffnete, wechselte das Licht von Orange nach Rot und dann zu einem vollen Purpur. Turlough klappte der Unterkiefer herunter. Er holte tief Luft, um einen Schreckensschrei auszustoßen, aber der Squire legte dem Jungen eine Hand über den Mund, bevor er einen Laut von sich geben konnte.

»Sei still«, zischte Crilly. »Es wird alles gut.«

Im nächsten Augenblick hatte er Turlough in den Stall hineingestoßen und die Tür fest hinter ihnen geschlossen. Draußen auf dem Hof kehrte wieder Stille ein, als sei nichts Ungewöhnliches geschehen.

Im selben Augenblick, als die Stalltür hinter ihnen zufiel, verlor das herrliche Licht ein wenig an Kraft und lief rückwärts noch einmal durch alle Farben des Regenbogens, bis es einen hellgelben Schimmer annahm. Turlough rieb sich seine schmerzenden Augen. Er blinzelte mehrmals, und als er wieder scharf genug sehen konnte, stellte er fest, dass die Ställe vom Dach bis zum Boden mit Hunderten von Kerzen beleuchtet waren.

Überall hingen frische Girlanden aus Weißdornzweigen, Eichenlaub und Stechpalmen. Die Decke des alten

Gebäudes war verborgen unter einem riesigen quadratischen Tuch aus feinster weißer Spitze. Die Doppeltüren umrahmte ein Bogen aus Efeuzweigen, die zu kunstvollen und wunderschönen Mustern ineinander verwoben waren.

Über dem Schmiedefeuer hing ein großer, runder schwarzer Kessel, in dem es fröhlich blubberte und der einen süßen Duft verströmte. Auf einem niedrigen Tisch in der Nähe fanden sich alle Arten von Speisen, die man sich nur vorstellen konnte, und daneben einige Leckerbissen, die Turlough nicht kannte. An einem Ende des Tisches stand eine Vielzahl silberner Becher mit langen Stielen und tiefen Kelchen, ein jeder in einem anderen Muster graviert.

Trotz der fremdartigen Einrichtung ihres Stalls standen die Pferde zufrieden in ihren Boxen, als sei nichts Ungewöhnliches geschehen. Einer der Jagdhunde lag tief schlafend in einer Ecke im Stroh, und das Tier war so ruhig, dass Turlough einen Moment lang glaubte, es müsse tot sein. Aber bei näherem Hinsehen stellte er fest, dass das Tier gleichmäßig atmete, eingehüllt in die sichere Umarmung eines sorglosen Schlummers.

Der junge Mann drehte sich zu Squire Crilly um, begierig darauf, zu erfahren, was hier vorging. Aber dann dämmerte ihm plötzlich, dass er wohl wiederum in einer der seltsamen Illusionen gefangen war, die die Galar-breac mit sich brachte.

»Das ist kein Traum, Turlough«, erklang eine sanfte Frauenstimme. »Aber wenn ich es recht bedenke – wer will denn sagen, ob Träume weniger wirklich sind als alles andere auf der Welt?«

Der junge Mann drehte sich um, aber abgesehen von Squire Crilly war niemand sonst im Stall.

In diesem Augenblick erloschen die Kerzen jäh, und nur ein kleiner Lichtkreis um den blubbernden Kessel herum blieb zurück. Turlough atmete vor Staunen scharf ein, als zwei Gestalten sich aus der Dunkelheit lösten.

Ein hoch gewachsener Mann in einem langen schwarzen Umhang und eine jünger aussehende Frau, die ebenfalls Schwarz trug, traten ein. Als die beiden Fremden sich Turlough näherten, hob der weißhaarige Mann die Hand, und die Kerzen flackerten wieder auf.

Jetzt erkannte Turlough die beiden auch, obwohl er sich nicht an ihre Namen erinnerte.

»Verneige dich«, zischte Crilly ihm zu, und Turlough tat wie geheißen.

»Seid Ihr der junge Mann, den es verlangt, die Harfe zu erlernen?«, fragte die Dame.

Turlough blickte auf, ohne den Kopf zu heben, und sah in die Augen der Frau. Sie waren wie zwei dunkle Juwelen, eingelassen in ein makellos geformtes Gesicht. Ihre Lippen waren von reinstem Rubinrot, und das Kerzenlicht verlieh ihnen einen feuchten Schimmer. Ihr rabenschwarzes Haar, das ihr strahlendes Gesicht umrahmte, fiel ihr in langen, geraden Locken in die Stirn.

Die ungewöhnliche Dame schenkte ihm ein Lächeln und legte sich dann mit einem leisen Lachen eine milchweiße Hand auf den Mund. Turlough glaubte einen Moment lang, eine junge Frau vor sich zu haben, kokett und lieblich, obwohl in ihren Augen die Weisheit hohen Alters stand.

»Antworte der Königin«, flüsterte der Squire.

Turlough riss seinen Blick von der Frau los und starrte zu Boden, obwohl er dabei den Drang bezähmen musste, die Dame abermals anzusehen. »Ich würde von Herzen gern lernen, die Harfe zu spielen«, sagte er schließlich. »Es ist mein Wunsch, eines Tages ein Meister dieses altehrwürdigen Instruments zu sein.«

»Ist es wahr, dass Ihr dies aus Liebe zu einer Frau tun würdet?«, wollte die Königin wissen.

»Ja.«

»Dann werden wir Euch Euren Wunsch gewähren«, antwortete der Mann mit dem schneeweißen Haar. »Unter gewissen Bedingungen, die wir später festlegen werden.«

Crillys Augen weiteten sich, und er trat einen Schritt vor. »Was für Bedingungen?«, fragte der Squire ängstlich.

»Das hat nichts mit Euch zu tun, guter Mann«, kam die strenge Antwort.

»Verzeiht mir, Euer Majestät«, erwiderte Crilly vorsichtig, »aber mir war nicht bewusst, dass irgendwelche Bedingungen an dieses Arrangement geknüpft sein würden. Turlough ist im Augenblick nicht kräftig genug, um eine Verhandlung zu führen.«

Der König der Feen lächelte, dann beugte er sich mit einem Funkeln in den Augen vor, um zu flüstern: »Mir war nicht bewusst, dass Ihr in irgendeiner Weise an diesem Handel beteiligt seid.«

»Mir ist es nur um das Wohlergehen des Jungen zu tun«, entgegnete Crilly.

»In der Tat«, sagte der König mit gespitzten Lippen. »Denkt Ihr, dass mir etwas anderes als sein Wohlergehen am Herzen liegt? Es ist meine Gemahlin, die in dem Ruf steht, in solchen Angelegenheiten bisweilen anderen Sinnes zu werden, nicht ich.«

Die Königin hüstelte und berührte den König an der Schulter. »Ich bitte um Vergebung«, sagte sie an Crilly gewandt, »aber mein Gemahl scheint ein wenig verwirrt zu sein, was die Umstände dieses Arrangements betrifft. Zunächst einmal ist es ihm offenkundig entfallen, dass ich das Sagen in dieser Ehe habe. Ich kann Euch versichern, Squire Crilly, dass ich, wenn ich mich erst einmal zu etwas entschlossen habe, bis zum Ende daran festzuhalten pflege. Ich bin so verlässlich wie der Sonnenaufgang.«

»Nur dass gelegentlich Wolken die aufgehende Sonne verdecken«, bemerkte der König mit einem leichten Grinsen und einem Zwinkern in Crillys Richtung.

Der Squire antwortete nicht. Er wagte es kaum zu atmen. Es war offenkundig, dass sich Ärger zwischen den Eheleuten zusammenbraute, und er wusste, dass er gut beraten war, sich aus der Angelegenheit herauszuhalten. Die Dispute dieser beiden waren der Stoff, aus dem Legenden wuchsen.

»Mein Gemahl, Ihr habt den Mann erschreckt«, erklärte die Königin mit einem Kichern in der Stimme, als sie Crillys besorgte Miene sah. Dennoch blitzte bei diesen Worten Zorn in ihren Augen auf.

Der König beugte sich zu Crilly vor und unterzog ihn einer eingehenden Musterung. »Er scheint mir in der Tat besorgt zu sein«, sagte er, als sich auf Crillys Stirn Schweißperlen bildeten. »Aber ich glaube nicht, dass ich derjenige bin, der ihn solchermaßen aus der Fassung gebracht hat, meine liebe Gemahlin.«

»Ich bin nicht Eure liebe Gemahlin!«, zischte die Königin. »Ich bin die Königin, Ihr seid mein Gemahl! Die Königswürde wird in der weiblichen Linie weitergegeben.«

»Nicht in der Welt der Sterblichen«, erwiderte der König zuversichtlich. »Habe ich nicht Recht, Crilly?«

»Wie bitte, Mylord?«, stotterte der Squire, fest davon

überzeugt, dass er, was immer er auch sagen mochte, in Schwierigkeiten geraten würde.

»Trifft es nicht zu«, wiederholte der König und verdrehte die Augen zum Zeichen, wie ermüdend er es fand, sich erklären zu müssen, »dass in der Welt der Sterblichen, einer langen Tradition folgend, der Ehemann seine Frau beherrscht?«

»Man könnte sagen, dass dies zutrifft«, erwiderte Crilly, aber als er sah, dass das Lächeln der Königin einer finsteren Miene wich, fügte er hinzu: »Und so mag es denn auch erscheinen. Aber ich glaube, dass die Natur einen solchen Stand der Dinge nicht zulassen würde.«

»Wie meint Ihr das?«, fuhr die Königin ihn rüde an.

»Ein Bulle mag die Herde beherrschen«, erwiderte der Squire, »aber es ist die Kuh, die die Milch gibt.«

Einen Moment lang schwiegen der König und die Königin, ihre Gesichter unnahbar und ohne jede Spur der Erheiterung. Crilly wand sich innerlich. Er glaubte fest, dass er zu weit gegangen war, und verfluchte seine plappernde Zunge und seinen stumpfen Verstand.

Plötzlich lachte die Königin laut auf. Der König machte einen Schritt rückwärts und trat neben sie. Dann nickte er langsam und anerkennend, ein breites Grinsen auf dem Gesicht.

»Ihr seid ein kluger Mann, Crilly«, beglückwünschte ihn der König. »Ihr werdet ein hohes Alter erreichen, wenn Ihr Euren Kopf stets so gut zu nutzen wisst.«

»Ich danke Euch, Euer Majestät«, stammelte der Squire.

»Wenn Ihr auf Squire Crilly hört«, sagte die Königin zu Turlough, »werdet Ihr viel lernen. Er hat eine geschickte Zunge und ein höfliches Wesen.«

»Ich werde Euren Rat beherzigen, Mylady«, brachte der junge Mann mit einiger Mühe hervor. Noch wenige Minuten zuvor war er davon überzeugt gewesen, dass alles, was er sah und hörte, nur eine seltsame Ausgeburt seines träumenden Geistes war. Aber jetzt war er sich da nicht mehr so sicher. Turlough berührte den Samt des Umhangs, den Crilly ihm geliehen hatte, und der Stoff kitzelte seine Fingerspitzen. Zumindest der Umhang schien durchaus real zu sein.

Jetzt hob der König jäh die Hand, und unverzüglich erschienen Hunderte von Gästen, angetan mit den feinsten Kleidern. Turlough schnappte vor Überraschung nach Luft. Die Versammlung war aus dem Nichts erschienen. Dem Jungen wurde schwach zumute.

Die vielen fremden Leute plapperten in einem fort, als seien sie schon den ganzen Abend an Ort und Stelle. Der Raum hallte wider von ihrem Gelächter, dem Klirren kostbarer Kristallgläser und der lebhaften Konversation von Leuten, die sich bestens unterhielten. In einer Ecke saß ein Harfenist und spielte auf einem Instrument aus purem Gold eine fröhliche Melodie.

»Heilige Mutter Gottes!«, murmelte Turlough, während er spürte, dass seine Knie unter ihm nachzugeben drohten.

Er schüttelte den Kopf, schloss die Augen und wartete ein paar Sekunden ab, in der Hoffnung, seinen Geist von den verstörenden Visionen zu befreien. Aber die Geräusche ebbten nicht ab. Und als er die Augen wieder aufschlug, war die Begeisterung der Gäste, die an dem Fest teilnahmen, nach wie vor ungebrochen.

»Wenn diese Leute Feen sind«, flüsterte der Junge in

maßlosem Erstaunen, »warum sehen sie dann nicht anders aus als die Menschen, die ich kenne?«

»Warum sollten sie anders aussehen?«, fragte ihn die Königin. »Wir können jede Gestalt annehmen, die uns beliebt. Warum also sollten wir uns dann nicht in Strahlen und Schönheit hüllen? Einige von uns ziehen es vor, sich Furcht erregend oder grausam zu zeigen, aber die meisten Feen sind der Meinung, dass eine hübsche Gestalt unserem Geschmack viel besser entspricht. In dieser Verkleidung können wir uns in der Welt der Sterblichen bewegen, ohne allzu große Aufmerksamkeit auf uns zu ziehen. Es sei denn natürlich, es diente unseren Zwecken.«

»Warum solltet Ihr den Wunsch haben, Euch unter unseresgleichen zu bewegen, wenn Ihr doch jede beliebige Gestalt annehmen könnt?«, fragte Turlough.

»Das ist eine gute Frage«, unterbrach ihn der König. »Und ich werde mich dazu herablassen, sie zu beantworten, obwohl man Euch gewiss hätte erklären sollen, dass wir Neugier nicht schätzen.« Der König warf einen kalten Blick auf Crilly, um seine Verstimmung zum Ausdruck zu bringen. »Wir wollen wohl gern glauben, dass wir etwas Gutes in der Welt tun«, fuhr der König fort. »Wir strecken eine helfende Hand aus, wo sie benötigt wird, wir geben Rat, erweisen die eine oder andere Gunst, belohnen Großzügigkeit und dergleichen mehr. Auf diese Weise haben wir das Gefühl, etwas Nützliches zu tun, und außerdem ist es ein angenehmer Zeitvertreib, der die Jahrhunderte schneller verstreichen lässt. Selbst die schönsten Dinge können nach einer Weile ein wenig ermüdend werden. Es ist nicht so einfach, wie es auf den ersten Blick erscheinen mag, sich einträglich zu beschäftigen. Natürlich ist die Versuchung groß, Hunderte von Jahren auf nichts anderes zu verwenden, als zu tanzen, zu singen, zu trinken und die Sinne zu ergötzen.«

»Es mag eine Versuchung für dich sein«, warf die Königin ein, »aber das zeigt nur einmal mehr deine niedere Natur. Mir fällt es nicht schwer, mir die Zeit zu vertreiben, indem ich Menschen helfe, die in Not sind.«

»Du ergötzt dich daran«, erwiderte der König mit einem Lächeln. »Erinnerst du dich noch an diesen jungen Poeten?«

»Von welchem jungen Poeten sprichst du?«, fuhr die Königin auf.

»Dieser Bursche vor hundert Jahren; es mag aber auch länger her sein. Der, mit dem du ständig allein sein wolltest. Du erinnerst dich gewiss. Er war vollkommen vernarrt in dich.«

»Am Ende stellte sich heraus, dass er doch kein gar so großer Dichter war«, murrte die Königin. »Seine Verse waren nichtig und ermüdend. Ich weiß nicht, warum sie sich unter den Sterblichen noch immer solch großer Beliebtheit erfreuen.«

»Du bist seiner müde geworden, und schließlich hast du ihn fallen lassen wie all die anderen auch«, sagte der König und hob tadelnd einen Finger.

Die Augen der Königin blitzten, und Turlough glaubte, winzige Flammen aus den Tiefen ihrer schwarzen Pupillen aufzüngeln zu sehen.

»Wollt Ihr ein Glas mit uns trinken?«, fragte ihn die Königin nun mit honigsüßer Stimme, um das Thema zu wechseln. Gleichzeitig hielt sie Turlough einen großen Silberbecher hin. »Das ist der beste Whiskey, den Ihr jemals kosten werdet. Gebrannt in den Palästen des südlichen Feenvolks.«

Der Junge stellte plötzlich fest, dass er ungeheuren Durst

hatte. Sein Mund war trocken und seine Zunge geschwollen.

»Es wäre mir eine Ehre«, erwiderte Turlough und nahm den Becher von der Königin entgegen. Er wollte gerade einen großen Schluck nehmen, als er bemerkte, dass der Squire heftig den Kopf schüttelte.

»Stimmt etwas nicht, Crilly?«, fragte die Königin ungehalten und ohne dabei den Blick von Turlough abzuwenden oder ihr Lächeln verblassen zu lassen.

»Nein, Mylady«, antwortete der Squire und hustete, um seine Beunruhigung zu verbergen.

»Dann solltet Ihr vielleicht ein wenig frische Luft schöpfen gehen. Ihr seht mir recht blass aus. Kommt zurück, wenn Ihr Euch besser fühlt.«

»Ich nehme Turlough mit«, sagte Crilly und packte den Jungen am Arm. »Er fühlt sich ebenfalls nicht recht wohl, wie Ihr Euch vielleicht erinnern werdet.«

»Lasst mich zuerst ein wenig trinken«, erklärte Turlough, »dann werde ich Euch sofort begleiten.«

»Rühr den Whiskey nicht an!«, zischte Crilly leise.

»Was habt Ihr gesagt, Crilly?«, fauchte die Königin.

»Ich habe Turlough nur daran erinnert, dass Whiskey ihm nicht bekommt.«

»Was redet Ihr da?«, begann der Junge, bekam im nächsten Augenblick jedoch einen so harten Stoß in die Rippen, dass sein Getränk sich über den Fußboden des Stalls ergoss.

Erstaunt blickte er auf die Stelle hinab, an der der Whiskey in den Dielenbrettern versickerte. Fast unverzüglich brach ein kleiner Busch aus dem Boden hervor, und binnen Sekunden wuchsen an ihm die schönsten und verschiedenartigsten Früchte.

Der König wartete geduldig, bis der Baum zur Reife kam, dann pflückte er sich einen saftigen roten Apfel und biss herzhaft hinein. Er bot auch Turlough eine Frucht an, aber der Junge war von zu großer Ehrfurcht erfüllt, als dass er sich auch nur hätte rühren können.

»Vielleicht wollt Ihr ja einen von diesen köstlichen Zuckerkuchen probieren«, sagte die Königin, während sie ihm den leeren Becher aus der Hand nahm.

»Er sollte in seinem Zustand keine derart fetten Speisen zu sich nehmen«, meldete Crilly sich abermals zu Wort. »Das würde seine Chancen auf eine Genesung nur verringern.«

Die Königin lächelte steif und stellte das Tablett mit den Kuchen wieder auf den Tisch. »Ihr habt wahrscheinlich Recht«, gab sie zu. »Lasst uns erst einmal sehen, was für ein Musikant aus ihm wird, bevor wir ihm ein Festmahl vorsetzen. Es wird später noch reichlich zu essen und zu trinken geben.«

Dann drehte sie sich um, um dem König etwas zuzuflüstern, und im nächsten Augenblick brachen sie beide in schallendes Gelächter aus.

»Wir dürfen nichts essen und auch nichts trinken, Turlough«, flüsterte Crilly drängend. »Weißt du denn überhaupt nichts?«

»Wovon redet Ihr?«, erwiderte der Junge verwirrt.

»Wenn du ihre Speisen zu dir nimmst oder ihre Getränke trinkst, wirst du nie wieder fortkönnen. Du wirst werden wie sie. Unsterblich. Jenseits der Erlösung des Himmels.«

Plötzlich senkte sich Stille über den Raum, und der König stellte sich auf einen Hocker, um eine Ansprache zu halten.

»Es gab schon Harfen und Harfenspieler, lange bevor das irische Volk an diese Gestade kam«, begann er.

»In den Tagen Tuatha-De-Danaans«, murmelte Turlough ungefragt.

»Gut gesprochen«, beschied ihm der König. »Es ist mir eine große Freude, einem jungen Mann zu begegnen, der die alten Geschichten zu schätzen weiß.«

»Meine Mutter hat mir all diese Dinge erzählt, als ich noch ein kleiner Junge war.«

»Dann war sie eine gute Lehrerin«, bemerkte die Königin. »Seid Ihr bereit und willens, Euch einer anderen Lehrerin anzuvertrauen?«

»Einer Harfenlehrerin?«, fragte Turlough.

»Einer, die Euch helfen wird, alles Talent, das Ihr für die Musik vielleicht besitzt, zu nähren«, erklang die volle Stimme des Königs.

»Ich bin bereit«, antwortete der Junge.

»Ihr habt großes Glück«, erklärte ihm der König. Meine Königin hat mich gebeten, Euch die Gunst dieses Geschenks zu gewähren. Ihr habt sie offenkundig beeindruckt. Seht zu, dass Ihr auch in Zukunft immer einen guten Eindruck vermittelt.«

»Das werde ich«, gab der junge Mann, ohne zu zögern, zur Antwort.

»Mein Gemahl, der allein mir seine Königswürde verdankt, und ich«, warf die Königin ein, während sie den König zornig anfunkelte, »sind vom heutigen Tag an Eure Gönner. Ich habe mich dazu herabgelassen, Euch meine Gunst zu gewähren. Wisst Ihr, was das heißt?«

Der König stieß verärgert die Luft aus und verdrehte die Augen zur Decke.

»Ich könnte mir vorstellen, dass Ihr mir vornehme Kleidung geben und dafür Sorge tragen werdet, dass ich stets gut zu essen haben werde.«

»Falls sich erweisen sollte, dass Ihr Talent habt, könnte das durchaus der Fall sein«, eröffnete ihm der König. »Aber ich denke, dass meine gute Frau vielmehr von Euren Verpflichtungen uns gegenüber spricht.«

»Ich verstehe«, stammelte Turlough, obwohl er im Grunde gar nichts verstand.

»Was mein Gemahl zu sagen versucht«, warf die Königin ein, um abermals darauf hinzuweisen, dass sie diejenige war, die in dieser Verbindung die Entscheidungen traf, »ist, dass es Eure Pflicht sein wird, uns zu Diensten zu stehen, wann immer wir es befehlen. Ihr werdet das Vergnügen haben, Melodien zu komponieren, die uns schmeicheln und die von unseren vielen großen Gaben künden. Und niemals dürft Ihr irgendjemandem gestatten, unsere Namen zu schmähen. Auf ein einziges Wort von uns hin werdet Ihr uns bereitwillig Euer Leben und Euren Wohlstand zurückgeben. Wenn Ihr uns gute Dienste leistet, werden wir Euch vielleicht die Gunst erweisen, Euren Geist bei uns in unserem Königreich verweilen zu lassen, nachdem Ihr Euer Leben ausgehaucht habt.«

»Oh«, sagte der Junge mit einem verwirrten Stirnrunzeln. Dann machte er Anstalten, weiterzusprechen.

Crilly hatte dem Jungen im Nu eine Hand auf den Mund gelegt und murmelte dem König und der Königin eine kurze Entschuldigung zu. Dann fasste er Turlough an den Schultern und sah ihm in die Augen.

»Habe ich dir nicht gesagt, dass du keine Fragen stellen sollst?«, flüsterte er.

»Aber dies ganze Gerede von Verpflichtungen gefällt mir nicht«, entrüstete sich Turlough.

»Was macht dir Kopfzerbrechen daran? Ich kenne diese beiden da mein Leben lang. Sie haben noch immer ihr Wort gehalten. Sie sind gütig und sanftmütig und werden immer dafür sorgen, dass es dir wohl ergeht, solange du ihnen dein Vertrauen schenkst. Aber stell ihnen zu viele Fragen, und du wirst sie von ihrer zornigen Seite kennen lernen. Denn es fällt ihnen geradeso leicht, ihre Gaben zu entziehen, wie sie zu verschenken.«

»Ich bin mir doch nicht mehr so sicher, ob ich das alles wirklich will«, erklärte Turlough achselzuckend.

»Glaub mir, mein Junge«, sagte Crilly ernst, »diese Angelegenheit ist weit über den Punkt hinausgediehen, da du deine Meinung noch ändern könntest. Eine schwere Krankheit hält dich in ihren Fängen. Und deine einzige Chance auf Genesung ist die Hilfe dieser beiden dort.«

»Der Junge scheint mir sehr beunruhigt zu sein«, unterbrach die Königin ihr Gespräch. »Ist die Pestilenz schon weit fortgeschritten?«

»Ab morgen wird er unter den schlimmsten Auswirkungen der Krankheit zu leiden haben«, erwiderte der Squire.

»Dann bringt ihn wieder in sein Bett«, sagte sie mit ihrem liebenswertesten Tonfall. »Es ist sinnlos, ihn hier herumstehen zu lassen, wo er all seine Kraft für den vor ihm liegenden Kampf aufsparen sollte.«

»Wir legen ihn in Eure Hände, Crilly«, fügte der König hinzu. »Ihr werdet es uns wissen lassen, wenn er irgendetwas braucht. Die alte Frau wird noch ein Weilchen hier bleiben. Ihre Enkeltochter ist dem jungen Turlough verpflichtet. Sie wird ihn durch die Dunkelheit zurück ins Licht geleiten, und wenn das Mädchen seine Pflicht getan hat, wird die alte Frau mit ihrer Arbeit beginnen, ihn zu unterrichten. Wir werden Euch hinreichende Mittel zur Verfügung stellen, um für seine Ausbildung aufzukommen.«

»Ich danke Euch, Euer Majestät«, sagte Crilly mit einer tiefen Verbeugung.

Dann stieg der König von dem Hocker herunter und trat auf den Squire zu. »Natürlich ist Euch klar«, flüsterte er, »dass er uns gesehen hat?«

»Ja, Euer Majestät«, seufzte Crilly. »Ich bin mir dessen vollauf bewusst. Aber ich bitte Euch um Gnade in dieser Angelegenheit. Ich selbst habe Euch viele Male gesehen, und ich durfte mein Augenlicht behalten.«

»Ihr stammt aus einer altehrwürdigen Familie und seid durch eine lange Tradition mit meiner eigenen verbunden. Ihr seid beinahe ein Blutsverwandter.« Der König legte einen Arm um den Squire. »Ich vertraue Euch wie einem Bruder. Aber bei diesem jungen Burschen dürfen wir kein Risiko eingehen. Es ist durchaus möglich, dass er mit all den Dingen, die ihm widerfahren, nicht wird umgehen können. Außerdem hat er einen Herzenswunsch geäußert. Und er hat gesagt, es kümmere ihn nicht, ob er dieses Gut jemals wieder sehen würde.«

»Ich flehe Euch an, diese übereilte Bemerkung nicht allzu wörtlich zu nehmen«, warf Crilly ein.

»Er hätte nicht darum bitten dürfen, wenn er es nicht wirklich will«, sagte der König verdrossen, und der Squire fragte sich, wie diese beiden es fertig brachten, alles, was sie taten, als gute Werke auszugeben. Trotz ihrer Güte stifteten sie doch auch immer einiges Unheil mit ihrem Tun.

»Bitte, denkt noch einmal darüber nach«, sagte Crilly

flehentlich. »Er ist noch so jung. Die Jugend neigt zu voreiligen Entscheidungen und törichten Urteilen.«

»Ich erinnere mich nicht daran, jung gewesen zu sein, es ist so lange her. Aber ob jung oder alt, man muss für alle Dinge einen Preis zahlen. Turlough hat seinen Preis schon in einem sehr frühen Stadium der Verhandlungen genannt. Es wäre unlauter von mir, die Bedingungen unseres Abkommens zu ändern, nachdem der Handel abgeschlossen worden ist. Aber seid ohne Furcht. Er wird ein gutes Leben haben.«

Crilly sah den König und die Königin an und seufzte. Er wusste, dass er auch mit weiteren Einwänden nichts erreichen würde.

»Ich danke Euch, Mylord, Mylady«, sagte der Squire demütig und fasste Turlough am Arm. Dann ging er rückwärts auf die Tür zu, wobei er den Jungen mit sich schleifte. Turlough schwitzte mittlerweile heftig, und sein Gesicht war gerötet, da die Wirkung des Alkohols langsam nachließ.

Der Junge konnte nicht länger klar sehen, und ihm war furchtbar schwindlig. Crilly musste ihn stützen, als sie nun aus dem Stall traten und wieder hinaus in die kalte, dunkle Nacht kamen. An die Stelle des warmen Lichtes, das der König und die Königin verströmt hatten, trat nun das tiefe Blau des Nachthimmels. Der Junge sehnte sich nach dem Festsaal der Feen zurück, wo ihn das herrliche, bernsteinfarbene Leuchten der vielen Kerzen eingehüllt hatte und er der erhabenen, fröhlichen Musik lauschen konnte.

»Ist das der Junge?«, begehrte eine fremde Stimme zu wissen, und Turlough hörte Crilly antworten: »Das ist er.«

»Ich will ihn mir ansehen.«

Durch den Nebelschleier vor seinen Augen erkannte Turlough eine kleine, gebeugte Gestalt, die sich nun aus der Dunkelheit löste. Eine alte Frau streckte die Hand nach ihm aus, und er spürte, wie sie ihm mit den Fingern übers Gesicht strich.

Sie streifte ihr Kopftuch ab, um zwei leere Augenhöhlen zu enthüllen. Dann kicherte sie laut: »Du bist ein hübscher junger Bursche. Ich kann erkennen, dass du eines Tages einen guten Musikanten abgeben wirst.«

»Ihr könnt sein Talent als Musiker erkennen, indem Ihr nur sein Gesicht berührt?«, warf der Squire ein.

»Seid Ihr jemals einem hässlichen Harfenspieler begegnet?«, gab die alte Frau scharf zurück.

Crilly hielt inne, um gründlich über seine Antwort nachzudenken. Er widerstand dem Drang, die ersten Worte zu sagen, die ihm in den Sinn kamen. »Nein, natürlich nicht«, erwiderte er schließlich diplomatisch.

»Er wird seinen Zweck erfüllen«, erklärte die alte Frau. »Ich werde mein Bestes für ihn tun, falls er überlebt.«

»Er ist stark.«

»Aber das allein genügt nicht, um dafür zu sorgen, dass er die Galar-breac überlebt. Ich weiß von vielen starken Menschen, die der Krankheit erlegen sind, nur weil sie sich nicht waschen oder sich genug zu trinken holen konnten.«

»Er hat eine gute Pflegerin«, rief der Squire ihr ins Gedächtnis.

»Sie ist ein tüchtiges Mädchen«, stimmte die Frau ihm zu. »Aber es wird mehr brauchen als gute Pflege, um diesen Jungen vom Rand des Todes zurückzuholen. Dazu ist echte Hingabe notwendig. Wenn er weiterlebt, werde ich mein Bestes tun, um ihn zu unterrichten.«

»Dann bete ich, dass er die Krankheit besiegt.«

»Betet, so viel Ihr mögt, es wird keinen Unterschied machen«, schnaubte die alte Frau.

»Ich danke Euch in jedem Fall für Eure Hilfe«, stammelte der Squire, der sich nun entschieden unbehaglich in der Gegenwart der alten Frau fühlte.

»Dankt nicht mir. Dankt Ihren Majestäten. Wenn ich nicht einen feierlichen Schwur geleistet hätte, ihnen jederzeit zu Diensten zu sein, wäre ich jetzt nicht hier. Ich würde zu Hause am Feuer sitzen und dösen. Nun wünsche ich Euch eine gute Nacht, Squire Crilly. Und auch dir gute Nacht, junger Turlough. Wenn du beherzigst, was ich dich lehre, wirst du eines Tages als ein großer Harfenspieler bekannt sein.«

Turlough brachte nur mit Mühe ein kurzes Grußwort heraus, da die Krankheit sich seiner bereits wieder bemächtigte.

»Bringt ihn ins Bett, Squire Crilly«, murmelte die alte Frau, während sie wieder mit der Dunkelheit verschmolz. »Einem Leichnam kann ich nichts beibringen, was irgendjemandem von Nutzen wäre.«

Kapitel 6

Nach jener Nacht nahm die Krankheit bei dem jungen Turlough O'Carolan einen schrecklichen Verlauf. Fünf Tage lag er in seinem Bett, ohne seine Umgebung wahrzunehmen oder die Pflegerin, die ihn wusch und in seinem Martyrium über ihn wachte.

Nach und nach bedeckten große Blasen den ganzen Körper des Jungen, die seine Haut gnadenlos aufblähten. Wenn die Blasen aufplatzten, entwich der Eiter aus den Wunden, um sein Fleisch zu verbrennen und die Entzündung weiterzuverbreiten.

Turloughs Mund war ständig wie ausgedörrt; der Schweiß strömte ihm aus den Poren, und wenn er erwachte, was nur selten geschah, rief er nach Wasser. Sein Körper fiel in sich zusammen, und er magerte stark ab. Sein Haar wurde schlaff, sein Atem begann zu stinken.

Mary besaß nicht die Macht, der Krankheit Einhalt zu gebieten. Sie konnte nur an seinem Bett sitzen, seine Wunden so oft wie möglich waschen und auf das Beste hoffen.

Niemand konnte sagen, ob Turlough überleben würde. Dr. Lindsay gab die Hoffnung sehr früh auf und kam anschließend nur noch selten zum Cottage. Er überzeugte Mrs MacDermot davon, dass ihr nichts anderes mehr zu tun blieb, als einen Sarg zu kaufen, damit man den Leichnam schnell fortschaffen konnte, wenn der Tod den Jungen schließlich geholt hatte.

Mary wusste, dass die Blattern keinen Unterschied machten bei der Wahl ihrer Opfer. Sie konnten die Starken befallen und sie mühelos töten, während ein schwächerer Mensch sie vielleicht fast unbeschadet überstand. Ganz gleich, wie gut sie ihn pflegte, der junge Turlough würde diese Schlacht allein gewinnen müssen.

Nach der ersten Woche klang das Fieber des Jungen ein wenig ab, und er schwitzte kaum noch. Aber die Pocken bedeckten sein ganzes Gesicht und fanden sich auch im Innern seines Mundes und auf der Zunge. Die roten Pusteln stanken nach süßer Verwesung, sobald sie ihr Gift verströmten. Diese bösartige Flüssigkeit, die bisweilen klar, bisweilen auch gelb und brackig sein konnte, durchtränkte die Bettlaken und die Strohmatratze.

Jeden Tag zog Mary das Leinen ab und wusch es. Wenn Turlough auch nur die geringste Chance auf Genesung haben sollte, musste seine Haut so rein wie möglich sein und frei von dem abträglichen Eiter gehalten werden. Als der sechste Tag seiner Besinnungslosigkeit anbrach, hatten die offenen, nässenden Wunden auch die Augen und die Nase des Jungen überzogen.

Mary erachtete es als Segen, dass Turlough so selten erwachte, denn er tat es nur dann, wenn der Schmerz am schlimmsten war. Obwohl Dr. Lindsay es verboten hatte, gab sie ihm Whiskey zu trinken, um seinen Atem zu beruhigen und die Qualen zu lindern, wenn er bei Sinnen war. Dies war traurigerweise einer der schlimmsten Fälle der Krankheit, die Mary je gesehen hatte, und als die Blasen sich auf die Augen des Jungen ausdehnten, musste sie sich widerstrebend eingestehen, dass nur sehr wenig Hoffnung für ihn bestand.

In den frühen Abendstunden des zehnten Tages seines

Fiebers klopfte es an der Tür. Mary ging nachsehen, wer der Besucher war, und stellte zu ihrer Erleichterung fest, dass Dr. Lindsay draußen stand, seine Tasche unter dem Arm.

»Wie geht es ihm?«, flüsterte der Doktor.

»Ihr könnt ruhig lauter sprechen«, antwortete Mary, »er wird Euch nicht hören. Er liegt in dem tiefsten Schlaf, den ich je mit angesehen habe.«

»Das ist ein Jammer«, erwiderte Lindsay, während er sich an ihr vorbei in den Raum zwängte.

»Ich konnte nichts tun, um zu verhindern, dass das Gift unter seine Augenlider kroch«, sagte Mary mit einem müden Achselzucken, und der Doktor brummte zustimmend, bevor er sich aufs Bett setzte.

»Ihr müsst Eure Sache bemerkenswert gut gemacht haben, dass er überhaupt so lange am Leben geblieben ist«, erklärte Lindsay, während er mit dem Ende eines Metalllöffels den Kiefer des Jungen öffnete. Der Doktor spähte in Turloughs Mund. »Die Blasen auf seiner Zunge sehen so aus, als verheilten sie langsam, aber ich befürchte, dass sie in seinen Augen Schaden angerichtet haben.«

»Wird er blind sein?«

»Wir dürfen wohl kaum hoffen, dass er dieses Martyrium unversehrt überstehen wird«, erwiderte der Doktor, sorgfältig darauf bedacht, sich nicht festzulegen. »Das heißt, wenn er überhaupt überlebt.«

»Aber Ihr könnt doch gewiss etwas für ihn tun?«, seufzte Mary.

»Ich könnte ihn zur Ader lassen«, räumte Lindsay ein, da er den Kummer in ihren Augen sah, »aber in seinem geschwächten Zustand könnte ein Aderlass durchaus auch sein Tod sein. Sein Mund ist so trocken, dass man ihm wohl so viel Wasser einflößen sollte, wie sein Körper zu fassen vermag. Davon abgesehen habe ich alles getan, was in meiner Macht steht. Ich bin lediglich ein Arzt. Turloughs Genesung liegt in Gottes Hand.«

Der Doktor drückte auf eine der Beulen auf dem Gesicht des Jungen, und sie platzte gehorsam auf und ergoss ihren Eiter auf das Kissen. Lindsay drückte sich schnell ein Spitzentaschentuch vor die Nase, um den abscheulichen Gestank zu mildern.

»Ich habe dieses Stadium der Krankheit viele Male gesehen«, sagte er hustend. »Wenn die Pusteln um die Augen herum aufreißen und voll von dunklem, gelbem Gift sind, besteht wenig Hoffnung, dass der Patient überlebt. Sein Körper ist ausgelaugt von dem Kampf. Er hat keine Kraft mehr. Vielleicht wäre er besser dran, wenn er dem Leiden jetzt erläge. Es würde ihm viele Schmerzen ersparen.« Der Doktor berührte das Ohr des jungen Mannes an einer Stelle, die nicht entzündet war. »Er ist durch und durch kalt. Er wird den Morgen nicht mehr erleben. Und wir sollten das als Segen betrachten.«

Der Doktor blickte auf den Jungen hinab, und in diesem Moment öffneten sich Turloughs Augen kaum merklich. Der zähe Schleim hatte die Lider fast zur Gänze zusammengeklebt, aber diese winzige Bewegung genügte, um den Doktor davon zu überzeugen, dass der junge Mann immer noch kämpfte.

»Haltet die Augen sauber«, riet Lindsay Mary. »Was würde es ihm nutzen, wenn er sich von der Krankheit erholt und am Ende blind ist?« Er griff nach seiner Tasche und ging auf die Tür zu. »Ein Letztes wäre noch zu sagen. Wenn er stirbt, müsst Ihr Sorge tragen, dass nur Menschen, die die Pocken überlebt haben, mit seiner Leiche in Berührung kommen. Selbst nach dem Tod wird sein Leichnam noch eine Gefahr sein für jeden, den die Krankheit noch nie berührt hat.« Lindsay setzte sich seinen breitkrempigen Hut auf. »Ich werde drüben im großen Haus sein. Lasst mich rufen, wenn es vorüber ist.« Dann verließ er das Cottage und zog leise die Tür hinter sich zu.

Mary wandte sich ab. Sie war jetzt fest entschlossen, diesen jungen Mann am Leben zu erhalten. Kein törichter alter Doktor würde ein Todesurteil über Turlough O'Carolan fällen.

»Du wirst leben«, flüsterte sie dem kranken Jungen zu. »Es kümmert mich nicht, was dieser dumme alte Trunkenbold sagt. Ich werde nicht zulassen, dass du stirbst. Hörst du mich?«

Turlough mühte sich, noch einmal die Augen zu öffnen, und Mary legte ein sauberes, feuchtes Tuch darüber.

»Bridget?«, murmelte er.

»Du darfst dich nicht bewegen«, sagte Mary. »Schone deine Kraft. Der Kampf ist noch nicht vorüber. Wenn du ständig die Augen öffnest, wird das Gift unter die Lider dringen, und dann besteht die Gefahr, dass du dein Augenlicht verlierst.«

Der junge Mann öffnete den Mund, und Mary ging zum Tisch hinüber, um einen Krug kühlen Wassers zu holen. Als sie zurückkam, hob sie Turloughs Kopf an und hielt den Krug an seine trockenen, rissigen Lippen. Turlough trank gierig, dann legte er sich wieder nieder. Die Anstrengung hatte ihn fast seine ganze Kraft gekostet.

»Hast du geträumt?«, fragte Mary, und der junge Mann seufzte leise, um ihre Vermutung zu bestätigen. »Du darfst deinen Träumen nicht allzu viel Bedeutung beimessen. Ich erinnere mich gut, wie verwirrt ich war, als die Krankheit mich schlug. Ich hatte ständig Alpträume und konnte keinen Frieden finden. Obwohl ich tief schlief, war ich davon überzeugt, ich sei wach und würde in der Welt umherwandern.«

Wieder stieß der Junge einen Seufzer aus, doch zu mehr war er nicht im Stande. Sein Mund war zu einer einzigen Masse entzündeter Blasen geworden. Es verursachte ihm schon furchtbare Schmerzen, wenn er nur die Zunge bewegte.

»Du hast in der letzten Woche viele Male nach Bridget gefragt«, sagte Mary leise. »Sie muss dir sehr teuer sein.«

Turlough hustete und versuchte zu nicken.

»Nun schlafe, so gut du kannst«, flüsterte sie besänftigend. »Ich werde während der Nacht an deinem Bett sitzen und dein Gesicht waschen. Wenn du irgendetwas brauchst, ich werde hier sein.«

Turlough unternahm eine letzte Anstrengung, die Augen zu öffnen. Durch einen dichten Nebel des Schmerzes konnte er gerade noch das Gesicht der jungen Frau erkennen, die an seiner Seite saß. Sie lächelte ihn an, obwohl ihre Züge von Sorge gezeichnet waren. Der kranke Junge versuchte, ihr Lächeln zu erwidern, vermochte es aber nicht, daher schloss er die Augen und schlief ein.

Turlough überlebte die Nacht, obwohl Mary vor dem Morgengrauen mehr als einmal die Hoffnung aufgab. Am nächsten Tag schien es ihm ein wenig besser zu gehen, und er schlief fest und ohne zu stöhnen oder zu seufzen.

Binnen weniger Tage ließ sich erkennen, dass der Junge

seine Kraft wiedergewann. Die Blasen verheilten langsam, und es kamen keine frischen Entzündungen hinzu. Aber es dauerte drei Wochen, bis die letzten der hässlichen Wunden nach und nach verschwanden.

Einige Tage verschlief der Junge vollkommen, ohne ein einziges Mal zu erwachen. Dann wieder lag er hellwach und schweigend im Bett, die Augen fest verbunden, um sie vor dem Licht zu schützen. Während er allmählich wieder zu Kräften kam, versuchte Mary, ihn zum Sprechen zu bewegen. Zuerst machte sie nur flüchtige Bemerkungen über das Wetter oder die üblichen Klatschgeschichten in Ballyfarnon. Ihr war klar, dass der Junge wahrscheinlich große Angst davor hatte, das Augenlicht zu verlieren.

Es bedurfte etlicher Versuche ihrerseits, ihm überhaupt eine Antwort zu entlocken. Aber nachdem er sich an ihre Gesellschaft gewöhnt hatte, saßen sie immer häufiger bis mitten in die Nacht beisammen. Sie sprachen dann über alle möglichen Dinge, bis Turlough seine Kraft verausgabt hatte und einschlief. Mary schlief unterdessen am Tag oder gönnte sich in den frühen Morgenstunden an seinem Bett ein wenig Ruhe. Die Haut ihres Patienten musste immer noch regelmäßig gewaschen werden, und seine Augen machten nur langsam Fortschritte. Dem Rat des Doktors entsprechend spülte sie sie jeden Tag aus und verband sie anschließend neu.

Mrs MacDermot sorgte dafür, dass die Pflegerin zu essen bekam. Sie hatte ihr auch ein Bett in dem großen Haus zur Verfügung gestellt, das Mary jedoch nie benutzte. Sie blieb die ganze Zeit über an Turloughs Seite und verließ das Cottage nur, um mit ihrer Großmutter zu sprechen oder sich zu erleichtern. Selbst ihre Mahlzeiten nahm sie an dem Tisch im Haus des Schmieds ein.

Mit der Zeit begannen die Blasen um Turloughs Augen herum auszutrocknen. Der Doktor gab die Anweisung, dass der Junge unter keinen Umständen die Lider öffnen dürfe. Lindsay äußerte die Hoffnung, dass sie Augen vielleicht keinen Schaden genommen hätten und mit hinreichender Ruhe von selbst verheilen würden.

Eines Morgens, acht Wochen, nachdem der junge Turlough O'Carolan auf dem Hügel gesessen und nach englischen Dragonern Ausschau gehalten hatte, suchte Doktor Lindsay ihn zum letzten Mal auf.

»Es ist ein Wunder«, rief der Doktor voller Begeisterung, als er sich auf die Bettkante setzte. Sein Atem stank nach Alkohol. »Ein verdammtes Wunder«, wiederholte er voller Ehrfurcht. »Gelobt sei Gott für seine unendliche Barmherzigkeit. Und gesegnet sei der gelehrte Herr, der mich meine Kunst gelehrt hat. Ich habe dir einmal gesagt, dass du ohne den Whiskey besser dran wärst, Junge. Es war klug von dir, meinen Rat zu befolgen. Der Allmächtige hat dich für deine Entschlossenheit, dem Gift des Teufels zu entsagen, belohnt.«

Mary hüstelte, um ein Kichern zu verbergen. Sie hatte ihrem Patienten seit Wochen jeden Tag einen kleinen Becher Whiskey gegeben. Und es war offensichtlich, dass der gute Doktor dem Schnaps an diesem Morgen bereits mehr als einmal zugesprochen hatte. Turlough lächelte, aber Lindsay erriet nicht, warum.

»Jetzt werden wir sehen, ob meine Kenntnis der Heilkunst dir das Augenlicht gerettet hat«, sagte Doktor Lindsay, während er sich über das Bett beugte, um die Bandagen abzunehmen. »Halte die Augen vorerst geschlossen. Das Licht könnte im Moment noch zu viel für dich sein.«

Als der Verband zur Gänze vom Kopf des Jungen entfernt war, warf der Arzt ihn auf den Fußboden. »Das hier muss unbedingt verbrannt werden«, erklärte er Mary.

Lindsay wischte ein wenig getrockneten Schleim von den Wimpern und berührte dann vorsichtig die Augenwinkel. Während er Turlough untersuchte, murmelte er zufrieden vor sich hin.

»Jetzt darfst du sie öffnen«, sagte Lindsay schließlich. »Aber ganz langsam.«

Zaghaft hob der Junge die Lider. Der Doktor beugte sich, ein Lächeln auf dem Gesicht, noch tiefer über ihn. Binnen weniger Sekunden bewegten sich Turloughs Augen und er blinzelte.

»Was habe ich dir gesagt? Ein verdammtes Wunder!«, rief der Doktor triumphierend und wandte sich an Mary. Er fuhr fort, sich selbst zu beglückwünschen, bis jemand heftig an seinem Ärmel zupfte.

»Ich kann nichts sehen«, murmelte Turlough angstvoll. »Es ist alles dunkel.«

Lindsay beugte sich abermals über ihn, um ihn zu untersuchen. Zuerst hob er vorsichtig das rechte Augenlid und dann das linke. Als Nächstes förderte er ein Vergrößerungsglas aus seiner Tasche zu Tage und hielt es dicht vor jedes Auge, so dass er sie beide genauestens betrachten konnte.

»Die Augen sind verheilt«, stellte Lindsay mit ernster Miene fest, »aber über den Pupillen hat sich eine neue Haut gebildet und sperrt nun alles Licht aus.« Er legte Turlough eine Hand auf die Schulter. »Tut mir Leid, Junge«, sagte er aufrichtig. »Da kann ich nichts machen. Dafür gibt es keine Heilung. Deine Augen sind nutzlos.«

Mary griff nach Turloughs Hand und drückte sie fest.

Der Doktor, dessen Gesicht vor Verlegenheit gerötet war, weil er dem Jungen solche Hoffnungen gemacht hatte, packte sein Vergrößerungsglas wieder ein. »Zumindest sind dein Gesicht und dein Körper nicht allzu schlimm vernarbt. Für diese Gnade kannst du dem Pflichteifer deiner Pflegerin danken. Es hätte noch sehr viel schlimmer kommen können.« Aber er war selbst nicht recht überzeugt von seinen Worten. Schweigend zog er sich den Mantel an und griff in seine Tasche, um die kleine Flasche zu liebkosen, beruhigt in dem Wissen, dass er sich ein Schlückchen würde genehmigen können, sobald er wieder draußen war.

Nachdem der Doktor sich verabschiedet hatte, saßen Mary und Turlough lange Zeit nebeneinander und hielten sich an den Händen. Keiner von ihnen bewegte sich oder sprach auch nur ein einziges Wort, bis es, sehr viel später, dunkel im Raum wurde. Dann stand Mary auf und zündete eine Kerze an. Sie ging zum Schrank und füllte zwei große Becher mit Whiskey.

»Trinkst du ein Glas mit mir, Turlough?«

»Ja«, antwortete er mit heiserer, resignierter Stimme. Sie kam mit den beiden Bechern zum Bett zurück und drückte ihm einen davon in die Hand. Dann tranken sie den Whiskey, als hätten sie jahrelang keinen mehr bekommen.

»Ich hatte mich darauf gefreut, dich zu sehen«, flüsterte der Junge. »Ich stelle mir vor, dass du ein graues Dienstbotenkleid trägst.« Der Junge streckte die Hand aus, um ihren Ärmel zu berühren. »Der Stoff ist rau wie Leinen. Und für mich hat er irgendwie die Farbe Grau.«

»Er ist grau«, antwortete sie sanft. »Wie hast du das erraten?«

»Ich habe dieses Kleid niemals irgendwo anders gesehen als in meiner Fantasie. Und doch weiß ich, welche Farbe es hat«, lachte er. Aber im nächsten Moment war seine Heiterkeit auch schon wieder verflogen.

»Morgen werde ich dir helfen, das Bett zu verlassen«, sagte Mary. »Es wird Zeit, dass du wieder ein wenig Kraft in den Beinen bekommst.«

»Dann brauche ich noch einen Whiskey, wenn ich schon so bald wieder an die Arbeit gehen soll«, erwiderte Turlough. Mary stand auf und holte die Flasche ans Bett, und gemeinsam leerten sie sie schließlich.

Es dauerte noch einmal zwei Wochen, bis Turlough wieder kräftig genug war, um mehr als einige wenige Schritte hintereinander zu gehen. Und selbst dann brauchte er noch jemanden, auf den er sich stützen konnte. Mary führte ihn jeden Tag bis zum Rand der Felder und wieder zurück ins Cottage, wo er dann am Feuer saß.

Turlough sprach nur selten, und selbst wenn er es tat, sagte er stets nur wenige Worte. Der Schock über den Verlust seines Augenlichts war so groß gewesen, dass nichts ihn aufmuntern konnte. Mary versuchte immer wieder, ihn in ein Gespräch zu verstricken, aber ohne Erfolg. Am Ende des Tages war er häufig verdrossen und übellaunig und neigte zu Wutausbrüchen. Am zufriedensten war er noch, wenn man ihn ganz in Ruhe ließ. Abends bat er seine Pflegerin inständig, ihn allein zu lassen, und sie schlief nun in dem Bett, das Mrs MacDermot in dem großen Haus für sie vorgesehen hatte.

Aber Mary vermisste ihre nächtlichen Gespräche und

ging manchmal nach Einbruch der Dunkelheit oder in den frühen Morgenstunden über den Hof, um nach dem Jungen zu sehen, der ihr Freund geworden war. Als sie eines Nachts am Cottage vorbeikam, hörte sie Turlough schluchzen, daher klopfte sie leise an die Tür.

»Turlough, geht es dir nicht gut?«

Es kam keine Antwort.

»Turlough, darf ich hereinkommen?«

Wieder war auf der anderen Seite der Tür kein Laut zu hören.

»Turlough, erlaube mir, dir ein Weilchen Gesellschaft zu leisten.«

Immer noch kam keine Reaktion von dem Jungen. Schließlich drückte Mary die Tür auf und spähte in die Dunkelheit. Sie konnte nichts erkennen, und plötzlich durchzuckte sie der Gedanke, dass genau so Turlough von jetzt an die Welt sehen würde, als undurchdringliche Finsternis.

»Turlough?«

»Du darfst reinkommen«, sagte der Junge mürrisch.

Mary tastete sich zum Bett vor, ohne eine Kerze anzuzünden. Dann setzte sie sich, tastete nach Turloughs Hand und hielt sie lange schweigend fest.

»Ich verstehe, wie du dich fühlen musst«, sagte sie schließlich.

»Nein, das tust du nicht!«, fuhr der Junge sie voller Verbitterung an. »Versuch nicht, mich zu trösten, es wird nicht funktionieren.«

»Es tut mir Leid«, flüsterte Mary erschrocken. »Ich gehe wieder zu Bett und lasse dich allein.«

Turlough hustete. »Es ist schon gut«, murmelte er und

drückte reuig ihre Hand. »Du kannst bleiben, wenn du willst. Ich habe kein Recht, wütend auf dich zu sein. Ich bin dir wirklich dankbar für alles, was du für mich getan hast. Du hast dich so gut um mich gekümmert. Es tut mir Leid, dass ich so grob zu dir war.«

»Zerbrich dir deswegen nicht den Kopf«, erwiderte die junge Frau sanft, schlang dann die Arme um seinen Kopf und wiegte ihn sachte hin und her.

»Ich habe eine große Traurigkeit in mir«, sagte Turlough leise.

»Erzähl mir davon«, flüsterte Mary.

»Es gibt da ein Mädchen«, begann er. »Sie bedeutet mir viel. Ich bin davon überzeugt, dass ich sie von ganzem Herzen liebe.«

Mary drückte den Kopf des Jungen fester an sich und strich ihm das Haar aus dem Gesicht. Dann bemerkte sie, dass ihr Herz schneller schlug, und verlegen rückte sie ein Stück von ihm ab.

»Ich hatte gedacht, dass das Mädchen für mich genauso empfindet.«

»Woher weißt du, dass sie dich nicht ebenso sehr liebt wie du sie?«, fragte Mary errötend.

»Vielleicht gab es einmal eine Chance für uns, ein Paar zu werden«, sagte der Junge ernst. »Eine winzige Chance nur, das weiß ich, wo ich doch bloß der Sohn eines Schmieds bin.«

»Vielleicht gibt es immer noch eine Chance.«

»Wenn ich ein gesunder Mann wäre, wenn ich noch mein Augenlicht hätte. Aber ich bin blind. Ich bin nutzlos. Ich werde niemals in der Lage sein, ohne die Hilfe anderer zu leben.«

»Wer kann das schon?«, bemerkte Mary. »Wir sind alle abhängig von dem guten Willen unserer Nachbarn.«

»Aber ich werde niemals die Dinge sehen, von denen ich geträumt habe«, widersprach er.

»Welche Dinge?«

»Ich hatte den Wunsch, Harfenspieler zu werden und zur Freude dieser Frau große Musik zu machen.«

»Blindheit hindert dich nicht daran, das Harfespiel zu erlernen, obwohl du ein wenig alt bist, um mit der Musik anzufangen.«

»Ich hatte keinen Sinn für Musik, bevor ich krank wurde. Welche Chance habe ich nun, wenn ich die Saiten nicht sehen kann?«

»Ich habe viele blinde Harfenspieler kennen gelernt, Turlough O'Carolan, und die meisten von ihnen haben sich niemals ihres Augenlichts erfreuen können. Du hast zumindest eine gewisse Erinnerung an die Welt. Mit diesen Erinnerungen im Sinn wirst du in der Lage sein, Melodien zu komponieren.«

»Was für eine Frau könnte schon einen Mann lieben, der sich nicht ohne einen Arm, auf den er sich stützen kann, zurechtfindet?«

»Ich kenne einige Frauen, die nichts gegen einen solchen Mann einzuwenden hätten«, erwiderte sie mit einem Lächeln. »Außerdem kenne ich viele Ehemänner, deren Augen gesund sind und die dennoch blind sind für die Gedanken, Wünsche und Gefühle ihrer Frauen. Wenn du blind bist, kann man dir zumindest nicht den Vorwurf machen, dass du gern ein Auge auf andere Frauen wirfst. Allein diese Eigenschaft ist selten zu finden bei einem Mann.«

Turlough lachte ein wenig über den Scherz, aber seine

Heiterkeit erstarb schon bald. In seinem Gemüt hatte sich eine dunkle Wolke zusammengebraut, die kein Lachen vertreiben konnte.

»Du bist ein sehr hübscher junger Bursche«, sagte Mary. »Und du hast ein gutes Herz. Es mag dich überraschen, festzustellen, dass diese Frau vielleicht sehr tiefe Gefühle für dich hegt. Und dass sie nicht anders über dich denken wird, auch wenn du blind bist.«

»Ich wollte das Harfespiel erlernen, um sie zu beeindrucken«, gab der Junge zu. »Ich dachte, das sei die einzige Möglichkeit, ihre Zuneigung zu gewinnen.«

»Eine Zuneigung, die auf solche Weise gewonnen wird, kann nicht lange Bestand haben«, seufzte Mary. »Es ist viel besser für dich, wenn die Frau dich um deines freundlichen Wesens und deines gütigen Herzens willen liebt, nicht wegen der Kunststückchen, die du vollführen kannst. Selbst die raffiniertesten Kunststückchen werden bald langweilig.«

»Ich werde sie nie wieder sehen«, schluchzte der Junge leise.

Mary strich ihm über den Kopf und runzelte die Stirn. Sie hatte insgeheim gehofft, dass Turlough von ihr sprach. Jetzt erinnerte sie sich plötzlich wieder daran, dass er in den schlimmsten Stunden seiner Krankheit nach einer Frau namens Bridget gefragt hatte.

»Du wirst sie immer in deinem Herzen sehen«, erwiderte Mary mit stockender Stimme.

»Ich bin ein Narr, sie so sehr zu lieben«, verfluchte sich Turlough. »Bridget Cruise hat ein hochmütiges Wesen. Sie ist eigensüchtig und grausam. Aber mit ihrer neckischen Art hat sie mich vollkommen in ihren Bann geschlagen. Ich werde sie nie wieder sehen, und auch sie wird nie wieder einen Blick auf mich werfen. Sie hätte mich nicht geheiratet, als ich nichts anderes war als der Sohn eines Schmieds. Jetzt, da ich der blinde Sohn eines Schmieds bin, wird mein Herz für immer gebrochen sein.«

Mary konnte nichts erwidern. Sie biss sich auf die Zunge und dankte dem Himmel, dass Turlough die Tränen nicht sehen konnte, die sich in ihren Augen sammelten.

»Was soll ich nur tun, Mary?«, fragte der Junge. »Ich bin so traurig und wütend darüber, dass dieses schreckliche Schicksal mich heimgesucht hat. Hat man dir je das Herz gebrochen?«

»Oh ja, mein Freund«, wisperte sie. »Oh ja.« Mary wischte sich die Tränen mit dem Ärmel weg, und die beiden jungen Menschen saßen lange schweigend nebeneinander.

»Mrs MacDermot möchte, dass du morgen in das große Haus umziehst«, berichtete Mary dem Jungen, bevor sie ihn für die Nacht allein ließ. »Du wirst das Zimmer neben meinem bekommen. Mrs MacDermot ist überaus großzügig gewesen. Jetzt, da die Krankheit vorüber ist, wirst du Besucher empfangen können.«

Turlough nickte; er schlief schon beinahe, und Mary verließ das Cottage so leise sie nur konnte.

Am nächsten Tag wurde Turlough in einem Zimmer im Dienstbotenquartier des großen Hauses untergebracht. Sämtliche Diener versammelten sich in der Küche zu heißen Haferkeksen und echtem indischem Tee aus dem Fernen Osten, den Mrs MacDermot eigens zu diesem Anlass aus ihren eigenen Vorräten beigesteuert hatte.

Die Dame saß mit ihren Dienern in der Küche, erleichtert zu sehen, dass Turloughs Gesicht keine schweren Narben davongetragen hatte. Sie war von ganzem Herzen froh darüber, den Jungen endlich wieder im Haus zu haben, obwohl er in sich gekehrt und wortkarg war.

Als der Tee ausgetrunken und die Haferkekse verzehrt waren, breitete sich angespanntes Schweigen im Raum aus. Turlough fragte sich, was um ihn herum vorging. Er konnte Geflüster hören und das Kratzen von Stuhlbeinen auf dem Boden.

»Wo ist mein Vater?«, fragte er, als er die Stille nicht länger ertragen konnte.

Mrs MacDermot hüstelte laut. »Das sind jetzt genug Aufregungen für einen Tag«, erklärte sie. »Ab ins Bett mir dir, damit du deinen Schlaf bekommst. Die meisten dieser Leute müssen wieder an die Arbeit, und du hältst sie davon ab.« Die Dame wandte sich an den Butlergehilfen. »William, bring Turlough nach oben in das Zimmer, das wir für ihn vorbereitet haben.«

Der Diener nickte und half dem Jungen auf die Füße. Als sie gegangen waren, saßen Mrs MacDermot und die Dienstboten noch lange schweigend da.

»Ihr müsst es ihm sagen«, bemerkte Mary schließlich, als sie sich von ihrem Platz erhob.

»Ja, ich weiß«, erwiderte Mrs MacDermot. Aber erst nach dem Abendessen klopfte sie an Turloughs Tür und trat in die Kammer.

Der Junge lag quer überm Bett im Dunkeln.

»Turlough«, begann Mrs MacDermot, »geht es dir gut?«

Er regte sich nicht.

»Turlough, ich weiß, dass du wach bist. Mary war vor fünf Minuten hier. Ich habe euch beide lautstark über irgendeine Narretei reden hören.«

Der junge Mann atmete tief ein, sagte aber nichts.

»Turlough, du kannst nicht unbegrenzt hier bleiben«, fuhr die Dame fort. »Diese Kammer gehört William O'Flynn. Er hat sich freundlicherweise bereit erklärt, sie dir zur Verfügung zu stellen, bis etwas anderes veranlasst werden kann. Es tut mir Leid, das zu sagen, aber das Gut kann sich kein untätiges Paar Hände leisten. Und für dich ginge es nicht an, dein Leben ohne irgendeinen Sinn hier zu vertrödeln.«

Jetzt hatte sie Turloughs volle Aufmerksamkeit, und er richtete sich auf, um ihr zuzuhören. Er war davon ausgegangen, dass man ihm gestatten würde, bei seinem Vater zu leben, solange er dies wünschte.

»Wohin werdet Ihr mich schicken?«, fragte der Junge.

»Ich dachte, ich würde dich für ein Weilchen in die Obhut meines ältesten Bruders in Dublin geben«, erklärte sie. »Er führt ein Haus für Menschen, die durch die Pocken ihr Augenlicht verloren haben.«

»Ich war noch nie in Dublin«, erwiderte Turlough. »Ich hätte die Stadt gern gesehen.« Dann stieß er ein raues Lachen aus. »Solange ich noch mein Augenlicht besaß, hätte ich wahrscheinlich nie die Chance gehabt, irgendwohin zu reisen. Jetzt, da ich die herrlichen Bilder der Stadt nicht mehr würdigen kann, werde ich gegen meinen Willen nach Dublin geschickt. Es ist wahrlich ein seltsames Schicksal, das mir zuteil wird.«

»Wenn du wirklich nicht zu meinem Bruder gehen willst, werde ich versuchen, etwas anderes für dich zu veranlassen«, erbot sich Mrs MacDermot. »Aber die Zeiten sind hart, und wie die Dinge liegen, fällt uns die Pflicht zu, jeden Menschen auf dem Gut zu ernähren. Ballyfarnon ist keine reiche Stadt, und es gibt viele hier, die unserer Hilfe bedürfen.«

»Ich verstehe, Mylady.«

»Ich habe in der vergangenen Woche viel über die Angelegenheit nachgedacht«, fuhr sie fort. »Ich möchte dich nicht fortschicken. Ich glaube im Grunde nicht, dass es dir gut tun würde, wenn man dich in dieser Zeit allzu weit von den Menschen entfernen würde, denen an dir liegt. Ich habe auch mit Freunden und Nachbarn darüber gesprochen.«

»Was sagt mein Vater denn dazu?«, fragte der Junge.

»Turlough«, flüsterte Mrs MacDermot und griff nach seiner Hand, »ich habe während deiner Krankheit etwas vor dir verborgen gehalten. Ich dachte, die Nachricht würde dich bekümmern und in deiner Genesung behindern.«

»Wovon sprecht Ihr?«

»Es ist meine traurige Pflicht«, fuhr sie mit einem tiefen Seufzer fort, »dir mitzuteilen, dass dein Vater wenige Tage nach dir von den Pocken befallen wurde. Er war ein starker Mann, und er hat tapfer gekämpft. Aber am Ende ist er seinem Leiden erlegen. Wir haben ihn neben deiner Mutter auf dem Friedhof von Ballyfarnon begraben.«

Turlough schluckte, als der Schock ihn mit voller Wucht traf. »Ihr hattet kein Recht, das vor mir zu verbergen«, erklärte er nach einigen Sekunden.

»Ich hielt es für das Beste. Es tut mir Leid, wenn ich mich falsch verhalten haben sollte. Bitte, verzeih mir.«

»Jetzt bin ich nicht nur blind, sondern auch allein.«

»Dein Vater hat jetzt seinen Frieden«, tröstete Mrs MacDermot und legte ihm eine Hand auf die Schulter. »Niemand kann sagen, wen die Seuche sich holt und wer verschont bleibt.«

»Ich wäre besser dran gewesen, wenn sie auch mich geholt hätte«, erwiderte Turlough voller Verbitterung. »Welchen Sinn habe ich so noch für irgendjemanden?«

»Auch andere haben unter dieser Pestilenz gelitten, und sie verfluchen ihr Schicksal nicht dafür, dass sie verschont blieben.«

»Wie viele andere haben sich in meiner Position wiedergefunden?«

»Zu viele«, seufzte die Dame. »Die Galar-breac ist mit furchtbarer Grausamkeit über diese Gemeinde gekommen. Es gibt jetzt viele Waisen in Ballyfernon, und du bist nicht der Einzige, der sein Augenlicht verloren hat.«

Turlough hüllte sich in Schweigen und zog sich vor Mrs MacDermot zurück.

»Soll ich dich ein Weilchen allein lassen?«

Der Junge antwortete nicht.

»Turlough?«

»Ich will nicht mehr mit Euch sprechen«, antwortete er im Flüsterton. »Ich habe genug gehört für einen Tag. Ich möchte nie wieder mit irgendjemandem sprechen.«

»Ich weiß, wie du dich fühlst«, sagte Mrs MacDermot sanft. »Du musst sehr verwirrt sein von all dem, was dir widerfahren ist.«

»Woher wollt Ihr das wissen?«, fuhr der Junge auf. Er bereute seine Schroffheit sofort, aber es war zu spät, um die Worte zurückzunehmen.

»Ich gestatte dir deine Trauer«, sagte die Dame. »Du hast ein Recht darauf. Aber ich werde nicht zulassen, dass du dich in deinem Elend suhlst. Ich werde dir nicht erlauben, dich von all den wohlmeinenden Menschen in diesem Haushalt zurückzuziehen, die großen Anteil an deinem Schicksal nehmen.«

»Das tun sie nicht. Sie haben heute kaum ein Wort mit mir gesprochen.«

»Du bist es, der mit niemandem gesprochen hat, Turlough«, schalt ihn die Dame. »Abgesehen von Mary. Aber sie weiß dich zu nehmen, so viel steht fest. Heute bist du nur in der Küche in der Ecke gehockt und hast dir selber Leid getan. Die Menschen, die dich lieben und die nur das Beste für dich wünschen, haben nicht ein einziges freundliches Wort von dir gehört.«

Mrs MacDermot setzte sich ans Fußende des Bettes.

»Mein Junge«, fuhr sie fort, »ich nehme an, du hattest nicht einmal den Anstand, der jungen Frau, die dir das Leben gerettet hat, geziemend zu danken.«

»Wie meint Ihr das?«

»Hätte Mary sich nicht die Zeit genommen, während deiner Krankheit bei dir zu sitzen, deine Wunden zu waschen und dir den Schweiß von der Stirn zu tupfen, dafür zu sorgen, dass du zu essen bekamst und sauber warst, dann hättest du gewiss nicht überlebt. Ich kenne Menschen, die Hände, Arme oder Beine verloren, nachdem die Pocken sie in den Fängen hatten. Dir sind deine Glieder geblieben, dein hübsches Gesicht und dein Verstand. Es sind nur deine Augen, die Schaden genommen haben.«

Der Junge ließ reuig den Kopf sinken. Langsam wurde ihm klar, dass er schon seit einer ganzen Weile nur noch an sich selbst gedacht hatte. Aber dann kam ihm Bridget wieder in den Sinn.

»Welchen Nutzen habe ich jetzt noch für irgendjemanden?«, flüsterte Turlough.

»Squire Crilly hat mich gestern aufgesucht«, sagte Mrs MacDermot, scheinbar um das Thema zu wechseln. »Er hat seit zwei Monaten einen Gast in seinem Haus. Es ist eine alte Frau, die unter dem Namen Mhaire Dhall bekannt ist.

Sie ist eine sehr berühmte und talentierte Harfenspielerin. Zu ihrer Zeit war sie überall im Königreich bekannt. Einmal hat sie vor Seiner Majestät, dem verstorbenen König Karl, gespielt, der ein großer Förderer der Künste war. Und wie du ihrem Namen vielleicht entnommen hast, ist auch sie blind, ist es seit ihrer Geburt gewesen. Die junge Mary, deine Pflegerin, ist ihre Enkeltochter.«

»Marys Großmutter ist Harfenspielerin?«

»Ja, Turlough. Squire Crilly hat mir erzählt, du hättest einmal Interesse geäußert, das Harfespielen zu erlernen. Ist das wahr?«

»Ja.«

»Und der Squire meint, du würdest einen guten Schüler abgeben.«

»Wie soll ich denn spielen, wenn ich die Saiten nicht sehe?«

»Die alte Mhaire kommt recht gut zu Rande, wie viele Harfenspieler der alten Tradition es tun. Ich habe sogar gehört, dass es viel einfacher sein soll, das Instrument zu spielen, wenn man nicht von seinen Augen abgelenkt wird. Und ich fürchte, es stehen dir nicht viele andere Möglichkeiten offen, deinen Lebensunterhalt zu verdienen«, seufzte die Dame. »Es ist ein ehrenwerter Beruf. Es gibt noch immer etliche reisende Harfenspieler, die den großen Häusern ihren Besuch abstatten und für ihre Mahlzeiten und einen Platz zum Schlafen ihre Kunst zum Besten geben. Einige von ihnen leben recht gut. Du wirst dich vielleicht nicht immer auf die Unterstützung der MacDermots verlassen können. Die Zeiten ändern sich, und die Engländer sprechen davon, die katholischen Güter in Irland zu beschlagnahmen. Du wirst einen Beruf brauchen, der dich durchs Leben bringt.«

»Und ich kann ebenso gut Harfenspieler sein«, erwiderte Turlough achselzuckend, »wie irgendetwas anderes.«

»Wie die Dinge liegen, hast du großes Glück«, fuhr Mrs MacDermot fort. »Mhaire ist inzwischen zu alt, um zu reisen, und ihre Enkeltochter hat die Jahre erreicht, da sie daran denken sollte, sich einen Ehemann zu suchen oder sich eine gute Stellung in einem wohlhabenden Haus zu verschaffen. So kommt es, dass die beste Harfenlehrerin ganz Irlands in Squire Crillys Haus wohnen wird.«

Turlough sagte nichts, sondern wandte nur das Gesicht ab.

»Turlough, ich kann dich nicht hier behalten«, sagte Mrs MacDermot sanft. »Es gehen Gerüchte, dass ein Krieg bevorsteht. Manche Leute sagen, der König, Wilhelm, mache sich bereit, mit seiner Armee gegen Irland zu ziehen. In Frankreich sammelt König Jakob seine Truppen. Irland wird das Schlachtfeld sein, geradeso wie vor einer Generation, zu Zeiten Cromwells. Und das Ergebnis wird wahrscheinlich das gleiche sein wie damals – Hungersnot und Zerstörung.«

»Ich möchte Euch nicht zur Last fallen«, warf Turlough ein, »erst recht nicht in so schwierigen Zeiten.«

»Squire Crilly hat einen Vorschlag gemacht«, sagte Mrs MacDermot, »einen sehr großzügigen Vorschlag. Er hat sich erboten, für deinen Unterhalt in seinem Haus zu sorgen, sofern ich etwas zu deiner Ausbildung als Harfenspieler beitrage.«

Turlough hob den Kopf.

»Es gibt natürlich manche Stimmen, die sagen, du seist zu alt, um noch zu lernen. Nicht einmal Mhaire hat viel Hoffnung, dass aus dir ein großer Musiker werden könnte. Aber ich halte es für eine gute Lösung des Problems.«

»Ich werde bei Squire Crilly leben?«

»Ja«, erwiderte Mrs MacDermot. »Und Mary wird weiterhin für dich sorgen, bis du in der Lage bist, allein zurechtzukommen. Ihre Großmutter, die sehr alt ist und sich dem Ende ihrer Tage nähert, wird in Squire Crillys Haus ein warmes Plätzchen zum Schlafen haben und obendrein ein paar Münzen in der Tasche. Sie sagt, es würden drei oder mehr Jahre vergehen, bis du das Instrument beherrschst. Ich habe dem Squire eine gewisse Summe zur Verfügung gestellt, die für diese Zeit genügen wird.«

»Dann ist also alles geregelt?«

»Ja«, bekräftigte die Dame. »Wenn du einverstanden bist. Vergiss nicht, ich will nur das Beste für dich, Turlough. Aber auf dem Gut leben dreißig Menschen, und ich muss die Bedürfnisse und das Wohlergehen eines jeden Einzelnen davon im Auge behalten. Zumindest wirst du über größere Unabhängigkeit verfügen als in einem Haus in Dublin. Du wirst in der Lage sein, selbst über dein Schicksal zu entscheiden. Das ist mehr, als die meisten Menschen in diesen sorgenvollen Zeiten von sich sagen können.« Sie seufzte müde. »Du solltest diese Veränderung in deinem Leben nicht als ein Unglück betrachten, sondern als ein Geschenk. Squire Crilly, Mhaire Dhall und ich sind bereit, dir zu helfen, im Leben Fuß zu fassen, aber am Ende liegt es bei dir, ob du dein Gebrechen als Chance oder als Katastrophe betrachten willst. Mir ist klar, dass dir dein Schicksal im Augenblick trostlos und grausam erscheinen muss, aber mit der Zeit wirst du möglicherweise anders darüber denken.«

»Vielleicht habt Ihr Recht«, erwiderte der Junge und spürte, dass er errötete. »Ich bin Euch dankbar für all Eure Hilfe.

Ich weiß, dass es Euch einzig um mein Wohlergehen zu tun ist. Ich werde mein Bestes geben, um das Harfenspiel zu erlernen und mir meinen Lebensunterhalt damit zu verdienen.«

»Du bist immer noch ein hübscher junger Mann, Turlough. Du hast großes Glück gehabt, dass die Pocken deinem Gesicht nicht ebensolchen Schaden zugefügt haben wie deinen Augen. Eines Tages wirst du eine gute Frau finden und eigene Kinder haben. Wenn du fleißig lernst, wird es dir nicht schwer fallen, deine Familie zu ernähren. Ich habe Tómas Burcá, den Harfenbauer, gefragt, ob er für den Anfang eine kleine Schoßharfe für dich habe. Als er von deiner Notlage hörte, hat er sich freundlicherweise erboten, dir ein altes Instrument zu überlassen, an dem einige Reparaturarbeiten notwendig sind. Die Harfe sollte etwa in einem Monat fertig sein.«

»Ich bekomme eine eigene Harfe?«

»Es wird kein so prachtvolles Instrument sein wie das, das David Murphy besitzt. Es ist schon recht mitgenommen, und Tómas hätte das Instrument nicht angeboten, hätte er einen Käufer dafür finden können. Aber es ist immerhin ein Anfang. Wenn die Harfe fertig ist, wirst du in ein Zimmer in Squire Crillys Haus umziehen.«

»Ich werde Euch Eure Güte nie vergessen.« Turlough brachte ein Lächeln zu Stande; plötzlich wurde ihm klar, wie ungeheuer großzügig die Dame ihm gegenüber war.

Mrs MacDermot erhob sich und ging entschlossen zur Tür hinüber. Sie öffnete sie und drehte sich dann noch einmal einen Moment lang zu dem jungen Mann um.

»Ich hoffe, du wirst eines Tages begreifen, dass alle Dinge, die einem Menschen im Leben widerfahren, nur zu seinem

Besten sind«, erklärte sie. »Anfangs mag es so scheinen, als seien die Hindernisse, die uns im Weg stehen, zu gewaltig, um sie zu überwinden. Aber das Leben hat seine eigene Art, uns auf den Weg zu führen, der uns anfangs zu steinig erschien, um ihn gehen zu können. Wir alle müssen lernen, dort nach Chancen Ausschau zu halten, wo wir sie am wenigsten erwartet hatten. Eines Tages wirst du diese Blindheit vielleicht preisen, die dir heute als eine solche Last erscheint.«

»Vielleicht eines Tages, Mylady«, erwiderte der Junge zweifelnd. »Vielleicht eines Tages.«

»Aber Ihr wolltet uns die Geschichte des SheeBeg SheeMor erzählen«, protestierte Edward, der beim Sprechen das leise Gefühl hatte, als drehe sich alles um ihn.

»Ja, das wollte ich«, stimmte der alte Hugh ihm zu. »Ihr seid kein sehr geduldiger Mensch. Ihr müsst die ganze Geschichte kennen. Es hat keinen Sinn, wenn ich Euch nur hie und da ein paar Bröckchen davon erzähle.«

»Ihr hättet ihn niemals damit anfangen lassen dürfen«, murrte Denis und wandte sich zu Edward um. »Wir werden hier womöglich tagelang in der Falle sitzen, während er sein Garn spinnt.«

»Ich muss morgen früh nach Dublin zurückkehren«, beharrte der junge Rebell, und plötzlich wurde ihm bewusst, dass seine Worte sehr unklar klangen und seine Zunge nahezu taub war. »Aber jetzt muss ich erst einmal schlafen gehen, damit ich morgen früh aufstehen und mich auf den Weg machen kann.«

»Jeder Rotrock im Land wird nach Euch Ausschau halten«, lachte Hugh. »Ihr habt keine Chance, es morgen bis nach Dublin zu schaffen. Ein paar Tage lang werdet Ihr Euch schon versteckt halten müssen.«

»Ich muss spätestens am Donnerstag wieder in Dublin sein«, sagte Edward und runzelte die Stirn bei dem Versuch, sich auf den Grund zu besinnen. »Es gibt etwas sehr Wichtiges, das ich dort erledigen muss.«

»Was könnte so wichtig sein, dass Ihr dafür auf ein oder zwei Becher Whiskey aus den Brennereien des alten Hugh verzichten würdet?«, fragte Denis schockiert.

Edwards Stirnrunzeln vertiefte sich. Der junge Rebell fühlte sich jetzt höchst seltsam. Das Licht des Feuers erschien ihm um ein Vielfaches heller und wärmer als zuvor. Auch hatte er den Eindruck, als halle der Klang der Harfe noch immer in seinen Ohren nach, und sein Mund war ungewöhnlich trocken.

Plötzlich fiel ihm wieder ein, warum er am Donnerstag in Dublin sein musste.

»Ich muss an einer Teegesellschaft teilnehmen, die mein Vater zum Jahrestag des Aufstands der amerikanischen Rebellen gibt.«

»Ihr werdet an Eurer eigenen Hinrichtung teilnehmen, wenn Ihr morgen früh mein sicheres Cottage verlasst«, ermahnte der Whiskeybrenner ihn streng. »Was für ein Narr würde mitten in die Vorbereitungen zu seiner eigenen Hinrichtung marschieren? Inzwischen werden Hunderte von Soldaten nach Euch Ausschau halten. Was seid Ihr doch für ein törichter Junge. Ihr würdet keine zwei Meilen weit kommen, bevor die Luft von Blei und Flüchen erfüllt wäre.«

»Wo habe ich meine Pistolen gelassen?«, fragte Edward, dem nun wieder einfiel, dass er eine davon in der Hand gehalten hatte, als die Soldaten das Feuer auf ihn eröffneten.

»Eine Eurer Pistolen liegt sicher verwahrt mitten im Fluss«, lachte Daniel, als er die Tür hinter sich schloss.

»Die andere ist gut versteckt«, versicherte ihm Hugh. »Ein hübsches Stück übrigens, wie Daniel mir erzählt. Mindestens zehn Pfund wert. Aber habt keine Bange. Eure Pistole wird sicher verwahrt und Euch zu gegebener Zeit zurückerstattet werden.« Hugh richtete das Wort an seinen Enkel. »Waren das Rotröcke, die ich gehört habe?«

»Du hattest Recht, Großvater«, antwortete Daniel. »Es waren dreißig Grenadiere auf dem Rückweg in die Garnison, nachdem sie den ganzen Tag die Hügel abgesucht hatten. Und ein Dutzend schottischer Dragoner auf riesigen, gescheckten Grauen, die sich bitter beklagten, dass sie nach dem Mörder eines englischen Offiziers suchen sollten. Ich denke, sie würden Euch gern beglückwünschen, Edward.«

»Und das alles wegen Major D'Arcy?«, fragte Hugh. »Mir war gar nicht bewusst, dass er sich solcher Beliebtheit erfreute.«

»Von den Dragonern habe ich erfahren«, fuhr Daniel fort, »dass D'Arcy an einer Verschwörung Anteil hatte, die durch seinen vorzeitigen Tod enthüllt wurde.«

»Was für eine Art von Verschwörung soll das gewesen sein?«, fuhr Hugh auf.

»Die Schotten wussten nichts Genaueres darüber«, erwiderte der rothaarige Mann. »Sie meinten, es läge wohl im Wesen englischer Offiziere, sich in Verschwörungen zu verstricken, und sie konnten den ganzen Aufruhr nicht verstehen. Aber morgen werden sie wieder ausschwärmen, und dann werden noch viele weitere Rotröcke unterwegs sein, um nach unserem jungen Helden zu suchen.«

»Er ist wirklich ein Held«, seufzte der alte Whiskeybrenner mit gespielter Bewunderung. »Es scheint fast so, als hätte das Schicksal selbst ihn in unsere Hände gegeben.«

»Wie meinst du das?«, fragte Daniel.

»Ich spreche davon, dass sein unbedachter Mord an Major D'Arcy eine Verschwörung aufgedeckt hat.«

»Wir wissen nicht, um welche Art von Verschwörung es sich handelt«, bemerkte Daniel.

»Das ist wahr«, räumte Hugh ein. »Aber wie viele Verschwörungen gibt es denn, in die ein englischer Offizier verstrickt sein könnte?«

»Ich verstehe, worauf du hinauswillst, Großvater.«

»Dennoch, es bleibt dabei«, entschied Hugh. »Der junge Edward darf hier nicht gefunden werden. Wenn die Soldaten hier nach ihm suchten, würden wir damit womöglich die Aufmerksamkeit auf uns selbst lenken.«

»Ich werde ein Pferd satteln«, verkündete Mhairgead.

»Immer mit der Ruhe, Enkeltochter«, protestierte Hugh. »Wir müssen uns eine gute Geschichte einfallen lassen, um seine Anwesenheit in diesem Haus zu erklären, falls die Engländer Erkundigungen einziehen sollten.«

»Wir könnten ihn als einen Vetter aus Dublin ausgeben«, schlug Daniel vor.

»Aber das gäbe ihm immer noch keinen Grund, hier zu sein, nicht wahr?«, widersprach Hugh. »Wenn wir reiche Vettern in Dublin hätten, würden sie uns dann besuchen?«

»Wahrscheinlich nicht«, antwortete der rothaarige Mann mit einem Achselzucken.

»Wir könnten behaupten, er sei mein zukünftiger Gemahl«, schlug Mhairgead vor.

»Du bist mir ein gerissenes Geschöpf, geradeso wie deine Mutter«, lachte Hugh. »Du könntest selbst ein englischer Offizier sein, wärst du als Mann geboren worden.«

»Dann wäre ich wohl eher als Whiskeybrenner geendet«, entgegnete sie scherzhaft.

»Dann wäre das also des Rätsels Lösung«, befand Hugh. »Edward Sutler aus Dublin ist hergekommen, um Mhairgeads Hand zur Ehe zu erbitten, und er bleibt für ein paar Tage, um mit uns zu feiern. Wenn man in ihm den Mörder Major D'Arcys erkennt, wird kein Verdacht auf dieses Haus fallen. Wir wissen nichts über dergleichen Dinge.«

»Eine gute Lösung«, bekräftigte Daniel. »Aber wäre es nicht einfacher, ihn hinauszuwerfen und seinem Schicksal zu überlassen?«

»Ich kann in einer halben Stunde losreiten«, eröffnete Mhairgead ihrem Großvater.

»Nein, nein«, beschwichtigte der Whiskeybrenner sie eilig. »Das ist nicht notwendig. Falls Edward verhaftet werden sollte, würde er möglicherweise seinen Aufenthalt in diesem Hause erwähnen. Das könnte uns in eine unangenehme Lage bringen. Wir wollen doch nicht in den Verdacht geraten, Rebellen zu unterstützen.«

»Was für ein elendes Durcheinander«, sagte Denis kopfschüttelnd. »Warum blast ihr ihm nicht einfach das Hirn aus dem Kopf und werft ihn in den Fluss? Damit hätten all eure Sorgen ein Ende.«

»Damit würden deine Sorgen erst richtig anfangen«, rief Mhairgead Hugh ins Gedächtnis. »Dann käme auf der Liste deiner Verbrechen noch ein Mord hinzu, neben Rebellion, Waffenhandel, Verkauf von Regierungseigentum und schwarz gebranntem Whiskey und zu guter Letzt

Verbindung zu den Franzosen. Das nennt man Hochverrat, wenn ich mich nicht irre.«

Hugh legte sich beide Hände an die Stirn und seufzte tief.

»Sie hat Recht«, gestand er. »Daniel hätte ihm eins über den Schädel geben und die Sache an Ort und Stelle beenden sollen. Jetzt ist es zu spät dafür.«

»Warum?«, fragte der Rothaarige.

»Hörst du nicht zu?«, brauste Hugh auf. »Mhairgead hat ein Auge auf den Burschen geworfen.«

»Heilige Mutter Gottes!«, knurrte Daniel. »Du würdest deine eigene Familie verraten für diesen bleichhäutigen Nichtsnutz von einem Städter?«

»So ist es«, versicherte Mhairgead ihrem Bruder. »Denn er ist besser als alles, was ich hier in der Gegend finden kann. Er hat Geld. Und er hat nichts übrig für Alkohol.«

»Letzteres will ich wohl zugeben«, bemerkte Daniel mit Blick auf Edward, der in seinem Stuhl zusammengesunken war.

»Und er ist von Leidenschaft erfüllt«, fuhr sie fort. »Es mag im Augenblick eine irregeleitete Leidenschaft sein, aber ich bin davon überzeugt, dass ich sie mit ein wenig Zeit in eine neue Richtung lenken kann.«

»Ich bezweifle nicht, dass du – mit ein wenig Zeit – selbst den Mond und die Sterne in eine andere Richtung lenken könntest«, murrte Hugh. Der alte Whiskeybrenner wandte sich zu dem Rebellen um. »Habt Ihr das gehört, junger Edward?«

»Was?« Der junge Mann schüttelte den Kopf und richtete sich auf, als er seinen Namen hörte.

»Willkommen in der Familie Connor, mein Junge«, rief

Hugh mit Inbrunst. »Wollt Ihr uns nun noch auf einen Whiskey Gesellschaft leisten?«

»Ich muss schlafen gehen«, stammelte Edward und stolperte dabei über seine eigene Zunge. Noch einmal schüttelte er den Kopf, musste dann aber damit aufhören, als der Fußboden sich unter ihm zu bewegen begann. Er presste sich beide Hände aufs Gesicht, bis das Gefühl verebbte. Dann bemerkte er zum ersten Mal, dass sein Mund brannte und wund war. Er berührte mit den Fingerspitzen seine Zunge.

»Ich muss Euch nun wirklich eine gute Nacht wünschen«, erklärte Edward und hielt Hugh die Hand hin. Es dauerte ein Weilchen, bis ihm klar wurde, dass der alte Mann keine Ahnung hatte, dass er ihm die Hand geben wollte, daher wandte er sich zu Daniel um und begann langsam zu sprechen, wobei er einige Mühe hatte, seine geschwollene Zunge zu beherrschen. »Ich danke Euch dafür, dass Ihr mir das Leben gerettet habt«, sagte er und berührte den hoch gewachsenen Mann freundschaftlich am Arm. »Ich hoffe, dass Ihr das eines Tages noch einmal werdet tun können.«

»Da Ihr offensichtlich eine große Neigung habt, Euch in Unannehmlichkeiten zu bringen«, erwiderte Daniel lächelnd, »halte ich das für sehr wahrscheinlich.«

Edwards Blick fiel auf Mhairgead, die kichernd an der Tür lehnte.

»Und mein Dank auch an die bezaubernde Dame des Hauses«, fuhr der junge Rebell fort, »die Enkeltochter dieses rühmenswerten Gastgebers.« Er machte eine weit ausholende Armbewegung, um alle Anwesenden im Raum einzuschließen. »Mhairgead mit den leuchtenden Augen!«

»Ein Trinkspruch auf Mhairgead«, rief Denis aus.

»Auf Mhairgead!« antwortete Edward unverzüglich und ließ sich noch einen Whiskey einschenken.

Keiner im Raum regte sich. Jene, die noch ihr Augenlicht hatten, sahen zu, wie der junge Mann einen großen Schluck von seinem Whiskey nahm. Jene, die des Sehens nicht mächtig waren, lauschten mit allen Sinnen. Aber Edward bemerkte nichts davon. Er war in einem Zustand, in dem ihn nichts mehr kümmerte.

Kaum hatte Edward seinen Becher geleert, füllte ihn Daniel wieder auf.

»Jetzt muss ich aber wirklich zu Bett gehen«, verkündete der junge Mann. Er konnte spüren, wie sich der Schleier der Trunkenheit einer dicken schwarzen Wolke gleich über ihn herabsenkte.

»Unsinn!«, rief Hugh. »Der Abend ist noch jung. Draußen ist es nicht einmal ganz dunkel.«

Edward runzelte abermals die Stirn und machte Anstalten, durchs Fenster zu spähen, um sich selbst davon zu überzeugen, aber die hölzernen Läden waren fest geschlossen. Mittlerweile war er so betrunken, dass es ihm nicht einmal in den Sinn kam, zu fragen, wie ein blinder Mann wissen konnte, ob draußen Tag oder Nacht war.

»Gleichviel, ich muss mich zurückziehen«, murmelte der Rebell. »Ich hatte einen anstrengenden Tag.«

»Und deshalb solltet Ihr feiern«, erwiderte Denis. »Man bekommt nicht jeden Tag die Gelegenheit, für Irlands Freiheit zu kämpfen.«

»Auf Irlands Freiheit!«, rief Edward. Dann hob er feierlich seinen Becher. Als er ihn wieder sinken ließ, versuchte Daniel, ihm abermals nachzuschenken, aber Edward hielt die Finger über seinen Becher, um ihn daran zu hindern.

»Ich denke, ich habe genug«, sagte der junge Mann. »Es scheint mir nicht recht zu sein, so viel von Eurem Whiskey zu trinken, nachdem ich Euch solches Ungemach bereitet habe.«

»Es war nur ein kleines Ungemach«, erklärte Hugh, »und morgen werdet Ihr den Schaden, den Ihr angerichtet habt, gewiss wieder gutmachen.«

Der alte Mann schlug einen so freundlichen Tonfall an, dass Edward verwirrt die Stirn runzelte. Er war sich nicht recht sicher, ob diese Worte vielleicht eine Drohung enthalten hatten.

»Eure Geschichten sind großartig, wenn auch ein wenig übertrieben«, erklärte der junge Mann großmütig. «Obwohl sie gewiss ein Körnchen Wahrheit enthalten. Es war sehr unterhaltsam, mit Euch schlichten Leutchen zu plaudern. Es sind gerade die einfachen Bauern wie Ihr, die den Kampf um die Freiheit lohnend machen.«

»Das ist sehr edelmütig von Euch, Master Edward«, erwiderte der Whiskeybrenner ausdruckslos.

»In der Tat«, sagte der Rebell, dem nichts Ungewöhnliches aufgefallen war. »Ich denke, wenn ich auch nur noch einen Becher von Eurem hervorragenden Whiskey trinken würde, hätte ich keinen Zweifel mehr daran, dass es die Feen wirklich gibt.«

»Die Weisheit beginnt dort, wo ein Mann das Ausmaß seiner eigenen Unwissenheit erkennt«, säuselte Denis.

»Wie wahr«, sagte Edward, dem diese Feststellung ungemein tief schürfend erschien. Mit einem leeren Ausdruck auf dem Gesicht setzte er sich wieder hin und schwankte auf seinem Stuhl leicht hin und her.

»Ein Becher mehr würde Euch doch gewiss nicht schaden,

nicht wahr?«, erkundigte Hugh sich freundlich. »Ich würde mich geehrt fühlen, wenn Ihr noch einen Tropfen mit mir trinken und Euch den Teil der Geschichte anhören wolltet, der vom SheeBeg SheeMor handelt. Ich verspreche Euch, dass meine Enkeltochter Euch in aller Frühe auf die Beine bringen wird, falls es noch immer Euer Wunsch ist, am Morgen nach Dublin aufzubrechen.«

»Ich muss morgen heim«, erklärte Edward und nickte. »Was kein Tadel an Eurer Gastfreundschaft sein soll.«

»Natürlich nicht«, erwiderte Hugh. »Trinkt nur noch einen Becher, um über jeden Zweifel hinweg zu beweisen, dass Ihr an unserer Gesellschaft Gefallen gefunden habt.«

Edward versuchte, einen klaren Gedanken zu fassen, fand es aber äußerst schwierig, sich auf mehr als zwei zusammenhängende Worte zu besinnen. Binnen Sekunden starrte er zu Boden und mühte sich, sich daran zu erinnern, wie er überhaupt hierher gelangt war.

»Wollt Ihr uns die Freude machen, nur noch einen Whiskey mit uns zu trinken, Master Edward?«, bedrängte ihn Hugh.

»Das will ich«, antwortete Edward jetzt, ohne zu zögern, denn er konnte sich nicht mehr auf den Grund besinnen, warum er nüchtern bleiben sollte. Bevor er die Gelegenheit hatte, anderen Sinnes zu werden, reichte Daniel ihm einen bis zum Rand mit goldenem Whiskey gefüllten Becher. Außer Stande, irgendetwas um ihn herum mit einiger Schärfe wahrzunehmen, starrte der junge Rebell sekundenlang auf den Becher.

»Slainté!«, rief Hugh.

»Slainté!«, wiederholte Denis.

»Slant yer!«, murmelte Edward und nahm einen großen

Schluck. Er hatte immer große Mühe mit der irischen Sprache gehabt, aber jetzt fand er, dass es eigentlich ganz einfach war, die seltsamen Worte zu formen. Das musste der gute Einfluss dieser beiden alten Männer sein, überlegte er. Daniel füllte Edwards Becher heimlich nach, während der junge Rebell seinen eigenen Gedanken nachhing.

»Das ist ein ausgezeichneter Tropfen«, erklärte der Harfenspieler, nachdem er an seinem Whiskey genippt hatte.

»Ich habe ihn für einen besonderen Anlass aufgehoben«, flüsterte Hugh, der sich dabei vertraulich zu seinem alten Freund vorbeugte.

»Und Ihr denkt, dies könne ein solcher sein, hm?«, fragte Denis und zeigte mit dem Kopf in Edwards Richtung.

»Mhairgead scheint es zu denken«, antwortete Hugh. »Sie hat harte Zeiten hinter sich und verdient wahrhaftig etwas Besseres. Vielleicht passt er ja recht gut zu ihr.«

»Recht gut«, wiederholte Edward, der keinen blassen Schimmer hatte, worüber die beiden Alten sprachen.

»Wie dem auch sei, im Augenblick fällt mir keine andere Lösung ein«, sagte Hugh mit einem Achselzucken.

»Diese ganze Angelegenheit ist unnötig kompliziert geworden«, pflichtete Denis ihm bei.

»Es könnte schlimmer sein«, warf Daniel ein. »Die Rotröcke hätten an unserer Tür erscheinen können.«

»Es sind nicht die Rotröcke, die mir Kopfzerbrechen bereiten«, flüsterte Hugh seinem Enkelsohn zu. »Es sind vielmehr Seamus Kelly und seine Mannen, die mir Sorgen machen. Was soll ich ihnen sagen?«

»Dir wird schon etwas einfallen«, erwiderte Daniel mit einem Lächeln. »Du bist doch immer irgendwie zurechtgekommen.«

»Möget Ihr immer irgendwie zurechtkommen«, wünschte Edward ihm.

»Ein Trinkspruch, meine Herren«, rief Hugh, um das Thema zu wechseln. »Auf die drei heiligen Beschäftigungen des alten Irland: die Musik, das Geschichtenerzählen und den Whiskey.«

»Whiskey!«, rief Edward und nahm einen großen Schluck.

Hugh und Denis nippten nur an ihren Bechern, während sie dem jungen Rebellen zuhörten.

Edward warf den Kopf in den Nacken und lehnte sich weit auf seinem Stuhl zurück, während er trank. Als der Becher bis auf den letzten Tropfen geleert war, starrte der junge Rebell unbeabsichtigt zur Decke des kleinen Cottage empor. Er brauchte einige Sekunden, um seinen Blick zu schärfen, dann musste er mehrfach heftig blinzeln. Er konnte einfach nicht glauben, was er sah.

Hoch oben im Dachstuhl lagen dicht an dicht zwischen den Balken buchstäblich Hunderte brandneuer Musketen, außerdem Piken und Langschwerter, und er konnte sogar die unverkennbaren Umrisse einer kleinen Kanone nebst zugehöriger Lafette ausmachen.

Als Edward klar wurde, dass er ein riesiges Waffenarsenal vor sich hatte, genug, um eine kleine Streitmacht auszurüsten, hob er die Hand und rieb sich kräftig die Augen. Ein oder zwei Sekunden lang schwankte sein Hocker, gerade lange genug für Edward, um einige gotteslästerliche Worte zu flüstern. Dann kippte er nach hinten.

Als er auf dem Holzfußboden des Cottage landete, schlug er sich so heftig den Kopf an, dass es ihm den Atem raubte. Einen Moment lang wehrte er sich noch gegen die Besinnungslosigkeit, aber dann gewann der Whiskey die Oberhand; er rollte sich auf die Seite und blieb mit dem Gesicht nach unten vor dem Feuer liegen.

Wie der Blitz war Mhairgead an seiner Seite und wiegte seinen Kopf in ihren Armen.

»Nun«, sagte Hugh munter, »dann ist es jetzt wohl wirklich Bettzeit.«

»Ihr habt Recht«, stimmte Denis ihm zu. »Es war ein langer Tag, und ich bin auch nicht mehr so jung, wie ich einmal war.«

»Gott sei Dank!«, lachte der alte Whiskeybrenner, und der Harfenspieler fiel in sein Gelächter ein.

»Ich werde morgen wieder für Euch spielen, wenn Ihr es wünscht«, versicherte Denis seinem Gastgeber.

»Das wäre großartig«, sagte Hugh mit einem Nicken. Dann wandte er sich an seinen Enkelsohn. »Du kümmerst dich um den Jungen, ja?«

»Keine Sorge, Großvater.« Daniel lächelte. »Ich bin davon überzeugt, dass er in den Händen meiner Schwester sicher aufgehoben ist.«

»Darauf würde ich nicht wetten!«, gab Hugh zurück. »Ich selbst hätte es lieber mit dem Teufel zu tun als mit meiner Enkeltochter.«

»Gute Nacht, Großvater«, erwiderte Mhairgead mit honigsüßer Stimme. »Du solltest jetzt zu Bett gehen.«

Kapitel 7

Edward öffnete die Augen nur für den Bruchteil einer Sekunde, aber das genügte ihm, um zu begreifen, dass irgendetwas nicht stimmte. Die Welt war vollkommen dunkel. Und es war nicht nur die Dunkelheit, die in einer mondlosen Nacht herrschte. Es war die Art Dunkelheit, die man nur im tiefsten Schoß der Erde erleben konnte.

Auch die Luft war drückend und erfüllt von einem seltsamen, schweren Geruch, der ihn an Trüffel, Moder und Moos erinnerte.

Außerdem nahm er noch einen anderen Duft wahr. Edward atmete tief ein, um festzustellen, worum genau es sich handelte.

»Der Geruch erinnert mich an frisch gepflügte Erde«, murmelte er, und seine Stimme klang dumpf und leblos in dem engen Raum.

Plötzlich packte ihn eine Angst, die erschreckender und realer war als selbst die, die er ausgestanden hatte, als die Rotröcke ihre Musketen auf ihn abfeuerten. Das Herz hämmerte ihm laut in der Brust, als wolle es aus seinem so offensichtlich zum Untergang verurteilten Körper entfliehen.

Edward streckte die Hand aus, und seine Finger trafen sofort auf harte Holzbretter, die nur Zentimeter von seinem Gesicht entfernt waren. Jetzt wurde er wirklich von Panik überwältigt. Blitzartig streckte er die Hände zur Seite aus. Zu seinem Entsetzen stellte er fest, dass auch dort Bretter waren.

Er war ein Gefangener. Er saß in dieser Kiste in der Falle. Ein schrecklicher Gedanke durchzuckte ihn, während die feuchte Schärfe frischer Erde ihn in einen würzigen Umhang hüllte und ihn so fest umschlang wie ein Leichentuch.

»Sie haben mich bei lebendigem Leib begraben!«, stieß der junge Rebell hervor.

In seiner Verzweiflung drosch er auf das Brett über sich ein.

»Lasst mich aus diesem verfluchten Sarg heraus, ihr mörderischen Bastarde!«, schrie er aus Leibeskräften. »Wenn ihr glaubt, ihr könnt mich einfach begraben, habt ihr euch getäuscht!«

Die Kiste füllte sich mit Staub, den sein heftiger Ausbruch aufgewühlt hatte, und Edward musste mit dem Schreien innehalten, um sich etwas davon aus der Lunge zu husten. Er wischte sich den Sand aus den Augen und verfiel dann in Schweigen, um zu lauschen, ob eine Antwort käme. Minuten verstrichen, ohne dass er auch nur den geringsten Laut vernahm.

Es war aus mit ihm, dachte er. All sein Geld und seine Pistolen waren verloren. Er hätte nicht so dumm sein dürfen, diesem alten Bastard zu vertrauen.

Tiefe Mutlosigkeit bemächtigte sich seiner, und er versuchte mit aller Macht, sich darauf zu besinnen, was am Abend zuvor geschehen war. Aber das Letzte, woran er sich erinnern konnte, war der alte Hugh, der irgendeine Geschichte über Turlough O'Carolan und die Feen erzählt hatte.

»Allmächtiger«, murmelte er. »Was war ich für ein Narr, mich so von diesem Schurken einwickeln zu lassen. Sie haben mich betrunken gemacht, mich in diese Kiste gelegt und mich begraben. Man wird mich niemals finden. Ich bin am Ende.«

Er wusste, dass er sich darauf konzentrieren sollte, einen Ausweg aus seiner fatalen Lage zu finden. Aber es wollte ihm nichts einfallen. Daher begann er von neuem zu schreien, und er brüllte so lange weiter, bis er glaubte, ein Geräusch zu hören. Irgendwo über sich konnte er einige gedämpfte irische Worte hören, die für ihn natürlich keinen Sinn ergaben. Jetzt wurde Edward klar, dass er unter den Dielenbrettern des Hauses lag. Zumindest war er nicht irgendwo auf einem Feld begraben worden. »Ich weiß, dass ihr da oben seid, ihr verfluchten Unholde!«, schrie er mit sich überschlagender Stimme. »Lasst mich hier raus!«

Plötzlich bewegten sich die Bretter über seinem Gesicht, und grelles Licht fiel in die längliche Kiste, in die man ihn gelegt hatte. Edward blinzelte und legte sich die Hände vors Gesicht, damit ihm die Erde nicht in Mund und Augen fiel.

Er brauchte nur wenige Sekunden, um seinen Blick zu schärfen. Aber das Licht beleuchtete seinen Retter von hinten, so dass er dessen Züge nicht sofort erkennen konnte.

»Wer seid Ihr?«, rief Edward. »Wo bin ich?«

»Ich bin Daniel«, antwortete eine vertraute Stimme gelassen. »Was soll dieser Wahnsinnslärm?«

Edward runzelte verwirrt die Stirn. »Was tue ich in dieser Kiste?«

»Ihr müsst gestern Abend wahrhaftig ziemlich hinüber gewesen sein nach Eurem Gelage mit den beiden Alten. Erinnert Ihr Euch denn nicht?«

»Natürlich nicht!«, rief Edward. »Euer verfluchter Großvater hat mich betrunken gemacht!«

»Aber sicher, er hat Euch den Whiskey mit Gewalt eingeflößt«, kicherte Daniel. »Beruhigt Euch, oder sämtliche Rotröcke von hier bis Derry werden herbeigelaufen kommen, um festzustellen, was dieses ganze Theater zu bedeuten hat.«

Edward schüttelte den Kopf und kam sich plötzlich ein wenig töricht vor. Er wusste kaum noch etwas über den vergangenen Abend. Tatsächlich schmerzte sein Kopf so sehr, dass er Mühe hatte, überhaupt ein paar Worte aneinander zu reihen.

»Nachdem Ihr vom Stuhl gefallen seid«, erklärte Daniel, »fand Großvater, es sei Zeit, dass wir alle zu Bett gingen. Gerade als Mhairgead Euch warme Decken unter den Kopf schieben wollte, hörten wir Männer den Weg heraufkommen. Es waren zwölf Rotröcke, die das Land nach einem gewissen Edward Sutler absuchten, zuletzt wohnhaft in Dublin, angeklagt des Mordes und möglicherweise auch der Anstiftung zur Rebellion.«

Edward richtete sich hastig auf. Durch die plötzliche Bewegung durchzuckte ein scharfer Schmerz seinen Kopf, und er griff sich stöhnend an die Stirn.

»Allmächtiger!«, zischte er. »Rotröcke?«

Ein tiefes Knurren kam aus dem Magen des jungen Mannes, und er fühlte sich plötzlich sehr benommen. Binnen Sekunden waren die Soldaten vergessen, und er war vollauf damit beschäftigt, sich äußerst elend zu fühlen.

»Ich denke, Großvater hätte Euch wohl ausgeliefert, wäre da nicht der Umstand gewesen, dass Ihr noch nicht all seine Geschichten gehört habt«, bemerkte Daniel lächelnd. »Wenn ich an Eurer Stelle wäre«, flüsterte er und beugte sich dicht über ihn, »wäre ich auch weiterhin ein aufmerksamer Zuhörer. Versteht Ihr, was ich damit sagen will?«

Edward nickte, bereute es aber sofort, den Kopf überhaupt bewegt zu haben, dann murmelte er gequält: »Ich denke, ich verstehe.«

»Dann kommt Ihr jetzt besser herauf und nehmt ein wenig Suppe zu Euch«, erklärte Daniel, während er Edward an den Handgelenken packte und ihn aus der Kiste heraufzog.

Im nächsten Augenblick fand Edward sich mitten im Raum wieder. Hübsche Sterne tanzten vor seinen Augen, und er spürte, wie sein Gesicht eiskalt wurde, als alles Blut daraus abfloss. Er musste sich die Hand auf den Mund pressen, da sein Magen sich abermals umdrehte. Dann entwich ein kräftiger Luftschwall seinen Gedärmen, und er stöhnte.

Daniel drückte Edward auf denselben Hocker, auf dem er am Abend zuvor gesessen hatte, dann schob er die Bretter sorgfältig wieder über das Loch im Fußboden und verteilte die Binsen darauf, um jeden Fingerzeig auf das geheime Versteck zu tilgen.

»Wir dachten, dies sei die beste Stelle, um Euch zu verbergen«, erklärte Daniel. »Normalerweise bewahren wir dort einen Notvorrat von Whiskey auf, falls die Steuereintreiber davon Wind bekommen haben. Ich hoffe, Ihr hattet es nicht allzu unbequem.«

Edward stöhnte abermals, und wieder krampfte sein Magen sich zusammen. Diesmal brach sich die Luft mit solcher Heftigkeit aus seinem Gedärm Bahn, dass er sich jäh aufrichtete und ächzte.

»Barmherziger Himmel, Mann!«, rief Daniel und hielt sich die Nase zu. »Das war aber nicht Mhairgeads Suppe, die Euch das angetan hat«, fügte er mit einer Grimasse hinzu.

»Ich glaube, ich muss mich übergeben.« Edward schluckte hörbar.

»Den Misthaufen findet Ihr draußen, hinter dieser Tür«, bemerkte Daniel mit Blick auf Edwards bleiches Gesicht.

Der junge Rebell bedankte sich mit einem kurzen Nicken, da er es nicht wagte, etwas zu sagen, aus Furcht, seine Gedärme könnten mitten im Satz explodieren. Binnen Sekunden war er zur Tür hinaus und beugte sich über den Misthaufen, um den gesamten Inhalt seines Magens herauszuwürgen.

Geraume Zeit später kam er zurück ins Haus getaumelt und setzte sich, vollkommen erschöpft, ans Feuer. Mit einer Hand umklammerte er den Kopf, die andere drückte er sich auf seinen schmerzenden Leib.

»Ich werde nie wieder trinken, solange ich lebe«, schwor er, atmete tief ein und aus und wischte sich den Schweiß von der Stirn.

»Zu einem Tropfen von dem hier werdet Ihr sicher nicht Nein sagen«, erklärte Mhairgead mit einem Lächeln und schelmisch blitzenden Augen. »Es ist klares Wasser aus dem Fluss, und es wird Euch ungeheuer gut tun.«

Sie gab dem jungen Mann einen hölzernen Becher. Er beschnupperte ihn argwöhnisch, und erst als er sich davon überzeugt hatte, dass er tatsächlich keinen Whiskey enthielt, leerte er dessen Inhalt.

»Grämt Euch nicht allzu sehr, dass diese beiden alten Teufel am Ende den Sieg davongetragen haben«, sagte die Frau sanft und legte ihm einen Arm um die Schultern. »Ich kenne viele erwachsene Männer, die lange vor euch zu Boden gegangen wären. Nur wenige können mit Großvater mithalten, wenn er seinen Ehrgeiz dareinsetzt. Ihr solltet stolz auf Euch sein; es hat nicht viel gefehlt, und Ihr wärt der Sieger geblieben.«

»Wie viel genau hat gefehlt?«

»Nur sehr wenig. Ich würde sagen, es war eine Frage von nicht mehr als ein paar Bechern.«

»Heilige Mutter Gottes!«, stöhnte der junge Rebell und stützte den Kopf in die Hände.

»Wollt Ihr jetzt vielleicht etwas Suppe essen, Edward?«, fragte Mhairgead und drehte sich um, um eine Schale mit dampfender Brühe vom Tisch zu holen. Der junge Mann blickte auf, sobald er die dicke Suppe roch. Er hielt seine Nase über die Schüssel, um einige Sekunden lang seinen Magen zu erproben. Schließlich nahm er die Schale entgegen, aber gerade in diesem Augenblick zogen seine Gedärme sich abermals zusammen. Er wusste selbst kaum, wie ihm geschah, als er auch schon auf die Tür zustürzte.

Den ganzen Morgen über wankte Edward zwischen seinem Stuhl und dem Misthaufen hin und her, bis er sich schließlich, kurz nach Mittag, der Erschöpfung seines Kampfes ergab. Von Hugh war nichts zu sehen, daher vermutete er, dass der alte Mann zur Arbeit in seine Brennerei gegangen war. Mhairgead richtete Edward dicht am Feuer ein Lager her und deckte ihn bis zum Hals zu. So verschlief er den ganzen Nachmittag.

Es war fast vollkommen dunkel im Raum, als Edward erwachte und sich für eine Weile auf die Seite legte und in die glühenden Kohlen blickte. Plötzlich hörte er lautes Stimmengewirr vor dem Haus. Sein erster Gedanke war, dass die Soldaten ihn holen kamen. Sein zweiter Gedanke war, dass es möglicherweise besser für ihn war, sich zu ergeben, statt einen weiteren Abend mit dem alten Hugh zu riskieren. Am Ende harrte er vollkommen reglos aus, da er sich nicht dazu überwinden konnte, sich zu bewegen.

Schließlich zog Edward sich die Decken bis übers Gesicht, als könne er sich damit vor Gefahren schützen. Er spitzte die Ohren, aber die Männer sprachen irisch, und er verstand nur einige wenige Ausdrücke in dieser Sprache, obwohl er viele Menschen kannte, die sie in ihrem alltäglichen Leben benutzten.

Dann glaubte Edward, mehrfach Major D'Arcys Namen zu hören, gefolgt von seinem eigenen, und sein Herzschlag beschleunigte sich. Das Gespräch draußen zog sich endlos in die Länge, und D'Arcys Name wurde wieder und wieder erwähnt. Schließlich dämmerte es Edward, dass englische Soldaten wohl kaum in der Lage wären, irisch zu sprechen. Am Ende gewann seine Neugier die Oberhand über seinen gesunden Menschenverstand, und er beschloss, herauszufinden, was vor dem Cottage vorging. Wenn der alte Hugh ihn an die Soldaten ausliefern wollte, war es besser, er stellte sich seinem Schicksal wie ein Mann.

Edward holte dreimal tief Luft, um seine flatternden Nerven zu beruhigen. Dann schob er die Decken zurück und ging durch den Raum. Er öffnete die Holztür und trat hinaus in die Abenddämmerung. Das Gespräch verstummte sofort, und aller Augen richteten sich auf ihn.

Drei Fremde saßen auf Fässern in einem Hof, der von vier Häusern umrahmt wurde. Sie sahen den alten Hugh und Daniel an, die auf niedrigen, dreibeinigen Hockern saßen. Als die drei Fremden ihn bemerkten, verfinsterte sich ihre Mienen. Daniel flüsterte seinem Großvater ein paar Worte zu.

»Edward Sutler«, ergriff Hugh das Wort, »ich möchte Euch gern mit Seamus Kelly, Connor O'Grady und Teeg Malley bekannt machen.«

Die drei Männer nickten, aber ihr Gesichtsausdruck war nach wie vor feindselig.

»Diese Herren sind gekommen, um nach Euch zu suchen, Edward«, erklärte Hugh. »Es sieht so aus, als sei Euer Ruf Euch vorausgeeilt. Sie behaupten, Ihr würdet ihnen Geld schulden.«

Edward schüttelte bedächtig den Kopf, um ihn halbwegs frei zu bekommen, und dankte Gott, dass der Schlaf die Schmerzen erträglicher gemacht hatte.

»Ich habe diese Männer noch nie im Leben gesehen«, protestierte der junge Rebell. »Ich weiß nichts von Schulden, die ich bei ihnen gemacht haben soll.«

»Ihr wart verantwortlich für den Tod von Major D'Arcy?«, fragte der Mann namens Seamus mit einem schweren, ländlichen Akzent.

»Ich bin der Mann, der D'Arcy getötet hat«, gestand Edward verwirrt.

Seamus lachte, als könne er es nicht fassen. »Was wisst Ihr über den Major?«, fragte er mit drohendem Unterton.

»Er war ein verfluchter Tyrann, und das Land ist ohne ihn besser dran.«

»Seid Ihr ein englischer Spion?«, hakte Seamus nach.

»Ich bitte dich, Seamus«, unterbrach ihn Hugh, »wir sind übereingekommen, dass davon keine Rede sein kann.«

Seamus runzelte finster die Stirn. »Du hast Recht, Hugh. Dafür hat er nicht genug Mumm.« Er drehte sich um und sah Edward direkt in die Augen. »D'Arcy schuldete mir zwanzig Pfund für Tabak, den er für seine Offiziere gekauft hat.«

»Ich bekomme vierzig Pfund für das Tuch, mit dem er seine Soldaten ausstaffiert hat«, meldete Connor O'Grady sich zu Wort.

»Und mir stehen zehn Pfund für Bleikugeln zu, die der Major vor einem Monat bei mir gekauft hat«, fügte Teeg Malley hinzu. »Er hat mir versprochen, mich binnen dreißig Tagen zu bezahlen.«

»Wie wollt Ihr diese Schuld bei uns begleichen?«, verlangte Seamus zu wissen.

»Ich bedaure Eure missliche Lage«, erwiderte Edward, »aber Major D'Arcys Schulden haben gewiss nichts mit mir zu tun, meine Herren.«

»Und ob sie das haben«, beharrte Seamus. »Ich habe eine Familie zu ernähren und ein Geschäft zu führen, genauso wie meine Freunde hier. Die Armee wird uns die Waren, die wir dem verstorbenen Major geliefert haben, nicht zurückgeben, genauso wenig wie sie die Quittungen anerkennen wird, die er uns ausgeschrieben hat. Sie behaupten, er habe die Bücher nicht gut geführt, und er steht im Verdacht, mit den Rebellen Geschäfte gemacht zu haben. Ihr habt uns unseres Einkommens beraubt, geradeso als hättet Ihr uns eine Pistole an den Kopf gehalten und das Gold von uns verlangt.«

»D'Arcy war kein Rebell«, höhnte Edward, dann bemerkte er die mürrischen Mienen der Männer um sich herum. »Oder?«

»Das jedenfalls behauptet die Armee«, antwortete ihm Hugh. »Möglicherweise ist es nur ein Vorwand, um die Rechnungen nicht zu begleichen, aber ich habe den Verdacht, dass man gute Gründe für diese Anschuldigung hat.«

»Wo ist unser Geld?«, fragte Seamus drängend.

»Das ist eine Angelegenheit, die nur Euch selbst und den Kommandanten der Garnison betrifft«, protestierte der junge Rebell. »Bei allem schuldigen Respekt Euren verletzten

Gefühlen gegenüber, ich muss darauf bestehen, dass ich nichts mit D'Arcys Schulden zu tun habe.«

»Ihr habt ihn ermordet«, knurrte Connor O'Grady, »daher solltet Ihr auch seine Schulden begleichen.«

»Ich verstehe nicht, wie Ihr auf den Gedanken kommt, ich sei verantwortlich für die finanziellen Probleme des Majors.«

»Er hatte keine finanziellen Probleme, bevor Ihr ihn erschossen habt«, erklärte Seamus, und seine Stimme war jetzt eine Spur lauter als zuvor.

»Seine Frau und seine Kinder sind seine einzigen Erben«, erklärte Hugh gelassen. »Es würde gegen Sitte und Anstand verstoßen, wollten ehrliche Kaufleute wie diese drei Herren Geld von einer Frau verlangen, die erst jüngst zur Witwe wurde.«

»Natürlich«, räumte Edward ein. »Aber sollte das die Armee nicht regeln?«

»Wie es aussieht, liegen dem Regiment keine Unterlagen über die fraglichen Geschäfte vor«, sagte Hugh. »Der Major war nicht gerade berühmt für seine Tüchtigkeit in Verwaltungsdingen. Tatsächlich könnte gerade das die Wurzel sein, auf der Colonel Cumberlands Verdacht gegen D'Arcy fußt.«

»Wenn es keine Unterlagen gibt«, wandte Edward ein, »woher sollen wir dann wissen, dass diese Männer die Wahrheit sagen?«

»Zweifelt Ihr an meinem Wort?«, rief Seamus, und Edward trat hastig hinter Daniel.

»Nein, keineswegs«, stammelte er nervös.

»Verfluchte Dubliner, kommen hierher und mischen sich in Dinge ein, die sie nichts angehen!«, brüllte Seamus. »Ihr wärt gut beraten, Euch um Eure eigenen verfluchten Angelegenheiten zu kümmern, Ihr dummer Junge! Monatelang haben wir dieses Unternehmen geplant, und dann kommt Ihr daherspaziert, werft alles um und denkt auch noch, Ihr tätet uns einen Gefallen damit.«

»Bitte, Seamus«, unterbrach ihn Hugh, »wir wollen doch nicht, dass der junge Edward denkt, wir könnten mit etwas Ungesetzlichem zu tun haben, nicht wahr?«

»Halt den Mund, du närrischer alter Trunkenbold«, brauste Seamus auf.

»Ich bedaure das Ungemach, das ich Euch bereitet habe, von Herzen«, erklärte Edward.

»Wann können wir dann also erwarten, unser Geld zu sehen?«, fragte Seamus scharf.

»Woher soll ich denn siebzig Pfund nehmen?«

»Darüber hättet Ihr nachdenken sollen, bevor Ihr den armen Mann kaltblütig erschossen habt«, bemerkte der hoch gewachsene Mann.

»Er war kein armer Mann, er war ein verfluchter Tyrann!«, entrüstete Edward sich. »Er war nur einer von ungezählten grausamen Sachsen, deren einziges Trachten es ist, unser Vaterland niederzutrampeln und unser Volk zu versklaven.«

Die anderen Männer sahen einander mit hochgezogenen Augenbrauen an.

»Jetzt redet er wieder diesen Dubliner Rebellenquatsch, Daniel«, meinte der alte Hugh bekümmert. »Bring ihn wieder ins Cottage und sorg dafür, dass er sich vors Feuer legt, bis der Anfall vorübergeht.«

Sein rothaariger Enkel brummte etwas Unverständliches und fasste dann Edward am Ellbogen, aber der junge Rebell riss sich von ihm los.

»Mir geht es bestens«, beharrte er ungehalten und mühte sich, halbwegs sicher auf seinen Beinen stehen zu bleiben. »Und ich bin davon überzeugt, dass wir mit ein wenig Geduld und Verständnis diese geringfügige Meinungsverschiedenheit regeln können.«

»Der Major hat meine Familie am Leben erhalten«, stellte Seamus fest. »Ohne die Geschäfte, die er mir gebracht hat, wären meine Kinder schon vor langer Zeit verhungert. Jetzt sieht es so aus, als würden sie den Winter über nichts zu essen haben. Und das alles ist Eure Schuld, Ihr törichter Junge.«

»Aber er war ein Offizier des Feindes! Er war für den Tod vieler Männer und die Einkerkerung ungezählter anderer verantwortlich.«

»Er war kein Feind jener, deren Lebensunterhalt von ihm abhing«, bemerkte Hugh. »Für die meisten dieser Leute war er ihr Retter. Er kaufte ihre Waren, als niemand sonst das Geld dazu hatte. Und ich muss sagen, dass er den Rebellen möglicherweise durchaus gewogen war.«

»Was?«, fragte Edward entsetzt.

Der alte Mann lächelte und zuckte die Achseln. »Mir ist jedenfalls zu Ohren gekommen, dass er Waffen aus der Garnison gestohlen und sie an die Rebellen verkauft hat.«

»D'Arcy?«, ächzte Edward. »Nein! Er war ein verfluchter Tyrann.«

»Einigen mag er so erschienen sein«, räumte der Whiskeybrenner ein, »aber das war alles nur Teil einer raffinierten List, um seine Vorgesetzten auf die falsche Fährte zu bringen.«

»Er war kein Tyrann?«, stotterte Edward.

Hugh schüttelte den Kopf.

»Und auch kein verfluchter Mörder?«

»Ich fürchte, dass man Euch schlecht informiert hat«, sagte Hugh achselzuckend. »Wenn überhaupt, dann war D'Arcy ein Heiliger, der bereit war, sein Leben zu riskieren, seine Karriere und seinen Ruf – und das alles um der Sache der Freiheit willen, die Eurem Herzen so teuer ist.«

»Das glaube ich nicht!«

»Das Traurige an der ganzen Angelegenheit ist, dass er seine eigenen Spuren so meisterlich verwischt hat, dass er Eure Aufmerksamkeit auf sich zog.«

»Was habe ich getan?« Edward schlug die Hände vors Gesicht und bedeckte sich voller Scham die Augen.

»Jetzt ist der Retter unserer Gemeinde gestorben«, fuhr Hugh fort, »und das ist alles Eure Schuld, junger Master Edward.«

»Dann war er kein Mörder?«

»Nein«, antwortete Hugh unumwunden. »Aber Ihr seid einer.«

»Wir sind im Krieg«, verteidigte sich der Rebell. »Im Krieg um unsere Freiheit. Es ist nur natürlich, dass es unschuldige Opfer gibt. Und selbst wenn D'Arcy der Sache gewogen war, er war sein Leben lang Soldat. Wollt Ihr mir etwa erzählen, er hätte niemals etwas Unrechtes getan?«

»Mord ist Mord«, bemerkte Hugh lakonisch. »Ich bin davon überzeugt, dass so mancher englische Soldat in die Schlacht gezogen und den Feind mit Freuden getötet hat, weil er glaubte, sein Land verlange es von ihm. Und für diese Soldaten war es daher nur recht und billig, das zu tun. Macht das die Ermordung eines anderen Menschen akzeptabel?«

Edward ließ den Kopf hängen. Er rieb sich mit den Handballen die Augen und war dankbar, dass sein Gastgeber nicht sehen konnte, wie sehr ihn das alles mitnahm.

»Jeder Mensch begeht zu irgendeiner Zeit seines Lebens eine Sünde«, sagte Hugh sanft. »Aber wenn man ihm die Möglichkeit dazu gibt, wird jeder Mensch wahrscheinlich auch einige Dinge tun, die seinen Mitmenschen zum Wohl gereichen. Würdet Ihr einen Mann für all seine bösen Taten verurteilen, ohne das Gute, das er vielleicht auch getan hat, dabei zu berücksichtigen? Außerdem müsst Ihr Euch auch selbst fragen, ob Ihr das Recht hattet, die Strafe zu vollstrecken.«

Der junge Rebell seufzte, denn Hugh hatte nicht ganz Unrecht.

»D'Arcy war keineswegs gezwungen, seine Vorräte bei uns zu kaufen. Möglich, dass seine angeblichen Sympathien für die Sache von Irlands Freiheit ihn dazu veranlasst haben. Was immer sein Grund gewesen sein mag, ein jeder von uns musste sich im Laufe der Zeit irgendwann einmal auf die anderen stützen.«

»Wenn die Soldaten einen der unseren ermordet hätten, hätte D'Arcy dafür gesorgt, dass alle Schulden beglichen worden wären und unsere Familien in irgendeiner Hinsicht eine Entschädigung bekommen hätten«, fügte Seamus hinzu.

»Aber jetzt ist niemand da, der Sorge trägt, dass seine Schulden bezahlt werden«, ergriff Hugh nun wieder das Wort. »Der Quartiermeister der Garnison ist ein habgieriger Mann ohne jede Moral. Ich habe keinen Zweifel daran, dass er die offiziellen Quittungen für die Waren vernichtet und selbst das Geld eingesteckt hat, das diesen Herren hätte bezahlt werden sollen. Vielleicht hat er auch Beweise dafür gefunden, die auf D'Arcys Verrat hindeuten. Das Einzige, was wir mit Sicherheit sagen können, ist, dass wir von der Armee nichts zu erwarten haben.«

Der junge Rebell schluckte hörbar und blickte zu Boden. »Ich denke, ich weiß, wie Ihr alle Euch fühlen müsst«, gab er zu.

»Na schön denn«, sagte Hugh gut gelaunt, »dann wäre das also geregelt. Ich bin ja so froh, dass Ihr doch noch Vernunft angenommen habt.«

»Wie bitte?« Edward blickte scharf auf.

»Da Ihr die Notlage dieser armen Männer und ihrer Familien versteht, wird es keine allzu große Last für Euch sein, alle Schulden in D'Arcys Namen zu begleichen.«

»Ich habe keine siebzig Pfund!«, rief Edward.

»Neunzig Pfund«, verbesserte ihn Hugh. »D'Arcy schuldete mir zehn, und Philomena, die Kuh, war ebenfalls zehn wert.«

»Ich habe Philomena nicht erschossen!«

»Das ist wahr«, stimmte Hugh ihm zu. »Aber es hätte an jenem Morgen überhaupt kein Blei in der Luft gelegen, hättet Ihr nicht die Aufmerksamkeit der Rotröcke auf Euch gezogen. Wenn Ihr den guten Major nicht kaltblütig niedergeschossen hättet oder wenn Ihr Euch ein anderes Tal als Versteck ausgesucht hättet, wäre meine Kuh noch am Leben. Und sie würde mir immer noch Milch für mein Frühstück geben.«

Edward wünschte sich plötzlich von Herzen, er hätte sich tatsächlich ein anderes Tal ausgesucht, um sich vor den Soldaten zu verstecken.

»Wie wollt Ihr uns bezahlen, wenn Ihr das Geld nicht hier habt?«, brummte Seamus drohend.

»Ich bin sicher, dass wir eine freundschaftliche Lösung für dieses ärgerliche Problem finden können«, warf Hugh ein und hob versöhnlich die Hand. »Gebt mir ein paar Tage Zeit, um gründlich über alles nachzudenken, und ich werde Euch meine Entscheidung wissen lassen. Ihr drei habt durch die Torheit dieses Jungen nicht weniger verloren als ich. Aber lasst ihn für den Augenblick in meiner Obhut, bis wir wissen, wie es weitergehen soll.«

»Ich will mein Geld«, knurrte Seamus.

»Und das sollst du auch bekommen«, erwiderte Hugh. »Aber nicht heute. Du kannst aus einem Krug nur so viel Whiskey herausnehmen, wie du hineingegeben hast. Der junge Mann hat offensichtlich kein Geld bei sich. Vielleicht sollten wir einen Brief an seinen Vater in Dublin schreiben.«

»Nein!«, protestierte Edward, der genau wusste, wie die Reaktion seines strengen Vaters ausfallen würde. »Nicht das. Ich werde einen Weg finden, um Euch alle zu bezahlen. Ich verspreche es.«

»Ihr habt es gehört, meine Herren«, seufzte Hugh zufrieden. »Der junge Mann hat sein Wort gegeben, und mein Enkelsohn kann sein feierliches Versprechen bezeugen. Kommt in zwei Tagen noch einmal her, und ich versichere Euch, dass wir die Bezahlung dann ein und für alle Mal werden regeln können.«

Seamus nickte widerstrebend, und die beiden anderen Männer folgten seinem Beispiel.

»Dann wünsche ich Euch jetzt eine gute Nacht, meine Herren«, fügte Hugh hinzu und stand, auf den Arm seines Enkels gestützt, auf. Auch ohne die Gesichter der Männer sehen zu können, entnahm er ihrem Schweigen, dass sie für den Augenblick mit dieser Lösung zufrieden waren.

Die drei Männer verabschiedeten sich, und Hugh, Daniel und Edward kehrten an die Feuerstelle zurück.

»Das war sehr klug von Euch, junger Mann«, sagte Hugh lächelnd, während er sich auf seinen Stuhl sinken ließ und sich die Decken über die Knie zog. »Die drei sind hergekommen, um Euer Blut fließen zu sehen. Ich habe sie davon überzeugt, was für eine Torheit es wäre, Euch zu ermorden, und dass es viel vernünftiger wäre, stattdessen eine Entschädigung zu verlangen.«

»Wie soll ich Euch nur alle bezahlen?« Edward schüttelte den Kopf. »Ich habe kein Geld.«

»Still jetzt, Junge«, erwiderte der alte Whiskeybrenner. »Macht Euch keine Sorgen. Es wird sich gewiss irgendeine Lösung finden. Wir haben zwei Tage Zeit, darüber nachzudenken.« Er drehte sich um und wandte sich an Daniel. »Dürfen wir heute Abend unseren Freund, den Harfenspieler, erwarten?«

»Ich bin mir nicht sicher, Großvater«, kam die Antwort. »Ich habe ihn den ganzen Tag nicht gesehen.«

»Dann solltest du ins Dorf gehen und nach ihm suchen«, verlangte Hugh. »Er schuldet mir noch ein oder zwei Melodien von gestern. Ich wette, er ist unten bei Finnegan und gönnt sich etwas von dem wässrigen spanischen Rotspon, den sie dort in letzter Zeit ausschenken. Der hinterhältige alte Mistkerl.«

»Ich gehe sofort, Großvater«, erwiderte Daniel gehorsam, und im nächsten Augenblick war er auch schon zur Tür hinaus, um sich auf den Weg ins Dorf zu machen.

»Guter Junge!«, rief der Alte ihm nach.

Edward setzte sich auf denselben Hocker, auf dem er am vergangenen Abend gesessen hatte. Sein Kopf hämmerte nicht mehr gar so schlimm, aber er fühlte sich immer noch recht schwach und hatte weiche Knie.

»Wollt Ihr einen Becher mit mir trinken, junger Edward?«, fragte Hugh.

Der Rebell verdrehte die Augen. »Nicht für mich, vielen Dank. Es ist noch zu früh.«

Plötzlich kam Edward der Gedanke, dass er jetzt, da Daniel fort war, ohne weiteres aus dem Haus laufen könnte und nie mehr zurückkommen müsste. Er könnte am nächsten Morgen in Dublin sein, und von dort aus könnte er mit Hilfe seines Vaters ein Schiff nach Amerika besteigen. Die Rotröcke würden ihn nicht finden können, ebenso wenig wie Seamus und seine Freunde. Niemand würde ihn finden können.

Er fuhr sich nervös mit der Zunge über die Lippen und beäugte dabei die Tür.

»Edward?«, sagte Hugh. »Seid Ihr da?«

»Ja, ich bin hier«, antwortete der junge Mann und stand leise auf. Sein Atem ging stoßweise. Es wäre töricht, hier zu bleiben. Die Soldaten würden ihn zu guter Letzt gewiss finden. Oder irgendjemand würde ihn den Behörden ausliefern, um sich die Belohnung zu verdienen. Es war inzwischen offenkundig, dass D'Arcy viele Freunde in der Gemeinde gehabt hatte. Jeder der Dorfbewohner könnte die Belohnung verlangen und sich dabei gleichzeitig an dem Mörder des Majors rächen. Edward wurde klar, dass es mehr als töricht wäre – es wäre geradezu gefährlich, auch nur einen Augenblick länger hier zu bleiben.

In der nächsten Sekunde eilte er auch schon quer durch den Raum und öffnete die Tür. Er hielt einen Moment lang inne und überlegte, ob er dem alten Hugh für seine

Gastfreundschaft danken solle, besann sich dann aber eines anderen und trat durch die Tür, direkt in die wartenden Arme von Daniel.

»Wo wollt Ihr denn hin?«, fragte der rothaarige Mann.

»Nur ein bisschen frische Luft schnappen«, stotterte Edward.

»Ihr solltet besser drinnen am Feuer bleiben«, riet Daniel ihm mit einem bedrohlichen Tonfall. »Es ist viel Volk unterwegs heute Abend. Ihr solltet lieber vorsichtig sein, sonst endet Ihr noch mit durchgeschnittener Kehle in einem Graben.«

»Ja«, antwortete Edward hastig, da ihm Daniels Worte unmittelbar einleuchteten. »Ich sollte wohl besser wieder hineingehen. Es liegt zurzeit die Schwindsucht in der Luft, und da sollte ich meine Lunge nicht allzu sehr anstrengen.«

»Ihr seid ein kluger Mann, Edward«, erwiderte Daniel ernst, und seine Augen wurden schmal, während er sprach. »Ihr werdet vielleicht doch noch lange genug am Leben bleiben, um ein hohes Alter zu erreichen.«

Edward lächelte nervös und kehrte schnurstracks ans Feuer zurück. »Ihr seid also wieder da?«, fragte Hugh wohlgelaunt.

»Ich bin wieder da«, erwiderte Edward und hielt die Hände übers Feuer.

Nach einer Weile kam Mhairgead aus der Küche, hob den Deckel von dem Topf, der dem Feuer am nächsten stand, beschnupperte den Inhalt und holte dann das Essgeschirr. Sie schöpfte den gekochten Schinken und die dünne Brühe in zwei Schalen und reichte sie den beiden Männern.

»Sie ist eine gute Köchin, meine Enkelin«, bemerkte Hugh, während er die Suppe direkt aus der Schale trank.

»Ein Jammer, dass ihr Mann nie mehr zurückkommen wird. Sie haben ihn nach Botany Bay gebracht. Er ist so gut wie tot.«

»Er war schon so gut wie tot, bevor er fortging. Noch ein Weilchen länger, und er hätte sich zu Tode getrunken«, rief die junge Frau ihrem Großvater ins Gedächtnis.

»Er hatte eine Schwäche, was das betrifft«, tadelte Hugh sie sanft. »Ich habe daran gearbeitet, seine Einstellung zum Alkohol zu verbessern.«

»Das hast du allerdings getan«, stöhnte Mhairgead. »Du hast seine Einstellung so sehr gebessert, dass er die meiste Zeit kaum aufrecht stehen konnte.«

»Jetzt fängst du schon wieder damit an«, brummte der Whiskeybrenner, »immer schmälerst du die Anstrengungen, die ich um deinethalben unternommen habe.«

»Sei still, oder ich werde dein Abendessen schmälern.«

»Du würdest deinem alten Großvater doch nicht etwa drohen, oder?«

»Werdet Ihr Euch wieder verheiraten, Miss Mhairgead?«, unterbrach Edward den Wortwechsel, um die Situation zu entschärfen. »Oder wollt Ihr warten und darauf hoffen, dass Euer Gemahl doch eines Tages zurückkehrt?«

»Heilige Mutter Gottes!«, rief sie. »Ich preise den Tag, an dem die Soldaten ihn geholt haben. Versoffener Mistkerl. Hat in seinem ganzen Leben nicht einen Tag gearbeitet, es sei denn, er hatte eine Fessel um die Knöchel und eine neunschwänzige Katze auf dem Rücken.«

»Sei nicht ungerecht«, widersprach Hugh, »er hat deinem Vater so manches Mal geholfen.«

»Er hat meinem Vater geholfen, deportiert zu werden«, gab Mhairgead hitzig zurück. »Mein Mann sollte Wache stehen. Er war so betrunken, dass er auf seinem Posten eingeschlafen ist und die Soldaten sie alle kampflos gefangen nehmen konnten. Mein Vater konnte fliehen, aber mein Mann war so benebelt vom Whiskey, dass er Colonel Cumberland die ganze Geschichte erzählte und all seine Komplizen nannte. Am nächsten Morgen saß jeder Einzelne von ihnen im Gefängnis.«

»Er war kein schlechter Kerl«, protestierte Hugh. »Er war nur ein wenig töricht im Umgang mit der Flasche.«

»Und ein Weiberheld war er obendrein«, fügte Mhairgead hinzu. »Und dabei waren wir immerhin verheiratet! Aber das hat ihn nicht daran gehindert, jedem Rock nachzujagen. Ich weiß nicht, was diese armen Frauen in ihm gesehen haben. Normalerweise war er zu betrunken, um zu irgendetwas nutze zu sein. Aber es gab keine Frau, die vor seinen Blicken sicher gewesen wäre. Jetzt kann er auf der anderen Seite der Erde damit weitermachen, meinen Segen hat er! Botany Bay war noch viel zu gut für diesen Bastard.«

»Ich verstehe«, erwiderte Edward und wünschte, er hätte das Thema niemals angesprochen. »Also habt Ihr bereits einen anderen Mann gefunden, der seinen Platz einnehmen wird?«

Mhairgead durchquerte mit wenigen Schritten den Raum und stellte sich dicht vor ihn hin. Sie strich ihm mit dem Finger über die Wange und lächelte, so dass ihre bemerkenswert weißen Zähne sichtbar wurden. Es schien eine halbe Ewigkeit zu verstreichen, während der junge Rebell wie gebannt dasaß. Er konnte einfach nicht den Blick von ihr abwenden.

»Ich weiß nicht, wie die Sitten in Dublin sind, Master

Edward«, sagte sie, »aber hier auf dem Land erörtern wir solche Dinge nicht in Anwesenheit unserer Familien.«

Edward griff sich an die Kehle und schluckte hörbar. Er wollte gerade fragen, was sie damit meinte, als er ihren heißen Atem an seinem Ohr spürte. »Wenn Ihr vor dem Zubettgehen nicht zu betrunken seid«, flüsterte sie, »werde ich draußen sein und zum Mond und zu den Sternen hinaufblicken. Der Nachthimmel ist um diese Jahreszeit besonders zauberhaft.«

Edward geriet in Panik. Sie hatte ihn vollkommen missverstanden. »Ich habe doch bloß gefragt«, stammelte er. »Ich wollte sagen … Ihr seid natürlich sehr hübsch, Miss Mhairgead, aber ich möchte nicht, dass Ihr denkt …«

»Seid still, ihr zwei!«, brummte Hugh. »Kann man denn hier nicht mal seinen Schinken in Frieden essen? Hinaus mit dir, Mhairgead, und bleib in der Küche, sofern du nicht den Mund halten kannst, während ich mein Abendessen einnehme.«

»Ja, Großvater«, erwiderte sie unterwürfig, während sie die leere Schale des alten Mannes an sich nahm und ihm eine zweite Portion zuteilte. Als sie nach Edwards Schale griff, zwinkerte sie ihm zu, und er ließ die Schale vor Schreck fallen. Sie fiel auf den Boden und brach entzwei.

»Sei vorsichtig, Kind!«, fuhr Hugh Mhairgead an. »Und nun habe ich endgültig genug von deinen Narreteien. Du kannst den Jungen für dich allein haben, sobald wir alten Leute ins Bett gegangen sind.«

»Nein«, widersprach Edward, »ich glaube, Ihr habt mich nicht verstanden.«

Aber Hugh ließ ihn nicht weitersprechen. »Ihr braucht

Euch nicht zu schämen. Sie ist eine prächtige junge Frau, die Euch eine gute Gattin sein würde.«

»Ich bin nicht auf Brautschau.«

»Unsinn«, lachte Hugh. »Ich habe noch nie einen Mann kennen gelernt, der nicht zu irgendeinem Zeitpunkt in seinem Leben auf Brautschau gewesen wäre.« Der alte Mann dachte kurz nach, dann schüttelte er den Kopf. »Mit Ausnahme dieses ungewöhnlichen Freunds von Mr Swift, der jedem erzählte, er sei auf der Suche nach einem Ehemann. Aber bei diesem Burschen lagen die Dinge ganz anders.«

»Ich halte nicht nach einer Frau Ausschau«, wiederholte Edward.

»Die meisten Männer tun weitaus mehr als Ausschau halten, bevor sie sich entschließen, eine Frau zu der ihren zu machen«, bemerkte Hugh voller Abscheu. »Und in diesem Haus wird es nichts dergleichen geben, habt Ihr verstanden, Edward?«

»Ja, ich habe verstanden«, erwiderte der Rebell achselzuckend. Es war sinnlos, mit dem alten Mann zu streiten.

In diesem Augenblick wurde die Tür mit einem lauten Krachen aufgerissen, und Daniel führte Denis, den Harfenspieler, herein.

»Dann war bei Finnegan also nicht viel los heute Abend?«, fragte Hugh.

»Oh doch«, antwortete Denis erbittert. »Vor allem nachdem Euer Enkel dort erschienen ist.«

»Setzt Euch hierher und hört mit dem Gejammer auf«, tadelte ihn der alte Whiskeybrenner.

Bevor er richtig saß, hatte Denis auch schon eine Schale mit gekochtem Schinken auf dem Schoß und einen Becher Whiskey zu seinen Füßen.

Im nächsten Augenblick hielten auch Edward und Hugh einen Becher in der Hand. Und das, obwohl der junge Rebell sich feierlich geschworen hatte, dass er heute Abend keinen Tropfen anrühren würde. Jetzt blickte er in seinen Becher und kam zu dem Schluss, dass ein oder zwei Schlucke Whiskey ihm wahrscheinlich nicht schaden konnten.

»Also«, begann Hugh, »wenn ich mich nicht irre, wollte ich gestern Abend, als unser junger Freund, Edward, von seinem Stuhl fiel und die Rotröcke erschienen, davon erzählen, wie Carolan die Harfe zu spielen lernte. Aber das ist eine sehr lange Geschichte, denn es brauchte drei Jahre harter Arbeit, bevor der Meister auch nur die einfachsten Melodien zu Stande brachte.«

»Er galt nicht gerade als besonders geschickt mit den Fingern«, meldete Denis sich zu Wort, der gleichzeitig an seinem Schinken kaute. »Tatsächlich weiß ich aus berufenem Munde, dass er ein unbeholfener Spieler war.«

»Aus wessen berufenem Mund wollt Ihr das wissen?«, fragte Hugh erbost.

»Ich weiß es von David Murphy, dem berühmten Harfenspieler Lord Mayos.«

»Dieser elende Murphy«, sagte der alte Whiskeybrenner schaudernd. »Was konnte der schon wissen?«

»Carolan war ein schlechter Harfenspieler«, beharrte Denis. »Nach allem, was man so hört.«

»Aber seine Melodien sind sehr schön«, warf Edward ein.

»Auf diesen Teil der Geschichte werde ich gleich zu sprechen kommen«, fuhr Hugh auf. »Habt Geduld. Und untersteht Euch, jene zu kritisieren, die Euch überlegen sind, Denis Hempson. Das ist eine Unart, die Ihr Euch wohl in Dublin zugelegt haben müsst.«

»Er hat sich der Musik zu spät zugewandt«, erklärte der Harfenspieler unerbittlich.

»Aber welche von Euren Melodien wird man wohl noch fünfzig Jahre nach Eurem Tod spielen?«, konterte Hugh ungehalten.

»Mich wird man wegen meiner Fingerfertigkeit im Gedächtnis behalten«, erwiderte Denis rundheraus. »Ich habe die Harfe zum ersten Mal auf den Knien gehalten, als ich ein Junge von sechs Jahren war, und seither ist die Musik mein steter Begleiter. Carolan war achtzehn Jahre alt, als er das erste Mal ein Instrument an seine Brust lehnte. Seine Finger waren steif von der Landarbeit, und er hat nie die Geschmeidigkeit eines guten Harfners erworben. Außerdem war sein Ohr nicht scharf genug, um eine Melodie zu halten.«

»Und die alte Mhaire Dhall wusste um all diese Mängel«, tat der Whiskeybrenner den Einwand ab. »Aber sie hatte ihrem Gönner versprochen, dass sie für den Jungen tun würde, was sie nur konnte. Ihr Leben näherte sich seinem Ende, und sie war dankbar für ein warmes Plätzchen zum Schlafen und regelmäßige Mahlzeiten. Sie ließ ihren Schüler hart arbeiten. Carolan erzählte häufig von diesen Jahren, wann immer sich einer seiner Schüler über das lästige Üben beklagte.«

»Man hielt sie allgemein für eine gute Harfenspielerin«, stimmte Denis ihm zu.

»Sie ließ ihn die Saiten schlagen, bis seine Finger bluteten«, warf Hugh ein, und Edward hatte mehr und mehr das Gefühl, als lausche er einem einzigen Geschichtenerzähler, der mit zwei Stimmen sprach.

»Die Saiten der alten Harfen saßen eng beieinander«, erklärte Denis ihm. »Nicht wie bei diesem Instrument, das ich hier habe.« Er wandte den Kopf und deutete mit einer verächtlichen Gebärde ungefähr dorthin, wo seine Harfe stand. »Dieses Ding ist nur eine jämmerliche Nachahmung der alten Instrumente. Irgendein närrischer Handwerker glaubte, der Klang würde sich verbessern, wenn die Harfe größer wäre. Aber größer heißt nicht immer auch besser.«

»Eine gute Lebensphilosophie«, warf Hugh ein.

»Die Harfen wurden in jenen Tagen ganz anders gebaut«, fuhr der Musiker fort. »Sie waren klein und kräftig. Damals gab es in der Musik noch nichts von diesem italienischen Unsinn.«

»Er meint«, erklärte Hugh, »dass vor dem Weggang des guten Königs Jakob fremdländische Musikanten sehr selten waren. Als sie später herkamen, um die neue Aristokratie zu unterhalten, brachten sie alle möglichen hübschen Ideen mit, die der alten Musik nicht gut bekamen.«

»Ich habe gelernt, die Harfe zu spielen, als sei sie ein Teil meiner selbst«, sagte Denis stolz, dann nahm seine Stimme einen schwärmerischen Tonfall an. »Unter den Fingern eines alten Harfenspielers wurde die Meeresbrise zum Leben erweckt und die Möwe, die auf dieser Brise ritt. Auf den Saiten tosten die erregenden Klänge der Schlacht, und die Stimmen der Feen brachten selbst das Herz des härtesten Kriegers zum Schmelzen.«

»Ich habe einen modernen Harfenisten spielen hören«, sagte Hugh und rümpfte dabei angewidert die Nase. »Sie benutzen heute keine Messingdrähte mehr, aus Furcht, ihre zarten Finger zu verletzen. Sie lassen sich auch nicht mehr die Fingernägel wachsen. Sie schlagen keine Akkorde an, sondern klimpern kleine Melodien zwischendrein, um den

Zuhörer zu verwirren und von ihrem Mangel an Talent abzulenken.«

Er hielt inne, um nach seiner Pfeife zu suchen, aber Daniel hatte sie bereits für ihn gefüllt. Er reichte sie seinem Großvater, und der alte Mann schob sich die Pfeife unverzüglich zwischen die Lippen.

Mhairgead griff nach einem brennenden Zweig und hielt ihn an die Pfeife, während Hugh den Rauch einatmete, dann nahm sie Denis die leere Suppenschale aus den Händen. Nachdem sie sie zu den anderen in einen Eimer mit Wasser gestellt hatte, ging sie hinaus, drehte sich zuvor aber noch einmal um, um Edwards Blick aufzufangen. Der junge Mann sah jedoch entschlossen in die andere Richtung.

»Der Stil der alten Harfenspieler unterscheidet sich in vielen Punkten von dem der jüngeren«, fuhr Denis fort. »Der Hauptunterschied besteht darin, dass die Messingdrähte viel länger nachschwingen als die Saiten aus Tierdärmen. Der Harfenspieler muss daher nicht nur lernen, wann er eine Saite anschlägt, sondern auch, wann er sie zum Schweigen bringen muss. Das ist die schwierigste aller Techniken. Und weil es solcher Hingabe bedarf, sie zu erlernen, machen sich die Menschen heute diese Mühe nicht mehr.«

»Heutzutage haben es alle immer furchtbar eilig«, meinte Hugh nickend.

»Sie haben einfach keine Zeit mehr, die Dinge auf die rechte Art und Weise zu tun«, pflichtete Denis ihm seufzend bei.

»Und so erlernte der junge Master Carolan das Instrument des alten Irlands unter der Anleitung einer der letzten großen Harfenspielerinnen unseres Landes«, fuhr Hugh fort. »Mhaire Dhall selbst entstammte einem Geschlecht von Harfnern, das bis auf Ruarí Dhall O'Cahan zurückgeht, die zu Zeiten von Königin Elisabeth von England lebte. Aber Mhaire hatte keine Ahnung, dass Carolan zu den Letzten dieser ruhmreichen Linie gehören würde. Ebenso wenig konnte sie wissen, dass es binnen zweier Generationen nur mehr eine Hand voll Harfenspieler im Land geben würde.«

»Denn selbst in den drei Jahren, in denen Carolan sein Gewerbe erlernte«, griff Denis den Faden der Geschichte an dieser Stelle auf, »sollten in Irland Veränderungen statthaben, die niemand hätte voraussehen können.«

»Ein Jahr nachdem der junge Herr von der Krankheit geschlagen und blind geworden war«, fuhr der Whiskeybrenner fort, »stürzten die Engländer König Jakob II. vom Thron und setzten den Holländer Wilhelm, den Prinzen von Oranien, an seine Stelle.«Der alte Mann zog an seiner Pfeife, dann sprach er weiter: »Ihr kennt die Geschichte gewiss. König Jakob landete mit Patrick Sarsfield, seinem Kommandanten, in Kinsale, und das ganze Land jubilierte. Die Katholiken strömten unter sein Banner, und wäre Carolan nicht blind gewesen, hätte er sich ihnen gewiss angeschlossen. Hätte er sein Augenlicht noch besessen, wäre er vielleicht in einer sinnlosen Schlacht gestorben, denn er beklagte oft, dass im Laufe der nächsten Jahre all seine Freunde aus Kindertagen ihr Leben ließen.«

»Es waren harte Zeiten«, bemerkte Denis voller Verbitterung. »Hundert Galar-breacs wären leichter zu ertragen gewesen.«

»Es sah lange so aus, als würde Irland mit einem eigenen König und einem eigenen Parlament frei bleiben«, erklärte Hugh. »Aber im Sommer des zweiten Jahres von Carolans Unterweisung landete König Wilhelm mit seiner Armee in

Carrickfergus. Der Holländer hatte Kanonen und Söldner, und wie Ihr wisst, trug er den Sieg davon. Schließlich fiel das ganze Land unter die Herrschaft der neuen Aristokratie.«

»Ich war zwei Jahre alt«, sagte Denis, »als die holländischen, dänischen und deutschen Truppen in unser Dorf kamen. Aber es waren anständige Leute, sagte meine Mutter, verglichen mit den englischen Soldaten, die sich mit Plündereien schadlos hielten.«

Daniel reichte dem alten Musikanten eine brennende Pfeife, und der blinde Mann nickte ihm dankbar zu.

»Die jüngere Schwester meiner Mutter«, begann der Harfenspieler von neuem zu sprechen, »hatte einen kleinen Sohn, der noch in den Windeln lag, als die Engländer in die Stadt kamen und ein Blutbad unter den unschuldigen Menschen anrichteten. Als meine Tante den Lärm und die Schreie hörte, suchte sie Zuflucht unter einer kleinen Brücke, ihr Kind in den Armen. Aber als es Nacht wurde, fror der Kleine, und seine Schreie erregten die Aufmerksamkeit einiger Soldaten.«

Denis saugte an der Pfeife und blies eine Wolke blauen Rauchs auf den Kamin zu.

»Ein englischer Offizier befahl einem seiner Männer, das weinende Kind zu finden und es zu töten. Es dauerte nicht lange, bis der Mann Mutter und Sohn entdeckte, die voller Furcht unter der Brücke kauerten. Aber der Soldat brachte es nicht übers Herz, seinen Befehl auszuführen. Denn obwohl er Protestant war, war er doch Ire, und er verstand das gewisperte Flehen der Mutter. Daher wartete er ein Weilchen bei ihr und kehrte dann zurück, um seinem Offizier Bericht zu erstatten.«

Wieder zog der Harfenspieler an der Pfeife, und ihr Kopf erglühte in leuchtendem Orange.

»Nun, der Offizier fragte den Soldaten, auf welche Weise er das Kind getötet habe, und der Soldat antwortete ihm, er habe das Bajonett benutzt. Aber an der Waffe war kein Blut, daher befahl der Offizier dem freundlichen Soldaten, noch einmal zurückzukehren und seine Sache diesmal richtig zu machen, sonst würde am Ende sein Blut den kalten Stahl benetzen.« Denis schüttelte den Kopf. »Es waren grausame Zeiten«, seufzte er. »Der Soldat ging abermals zu der Brücke hinunter, konnte sich aber immer noch nicht dazu überwinden, die junge Mutter und ihr Kind zu ermorden, obwohl er damit vielleicht sein eigenes Leben verwirkte. Also ersann der Soldat einen tollkühnen Plan. Er nahm der schreienden Mutter das Kind aus den Armen und schnitt dem Jungen den kleinen Finger ab. Anschließend beschmierte er sein Bajonett über und über mit dem Blut, dann legte er meiner Tante den Jungen wieder in die Arme. Sie brachte das Kind zum Schweigen, und der Soldat verschwand. Wenige Stunden später stahl sie sich davon, ohne zu erfahren, was aus dem Mann geworden war.«

»Was für ein Glück«, rief Edward, ganz gefesselt von diesem Bericht über die Barbarei der Engländer.

»Ein großes Glück, wahrhaftig«, stimmte der Harfenspieler hinzu. »Und das war erst der Anfang des Grauens. Denn die Soldaten frönten noch viele Jahre lang ihrer Gier nach Blut. Und ihre Offiziere machten die Dinge noch schlimmer, indem sie die Männer misshandelten und ihnen ihren Lohn vorenthielten. Obwohl es unter all den grausamen Männern durchaus einige gab, die ein gutes Herz hatten.«

Denis saugte an der Pfeife und verfiel einen Moment lang in Schweigen.

»Aber das ist noch nicht das Ende der Geschichte«, fuhr er fort, gerade als Hugh das Wort ergreifen wollte. »Denn zwanzig Jahre später kam ein Fremder an unsere Tür. Ich erinnere mich noch gut an seine Stimme. Da er unsere Sprache sprach, wurde er, wie es Sitte war, eingeladen, die Nacht bei uns zu verbringen und unser Mahl zu teilen. Bei einem Krug Whiskey erzählte er uns, er sei Protestant und habe in der Schlacht an der Boyne in König Wilhelms Armee gedient. Er hatte soeben seinen Sold erhalten und war ein wohlhabender Mann.«Denis lächelte. »Mein Vetter beschloss auf der Stelle, dem Fremden zu folgen, wenn dieser am Morgen das Haus verließ, und ihn um seines Goldes willen zu ermorden, denn dieser Mann war ein Protestant und hatte dem Feind gedient. Aber beim Frühstück erzählte der alte Soldat die Geschichte von einer jungen Frau und ihrem Kind, denen er vor zwanzig Jahren das Leben gerettet hatte. Mein Vetter hob die Hand, an der ihm ein Finger fehlte, und Ihr hättet eine Feder fallen hören können, so erstaunt waren wir alle«, sagte Denis kichernd. »Am Ende blieb der alte Soldat noch eine Woche bei uns. Meine Tante hatte ihren Mann im Krieg verloren, daher überraschte es niemanden, als sie und der Soldat am nächsten Donnerstag heirateten. Er wurde ein guter Katholik, um Buße zu tun für sein sündiges Leben.«

»Wenn er diese Geschichte nicht erzählt hätte, hätte Euer Cousin ihn getötet«, sagte Edward entsetzt.

»Gewiss. Aber meiner Erfahrung nach wenden die Dinge sich immer zum Besten.«

»In diesem Zustand befand sich Irland also, als Master

Carolan seine Lehre beendete«, fiel Hugh ihm ins Wort, um das Gespräch wieder an sich zu reißen.

»Und kaum hatte Carolan seine dreijährige Ausbildung beendet«, sprach Denis ungerührt weiter, »als die meisten seiner möglichen Gönner nach Frankreich davonsegelten, um nie mehr zurückzukehren.«

»Das ist wahr.« Hugh nickte. »Im Sommer 1691 ergab sich die irische Garnison in Limerick. Es wurde ein Vertrag mit den Engländern geschlossen. Wer in Irland blieb, nahm den protestantischen Glauben an. Die anderen gingen auf immer ins Exil. Der größte Teil des alten Adels setzte nach Frankreich über, um in den Armeen von König Ludwig zu dienen.«

»Alle alten Lords gingen fort«, sagte der Harfenspieler, tief in Erinnerung versunken, »auch Mayo. Aber Jahre später kehrte sein Sohn zurück und nahm den protestantischen Glauben an, um den Schmerz seines leidenden Volkes zu lindern.«

»Ja, und Dank sei Gott dafür«, erwiderte Hugh. »So manch einer betrachtete den jungen Mayo als Verräter, als er der katholischen Kirche entsagte, aber das gemeine Volk hätte keine Stimme gehabt, hätte er nicht den Mut aufgebracht, zurückzukehren.«

»Der Flug der Wildgänse«, flüsterte Edward, und seine Augen wurden feucht.

»Ihr drückt Euch sehr poetisch aus, junger Mann«, bemerkte Denis.

»Verdammte Narren waren sie«, höhnte Hugh. »Drei Tage, nachdem Limerick sich ergeben hatte, kam eine zehntausend Mann starke französische Armee, um die Stadt zu besetzen. Aber Patrick Sarsfield, König Jakobs Feldherr, weigerte sich, wortbrüchig zu werden, und hielt sich an die Bedingungen der Kapitulation.«

»Er war ein ehrenwerter Mann«, sagte der Harfenspieler versonnen.

»Ein Jammer, dass es unter den Engländern keine Ehrenmänner gab, die das gleiche Format gehabt hätten«, zischte Hugh, »denn in späteren Jahren brachen sie jeden Artikel des Abkommens, das Sarsfield unterzeichnet hatte. Und sie brachten eine Hungersnot über das Land, die in ihrer Grausamkeit nur von der Galar-breac übertroffen wurde.«

Denis füllte abermals seine Lunge mit Rauch und seufzte laut. »Es waren schreckliche Zeiten damals. Aber ich bin dankbar dafür, dass ich das alles überlebt habe.«

»Es war im Sommer nach der Belagerung Limericks, als Master Carolan ins Haus der MacDermots gerufen wurde«, setzte der alte Whiskeybrenner seine Geschichte fort, »drei Jahre, nachdem er seine Studien der alten Musik aufgenommen hatte. Mrs MacDermot hatte die Idee gehabt, ihn anlässlich des Geburtstags ihrer Tochter für die Familie und einige ihrer geschätzten Gäste spielen zu lassen. Squire Crilly stattete den Meister sogar eigens mit einem eleganten Anzug aus.«

»Aber elegante Kleider machen noch keinen guten Harfenspieler«, brummte Denis.

»In Eurem Falle könnte man sagen, dass selbst gute Harfenspieler nicht viel von eleganter Kleidung verstehen«, entgegnete Hugh.

Denis murrte vor sich hin und sog den süßen blauen Rauch seiner Pfeife ein. Edward nippte an seinem Whiskey. Diese Erzählungen über die alten Zeiten weckten patriotische Gefühle und gerechten Zorn in ihm, und mit neu entfachtem Interesse hörte er zu, als der blinde Hugh Connor die Geschichte Turlough O'Carolans wieder aufnahm.

Kapitel 8

Der Sommer war besonders trocken. Es hatte seit drei Tagen nicht mehr geregnet. Daher gestaltete sich Turloughs Reise zum Besitz der MacDermots sehr unbehaglich und langsam. Er trug einen schönen dunkelgrauen Mantel, der ein Geschenk von Squire Crilly war, ein rotes Wams und einen hohen schwarzen Hut nach englischer Manier. Und er schwitzte furchtbar.

Sein Pferd schleppte sich mühsam dahin, und der Diener, der dazu abgestellt war, das Tier zu führen, tat mit lautem Murren unablässig sein Missfallen kund. Es war ein Ritt von nicht mehr als zwei Meilen, aber Turlough kam es so vor, als seien es zwanzig.

Er saß im Sattel und dachte über die letzten drei Jahre nach. Während dieser Zeit hatte er kaum je einmal Squire Crillys Haus verlassen, und wenn, dann nur, um in der Heiligen Woche die Messe zu besuchen oder um den ersten Schnee des Jahres zu berühren, weil dieser Glück bringen sollte.

Seine Fingernägel waren lang und geformt wie elegante Tränentropfen, ganz wie es das Harfenspiel erforderte. Die Finger selbst waren ihm von den langen Stunden des Übens hart geworden und befanden sich in ständiger Bewegung, als wollten sie selbst dann weiterspielen, wenn die Harfe fortgeräumt war.

Mhaire Dhall war eine harte Zuchtmeisterin. Sie hatte ihren Schüler in einem grausamen Tempo dazu getrieben,

Techniken zu erlernen, für deren Studium ein anderer Lehrling vielleicht viele Jahre gebraucht hätte. Aber Mhaire wollte Turlough unbedingt so weit bringen, dass er sich seinen Lebensunterhalt verdienen konnte, bevor sie zu alt war, um ihm noch mehr beizubringen. Sie sagte auch nie, wie glücklich sie über seine Fortschritte war, damit das Lob ihm nicht zu Kopf stieg.

Turlough hatte endlos das Stimmen des Instruments, die Triller, die Verzierungen und die Melodien geübt, die sie ihm aufgegeben hatte. Oft saß er Tag und Nacht hinter dem Instrument, bis seine Schenkel taub waren, weil er sie zu lange still gehalten hatte. Er spielte, bis er Krämpfe in den Fingern bekam. Nach einer Weile nahm er den Schmerz in seinen Gliedern nicht länger wahr. Die Harfe und die Töne, die er ihr entlocken konnte, hatten Turlough so sehr in ihren Bann geschlagen, dass die Unbequemlichkeit ihn nicht mehr kümmerte. Die drei Jahre waren schnell vergangen, dachte er. Jetzt war er unterwegs, um zum ersten Mal in der Öffentlichkeit zu spielen.

Seine Harfe war zwar nur ein kleines, knapp hüfthohes Instrument, aber dennoch mit ihrem Futteral eine schwere Last für den unglücklichen Diener, der sie über der Schulter trug. Turlough strich mit den Fingern über die Knöpfe an seinem Wams, um die wenigen Stücke, die in Gesellschaft zu spielen sein Selbstbewusstsein ausreichte, noch einmal durchzugehen.

Als sie das Haus erreichten und Mrs MacDermot ihn begrüßte, war Turlough bereits erschöpft. In den letzten drei Jahren hatte er nur seine Finger regelmäßig bewegt und den Rest seines Körpers darüber vergessen. Jetzt schmerzten seine Beine vom langen Sitzen im Sattel, und sein Rücken war verspannt. Außerdem hatte er einen leichten Sonnenbrand im Gesicht.

Der Butlergehilfe, William O'Flynn, fasste den jungen Harfenspieler am Arm und führte ihn ins Musikzimmer. Sobald Turlough bequem saß, gab man ihm seine Harfe auf den Schoß und den Stimmschlüssel in die Hand. Dann ließ man ihn allein.

Turlough versuchte, sich den Raum so vorzustellen, wie er an jenem Abend vor kaum mehr als drei Jahren gewesen war, als er David Murphy hatte spielen hören. Aber er konnte sich nur daran erinnern, wie Bridget seinen Rivalen angesehen hatte. Dann fiel Turlough plötzlich wieder ein, dass dieser Raum teilweise verspiegelt war. Er dachte kurz darüber nach und aus irgendeinem Grund, den er nicht erklären konnte, machte die Vorstellung ihn sehr nervös. Er versuchte, den Gedanken an die Spiegel aus seinem Kopf zu verbannen. Es war lächerlich, dass ein Blinder sich von etwas Derartigem aus der Fassung bringen ließ, sagte er sich.

»Das war der Abend, an dem ich Bridget für immer verloren habe«, sagte Turlough leise. »Und der Abend, an dem ich mir zum ersten Mal wünschte, Harfenspieler zu werden.«

»Und jetzt bist du es«, erklang eine vertraute Stimme.

»Mary?«, stieß Turlough hervor; es war ihm peinlich, dass sie ihn bei seinem Selbstgespräch ertappt hatte. »Drei Jahre! Während der ganzen Zeit habe ich deine Stimme nicht ein einziges Mal gehört.«

»Es waren drei lange Jahre«, erwiderte sie. »Es tut mir Leid, dass ich mich so an dich herangeschlichen habe.«

»Wie geht es dir?«, fragte er. »Ist das Leben als Dienstmagd das, was du dir wünschst?«

»Ja«, seufzte die junge Frau. »Obwohl ich mich danach sehne, dass ein guter Ehemann mich einfach von hier fortholt.«

»Deine Großmutter lässt dir ihre freundlichsten Grüße ausrichten«, sagte Turlough.

»Sie kann sich so furchtbar hochfahrend ausdrücken«, lachte Mary.

Sie ging zu Turlough hinüber und zog ihn fest an sich. Zuerst versteifte sich Turlough ein wenig unter ihrer Berührung, erschrocken, dass sie ihre Zuneigung so offen zeigte, wo doch jeden Augenblick jemand hätte hereinkommen können.

»Man wird uns ertappen«, warnte er sie. »Und womit willst du dir dann deinen Lebensunterhalt verdienen?«

»Die Tür ist geschlossen, damit du ein wenig ungestört sein kannst«, wisperte sie. »Was ist nur los mit dir? Du scheinst ja ganz aus der Fassung zu sein.«

»Es sind die Spiegel«, erklärte Turlough. »Ich kann den Gedanken an all die Spiegel in diesem Raum einfach nicht ertragen.«

»Wie meinst du das?«

»Ich weiß, ich kann sie nicht sehen, aber ich erinnere mich genau, wie es in diesem Raum aussieht. Überall an den Wänden hängen Spiegel, und sie machen mich nervös.«

Mary sah ihn an und kicherte. »Du bist mir aber ein merkwürdiger Bursche, Turlough O'Carolan.«

»Bitte, Mary«, sagte er und schob sie von sich. »Ich habe Angst vor dem, was dir zustoßen wird, falls Mrs MacDermot plötzlich hereinkommt.«

»Oh, wegen der brauchst du dir den Kopf nicht zu zerbrechen«, erwiderte das Mädchen. »Außerdem bin ich jetzt fertig hier. Großmutter kann dir nichts mehr beibringen, und das bedeutet, dass ihr Gehalt von Mrs MacDermot jetzt entfällt. Daher werde ich nun für den Squire arbeiten.«

»Mhaire soll mir nichts mehr beibringen können?«, rief der junge Mann entsetzt. »Aber sie hat doch gerade erst begonnen, ihr Wissen an mich weiterzugeben. Ich habe noch nicht annähernd genug gelernt, um mich für ein Leben auf der Wanderschaft vorzubereiten.«

»Es war klug von ihr, dir das nicht zu sagen«, bemerkte Mary trocken. Ihr war klar geworden, dass ihre Großmutter es anderen überlassen hatte, Turlough die Neuigkeit zu überbringen. »Sie muss gewusst haben, dass es dich aufregen würde.«

»Aufregen!«, keuchte Turlough. »Ich bin außer mir. Heute Morgen erst hat sie mir gesagt, dass ich niemals ein anständiger Musiker werden würde und dass sie drei Jahre oder dreißig für meine Ausbildung aufwenden könnte, und es würde immer noch nichts nutzen.«

»So ist sie nun einmal, Turlough«, lachte Mary. »Du weißt, dass sie es hinter ihrer harten Schale nur gut meint.«

»Ein bisschen wie ihre Enkelin«, erwiderte der junge Mann verschmitzt.

»Ich habe keine harte Schale!«, protestierte sie. »Ich bin so sanft wie ein Lamm.«

»Du bist so weich wie der Tau auf den Spinnweben am frühen Morgen«, entgegnete Turlough. »Ich wollte dich nur necken.«

»Du hast das Mädchen deiner Träume nicht vergessen, nicht wahr?«

»Bridget?«

»Genau die«, sagte Mary und schnitt eine Grimasse.

»Ich habe sie nicht vergessen. Und ich hoffe immer noch, dass ich sie eines Tages zurückgewinnen werde.«

»Würdest du nicht versuchen, eine andere Hand zu gewinnen, wenn sie dir angeboten würde?«

»Wie meinst du das?«, fragte Turlough ehrlich verwirrt. Aber Mary bekam keine Gelegenheit, ihm zu antworten. Die Tür zum Musikzimmer wurde aufgezogen, und William O'Flynn kam herein.

»Was machst du hier, Mary?«, fuhr er das Mädchen an.

»Sie ist eine gute Freundin von mir«, erwiderte Turlough. »Sie hat mich während meiner Krankheit gepflegt. Ich möchte Euch daher bitten, ihr gegenüber einen geziemenden Tonfall anzuschlagen.«

»Es tut mir Leid, Master Carolan«, entschuldigte sich der Butler, »aber sie sollte eigentlich ihre Sachen für Eure Reise morgen packen.«

»Welche Reise?«

»Habe ich dir das nicht erzählt?« Mary bedeutete dem Butler, den Mund zu halten. »Ich soll als Dienstmagd Squire Crillys Haushalt beitreten. Aber zuerst werde ich dich morgen in das Haus von Squire Reynolds begleiten. Er ist selbst ein berühmter Harfenspieler und hat sich bereit erklärt, deinem Spiel zu lauschen, seine Meinung darüber zu sagen und dich zu lehren, was er weiß. Und er könnte dir von großem Nutzen sein, da er viele Leute in Dublin kennt.«

»Squire Reynolds?«, wiederholte der junge Mann. »Mhaire hält nicht viel von ihm.«

»Und er hält nicht viel von ihr«, gab Mary zu. »Es ist eine alte Fehde zwischen den beiden, und keiner von ihnen kann sich daran erinnern, wie alles begonnen hat. Aber sie sind beide halsstarrig genug, um an ihren Zwistigkeiten festzuhalten.«

»Wollt Ihr vielleicht etwas trinken, bevor Ihr spielt?«, fragte O'Flynn, dem wieder eingefallen war, weshalb er eigentlich hier war.

»Du kannst ihm einen Whiskey holen«, sagte Mary prompt.

»Gott segne dich, mein Mädchen«, lachte Turlough. »Du wirst eines Tages einen Mann sehr glücklich machen.«

»Ich bete nur, dass es der sein wird, den ich mir ausgesucht habe.«

»Das tue ich auch.«

»Vorsicht, Turlough. Du weißt nicht, was du da sagst.«

»Was tut ihr beiden hier?«, rief Mrs MacDermot von der Tür aus. »Du kannst später mit ihm reden, junge Frau. Jetzt soll er seine Harfe stimmen. Ich werde in zehn Minuten mit den Gästen herkommen. Reicht dir die Zeit, Turlough?«

»Jawohl, Mylady.«

»Ich hoffe, deine Hände sind ruhig«, sagte Mrs MacDermot.

»Sie werden es sein, wenn ich erst ein oder zwei Gläser von Eurem besten, eigens zum Beruhigen der Hände gebrauten Wasser getrunken habe«, antwortete er, und Mrs MacDermot lachte.

»Aber zunächst einmal«, erklärte die Dame und klatschte in die Hände, »alles hinaus! Lasst den Jungen allein, damit er seine Harfe für seine erste Vorstellung bereitmachen kann. Später am Abend wird immer noch genug Zeit zum Plaudern sein.«

Mit diesen Worten schob sie Mary aus dem Raum und wartete, bis O'Flynn ein Glas Whiskey gebracht hatte.

»Mylady«, sagte Turlough, als Mrs MacDermot keine Anstalten machte, zu ihren Gästen zurückzukehren, »habt Ihr etwas von Bridget und ihrem Vater gehört?«

»Squire Cruise ist vor zwei Monaten verstorben«, antwortete sie. »Es heißt, er habe ein schwaches Herz gehabt, und eines Nachts hat er sich eine schwere Erkältung zugezogen. Binnen weniger Tage war er tot. Und was Bridget betrifft, sie wird in einigen Monaten einen jungen Offizier heiraten.«

»Einen Engländer?«, stieß Turlough entsetzt hervor.

»Einen Protestanten«, erklärte Mrs MacDermot. »Aber ich glaube, er stammt aus Belfast. So, das sind erst einmal genug Neuigkeiten für den Augenblick. Nach dem Abendessen werde ich dir alles erzählen, was es zu wissen gibt.«

Im nächsten Moment zog sie die Türen hinter sich zu, und Turlough blieb allein zurück.

Der junge Mann saß auf seinem niedrigen Sessel und atmete tief durch. Bridget würde heiraten. Er kam zu spät!

Obwohl Turlough nach weiteren Informationen hungerte, wusste er, dass es das Beste war, wenn er sich zunächst einmal auf seine Vorstellung konzentrierte. Daher machte er sich daran, seine kleine Harfe zu stimmen. Sachte fuhr er mit den Fingern über die Drähte, so wie Mhaire es ihn gelehrt hatte. Er wusste sofort, dass irgendetwas absolut nicht stimmte. Alle Saiten schienen ihre Tonlage auf dramatische Weise verändert zu haben. Ob es die Reise war oder die Hitze, oder ob es einfach daran lag, dass seine Harfe kein besonders gutes Instrument war, konnte er nicht sagen.

Turlough hatte nur den einen Gedanken: dass ihm weniger als zehn Minuten blieben, um das Instrument vollkommen neu zu stimmen. So schnell er konnte, machte er sich ans Werk, aber er war vollkommen durcheinander, und seine Gedanken kehrten immer wieder zu Bridget zurück. Er hatte nicht damit gerechnet, dass die Harfe so viel Aufmerksamkeit verlangen würde. Warum musste das ausgerechnet jetzt passieren? Solche Schwierigkeiten hatte er noch nie zuvor gehabt.

Aber seine kleine Harfe war auch noch nie zuvor aus Squire Crillys Haus herausgekommen, und ganz gewiss war er noch nie mit ihr gereist. Die Saiten hatten sich in der Hitze gedehnt, und die meisten der höheren Töne waren abgesunken. Bei den tieferen Tönen war es glücklicherweise nicht so schlimm.

Turlough spannte immer noch die Saiten nach, als Mrs MacDermot wieder zurückkam, um nach ihm zu sehen.

»Bist du so weit?«, rief sie.

»Ein paar Minuten noch«, erwiderte er, ohne sich von der Harfe abzuwenden.

Mrs MacDermot runzelte die Stirn und zog achselzuckend die Tür hinter sich zu.

Ein oder zwei Saiten wollten einfach ihre Stimmung nicht halten, was er auch tat. Daher beschloss Turlough hastig, sie so selten wie möglich anzuschlagen. Das bedeutete, dass sein Repertoire merklich zusammenschrumpfte.

»Heilige Mutter Gottes!«, zischte er leise.

Kaum hatte er diese Worte gesprochen, als die Tür wieder geöffnet wurde und eine Gruppe plaudernder Menschen den Raum betrat.

Turlough fragte sich erschrocken, wie viele Gäste Mrs MacDermot eingeladen haben mochte. Er begann vor Furcht zu zittern und überlegte, warum um alles in der Welt er sich nur auf dieses Unterfangen eingelassen hatte. Er war noch nicht bereit für eine öffentliche Darbietung.

Der Raum füllte sich schnell, und Mrs MacDermot trat neben Turlough und legte ihm eine Hand auf die Schulter.

»Seid mir alle herzlich willkommen«, begann sie. »Dies ist Turlough O'Carolan, der Sohn unseres verstorbenen Schmieds, der die letzten drei Jahre auf das Studium der Harfe verwandt hat. Ich bin sehr stolz auf ihn. Er hat einen harten Kampf gegen sein Gebrechen geführt, und man hat mir erzählt, dass er die Nachteile seiner Blindheit vollkommen überwunden hat.«

Es folgte zurückhaltender Applaus.

»Er wird uns vor dem Abendessen einige Stücke spielen. Ich bitte Euch, ihn zu ermutigen.«

Sie ließ ihn allein und nahm ihren Platz in der ersten Reihe ein. Turlough nickte und legte eine Hand auf die Saiten. Er war sich seiner zitternden Finger überdeutlich bewusst. Dann konzentrierte er sich mit aller Kraft auf das Instrument vor ihm.

Obwohl er die Harfe nicht sehen konnte, hatte die alte Mhaire ihn gelehrt, sie zu spüren. Schnell und sehr sanft strich er mit den Fingerspitzen der Reihe nach über alle Saiten und atmete tief ein, als nehme er den Klang des Instruments in sich auf.

Als Turlough mit seinem ersten Stück begann, spürte er, wie ein allgemeiner Seufzer der Erleichterung durch das Publikum lief. Die Leute hatten offensichtlich erwartet, dass sein Spiel grauenvoll sein würde.

Das kleine Instrument erwachte zum Leben, aber es war nicht so gut gebaut wie die Harfe, die Murphy benutzt hatte. Letztere war angeblich über dreihundert Jahre alt. Die Saiten von Turloughs Harfe klirrten ein wenig in den tiefen

Tönen und dröhnten in den hohen, aber es gelang ihm, die meisten dieser Probleme einigermaßen zu verbergen. Doch wie sehr er sich auch bemühte, die Tatsache, dass die Harfe einmal beschädigt und nicht allzu gut repariert worden war, ließ sich nicht leugnen. Insgeheim war er dankbar für die Mängel seines Instruments, denn es bedeutete, dass die Zuhörer ihm seine Fehler beim Spiel vielleicht nachsehen würden.

Er gab drei Stücke zum Besten, dann stellte er die Harfe vor sich auf den Boden, in der Hoffnung, dies werde genügen. Begeisterter Applaus ertönte, und Mrs MacDermot erhob sich von ihrem Platz, um abermals zu sprechen.

»Vielen Dank, Turlough«, sagte sie stolz. »Das war wirklich wunderbar. Du hast in drei Jahren gelernt, wofür andere Menschen ein ganzes Leben brauchen.«

Turlough errötete und senkte den Kopf. »Vielen Dank, Mylady.«

»Mylady«, verkündete nun der Butler, »das Dinner ist aufgetragen.«

»Danke«, erwiderte sie an den Diener gewandt. »Meine Damen und Herren, bitte begebt Euch nun in den Speisesaal … Gut gemacht, Turlough«, flüsterte sie und griff nach seiner Hand. »Ich bin so stolz auf dich.«

»Ihr seid sehr großzügig, Mylady«, antwortete er.

»Wirst du mit uns speisen?«

»Ich soll bei Euch und Euren vornehmen Freunden sitzen?«

»Du wirst dich daran gewöhnen müssen. Du bist jetzt Harfenspieler, und man wird dir großen Respekt für dein Talent zollen. Wenn deine Karriere gut verläuft, wirst du noch in vielen Häusern an der hohen Tafel sitzen.«

»Ich komme gleich nach«, erwiderte Turlough, dem diese Vorstellung noch immer einiges Unbehagen bereitete.

»Gut. Pack deine Harfe ein, und ich werde William auftragen, auf dich zu warten.«

»Ich danke Euch.«

»Meinen Glückwunsch, junger Mann«, meldete sich nun eine andere Stimme zu Wort, und Turlough spitzte die Ohren, weil er glaubte, dem Mann schon einmal irgendwo begegnet zu sein. »Ihr habt Eure Sache gut gemacht und in kurzer Zeit viel gelernt.«

Ein kalter Schauer überlief Turlough, als ihm nun wieder einfiel, wo er diese Stimme schon einmal gehört hatte.

»Turlough«, sagte Mrs MacDermot, »dies sind Squire Sheehan und seine Frau Elizabeth, die aus Donegal gekommen sind. Sie sind für ihre Eleganz im ganzen Land bekannt. Ich wünschte, du könntest die prächtigen Kleider sehen, die sie tragen. Es ist eine solche Ehre, sie bei uns zu haben. Sie werden für ein Weilchen bei Squire Crilly zu Gast sein.«

»Es ist mir ein Vergnügen, Euch kennen zu lernen, junger Mann«, sagte eine Frau, und Turlough klappte vor Schreck der Unterkiefer herunter. Er kannte auch diese Stimme. Er konnte sich sogar das Gesicht der Frau in allen Einzelheiten vorstellen.

»Wart Ihr früher schon hier zu Gast?«, fragte er.

»Einmal«, erwiderte die Frau mit einem Lächeln in der Stimme. »Vor etwa drei Jahren. Aber ich hätte mich gewiss an Euch erinnert«, gurrte sie. »Habt Ihr den Eindruck, dass wir uns schon einmal irgendwo begegnet sind?«

»So ist es.«

»Ich erinnere mich nicht daran, die Bekanntschaft gut

aussehender Harfenspieler gemacht zu haben, als wir das letzte Mal hier vorbeigekommen sind«, neckte sie ihn.

»Mir ist im Gedächtnis haften geblieben, dass Ihr eine Frau von außerordentlicher Schönheit seid«, entgegnete Turlough, »mit langem schwarzem Haar und Augen wie tiefe Teiche um Mitternacht. Unter anderen Umständen würde man Euch für eine Königin halten. Und Euer Gemahl ist ein Mann von jugendlichem Aussehen, dessen bloße Anwesenheit Respekt erheischt.«

»Turlough«, stieß Mrs MacDermot hervor, »entweder besitzt du ein erstaunliches Gedächtnis, oder es schlummern, abgesehen von deinem musikalischen Talent, noch andere Gaben in dir. Du hast die Sheehans aufs Genaueste beschrieben.«

»Wie hätte ich ein so freundliches Paar auch vergessen können? Ich werde Eure Erscheinung noch für viele Jahre im Gedächtnis behalten.«

»Ihr seid sehr liebenswürdig«, sagte Mrs Sheehan mit einem Lächeln.

»Ich bin davon überzeugt, dass wir uns wieder sehen werden, junger Mann«, warf der Squire ein. »Wir haben ein Haus in Dublin. Und wir würden uns geschmeichelt fühlen, wenn Ihr uns mit Eurer Anwesenheit beehren wolltet, solltet Ihr jemals in diese Stadt kommen.«

»In diesem Fall wäre ich derjenige, der sich geschmeichelt fühlte.« Turlough neigte den Kopf.

»Wie höflich Ihr seid«, erklärte die Dame nun. »Ich denke, Ihr hattet eine sehr gute Lehrerin.«

»Ich bin in der Tat sehr dankbar für ihre Weisheit«, erwiderte der junge Mann. »Geradeso wie ich meinen überaus großmütigen Gönnern zu Dank verpflichtet bin.«

»Ich sehe eine große Zukunft für Euch voraus, junger Mann«, sagte Squire Sheehan.

Turlough verneigte sich.

»Wir werden dich nun allein lassen, damit du deine Harfe einpacken kannst«, erklärte Mrs MacDermot. »Komm zu uns, sobald du bereit bist.« Mit diesen Worten führte sie ihre beiden Gäste aus dem Raum, und Turlough konnte hören, dass sie die ganze Zeit über leise mit ihnen flüsterte.

Der junge Harfenspieler folgte ihnen kurze Zeit später in den Speisesaal, aber er bekam keine Gelegenheit, noch einmal mit Mrs MacDermot über Bridget zu sprechen. Die Dame war vollauf damit beschäftigt, ihn all ihren Freunden und Bekannten vorzustellen.

Als er schließlich in William O'Flynns Kammer in den Dienstbotenquartieren zu Bett ging, wusste Turlough immer noch nichts Näheres über Bridget, und er konnte förmlich spüren, dass sein Herz brechen würde, wenn er nicht endlich herausfand, wer dieser Offizier war, den sie zu heiraten beabsichtigte.

Ihn durchzuckte der Gedanke, dass er sich am besten gleich auf den Weg nach Dublin machen, Bridget suchen und für sie spielen sollte. Er war davon überzeugt, dass sie in seine Arme sinken und diesen Hauptmann für immer verlassen würde, sobald sie erst sein Spiel gehört hatte. Gerade als er sich endgültig davon überzeugt hatte, dass dies die beste Vorgehensweise wäre, klopfte es an der Tür.

»Turlough«, flüsterte Mary, »ich wollte dir nur schnell gute Nacht sagen.«

»Mary!«, rief er. »Gott sei Dank, dass du gekommen bist. Hast du gehört, dass Bridget sich verheiraten wird?«

»Ja«, antwortete sie. »Nächste Woche in Dublin.«

»Nächste Woche!«

»So habe ich es gehört.«

»Dann darf ich keine Zeit mehr verlieren«, sagte er zu ihr. »Hilfst du mir packen?« Und mit diesen Worten stand er von seinem Bett auf und ging langsam durch den Raum. Er tastete in den Schubladen der Kommode nach seinen Kleidern, um sie in seine Reisetasche zu stopfen.

»Es hat keinen Sinn, Turlough«, sagte Mary begütigend und legte ihm eine Hand auf die Schulter. »Sie soll sehr verliebt sein in den Mann. Er ist ein hübscher, kluger Soldat, der eines Tages Colonel sein wird, so sagt man.«

»Aber sie hat mir geschworen, dass sie mich immer lieben würde!«

»Seither sind drei Jahre vergangen. Sie hat die ganze Zeit über nichts von dir gehört, und wahrscheinlich hat sie dich inzwischen vergessen.«

»Sie würde mich niemals vergessen«, rief er. »Wir haben uns geliebt!« Dann errötete er, weil ihm klar wurde, dass er zu viel gesagt hatte.

»Du brauchst dich nicht zu schämen«, versicherte ihm das Mädchen. »Ich war auch einmal in einen jungen Mann verliebt. Er hatte in seinem Herzen nur Platz für eine andere Frau. Aber er wusste nicht, dass diese andere Frau nichts für ihn empfand. Daher kreisten seine Gedanken einzig um diese andere, ohne dass er auch nur erraten hätte, wie ich für ihn empfand.«

»Was hast du getan?«

»Ich habe ihm seine Träume gelassen, obwohl ich wusste, dass sie zu nichts führen würden. Eines Tages wird er begreifen, wie ich zu ihm stand. Es wäre töricht von mir gewesen, ihm nachzulaufen. Er hätte mich wahrscheinlich ausgelacht, weil ich ihn so sehr begehrte.«

»Unsinn!«, entrüstete sich Turlough. »Ich habe dich nur ein einziges Mal gesehen, aber ich weiß, dass du sehr schön bist. Jeder Mann, der auch nur einen Funken Verstand hat, würde dich für sich selbst wollen, davon bin ich überzeugt.«

Dann fiel der Groschen. Turlough atmete tief ein, dann wurde er abermals flammend rot im Gesicht.

»Du sprichst von mir?«, fragte er zaghaft.

»Ja, Turlough.«

»Oh Mary«, erwiderte er und wünschte, er sei mit ein wenig mehr gesundem Menschenverstand gesegnet gewesen. »Es tut mir so Leid. Ich hatte ja keine Ahnung.«

»Das weiß ich«, murmelte sie. »Und deshalb kann ich dir auch verzeihen.«

»Ich hatte nicht die Absicht, dir wehzutun. In meinem Herzen hat es immer nur eine Frau gegeben. Wahrhaftig, ich bin in mehr als einer Hinsicht mit Blindheit geschlagen.«

»Bridget ist nicht für dich bestimmt«, versicherte Mary ihm. »Wenn du mir verzeihst, dass ich das sage. Mrs MacDermot hat mir erzählt, das Mädchen sei ein verwöhntes Kind, das erst glücklich ist, wenn es von allem das Beste hat. Die schönsten Kleider, die teuersten Schuhe, die exotischsten Speisen auf ihrem Tisch und die bestaussehenden Männer in ihrem Bett.«

»Mary!«

»Es ist wahr!«, beharrte das Mädchen. »Und sie wird immer alles tun, um zu bekommen, was sie haben will. Jeder Mann in Dublin ist Bridget nachgelaufen, und ich habe gehört, dass sie selbst nicht immer allzu schnell läuft, wenn du verstehst, was ich damit sagen will.«

»Mary, sprich nicht so von ihr.« Turlough war entsetzt.

»Ihr Vater ist an dem Schock gestorben, als er von ihren losen Sitten erfuhr.« Jetzt gab es kein Halten mehr für Mary. Sie hatte zu lange geschwiegen. »Der Squire war zum protestantischen Glauben übergetreten, und du weißt ja, wie prüde diese Leute sein können. Aber der Squire schämte sich schließlich zu sehr, um in die Kirche zu gehen, erzählt man sich, aus Furcht vor dem, was seine neuen Freunde sagen würden. Schließlich wurde das Gerede so laut, dass er es nicht länger ignorieren konnte. Er wurde krank vor Sorge, und am Ende starb er mit Bridgets Namen auf den Lippen.«

»Ich glaube dir nicht.«

»Und er war nicht der erste Mann, der ihretwegen sein Leben verlor«, fuhr Mary fort. »Der Offizier, den sie nächste Woche heiraten wird, hat um ihretwillen ein erbittertes Duell mit seinem besten Freund ausgefochten. Der Hauptmann war so hingerissen von ihrem betörenden Wesen, dass er nicht zögerte, seinem Kameraden ein Schwert in die Brust zu rammen, um Bridget Cruise' Herz zu gewinnen. Aber die Wahrheit ist, obwohl andere ihretwegen ihr Herz verlieren, hat Bridget selbst überhaupt kein Herz, Turlough.«

»Nein«, protestierte der Harfenspieler. »Ich lasse nicht zu, dass du so von ihr sprichst.«

»Sie hat nicht einmal die Beerdigung des Rivalen besucht, obwohl sie bloße drei Wochen zuvor dem armen Mann ihre Liebe bekannt hatte. Wenn der Hauptmann sie im Zaum halten kann, dann kann man ihn nur beglückwünschen, denn kein anderer Mann hat das bisher zu Wege gebracht.«

»Du sagst all diese Dinge nur aus Eifersucht.«

»Ich wünschte, so wäre es«, erwiderte Mary aufrichtig.

»Mrs MacDermot wollte nicht, dass ich dir das alles erzähle, weil sie von deinen Gefühlen für das Mädchen wusste. Aber irgendjemand muss dir klar machen, was für ein Mensch sie ist, damit du sie vergessen und glücklich werden kannst, ohne dass ihr Schatten dich quält.«

»Das kann ich nicht«, murmelte Turlough, dem die Kehle eng geworden war. »Ich liebe Bridget. Und sie liebt mich.«

»Bridget Cruise hat niemals einen anderen Menschen geliebt als sich selbst.« Bei diesen Worten senkte Mary den Kopf, da sie sah, dass Turlough vor Erregung zu zittern begann. »Du bedeutest mir zu viel, als dass ich dir irgendetwas erzählen würde, von dem ich nicht wüsste, dass es der Wahrheit entspricht«, seufzte sie. »Man erzählt sich noch viele andere Dinge über sie, die ich dir niemals wiederholen würde, weil man sie nicht beweisen kann.«

Mary griff nach seiner Hand, und im nächsten Augenblick hatte er die Arme um sie geschlungen und brach in unkontrolliertes Schluchzen aus.

Es dauerte lange, bis der Junge sich ein wenig beruhigte und Mary ihn allein lassen konnte, aber er lag die ganze Nacht wach. Es hatte keinen Sinn mehr, dass er die Harfe spielte, und plötzlich kümmerte es ihn nicht mehr, ob er das Instrument jemals wieder aufnahm. In den vergangenen drei Jahren hatte ihn einzig seine Vernarrtheit in Bridget getrieben, jetzt begriff er, wie töricht er gewesen war, und seine Leidenschaft war erloschen. Nichts war ihm geblieben als Verbitterung.

Der nächste Morgen war bewölkt und düster. Der Wind hatte über Nacht Regenwolken herangetrieben, und die Temperatur war empfindlich gesunken. Es war noch nicht einmal hell, als Turlough und Mary kurz nach dem Morgengrauen zu Squire Reynolds aufbrachen. Sein Haus lag fast vier Meilen von Ballyfarnon entfernt.

Im Laufe des Vormittags wurde es wärmer, aber die meiste Zeit fiel ein leichter Nieselregen, so dass sie beide ihre Mäntel anbehielten. Turlough döste unter seinem hohen, breitrandigen Filzhut vor sich hin, und das rhythmische Plätschern der Regentropfen lullte ihn sanft ein, während seine Stute dahintrottete.

Kurz vor elf Uhr erreichten sie schließlich den Besitz der Reynolds. Mary war noch nie zuvor in diesem Haus gewesen. Als sie sich dem großen eisernen Tor näherten, stieß sie einen ehrfürchtigen Seufzer aus.

»Heilige Mutter Gottes«, flüsterte sie mit offenkundigem Entzücken, während sie die lang gezogene Auffahrt betrachtete, »das ist das prächtigste Haus in ganz Irland.«

Turlough sagte nichts. Er hatte jedes Interesse an der Vorstellung verloren, ein reisender Harfenspieler zu sein. Sein Herz war gebrochen, und seine Träume waren zersplittert wie eine feine Porzellantasse unter dem Schmiedehammer. Er hob nicht einmal den Kopf, als er Marys begeisterte Ausrufe hörte.

Als sie zum Haus hinaufritten, kamen etliche Diener herausgelaufen, um sie in Empfang zu nehmen. Die Harfe wurde aus ihrer Satteltasche gehoben und hineingebracht. Mary sprang voller Eifer von ihrem Pferd, dann fiel ihr Mrs MacDermots Ermahnung wieder ein, dass sie ihre Erregung bezähmen und sich während des Besuchs bei Squire Reynolds gesittet und damenhaft benehmen solle. Mary senkte den Kopf, verschränkte die Hände und ging gemächlich auf die Tür zu.

Als sie sich umdrehte, bemerkte sie, dass Turlough noch

immer auf seiner Stute saß, ungeachtet des Regens, der auf ihn niederging. Ihr Herz flog ihm zu, und sie wäre noch einmal zurückgelaufen, um ihm zu helfen, aber Squire Reynolds' Diener waren bereits bei ihm.

Binnen Sekunden stand der Harfenspieler auf dem gekiesten Weg. Ohne mit der Wimper zu zucken, ließ er sich von einem Butler zur Tür führen und ging zusammen mit Mary in die Haupthalle, um auf den Squire zu warten.

»Hat die Reise dich ermüdet?«, fragte Mary.

Turlough reagierte nicht auf ihre Worte. Er stand einfach nur da und ließ die Arme herunterhängen, als sei er nicht nur blind, sondern auch taub. Mary beschloss, seine Verdrießlichkeit zu ignorieren.

»Das ist ein wunderschönes Haus, Turlough«, berichtete sie ihm. »Voller Gemälde, Jagdtrophäen und feinster Möbel. Ich wünschte, du könntest es sehen.«

Der junge Harfenspieler seufzte und schob die Hände tief in die Taschen seines Umhangs. Kaum hatte er das getan, kam auch schon ein Butler herbei, um ihm aus seiner Reisekleidung zu helfen. Turlough seufzte abermals und ließ sich von dem Mann Hut und Mantel abnehmen.

»Du kannst nicht ewig weiterschmollen«, flüsterte Mary ihm zu, als sie sich davon überzeugt hatte, dass die Diener außer Hörweite waren. »Du musst heute Nachmittag für den Squire spielen.«

Sie bekam keine Antwort.

»Turlough!«

Der junge Harfenspieler wandte den Kopf ab.

»Ich komme schon zurecht, Mary«, erwiderte er jetzt. »Bring mich für ein Weilchen in den Garten hinaus, dann kannst du dir derweil das Haus ansehen.«

»Es regnet, Turlough!«, lachte sie. »Du wirst dir im Garten den Tod holen.«

»Oh ja«, sagte er. »Nun, dann führ mich zum Kamin, damit ich mich dort hinsetzen kann.«

Mary schüttelte den Kopf und bat einen Lakaien, den Harfenspieler zum Feuer zu geleiten. Aber sie wich ihm nicht von der Seite. Der Diener brachte Turlough zu einem mit feinem Leder bezogenen Polstersofa, das vor einem kleinen Kamin aufgestellt worden war. Mary nahm leise und ohne ihren Freund aus den Augen zu lassen am anderen Ende des Raums Platz.

Sie waren noch nicht allzu lange dort, als die Tür geöffnet wurde. Ein großer, gut gekleideter Herr mit fast kahlem Kopf erschien, gefolgt von einem anderen Fremden, einem jungen Mann, der etwa im gleichen Alter war wie Turlough.

Mary erhob sich von ihrem Stuhl und machte einen anmutigen Knicks, geradeso wie Mrs MacDermot es sie gelehrt hatte. Sie achtete genau darauf, den Rücken gerade zu halten und den Kopf nur eine winzige Spur nach vorn zu neigen.

»Ah!«, rief der hoch gewachsene Mann. »Ich sehe, die Moden des französischen Hofs haben nicht lange gebraucht, um Roscommon zu erreichen. Mein Name ist Reynolds«, sagte er zu Mary. Dann versuchte er sich seinerseits an einer eleganten Verneigung, indem er das linke Knie beugte, die rechte Wade nach vorn schob und seinen Körper einknicken ließ, während er gleichzeitig eine schwungvolle Handbewegung vollführte. »Ich bin nicht so anmutig wie Ihr, meine Liebe«, lachte er, »aber ich hoffe, Ihr seid in der Lage, hinter meine Unbeholfenheit zu sehen und den guten

Willen zu erkennen. Darf ich Euch Mr McCabe vorstellen. Auch er studiert die Harfe.«

»Mein Name ist Mary«, erwiderte sie und reichte dem Squire ein Bündel Papiere. »Dies sind Briefe von Mrs MacDermot. Der erste Brief ist unser Empfehlungsschreiben.«

Reynolds nahm die Papiere in Empfang und legte sie alle bis auf eins auf einen kleinen Tisch. Dann riss er die Siegel dieses Briefes auf und trat ans Fenster, um das Schreiben im schwachen Sonnenlicht zu lesen.

»›Mein lieber Squire‹«, las er laut vor. »›Es ist mir eine Ehre, Euch Turlough O'Carolan vorzustellen, der unter der sachkundigen Anleitung von Mhaire Dhall Maguire das Harfenspiel erlernt hat.‹« Reynolds schnaubte laut, um zu zeigen, was er von der alten Frau hielt.

»›Er hat bemerkenswerte Fortschritte in seinen Studien gemacht. Heute Abend hat er vor einer großen Gesellschaft meiner Freunde gespielt, die voll des Lobes für ihn waren. Ich danke Euch für Euer freundliches Angebot, seine Ausbildung im Harfenspiel zu vervollkommnen. Ich glaube, dass er es mit der richtigen Unterweisung eines Tages zu Ruhm und Ehren bringen wird.‹«

Reynolds lachte spöttisch auf. »Falls wir den Schaden wieder gutmachen können, den die blinde Mhaire bei ihm angerichtet hat.«

Mary runzelte die Stirn, aber Reynolds bemerkte es nicht.

»›Meine Dienstmagd, Mary, begleitet ihn‹«, fuhr der Squire fort. »›Sie hat ihn während seiner Krankheit gepflegt und wird sich um alles kümmern können, was er braucht. Sobald Ihr einen passenden Führer für Turlough gefunden hat, wird sie ihren Dienst im Hause Squire Crillys wieder aufnehmen. An dieser Stelle möchte ich mich noch einmal bei Euch bedanken. Mit großer Wertschätzung, Mrs MacDermot-Rua.‹«

Reynolds ging zum Tisch zurück und legte den Brief weg.

»Nun, wo ist er?«, fragte er Mary und riss die Arme hoch.

Sie zeigte auf das Ledersofa, und der Squire durchmaß mit langen Schritten den Raum. Turlough hatte sich auf dem Sofa niedergelegt, so dass Reynolds ihn zunächst nicht sehen konnte. Als der Squire näher kam, stellte er zu seiner Überraschung fest, dass der Junge tief zu schlafen schien.

»Ist er krank?«, fragte Reynolds.

»Der Ritt war lang, und er ist es nicht gewohnt zu reisen«, erwiderte Mary taktvoll.

»Dann wird er sich jetzt aber ziemlich schnell daran gewöhnen müssen«, lachte Reynolds. »Er bricht in wenigen Wochen zu seiner ersten Tournee auf. Das heißt, sofern ich ihn für würdig erachte, das Leben eines reisenden Harfenspielers zu führen.«

Der Squire besah sich den Jungen, der im Schlaf tief und gleichmäßig atmete. Dann lächelte der alte Mann.

»Ich werde ihn jetzt nicht wecken. Ich sehe, dass er ein wenig Ruhe braucht. Habt Ihr schon gegessen, Mary?«

»Nein, Sir«, antwortete sie. »Wir sind gerade erst aus dem Sattel gestiegen und haben unsere Mäntel abgelegt.«

»Wo steckt nur dieser Butler?«, überlegte Reynolds laut. »Ich habe ihm Anweisung gegeben, alles Notwendige vorzubereiten.«

»Werdet Ihr Turlough unterrichten?«, fragte das junge Mädchen.

»Es wird wohl eher darum gehen, ihn dazu zu bringen, alles zu vergessen, was Mhaire Dhall ihn gelehrt hat«, erklärte der Squire. »Diese törichte alte Frau war nie besonders talentiert, und ihre Technik ist äußerst begrenzt. Ich weiß nicht, was in die gute Mrs MacDermot gefahren sein mag, als sie das alte Weib zu Turloughs Lehrerin bestimmte.«

»Ich habe gehört, dass Ihr schon seit langem in Fehde mit Mhaire Dhall lebt«, sagte Mary kalt.

»Sie ist ein närrisches altes Frauenzimmer ohne Gefühl für Rhythmus und geradeso stocktaub, wie sie blind ist«, lachte Reynolds. »Und ihr Temperament ist sagenumwoben. Kennt Ihr sie?«

»Sie ist meine Großmutter«, antwortete Mary so höflich sie es vermochte.

Der junge Mann namens McCabe hüstelte überrascht, dann hielt er sich eine Hand vor den Mund, um ein Lachen zu unterdrücken. Squire Reynolds' Gesicht wurde dunkelrot.

»Verzeiht mir, mein Kind«, bat er. »Es ist ein alter Disput zwischen uns, und manchmal vergesse ich mich einfach, wenn ich davon spreche. Tatsächlich habe ich sogar vergessen, wie das Ganze begann. Aber so ist das nun mal mit diesen kleinen Meinungsverschiedenheiten, wenn man ihnen gestattet zu gären. Sie können schnell zu einer lästigen Wunde werden, die einfach nicht heilen will. Ich hätte wahrscheinlich schon vor Jahren zu Mhaire gehen und mich für meinen Anteil an der ganzen leidigen Geschichte entschuldigen sollen, aber mein Stolz ließ es einfach nicht zu. Ich bitte Euch noch einmal, mir zu verzeihen.«

»Wenn Ihr mir diese Bemerkung nachsehen wollt, für mich klingt es so, als solltet Ihr diese Worte an meine Großmutter richten«, erwiderte Mary, »nicht an mich.«

Der Squire sah das Mädchen ein paar Sekunden lang mit strenger Miene an, und sie glaubte schon, er würde sie für ihre Offenheit tadeln. Aber dann hob sich die Wolke der Düsternis von seinen Zügen, und er lächelte. »Vielleicht habt Ihr Recht«, stimmte er ihr zu. »Nun, wie sieht es aus, soll ich Euch eine Erfrischung bringen lassen?«

»Das wäre sehr freundlich, Sir«, antwortete Mary und machte eine weitere elegante Verbeugung.

»McCabe und ich wollen ein wenig an die frische Luft gehen«, sagte der Squire. »Wir sollten in etwa einer Stunde zurück sein. Dann werde ich Euren jungen Schützling wecken und feststellen, wie es mit ihm steht.« Mit diesen Worten drehte der Squire sich auf dem Absatz um, griff sich im Gehen die anderen Briefe vom Tisch und verließ dann, gefolgt von McCabe, den Raum.

Als die beiden eine Stunde später zurückkehrten, lag Turlough noch immer mit geschlossenen Augen auf dem Sofa.

»Dieser Junge könnte glatt eine englische Belagerung verschlafen!«, erklärte der Squire. »Was ist los mit ihm? Leidet er immer noch an den Nachwirkungen der Pocken?«

»Seine derzeitige Erkrankung hat ihren Ursprung nicht in der Galar-breac«, antwortete Mary taktvoll.

»Ich werde meinen Arzt bitten, ihn sich einmal anzusehen«, beschloss der Squire. Dann durchquerte er den Raum und klopfte dem Jungen mit seinem Gehstock aufs Bein. Turlough rührte sich nicht, obwohl er vernehmlich die Luft einsog und einmal laut aufschnaubte, als schnarche er.

Der Squire beugte sich über ihn und schlug dem jungen Mann ins Gesicht. Turlough riss die Augen auf und rollte vom Sofa auf den Boden hinunter. Eine Sekunde später richtete er sich auf Händen und Knien auf und versuchte zu verstehen, was mit ihm geschehen war.

»Seid Ihr jetzt wach?«, fragte Reynolds mit lauter Stimme. »Seid Ihr wach und klaren Sinnes?«

»Ich bin wach«, hustete Turlough. »Und ich bin blind, nicht taub, Ihr braucht also nicht zu schreien. Außerdem bin ich durchaus klaren Sinnes, was mehr ist, als man von Euch sagen kann, wer immer Ihr seid.«

»Ich bin Euer Gastgeber«, erklärte Reynolds scharf.

»Ihr seid der Squire?«, fragte der junge Harfenspieler und legte eine Hand auf das Sofa, um sich daran hochzuziehen. »Aber man hat mir gesagt, Squire Reynolds sei ein Mann von ausnehmend gutem Geschmack und großer Gelehrsamkeit. Ich habe gehört, dass er intelligent sei und barmherzig. Ihr seid ein unwissender Tölpel, der einen blinden Mann im Schlaf angreift. Ihr könnt unmöglich der Squire sein.«

»Wie könnt Ihr es wagen, so zu mir zu sprechen, Bursche?«, blaffte der Squire ihn an.

»Ihr habt keine Skrupel, meine Lehrerin vor mir herabzuwürdigen«, fuhr Turlough fort. »Oder dachtet Ihr, ich könnte Euch nicht hören? Und mich dann in Eurer Ungeduld, mich spielen zu hören, von meinem Sofa zu werfen! Wenn ein Harfenspieler im Hause Reynolds so behandelt wird, werde ich in die Ställe hinausgehen und bei den Pferden schlafen.«

»Ihr habt zu viel Zeit in der Gesellschaft von Mhaire Dhall verbracht«, schalt Reynolds ihn und vergaß dabei alle freundlicheren Gefühle, die er für die alte Dame vielleicht hegen mochte. »Mhaires übersteigertes Bewusstsein des eigenen Wertes hat auf Euch abgefärbt. Ihr seid erst dann ein Harfenspieler, wenn ein anderer Harfenspieler Euer Spiel gebilligt hat. Ihr mögt vor den vornehmen Herrschaften gespielt haben, die Mrs MacDermots Bekanntschaft machen, aber keiner von ihnen hat auch nur die geringste Ahnung von Musik. Die meisten dieser Leute glauben, ein Fagott sei ein großes, behaartes Geschöpf, das tief in den Wäldern Indiens beheimatet ist. Sie wissen nichts von den feineren Aspekten des Harfenspiels und würden selbst ein schlecht gestimmtes Instrument entschuldigen, einfach weil sie es nicht besser wissen.«

»Meine Lehrerin hat mich vor Eurem üblen Temperament gewarnt«, entgegnete Turlough. »Sie sagt, dass es Euch blind mache gegen die Welt um Euch herum.«

»Ihr seid unverschämt und schlecht informiert«, kreischte Reynolds. »Einen gesetzteren Gentleman als mich hat dieses Land nie gesehen.« Die Stimme des Squires wurde allmählich immer schriller und sein Gesicht rot vor Zorn. »Wie könnt Ihr es wagen, mir vorzuwerfen, ich hätte ein ungebärdiges Temperament?«

»Ich habe nicht gesagt, es sei ungebärdig«, erwiderte der Harfenspieler, »ich sagte, es sei übel.«

»Schweigt!«, rief Reynolds. »Ich werde Euch erzählen, was Ihr gesagt habt, unverschämter junger Hund, der Ihr seid!«

Inzwischen waren die Diener herbeigelaufen, um zu sehen, was den Aufruhr im Haus verursacht hatte.

»Wenn Ihr bei den Pferden schlafen wollt«, brüllte der Squire, »dann soll Euer Wunsch Euch erfüllt werden!« Reynolds ließ seinen Blick eilig über die versammelten Diener wandern, und als er seinen Ersten Butler entdeckte, winkte er den Mann mit einem Fingerschnipsen herbei. »O'Shea, richtet diesem Burschen ein Bett in den Ställen her.«

»Mylord«, erwiderte der Mann und eilte auf seinen Herrn

zu. »Mylord, die Ställe sind heute Nacht voller Pferde. Dort ist einfach kein Platz mehr für den jungen Herrn.«

Reynolds Gesicht, das noch kurz zuvor rot gewesen war, nahm jetzt einen leuchtenden Purpurton an. Er fuhr abrupt zu dem Butler herum und schlug den Mann mit einem mächtigen Fausthieb zu Boden. Einige Sekunden lang standen die anderen Diener nur erstaunt da und gafften. Dann stoben sie eilig auseinander, um zu ihrer jeweiligen Arbeit zurückzukehren, da keiner von ihnen der Nächste sein wollte, der die Aufmerksamkeit des Squires auf sich lenkte.

Kaum hatte Reynolds begriffen, was er getan hatte, beruhigte er sich auch schon wieder. Sein Gesicht wurde blass. Er schüttelte den Kopf und schlug sich auf die Wange. Dann bückte er sich, um die Hand des Butlers zu ergreifen und ihm auf die Füße zu helfen.

»Es tut mir schrecklich Leid, O'Shea.« Der Squire klang ehrlich zerknirscht. »Ich weiß nicht, was über mich gekommen ist.«

»Schon gut, Mylord«, stotterte der Mann ängstlich und rieb sich dabei das Kinn. »Ich gehe sofort zu den Ställen hinüber und kümmere mich um das Quartier, ja?«

»Bringt diesen jungen Burschen mit der scharfen Zunge in einem der Gästezimmer unter«, sagte Reynolds mit gedämpftem Tonfall. »Und sorgt dafür, dass Mary ein gutes Bett im Dienstbotenquartier bekommt.«

»Ja, Mylord«, erwiderte der Butler, zupfte sein langes Wams zurecht und klopfte sich die Ärmel ab.

Als der Butler gegangen war, fuhr der Squire zu dem Harfenspieler herum. »Ihr habt mich vor meinen Dienstboten in Verlegenheit gebracht, junger Mann«, zischte er, immer noch brodelnd vor Zorn. »Ich werde Euch verzeihen, wenn

Ihr Euch als so talentiert erweist, wie alle es behaupten. Aber wenn Ihr meine Zeit verschwendet habt, wird es Euch Leid tun.«

Mit diesen Worten stürmte der Squire aus dem Raum und schlug die eichenvertäfelte Tür hinter sich zu.

Einige Sekunden, nachdem er gegangen war, brach der Mann namens McCabe in schallendes Gelächter aus. »Ich habe ihn nicht mehr so außer sich gesehen, seit die alte Mhaire uns das letzte Mal besucht hat«, kicherte er. »Meinen Glückwunsch. Aber ich befürchte, das dürfte Eure Chancen, ihn als Gönner zu gewinnen, beträchtlich verringern.«

»Was schert mich schon seine Meinung«, sagte Turlough abschätzig.

»Er kennt in Irland jeden von einiger Bedeutung«, erwiderte McCabe. »Mit seiner Empfehlung hättet Ihr Zutritt zu den vornehmsten Häusern und würdet behandelt werden wie ein König.«

»Ich bin kein König«, höhnte der Harfenspieler. »Warum sollte ich den Wunsch haben, wie einer behandelt zu werden?«

»Aber Männer von Eurem Gewerbe sind heutzutage wahrhaft selten geworden. Seit den Zeiten Cromwells haben immer weniger Menschen die Harfe ergriffen. Wie Mhaire Dhall es gelungen ist, die Herrschaft der Puritaner zu überleben, werde ich nie erfahren. Ich nehme an, sie hat sich gut versteckt. Denn Cromwell und seine Männer haben viele Harfenspieler auf dem Scheiterhaufen verbrannt. Und mit ihnen wurden fast alle Harfen Irlands zerstört.«

»Das weiß ich«, antwortete Turlough schroff.

»Wusstet Ihr auch«, fragte McCabe, »dass die wenigen Harfenspieler, die überlebt haben, nicht zwangsläufig zu den Besten ihrer Zunft gehören? Die größten Harfenspieler sind tot, oder man hat ihnen ihre Hände verstümmelt. Wenn in Dublin ein Harfenspieler unter Arrest gestellt wird, ganz gleich, unter welcher Anklage, dann hacken die Soldaten ihm sogleich die oberen Fingerglieder ab, damit die Nägel nicht nachwachsen können.«

»Was wollt Ihr mir eigentlich sagen?«

»Dass man Euch so viel Wertschätzung entgegenbringen wird wie den größten Harfenspielern, die einst durch dieses Land gezogen sind, einfach weil Ihr einer der sehr wenigen seid, die es noch gibt. Bevor die Engländer kamen, waren Harfenspieler jedem Stammesfürsten oder König ebenbürtig. Man behandelte sie mit großem Respekt. Ihre Besuche waren stets ein Anlass für große Feste. Die Menschen sehnen sich noch immer nach jenen Tagen zurück, und wenn Ihr talentiert und begabt seid, wird man Euch die höchsten Ehren erweisen. Ihr habt eine Laufbahn begonnen, die Euch an Orte führen und mit Menschen bekannt machen wird, denen zu begegnen kein Sohn eines Schmieds jemals hätte hoffen können.«

»Ich verstehe«, antwortete der Harfenspieler demütig. Langsam begriff er, worauf McCabe hinauswollte.

»Ich habe die Harfe nun seit fünf Jahren bei Squire Reynolds studiert«, sprach der junge Mann weiter. »Ich bin selbst der Sohn eines Squires. Mein Vater ist zum protestantischen Glauben übergetreten, damit sein Land nicht von der Krone beschlagnahmt wurde. Aber obwohl er und viele Männer wie er die Religion der Engländer übernommen haben, sind wir im Herzen doch Iren geblieben. Die Traditionen, die Sprache und die Musik unseres Volkes bedeuten uns viel.«

»Dann darf ich mir also zahlreicher Gönner gewiss sein?«

»Wenn Ihr auch nur das geringste echte Talent für das Instrument habt«, bekräftigte McCabe, »habt Ihr ein wunderbares Leben vor Euch. Der alte irische Adel wird Euch ebenso mit offenen Armen willkommen heißen wie viele derjenigen, die die neue Ordnung repräsentieren. Ich kann Euch nur raten, Euch Reynolds Gunst zu sichern. Er hat im Grunde ein gütiges Herz, und seine Billigung wäre für Euch von unschätzbarem Wert.«

»Ich danke Euch für Euren Rat, Mr McCabe«, sagte Turlough mit einem Nicken.

»Mein Vorname ist Cathair«, erwiderte der Mann lächelnd, »aber der Squire gestattet niemandem, mich so zu nennen, da es zu sehr wie ›Chair‹, Stuhl, klingt. Reynolds ist der Meinung, dieser Name wäre unter der Würde eines Mannes, der die Harfe zu seinem Beruf macht.«

»Bei welchem Namen werdet Ihr dann genannt?«

»Ich fürchte, der Squire fand, dass ein plumper fremdländischer Name am besten zu mir passen würde«, sagte McCabe und zuckte sichtlich zusammen. »Ihr müsst mich Charles nennen.«

»Mein Gott«, seufzte Turlough kopfschüttelnd. »Mit einem Namen geschlagen zu sein, bei dem Milch gerinnen würde. Ich werde Euch Cathair nennen, wenn Ihr nichts dagegen habt. Mir ist ein geruhsamer Name allemal lieber als einer, der einem wie klumpiger Käse zwischen den Zähnen kleben bleibt.« Der Harfenspieler streckte die Hand aus und tastete nach dem Ärmel seines neuen Freundes. »Manchmal werde ich Euch vielleicht einfach Chair nennen«, flüsterte Turlough. »Ihr dürft Euch aber nichts Arges dabei denken.«

»Mir macht es nichts aus«, lächelte McCabe.

»Und Ihr, Sir«, fuhr der Harfenspieler fort, »dürft mich Turlough nennen.«

McCabe ergriff die Hand des anderen Harfenspielers und schüttelte sie.

»Ich mache mich dann mal auf die Suche nach dem Squire«, sagte McCabe. »Hoffentlich hat er sich inzwischen beruhigt. Ihr holt am besten schon mal Eure Harfe hervor und fangt mit dem Stimmen an. Ich bringe ihn zurück, sobald ich kann. Wenn Ihr seine Unterstützung gewinnen wollt, dann habt Ihr gewiss die besten Chancen, wenn Ihr gut spielt.«

»Ich danke Euch, Cathair«, antwortete der Harfenspieler höflich, obwohl ihm im Grunde seines Herzens gar nicht nach Spielen zu Mute war.

Mary brachte ihm die Harfe, stellte sie zu seinen Füßen auf und machte sich daran, die Riemen des Futterals zu lösen.»Was ist bloß über dich gekommen?«, flüsterte sie. »Warum musstest du den Squire derart beleidigen? Er will dir doch nur helfen.«

»Niemand kann mir helfen«, seufzte Turlough.

»Ich habe jetzt endgültig genug von diesem Gerede«, brauste sie auf. »Du hast während der letzten drei Jahre hart gearbeitet, um das Harfenspiel zu erlernen. Mrs MacDermot und Squire Crilly haben gutes Geld für deine Lehrerin ausgegeben. Du hast eine Harfe bekommen und ein Pferd und die Gelegenheit, für die Reichen und Mächtigen dieses Landes zu spielen. Jeder tut sein Möglichstes, um dir auf den Weg zu helfen, und doch bist du so undankbar. Was könntest du denn noch mehr verlangen?«

»Das Einzige, was ich niemals bekommen kann.«

»Willst du jetzt endlich aufhören, von der elenden Bridget

Cruise zu reden!«, zischte Mary. »Sie ist fort. Und du wirst dich daran gewöhnen müssen. In der Zwischenzeit hast du ein Leben zu leben und Verpflichtungen deinen Gönnern gegenüber zu erfüllen.«

Turlough nickte hastig. Es kam nicht oft vor, dass Mary die Beherrschung verlor, und er wollte sie nicht noch mehr aus dem Gleichgewicht bringen. Er nahm die kleine Harfe von ihr entgegen und stellte sie vor sich auf den Boden. Dann fuhr er mit den Fingern über die Saiten und schüttelte den Kopf, als er feststellte, dass sie abermals furchtbar verstimmt waren.

»Diese Harfe liebt das Reisen nicht«, fluchte er. »Dasselbe Problem hatte ich nach dem Ritt nach Ballyfarnon. Der Rahmen ist nicht steif genug, um die Saiten gespannt zu halten.«

»Es war das Beste, was Mrs MacDermot tun konnte«, sagte Mary, um ihm Mut zu machen. »Mit der Zeit wirst du in der Lage sein, dir eine bessere Harfe zu kaufen. Du stehst am Anfang eines wunderbaren Abenteuers, also freu dich einfach.«

In diesem Augenblick wurde die Tür geöffnet, und Squire Reynolds kam hereinstolziert, dicht gefolgt von McCabe. Die beiden blieben vor dem Kamin stehen.

»Seid Ihr bereit, mir Euer Talent zu zeigen?«, blaffte Reynolds ihn an.

»Ich muss die Harfe neu stimmen«, erwiderte Turlough. »Ich hoffe, Ihr könnt mir noch ein paar Minuten Zeit lassen.«

»Das kann ich.«

Turlough fuhr noch einmal mit den Fingern über die Saiten, und der Squire hob entgeistert die Augenbrauen.

»Die Harfe ist furchtbar verstimmt«, erklärte er. »Tatsächlich bin ich noch niemals einem derart verstimmten Instrument begegnet.«

»Sie reist nicht gern«, erklärte Turlough.

»Unsinn, Junge. Mir ist noch nie eine Harfe untergekommen, die nicht gern reiste. Es liegt ihnen im Blut. Die Straße ist ein Teil ihres Geistes.«

»Nun, diese Harfe hier mag jedenfalls keine Reisen«, beharrte Turlough. »Bevor wir heute Morgen losgeritten sind, war sie genau richtig gestimmt, aber die Reise hat alles verdorben.«

Reynolds brummte, als wolle er sagen, dass er Turlough nicht glaubte. Der Squire wärmte sich die Hände vorm Feuer, während er zuhörte, wie der Harfenspieler sein Instrument stimmte. Gelegentlich zuckte er zusammen und stöhnte, um anzuzeigen, dass er fand, dass eine Saite noch weiter nachgezogen werden musste, aber davon abgesehen schwieg er, bis der junge Mann fertig war.

»Was werdet Ihr für uns spielen?«, fragte der Squire, als Turlough seine Arbeit beendet hatte.

»Ríon in Uaigneas«, antwortete Turlough auf Irisch. »Die einsame Königin.«

»Ein großartiges Stück«, meldete McCabe sich zu Worte, »und eine meiner Lieblingsmelodien.«

Reynolds war weniger beeindruckt. »Das Stück ist zu langsam und zu traurig für diese Tageszeit. Aber wenn Ihr Euch erst einmal mit einer einfachen Melodie aufwärmen müsst, dann meinetwegen.«

Turlough ignorierte diese hinterhältige Kränkung. Er legte bedachtsam die Finger auf die Saiten und begann zu spielen, kaum dass Reynolds schwieg.

Das Stück war tatsächlich sehr traurig und beschwor die kummervolle Stimmung herauf, die Turlough selbst seit dem vergangenen Abend in sich trug. Er spielte die Melodie noch langsamer als gewöhnlich und legte die ganze Kraft seiner Gefühle in die Musik. Gelegentlich hielt der junge Harfenspieler mitten in einer Phrase inne, wenn es ihm passend erschien. Diese Technik hatte seine Lehrerin ihm beigebracht. Es war ein alter Trick der Harfner, um ihr Spiel stets abwechslungsreich zu halten. So wurde kein Stück jemals auf die gleiche Weise gespielt.

Als Turlough zum Ende kam, vibrierten die Saiten noch ein Weilchen nach, bis wieder Schweigen im Raum herrschte. Nur Mary wusste, dass ihr Freund all seine eigenen Qualen in die Melodie gelegt hatte. Bei dem Gedanken an den Schmerz, den er leiden musste, traten ihr Tränen in die Augen.

»Spielt mir Brian Boru's«, bat Reynolds, bevor McCabe Zeit hatte, Turlough zu seinem Spiel zu gratulieren. »Ich möchte Euch eins der wirklich alten Stücke spielen hören. Es geht doch nichts über einen erregenden Marsch, um das Herz mit Freude zu erfüllen.«

Turlough nickte und legte die Hände wieder auf die Saiten; er hatte Mühe, die Stimmung dieses Stückes in sich heraufzubeschwören. Angeblich stammte die Melodie aus der Zeit des großen Königs Brian, der vor vielen Jahrhunderten die Wikinger aus Irland vertrieben hatte. Es war eine kriegerische Weise. Aber Turlough war nicht in Stimmung für schnelle Stücke. Er konnte sich gerade auf die besondere Eigenart dieser Melodie nicht konzentrieren. Er hielt inne.

»Nun spielt endlich«, drängte Reynolds ihn. »Jeder Harfenspieler kennt dieses Stück.«

»Es war das Erste, das ich gelernt habe«, pflichtete McCabe ihm bei.

Turlough holte tief Atem und schlug die ersten Töne nur leicht an. Er hatte die Absicht, das Stück als Crescendo anzulegen, aber die Töne seiner Harfe waren zuerst kaum hörbar. Der Squire beugte sich vor, horchte, runzelte die Stirn und brummte verstimmt vor sich hin.

Solchermaßen abgelenkt, begann Turlough, die Lautstärke zu steigern, bevor er eigentlich bereit dazu war, und schlug unbeabsichtigt eine Saite zu hart an. Sie übertönte die anderen und verdarb die Wirkung des Akkords.

Reynolds hüstelte. Turlough spielte weiter, geriet dabei aber immer mehr in Verzweiflung, da er genau wusste, dass er weit hinter seinen Möglichkeiten zurückblieb. Als er die Saiten kräftiger anschlug, löste sich eine davon etwas und brachte einen furchtbaren Missklang hervor. Turlough zuckte zusammen und versuchte, diese Saite zu meiden, während er weiterspielte, aber wenige Sekunden später verlor eine weitere Saite ihre Stimmung und dann noch eine. Der Harfe bekam es nicht, dass sie so dicht vor den Kamin stand.

Aber jetzt war es zu spät, als dass Turlough noch etwas daran hätte ändern können. Er spielte weiter, bis er den Marsch mit einem Ton beendete, der so schief klang, dass alle Anwesenden im Raum, einschließlich des Harfenspielers, mit den Zähnen knirschten.

Bevor der Misston ausgeklungen war, ergriff Reynolds das Wort. »Ihr habt ein gewisses Talent«, räumte er ein. »Aber Ihr seid ungeduldig, und Ihr versteht es nicht, angemessen für Euer Instrument zu sorgen.«

»Es ist keine sehr gute Harfe«, verteidigte McCabe Turlough.

»Ein guter Musiker kann das schlechteste Instrument unter seinen Fingern zum Singen bringen«, entgegnete der Squire und hob die Stimme, um etwaige weitere Einwände zu übertönen. »Offensichtlich übt Ihr nicht genug. Ihr solltet jeden Tag acht Stunden spielen.«

»Wenn ich acht Stunden am Tag spiele«, fragte Turlough, »wie soll ich dann noch die Zeit aufbringen, von einem großen Haus zum nächsten zu reisen?«

»Ihr werdet eine Woche hier bleiben und wir werden sehen, was sich in dieser Zeit mit fleißigem Üben erreichen lässt«, sagte Reynolds zu Turlough, ohne auf seine freche Bemerkung einzugehen. »Aber wenn ich Euch einen Rat geben darf, möchte ich Euch sagen, dass Ihr kein begabter Spieler seid. Ihr habt überhaupt kein Gefühl für die alte Musik. Dies mag sich natürlich mit der Zeit noch einstellen, aber ich schlage vor, dass Ihr Euch stattdessen mal in der Komposition versucht. Ihr habt eine Woche Zeit, um mir ein eigenes Stück vorzuspielen. Das Stück muss durch und durch Euer eigenes Werk sein. Von dieser Darbietung mache ich mein Urteil abhängig, ob Ihr würdig seid, eine Karriere auf der Straße zu beginnen.«

»Eine Woche!«, keuchte Turlough. »Mhaire Dhall hat mir nicht erlaubt zu komponieren. Sie meinte, das sei nur etwas für die vollendetsten Harfenspieler. Ich habe niemals etwas anderes gespielt als die Melodien, die sie mir beigebracht hat. Ich weiß nicht, wie man komponiert.«

»Wenn Ihr in dieser Woche nicht lernt, Melodien zu komponieren«, erwiderte Reynolds mit einem Lächeln, »dann werdet Ihr so lange hier bleiben, bis Ihr es gelernt habt. Selbst wenn dazu noch einmal drei Jahre erforderlich sein sollten. Denn ich werde Euch nicht gestatten, durch diese Tür zu gehen, wenn Ihr Euren Gönnern nicht etwas wahrhaft Lohnendes anzubieten habt. Wenn Ihr Melodien komponieren könnt, um den vornehmen Leuten Tribut zu zollen, werdet Ihr ein leichtes Leben haben. Ich erweise Euch eine große Gunst.«

»Verlangt Ihr von mir, eine Melodie zu Euren Ehren zu verfassen?«, fragte der Harfenspieler grollend.

»Nein, das wäre zu einfach. Ich fühle mich sehr leicht geschmeichelt. Ich denke, ein Tribut an dieses Haus und dieses Land wäre ein weitaus passenderes Thema.«

»Ich habe keine Augen, um Euer Haus oder Euer Land zu sehen«, zischte Turlough, der argwöhnte, dass es einen Haken bei dieser Aufgabe geben musste.

»Dann wird Charles Euch über den Besitz führen«, entgegnete Reynolds, »und er wird Euch die Umgebung und das Haus beschreiben und alles andere, was einer Melodie vielleicht würdig wäre. Er wird Eure Augen ersetzen.«

»Vielen Dank, Sir«, erwiderte Turlough mit einem ironischen Unterton in der Stimme.

»Ich sehe Euch dann heute Abend beim Dinner«, eröffnete der Squire ihm. »Euch bleiben noch einige Stunden Tageslicht. Da Ihr nur eine Woche zur Verfügung habt, um diese Aufgabe zu Wege zu bringen, möchte ich Euch vorschlagen, gleich aufzubrechen.«

»Ich würde Euch mit Freuden begleiten«, sagte Cathair zu Turlough. »Gebt mir nur gerade genug Zeit, mir meine Wanderkleidung anzuziehen, dann bin ich in ein paar Minuten wieder bei Euch.«

»Das wäre also geregelt«, rief Reynolds und klatschte begeistert in die Hände. »Ich werde jetzt in den Ställen nach dem Rechten sehen.« Er machte eine knappe Verbeugung vor den jungen Männern. »Noch einen schönen Tag, die Herren.« Dann verneigte er sich vor Mary. »Und Euch auch, meine Liebe.«

»Guten Tag Squire Reynolds«, antworteten die drei anderen wie aus einem Mund, und der Squire verließ den Raum.

»Er hat nicht viel von mir gehalten«, sagte Turlough mürrisch, als er die Tür zufallen hörte.

»Da liegt Ihr vollkommen falsch«, bemerkte Cathair. »George Reynolds ist ein harter Mann. Er hat selten über irgendjemanden ein gutes Wort zu sagen. Ich glaube, Ihr habt ihn beeindruckt. Ich war zwölf Monate lang hier, bevor er mir befahl, mich an einer Komposition zu versuchen. Er ist nur deshalb so grob zu Euch, weil er feststellen will, ob Ihr Kritik ertragen könnt. Ich treffe Euch in Kürze draußen vor dem Haus, und wir werden unseren ersten gemeinsamen Spaziergang unternehmen. Es gibt so viel zu sehen auf diesem Besitz.«

Turlough nickte, und McCabe verabschiedete sich, um sich umzuziehen.

»Du hast wunderschön gespielt«, sagte Mary.

»Vielen Dank«, erwiderte Turlough, und er meinte es ernst; ihre freundlichen Worte taten ihm gut.

»Ich muss mich jetzt um unsere Zimmer kümmern«, erklärte sie. »Wir sehen uns heute Abend.« Dann trat sie dicht vor ihn hin und strich mit ihren Lippen über seine Wange. »Genieße diesen Nachmittag«, sagte sie und ließ ihn dann allein, damit er über die Schwierigkeit nachgrübeln konnte, aus dem Nichts etwas schaffen zu müssen.

Mit der Hilfe des Butlers verstaute Turlough die Harfe wieder in ihrem Futteral aus Seehundfell. Er war gerade auf dem Weg nach draußen, als Cathair die Treppe herunterkam.

»Ich nehme sie«, erbot sich McCabe und schob seinen Arm durch den Riemen des Harfenkastens. »Es wird dem Instrument bestimmt nichts schaden, wenn wir es mit nach draußen nehmen. Der Regen hat schon ziemlich nachgelassen. Vielleicht bekommen wir demnächst sogar etwas blauen Himmel.«

»Ich habe meine Harfe auf die Schulter eines kräftigen Stuhls gelegt«, bemerkte Turlough, während er dem jungen Mann den Arm hinhielt, damit dieser ihn führen konnte. McCabe lachte über den Scherz und machte sich auf den Weg in Richtung Garten.

»Wohin wollt Ihr als Erstes gehen?«, fragte Cathair Turlough.

»Auf die Felder«, erwiderte Turlough sofort. »Ich habe seit drei Jahren nicht mehr in einem grünen Feld gelegen. Ich habe die ganze Zeit ohne Pause im Haus bei meinen Lektionen festgesessen.«

»Der Boden wird aber noch feucht sein«, warnte Cathair ihn.

»Das kümmert mich nicht.«

»Also schön. Wir werden auf die Felder gehen. Und ich kann Euch dabei gleich auch einige der hiesigen Legenden erzählen. Jeder Hügel hier in der Nähe, jeder steinige Felsvorsprung, jede Eiche, jede Esche und jede Eibe hat ihre eigene Geschichte. Und Squire Reynolds kennt alle Geschichten.«

Turlough brummte etwas Unverständliches. Er hätte es vorgezogen, Squire Reynolds für den Augenblick zu vergessen.

Sie waren etwa eine halbe Stunde gegangen, als McCabe stehen blieb und erklärte: »Da wären wir.«

»Wo sind wir?«, fragte Turlough.

»Vor dem Palast des Feenkönigs.«

»Was?«, rief Turlough aus, der glaubte, sich verhört zu haben. Ihm lief ein Schauer den Rücken hinunter.

»Das ist der andere Name, unter dem dieser Hügel bekannt ist«, erklärte McCabe. »Aber die meisten Leute nennen ihn einfach Shee Beg.«

Turlough runzelte die Stirn. Er war sich sicher, dass er diesen Namen schon einmal gehört hatte, konnte sich aber nicht daran erinnern, wo.

»Es ist ein berühmter Hügel, denn unter einem Steinmal auf dem Gipfel liegen die letzten sterblichen Überreste von Fionn MacCumhal«, erklärte Cathair, »dem größten Helden, den Irland je gekannt hat.«

»Ich habe von ihm gehört«, bemerkte Turlough sarkastisch. Jeder kannte die Geschichten von Fionn. Der Harfenspieler griff tief in seine Manteltasche und förderte eine Lederflasche zu Tage. Er zog den Korken ab und nahm einen kräftigen Schluck Whiskey. »Wollt Ihr auch einen, Cathair?«, fragte er.

»Es ist ein wenig kühl heute«, antwortete McCabe, der sich nicht sicher war, ob Squire Reynolds etwas Derartiges billigen würde. »Ich nehme einen Tropfen, da Ihr ihn mir schon einmal angeboten habt.«

McCabe nahm die Flasche in Empfang, setzte sie vorsichtig an die Lippen und trank einen denkbar winzigen Schluck. Dann reichte er sie Turlough zurück.

Der Harfenspieler wog die Flasche kurz in der Hand, dann gab er sie seinem Gefährten zurück.

»Na, kommt schon, Mann, nehmt einen ordentlichen Schluck. Das wird Euch gut tun.«

Cathair lächelte und nickte. Dann trank er noch einmal von dem Whiskey. Binnen Sekunden hustete und würgte der arme Bursche, der solch starken Alkohol nicht gewohnt war. Einige Minuten lang rang er nach Luft. Schließlich richtete er sich wieder auf und reinigte seine Lunge mit einem gewaltigen, schleimerfüllten Husten.

»Wo habt Ihr dieses Zeug her?«, ächzte McCabe, als er wieder Herr seiner Atmung war. »So etwas habe ich noch nie getrunken.«

»Squire Crilly und seine Familie stellen diesen Whiskey her«, erwiderte Turlough und ignorierte dabei höflich die Tatsache, dass McCabe offensichtlich nur sehr wenig Erfahrung mit Whiskey besaß. »Erzählt mir, Cathair«, sagte Turlough, nachdem er die Flasche wieder an sich genommen und seinerseits davon getrunken hatte, »aus welchem Teil des Landes kommt Ihr?«

»Lough Erne.«

»Und was für Harfenspieler hat man da oben an den Ufern des Lough Erne?«

»Ich weiß nicht, was Ihr meint.« McCabe lächelte. »Dicke. Dünne. Kleine. Große. Die gleichen Harfenspieler wie anderswo auch.«

»Ich glaube, Ihr habt mich missverstanden«, sagte Turlough lächelnd. »Ich wollte wissen, was das für ein Harfenspieler ist, der sich nicht gelegentlich ein wenig Whiskey gönnt?«

»Mein Vater duldet keinen starken Alkohol im Haus«, erklärte McCabe etwas verlegen. »Er hat sehr strenge Regeln, was das betrifft. Und Squire Reynolds hat ihm feierlich geschworen, dass ich nichts Derartiges bekommen würde, solange ich in seinem Haus wohne. Außerdem habe ich mir nie viel aus Whiskey gemacht.«

»Das hatte ich mir bereits gedacht.« Turlough drückte die Flasche abermals McCabe in die Hand. »Und jetzt bereitet es Euch Kopfzerbrechen, dass man uns dabei ertappen könnte, dass wir die Regeln brechen?«

Cathair nahm noch einen Schluck, hustete diesmal schon erheblich weniger und gab anschließend Turlough seine Flasche wieder zurück. »Um genau zu sein, ich schere mich nicht viel um Regeln«, stieß er hervor.

»Ich auch nicht«, lachte Turlough, während er die Flasche abermals an die Lippen setzte. Es dauerte nicht lange, da hatten die beiden sich auch schon auf den Hang des Hügels mit Namen Shee Bag gesetzt, um Turloughs kleinem Whiskeyvorrat den Garaus zu machen. Und in Kürze lachten sie miteinander wie zwei alte Freunde, die sich nach längerer Trennung endlich wieder sahen.

»Ich habe viele Dinge von Squire Reynolds gelernt«, sagte Cathair und drohte Turlough scherzhaft mit dem Finger. Sein Blick war schon leicht getrübt. »Und ich erlaube niemandem, schlecht von ihm zu reden. Nicht einmal Euch.«

»Ihr habt gewiss eine Menge von dem Squire gelernt«, sagte Turlough lächelnd. »Aber warum hat man Euch noch nicht auf die Reise geschickt, nachdem Ihr fünf Jahre Lehrzeit hinter Euch habt? Wenn Harfenspieler so rar sind, warum behält man dann einen Burschen wie Euch zurück?«

»Ich bin nicht allzu begabt, um die Wahrheit zu sagen«, murmelte Cathair beschämt. »Ihr seid ein viel besserer Spieler als ich. Wenn ich vor Publikum spiele, kann ich mich irgendwie nicht richtig entspannen. Meine Finger stolpern unkontrolliert übereinander. Außerdem kann ich nicht gut das Tempo halten.«

»Was ist das Tempo?«

»Einen stetigen Takt.«

»Ich verstehe Euch nicht genau.« Turlough neigte interessiert den Kopf zur Seite.

Cathair trommelte mit der Hand auf sein Bein und summte den Marsch Brian Boru's vor sich hin.

»Das ist ein stetiger Rhythmus.«

»Mhaire hat mich gelehrt, die Musik als eine Abfolge von Atemzügen zu betrachten«, erwiderte Turlough. »Und ein Atemzug kann sich durchaus in der Länge vom nächsten unterscheiden.«

»Woher sollen dann zwei Musikanten, die gemeinsam ein Stück spielen, wissen, wie lang jeder Atemzug sein soll?«

»Ich habe noch nie mit einem anderen zusammen gespielt«, gab Turlough zu. »Mhaire hat mir die Melodien vorgespielt, um sie mir beizubringen, und ich habe sie dann Note für Note nachgespielt. Ich weiß, wie man jedes Stück variiert, um der Musik Frische zu verleihen; das heißt, man muss die Atmung variieren. Aber ich habe die Harfe noch nie zusammen mit einem anderen Instrument gehört.«

»Ihr müsst bei Mrs MacDermot doch einmal ein Kammerorchester gehört haben«, sagte McCabe stirnrunzelnd.

»Ja«, räumte Turlough ein.

»Habt Ihr Euch nicht gefragt, wieso die Violinen, die Celli und Violen in perfektem Einklang miteinander spielen konnten?«

»Das war, bevor ich blind wurde«, erklärte der Harfenspieler. »Und bevor ich mich für Musik interessierte. Ich habe nicht weiter darüber nachgedacht.«

»Ich werde Euch einmal zu einem Konzert mitnehmen, bei dem die Werke eines italienischen Komponisten gespielt werden, dessen Musik ich bewundere«, erbot sich Cathair. »Sein Name ist Corelli. Archangelo Corelli. Seine Melodien sind von ungeheurer Raffinesse.«

»Das wäre schön«, erwiderte Turlough. »Ich habe Stücke von ihm und auch von Vivaldi gehört. Eine sehr angenehme Musik.«

»Aber Ihr müsst mir als Gegenleistung noch etwas von diesem Whiskey geben«, erklärte McCabe seinem Begleiter.

»Ich habe mehrere gute Flaschen daheim und das Versprechen auf weiteren Nachschub, wann immer ich ihn benötigen sollte.«

»Ich fühle mich ganz anders, seit ich davon getrunken habe. Es ist, als sei ich auf der Stelle tollkühn und unbesiegbar geworden.«

»Das ist normal«, erwiderte Turlough und nickte. »Das Kunststück besteht darin, das Gefühl zu genießen, ohne auch nur im Geringsten daran zu glauben. Sobald Ihr anfangt, Euch für unbesiegbar zu halten, werdet Ihr Euch in üble Schwierigkeiten bringen.«

»Ich bin davon überzeugt, dass ich die Harfe jetzt spielen könnte, wie ich noch nie zuvor gespielt habe«, erklärte Cathair. »Es ist mir plötzlich vollkommen gleich, was irgendjemand von mir oder von meinem Talent hält.«

»Warum spielt Ihr dann nicht einfach?«

»Auf Eurer Harfe?«

»Warum nicht?«

»Ich danke Euch für Euer großzügiges Angebot, Turlough«, sagte McCabe lächelnd. »Ich würde mich geehrt fühlen.«

»Und ich würde mich geehrt fühlen, wenn Ihr mir ein Stück spielen wollet, Cathair«, erwiderte Turlough.

»Aber lasst uns zuerst noch ein wenig weiter auf den Hügel hinaufgehen«, schlug McCabe vor. »Von oben werde ich einen besseren Blick auf den Nachbarhügel haben. Und ich werde ihn Euch beschreiben.«

»Wie heißt dieser Hügel?«, wollte Turlough wissen.

»Man nennt ihn Shee Mor.«

»Shee Beg und Shee Mor«, wiederholte Turlough leise. »Wo habe ich diese beiden Namen nur schon einmal gehört?«

Aber Cathair hatte sich bereits die Harfe auf die Schulter gehoben und streckte die freie Hand nach seinem Freund aus. »Ich fühle mich ein wenig unsicher auf den Beinen«, stammelte er. »Ich bin es nicht gewohnt, so viel zu trinken.«

»Das war doch nicht viel«, lachte Turlough, als sie sich auf den Weg machten. »Ich wette, Squire Crillys Katze trinkt schon vor dem Frühstück mehr.«

»Ich habe gehört, es soll eine ganz bemerkenswerte Katze sein!«, stimmte McCabe ihm zu.

»Ich habe das Tier gesehen. Man sollte nicht mit ihm spaßen.«

Auf halbem Weg den Hügel hinauf blieb Cathair plötzlich wie angewurzelt stehen. Sein Atem ging schwer, und er war offensichtlich erschöpft.

»Das genügt«, sagte er und stellte die Harfe auf den Boden.

»Jetzt, da ich den Wunsch habe, mich niederzusetzen«, meinte Turlough mit einem Grinsen, »bedaure ich, dass ich keinen Stuhl mitgebracht habe.«

»Ihr habt einen Stuhl mitgebracht«, erwiderte McCabe

prompt. »Aber bildet Euch nur nicht ein, Ihr könntet darauf Platz nehmen. Ihr werdet Euch einen eigenen Stuhl suchen müssen und dürft mich derweil um den meinen beneiden. Denn ich habe einen Stuhl bei mir, wo immer ich hingehe.«

Turlough lachte und suchte sich ein Plätzchen, während McCabe das Instrument aus seinem Futteral nahm und sich niedersetzte, um die Hände über die Saiten gleiten zu lassen. »Sie ist kaum verstimmt«, sagte er und zog überrascht die Augenbrauen in die Höhe. »Ich kann nicht glauben, dass Ihr solche Probleme mit ihr hattet.«

»Wenn andere sie spielen wollen, dann ist sie immer gut gestimmt«, erwiderte der junge Harfenspieler verbittert. »Ich glaube, sie mag mich nicht.«

»Vielleicht gefällt es ihr nicht, von einem Neuling wie Euch berührt zu werden«, meinte Cathair. »Vielleicht zieht sie eine erfahrene Hand vor.«

»Genau wie eine Frau«, murmelte Turlough. »Aber irgendwann muss ein Mann doch die Kunst erlernen, mit ihnen umzugehen. Und wenn sie uns keine sorgfältigen Studien gestatten, wie sollen wir unsere Fähigkeiten dann verbessern und sie zufrieden stellen?«

»Sprecht Ihr von Harfen oder von Frauen?«

»Beide sind einander wohl sehr ähnlich.«

McCabe lachte und stimmte dann eine muntere Melodie an, die Turlough sogleich erkannte. Es handelte sich um ein Stück von einem berühmten Harfenspieler, der zu Zeiten des ersten Königs Jakob gelebt hatte. Die Melodie erinnerte ihn daran, dass er, Turlough O'Carolan, nur einer in einer langen Reihe von Musikern war. Seit die Vorfahren der Iren auf dieser abgeschiedenen Insel am westlichen Rand der

Welt gelandet waren, hatten Harfenspieler in den großen Häusern Irlands für ihre Mahlzeiten aufgespielt.

Während er über die lange Abfolge von Harfnern nachsann, denen er sein Wissen verdankte, überkam Turlough die klare Erkenntnis, dass er Verantwortung dafür trug, die alte Tradition weiterzugeben – selbst in diesen gefährlichen Zeiten, da die Behörden voller Misstrauen auf Männer und Frauen blickten, die über Kenntnisse auf dem Gebiet der Musik verfügten.

Die Gabe des Lernens, die ihm in die Wiege gelegt worden war, war von unschätzbarer Kostbarkeit, und es war seine Pflicht, seine Musik mit so vielen Menschen wie möglich zu teilen. Sein Kummer um Bridget Cruise durfte seiner Pflicht nicht im Weg stehen. Selbst die Blindheit, mit der er geschlagen war, konnte man als Geschenk betrachten, überlegte er, denn sie hatte ihn zum Harfenspiel geführt.

Während Turlough, getragen von den lieblichen Klängen der Musik und dem Rausch des Whiskeys, langsam einnickte, versuchte er, sich darauf zu besinnen, wo er die Namen dieser beiden Hügel schon einmal gehört hatte. Waren sie ihm in irgendeiner alten Geschichte begegnet? Oder in einem Lied? Oder hatte Squire Crilly sie vielleicht einmal erwähnt?

Nach einer Weile brach die Musik ab, und der blinde Harfenspieler ließ seine Gedanken schweifen. Er hatte noch nicht lange gedöst, als er spürte, dass jemand neben ihm stand. Seit seiner Erblindung waren seine übrigen Sinne deutlich schärfer geworden.

»Cathair?«, flüsterte er ein wenig ängstlich. »Seid Ihr das?«

»Er schläft«, antwortet ihm eine leise, vertraute Stimme.

»Wer seid Ihr?«, stieß Turlough hervor und richtete sich

auf. Als er keine Antwort bekam, rollte er sich auf die Seite und erhob sich.

»Bleibt, wo Ihr seid, Turlough«, sagte der Fremde sanft. »Ich will Euch nichts Böses.«

»Wer seid Ihr?«

»Wir sind uns schon einmal begegnet«, erwiderte der Mann. »Erkennt Ihr mich nicht?«

»Es tut mir Leid, Sir«, gab Turlough zu. »Ihr seid mir gegenüber im Vorteil. Vielleicht sind wir uns begegnet, bevor ich blind wurde.«

»Wir sind uns tatsächlich vor Eurer Erblindung ein oder zwei Mal begegnet, obwohl Ihr Euch vielleicht nicht daran erinnern könnt, unter welchen Umständen es geschah«, bemerkte der Fremde mit einem Anflug von Ironie. »Ihr habt auch meine Gemahlin kennen gelernt. Und wir haben Euch gestern Abend im Haus von Mrs MacDermot wieder gesehen. Wir haben Euch dort spielen hören und Euch zu Eurer Kunst beglückwünscht.«

»Squire Sheehan!« Plötzlich wusste der Harfenspieler wieder, wen er vor sich hatte, und er machte eine tiefe Verbeugung. »Euer Majestät.«

»So ist es«, erwiderte der Squire mit unverhohlener Freude. »Ich bin gerührt, dass Ihr Euch an mich erinnert. Aber es ist unklug, mir gegenüber so förmlich zu sein. Für die Welt der Sterblichen bin ich Squire Sheehan. Meine Gemahlin und ich ziehen nicht gern allzu viel Aufmerksamkeit auf uns. Damit haben wir uns in der Vergangenheit einige Unannehmlichkeiten eingehandelt.«

»Ich verstehe«, antwortete Turlough. »Was tut Ihr hier? Ich dachte, Ihr wollet für ein Weilchen bei Squire Crilly wohnen.«

»Ihr stellt immer noch so viele Fragen«, bemerkte der Squire mit einem Lächeln in der Stimme. »Ich verzeihe Euch Euer neugieriges Wesen. Es zeichnet einen guten Musiker aus. Meine Gemahlin und ich sind hergekommen, um den Abend mit Reynolds zu verbringen. Er ist ein alter Freund von uns. Man hat uns erzählt, dass Ihr heute Abend spielen werdet. Meine Gemahlin hat Gefallen an Euch gefunden, junger Mann.«

Plötzlich überfluteten Turlough Erinnerungen an die seltsame Vision, die er während seiner Krankheit gehabt hatte. »Während ich krank daniederlag, träumte mir, der König der Feen und seine Königin hätten einem Hurlingmatch beigewohnt«, erklärte Turlough. »Bis zu diesem Augenblick war ich davon überzeugt, dass es nur eine Illusion gewesen ist, ein Symptom der Galar-breac. Jetzt glaube ich langsam, dass es doch mehr war.«

»Wenn es Euch tröstet«, sagte der Squire, »dann dürft Ihr Euch um meinethalben geradeso an dieses Erlebnis erinnern, wie es Euch am angenehmsten ist. Solange Ihr nur meiner Gemahlin und mir treu bleibt und uns nicht verratet.«

»Ich habe einen Eid darauf geleistet.«

»Das habt Ihr«, sagte Sheehan. »Und wir haben unseren Teil des Handels eingehalten. Wie gefällt Euch Euer neues Leben als Harfenspieler?«

»Ich erwärme mich langsam für den Gedanken.«

»Ihr werdet Euch gewiss großartig amüsieren«, lachte der Squire. »Also, werdet Ihr vor dem Dinner ein wenig für uns musizieren?«

»Möglicherweise«, erwiderte der Harfenspieler vorsichtig.

»Und werdet Ihr uns mit einer eigenen Komposition beglücken?«

»Ich habe noch nie zuvor etwas komponiert«, gestand Turlough. »Und Squire Reynolds hat mir gerade eine Woche gegeben, um ein Stück für ihn zu ersinnen.«

»Da habt Ihr ja reichlich Zeit«, spottete der Gentleman. »Habt Ihr schon ein geeignetes Thema gefunden?«

»Nein, noch nicht.«

»Vielleicht dürfte ich einen Vorschlag machen?«

»Bitte, tut das.«

»Es gibt eine Geschichte, die ihren Ursprung in diesem Teil des Landes hat und die ich besonders liebe«, sagte der Squire. »Sie handelt von einer Schlacht, die zwischen den Völkern dieser beiden Hügel ausgetragen wurde, den Shee Beg und den Shee Mor.«

»Eine Schlacht?«

»Als eine Schlacht endete das Ganze, in der Tat«, erklärte Sheehan lächelnd. »Aber es begann als ein freundliches Hurlingspiel zwischen den Feen jenes Hügels dort drüben und den Feen, die unter diesem hier leben.«

»Feen?«, stieß Turlough hervor.

»Ja«, antwortete der Squire. »Das Gute Volk. Die Alten. Ganz wie Ihr wollt.«

Turlough bekreuzigte sich. »Heilige Mutter Gottes«, murmelte er, »worauf habe ich mich da nur eingelassen?« Er hatte zwar durchaus einen gewissen Verdacht gehabt, war nun aber doch erschrocken, ihn bestätigt zu sehen.

»Erzählt mir nicht, dass Ihr einer von diesen religiösen Fanatikern seid!«, rief Sheehan aus.

»Nein«, gab Turlough zu. »Ich denke nie viel über Religion nach, solange keine Probleme auftauchen.«

»Sehr weise«, erwiderte Sheehan mit ernster Miene. »Habt keine Furcht. Meine Gemahlin und ich und unseresgleichen, wir sind durchaus keine Handlanger des Teufels, wie einige törichte Priester es Euch glauben machen wollen. Wir sind genauso von Gott geschaffen wie alle übrigen Geschöpfe auf dieser Welt. Wir sind einfach nur anders. Wenn Ihr das als Grund erachten wollt, um uns für verderbt zu halten, dann seid Ihr vielleicht nicht der Mann, für den wir Euch gehalten haben.«

»Nein, nein, ich habe keineswegs den Eindruck, dass Ihr in irgendeiner Weise verderbt seid«, warf Turlough hastig ein, denn in die Stimme des Squires hatte sich ein beängstigender Unterton eingeschlichen.

»Das sind wir auch nicht. Glaubt mir, wenn Ihr jemals dem wahrhaft Bösen begegnen sollet, werdet Ihr es sofort erkennen.«

»Erzählt mir die Geschichte dieser Schlacht«, stieß Turlough hervor, darauf bedacht, den Squire von diesem Thema abzulenken. Er wusste, dass er die Geschichte bereits kannte, aber das Gespräch entwickelte sich in eine ziemlich gefährliche Richtung.

»Es überrascht mich, dass Ihr sie nicht kennt«, sagte Sheehan schneidend. »Ich hatte bisher den Eindruck, dass Eure Mutter eine recht gute Geschichtenerzählerin war.«

»Das war sie auch.«

»Wie kommt es dann, dass sie Euch diese Geschichte nie erzählt hat?«

Turlough runzelte die Stirn, als halb vergessene Bilder in ihm aufstiegen, Überreste von Träumen, Alpträumen und alten Liedern, alle bunt durcheinander gewürfelt.

»Das Volk dieses Hügels, Shee Beg, beraumte einst ein

großes Spiel an. Der Shee Beg ist der schönste Hügel weit und breit, auch wenn er der kleinere der beiden Hügel ist. Es sollte also ein Spiel mit den Feen ausgetragen werden, die ihr Zuhause unter dem Hügel Shee Mor haben, den Ihr, besäßet Ihr noch die Gabe des Augenlichts, direkt vor Euch sehen könntet.«

»Wie kam es, dass aus dem Spiel dann eine Schlacht wurde?«

»Das ist der interessantere Teil der Geschichte«, fuhr Sheehan fort, ohne an der Neugier des Jungen Anstoß zu nehmen. »Den Feen des Shee Beg fehlte ein Spieler, so dass das Spiel hinausgeschoben wurde, bis eine geeignete Person gefunden werden konnte, die die Lücke ausfüllen sollte. Der König der Feen sandte seine Lakaien aus, um nach einem Sterblichen zu suchen, da alle Feen aus der näheren Umgebung bereits zu dem Spiel herangezogen worden waren und keiner mehr übrig war.«

»Haben sie einen Sterblichen gefunden?«

»Allerdings. Sie fanden einen Jungen, der in einer mondlosen Nacht allein auf einem Hügel saß, und baten ihn, sich ihrer Mannschaft anzuschließen. Am nächsten Morgen kamen die Mannschaften zusammen, und den Regeln gemäß begann das Spiel. Aber die Feen vom Shee Mor waren erzürnt darüber, dass ihre Gegner einen Sterblichen in ihren Reihen hatten. Sie beklagten sich beim König und der Königin der Feen, aber ohne Erfolg.«

»Dann wurde das Spiel also fortgesetzt?«

»So ist es. Obwohl das Volk vom Shee Mor beschloss, die Regeln um eine Spur zu verändern.«

»In welcher Weise?«

»Sie rüsteten sich mit Waffen, Schilden und allen möglichen Kriegsgeräten aus«, erklärte Sheehan. »Das Volk vom Shee Beg kam daraufhin zu dem Schluss, um seiner eigenen Sicherheit willen das Gleiche zu tun. Und aus dem, was ein freundschaftliches Spiel hätte werden sollen, entwickelte sich eine große Schlacht.«

»Wer hat den Sieg davongetragen?«, fragte Turlough atemlos. Er hatte nie recht gewusst, welche der beiden Mannschaften welche war.

»Das Feld war von Blut überströmt, und Leichen bedeckten das Tal von einem Ende zum anderen, bevor das Siegestor geworfen wurde, das einzige Tor überhaupt in dem Spiel.«

»Und es war der Sterbliche, der das Tor warf!«, rief der Harfenspieler. »Er erzielte ein Tor für das Volk vom Shee Beg.«

»Und ich habe meine Wette gewonnen«, erklärte Sheehan hochzufrieden. »Dafür bin ich Euch sehr dankbar. Es geschieht nicht oft, dass ich in irgendeinem Punkt die Oberhand über die Königin behalte.«

Er rückte noch näher heran.

»Ihr habt großes Glück, dass die Königin Gefallen an Euch gefunden hat. Als sie das letzte Mal eine Wette verlor, war ihr Zorn unermesslich. Aber Eure Gegenwart bei dem Spiel schien sie äußerst versöhnlich zu stimmen.« Der Squire klatschte begeistert in die Hände. »Und aus Dankbarkeit dafür, dass der Sterbliche ihm den Sieg gesichert hatte, versprach ihm der König der Feen vom Shee Beg, ihm seinen größten Wunsch zu erfüllen und für den Rest seines Lebens über ihn zu wachen. Und die Königin der Feen vom Shee Mor versprach ihm, für immer seine Gönnerin zu sein.«

»Seid Ihr wahrhaftig der König der Feen?«, platzte Turlough heraus, ohne daran zu denken, dass der andere Mann seine Frage möglicherweise als Kränkung auffassen könnte.

»Der bin ich«, lachte Sheehan. »Aber das muss unser Geheimnis bleiben, denn Ihr werdet vielen Sterblichen begegnen, die das nicht verstehen würden. Ein großer Teil Eures Volkes lebt in Angst vor dem meinen.«

»Ich habe gehört, dass die Feen Sterbliche entführen, um sich einen Spaß mit ihnen zu machen«, bemerkte Turlough.

»Unsinn!«, erwiderte Sheehan ungehalten. »Das sind nur kleine Schelmereien. Und normalerweise betrifft es nur Menschen, die es wahrlich nicht besser verdient haben. Hat Crilly Euch nicht gewarnt, dass Ihr mir nicht zu viele Fragen stellen solltet?«

»Doch, das hat er getan«, erwiderte der Junge.

»Da Ihr mir die Wette gewonnen habt«, erklärte Sheehan, »will ich Euch einige Fragen gestatten, um Eure Neugier zu stillen.«

»Was für Geschöpfe seid Ihr?«

»Wir sind genauso wie Ihr, Turlough. Abgesehen davon, dass wir sehr lange leben.«

»Wie lang?«

»Eine sehr, sehr lange Zeit«, antwortet Sheehan mit einem Seufzen. »Aber es gibt gewisse Entschädigungen, die die Mühsal der Unsterblichkeit wettmachen. Unsere eigene Welt ist sehr schön. Wir haben dort Musik, Poesie und Tanz. Alle sind voller Freude, und es gibt keine Krankheit.«

»Warum lebt Ihr dann in unserer Welt, wenn Eure so wunderbar ist?«, fragte Turlough mit unüberhörbarem Argwohn.

»Einige von uns bilden sich gern ein, wir könnten einen gewissen Einfluss auf die Sterblichen nehmen«, erklärte

Sheehan. »Das kann ein recht vergnüglicher Zeitvertreib sein. Ihr seid so furchtsame Geschöpfe. Die Sterblichen ändern nur selten ihre Moden oder ihre Vorstellungen. Sie hätten es gern, wenn die Welt so bliebe, wie sie immer war.« Der Squire lachte herzlich. »Wenn man Euch Euch selbst überließe, würdet Ihr Euch immer noch genauso kleiden wie zu Zeiten der Römer. Aber Ihr verfügt über eine sehr wunderliche Eigenschaft: Wenn Ihr eine tapfere Seele mit einer verwegenen Perücke oder einem Mantel mit langen Rockschößen und breiten Manschetten seht, hüpft Ihr oft wie toll herum und begehrt das neue Kleidungsstück für Euch selbst. Die Sterblichen brauchen nur ein klein wenig Führung durch ein Volk, das über einen höher entwickelten Geschmack verfügt.«

»Mrs MacDermot hat in der Tat gesagt, dass Ihr und Eure Gemahlin tonangebend in der Mode seid«, fiel Turlough nun wieder ein.

»Das sind wir allerdings. In der Mode, in der Musik, in der Küche. Selbst in Bezug auf den Schmuck, den wir tragen, und die Freunde, die wir uns erwählen. Ein großer Teil der feinen Gesellschaft nimmt sich an mir und meiner Gemahlin ein Beispiel. Wir stehen für ein Ideal, das nur die wenigsten Sterblichen erreichen können. Wir sind jung, ewig jung, darf ich vielleicht hinzufügen; wir sind geistreich, was sich aus unserer Erfahrung erklärt; wohlhabend, ein weiteres Ergebnis eines langen Lebens; und vor allem sind wir schnell gelangweilt, weshalb wir uns nach Kräften bemühen, Veränderungen in die Welt zu bringen.«

Sheehan setzte sich neben Turlough zu Boden und legte ihm die Hand auf die Schulter. »Ab und an treffen wir allerdings auf einen gewissen Widerstand.«

»Wovon sprecht Ihr?«

»Zum Beispiel von dieser unangenehmen Angelegenheit mit Oliver Cromwell vor einigen Jahren. Er und seine puritanischen Gefolgsleute machten sich daran, alle Freude im Land zu zerstören, die Musik, die Heiterkeit, die Feste und die Mode. Sie wussten natürlich nicht, dass es mein Volk war, das bei all diesen Frivolitäten die Hand im Spiel hatte. Cromwell hasste einfach jedwedes Vergnügen.« Sheehan hielt kurz inne, bevor er weitersprach. »Wisst Ihr«, sagte er ungläubig, »in jenen Tagen ist mir häufig der Gedanke gekommen, dass die Puritaner nicht einmal an die Existenz meines Volkes glaubten.«

»Man sagt den Engländern nach, dass sie nur Spott für jene haben, die an die Feen glauben. Squire Crilly hat mir erzählt, dass es in England überhaupt keine Feen gibt.«

»Eine große Zahl von ihnen hat Britannien zur Zeit Cromwells verlassen«, pflichtete Sheehan ihm bei, »weil sie nicht länger in einem Land leben konnten, in dem das Gesetz die Musik verbot.«

»Ich habe gehört, dass Cromwell viele Harfenspieler auf großen Scheiterhaufen verbrannte, die man aus dem Holz ihrer eigenen Harfen errichtet hatte.«

»Das ist ein geringes Verbrechen, verglichen mit dem Schnitt seiner Kleider«, zischte Sheehan. »Diese Puritaner hatten nicht den geringsten Sinn für Mode. Die meisten von ihnen waren mürrische alte Männer. Und erst dieser Cromwell! Er war der Schlimmste von allen. Ein Gesicht wie eine gedämpfte Feige, das niemals auch nur von der Spur eines Lächelns verunstaltet worden wäre. Das Einzige, was er wirklich gebraucht hätte, wären eine verdammt gute Frau und ein bisschen verbotener Unzucht, um seine Lebensgeister zu wecken. Damit hätte man ihn schon wieder hinbiegen können. Eins sag ich dir, alles wäre anders gekommen, wenn er und seine Frau sich nur ab und an ein wenig Spaß im Heu gegönnt hätten.« Sheehan lachte über eine Erinnerung, die ihm kam, aber als er fortfuhr, war alle Freude aus seiner Stimme gewichen. »Der arme Kerl konnte sich ja nicht einmal ein gutes Glas Portwein gönnen, ohne zu glauben, der Teufel blicke ihm über die Schulter. Ich meine, was ist das für ein Mann, der acht Monate seines Lebens damit zubringt, ein Gesetz gegen das Tragen von Spitze zu verfassen? Gab es denn keine Krankenhäuser zu bauen? Oder Straßen zu flicken? Gab es keine wichtigeren Probleme für den Lord Protektor, auf die er seine Kraft hätte verwenden können?«

Turlough zuckte die Achseln. Für ihn war Cromwell nicht mehr als eine beängstigende Geschichte, mit der die alten Leute die Kinder zu erschrecken versuchten.

»Und nun geschieht das Gleiche noch einmal. Eine weitere Herde verstörter Sterblicher kommt nach Irland, um Reformen durchzusetzen. Diesmal ist es ein Holländer! Die Holländer haben meiner Erfahrung nach überhaupt keinen Sinn für Humor. Eher bekommt man eine witzige Bemerkung von einem Priester als ein Lächeln von einem Holländer.«

Sheehan grub seine Hände fester in die Schulter des Jungen, und Turlough wand sich unbehaglich.

»Man muss sie aufhalten«, zischte der Squire. »Wenn es nach diesen engstirnigen Leuten ginge, würden wir alle in einer trostlos grauen Welt leben, in der Pflicht und Verpflichtung wichtiger sind als Freundschaft und Großzügigkeit. Eine Welt, in der Vertrauen etwas ist, das man für sich selbst behält, und das Einzige, was man mit anderen teilt, Meinungen sind.«

Turlough spürte langsam, wie erzürnt der Squire war.

»Sie würden am liebsten eine Welt erschaffen, in der der schnöde Mammon die eigentliche Währung des alltäglichen Lebens ist. Eine Welt, in der Musik und Tanz an ihrem Gewicht in Gold gemessen werden und nicht an der Tiefe des Glücks, das sie anderen schenken. Wenn diese freudlosen Menschen ihren Willen bekommen, werden die Länder der Sterblichen zu einer Ödnis, in der Menschen wie Vieh in lang gestreckten, gesichtslosen Hallen aus Stein untergebracht werden.«

»So wie man es sich von Dublin Castle erzählt«, warf Turlough ein.

»Sie werden die Menschen dazu zwingen, Uniformen zu tragen«, fuhr Sheehan fort, ohne Turloughs Unterbrechung zu beachten, »nicht nur die Soldaten, alle. Sie werden den Leuten vorschreiben, was sie essen und was sie nicht essen dürfen. Sie werden jeden verfolgen, der sich nicht ihrer Religion unterwirft. Sie werden bestimmen, dass Spaß etwas für Kinder ist und dass erwachsene Männer und Frauen jeglicher Freude entsagen müssen, wenn sie die Pforten der Jugend hinter sich lassen.«

»Werden sie auch den Whiskey verbieten?«

»Es würde mich nicht überraschen, wenn sie es versuchten.« Sheehan schüttelte angewidert den Kopf. »Diese armen, verängstigten Seelen werden der Tod allen Vergnügens sein, wenn wir sie gewähren lassen.«

»Ich werde sie nicht gewähren lassen!«, versprach Turlough.

»Braver Junge!«, brüllte Sheehan. »Das höre ich gern. Es

gibt nicht viele Sterbliche, die es wagen würden, es mit den selbstherrlichen, sturen Spießern dieser Welt aufzunehmen. Ihr gehört einer seltenen Rasse an.«

»Was könnte ich denn sonst mit meinem Leben anfangen?«, seufzte der junge Harfenspieler. »Ich werde es der Aufgabe widmen, Sterblichen Glück und Frohsinn zu bringen. Und ich werde die Puritaner als das entlarven, was sie wirklich sind!«

»Bravo!«, rief der Squire aus. »Ich wusste, dass wir uns auf dich verlassen können, mein Junge. Schon an der Art, wie du dieses ruhmreiche Tor geworfen hast, konnte ich erkennen, dass du ein Mann bist, der vor keiner Herausforderung zurückschreckt. Du bist ein echter Taktiker.«

»Was ist das?«

»Vergiss es«, sagte Sheehan mit einem Stirnrunzeln. »Ich bin überglücklich, dass du dich uns angeschlossen hast. Es kann so viel Spaß machen, mürrische Sterbliche zu schikanieren. Der alte Squire Reynolds war einmal so wie du, vor langer Zeit. Aber als die Sorgen der sterblichen Welt ihn zu drücken begannen, hat er uns vergessen. Jetzt ist er geradeso säuerlich wie die getrockneten Früchte vom Zitronenbaum eines Puritaners.«

»Ein leichtes Herz lebt lang«, wiederholte Turlough ein altes Sprichwort, das er als Kind gehört hatte. »Das ist Euer Geheimnis, nicht wahr?«

»Das ist ein großer Teil davon«, erwiderte Sheehan lächelnd. »Also wollen wir uns einen kleinen Spaß mit Reynolds machen, ja? Meint Ihr nicht auch, dass die Schlacht zwischen Shee Beg und Shee Mor ein passendes Thema für Eure erste Komposition wäre?«

»Das ist eine gute Idee, wahrhaftig«, pflichtete der Harfenspieler ihm bei. »Ein würdiges Thema für eine muntere Melodie.«

»Dann nehmt die Idee mit Euch, und vielleicht habt Ihr das Stück ja heute Abend schon fertig.«

»Heute Abend!« Turlough lachte. »Das würde den alten Mann allerdings erzürnen.«

»Reynolds wird sehr beeindruckt sein, wenn Ihr ihm diese Geschichte präsentiert«, vertraute Sheehan ihm an. »Sie bedeutet ihm viel.«

Dann hörte Turlough Sheehan gähnen.

»Ich war heute zu lange draußen an der frischen Luft«, sagte der Squire und reckte sich.

»Ich weiß, wovon Ihr sprecht«, erwiderte der junge Harfenspieler. »Ich habe selbst gerade ein kleines Schläfchen gehalten.«

»Hat es Eure Stimmung verbessert?«, erkundigte sich Sheehan.

»Ich weiß nicht, was Ihr meint«, erwiderte Turlough gereizt.

»Reynolds hat mir erzählt, dass Ihr heute Nachmittag einen Wortwechsel mit ihm hattet.«

»Das ist wahr«, gab Turlough zu.

»Dann erscheint Euch die Welt jetzt also nicht mehr gar so finster?«

»So ist es. Ich habe mich an einen Traum geklammert, der niemals wahr werden wird.«

»Ihr scheint mir ein junger Mann zu sein, dessen Wünsche mit geradezu erschreckender Häufigkeit wahr werden«, lachte Sheehan. »Wenn ich es nicht besser wüsste, würde ich sagen, Ihr seid mit einer besonderen Gabe gesegnet. Aber es ist ein kluger Mann, der weiß, wann es Zeit wird, einen törichten Traum zu vergessen und einem anderen zu folgen. Tatsächlich führt uns der ursprüngliche Wunsch häufig auf einen ganz anderen Weg, und wir vergessen darüber, wonach es uns zu Beginn der Reise verlangte.«

»Ich werde niemals vergessen, was ich mir zuerst gewünscht habe, aber ich habe gelernt, dass manche Dinge einfach nicht sein sollen und dass sich am Ende alles zum Besten wendet.«

»Ihr habt einen alten Kopf auf Euren jungen Schultern«, beglückwünschte ihn der Squire. »Wenn ich in jüngeren Jahren diese Lektion gelernt hätte, wäre mein Leben um ein Vielfaches einfacher gewesen. Vielleicht wäre es erheblich kürzer und gewiss auch weniger abenteuerlich gewesen, aber es hätte alles sehr viel einfacher sein können.« Der Squire lachte noch einmal laut auf, bevor er fortfuhr: »Sobald ich erst einmal begriffen hatte, dass nichts auf dieser Erde es lohnt, sich darüber aufzuregen, konnte ich mein Leben viel mehr genießen. Und glaubt mir, solltet Ihr so lange leben, wie ich es getan habe, werdet Ihr es vielleicht ebenfalls genießen.«

»Einer wie ich«, griff Turlough den Faden auf, den der Squire gesponnen hatte, »dem nur eine gewisse Zeit zugemessen ist, sollte wohl das Beste daraus machen. Wer die süßen Möglichkeiten, die das Leben bietet, nicht beim Schopfe packt, verschwendet hier nur seine Zeit.«

»Dann ist unser Bund also besiegelt?«, wollte Sheehan wissen. »Ihr werdet mit meinem Volk daran arbeiten, ein wenig Freude in die Welt zu bringen und die Missgünstigen eines Besseren zu belehren. Und als Gegenleistung werden wir sicherstellen, dass Euer Bauch stets voll und Euer Bett warm ist. Und Ihr dürft jede Melodie erlernen, die Ihr unser

Volk spielen hört, und sie als Eure eigene ausgeben. Einverstanden?«

»Einverstanden.«

»Ich muss Euch noch eine letzte Frage stellen«, sagte Sheehan dann. »Seid Ihr nicht verbittert über Eure Blindheit?«

»Lange Zeit war ich es«, gab Turlough zu. »Aber ich denke, ich begreife langsam, dass die Blindheit mein Leben verändert hat und dass es nicht in meiner Macht steht, etwas dagegen zu tun. Daher kann ich geradeso gut die anderen Gaben auskosten, die ich als Entschädigung für mein Augenlicht bekommen habe.«

»Ihr habt Recht. Jede Gabe kann als Gebrechen betrachtet werden, wenn sie missbraucht oder unterschätzt wird. Es ist einzig eine Frage der Perspektive.«

»Und jeder Rückschlag sollte geachtet werden um der Lektionen willen, die er mit sich bringt«, ergänzte Turlough. »Selbst wenn es uns gestattet wäre, tausend Jahre zu leben, würde man uns doch eines Tages heißen, diese Welt zu verlassen und die nächste zu suchen.« Dann hielt er plötzlich inne, um nachzudenken. »Leben die Feen so lange?«

»Länger«, erwiderte Sheehan mit einer tiefen Traurigkeit in der Stimme. »Sehr viel länger.« Er hielt kurz inne, dann stand er auf. »Es wird Zeit, dass ich mich auf den Rückweg mache. Ich werde Euch dann heute Abend sehen.«

»Und ich werde Euch hören«, bemerkte Turlough. »Denn sehen kann ich nichts. Aber bevor Ihr Eures Weges geht, könntet Ihr mir wohl meine Harfe reichen, ohne meinen Freund Cathair zu wecken?«

»Selbstverständlich«, kam die Antwort, und wenige Sekunden später spürte Turlough, wie das Instrument neben ihm auf den Boden gestellt wurde. »Ich wünsche Euch einen vergnüglichen Nachmittag«, sagte Sheehan wohlgelaunt. »Die Sonne ist herausgekommen, und die Vögel singen. Die Abenddämmerung ist nah. Uns steht ein angenehmer Spaziergang zurück zum Haus von Squire Reynolds bevor. Gehabt Euch wohl.«

»Einen schönen Tag noch, mein Herr«, erwiderte Turlough respektvoll, dann lauschte er auf Sheehans Schritte, während dieser den Hügel hinunterging.

Jetzt wusste Turlough, dass er sich in Selbstmitleid und Enttäuschung gesuhlt hatte. Die Nachricht von Bridgets bevorstehender Heirat war ein bitterer Schlag für ihn gewesen, da er während der vergangenen drei Jahre nur wegen eines einzigen Ziels gearbeitet hatte: sie zurückzugewinnen. Sein Verlangen nach ihr hatte ihn auf einen unerwarteten Weg geführt, aber obwohl sie jetzt für ihn außer Reichweite war, hatte er dennoch eine kostbare und seltene Fähigkeit erworben.

Mary hatte Recht. Es wurde Zeit, Bridget zu vergessen, wenn er konnte, und ernsthaft über seine eigene Zukunft nachzudenken. Er war blind, und er hatte eine Ausbildung in der alten Kunst des Harfenspiels. Es standen ihm nur wenige andere Möglichkeiten offen als das Leben eines reisenden Musikanten. Wenn er seine Kunstfertigkeit vervollkommnete und bewies, dass er Talent zum Komponieren besaß, würde er zumindest ein recht behagliches Leben führen können. Wenn er seine Kunst verdorren ließ, würde er verhungern. So einfach war das.

Turloughs Gedanken schweiften ab, und das Hurlingmatch kam ihm wieder in den Sinn. Wie seltsam, dass er das ganze Erlebnis so lange aus seinen Gedanken verbannt hatte. Aber er hatte es für einen Traum gehalten und ihm daher nicht viel Bedeutung beigemessen. Er schwor sich, von jetzt an auf seine Träume zu hören und sie in Musik umzuwandeln.

Dann stieg aus den Tiefen seiner Erinnerung ein vages Bild in ihm auf. Plötzlich hörte er das Echo einer Melodie, das kahle Gerippe einer Melodie einstweilen. Es war die Melodie, die seinerzeit das Hurlingmatch begleitet hatte. Im nächsten Augenblick war er davon überzeugt, dass er noch immer die süßen Klänge zu hören vermochte, die vor dem Spiel erklungen waren.

Zuerst konnte Turlough sich nur vage an den Eröffnungssatz erinnern. Aber kaum hatte er diesen Teil des Stücks einige Male vor sich hin gesummt, hörte er im Geiste auch schon den zweiten und den dritten Satz des Stückes.

Mit hämmerndem Herzen ging der blinde Harfner die ganze Melodie noch einmal durch. Dann saß er ein paar Minuten lang still da und versuchte, sich zu fassen. War dies ein Geschenk vom König der Feen? Er hatte die Melodie nicht erfunden, er hatte sie bei dem Hurlingspiel in sich aufgenommen. Allerdings würde es ihn in große Verlegenheit bringen, sollte noch jemand die Melodie kennen.

Sosehr er auch sein Gedächtnis bemühte, das Hurlingmatch war die einzige Gelegenheit, bei der er die Melodie je gehört hatte.

Leicht zitternd vor Erregung, legte Turlough die Finger auf die Saiten der Harfe, fand den ersten Ton und schlug dann sachte die folgenden an, bis er glaubte, das Stück zu beherrschen. Es war eine schlichte Melodie, aber sie war gleichzeitig elegant und betörend.

Er beschloss, das Stück einzuüben, um es für McCabe zu spielen, wenn dieser erwachte, und ihn zu fragen, ob er es erkenne. Wenn er bejahte, dann konnte Turlough nicht davon ausgehen, dass er das Stück bei dem Hurlingmatch gehört hatte. Er könnte es überall gehört haben. Auf dem Pferdemarkt oder im Musikzimmer in Ballyfarnon. Er konnte das Stück nicht als sein eigenes ausgeben, bevor er sich absolut sicher war, dass es die Feen waren, die es ihn gelehrt hatten.

Und so saß er noch eine Weile da, während sein Gefährte tief und fest schlief, und in weniger als einer Stunde konnte er die Melodie mit Selbstbewusstsein und Überzeugung darbieten. In seiner lebhaften Fantasie beschwor er die Bilder jenes seltsamen Spiels in sich herauf. Er rief sich die Schar der Feen ins Gedächtnis, die sich auf dem Spielfeld oberhalb von Squire Crillys Haus versammelt hatten, und er spielte das Stück, als sei er wieder dort.

Kaum hatte er gehört, dass McCabe sich bewegte, stellte Turlough die Harfe beiseite. »Seid Ihr endlich aufgewacht?«, fragte er.

»Ja«, gähnte Cathair. »So gut habe ich seit Jahren nicht mehr geschlafen.«

»Das wird am Whiskey liegen«, erwiderte Turlough.

»Heilige Mutter Gottes«, rief McCabe aus, »es ist fast dunkel! Wir machen uns besser auf den Rückweg zum Haus. Ich möchte nach Sonnenuntergang nicht gern hier draußen sein. Wir haben Neumond, und es wird so dunkel werden, dass wir uns womöglich verirren.«

»Jetzt wisst Ihr, wie ich die Welt sehe«, entgegnete Turlough lächelnd. »Bevor wir gehen, möchte ich Euch noch ein Stück zu Gehör bringen, das ich einstudiert habe.«

»Wenn Ihr Euch beeilt, gern«, sagte Cathair.

Turlough hob die Harfe und ließ ohne weiteres Vorspiel sein neues Stück erklingen. Cathair saß mit vor Erstaunen weit aufgerissenem Mund da, während der Blinde neben ihm spielte.

Als die letzten Akkorde verklungen waren, drehte Turlough sich zu McCabe um und fragte ihn, was er davon hielte.

»Es ist wunderschön!«, rief Cathair. »Woher kommt das Stück?«

»Ihr kennt es nicht?«

»Ich habe es noch nie gehört«, sagte McCabe voller Bewunderung.

»Ich glaube, die Feen haben es mich gelehrt«, gestand Turlough.

»Die Feen?«

»Das Gute Volk.«

»Ihr habt Talent zum Komponieren«, erwiderte Cathair. »Und entweder seid Ihr zu bescheiden, um es zuzugeben, oder Ihr seid schlicht und einfach ein Mann mit einem ungezähmten Sinn für Humor. Ich bin mir noch nicht sicher, welches von beidem zutrifft.«

»Wir müssen zurück«, erklärte Turlough drängend. »Ich möchte dieses Stück für Mary spielen. Sie hat ihre Großmutter tausend verschiedene Melodien spielen hören, seit sie ein kleines Kind war. Ich möchte sichergehen, dass sie die Melodie noch nicht gehört hat. Wenn Mary sie nicht kennt, dann werde ich sie als meine eigene ausgeben.«

Im Nu war Cathair auf den Beinen und hatte seinem blinden Freund die Harfe abgenommen. Er wickelte das Instrument, so schnell er konnte, in das Seehundfutteral, und kurz darauf machten die beiden sich auf den Rückweg zum Haus des Squires.

Unterwegs legte Turlough sich einige Worte für ein Lied zurecht, das von der Schlacht der Feen erzählte. Es fiel ihm überraschend leicht, die richtigen Verse zu der Musik zu finden. Als die beiden die Haustür erreichten, hatte der Harfenspieler den Text zu seiner Komposition fertig im Kopf.

»Bringt mich in mein Zimmer«, bat er McCabe, als sie im Haus ihre Mäntel abgelegt hatten. »Und dann führt mich, so schnell ihr könnt, zu Mary.«

Zehn Minuten später saß Mary auf dem Fußende von Turloughs Bett, während er ihr das Stück vorspielte.

»Das habe ich noch nie gehört«, erklärte sie, als er fertig war. »Es ist eine der zauberhaftesten Melodien, die mir je zu Ohren gekommen ist.«

»Bist du dir ganz sicher, dass du das Stück nicht kennst?«, bedrängte Turlough sie.

»Ich bin mir sicher«, bekräftigte sie. »Eine so entzückende Melodie hätte ich gewiss nicht vergessen. Einerseits klingt sie sehr alt, andererseits hat sie eine Eigenart, die ich noch bei keinem anderen Stück wahrgenommen habe. Es würde mich nicht überraschen, wenn du mir erzähltest, dass du die Musik der Feen gehört und einfach eine ihrer Melodien kopiert hast.«

»Feenmusik«, stimmte Cathair ihr zu. »Sie hat etwas Anderweltliches an sich. Vielleicht habt Ihr das Stück ja wirklich von dem Guten Volk gelernt.«

Turlough lächelte breit und sehr zufrieden mit sich selbst. »Vielleicht ist es so«, erwiderte er geheimnisvoll. »Ich habe die Absicht, die Melodie heute Abend Squire Reynolds als meine erste Komposition darzubieten.«

»Wenn du noch vor dem Abendessen spielen willst«, bemerkte Mary, »dann ziehst du dir besser ein sauberes Hemd und frische Hosen an. Und ich suche dir auch ein frisches Paar Strümpfe heraus, denn auf denen, die du trägst, sind Grasflecken.«

»Ich sage Reynolds Bescheid, dass Ihr für ihn spielen werdet«, erbot sich McCabe. »Er wird mir wahrscheinlich nicht glauben.«

»Wahrscheinlich nicht!«, lachte Turlough. »Aber ich denke, Squire Sheehan und seine Gemahlin werden nicht überrascht sein.«

»Warum nicht?«

»Er hat mich auf die Idee zu diesem Stück gebracht«, erklärte Turlough. »In gewisser Weise könnte man sagen, dass er mich zu der Komposition inspiriert hat.«

McCabe erhob sich und ging zur Tür. »Ihr habt höchstens eine halbe Stunde«, warnte er ihn. »Seid Ihr Euch sicher, dass Ihr bis dahin bereit sein werdet?«

»Ich werde bereit sein«, erwiderte der blinde Harfenspieler mit einem Lächeln. »Und ob ich bereit sein werde.«

Nachdem McCabe gegangen war, rezitierte Turlough für Mary die Worte des Liedes, das er verfasst hatte. »Das ist eine gute Geschichte«, sagte Mary überrascht. »Wo hast du sie gehört?«

»Squire Sheehan hat sie mir heute Nachmittag erzählt«, gestand er. »Obwohl die Formulierungen meine eigenen sind.«

»Wie kommt es, dass deine Stimmung sich so plötzlich verändert hat, Turlough?«

»Der Squire hat mich auf etwas aufmerksam gemacht«, antwortete er, »aber eigentlich warst du diejenige, die es mir zuerst gesagt hat. Ihr beiden habt mir klar gemacht, dass ich mich wahrhaft glücklich schätzen kann. Ich habe beschlossen, Bridget aus meinen Gedanken zu verbannen. Ich will meinen Kummer vergessen und mich auf die Freuden des Lebens besinnen. Welches andere Ziel kann Gott für uns alle im Sinn gehabt haben? Er wäre gewiss nicht glücklich darüber, wenn wir seine Gaben vergeudeten. Ich muss mir wie jeder andere auch meinen Lebensunterhalt verdienen, aber ich habe die Chance bekommen, etwas zu tun, was ich einmal für unmöglich hielt. Für mein Brot zu musizieren und in eine trostlose, grausame Welt ein wenig Glück zu bringen.« Turlough ergriff Marys Hand und drückte sie fest. »Ich habe dir viel zu verdanken, meine liebe Freundin. Zuerst hast du mich während der Krankheit meines Körpers gepflegt, und jetzt hast du die Krankheit meiner Seele geheilt. Wie kann ich dir das jemals vergelten?«

»Du kannst damit anfangen, indem du Squire Reynolds zeigst, dass du seiner Fürsprache würdig bist«, erwiderte sie. »Und dann«, fügte sie nach einer kurzen Pause hinzu, »werden wir beide, du und ich, wohl miteinander reden müssen.«

»In Ordnung«, erwiderte der Harfenspieler. »Wenn du mir hilfst, mich anzukleiden, bringe ich die Angelegenheit mit Squire Reynolds so schnell wie möglich hinter mich.« Er hielt einen Augenblick lang inne und griff nach dem Ärmel ihres Kleides. »Das ist eine schöne blaue Wolle.«

»In der Tat«, antwortete Mary lächelnd. »Das Tuch war ein Geschenk von Mrs MacDermot. Du hast wirklich ein ungewöhnliches Talent, Farben zu erkennen. Wie machst du das?«

»Ehrlich gesagt, ich habe keine Ahnung«, gab Turlough zu. »Die Farbe kommt mir einfach in den Sinn, wenn ich den Stoff berühre. Aber es funktioniert nur bei dir. Bei allen anderen Menschen habe ich keine Chance, die Farbe ihres Gewandes zu erraten.«

Mary holte ein frisches Hemd für Turlough aus der Kommode, und er streifte seinen dunkelgrünen Rock mit den breiten, umgestülpten Ärmeln über, den Crilly ihm geschenkt hatte. Um den Hals trug er ein weißes Tuch mit einem schmalen Spitzenbesatz.

Als Turlough den Salon betrat, saßen die Gäste bereits im Halbkreis um das Feuer herum. Mary führte ihn in den Raum und beschrieb ihm leise die Ausstattung, damit er wusste, wo die einzelnen Personen saßen.

Dann geleitete sie ihn zu einem Stuhl, der mit der Rückenlehne zum Feuer stand. Turlough setzte sich und zupfte seinen Rock zurecht, so dass er es bequem hatte. Dann nahm Mary die kleine Harfe, die vor Turloughs Stuhl auf dem Boden gestanden hatte, und stellte sie ihm sorgfältig auf den Schoß. Schließlich beugte sie sich noch kurz über ihn, als wolle sie ihm einige ermutigende Worte zuflüstern, brachte es stattdessen aber zu Wege, ihm einen Kuss aufs Ohr zu geben, ohne dass irgendjemand im Publikum etwas davon bemerkte.

Turlough lächelte und war dankbar, dass sein Gesicht nicht flammend rot angelaufen war, wie es das für gewöhnlich tat, wenn er in Verlegenheit geriet.

»Squire Reynolds«, sagte er, nachdem Mary sich auf ihren Platz zurückgezogen hatte, »ich habe Euch heute Nachmittag sehr genau zugehört. Und ich habe mir einige Eurer Worte sehr zu Herzen genommen.«

Der Squire schnaubte. Er war sich nicht sicher, ob Turlough die Absicht hatte, ihn zu beleidigen.

»Ich habe einen Spaziergang über die Hügel gemacht«, fuhr Turlough fort. »Mit einem guten Führer, der eine gewisse Leidenschaft mit mir teilt …« Er hielt inne. Cathair wurde blass. »… die Leidenschaft für das Harfenspiel«, beendete Turlough seinen Satz mit einem Lächeln. McCabe stieß einen Seufzer der Erleichterung aus. »Ich habe einmal eine Geschichte gehört«, fuhr Turlough fort, »die Geschichte einer großen Schlacht, die in vergangenen Zeiten hier getobt hat. Die Geschichte erzählt von einem Kampf zwischen dem Stamm, der unter dem Hügel Shee Beg lebte, und dem Feenclan vom Hügel Shee Mor. Und ich dachte, dies wäre ein passendes Thema für eine Komposition.«

»Ihr habt in nur wenigen kurzen Stunden ein Stück komponiert?«, höhnte Reynolds. »Ihr vergeudet meine Zeit. Ihr habt weder das Talent noch den Verstand, um etwas Derartiges zu Wege zu bringen.«

»Ihr habt das Stück noch nicht gehört«, unterbrach ihn McCabe. »Vielleicht wärt Ihr gut beraten, ihn erst einmal spielen zu lassen, bevor Ihr Euer Urteil abgebt. Ich habe die Komposition gehört, und ich denke, sie ist äußerst bemerkenswert.«

Reynolds drehte sich langsam zu McCabe um. Er mochte seinen Ohren kaum trauen. »Was habt Ihr gesagt?«, zischte er mit schlecht verhohlenem Zorn. »Haben denn alle in diesem Haus den Verstand verloren? Wie könnt Ihr es wagen, so zu mir zu sprechen? Ich bin Euer Lehrer.«

»Das seid Ihr«, räumte McCabe ein. »Und ich habe großen Respekt vor Euch. Aber ich finde, Ihr solltet Euch die Melodie anhören, bevor Ihr ein Urteil sprecht.«

»Dieser Junge konnte heute Nachmittag noch nicht einmal seine Harfe richtig stimmen!«, lachte der Squire boshaft. »Es fällt mir schwer zu glauben, dass er bis zum Abend eine Melodie komponiert haben soll, die auch nur das Mindeste taugt.«

»Es gibt nur eine Möglichkeit, das herauszufinden«, hörte Turlough Squire Sheehan sagen. »Lasst ihn spielen.«

Sekundenlang herrschte Schweigen im Raum, bevor Reynolds einlenkte.»Also schön, Turlough«, sagte der Mann beherrscht. »Um meine Gäste nicht zu beleidigen, bestehe ich darauf, dass Ihr uns Euer Stück darbietet. Ich hoffe, Euch ist klar, dass Ihr Gefahr lauft, mich in Verlegenheit zu bringen und Euch selbst zum Narren zu machen. Aber ich sehe, dass meine Meinung keine Beachtung finden wird, bevor alle hier Eure großartige Komposition gehört haben. Also spielt.«

»Ich danke Euch, Sir«, erwiderte Turlough höflich. Dann überprüfte er die Stimmung seines Instruments und befand sie für gut. Im Stillen dankte Turlough Cathair von ganzem Herzen. Er spielte einen kleinen Akkord und ließ die Finger über die Saiten gleiten, während er den ersten Vers seines Gedichts sprach.

»Ein großer Streit entspann sich zwischen den beiden Königreichen, denn sie vermochten ihren Ärger auf dem Feenhügel nicht im Zaum zu halten. Es fing an mit leisem Spott, und es dauerte nicht lange, bis härtere Worte fielen. Zorn loderte auf, und die Schlacht begann.«

Und dann stimmte der Harfenspieler seine Komposition an. Wie er es gern tat, berührte er die Saiten zunächst nur ganz sanft und ließ seine Finger sehr sachte über die Basssaiten gleiten, um seiner Darbietung langsam mehr Kraft verleihen zu können. Aber diesmal war er darauf bedacht, keine der Saiten zu hart anzuschlagen.

Squire Reynolds klappte am Ende des ersten Satzes die Kinnlade nach unten, und in der Mitte des zweiten Satzes hatte er die Augen geschlossen, um genauer zuzuhören. Cathair und Mary lächelten einander an. Die Sheehans lehnten sich mit vor Entzücken blitzenden Augen auf ihren Stühlen zurück und hielten sich an den Händen.

Turlough sang das Lied, das er verfasst hatte, schlug die Akkorde auf der Harfe passend zu den jeweiligen Versen an und zupfte gelegentlich an den kurzen Saiten, um der Melodie Nachdruck zu verleihen. Mhaire Dhall hatte ihn diese Form der Begleitung gelehrt. Sie hatte ihm erklärt, dass dieser Stil der Darbietung geradeso alt war wie die Harfe selbst.

Als das Lied zu Ende war und Turlough die Melodie auf der Harfe noch ein letztes Mal aufgriff, stand selbst auf Squires Reynolds Gesicht ein breites Lächeln.

Turlough beendete sein Stück mit einem Lauf über alle Saiten, den er noch einmal gekonnt wiederholte, bevor er einen Akkord im Bass anschlug, der noch eine Weile nachklang.

Als die letzten Vibrationen der Saiten erstarben, herrschte vollkommene Stille. Niemand bewegte sich. Niemand wagte es zu sprechen. Turlough hob ein wenig den Kopf, um zu hören, ob irgendjemand etwas sagte. Plötzlich machte er sich Sorgen, dass Squire Reynolds anders reagieren könnte als McCabe und Mary am Nachmittag.

Das Schweigen zog sich in die Länge, bis er es nicht länger ertragen konnte. »Nun?«, flüsterte er. »Was haltet Ihr davon?«

»Es ist eine schöne Melodie«, erklärte Reynolds schließlich mit einem unbehaglichen Hüsteln. »Und eine gute Geschichte. Würdig eines großen Musikanten und eines vollendeten Poeten.«

»Vielen Dank«, erwiderte Turlough erleichtert, obwohl er seinen Ohren kaum zu trauen vermochte.

»Aber ich glaube nicht, dass es sich um Eure eigene Komposition handelt«, schränkte der Squire sein Lob ein.

»Was wollt Ihr damit sagen?«, stieß McCabe entsetzt hervor. »Habt Ihr das Stück schon einmal gehört?«

Reynolds sah aus dem Augenwinkel zu Sheehan hinüber, der seinen Blick ausdruckslos erwiderte, ohne etwas zu verraten.

»Das Stück ist zauberhaft«, warf Mrs Sheehan ein. »Ich finde, er hat seine Sache großartig gemacht, wenn man bedenkt, dass es sich um seine erste Komposition handelt.«

»Wo habt Ihr das Stück schon einmal gehört?«, bedrängte McCabe Reynolds.

»Ich bin mir nicht sicher«, gab Reynolds zu. »Aber ich würde darauf wetten, dass es sich nicht um eine selbständige Komposition handelt, die der junge Turlough O'Carolan an nur einem einzigen Nachmittag zu Wege gebracht hat.«

»Solange Ihr Euch nicht darauf besinnen könnt, wann und wo Ihr das Stück schon einmal gehört habt«, warf Squire Sheehan ein, »und wie der Name der Melodie lautet, erscheint es mir doch sehr ungerecht, Turlough vorzuwerfen, das Stück sei nicht sein eigenes. Selbst wenn er sich eine alte Melodie zum Vorbild genommen und sie ein wenig ausgeschmückt hätte, verstehe ich nicht, worüber Ihr Euch aufregt. Offenkundig versteht er sich auf seine Kunst und hat ein echtes Gefühl für die Musik. Und das Lied war überaus unterhaltsam.«

»Ich bin mir sicher, dass ich diese Worte schon einmal gehört habe«, wandte Reynolds mit strenger Stimme ein und schüttelte den Kopf. »Sie stammen nicht von ihm selbst.«

»Oh doch, es sind seine Verse«, erklärte Sheehan. »Ich habe ihm die Geschichte heute Nachmittag erzählt, als er auf dem Shee Beg ein wenig ruhte.«

Cathair runzelte die Stirn. Er konnte sich nicht daran erinnern, Squire Sheehan auf dem Hügel gesehen zu haben.

»Er mag die Geschichte schon einmal gehört haben«, fuhr Sheehan fort, »aber er kannte nur einen Teil davon. Ich musste ihm erzählen, wie die Ereignisse ihren Anfang nahmen. Also muss er den Wortlaut des Liedes in den wenigen Stunden seit unserer Unterredung auf dem Shee Beg selbst ersonnen haben.«

Reynolds sah den Squire und seine Gattin an, und ein Ausdruck der Besorgnis huschte über seine Züge. »Ich erinnere mich nicht, wo ich das Lied schon einmal gehört habe. Vielleicht ist es nur ein halb vergessener Traum.« Sein Stirnrunzeln hatte sich inzwischen vertieft.

»Wäre es zu viel verlangt«, fragte Sheehan nun, »wenn Ihr darüber nachdächtet, ob Ihr den Jungen für seine Bemühungen loben wollt?«

Reynolds war inzwischen klar geworden, dass ihm in der Tat nichts anderes übrig blieb, solange er keinen Beweis dafür finden konnte, dass die Melodie gestohlen war. »Ich gebe zu«, schnaubte er schließlich, »dass das Stück recht hübsch war und das Lied eine gut erzählte Version jener alten Geschichte. Aber das macht Turlough O'Carolan noch nicht zu einem guten Harfenspieler. Seine Finger sind während der Darbietung viele Male ohne Not abgerutscht oder ins Straucheln geraten.«

Die Gäste des Squires sogen verärgert die Luft ein.

»Nichtsdestoweniger«, fuhr Reynolds fort, »kann ich mir vorstellen, dass der junge Mann eines Tages vielleicht ein guter Musiker werden wird, sofern er täglich übt und sein offenkundiges Talent zur Komposition pflegt.«

»Werdet Ihr ihn auf die Wanderschaft schicken?«, fragte McCabe.

»Ganz gewiss nicht!«, rief der Squire höhnisch. »So weit ist er noch nicht. Ein paar Wochen hier werden ihm nichts schaden. Es gibt immer noch das eine oder andere für ihn zu lernen.«

Bevor irgendjemand im Raum gegen die scheinbare Ungerechtigkeit dieser letzten Bemerkung Protest erheben konnte, meldete Turlough sich zu Wort. »Ich danke Euch, Squire Reynolds. Es wäre mir eine Ehre, bei Euch Unterricht nehmen zu dürfen. Und ich wäre überglücklich, für eine Weile mit Euch und Cathair üben zu dürfen, wenn es das ist, was Ihr im Sinn habt.«

»Das ist es … und übrigens, sein Name ist Charles. Wir nennen ihn in diesem Haus nicht Chair.«

»Ich werde mich bemühen, daran zu denken«, seufzte Turlough. »Und ich freue mich darauf, morgen früh die Arbeit bei Euch aufnehmen zu dürfen.«

»Ich möchte Turlough zum Dank für sein Spiel gern ein Geschenk machen«, sagte McCabe nun.

»Was für ein Geschenk?«, verlangte Reynolds zu wissen. Nur die berühmtesten Harfenspieler bekamen nach einer Vorstellung einen Lohn für ihre Kunst. »Er ist noch ein Lehrling. Ihm stehen keine Geschenke zu.«

»Ich habe dennoch eines für ihn«, erklärte McCabe. »Da er immer so viel Mühe hat, seine Harfe zu stimmen, habe ich beschlossen, ihm meine zu geben.«

»Dieses Instrument hat Euren Vater fünfzig Pfund gekostet!«, rief Reynolds. »Ihr könnt es unmöglich diesem Burschen schenken.«

»Ich werde seine Harfe nehmen«, erwiderte McCabe entschieden. »Denn ich werde niemals das Talent haben, mit dem Turlough gesegnet ist. Und ich brauche lediglich ein Instrument, auf dem ich üben kann. Ich habe nicht die Absicht, mir meinen Lebensunterhalt mit der Musik zu verdienen. Er braucht eine gute Harfe viel dringender als ich.«

»Vielen Dank, Cathair«, flüsterte Turlough, ein wenig erschrocken über das aufwendige Geschenk, aber nichtsdestoweniger dankbar dafür.

»Sein Name ist Charles!«, brüllte Reynolds, und alle anderen blickten hastig zu Boden, um ihr Lächeln zu verbergen.

Kapitel 9

Der alte Hugh zog an seiner Pfeife und blies den Rauch dann als eine graublaue Wolke wieder aus.

»Das ist der Ursprung des ersten Stücks, das mein Herr je komponiert hat«, erzählte Hugh dem jungen Rebellen. »Sheebeg SheeMor war Carolans berühmtestes und beliebtestes Stück. Und die Freundschaft zwischen ihm und McCabe war danach für alle Zeit besiegelt.«

»Und Ihr beharrt immer noch darauf, dass die Feen Carolans Gönner waren?«, fragte Edward mit einem Lächeln.

»Ich habe Euch erklärt«, beteuerte Hugh, während er die Asche aus dem Kopf seiner Pfeife klopfte, »dass mein Herr mir die Geschichte genau so erzählt hat, und wer bin ich, ihre Wahrheit zu bezweifeln?«

»Dann war dieser Squire Sheehan«, fragte Edward weiter, »also wirklich der König der Feen? Und seine Frau war die Königin?«

»Sie ist nicht seine Frau!«, zischte Hugh. »Er ist ihr Prinzgemahl. Versucht, das nicht wieder zu vergessen, und Ihr werdet Euch in der Zukunft vielleicht so manche Verlegenheit ersparen.«

»Aber Ihr habt selbst gesagt, dass Carolan manchmal erzählte, er habe die Melodie im Traum gehört«, verteidigte sich Edward.

»Und genau das hat er sich wahrscheinlich selbst lange Zeit einzureden versucht«, gab der alte Whiskeybrenner zu. »Vielleicht mochte er sich nicht als etwas Besonderes ansehen. Vielleicht erschien es ihm lächerlich, zu behaupten, das Gute Volk fördere seine Kunst. Ich habe Euch bereits erzählt, dass selbst Mr Swift meinen Herrn grausam verspottete, als Carolan seine Begegnungen mit den Feen erwähnte.«

»Es muss ein Traum gewesen sein«, wandte der junge Rebell ein. »Das ergibt viel eher einen Sinn.«

»Glaubt, was Ihr wollt«, fuhr Hugh ihn an. »Für mich spielt es keine Rolle. Aber Ihr könnt jeden fragen, der den Meister selbst hat spielen hören. Er wird Euch sagen, dass Carolan eine Gabe hatte, die nicht von dieser Welt war.«

»Ich habe ihn spielen hören«, erklärte Denis. »Und ich habe nicht viel von seiner Darbietung gehalten.«

»Das war in den letzten Jahren seines Lebens«, entgegnete Hugh. »Er ließ damals langsam nach, geradeso wir Ihr es jetzt tut.«

»Ich habe im Alter keineswegs nachgelassen«, kicherte Denis. »Ich habe gerade erst angefangen, warm zu werden.«

Hugh stimmte in das Gelächter seines Freundes ein. »Da habt Ihr aber ein bisschen lange gewartet, hm?«

»Auch ein guter Rotspon braucht seine Jahre«, erwiderte Denis achselzuckend.

Edward sah die beiden alten Männer an, die über ihre Scherze lachten, und er konnte sich ein Lächeln nicht verkneifen. »Ihr seid beide fast hundert Jahre alt«, bemerkte er, »und doch seid Ihr so voller Leben. Was ist das Geheimnis eines so langen Lebens?«

»Jede Menge Ruhe«, erwiderte Hugh. »Und Ihr müsst den Sorgen aus dem Weg gehen.«

»Und Grundbesitzern, Presspatrouillen, Priestern, Politikern und dem Dienst in der Armee«, fügte Denis hinzu.

»Ein moderates Quantum Arbeit, täglich ausgeführt«,

sagte der alte Whiskeybrenner und hob einen Finger, »bewahrt den Körper vor jedweder Krankheit. Zu viel Arbeit macht nur die Knochen müde, und das führt zu einem frühen Tod.«

Er hielt kurz inne, um einen weiteren Becher Whiskey hinunterzustürzen.

»Eine gute Frau«, ergänzte der alte Harfenspieler.

»Die gleichzeitig eine gute Freundin ist«, bemerkte Hugh. »Und auch nicht zu jung.«

»Die Jungen bescheren einem Mann nur vorzeitige Sterblichkeit«, bekräftigte Denis kopfschüttelnd.

»Wie viele unserer teuren Kameraden haben ihr Leben gelassen«, fragte Hugh, »wegen des mutwilligen …«

»Wankelmütigen«, warf Denis ein.

»Wegen des mutwilligen, wankelmütigen, betörenden Lächelns eines hübschen Mädchens?«, führte Hugh seinen Satz zu Ende. »Ich würde mich mit Freuden jederzeit lieber dem Feuer von Kanonen stellen als den arglistigen Aufmerksamkeiten einer jungen Frau, die nur eins im Sinn hat.«

»Was mag das denn wohl sein, dieses eine, das sie im Sinn haben könnte?«, fragte der Harfenspieler unschuldig.

»Woher soll ich das wissen?«, gab Hugh zurück. »Was immer es ist, sie hätte es im Sinn, nicht ich. Ich bin hundert Jahre alt. Ich habe schon seit Monaten nicht mehr an solche Dinge gedacht.«

»Die anderen wesentlichen Zutaten für ein langes Leben sind gleich bemessene Dosen an Lachen, Liebe, Alkohol, Heiterkeit, Schelmerei und Musik«, kicherte Denis.

»Und wenn Ihr all diese Dinge im richtigen Verhältnis miteinander mischt, werdet Ihr geradeso alt werden wie wir beiden und nicht minder hübsch«, bekräftigte Hugh und zeigte sein zahnloses Grinsen. Dann wandte er sich an seinen Freund. »Spielt uns eine Melodie«, verlangte er. »Ich fülle Euch nicht mit dem besten Whiskey ab, damit Ihr hier herumsitzt und die Stunden mit philosophischem Geschwätz vergeudet.«

»Ich werde nicht spielen, wenn Ihr mich weiter beleidigt«, erklärte Denis nachdrücklich. »Ich habe mich noch nie mit Philosophie abgegeben. Ich finde, sie lenkt mich von den wichtigen Dingen im Leben ab. Wie der ewigen Frage, woher ich meinen nächsten Becher Whiskey bekommen werde.«

»Ihr seid ein fauler alter Trunkenbold«, brauste Hugh auf.

»Ihr fangt schon wieder damit an«, seufzte der Harfenspieler. »Ihr könnt einfach nicht anders, als mich zu schmähen, nicht wahr?«

»Spielt uns eine Melodie.«

»Was würdet Ihr denn gern hören?«

»Das Concerto.«

»Bei Jesus und allen Heiligen! Nicht schon wieder das! Ich werde es spielen, wenn mir danach zu Mute ist. Ihr solltet dankbar dafür sein, einen Harfenspieler unter Eurem Dach beherbergen zu dürfen. Nicht einmal die großen Häuser können sich heutzutage noch rühmen, meinesgleichen zu Gast zu haben.«

»Die meisten der großen Häuser würden sich weigern, Euresgleichen bei sich aufzunehmen«, informierte ihn Hugh. »Weil sie ihre feinsten Speisen und ihre erlesensten Weine auftischen würden und dann drei Tage auf eine Melodie warten müssten.«

»Dann vielleicht etwas anderes?«, erbot sich Denis. »Gibt es ein anderes Stück, das Ihr gern hören würdet?«

»Was würdet Ihr denn spielen, wenn nicht das Concerto?«

»Welches war das zweite Stück, das Carolan komponierte?«, wollte Denis wissen.

Hugh lehnte sich zurück und dachte einen Moment lang nach. »Mich dünkt, es war das Hewlett«, sagte der alte Whiskeybrenner schließlich, »obwohl ich mir nicht ganz sicher bin.«

»Das ist eine schöne Melodie, auch wenn ich gehört habe, dass in Wahrheit McCabe sie komponiert und Carolan das Stück von ihm übernommen hat.«

»Das ist nicht wahr!«, ereiferte sich Hugh. »Ihr seid schlecht informiert, Denis Hempson. McCabe und mein Herr blieben bis ans Ende ihres Lebens die besten Freunde. Tatsächlich spielten sie einander immer wieder Streiche. Ich glaube nicht, dass Master Carolan eine Melodie als sein Eigentum ausgegeben hätte, die seinem besten Freund gehörte.«

»Das Hewlett ist ein hübsches Stück«, sagte Denis zu Edward. »Voller Heiterkeit und Frohsinn. Ich könnte mir denken, dass die Melodie komponiert wurde, um einer Freundschaft zu huldigen.«

»Das ist gut möglich«, gab Hugh zu. »Mein Herr und Cathair McCabe bereisten viele Jahre lang ganz Irland, und sie standen einander sehr nahe.«

Der alte Whiskeybrenner klopfte auf der Suche nach Tabak seine Taschen ab. Edward beugte sich vor und legte Hugh seinen Beutel in die Hand.

»Vielen Dank«, sagte der alte Mann. »Also, wo war ich gerade? Oh ja.« Er hielt inne. »Ich erinnere mich, dass der Meister mir von einer Begebenheit erzählte, als die beiden zusammen in Dublin waren.«

»Wollt Ihr nun eine Melodie oder nicht?«, warf Denis ein.

»Einen Moment noch! Bezähmt Eure Ungeduld«, stöhnte der Whiskeybrenner. »Wo war ich noch?«

»In Dublin«, half Edward ihm auf die Sprünge, während er an seinem Whiskey nippte.

»Genau«, sagte Hugh und schnippte mit den Fingern. »Carolan war etliche Jahre auf Reisen gewesen, als er eines schönen Sommertags nach Dublin kam, um seinen alten Freund McCabe zu treffen, der dort das Konservatorium besuchte und bei einem gewissen Dr. Delany Quartier genommen hatte. Und was glaubt Ihr, wen Cathair McCabe meinem Herrn vorstellte?«

»Ich habe keine Ahnung«, antwortete der junge Rebell kopfschüttelnd.

»Bridget Cruise. Sie war zu jener Zeit natürlich eine verheiratete Frau. McCabe hatte sie bei einem Konzert kennen gelernt, und sie hatte sich an ihm festgesaugt wie eine Entenmuschel am Rumpf eines Kahns.«

»Ist das wahr?«, keuchte Denis.

»Das ist es«, bekräftigte Hugh. »McCabe hatte geglaubt, sie überraschen zu können, indem er sie mit dem damals bereits berühmten Carolan bekannt machte. Aber es war McCabe, der eine Überraschung erlebte, als der Meister sich nach Bridgets Gemahl erkundigte, bevor die beiden einander überhaupt vorgestellt worden waren. Carolan erzählte mir, dass er Bridget erkannt habe, sobald sie den Raum betreten hatte, noch bevor sie auch nur ein Wort gesprochen hatte – und das, obwohl er blind war.«

»Genauso erging es mir mit meiner Frau«, bemerkte Denis. »Ich konnte es spüren, wenn sie das Haus betrat oder wenn ihr etwas im Kopf herumging, das ihr Sorgen bereitete. Aber mir war es einzig darum zu tun, üblen Prellungen aus dem Weg zu gehen.«

»Nach jener Begegnung«, fuhr Hugh ungeachtet dieses Einwurfs fort, »komponierte Carolan eine wunderschöne, betörende Melodie zum Andenken an Bridget Cruise. Es war das anrührendste Stück, das mir je zu Ohren gekommen ist. Ich konnte ihm nicht lauschen, ohne dass mir die Tränen in die Augen traten.«

»Genauso geht es mir, wenn ich Eure Geschichten höre«, brummte Denis.

»Ich selbst habe den Meister kurze Zeit später kennen gelernt«, fuhr Hugh fort. »Mein Vater, den man den alten Hugh Connor nannte, war damals in den Fünfzigern und als Kutscher und Mann für alles bei Mr McCabe in Dienst. Als Mr McCabe später mit Master Carolan auf Reisen ging, begleitete mein Vater die beiden Herren.«

»Aber wie seid Ihr dann in Carolans Dienste gekommen?«, fragte Denis, obwohl er die Geschichte schon früher gehört haben musste.

»Ich arbeitete in Dublin für den guten Dr. Delany«, erklärte der Whiskeybrenner, »im selben Gewerbe wie mein Vater, als Kutscher. Eines Nachmittags kam die Nachricht, dass mein Vater einen schweren Anfall erlitten hatte. Ich machte mich unverzüglich auf den Weg zu Mr McCabes kleinem Haus, um nach dem alten Herrn zu sehen, und dort begegnete ich zum ersten Mal dem berühmten Turlough O'Carolan. Er spielte ein beruhigendes Stück für meinen Vater, der in einem breiten Bett lag und so aussah, als würde er bald seinen letzten Atemzug tun. Die Szene rührte mich so sehr, dass ich Master Carolan meine Dienste anbot.«

»Ist Euer Vater gestorben?«, fragte Edward beflissen.

»Nein«, lachte Hugh. »Es stellte sich heraus, dass mein Vater einen Apfelbissen in die falsche Kehle bekommen hatte. Er steckte in seiner Luftröhre fest. Anschließend litt der alte Knabe natürlich ein wenig unter Verdauungsstörungen. Er wurde über neunzig und wäre noch heute unter uns, hätte er an jenem bitterkalten Herbsttag 1750 nicht einen Spaziergang an der Küste unternommen. Es war ein feuchter und trüber Tag. Ich habe versucht, dem alten Knaben klar zu machen, wie töricht es war, bei solchem Wetter ganz allein auszugehen. Aber er war ein halsstarriger Mann, mein Vater.«

»Eine solche Torheit bei einem so alten Menschen.« Denis schüttelte den Kopf. »Ist Euer Vater an einer Erkältung gestorben?«

»Nein«, antwortete Hugh. »Er ist an einem Apfel erstickt, den er zum Mittagessen mitgenommen hatte.«

Hugh seufzte tief, dann leerte er seinen Whiskeybecher mit einem einzigen Schluck.

»Aber diese zufällige Begegnung mit Master Carolan«, fuhr der Whiskeybrenner fort, »war der Anfang einer langen Verbindung zwischen uns. Ich bekam einen Penny am Tag bezahlt, was in jenen Zeiten als ein verdammtes Vermögen galt.«

»Das ist ja mehr als ein Shilling in zwei Wochen!«, rief Denis. »Wie kommt es, dass Ihr von dieser gewaltigen Summe Geldes nichts gespart habt?«

»Master Carolan war nicht immer pünktlich, wenn es darum ging, mir meinen Lohn auszuzahlen«, erklärte Hugh.

»Ich hatte Euch von jeher in Verdacht, ein Verschwender zu sein«, rief der alte Harfenspieler und rechnete sich mit den Fingern die Summe aus. »In vier Monaten hättet Ihr annähernd ein Pfund Sterling verdient!«

»Ich habe Euch doch erklärt«, erwiderte der Whiskeybrenner mit zusammengebissenen Zähnen, »ich bekam meinen Lohn nicht immer pünktlich. Ich musste mich oft genug nach der Decke strecken.«

»Warum seid Ihr dann bei Carolan geblieben?«, wollte Denis wissen.

»Wir sind Freunde geworden«, erklärte Hugh. »Er brauchte mich. Und nachdem Mr McCabe seine Studien am Konservatorium aufgenommen hatte, war niemand mehr da, der den Meister auf seinen Reisen führte. Also kam diese Aufgabe mir zu. Außerdem war es kein allzu hartes Leben. Ich hatte immer einen vollen Bauch und ein warmes Plätzchen zum Schlafen. Und oft stand mehr Alkohol bereit, als ich beim besten Willen hätte trinken können.«

»Es gab also gewisse Entschädigungen«, lachte Edward.

»Die gab es, allerdings«, erwiderte Hugh mit einem Lächeln.

»Und auch einige Abenteuer, möchte ich wetten«, ergänzte Denis.

»Mehr Abenteuer, als zu erzählen ich Zeit habe«, antwortete der Whiskeybrenner.

»Gott sei Dank«, murmelte Denis.

»Und Ihr habt viele der Leute kennen gelernt, für die der Meister seine Musik komponierte?«, wollte Edward wissen.

»Ich habe sie kennen gelernt und häufig auch Freundschaft mit ihnen geschlossen.«

»Aber damals sah es noch anders aus in Irland«, warf Denis ein. »Man konnte ohne Gefahr reisen.«

»Wann immer Cathair McCabe sich eine Ruhepause von seinen Studien gönnte«, sprach Hugh weiter, »besuchten er und mein Herr gemeinsam all die großen Häuser. In jenen Zeiten war keiner der großen Landsitze mehr als eine Tagesreise vom nächsten entfernt. Heute liegen die Dinge natürlich ganz anders. Ich bezweifle, dass viele der hohen Herren im Land ihre Türen einem Fremden öffnen würden, seit wir unter all den Kriegen und Hungersnöten zu leiden haben.«

»Irland ist voller Räuber«, stimmte Denis ihm zu. »Manchmal muss ich meinen ganzen Mut zusammennehmen, um auch nur zur Tür hinauszugehen.«

»Und häufig bleibt Euch nichts anderes übrig, als auch ein beträchtliches Stück von meinem Mut zu rauben, bevor Ihr Euch bereit findet, Euren Abschied zu nehmen«, spottete Hugh.

In diesem Moment kam Daniel herein, sah die leeren Becher und machte seine Runde, um sie wieder aufzufüllen. »Ich werde für ein Weilchen nach draußen gehen und Wache halten für den Fall, dass die Rotröcke vorbeikommen«, erklärte er. Dann griff er nach seiner Pfeife und verließ den Raum, um sich vors Haus zu setzen, da die Nacht klar und nicht allzu kalt war.

»Einmal komponierte Carolan ein Stück für Elizabeth Nugent, das man noch in den letzten Jahren seines Lebens von ihm verlangte«, erinnerte sich Hugh. »Er war beim Tod von Sir Ulick Burke zugegen und komponierte ein Totenlied für diesen Herrn und ein weiteres für Finbar MacDonough; beide Männer entstammten dem alten Adel, müsst ihr wissen.«Hugh kippte den Whiskey herunter und fuhr fort: »Hauptmann John Irwin freundete sich mit McCabe an, daher verfasste Carolan ein entzückendes Stück, um ihm Tribut zu zollen. Ich weiß noch heute, wie die Melodie geht.«

»Hat er für all seine Gönner Musik komponiert?«, fragte Edward.

»Nein.« Hugh schüttelte den Kopf. »Nur für diejenigen, die ihm die beste Gastfreundschaft boten und den feinsten Alkohol. Einzig jene, die es sich leisten konnten, ihn großzügig zu entlohnen, wurden mit einer Melodie geehrt.«

»Wenn er kein Einkommen hatte, wie konnte er es sich dann leisten zu reisen?«

»Der Meister nahm Schüler an und wurde für seinen Unterricht bezahlt. Und oft kehrte er in Gasthäusern ein und spielte dort als Gegenleistung für eine Mahlzeit und ein Zimmer. Einmal komponierte er ein Stück für Squire Jones, seines Zeichens Gastwirt. Der Mann hatte eine Vorliebe für Rotspon, und er trank ihn aus großen Humpen, die vier von meinen Bechern fassten. Ich erinnere mich an so manchen Abend, den wir damit verbrachten, Squire Jones' Lied zu singen und immer neue Verse zu ersinnen, um die Darbietung der jeweiligen Gesellschaft anzupassen.« Der alte Mann rieb sich nachdenklich das Kinn. »Nehmt Eure Harfe, Denis Hempson«, rief er, und kaum hatte Denis einen Akkord angeschlagen, stimmte Hugh sein Lied an. »Ihr guten Leutchen alle«, sang er aus voller Kehle – Edward staunte über die Kraft seiner Stimme, wenn man bedachte, dass er angeblich hundert Jahre alt war –, »die ihr gern dort verweilt, wo guter Rotspon lagert, hört meinen Ruf. Es gibt da einen, der nichts und niemanden fürchtet und sich oft an sechs Flaschen und mehr ergötzet!«

Nach der Anstrengung des ersten Verses ruhte Hugh sich

ein wenig aus, während Denis weiterspielte. Der alte Whiskeybrenner war es zufrieden, leise mitzusummen, bis Denis an das Ende des Stückes kam. Dann stimmte der alte Harfenspieler unangekündigt eine langsame, melancholische Melodie voller Sehnsucht an.

»Das ist das erste Stück, das Master Carolan für Bridget Cruise komponierte«, flüsterte Hugh, »an dem Tag, nachdem er ihr in Dublin begegnet war. Ich habe ihn dieses Stück nur einige wenige Male spielen hören, denn es verursachte ihm stets großes Herzeleid, wenn er sich daran erinnerte. Ich habe keine Ahnung, woher Denis die Melodie kennt.«

»Ich habe sie von McCabe«, sagte Denis, ohne den Fluss der Melodie zu unterbrechen.

Mhairgead kam herein und lehnte sich an die Tür, als sie dieses Stück hörte. Edward blickte zu ihr auf und sah, dass ihr Tränen in die Augen traten. Als sie bemerkte, dass er sie anstarrte, wischte sie die Tropfen eilig fort, dann ging sie zum Feuer hinüber, um die Whiskeybecher nachzufüllen.

Kaum hatte Denis sein Spiel beendet, stellte er die Harfe neben sich auf den Boden, und Mhairgead drückte ihm einen vollen Becher in die Hand.

»Das war die traurigste Melodie, die ich Euch jemals habe spielen hören«, sagte sie zu ihm.

»Ich spiele sie nicht oft«, gab Denis zu. »Sie ruft in mir die Erinnerung an Menschen wach, die schon lange nicht mehr unter uns sind, und es bereitet mir großen Kummer, dass sie nicht mehr bei mir sind.«

»In mir weckt das Stück ein Gefühl von Einsamkeit«, Mhairgead. »Als sei ich der einzige Mensch, der auf Welt zurückgeblieben wäre.« Sie sah in Edwards Richtung, und ein winziges Lächeln spielte um ihre Lippen.

»Aber die Melodie, die Carolan für seine Lehrerin komponierte, war ein noch kummervolleres Stück«, erklärte Hugh ihr. »Der Tribut an Mhaire Dhall ist süß, heiter und gleichzeitig erfüllt von Trauer.«

»Es ist ein wunderschönes Klagelied«, stimmte Denis ihm zu. »Aber ich habe gehört, sie habe ihn das Stück gelehrt, bevor sie ihr Leben aushauchte.«

»Könnt ihr die Seele dieses Mannes nicht in Frieden ruhen lassen?«, zürnte der alte Whiskeybrenner. »Seid Ihr außer Stande, ihm auch nur das geringste Lob zu seinen Leistungen auszusprechen?«

»Jene Melodien, die seine eigenen sind, will ich ihm gern zuschreiben«, gab der Harfenspieler zurück. »Einige von ihnen sind sehr schön, obwohl sie teuflisch schwer zu spielen sind. Über jene, die er sich von anderen ausgeborgt hat, will ich mir kein Urteil gestatten, denn ich habe nur das Wort von Männern wie McCabe dafür.«

»McCabe hat niemals ein böses Wort gegen Carolan gesagt, in seinem ganzen Leben nicht!«, protestierte Hugh. »Ich weiß es, weil ich mit den beiden Männern die langen Straßen zwischen den großen Häusern bereist habe. Cathair McCabe mag ein Schwindler mit einer Vorliebe für Whiskey gewesen sein, aber er war auch ein Gentleman, der meinen Herrn liebte wie einen Bruder.«

»Aber ich weiß noch genau, dass Ihr mir die Geschichte von McCabes Tod erzählt habt«, entgegnete Denis. »War das die Tat eines Freundes? Mit Vorsatz und unter solch beunruhigenden Umständen zu sterben?«

»Ich verstehe nicht«, unterbrach Edward ihn, nachdem er noch einen Schluck von seinem Whiskey genommen hatte. »War McCabe verantwortlich für seinen eigenen Tod? Hat er Selbstmord begangen?«

»Gütiger Gott, nein!«, riefen beide alten Männer wie aus einem Mund, dann kicherten sie plötzlich.

»Es war eine erheblich unterhaltsamere Methode, die er zum Sterben wählte, als ein Selbstmord es sein könnte«, vertraute Hugh ihm an. »Er starb unter den Händen eines Straßenräubers.«

Edward runzelte die Stirn, da er nicht verstand, was daran so erheiternd sein sollte.

»Es geschah in demselben Jahr, als der Master seinen Tribut an Lord Inchinquin komponierte.«

»In welchem Jahr war das?«, erkundigte sich Denis.

»1709 oder 1710 muss es gewesen sein«, erwiderte der alte Whiskeybrenner, nachdem er die Zahlen im Kopf schnell durchgegangen war. »Ich war damals einundzwanzig Jahre alt und stand seit ein oder zwei Jahren in Master Carolans Diensten.«

Edward schüttelte den Kopf, um den Nebel des Whiskeys abzuschütteln. Dann streckte er die Beine von sich und machte sich bereit, einen weiteren Teil der Geschichte zu hören. Während Hugh seine Pfeife abermals stopfte, kam Mhairgead zu Edward hinüber und zog sich einen Stuhl dicht neben den des jungen Rebellen, um mit ihm zusammen auf den Fortgang der Geschichte zu warten.

Das große Zugpferd blieb mitten auf der Straße stehen und weigerte sich, auch nur einen Schritt weiterzugehen. Turlough saß im Sattel und gab dem Tier, so gut er es vermochte, die Sporen. Er beschimpfte das Pferd. Er flehte es an. Er rief einen Fluch auf das Tier und all seine Nachfahren herab. Schließlich appellierte er in seiner Verzweiflung an die Macht aller Heiligen im Himmel. Aber das Pferd bewegte sich immer noch nicht.

»Wo bist du, Hugh?«, rief der Harfenspieler verärgert aus. »Warum hilfst du mir nicht, dieses Vieh in Bewegung zu bringen?«

»Ich bin genauso erschöpft wie Eure Stute«, antwortete der Diener. »Ich habe mich in diesem trockenen Graben ein wenig niedergelegt. Das Gras ist weich, und ich bin zufrieden.«

»Hat dich das Faulfieber geschlagen?«, donnerte Turlough. »Ich will weiterreiten. Mir steht nicht der Sinn danach, nach Einbruch der Dunkelheit noch hier draußen zu sein.«

»Es ist Mittag«, erwiderte Hugh. »Wir sind die ganze Nacht und den größten Teil des gestrigen Tages unterwegs gewesen. Ich brauche Schlaf. Die Stute braucht Futter und Wasser und ein wenig Ruhe. Lasst uns hier bleiben.«

»Ich kann es kaum erwarten, Jones' Haus zu erreichen. Ich habe gehört, dass dort heute Abend ein großes Fest stattfindet, um die Rückkehr einiger seiner Freunde aus Frankreich zu feiern.«

»Das schaffen wir nie«, seufzte Hugh. »Es sind noch fünf Meilen. Ich bin am Ende. Reitet ohne mich weiter.«

»Mary wird dort sein«, fuhr Turlough fort. »Ich habe sie seit einem Jahr nicht mehr gesehen. Und ich muss ihr eine sehr wichtige Frage stellen. Cathair wird eine eigene Komposition darbieten, wie man mir erzählt hat. Kommt jetzt endlich.«

»Reitet ohne mich weiter. Wenn ich nicht ein wenig Ruhe bekomme, werde ich sterben.«

»Ich kann nicht ohne Euch reiten. Ihr tragt meine Harfe. Was nutzt ein Harfenspieler ohne sein Instrument?«

»Ich werde verschrumpeln wie eine Leiche, wenn ich nicht ein paar Stunden ordentlich schlafen kann«, brummte Hugh. »Es wird noch mehr Feste geben.«

»Beweg deinen fetten Hintern, oder ich werde dir diesen Monat keinen Lohn zahlen.«

»Ihr habt mich letzten Monat und in dem Monat davor auch nicht bezahlt«, erwiderte der Diener gelassen. »Ich gewöhne mich langsam an diesen Stand der Dinge. Es ist eine müßige Drohung.«

»Ich bitte dich, Hugh, du weißt, wie hart die Zeiten waren«, sagte Turlough besänftigend. »Der lange Krieg, die Krankheit von König Wilhelm und die daraus folgende Unsicherheit im Reich haben uns allen schwer zu schaffen gemacht. Und dann war da noch diese Angelegenheit mit den Jakobinern. Niemand ist im Augenblick auf Rosen gebettet.«

»Ich weiß«, warf Hugh ein, ohne die Augen zu öffnen. »Ich habe diese Rede schon einmal gehört. Als Nächstes werdet Ihr mir erzählen, dass ich dankbar für einen vollen Bauch und ein warmes Plätzchen zum Schlafen sein solle. Und dann werdet Ihr mich an die Wohltaten erinnern, in deren Genuss mich die privilegierte Stellung an Eurer Seite bringt. ›Viele Menschen im Land hungern, weil sie nicht einmal einen Löffel gekochten Kohl in den Magen bekommen‹«, äffte er die Stimme des Harfenspielers nach, »›während du, Hugh Connor, dich jeden Abend an Wildbret und feinem, gebackenem Gemüse gütlich tust. Und bedenke auch die Straßenräuber, die den Armen das wenige stehlen, was sie besitzen. Also, welchen Grund zur Klage hättest du?‹«

»Es ist nicht nötig, mir gegenüber einen solchen Tonfall anzuschlagen.«

»Ich bin müde!«, brauste Hugh auf und stützte sich auf einen Ellbogen, um sicherzustellen, dass er Gehör fand.

»Nun gut«, räumte Turlough schließlich ein. »Es wird uns wohl nicht schaden, eine kurze Ruhepause einzulegen. Vielleicht eine halbe Stunde oder so.«

»Keine Bange, ich werde noch hier sein, wenn ich bereit bin, aufzubrechen.«

»Sehr witzig.«

Hugh ignorierte seinen Herrn und legte den Kopf wieder auf den Boden. Aber kaum hatte seine Wange das Gras berührt, nahm er auch schon ein seltsames Dröhnen in der Erde wahr.

Er riss die Augen auf. »Wer würde mitten am Tag ein Pferd in einem solchen Tempo galoppieren lassen?«, flüsterte er, und im nächsten Moment wusste er auch die Antwort auf seine Frage. »Straßenräuber! Ich hätte keine Scherze darüber machen dürfen. Steigt von Eurer Stute, Herr!«, schrie der Diener und sprang auf, um an Turloughs Mantel zu zerren.

»Was ist in dich gefahren, Hugh?«, rief Turlough. »Ich werde absitzen, wann immer es mir genehm ist. Hast du den Verstand verloren?«

Aber mittlerweile konnten sie beide die Hufschläge auf der geraden Straße hören. Turlough drehte sich im Sattel um und runzelte die Stirn.

»Ich habe ein ganz schlechtes Gefühl«, flehte Hugh. »Bitte, steigt ab und sucht Euch ein Versteck im Graben. Ich habe von einem Harfenspieler gehört, der vor zwei Monaten ausgeraubt wurde, und die Teufel haben seinen Diener niedergeschossen, bevor sie alles stahlen, was die beiden armen Kerle besaßen.«

»Wenn Straßenräuber darauf aus sind, Diener zu erschießen, solltest du vielleicht derjenige sein, der sich versteckt«, erwiderte Turlough. »Von mir wird kein Räuber etwas bekommen.«

»Ihr seid sehr kühn, Herr, aber ich flehe Euch dennoch an, vom Pferd zu steigen.«

»Hugh«, sagte Turlough mit Nachdruck, «kein Straßenräuber wird uns etwas stehlen. Wir haben kein Gold. Wir haben nichts zu essen. Keinen Whiskey. Und nichts von Wert, abgesehen von meiner Harfe. Und kein Dieb wäre so töricht, eine Harfe zu stehlen. Was sollte er damit anfangen? Falls er sie überhaupt auf sein Pferd bekommt?«

»Darüber habe ich noch nicht nachgedacht«, gestand Hugh und fühlte sich schon ein wenig besser. Nicht viel, gewiss, aber immerhin ein wenig.

Inzwischen war der Reiter deutlich näher gekommen, und das Herz des Dieners schlug schon bald im gleichen Rhythmus wie die schweren Hufe.

»Bitte, steigt ab, Herr«, flehte er noch einmal, »nur für den Fall, dass es Ärger gibt.«

Aber es war bereits zu spät. Der Reiter hatte die beiden Reisenden entdeckt und war auf sie zugeprescht.

Der Fremde trug einen langen schwarzen Reiseumhang und einen breitkrempigen Hut, der nach französischer Manier nach oben gebogen war, um drei Ecken zu bilden. Vor dem Gesicht trug er ein dickes schwarzes Spitzentuch, das er sich im Nacken zusammengebunden hatte, um Mund und Nase vor dem Staub der Straße zu schützen.

Jetzt zügelte der Fremde sein Pferd und brachte es nur wenige Schritte von Turlough und Hugh entfernt zum Stehen. Dann sprang der Reiter aus dem Sattel und kam mit seinem schwitzenden Tier auf sie zu.

»Guten Tag, Gentlemen«, rief der Fremde mit heiserer Stimme.

»Guten Tag, Sir«, stotterte Hugh.

»Guten Tag«, antwortete der Harfenspieler.

»Habt Ihr irgendwelche Schwierigkeiten?«, erkundigte sich der Reiter, dem das Sprechen offenkundig Mühe machte.

»Nein«, blaffte Hugh ihn an.

»Es ist aber doch seltsam, dass Ihr hier, zwischen einem Dorf und dem nächsten, Halt gemacht habt. Hat Euer Pferd ein Hufeisen verloren?«

»Nein«, sagte der Diener nachdrücklich, während er den Reiter weiterhin voller Argwohn musterte. »Die gleiche Frage könnten wir Euch stellen.« Hugh fühlte sich jetzt ein wenig verwegener. »Warum galoppiert Ihr mitten am Tag in der größten Hitze in solchem Tempo die Straße entlang? Denkt Ihr denn gar nicht an Euer Pferd?«

»Ich bin ein Bote«, erwiderte der Fremde. »Squire Jones hat mich geschickt, um Turlough O'Carolan, den Harfenspieler, zu suchen.«

Turlough öffnete den Mund zu einer Antwort, aber Hugh stieß seinem Herrn einen Ellbogen ins Bein, um ihn zu warnen.

»Warum sollte Squire Jones dem berühmten Harfenspieler eine Botschaft schicken wollen?«, verlangte Hugh zu wissen.

»Der Squire hat gehört, dass Carolan auf dem Weg zu einem großen Fest über diese Straße reisen wolle, und er hat mich gebeten, ihn zu eskortieren.«

»Wir brauchen keine Eskorte«, schnaubte Hugh. »Also zieht Eures Weges und berichtet dem Squire, dass wir gegen Sonnenuntergang eintreffen werden.«

»Ist das Carolan?«

»Der bin ich«, erklärte der Harfenspieler und schob Hugh mit der Hand beiseite. »Bitte, beachtet meinen Dienstmann nicht weiter. Er hat seit gestern nicht geschlafen, und er hängt ein wenig zu sehr an der Flasche.«

»Mein Name ist O'Halloran«, sagte der Fremde nun, und seine heisere Stimme klang, als bereite ihm das Sprechen große Mühe. »Ich habe ein Nachricht für Euch. Traurige Kunde, befürchte ich.«

»Was ist passiert?«, fragte Turlough besorgt. »Hat den guten Squire eine Tragödie befallen?«

»Nein«, antwortete O'Halloran. »Ich darf wohl davon ausgehen, dass Ihr die Neuigkeiten noch nicht gehört habt.«

»Welche Neuigkeiten?«

»Charles McCabe ist tot.«

»Cathair? Tot?«, keuchte Turlough. »Aber wie?«

»Er ist vor drei Tagen, nicht weit von dieser Stelle entfernt, von einem Räuber überfallen worden. Er hat ihm einen wackeren Kampf geliefert, wie es wohl seine Natur war, aber der Dieb war mit zwei Steinschlosspistolen bewaffnet. McCabe wurde in den Rücken getroffen und starb an seinen Verletzungen, noch bevor man Hilfe holen konnte. Gestern Morgen hat man ihn auf dem Friedhof eine halbe Meile von hier begraben.«

»Cathair!«, rief Turlough. »Heilige Mutter Gottes! Er war

ein guter Mann und ein wunderbarer Freund.« Der Harfenspieler begann laut zu weinen.

Hugh beäugte den Fremden voller Argwohn. Er hatte immer noch das sichere Gefühl, dass irgendetwas an dem Mann nicht stimmte.

»Wir sollten uns lieber auf den Weg machen«, drängte der Fremde. »Der Straßenräuber ist noch auf freiem Fuß und könnte irgendwo im Graben lauern, um erneut zuzuschlagen.«

»Führt mich zu Cathairs Grab«, schluchzte Turlough. »Ich möchte meinen Freund besuchen und ihm meinen Respekt erweisen.«

»Was sagt Ihr da?«, fragte der Fremde mit einem Anflug von Panik in der Stimme. Hugh bemerkte sofort, dass der Reiter nervös bald in die eine, bald in die andere Richtung blickte.

»Ich möchte an seinem Grab sitzen und um Cathair McCabe trauern, den sanftesten Poeten in ganz Irland«, sagte Turlough mit aufrichtiger Traurigkeit.

»Also schön«, erwiderte der Fremde, und ein leichtes Beben lag in seiner Stimme. »Man hat ihn auf dem Friedhof am anderen Ende dieser Straße begraben. Ich werde Euch dort hinführen, wenn Ihr wollt.«

Hugh stellten sich die Nackenhaare auf. Sein Instinkt sagte ihm, dass der Fremde log. Aber er wagte es nicht, jetzt schon etwas gegen den Mann zu unternehmen, da es immerhin möglich war, dass er sich irrte. Als O'Halloran sich umdrehte, um sein Pferd zu beruhigen, und sein langer schwarzer Umhang sich öffnete, bemerkte der Diener eine elegante Pistole, die am Gürtel des Fremden baumelte.

Es war eine teure Schusswaffe mit goldenen Einlegearbeiten auf dem geschwärzten Holz. Und es war eine Steinschlosspistole. Das neueste und verlässlichste Modell, das aus Frankreich eingeführt wurde. Erst wenige Tage zuvor hatte man Hugh im Haus von Lord Inchinquin eine dieser Waffen gezeigt.

»Allmächtiger«, murmelte er und wandte sich dann hastig ab, um so zu tun, als müsse er den Zügel am Pferd seines Herrn richten.

Der Fremde sah den Diener eine Sekunde lang direkt an, dann wandte er sich wieder ab. Hugh begann zu zittern, während er überlegte, was er tun sollte. Schließlich beschloss er, abzuwarten und den Reiter genau im Auge zu behalten. Beim ersten Anzeichen von Ärger, sagte er sich, wäre es seine Pflicht, seinen Herrn zu beschützen.

O'Halloran schwang sich wieder in den Sattel, und Hugh stellte fest, dass es sich bei dem Tier um ein edles Kavalleriepferd handelte. Es trug noch ein Brandmal – die Lilie –, das es als Besitz des französischen Heeres auswies. Die französischen Soldaten waren mit der jüngsten unglückseligen Jakobinerarmee nach Irland gekommen. Wahrscheinlich war der Mann ein ehemaliger Offizier, der seit dem Scheitern der französischen Invasion vor einigen Jahren in Not geraten war. Hugh konnte keinen Säbel und auch kein Schwert entdecken, ebenso wenig einen Karabiner. Wie es aussah, war die Pistole die einzige Waffe, die der Fremde bei sich hatte.

»Er hat nur einen einzigen Schuss«, flüsterte der Diener vor sich hin. »Gott helfe mir, wenn er sich als guter Schütze erweisen sollte.«

»Wie weit ist es bis zum Friedhof?«, fragte Turlough leise und mit niedergeschlagenem Tonfall.

»Der Friedhof ist nur eine halbe Meile entfernt«, erwiderte der Fremde. »Wenn wir die Pferde traben lassen, sind wir im Nu dort.«

»Ihr werdet auf mich warten müssen«, warf Hugh ein, der leicht in Panik geraten war. »Ich bin zu Fuß unterwegs und trage außerdem diese Harfe. Ich kann unmöglich mit zwei trabenden Pferden Schritt halten.«

»Wir werden am Friedhof auf Euch warten«, schlug O'Halloran vor. »Es ist nicht weit.«

»Ich würde lieber bei meinem Herrn bleiben, wenn Ihr nichts dagegen habt.«

»Hugh«, sagte Turlough sanft. »Ich komme schon zurecht. Die Neuigkeit hat mich noch gar nicht wirklich erreicht. Vielleicht muss ich einfach ein Weilchen mit meinen Gedanken allein sein. Wir werden vorausreiten. Du holst uns ein, sobald es dir möglich ist. Ich weiß, dass du erschöpft bist, also lass dir ruhig Zeit.«

»Herr«, beharrte der Diener, der sich nun echte Sorgen machte, »wenn der Straßenräuber noch auf freiem Fuß ist, wäre es dann nicht das Beste, wir blieben zusammen? Solange wir zu dritt sind, wird er wohl kaum so verwegen sein, uns anzugreifen, nicht wahr?«

»Ich habe ein Argument, mit dem ich einen Straßenräuber ohne weiteres in Schach halten könnte«, lachte O'Halloran und zog die lange Pistole aus seinem Gürtel. Er neigte die Waffe ein klein wenig nach links, damit das Pulver nicht aus der Pfanne rinnen konnte. Dann zielte er mit der Pistole auf Hughs Kopf und kniff ein Auge zusammen, um ihn ins Visier zu nehmen.

»Nicht schießen!«, rief Hugh. »Wir haben nichts, was sich zu stehlen lohnte. Nur die Harfe und dieses alte Zugpferd.

Es ist ein störrischer Ackergaul, und Ihr werdet nicht einmal einen Shilling dafür bekommen.«

O'Hallorans Augen blitzten.

»Was ist hier los?«, rief Turlough. »Hat er eine Waffe?«

»Allerdings«, erklärte der Fremde. »Ich habe sie gerade Eurem Dienstmann gezeigt.«

In der nächsten Sekunde hatte der Fremde die Waffe bereits wieder sinken lassen und schob sie in seinen Gürtel zurück.

»Ihr seht also, Hüter der Sommersprossen«, erklärte der Reiter mit seiner heiseren Stimme, »Euer Herr hat nichts zu befürchten, ebenso wenig wie Ihr. Ich werde mich um Carolan kümmern. Wir sehen Euch dann auf dem Friedhofshügel, in der Nähe der Stelle, an der die alte Eibe wächst.«

Mit diesen Worten griff der Fremde nach den Zügeln von Turloughs Stute und gab seinem eigenen Pferd die Sporen.

»Trödel nicht zu lange herum!«, rief Turlough Hugh über die Schulter zu. »Ich will unbedingt heute Abend noch bei Squire Jones eintreffen, um Näheres über den schrecklichen Vorfall in Erfahrung zu bringen.«

»Herr«, rief Hugh, »lasst mich nicht allein! Bleibt und geht mit mir zu Fuß.« Aber sein Flehen blieb ungehört. Turlough hatte bereits den Kopf gesenkt und klammerte sich an den Hals der Stute, während sie in Richtung Friedhof davontrabten.

»Oh heiliger Brendan«, betete Hugh laut, »Beschützer der Reisenden, wirf einen Schleier über meinen Herrn, der ihn vor allem Übel bewahrt. Er ist ein vertrauensvoller Mensch, der niemals einem anderen Schaden zugefügt hat. Ich weiß nicht, was dieser Fremde im Schilde führt, aber ich weiß, es kann nichts Gutes sein.«

Kurz darauf erreichten die beiden Reiter eine Biegung in der Straße und entschwanden Hughs Blicken. Der Diener beschleunigte seinen Schritt und ging, so schnell ihm das mit der schweren Harfe auf der Schulter möglich war.

Es war nicht weiter schwierig, diese Last zu tragen, wenn er sich in einem gemäßigten Tempo bewegte. Aber je schneller Hugh ausschritt, umso mehr verrutschte die Harfe auf seinem Rücken. Das sperrige Instrument neigte sich langsam zur Seite und hätte Hugh beinahe umgeworfen.

Die ganze Zeit über betete Hugh ohne Unterlass zu Brendan, Patrick und allen anderen Heiligen, die ihm zuhörten, dass sie über seinen Herrn wachen sollten, damit diesem nichts Böses geschähe.

Schweißüberströmt von dem anstrengenden Fußmarsch kam Hugh schließlich an die Biegung in der Straße. Dort blickte er auf und konnte deutlich den Gipfel des Hügels mit der Eibe und den wenigen Grabsteinen erkennen. Sein Herr kniete vor einem dieser Steine, während der Fremde ihre Pferde an dem alten Baum festmachte. Zu seiner Erleichterung sah Hugh, dass der Harfenspieler noch nicht ermordet worden war, andererseits war er davon überzeugt, dass dieser höchst verdächtige O'Halloran lediglich auf einen günstigen Zeitpunkt wartete.

Hugh hastete weiter, so schnell seine Beine ihn zu tragen vermochten. Dann kam ihm eine schreckliche Erkenntnis, und er wäre um ein Haar wie angewurzelt stehen geblieben.

»Woher wusste dieser O'Halloran, dass mein Spitzname Hüter der Sommersprossen lautet?«, murmelte er vor sich hin. »Ich bin diesem Burschen noch nie zuvor begegnet.«

Der Diener dachte einen Augenblick lang nach.

»Er muss wohl von dem armen alten McCabe erfahren

haben, dass wir hier vorbeikommen würden, kurz bevor er ihn erschossen hat.«

Mit wachsender Furcht verdoppelter Hugh seine Anstrengungen und hastete weiter.

»Ich wäre schon lange dort oben«, fluchte er, »wenn ich nicht die ganze Nacht hindurch mit dieser Harfe auf dem Buckel herumgelaufen wäre.« Er wagte es jedoch nicht, das Instrument abzustellen, aus Angst, O'Halloran könne sich damit aus dem Staub machen. Mittlerweise war Hugh schweißüberströmt, erhitzt und obendrein durstig. Jetzt fiel ihm auch wieder ein, dass er seit dem Morgen nichts gegessen hatte, und im nächsten Moment hörte er seinen Magen vernehmlich knurren. Ihm wurde schwindlig vor Erschöpfung, aber nichts hätte ihn von seinem Entschluss abbringen können, seinem Herrn beizustehen und ihn wenn nötig um den Preis seines eigenen Lebens zu verteidigen.

Endlich erreichte er das Friedhofstor und lehnte sich an die steinerne Mauer, um wieder zu Atem zu kommen. Die Sonne, die inzwischen durch die Wolken gebrochen war, leuchtete auf ihn herab, und er konnte sich nicht daran erinnern, sich jemals so kraftlos und erhitzt gefühlt zu haben.

»Was kann ich meinem Herrn noch nutzen, wenn ich zu ihm stoße?«, fragte er sich. »Ich bin vollkommen am Ende.«

Hugh streifte seinen Mantel ab und knöpfte sich sein feines rotes Wams auf. Dann schulterte er abermals die Harfe und machte sich an den Aufstieg zum Gipfel. Er konnte Carolan noch immer vor dem Grabstein knien sehen. Der Fremde stand mit gesenktem Kopf ein kleines Stück hinter ihm.

Auf halbem Weg den Hügel hinauf bot eine kleine Kapelle ein wenig Schatten, und Hugh machte dort Halt, um neuen Mut zu fassen. Sein Blick fiel auf einen steinernen Brunnen gleich hinter dem Eingang des winzigen Gebäudes. Die Schale war bis zum Rand mit heiligem Wasser gefüllt.

»Barmherziger Gott«, betete er, »verzeih mir.« Dann tauchte er seine Hand in das Becken und trank einen Schluck von dem süßen Wasser, um seine trockene Kehle zu benetzen. »Das ist gewiss eine Todsünde«, seufzte er. »Ich hoffe, die Heiligen werden mir diese Tat vergeben, falls ich ihre Hilfe brauchen sollte, um meinen Herrn zu retten.«

Hugh bekreuzigte sich und wünschte sich plötzlich, er hätte ein wenig mehr Zurückhaltung geübt. Er war davon überzeugt, dass er alle Hilfe benötigen würde, die er bekommen konnte. Dann machte er sich wieder auf den Weg, vorbei an den Reihen von Grabsteinen, Kreuzen und ungekennzeichneten Erdhügeln, bis er die Stelle erreichte, an der der Fremde stand.

Hugh hing das Hemd aus der Hose, die Strümpfe waren ihm bis auf die Knöchel heruntergerutscht, und das lange, rote Haar hatte sich aus seinem Band gelöst. Wie ein Betrunkener taumelte er an O'Halloran vorbei.

Der Fremde legte Hugh eine Hand auf die Schulter, um ihm aufzuhalten. »Meint Ihr nicht, Ihr solltet Euch geziemend kleiden? Aus Respekt vor den Toten?«

Hugh starrte den Mann wütend an. »Meint Ihr nicht, Ihr solltet diese Maske abnehmen, damit ich Euch richtig sehen kann?«

O'Halloran lächelte nur unter dem Spitzentuch, machte aber keine Anstalten, es abzunehmen. »Ich bin bei dem gescheiterten Aufstand verletzt worden«, erklärte er. »Eine Musketenkugel hat mich am Kinn getroffen und es zerschmettert. Das, was von meinem Gesicht übrig geblieben ist, würdet Ihr gar nicht sehen wollen.«

»Bist du das, Hugh?«, rief Turlough, der noch immer vor dem Grab kniete.

»Ja, Herr«, antwortete der Diener und wandte sich von O'Halloran ab.

»Dann bring mir meine Harfe«, rief er. »Ich habe einen Nachruf auf meinen lieben verblichenen Freund komponiert und wünsche, das Stück für ihn zu spielen.«

Hugh funkelte noch einmal O'Halloran an, dann schob er sich an ihm vorbei zu Turlough hinüber. Er wickelte das Instrument eilig aus seinem Seehundsfell und stellt es neben seinen Herrn. Anschließend machte Hugh sich daran, seine Kleidung ein wenig zu richten.

Gerade als er sein Wams wieder zugeknöpft hatte, begann Turlough zu spielen. Die Melodie war an sich schon voller Kummer, doch die Wirkung wurde noch durch den Wind verstärkt, der der Harfe die Klänge entriss und sie in hundert verschiedene Richtungen verstreute. Wie Rauch, der von der Brise davongetragen wurde, wehte die Melodie an Hugh vorbei, und er schloss die Augen und dachte an Cathair »den Stuhl« McCabe.

»Habt Erbarmen mit mir«, sang Turlough mit erstickter Stimme, »ich bin ermüdet von meinem langen Ritt. Ich sitze am Grab meines Freundes. Mein Hemd ist durchtränkt von meinen Tränen. Als ich hierher kam, fand ich nichts als einen harten, flachen Stein und ein einsames Bett unter der Erde.«

Hugh musste sich mit seinen weißen Spitzenmanschetten über die Augen wischen, und nun war sein Hemd wirklich durchtränkt von Tränen.

»Mein Freund Cathair war kein gewöhnlicher Stuhl«, fuhr Turlough fort. »Er war aber auch kein Stuhl der Vornehmen. Einen Stuhl wie meinen Freund Stuhl hat es niemals sonst gegeben. Ein feiner Stuhl, so unterhaltsam er war als Harfner.«

Der Fremde trat vor, aber Hugh verlangte es nicht, zu ihm aufzublicken. In ebendiesem Moment kümmerte es ihn nicht, ob O'Halloran sich als Straßenräuber entpuppte oder nicht. Der Diener war vollkommen versunken in seine Trauer.

»Es gibt keinen schlimmeren Schmerz auf Erden«, sang Turlough, »keinen schmerzlicheren Verlust, keine Folter, keine Krankheit, die einen Menschen so tief trifft wie der Tod eines Freundes oder der Abschied von einem Kameraden.«

Hugh sah, dass sein Herr das Instrument beiseite stellte, sobald er diese Worte gesungen hatte. Turloughs Trauer war so groß, dass er nicht einmal im Stande war, das Stück zu Ende zu spielen. Der Diener eilte zu seinem Herrn hinüber und legte ihm tröstend einen Arm um die Schultern.

Hugh hielt seinen Herrn lange Zeit so umfangen und starrte auf das Grab. Sein Blick erfasste die umgegrabene Erde, und es fiel ihm schwer, sich vorzustellen, dass Cathair McCabe nun ein Teil dieser Erde sein sollte. Der Diener betrachtete den aus einem Stück blauen Granits gehauenen Grabstein, in dessen glatte Oberfläche einige Worte eingraviert waren.

»Lies mir vor, was dort über ihn gesagt wird«, bat Turlough.

»Was meint Ihr?«

»Ich möchte wissen, was auf dem Grabstein geschrieben steht.«

Hugh blinzelte und konzentrierte sich auf die frische Inschrift. Da er die Kunst des Lesens nie allzu gut zu beherrschen gelernt hatte, konnte er die Worte nur langsam entziffern.

»›In liebendem Gedenken‹«, sagte er zögernd.

»Weiter«, drängte Turlough.

»›... und die freundlichste Seele‹«, fuhr Hugh fort, »›der ich je begegnet bin.‹« Hugh konzentrierte sich auf die nächsten Worte und versuchte, das längste von ihnen auszusprechen, ohne darüber zu stolpern. »›Meine geliebte Ehefrau, Kathleen Mary Brady.‹«

»Liest du auch die richtige Inschrift, Hugh?«, flüsterte Turlough angespannt.

»Das sind die Worte, die auf dem Grabstein direkt vor uns geschrieben stehen.«

In ebendiesem Augenblick trat O'Halloran vor und hüstelte vernehmlich. »An dieser Stelle endet das Spiel, meine Herren«, erklärte er heiser, und Hugh drehte sich mit wild blitzenden Augen auf den Knien um.

»Ich hatte gleich ein schlechtes Gefühl, was Euch betrifft!«, rief er und stand auf. Sein schlimmster Verdacht hatte sich bestätigt. »Jetzt wird es wohl heißen: ›Geld oder Leben‹, nehme ich an?«

Der Diener blickte zu den Pferden hinüber, um nach einer Fluchtmöglichkeit Ausschau zu halten. Aber es war ein weiter Weg bis zu den Bäumen hinüber, die einen gewissen Schutz geboten hätten, und O'Halloran wäre mehr als genug Zeit geblieben, auf ihn zu schießen, bevor er die Deckung der Bäume erreichen konnte.

»Was redest du da, du Narr?«, fragte Turlough Hugh.

»Die Geschichte von McCabes Tod war nur eine List, um uns von der Straße und auf diesen Hügel zu locken«, sagte Hugh mit vor Angst bebender Stimme. »Dieser Fremde, der sich O'Halloran nennt, ist ein Straßenräuber.«

»Es war eine List, in der Tat«, erklärte der Fremde und gab damit zu, dass Hugh richtig geraten hatte. »Euer Diener hat mich demaskiert.«

»Dann ist Cathair gar nicht tot?«, rief Turlough.

»Das ist er nicht«, erwiderte der Fremde und hob dann eine Hand an den Mund. Mit einer einzigen schnellen Bewegung entfernte er das Spitzentuch, das sein Gesicht verhüllt hatte.

»Mein Gott, Herr!«, keuchte Hugh und ließ sich vor Schreck wieder auf die Knie sinken. »Jesus, rette uns!«

»Was ist los, Hugh?«, rief Turlough.

»Es ist Mr McCabe.«

»Was sagst du da?«

»Er ist es«, stammelte der Diener, der immer noch unter Schock stand. »O'Halloran ist in Wahrheit McCabe.«

»Hallo, Turlough«, sagte Cathair, aus dessen Stimme nun jede Heiserkeit gewichen war. »Tut mir Leid. Ich konnte der Versuchung einfach nicht widerstehen, dir einen kleinen Streich zu spielen. Aber ich dachte, wir würden es bis zu Squire Jones schaffen, bevor du dahinter gekommen wärst, wer ich bin.«

»Cathair?« Turlough stand, auf Hughs Schulter gestützt, auf. »Geht es dir gut? Du bist überhaupt nicht verletzt worden?«

»Ich fühle mich blendend«, lachte Cathair. »Das Ganze war nur ein harmloser Scherz. Ich habe dich wirklich hübsch hinters Licht geführt, nicht wahr?«

»Dann warst du also gar nicht in Gefahr?«, fragte der Harfenspieler voller Erleichterung.

»Nein«, sagte McCabe und trat lächelnd näher, um seinem Freund die Hand zu schütteln.

»Nun, beim Teufel, jetzt bist du es!«, brüllte Turlough und machte einen Satz nach vorn, um McCabe zu packen. »Warte nur, bis ich dich in die Finger bekomme!«, schrie er. »Ich bringe dich um, du verfluchter Hund!«

»Ich bitte dich, Turlough«, protestierte McCabe und wich dem Schlag seines Freundes aus, »ich dachte, du würdest dich freuen, mich zu sehen.«

»Zum ersten Mal in meinem Leben kann ich ehrlich sagen, dass ich froh darüber bin, dich nicht sehen zu können, du Schuft.«

»Beruhige dich, Turlough«, bat Cathair. »Ich wollte dich doch nur zum Lachen bringen.«

»Zum Lachen?«, fragte Turlough ungläubig.

»Ja, zum Lachen.«

»Dann kannst du jetzt darüber lachen!«, rief Turlough und holte zu einem kräftigen Tritt in McCabes Richtung aus. Sein Stiefel traf den anderen Mann am Schienbein, und im nächsten Augenblick lag Cathair McCabe am Boden und umklammerte mit schmerzverzerrter Miene sein Bein.

»Allmächtiger, Turlough«, rief er, »hör auf damit. Du wirst mich noch verletzten.«

»Das will ich doch sehr hoffen, du Vagabund«, kam die Antwort.

»Wir werden zu spät zu Squire Jones' Fest kommen«,

warnte McCabe ihn, und diese Worte beruhigten Turlough unverzüglich.

»Also schön«, flüsterte der Harfenspieler, »wir werden zu Squire Jones gehen. Aber ich halte nur deshalb mit meinem Tadel Maß, weil ich keinen Sinn darin sehe, den ganzen Tag zu streiten. Erst recht nicht, wenn uns bei unserer Ankunft ein Keller vom besten französischen Roten erwartet.«

»Ich bin froh, dass du Vernunft angenommen hast«, erwiderte McCabe.

»Ich dachte, du seist tot, du elender Kerl!«, zischte Turlough.

»Es war ein rührendes Stück«, erklärte Cathair. »Ich kann dir nicht genug danken für deinen begeisterten Tribut. Und ich fühle mich geehrt, zu wissen, dass ich der einzige Mann in ganz Irland bin, der seinen Enkelkindern eines Tages von dem Nachruf erzählen kann, den der berühmte Turlough O'Carolan für ihn verfasst hat.«

»Du bist trotzdem ein Vagabund«, brummte der Harfenspieler. »Und hätte ich die Wahrheit gewusst, hätte ich das in deinem Nachruf auch erwähnt. Tatsächlich, jetzt, da ich darüber nachdenke, weiß ich nicht, warum ich es versäumt habe, deine arglistige, betrügerische Natur zu erwähnen.«

»Lass uns aufbrechen«, wechselte McCabe klugerweise das Thema. »Jones wird heute Abend ein exzellentes Essen auftragen lassen.«

»Ach ja?« Hugh, dem bereits das Wasser im Mund zusammenlief, hatte Cathair im Nu vergeben. Der Diener hatte seit dem vergangenen Tag nichts mehr gegessen, und sein Magen knurrte. »Aus welchem Anlass gibt er denn ein Festmahl?«, wollte er wissen, während er die Harfe wieder einschlug. »Wir haben gehört, dass der Squire einen Gast aus Frankreich hat.«

»Es ist ein Bekannter von ihm, der gerade vom französischen Hof zurückgekehrt ist«, erklärte McCabe. »Ich kenne den Namen des Mannes nicht, aber er ist anscheinend ein berühmter Musikant.«

»Ein Harfenspieler?«, erkundigte sich Turlough.

»Ich bin mir nicht sicher«, antwortete McCabe. »Ich habe eine Nachricht von einem Freund in Dublin bekommen, der es wiederum von einem Burschen in Cork gehört hatte.«

»Dann müssen wir uns jetzt schleunigst auf den Weg machen«, rief Turlough aufgeregt. »Jones' Feste sind stets sehr unterhaltsam und seine Gäste im Allgemeinen faszinierend.«

»Er hat einen ausnehmend guten Geschmack«, erwiderte Hugh nickend.

»Führ mich zu meinem Pferd«, verlangte Turlough. »Lass uns losreiten!«

Hugh begleitete seinen Herrn zu der Stute und half ihm beim Aufsitzen, dann wartete er, bis auch McCabe sich wieder in seinen Sattel geschwungen hatte.

»Du kannst mit mir reiten, Hugh«, erbot sich Cathair. »Du hast dir sicher die Seele aus dem Leib gerannt, so schnell, wie du den Hügel hinaufgelaufen bist.«

»Das ist sehr gütig von Euch«, antwortete der Diener, dem es immer leichter fiel, McCabe seinen herzlosen Streich zu verzeihen.

Singend und lachend ritten sie langsam die Straße hinunter, bis sie kurz vor Einbruch der Dunkelheit Squire Jones' Haus erreichten. Der Squire, ein Mann mit einem gewaltigen Bauch, begrüßte sie in bester Laune.

McCabe erzählte von dem Klagelied, das Carolan soeben für ihn komponiert hatte, und Jones krümmte sich vor Lachen. Turlough lächelte mit zusammengebissenen Zähnen.

»Wer ist dieser Freund«, erkundigte er sich, »zu dessen Ehren Ihr ein Fest gebt?«

»Ihr habt vielleicht schon von ihm gehört«, erwiderte Squire Jones. »Er ist sowohl hier als auch auf dem Kontinent berühmt. Und er hat vor König Ludwig von Frankreich gespielt.«

»Nun, wie heißt er denn?«, hakte Turlough nach.

»David Murphy.«

Turlough schüttelte den Kopf und lächelte darüber, dass er sich so sehr beeilt hatte, an einem Fest zu Ehren seines einstigen Rivalen teilzunehmen.

Den drei Reisenden blieb gerade genug Zeit, um sich zu waschen und ihre Reitkleidung abzulegen, bevor die ersten Gäste kamen.

Turlough zog einen schönen neuen Mantel aus grünem Tuch an, mit dem Lord Inchinquin ihn für eine Melodie bezahlt hatte. Grün war seine Lieblingsfarbe, und sie hob ihn aus der Menge hervor. Unter dem Mantel trug er ein schwarzes Samtwams und ein weißes Hemd mit einem Halstuch aus schwarzer Baumwolle.

Wie es seine Gepflogenheit war, wartete er in seinem Zimmer, bis Hugh ihm die Nachricht brachte, dass alle anderen Gäste sich bereits versammelt hatten. Erst dann ging er nach unten, um sich durch sein spätes Erscheinen einen Vorteil zu verschaffen. Er hatte festgestellt, dass sich auf diese Weise immer die größte Aufmerksamkeit erzielen ließ.

McCabe erwartete den Harfenspieler und seinen Diener am Fuß der Treppe und beugte sich zu seinem Freund vor, um ihm ins Ohr zu flüstern. »Sie ist hier«, sagte er leise.

»Mary?«, fragte Turlough.

»Ja, Mary ist auch hier«, antwortete McCabe, »aber ich spreche nicht von ihr.«

»Von wem sprichst du dann?« Aber die Frage war dem Harfenspieler kaum über die Lippen gekommen, als er auch schon ahnte, um wen es sich handelte.

»Bridget Cruise.«

»Bridget«, flüsterte Turlough, als hätte allein der Name zauberische Macht über ihn. »Ich werde später eine Melodie für sie spielen«, erklärte er. »Ich bin ihr seit Jahren nicht mehr begegnet.«

»Wie du willst«, erwiderte McCabe. »Ich werde Jones Bescheid sagen.«

In diesem Augenblick trat eine Frau in einem prachtvollen Gewand aus cremefarbener Seide auf sie zu. Dicht hinter ihr ging ein Mann in einem ungemein auffälligen himmelblauen Rock, der über und über mit Goldgarn bestickt und mit Perlen besetzt war. Die Knöpfe des Rocks waren aus purem Gold, und das ganze Kleidungsstück war mit der gleichen cremefarbenen Seide gefüttert, aus der das Kleid seiner Begleiterin genäht war.

Der Mann war umringt von einer kleinen Gruppe junger Männer, die sich fast auf die gleiche Weise kleideten. Sie hielten sich in unmittelbarer Nähe des Burschen in dem himmelblauen Rock, obwohl er ziemlich schnell ausschritt.

Hugh beugte sich zu seinem Herrn vor, um ihm diese Versammlung zu beschreiben. Er sprach noch immer in einem gedämpften Flüsterton auf Turlough ein, als die Gruppe plötzlich vor ihnen stehen blieb.

»Turlough?«, sagte die Frau leise und hielt ihm die Hand hin, damit er sie küssen konnte. »Ich würde dich gern einem lieben Freund von mir vorstellen.«

»Hallo, Bridget«, antwortete der Harfenspieler höflich und hob die ausgestreckte Hand ein wenig an, um sie mit den Lippen zu berühren. »Wie schön, dir wieder einmal zu begegnen.«

»Ich habe dich vermisst«, sagte sie.

»Wie geht es deinem Mann?«, fragte der Harfenspieler.

»Er ist wieder einmal mit seinem Regiment nach Flandern gezogen, um gegen die Franzosen zu kämpfen«, erwiderte sie gleichgültig. »Oder sind es diesmal die Deutschen? Ich erinnere mich nicht mehr. Wie geht es dir?«

»Mir geht es sehr gut. Wenn man alle Umstände bedenkt. Hast du schon Kinder?«

»Gütiger Gott!«, rief sie aus. »Mit meinem Gemahl? Das, mein Lieber, wäre ein Wunder.«

Sie griff nach der Hand des Harfenspielers und drückte sie fest, dann wandte sie sich zu ihrem Begleiter um. »Turlough O'Carolan ist ein Freund aus Kindertagen.«

Turlough versuchte sich vorzustellen, wie Bridget aussehen mochte. Es waren mehr als zwanzig Jahre verstrichen, seit sie einander geliebt hatten, und fünf Jahre, seit Cathair sie wieder zusammengeführt hatte. Turlough wusste, dass sie gealtert sein musste, aber das einzige Bild, das er in sich heraufbeschwören konnte, zeigte ihm die junge Frau, in die er so sehr verliebt gewesen war.

»Ich würde dich gern mit David Murphy bekannt machen, Turlough.«

»Mr Murphy.« Der blinde Harfenspieler verneigte sich, nicht im Mindesten überrascht darüber, dass die beiden befreundet waren. »Wir sind uns schon einmal begegnet.«

»Ach ja?«, antwortete Murphy mit einem schrillen Tonfall übertriebenen Erstaunens und einem affektierten französischen Akzent. »Wo mag das gewesen sein?«

»An demselben Ort, an dem Ihr Bridget das erste Mal begegnet seid.«

»Im Theater in Dublin?«, lachte der Mann. »Das glaube ich nicht. Was sollte ein Mann wie Ihr im Theater tun?«

»Was meint Ihr damit, ein Mann wie ich?«, verlangte Turlough zu wissen.

»Ihr habt keine Augen«, sagte Murphy leise und als enthülle er ein gut gehütetes Geheimnis. »Ihr wärt wohl kaum in der Lage, das Theater zu würdigen, nicht wahr?«

»Wir sind uns bei Mrs MacDermot begegnet, an dem Abend, als Lord Mayo bei ihr zu Gast war«, bemerkte Turlough mit finsterer Miene.

»Oh ja, jetzt erinnere ich mich wieder an Euch.« Murphy grinste. »Ihr habt einen Mantel getragen, der drei Nummern zu groß für Euch war, und Euer Groll war noch größer, so dass man ihn quer durch den ganzen Saal spüren konnte. Wie ich sehe, haben sich die Dinge nicht allzu sehr geändert. Aber zumindest passt Euch der Mantel besser.«

Murphy wandte sich ab, um mit einigen seiner Freunde zu lachen. Bridget legte einen Arm um ihn und kicherte.

»Achte nicht auf David«, sagte sie glucksend. »Er ist ja so witzig. Er kann einfach nicht dagegen an. Nicht wahr, Lieber?«

»Ich habe ein Faible dafür«, gab Murphy zu.

»Und ich sehe, dass auch Ihr Euch nicht sehr verändert

habt, Mr Murphy«, bemerkte Turlough ironisch. »Wie geht es Lord Mayo?«

McCabe beugte sich zu seinem Freund vor. »Er hat seine Lordschaft seit einigen Monaten nicht mehr gesehen«, erklärte er. »Murphy ist aus dem Haus verbannt worden.«

»Das ist nicht wahr«, blaffte Murphy ihn an. »Wir hatten eine kleine Meinungsverschiedenheit, und ich habe beschlossen, seiner Lordschaft ein wenig Zeit zu geben, sich wieder zu beruhigen, bevor ich zurückkehre, um sein Haus mit meiner Musik zu beehren. Mayo hat in Frankreich schlimme Dinge erlebt, müsst Ihr wissen, und er dürfte inzwischen wohl über achtzig sein. Das Alter macht sich langsam bemerkbar. Und nun hat der Prinzregent von Frankreich auch noch König Jakob gebeten, das Land zu verlassen. Es ist einfach zu viel. Natürlich sind die Nerven seiner Lordschaft angespannt.«

»Natürlich!«, wiederholte einer seiner Freunde. Die anderen nickten und murmelten mitfühlend vor sich hin.

»Es war schrecklich für den alten Mann«, meldete sich einer von Murphys Kumpanen zu Wort.

»David war seiner Lordschaft in dieser furchtbaren Krise eine große Stütze«, pflichtete ein anderer ihm bei.

Turlough vermutete, dass Murphy im Allgemeinen nicht dazu neigte, sich seine Version der Ereignisse von so etwas Schnödem wie der Wahrheit verderben zu lassen. Hinter der Geschichte von Lord Mayos Verstimmung steckte augenscheinlich mehr, als in der Öffentlichkeit erörtert wurde.

»Ich höre, Ihr habt vor dem König von Frankreich gespielt«, bemerkte Turlough.

»Das ist wahr«, erwiderte Murphy und hob die Stimme, damit alle Anwesenden im Raum ihn hören konnten. »Ich habe König Ludwig viele Male meine Kunst dargeboten. Ich war sein Favorit.«

Seine Freunde applaudierten ihm, und er verneigte sich mit geheuchelter Bescheidenheit.

»Sind denn all die Dinge, die man sich von König Ludwig erzählt, wirklich wahr?«, fragte Turlough.

»Diese Dinge und noch viele weitere«, prahlte Murphy, während er versuchte, hier einen Blick aufzufangen oder dort ein Lächeln zu erwidern.

»Ich habe gehört, der Sonnenkönig sei stocktaub und ziehe das Schreien der Rinder den Klängen der Harfe vor. Tatsächlich erzählte man mir, er bevorzuge selbst in seinem Bett die Gesellschaft von Kühen und Schafen – nicht die der Königin von Frankreich.«

Murphy runzelte die Stirn und umfasste den silbernen Griff seines Gehstocks so fest, dass seine Knöchel weiß hervortraten.

»Ist es wahr, dass Ludwig in einem der Räume des Palastes einen Bauernhof unterhält?«, fuhr Turlough fort. »Und dass der große König von Frankreich sich nächtens heimlich aus seinen Gemächern stiehlt, um seine Lieblingslämmer zu besuchen?«

»Ihr irrt Euch«, gab Murphy scharf zurück. »Aber andererseits finde ich das kaum überraschend. Ihr verbringt offensichtlich viel Zeit mit geistlosen Klatschbasen, die nichts Besseres mit sich anzufangen wissen, als große Männer schlecht zu machen.«

»Eigentlich machte der Mann, von dem ich diese Geschichte gehört habe, die Schafe schlecht«, erwiderte Turlough achselzuckend. »Aber ich wüsste doch gern, ob es der Wahrheit entspricht. Und ich dachte, Ihr wüsstet es wahrscheinlich besser als die meisten.«

»Ich habe aus verlässlichen Quellen gehört«, entgegnete Murphy zornig, »dass Ihr Euch beim gewöhnlichen Volk großer Beliebtheit erfreut. Je gewöhnlicher die Menschen sind, umso wahrscheinlicher ist es, dass sie Eure Musik zu schätzen wissen.«

»In der Tat, es sind gewöhnliche Menschen. Adelige. Geistliche. Mitglieder der königlichen Familie«, antwortete Turlough lächelnd. »Ich habe Bewunderer in allen Teilen der Gesellschaft. Und mehr als einmal war ich dankbar dafür, dass ich nicht jeden Tag meines Lebens vor den Großen und Mächtigen zu spielen brauche. Sie können ausnehmend ermüdende Geschöpfe sein.«

»In der Tat«, spottete Murphy. »Ein Floh mag einen Hund für lästig erachten, wenn er vergisst, woher seine nächste Mahlzeit kommen wird.«

»Dann bin ich ein Floh«, gab Turlough zu, »ein Floh, der von einem Hund zum nächsten hüpft. Und es kümmert mich wenig, entlang des Wegs die anderen Flöhe zu unterhalten. Aber kein Hund hat mich je von seinem Rücken verbannt. Ihr müsst Lord Mayo ein wenig zu fest gebissen haben.«

»Ihr solltet vorsichtiger sein«, rief Murphy gehässig und hob die Stimme, damit seine Freunde ihn hören konnten. »Ihr seid nichts als ein unwissender Tölpel, der behauptet, ein Musiker zu sein. Ihr könnt Euch einen Harfner nennen«, setzte er zischend hinzu, »wenn Ihr so lange gespielt habt, wie ich es getan habe. Bis dahin seid Ihr nichts als ein Emporkömmling. Ich meine, Ihr habt bisher nicht einmal einen anständigen Schneider gefunden. Was für ein Musiker seid Ihr?«

»Ich war ein wenig überrascht, Euch hier zu treffen«, erwiderte Turlough, und Murphys Augen wurden schmal. »Man hat mir erzählt, Ihr wärt ein selbstsüchtiger, verweichlichter, verwöhnter Prahlhans mit einer starken Neigung zu törichtem Geschwätz. Ferner hat man mir berichtet, dass Ihr nur für das Lob lebtet, mit dem Eure stutzerhaften Freunde Euch überhäufen. Und dass Eure geistlosen Scherze noch zu den liebenswürdigeren Aspekten Eurer Persönlichkeit gerechnet werden dürfen.« Turlough hielt inne, um Atem zu schöpfen. »Aber jetzt sehe ich, dass Eure Kritiker mit ihrer Einschätzung Eures Charakters nur zum Teil Recht hatten.«

»Ich bin ein wohlhabender Mann«, stieß Murphy mit zusammengebissenen Zähnen hervor. »Ich habe vor den gekrönten Häuptern Europas gespielt. Ich bin der erfolgreichste Harfenist, dem Ihr jemals begegnen werdet. Ich könnte dafür sorgen, dass Ihr nie wieder in irgendeinem Haus in Irland spielen werdet. Ich könnte Euch vernichten.«

»Das könntet Ihr gewiss«, erwiderte Turlough nickend. »Es wärmt mir das Herz, dass Ihr eine solche Bedrohung in mir seht.«

»Ich rate Euch im Guten, Euch ein Beispiel an meinen Manieren zu nehmen«, zischte Murphy, »wenn es Euch danach verlangt, ein so gutes Leben zu führen, wie ich es tue.«

»Eure Manieren werden dazu führen, dass man Euch auf einer Bahre aus dem Haus trägt, wenn Ihr mir droht«, warnte Turlough ihn. »Wägt Eure Worte gut ab, oder ich werde Euch eins hinter die Ohren geben.«

»Falls Ihr sie finden könnt«, spottete Murphy.

»Das dürfte nicht schwierig sein«, antwortete Turlough

lachend, »da sie an den beiden Seiten eines großen, weichen, leeren Kopfes befestigt sind. Ich könnte gewiss einige Schädel zum Klingen bringen, bevor ich den finde, der den größten Lärm macht, wenn meine Faust ihn trifft.«

»Ich würde Euch zum Duell fordern, Sohn eines Schmieds«, erwiderte Murphy verächtlich, »wenn ich glaubte, Ihr wärt in der Lage, das eine Ende eines Rapiers vom anderen zu unterscheiden.«

Murphys Freunde brachen bei diesen Worten in schallendes Gelächter aus.

Turlough öffnete den Mund, um etwas zu entgegnen. Er wollte dem anderen Harfenspieler erklären, dass er sehr wohl wusste, welches Ende des Rapiers er ihm gern in den Hintern gerammt hätte. Er hätte gesagt, dass er Murphy für den eitelsten Menschen hielt, dem er je begegnet sei, und dass Turlough O'Carolan, wenn Erfolg zu Dummheit führe, lieber in einem Graben läge, als für die einheimischen Dachse zum Tanz aufzuspielen.

Aber McCabe gebot seinem Freund Einhalt, bevor dieser sprechen konnte.

»Lass gut sein, Turlough«, warf er ein und fasste den blinden Harfenspieler am Arm, »was soll dieses ganze Gerede von Duellen? Hast du nicht gesagt, du wolltest ein Stück zu Ehren von Bridget Cruise spielen?«

»So ist es.«

»Dann lasst es uns hören!«, brüllte Squire Jones, der soeben auf dem Schauplatz erschienen war und Whiskeykrüge und Weingläser herumreichte.

»Bridget«, sagte Turlough, »das Stück, das ich für dich spielen werde, war eins der ersten, das ich je komponiert habe. Das Lied gibt meine Gefühle für dich wieder, als wir uns vor all diesen Jahren zum ersten Mal trennten. Vielleicht finde ich später noch einmal Gelegenheit, mit dir zu sprechen.«

Bridget kicherte. »Du musst David seine scharfe Zunge nachsehen. Er kann nicht dagegen an.«

»Mir ist noch nie ein Narr begegnet, der das gekonnt hätte«, erwiderte Turlough. Dann drehte er sich um und beugte sich zu McCabe vor. »Wo ist Mary?«, flüsterte er.

»Sie steht dort drüben in der Ecke«, antwortete Cathair.

»Sobald ich mit diesem Stück fertig bin, möchte ich, dass du mich zu ihr führst.«

»Wie du willst«, sagte McCabe, dann begleitete er Turlough zu einem Stuhl.

Hugh stellte die Harfe vor seinen Herrn hin, und Turlough stützte sich auf das Instrument.

Binnen weniger Sekunden hatte sich Schweigen über den Saal gesenkt, und die Anwesenden warteten darauf, Turlough O'Carolan spielen zu hören. Die Melodie war eine seiner berückendsten. Die Harfe tönte leise unter jeder Bewegung seiner Finger.

»Liebliche Bridget, dieses Lied ist für dich«, erklärte Turlough in einem singenden Tonfall. »Mir gebricht es an Kraft, und du bemerkst mein Unbehagen nicht einmal. Und doch folge ich dir, Perle der Frauen.«

Die Schmeicheleien wurden von Vers zu Vers persönlicher. Bridget errötete unter all der Aufmerksamkeit, die ihr zuteil wurde, obwohl sie ihr offensichtlich großes Vergnügen bereitete. Nach einigen Minuten rückte sie von Murphy ab und setzte sich neben Turlough, um die schöne Melodie, die er für sie komponiert hatte, besser hören zu können. Murphy flüsterte seinen Freunden während der ganzen

Darbietung gehässige kleine Bemerkungen zu, aber Bridget kümmerte sich nicht darum. Sie blickte zu dem Mann auf, den sie als Jungen gekannt hatte, und offensichtlich war sie sehr beeindruckt von dem Harfenspieler, zu dem er geworden war.

Schließlich kam die Melodie zum Ende, und Turlough ließ die Harfe nachschwingen. Dann erhob er sich plötzlich und griff, ohne sich auch nur ein einziges Mal zu Bridget umzuwenden, nach McCabes Hand. Cathair führte ihn direkt zu Mary, die ganz hinten im Raum an der Wand stand.

»Hast du das Lied gehört, das ich für Bridget Cruise komponiert habe?«, fragte Turlough.

»Ja«, antwortete Mary und blickte verwirrt und gekränkt zu Boden. »Es war wunderschön. Sie kann sich sehr glücklich schätzen, dass ihr zu Ehren eine so bezaubernde Melodie komponiert wurde.«

»Das mag sein«, erwiderte Turlough. »Aber um die Wahrheit zu sagen, sie hatte nie allzu viel für mich übrig. Und ich möchte lieber unter Freunden sein, denen ich vertrauen kann, als bei wetterwendischen Menschen, die ihr Fähnchen in den Wind hängen und auf deren Treue man nicht bauen kann. Es gibt ein altes Sprichwort«, fuhr er fort, bevor Mary ihn unterbrechen konnte. »Es ist angenehm, in eine hübsche Frau vernarrt zu sein, die ihr Gefieder putzt und eine hohe Meinung von sich selbst hat, aber heiraten sollte man das gütige und schöne Mädchen, das einem in bösen Zeiten geradeso wie in guten eine Freundin sein wird.«

»Was willst du damit sagen?«, fragte Mary und griff nach seiner Hand.

»Du hast dich seit dem Tag, da wir einander das erste Mal begegnet sind, um mich gekümmert. Ich habe von dir nie etwas anderes erfahren als Güte. Du warst meine Freundin und meine Vertraute. Und jetzt bitte ich dich, meine Frau zu werden.«

Mary erblasste und musste sich an die Wand lehnen.

»Nun?«, flüsterte Turlough, »was sagst du dazu? Alle hier im Raum warten auf deine Antwort.«

»Es gibt nichts auf Erden, was mich glücklicher machen würde«, erwiderte Mary atemlos, und im ganzen Saal brach spontaner Beifall aus.

Murphy hakte Bridget Cruise unter und führte sie in eine Ecke des Saals. Die beiden und ihre Freunde waren die einzigen, die Schweigen bewahrten.

Squire Jones ließ noch weiteren Rotwein bringen, um den Anlass zu feiern, und schon bald war der Raum erfüllt von lebhaften Gesprächen. Das Fest, das ursprünglich zu Ehren von Murphys Rückkehr nach Irland geplant gewesen war, entwickelte sich zu einer Feier von Turloughs und Marys Verlöbnis. Und die Ironie des Ganzen blieb David Murphy keineswegs verborgen.

Turlough befühlte den Ärmel von Marys Kleid.

»Das ist ein meisterlich gewobenes Tuch«, sagte er. »Und die Farbe erinnert mich an den safrangelben Umhang, den Mrs MacDermot zu tragen pflegte, als sie noch jünger war.«

»Genau diese Farbe hat mein Kleid«, erwiderte Mary mit Tränen in den Augen.

»Ich kann es spüren«, sagte Turlough lächelnd. »Ich weiß nicht, wieso, aber ich kann den Farbton in Gedanken beinahe vor mir sehen.«

Turlough, Mary und McCabe sangen im Laufe des Abends miteinander, sie tanzten miteinander und tranken den feinsten französischen Rotspon in ganz Irland. Als der

Harfenspieler schließlich feststellte, dass seine Beine schwach wurden von zu viel Alkohol, setzte er sich nieder und lehnte die Harfe an seine Schulter.

Turlough spielte Sheebeg SheeMor. Dann spielte er seinen bezaubernden Tribut an Lord Inchinquin. Er spielte sein Trinklied, das er für Squire Jones komponiert hatte. Dann gab er noch einige ältere Melodien zum Besten, bevor er den Abend mit einer weiteren neuen Komposition abschloss.

»Dieses Stück«, erklärte er, »habe ich der Königin der Feen gewidmet, die meine Gönnerin ist, seit ich blind wurde, und ohne deren Hilfe ich das Harfenspiel niemals erlernt hätte.«

Einige der Gäste kicherten. Murphy und seine Freunde brachen in wildes Gelächter aus.

»Sie wird gewiss entzückt sein«, meldete sich eine Frau ganz in seiner Nähe zu Wort, und Turlough, der die Stimme erkannte, wandte den Kopf.

»Seid Ihr das, Mrs Sheehan?«, fragte er.

»In der Tat«, antwortete sie. »Mein Gemahl und ich sind gerade rechtzeitig angekommen, wie es scheint. Soll dies wirklich Eure letzte Melodie für heute Abend sein?«

»Ich werde, wenn ich das nächste Mal nach Dublin komme, nur für Euch spielen«, versprach Turlough, der sich plötzlich unbehaglich fühlte.

»Nichts Geringeres würde ich erwarten«, bemerkte Mrs Sheehan.

»Aber für den Augenblick könnt Ihr Euch vielleicht vorstellen«, fuhr er fort, »Ihr wärt die Königin der Feen. Ich wüsste sehr gern, was Ihr von dieser Melodie halten würdet, wenn Ihr tatsächlich die wärt, für die ich das Stück schrieb.«

»Ich werde zuhören, als sei es einzig für meine Ohren komponiert worden«, erwiderte sie, und Turlough konnte das Funkeln in ihren dunklen Augen förmlich vor sich sehen.

Der Harfenspieler stimmte die langsame, prunkvolle Melodie an und spielte seine Komposition mit Anmut und Ehrerbietung. Im Raum herrschte vollkommene Stille, als die goldenen Klänge von dem Instrument tropften und die Luft mit ihren hellen Tönen erfüllten.

In Gedanken stellte Turlough sich die Königin in einem langen schwarzen Kleid mit einer Schleppe und einer dunklen Kapuze über dem Kopf vor. Sie ging, so malte er es sich aus, durch die Reihen ihrer Untertanen, die sich vor ihr verneigten, während sie auf ihren Thron aus gewobenen Blüten zuschritt. Er beschwor ein so klares Porträt in sich herauf und erweckte es mit seiner Melodie auf eine so ergreifende Weise zum Leben, dass alle Zuhörer vor Entzücken seufzten.

Kaum hatte Turlough die letzte Note angeschlagen, brach das Publikum in wilden Applaus und überschwängliches Lob aus. Der Harfenspieler spürte, wie zierliche Finger nach den seinen griffen, dann fühlte er die Lippen einer Frau auf seiner Hand.

»Ihr seid ein wahrer Meister, Turlough O'Carolan«, erklärte Mrs Sheehan. »Und wenn ich die Königin der Feen wäre, wäre ich sehr glücklich darüber, Euch meine Gönnerschaft gewährt zu haben.«

»Und wenn ich der König der Feen wäre«, fiel Squire Sheehan ihr leichthin ins Wort, »würde ich mir Sorgen machen, dass dieser Harfenspieler mir meine Frau stehlen könnte.«

»Deine Gemahlin, mein Teuerster«, korrigierte ihn Mrs Sheehan. »Jeder weiß, dass die Königin der Feen die Ranghöhere in dieser Ehe ist. Der König ist lediglich ein Gefährte, der um seiner Fähigkeit willen ausgewählt wurde, gesunde Nachkommen zu zeugen.«

»Nichtsdestoweniger«, konterte der Squire mit einem Übermaß an Höflichkeit, »wäre ich mehr als nur ein wenig besorgt ob der ungebührlichen Aufmerksamkeit, mit der die Königin ihren Harfenspieler überhäuft. Er ist schließlich nur ein Sterblicher.«

»Der Königin steht es frei, zu tun, was ihr gefällt«, entgegnete Mrs Sheehan mit schneidendem Tonfall. »Und vielleicht zieht sie bisweilen die Gesellschaft Sterblicher vor.«

»Was durchaus verständlich ist«, bemerkte der Squire beiläufig. »Ich bezweifle nicht, dass der König seinerseits die eine oder anderer Tändelei mit einer sterblichen Frau hatte.«

»Tatsächlich?«, fuhr Mrs Sheehan auf. »Und wie oft, glaubst du, hat sich der Prinzgemahl nach deiner Schätzung aus dem Bett der Königin in ein anderes verirrt?«

»Sehr selten«, antwortete der Squire beschwichtigend und hob dann die Hand, um seine Gemahlin zu beruhigen. »Aber wenn es der Königin gestattet ist, das zu tun, dann sollte der König doch wohl die gleichen Rechte haben.«

»Meinst du?« Mrs Sheehan lachte geringschätzig. »Du hast deine Stellung vergessen.«

»Lass uns vernünftig sein«, bat der Squire. »Ich möchte wirklich keinen neuen Streit.« Plötzlich hielt er inne, denn ihm war bewusst geworden, dass mehrere Gäste ihrem Wortwechsel aufmerksam lauschten.

»Ihr entschuldigt uns, Turlough?«, fragte der Squire.

»Ja, selbstverständlich«, antwortete der verblüffte Harfenspieler. Die Sheehans zogen sich zurück, und man konnte sie immer noch aufgebracht, wenn auch mit gedämpften Stimmen, miteinander reden hören. Turlough lachte in sich hinein.

Er schüttelte den Kopf und stellte dann fest, dass er zu viel Rotwein getrunken hatte.

»Mary!«, rief er. »McCabe! Bringt mich nach draußen, damit ich ein wenig frische Luft schnappen kann. Ich fühle mich nicht recht wohl.«

Binnen Sekunden stützte Cathair ihn unter dem einen, Mary unter dem anderen Arm, und zu dritt stolperten sie in die Nacht hinaus, in der Hoffnung, dass die kühle Luft sie ein wenig ernüchtern würde. Hugh blieb im Saal zurück, um die Harfe wieder einzupacken, und als er damit fertig war, gesellte er sich zu den drei anderen auf den Rasen.

»Deine Geschichte über die Feenkönigin ist zauberhaft«, bemerkte Mary. »Bist du ihr wirklich einmal begegnet?«

»Ja, aber gerade jetzt möchte ich lieber nicht über sie sprechen. Mir ist nicht wohl. Ich muss zu viel getrunken haben.«

»Ihr erzählt dauernd von der schönen Königin des Guten Volks«, lachte Hugh, während er seinen Herrn stützte. »Ihr habt es sogar fertig gebracht, dass ich Eure Geschichte eine Weile geglaubt habe.«

Turlough tastete nach dem Hals seines Dieners und packte ihn dann in seiner Trunkenheit am Kragen. »Dass du mir niemals etwas Unziemliches über die Königin der Feen sagst«, warnte er ihn. »Ich habe geschworen, ihren Namen zu verteidigen, wann immer irgendjemand es wagt, sie zu schmähen.«

»Ich habe sie nicht geschmäht«, entrüstete sich Hugh. »Ich habe Euch geschmäht.«

»Und du solltest besser dafür sorgen, dass es auch so bleibt«, murmelte der Harfenspieler.

Mary lächelte, dann sah sie sich um, als sie ganz in der Nähe heiseres Gelächter hörte. Noch andere Gäste waren in den Garten hinausgegangen, um sich zu erfrischen, und nun kam die kleine Gruppe langsam auf sie zu.

»Was haltet Ihr von Turlough O'Carolans Musik?«, erklang eine laute Stimme.

»Das zu sagen, steht mir nicht an«, antwortete David Murphy.

»Bitte, David, sprich!«, bedrängte Bridget ihn.

Turlough ließ Hugh los und wandte sich um, um zu hören, was der andere Harfenspieler zu sagen hatte.

»Seine Musik steckt voller guter Ansätze«, erklärte Murphy feierlich. »Seine Melodien sind entzückend in ihrer Einfachheit. Aber sie erscheinen mir doch eher wie die Keule eines Rinds, die zu lange gekocht wurde, so dass sich das Fleisch abgelöst hat.«

»Was soll das heißen?«, wollte einer seiner Freunde wissen.

»Seine Stücke bestehen nur aus Knochen. Ihnen fehlt das Fleisch.«

Seine betrunkenen Begleiter schrien vor Lachen, und bevor Hugh seinen Herrn aufhalten konnte, war Turlough auch schon auf die kleine Gruppe zugestürzt.

»Ich werde Euch mit ein paar Fausthieben eine Melodie spielen«, brüllte Turlough, dem es irgendwie gelungen war, Murphy zu packen. »Und dann könnt Ihr den Knochen so viel Fleisch hinzufügen, wie es Euch beliebt.«

Der Harfenspieler holte zu einem Schlag aus, der sein Ziel um Längen verfehlte, dafür aber einen von Murphys

Freunden zu Boden schleuderte. Dann bekam er das Haar seines Rivalen zu fassen und begann, auf ihn einzutreten.

»Haltet ihn fest!«, rief Murphy mit schriller, angsterfüllter Stimme. »Er wird mich ermorden!«

Zwei von Murphys Freunden gelang es schließlich, Turlough zu bändigen. Der Mann, den er zu Boden geschlagen hatte, stand auf und versetzte dem blinden Harfenspieler einen Hieb in den Magen. Turlough klappte der Kiefer nach unten, und er taumelte ein wenig, was Murphys Freunde abermals zum Lachen brachte.

In diesem Augenblick holten McCabe und Hugh zum Gegenschlag aus. Binnen Sekunden war im Garten eine wilde Prügelei ausgebrochen zwischen den Anhängern Turlough O'Carolans, die sehr zahlreich waren, und den Freunden David Murphys, von denen es nur sehr wenige gab.

Aber Turlough war zu betrunken, um den Aufruhr um sich herum noch wahrzunehmen. Er hörte Murphys Stimme in seiner Nähe und streckte die Hand aus, um den Mann zu packen.

Der blinde Harfenspieler musste an jenem Abend besonderes Glück gehabt haben, denn er bekam den anderen Mann zum zweiten Mal zu fassen. Aber gerade in diesem Augenblick überwältigte ihn seine Erschöpfung, und er stürzte zu Boden, die Faust immer noch in Murphys Umhang gekrallt.

Der Erdboden schien ihm im Fallen entgegenzukommen, und er hörte ein lautes, reißendes Geräusch, gefolgt von etwas, das er für den schrillen Angstschrei eines kleinen Tieres hielt. Was danach geschah, nahm Turlough nicht mehr wahr.

Kapitel 10

Der alte Hugh atmete tief durch und streckte dann seinen Becher aus. Mhairgead ergriff den Krug und schenkte dem alten Mann ein wenig von dem goldenen, selbst gebrannten Whiskey ein.

»Die beiden haben im selben Monat geheiratet«, erzählte Hugh. »Turlough und Mary. Und sie waren das glücklichste Paar, das mir je begegnet ist.«

»Er war die Hälfte des Jahres auf Reisen, das war der Grund dafür«, warf Denis ein.

»Aber selbst in den sechs Monaten, die sie jedes Jahr miteinander verbrachten«, bemerkte Hugh, »begegneten sie einander stets freundlich und voller Liebe.«

»Sie hatten sechs Kinder«, ergänzte der alte Harfenspieler kichernd. »Sie müssen wohl das eine oder andere Vergnügen miteinander geteilt haben.«

»Fünf Töchter hatten die beiden«, sprach Hugh, ganz in seine Erinnerungen versunken, weiter. »Und einen Sohn. Einen Jungen, der der faulste und dümmste Knabe war, der mir in meinem ganzen Leben untergekommen ist. Und als er erwachsen wurde, entwickelte er sich zu einem dummen, faulen, gut aussehenden Mann.«

»Eine gefährliche Mischung«, seufzte Denis.

»Der junge Terence hatte das einnehmende Äußere seines Vaters geerbt. Die strahlenden Augen. Das edle Kinn. Das gewellte Haar. Dieser Junge hatte einfach alles, nur kein Gehirn in seinem Schädel und kein Ziel in seinem Tun. Und aus diesem Grund hatte er auch nie einen Penny in seiner Tasche.«

»Was ist denn am Ende aus Terence geworden?«, wollte Edward wissen.

»Nicht lange nach dem Tod meines Herrn«, sagte der alte Whiskeybrenner geheimnisvoll, »unternahm Terence eines Abends einen Spaziergang in der kühlen Luft. Er erklärte seiner Schwester, dass sie nicht auf ihn zu warten brauche, und sie fand es höchst seltsam, dass er zu dieser nächtlichen Stunde noch aus dem Haus gehen wollte. Aber sie fragte ihn nicht nach seinem Ziel. Er küsste sie kurz auf die Wange, dann verließ er das Haus. Er wurde nie wieder gesehen. Er ist einfach für immer verschwunden.«

»Verschwunden?«, stieß Denis hervor.

»Er ist einfach auf und davon, nach England, mit einer der Harfen seines Vaters und der Frau seines besten Freundes«, antwortete Hugh achselzuckend.

»Oh.«

»Und sollte ich ihn jemals in die Finger bekommen, werde ich ihm bei lebendigem Leib die Haut abziehen«, blaffte Hugh.

»Warum?«, fragte Edward.

»Es war die Frau meines jüngsten Bruders, mit der er davongelaufen ist.«

»Das muss ein arger Schock gewesen sein«, sagte Denis mitleidig.

»Das war es auch.« Hugh schüttelte den Kopf. »Ich hatte gutes Geld darauf gewettet, dass es Thomas Doneheys Tochter sein würde, mit der er durchbrennen würde. Diese Wette hat mich zwei Pfund gekostet.«

»Hatte er die Neigung zu den Röcken von seinem Vater?«,

erkundigte sich der alte Harfenspieler. »War Euer Herr auch immer in Versuchung, seiner guten Frau untreu zu werden?«

»Nie, ganz gewiss nicht«, sagte Hugh mit Überzeugung. »Aber ebenso gewiss wäre es anders gewesen, hätte er noch sein Augenlicht gehabt.«

»Wie das?«

»Seit Ihr jemals Miss Stella begegnet?«, fragte Hugh seinen Freund.

»Ich kenne keine Frau dieses Namens«, erwiderte Denis kopfschüttelnd, »es sei denn, vom Hörensagen.«

»Dann habe ich eine Geschichte für Euch, die Euch gewiss interessieren wird«, erklärte Hugh mit einem Grinsen. »Ich hatte oft großes Mitleid mit meinem Herrn wegen seiner Blindheit, bis mir klar wurde, dass sein Gebrechen ihm große Scherereien erspart hat.«

»Nun erzählt Eure Geschichte, Mann.«

Hugh öffnete gerade den Mund, um zu sprechen, als er erstarrte und ruckartig den Kopf zur Seite wandte. »Was ist das?«, keuchte er.

»Was?«, fragte Edward.

»Stimmen.«

Wenige Sekunden später hörte der junge Rebell Schritte, die sich der Tür des Cottage näherten, dann erfolgte ein so lautes Klopfen, dass die Fensterscheibe klirrte. Edwards Herz setzte einen Schlag aus, und er stand erschrocken auf.

»Aufmachen! Im Namen des Königs!«, befahl eine tiefe Stimme.

»Jesus, es sind die Rotröcke!«, rief Edward. »Sie werden mich gefangen nehmen, wenn ich nicht hier rauskomme.«

»Pssst, ganz ruhig, Ihr dummer Junge!«, zischte Hugh leise. »Es ist zu spät, als dass Ihr noch fliehen könntet. Ihr seid mit Mhairgead verlobt, wisst Ihr nicht mehr? Und jetzt haltet Euren verdammten, hirnlosen Mund. Überlasst das Reden mir, und es wird alles gut werden.«

Edward setzte sich wieder und griff nach seinem Becher. Während er das tat, stand Mhairgead auf, und im nächsten Augenblick hatte er sie auch schon auf dem Schoß sitzen. Er keuchte vor Überraschung laut auf, und sie drückte ihm einen Kuss auf die Wange.

»Was machst du mit dem Jungen, Kind?«, blaffte Hugh sie an, als er Edwards Protest hörte.

»Ich sitze auf dem Schoß meines zukünftigen Mannes, Großvater.«

»Geh und mach den Soldaten die Tür auf«, befahl der alte Mann ihr schroff. »Für dergleichen Dinge werdet ihr immer noch reichlich Zeit haben, wenn Ihr erst den Knoten geschürzt habt. Und keinen Augenblick früher!«, fügte er mit einem bedrohlichen Unterton hinzu.

Mhairgead rappelte sich hoch, glättete ihren Rock und ging zur Tür. Kaum hatte sie den Riegel zurückgezogen, trat auch schon ein Rotrock mit einem lächerlich hohen Hut die Tür auf, richtete seine Muskete auf Mhairgead und spannte den Haken, bereit zum Schuss.

Von draußen hörte man lautes Lärmen. Mhairgead trat gerade rechtzeitig zurück, um Daniel Platz zu machen, der in den Raum hereingeflogen kam und mitten auf dem Boden landete. Sein Gesicht war blutverschmiert, sein Mantel zerrissen.

»Dan!«, schrie Mhairgead. »Was haben sie mit dir gemacht?«

Ein Offizier in leuchtend scharlachrotem Rock trat in das Cottage und nahm seinen Hut ab, damit er ihm unter dem niedrigen Türsturz nicht vom Kopf gerissen wurde. Ihm folgten drei weitere Soldaten, die Steinschlossgewehre im Anschlag.

»Ist dies das Haus der Connors?«, fragte der Offizier mit einem Anflug von Abscheu. Während er sprach, hielt er sich ein Spitzentaschentuch vor die lange Nase.

»Das ist es«, erwiderte Hugh, ohne das Gesicht vom Feuer abzuwenden. »Und wer in Teufels Namen seid Ihr?«, fragte er gelassen.

»Ich bin Leutnant William Moss, Grenadierkompanie, Zweites Infanterie-Garderegiment.«

»Das ist ein langer Name«, meinte der Whiskeybrenner lächelnd. »Eure Mutter muss eine recht lebhafte Fantasie gehabt haben. Hätte Sie Euch nicht einfach William nennen können?«

»Sehr witzig«, erwiderte Moss ungerührt.

»Darf ich Euch etwas zu trinken anbieten?«, erbot sich Hugh.

»Habt Ihr Whiskey?«, erkundigte sich der Leutnant.

»Den besten.«

»Dann nehme ich einen. Vielen Dank.«

»Mhairgead, hol dem Mann einen Becher«, befahl Hugh seiner Enkelin.

»Daniel ist verletzt!«, wandte die junge Frau ein. »Sie haben ihn geschlagen.«

»Er hat gegen die Ausgangssperre verstoßen«, erklärte der Offizier kalt. »Er kann von Glück sagen, dass ich ihn nicht an Ort und Stelle habe hängen lassen.« Er sah sich verächtlich in dem Raum um. »Ich könnte ihn auch jetzt noch hängen, wenn mich die Laune ankäme«, erklärte der Rotrock.

»Hol dem vornehmen englischen Offizier einen Becher«, wiederholte Hugh mit zusammengebissenen Zähnen. Mhairgead verließ Daniel mit deutlichem Widerstreben, um zu tun wie geheißen.

Edward rutschte unbehaglich auf seinem Stuhl hin und her, starrte jedoch stur ins Feuer, ohne aufzublicken. Der Offizier nahm seinen Whiskey entgegen, schnupperte erst und nippte dann daran, während er sich gleichzeitig gründlich in dem Cottage umsah.

»Also, ich frage mich doch«, fuhr Moss fort, nachdem er einen kleinen Schluck Whiskey gekostet hatte, »was ein junger Bursche wie Daniel nach Mitternacht noch draußen zu suchen hat?« Der Leutnant gab niemandem die Chance zu antworten. »Ich vermute, dass er entweder auf dem Weg zu seiner Liebsten war«, fuhr Moss fort, »oder aber er hat mit schwarz gebranntem Whiskey gehandelt. Andererseits könnte er jedoch auch versucht haben, irgendein teuflisches Verbrechen gegen die Krone auszuführen. Vielleicht hatten er und seine bisher noch ungenannten Spießgesellen ja die Absicht, einen weiteren Offizier kaltblütig zu erschießen oder den Rebellen geschmuggelte Waffen zuzuspielen.«

»Es ist diese kleine Bridie, was?«, brüllte Hugh. Der alte Mann hatte sich noch immer nicht vom Feuer abgewandt.

Daniel brummte etwas Unverständliches und schüttelte den Kopf, während Mhairgead versuchte, ihm das Blut von der Stirn zu wischen.

»Du solltest dich schämen!«, kreischte der Whiskeybrenner entrüstet.

Edward leerte seinen Whiskey mit einem einzigen Schluck und setzte sich den Becher dann auf den Schoß, wo er ihn mit steifen Fingern umklammerte.

»Du bist ein verheirateter Mann mit eigenen Kindern,

und Bridie ist ein Mädchen von erst zwanzig Jahren. Du hast Schande über diese Familie gebracht. Du bist nicht länger mein Enkel. Verlass auf der Stelle mein Haus und such dir für heute Nacht bei den Kühen ein Plätzchen zum Schlafen! Und bete, dass deine gute Frau töricht genug ist, dich morgen wieder zurückzunehmen.«

»Großvater …«, wollte Daniel einwenden.

»Bleib mir vom Leib mit deinen verdammten Ausreden, Daniel Connor McHugh!«, entgegnete der Whiskeybrenner. »Es wird Zeit, dass du dich besserst oder dir einen anderen Platz zum Leben suchst.«

»Großvater«, wiederholte Daniel. »Sie haben die Brennerei gefunden.«

»Was?«

»Diese Soldaten haben mich oben bei der Brennerei auf dem Hügel entdeckt.«

»Allmächtiger!«, keuchte Hugh. »Nicht die Brennerei! Die am Hang von Geoghans Hügel?«

»Ja«, murmelte Daniel. »Sie haben sie aufgebrochen und alle Fässer und Krüge beschlagnahmt.«

»Die vollen?«

»Ja, Großvater.«

»Meine Soldaten werden diese großzügige Spende von so viel Whiskey gewiss zu schätzen wissen«, sagte der Leutnant lächelnd.

»Was soll das heißen?«, fragte der alte Mann.

»Hugh Connor«, unterbrach ihn der Leutnant, »wisst Ihr etwas über diese illegale Brennerei, die Euer Enkelsohn betreibt?«

»Ja«, gab Hugh ein wenig verlegen zu.

»Seht mich an, wenn Ihr mit mir redet!«, brüllte der

Offizier, der unerwartet die Beherrschung verloren hatte und seinen Becher quer durch den Raum an die Wand schleuderte, wo er mit einem lauten Splittern zerbrach.

»Ich wünschte, das könnte ich«, antwortete Hugh, als wieder Stille eingekehrt war. Dann wandte er den Soldaten das Gesicht zu und zeigte ihnen zum ersten Mal seine leeren Augenhöhlen.

Die drei gemeinen Soldaten stießen ein Keuchen aus.

»Ihr seid blind!«, stammelte Moss.

»Ich verstehe, warum man Euch zum Offizier gemacht hat«, erklärte Hugh. »Ihr werdet es im Handumdrehen zum Hauptmann bringen, wenn Ihr weiterhin eine solche Geistesschärfe an den Tag legt. Hol dem Herrn noch einen Whiskey, Mhairgead.«

Die junge Frau brachte einen neuen Becher, und der Offizier leerte ihn in einem Zug.

»Ich bin ebenfalls blind.« Denis wandte sich zu den Soldaten um und verdrehte seine blicklosen Augen in den Höhlen. »Ich hoffe daher, dass Ihr mir verzeihen werdet, dass ich Euch nicht direkt ansehe, wenn ich auf Eure Fragen antworte.«

Der Leutnant zog eine Augenbraue in die Höhe, sagte jedoch nichts. Als er seine Fassung wiedergefunden hatte, gab er Mhairgead den Becher zurück.

»Ich habe Grund zu der Annahme«, erklärte Moss, »dass in dieser Gegend rege Schmuggelgeschäfte betrieben werden. Und diese Gruppe von Cottages scheint mir das Zentrum zu sein. Wer Alkohol brennt, ohne die entsprechenden Steuern an die Krone abzuführen, begeht ein Verbrechen, auf das Erhängen oder Schlimmeres steht.«

»Was ist schlimmer als Erhängen?« wollte Denis wissen.

»Die Deportation nach Botany Bay«, antwortete der Offizier mit einer gewissen Befriedigung.

»Wir sind arme Leute«, sagte Hugh. »Der Whiskey ist in Zeiten der Krankheit unser einziger Trost.«

»Verstehe«, erwiderte Moss. »Wollt Ihr mir etwa weismachen, dass die riesige Menge Alkohol, die meine Soldaten entdeckt haben, allein für Euch vier Herren und diese junge Frau bestimmt war?«

»Daniels Frau und die Kinder nehmen ab und zu auch einen Tropfen zu sich«, erklärte Hugh. »Wenn sie erkältet sind. Und außerdem wären da noch die beiden jüngeren Brüder von Dan.«

»In der Brennerei lagert genug Whiskey, um meine ganze Kompanie einen Monat lang bei Laune zu halten!«, rief der Offizier.

In diesem Augenblick bemerkte Leutnant Moss zum ersten Mal Edward. »Ihr da!«, sagte er. »Wie heißt Ihr?«

»Das ist James Ferguson«, warf Hugh ein, »ein Kaufmann aus Dublin. Er ist der zukünftige Gatte meiner Enkeltochter, Mhairgead.«

Edward blickte nicht auf.

»Ich nehme an, Ihr seid ebenfalls blind«, lachte Moss.

»In der Tat«, sagte der Whiskeybrenner.

»Das bin ich«, beendete Edward den Satz. Dann wandte er sich um, verdrehte die Augen, dass nur noch das Weiße zu sehen war, und leckte sich mit leerem Gesichtsausdruck die Lippen.

»Sergeant!«, rief der Offizier.

»Ja, Sir?«, kam die Antwort von draußen.

»Wie war noch der Name des Rebellen, nach dem wir suchen? Des Mannes, der D'Arcy erschossen hat?«

»Edward Sutler aus Dublin, Sir!«, brüllte der Sergeant und nahm Habachtstellung an.

»War der Rebell blind?«

»Ich erinnere mich nicht mit Gewissheit daran, ob der Flüchtling unter besagtem Gebrechen litt, Sir!«

Der Leutnant dachte kurz nach. »Heißt das nun ja oder nein, Sergeant?«

»Der Rebell war nicht blind, Sir!«

Moss wandte sich wieder Edward zu. »Kennt Ihr diesen Sutler?«

»Jawohl«, nuschelte Edward, und Hugh fühlte sich plötzlich sehr unbehaglich. »John Shuckle war ein alter Freund meines Vaters. Natürlich ist er seit mindestens zwanzig Jahren tot.«

»Nicht John Shuckle, du Idiot!«, rief der Offizier und griff sich verärgert an den Kopf. »Edward Sutler.«

»Ich glaube nicht, dass er Sattler war«, erwiderte Edward. »Er war Kaminkehrer, wenn ich mich recht erinnere.«

»Ihr müsst Nachsicht mit dem Jungen üben«, erklärte Hugh und tippte sich dabei mit dem Zeigefinger an die Schläfe. »Er ist ein wenig langsam, seit die Krankheit ihn befallen hat.«

Plötzlich ging dem Leutnant auf, dass drei Männer im selben Haus blind waren.

»Hier geht doch etwas Seltsames vor«, bemerkte Moss und ließ das Taschentuch, das er sich vor die Nase gehalten hatte, sinken. »Sergeant, kehrt in diesem Cottage das Unterste zuoberst. Ich habe das Gefühl, dass mehr hinter dieser Sache steckt, als man auf den ersten Blick vermuten möchte.«

»Ja, Sir!«, brüllte der Sergeant.

Moss hielt sich die Ohren zu und zuckte zusammen. »Ich stehe direkt neben Euch«, erklärte der Leutnant dem Soldaten. »Es ist nicht nötig zu schreien.«

»Ja, Sir«, erwiderte der Sergeant mit etwas gemäßigter Lautstärke. »Entschuldigung, Sir.«

»Nun fangt endlich an!«

»Ja, Sir.«

Der Sergeant ging direkt auf Mhairgeads Bett zu und stach mit der Spitze seines Bajonetts mehrmals in die Matratze.

»Ich habe noch nie von einer Familie gehört, in der drei von vier Männern blind sind«, dachte der Offizier laut nach. »Das ist überaus merkwürdig.«

»Die Blattern«, sagte Denis wohlgemut. »Es waren die Blattern, die uns letztes Jahr heimsuchten und die mir das Augenlicht raubten. Das heißt, ich war der Erste, den die Krankheit befallen hat, dann kam Hugh, und vor zwei Monaten traf es auch den armen jungen James. Das Fieber packte ihn übrigens gerade an dem Tag, an dem er Mhairgead bat, die Seine zu werden.«

»Die Blattern?«, fragte Moss mit einem Anflug von Panik in der Stimme. Er hob das Spitzentaschentuch wieder an die Lippen. »In diesem Haus waren die Pocken?«

Seine Soldaten zogen sich bereits zur Tür zurück. Der Sergeant hörte auf, mit seinem Bajonett auf die Matratze einzustechen.

»Habt keine Furcht, Leutnant«, seufzte Hugh. »Bisher ist noch niemand unter diesem Dach gestorben. Wir haben lediglich das Augenlicht verloren. Solange Ihr in unserem Haus nichts esst oder trinkt, besteht kaum eine Chance, dass Ihr Euch die Seuche zuzieht. Hab ich nicht Recht, Daniel?«

Der rothaarige Mann lag stöhnend in Mhairgeads Armen.

Um seine Mundwinkel herum hatte sich ein wenig Schaum gebildet.

»Ich höre wieder die Engel singen, Großvater«, murmelte Daniel.

Der Offizier blinzelte ein paar Mal, spuckte aus, blickte voller Entsetzen zu seinem Sergeant hinüber und machte dann auf dem Absatz kehrt.

»Ich sehe, ich verschwende hier nur meine Zeit«, stammelte Moss, während er auf die Tür zueilte. »Euer Whiskey ist beschlagnahmt, und Ihr könnt dies als eine Warnung betrachten. In Zukunft werde ich sehr viel härter durchgreifen, wenn ich Euch noch einmal in Eurer Brennerei erwischen sollte. Und nun wünsche ich allenthalben eine gute Nacht.«

Mit diesen Worten verschwand der Offizier in der Nacht. Sein Sergeant und die drei Soldaten folgten ihm, und in ihrer Eile, durch die Tür zu kommen, riss es allen vier Männern unter der niedrigen Oberschwelle den Hut vom Kopf.

Hugh, Denis, Mhairgead und Edward rührten sich nicht, bis sie sicher sein konnten, dass die Rotröcke außer Hörweite waren. Daniel schlich zum Fenster hinüber, um Wache zu halten. Schließlich konnte der rothaarige Mann nicht länger an sich halten. Die Hand auf die Lippen gepresst, begann er zu kichern, und kurz darauf wälzte er sich vor Lachen über den Boden.

»Wie im Namen der heiligen Hölle ist es den Engländern nur je gelungen, sich ein so großes Reich untertan zu machen«, rief Hugh, »wenn das das Beste ist, wozu ihre Offiziere im Stande sind?«

»Habt Ihr den Gesichtsausdruck dieses Burschen gesehen, als Denis ihm von den Blattern erzählte?«, fragte Edward grinsend.

»Nein, habe ich nicht«, antwortete Hugh. »Ich blind, wisst Ihr noch?«

»Das seid Ihr«, erinnerte sich der Rebell. »Aber ich wünschte trotzdem, Ihr hättet sehen können, wie ihm alles Blut aus dem Gesicht wich.«

»Ich konnte hören, wie sein Magen sich umdrehte, und das war genug«, lachte Denis.

»Ist alles in Ordnung mit dir, Daniel?«, fragte Hugh.

»Sie haben mich windelweich gehauen«, erwiderte der rothaarige Mann. »Aber es ist nichts gebrochen. Es sind nur Prellungen und ein paar Schnittwunden; in ein oder zwei Tagen bin ich wieder auf den Beinen.«

»Aber die Whiskeybrennerei!«, rief Edward bekümmert. »Die Soldaten haben die Brennerei zerstört und den Whiskey gestohlen.«

Plötzlich lachten die anderen noch heftiger. Mhairgead strömten schließlich sogar Tränen über die Wangen.

»Ich verstehe nicht, was daran so komisch sein soll«, sagte Edward, der verwirrt von einem zum anderen blickte.

»Es war nicht unsere Brennerei«, antwortete Daniel atemlos. »Es war die von Michael Geoghan. Ich bin zu ihm hinaufgegangen, um Schulden einzutreiben, aber der alte Michael war nirgends zu sehen. Die Soldaten kamen, als ich mich gerade auf den Heimweg machen wollte.«

»Mr Geoghan war einmal unser grimmigster Rivale«, erklärte Hugh, der mit einem starken Schluckauf zu kämpfen hatte. »Ein vornehmer Herr, aber allenthalben dafür bekannt, dass er seinen Whiskey mit verdorbenem Sirup versetzte, wenn Ihr versteht, was ich meine.«

»Ich verstehe gar nichts«, sagte Edward stirnrunzelnd.

»Mit anderen Worten«, erklärte Daniel, »Michael hat die

billigsten Zutaten benutzt, die er bekommen konnte. Seine letzte Produktion hat allen, die davon getrunken haben, einen überaus kräftezehrenden Durchfall beschert. Der arme Michael war gezwungen, mehrere Fässer von unserem hervorragenden Whiskey zu kaufen, um seine Lieferpflichten zu erfüllen.«

»Die Fässer und Krüge, die die Rotröcke beschlagnahmt haben«, fiel Hugh ein, »stammten aus Michaels verdorbenem Vorrat, den er gewiss zu vernichten beabsichtigte.«

»Aber er hat wohl bisher noch keine Zeit dazu gefunden«, unterbrach ihn Daniel.

»Wir haben einen Schlag für die Freiheit geführt!« Denis kreischte vor Lachen. »Die Fußsoldaten werden tagelang nicht mehr aus ihren Kasernen herauskommen, das möchte ich wetten.«

Mhairgead schenkte abermals Whiskey aus, und sie alle lachten, bis sie Leibschmerzen bekamen.

»Jetzt habt Ihr Euch wirklich einen Platz in der Familie verdient, Jung Edward«, erklärte Hugh. »Und Ihr könnt nach Dublin zurückkehren und Euren Rebellenfreunden erzählen, wie drei blinde Männer eine ganze Kompanie englischer Grenadiere unschädlich gemacht haben, ohne auch nur ihr sicheres Plätzchen am Feuer zu verlassen.«

»Ich fühle mich geehrt«, erwiderte Edward und hob seinen Becher, »dass Ihr mich Eurer Verwandtschaft für würdig erachtet.«

»Jetzt werdet Ihr Mhairgead heiraten müssen«, bemerkte Denis. »Um eine anständige Frau aus ihr zu machen. Denn sie hat praktisch eingewilligt, die Eure zu werden.«

»Ich kann nicht heiraten«, sagte der junge Rebell wegwerfend und in der gewissen Überzeugung, dass der alte

Harfenspieler sich einen Scherz mit ihm machte. »Die Sache der Freiheit verlangt noch zu große Anstrengungen.«

»Jetzt weiß ich wieder, welche Geschichte ich gerade erzählen wollte«, rief Hugh und schlug sich auf den Schenkel.

»Oh Gott«, seufzte Denis.

»Ich wollte die Geschichte von Miss Stella zum Besten geben. Einer Frau, deren Geliebtem es widerstrebte, sie zu heiraten.«

Daniel setzte sich vor der Feuerstelle nieder, und Mhairgead holte eine Schale mit Wasser, um die Schnitte auf seinem Gesicht zu waschen. Sie schenkte ihm eine großzügige Portion Whiskey ein und griff dann nach einem nassen Tuch, aber ihr Bruder schickte sie weg. Er leerte den Becher und wischte sich vorsichtig das restliche Blut vom Gesicht.

Mhairgead kehrte zu ihrem Hocker hinter Edward zurück.

»Soll ich nicht lieber hinausgehen und Wache halten, falls die Rotröcke noch einmal wiederkommen?«, fragte der Rebell.

»Sie werden heute Nacht nicht zurückkehren«, versicherte ihm Denis. »Sie haben mindestens zwanzig Gallonen verdorbenen Whiskeys, um die sie sich kümmern müssen.«

»Macht es Euch bequem, Master Edward«, beruhigte Hugh ihn ebenfalls, »und ich werde meine Geschichte erzählen.«

Der alte Mann entzündete abermals seine Pfeife, blies den Rauch in die Luft und nahm seine Erzählung wieder auf.

»Es geschah in ebenjenem Jahr, in dem Pater Fogarty von diesem Kutscher aus der Grafschaft Cork getötet wurde. Ihr erinnert Euch gewiss an den elenden Schurken. Er war ein hoch gewachsener Kerl und so breit wie ein Ochse.«

»Das war er«, nickte Denis. »Ich habe mit angesehen, wie sie ihm die Schlinge um den Hals legten, nachdem der Richter ihn schuldig gesprochen hatte. Und ich dachte bei mir, dass der Bursche so lange Beine hatte, dass er mit den Füßen wohl den Boden berühren würde, wenn man den Karren unter ihm wegzog.«

»Wenn Ihr das dachtet, dann hattet Ihr wahrhaftig Recht«, stimmte Hugh ihm zu. »Da stand er nun auf den Zehenspitzen und wurde langsam vor aller Augen erstickt. Der Kutscher hatte einen schlimmen Tod. Es war furchtbar. Das Ganze hat fast eine Stunde gedauert.«

»Aber er hat einen Geistlichen ermordet. Pater Fogarty war ein guter Priester«, warf Denis ein. »Und jeder, der den Kutscher an jenem Tag hängen sah, wusste, dass eine größere Gerechtigkeit am Werk war als die des Königs.«

»Es war in ebendiesem Jahr«, sagte Hugh, dem klar wurde, dass er von seiner Geschichte abschweifte, »dass mein Herr und ich das erste Mal dem guten Mr Swift begegneten.«

Denis hustete und streckte seinen Holzbecher aus. Mhairgead beugte sich vor und schenkte ihm vorsichtig nach.

Edward richtete sich auf. »Das ist eine Geschichte über Dekan Swift?«, fragte er.

»Das ist sie, falls man mir gestattet, sie zu erzählen«, schnaubte Hugh. »Zuerst die Rotröcke. Jetzt endlose Fragen. Bei all diesen beharrlichen Unterbrechungen werde ich am Ende gar nicht mehr dazu kommen, meine Geschichte zu erzählen.« Er zog entrüstet an seiner Pfeife. »Der gütige Mr Swift lebte damals in Dublin«, fuhr der alte Mann fort.

»Master Carolan war mit Dr. Delany bekannt, dem ich als Kutscher gedient hatte, bevor ich mich Master Carolan anschloss. Er war übrigens kein Doktor der Medizin, der alte Delany. Er war Professor für Rhetorik am Trinity-College.«

»Was heißt das?«, fragte Denis.

»Es heißt, dass er einer Amsel den Schnabel abschwatzen konnte oder einer ganzen Klosterschule die Korsetts, wenn ihm der Sinn danach stand. Man brauchte Delany nur irgendein Thema zu nennen, und er konnte stundenlang ohne Pause mit größter Beredsamkeit darüber sprechen. Was er häufig auch tat. Selbst wenn er nichts von dem Thema verstand, über das er sich ausließ.«

»Machen die Engländer einen Mann zum Doktor, nur weil er reden kann?«, wollte der alte Harfenspieler wissen.

»Genau das«, bekräftigte Hugh.

»Heiliger Himmel, und warum gibt es keine irischen Doktoren der Redekunst?«, fragte Denis. »Schließlich ist unser Volk berühmt für seinen Umgang mit Worten.«

»Die Engländer sind eine eifersüchtige Rasse«, erklärte Hugh seinem Freund. »Sie würden einem Katholiken niemals Zugang zu einer so wichtigen Position gewähren. Außerdem würde in diesem Fall im Nu jeder Mann, jede Frau und jedes Kind von Dublin bis nach Dingle den Titel für sich beanspruchen, womit er durch und durch nutzlos würde.«

»Da habt Ihr Recht, Professor«, erwiderte Denis lächelnd.

»Wie dem auch sei, der gute Doktor hatte die Gewohnheit, Mr Swift zweimal in der Woche einen Besuch abzustatten, um sich in den Genuss von Poesie zu bringen. Eines Tages machte Delany den Vorschlag, dass Carolan und sein bescheidener Diener, Hugh (der Hüter der Sommersprossen)«, der alte Mann legte sich die rechte Hand auf die Brust, »ihn zu einem dieser abendlichen Treffen begleiten sollten.«

»Ihr habt mit Dekan Jonathan Swift gespeist?«, stieß Edward hervor. Beinahe – wenn auch nicht ganz – glaubte er dem alten Mann, was er da sagte.

»In Mr Swifts Haus wurde nicht allzu oft gespeist, aber dafür gab es immer mehr als genug zu trinken«, erwiderte Hugh. »Von den Früchten des Bacchus gab es in diesem Cottage wahrlich im Überfluss, und die Herren, die an diesen Abendveranstaltungen teilnahmen, lagen in den tröstenden Armen des huldvollen Gottes der Trauben. Versteht Ihr, was ich damit sagen will?«

»Sie waren allesamt Trunkenbolde?«, fragte Edward.

»Zechbrüder, alle durch die Bank«, bestätigte Denis.

»In den meisten Nächten tranken sie von Sonnenuntergang bis Sonnenaufgang«, sagte Hugh nickend. »Mein Herr war selbst nicht gerade bekannt für seine Zurückhaltung beim Trinken, also lud man uns nach jenem ersten Abend für die nächste Woche wieder ein. Im Laufe der Zeit wurde Carolans Musik für Mr Swifts Gäste so wichtig wie das Gewürz für den Eintopf oder der Becher für den Rotspon. Swift pflegte über meinen Herrn zu bemerken: *Est homo qui potest bibere.*«

»Und welche Sprache ist das?«, wollte der alte Harfenspieler wissen.

»Es ist Latein«, antwortete Hugh. »Habt Ihr denn nie die Messe besucht?«

»Natürlich habe ich das getan«, erwiderte Denis, »aber ich höre in der Kirche niemals zu. Was bedeuten diese Worte?«

»Sie bedeuten: ›Jesus, kann dieser Junge trinken!‹ Der

alte Whiskeybrenner lachte laut, und Edward lächelte über die grobe Übersetzung der lateinischen Redensart. »Wie dem auch sei«, fuhr Hugh fort, »Mr Swift schrieb damals ein Buch über einen Mann, der als Schiffbrüchiger in einem Land, in dem winzige Feen leben, an den Strand gespült wird. Ich weiß mit Bestimmtheit, dass Master Carolan ihm von seinen eigenen Erfahrungen mit dem Guten Volk erzählt hat, um ihm bei seinen Nachforschungen für sein Buch zu helfen.«

»Und was hat der Dekan gesagt, als Carolan ihm seine Geschichte von den Feen erzählte?«, erkundigte sich Edward.

»Guter Kirchenmann, der er war, hat er die Geschichte nicht ernst genommen«, gab Hugh zu, »und späterhin widerstrebte es dem Meister, von seinen Abenteuern unter den Feen zu sprechen. Aber Mr Swift liebte Carolans Harfenspiel, und mein Herr war dem Geistlichen ehrlich zugetan. Carolan münzte einen Vers auf Mr Swift. ›Die zarte junge Liebe eines schönen, schlanken Mädchens‹«, zitierte er. »›Die Hingabe eines starken Mannes, die Fürsorge der Mutter für ihr Kind, all diese Dinge gibt es seit Anbeginn der Zeiten. Aber die größte Liebe, die Essenz der Liebe, die noch größer ist als selbst die einer Mutter, ist die alles verzehrende, leidenschaftliche Liebe eines elenden Trunkenbolds für den anderen.‹«

Hugh gluckste vor Wonne, dann setzte er seine Erzählung fort.

»Eines Abends, als mein Herr und ich das Haus von Mr Swift verließen, trat eine Frau an uns heran. Und was für eine Frau! Haare wie die Fäden einer Spinnwebe, auf der der Tau glänzt. Und Augen, die einen Stein hätten schmelzen können. Ein Duft ging von ihr aus, ein süßes Parfüm, das die Luft erfüllte.«

»Wer war sie?«, fragte Denis.

»Ich werde es Euch erzählen, wenn Ihr endlich aufhört, mich zu unterbrechen«, gab Hugh zurück. »Nun, Master Carolan und ich konnten kaum noch stehen, so sehr hatten wir dem Whiskey zugesprochen. Aber ihre Tränen und ihr Schluchzen zerrissen den Schleier der Trunkenheit, der unsere Köpfe umnebelt hatte. Und der Meister fragte mit großer Bescheidenheit, wie wir der Dame helfen könnten, um ihren Kummer zu lindern.«

»Wer war diese Frau?«, hakte Denis nach. »Diesen Teil der Geschichte habe ich noch nicht gehört.«

»Sie hieß Stella«, antwortete Hugh, und Edward spitzte die Ohren. Der junge Rebell erinnerte sich daran, unfreundliches Geschwätz über eine Freundschaft gehört zu haben, die der Dekan mit einer Frau jenes Namens gepflegt hatte. Einer Frau, die ihm aus England gefolgt war und sich in Dublin in seiner unmittelbaren Nähe ein Haus gekauft hatte.

»Einige Leute behaupteten, sie sei insgeheim mit dem guten Mr Swift verheiratet gewesen«, sagte der alte Whiskeybrenner, »und ich würde diesem Gerücht Glauben schenken, denn sie wusste Dinge über ihn, die keine andere Frau als eine Ehefrau schicklicherweise über einen Mann wissen darf.«

»Was wollte sie?«, fragte Edward ungeduldig. »Warum stand sie mitten in der Nacht vor dem Haus des Dekans? War sie wirklich mit ihm verheiratet? Warum weinte sie?«

»Ich habe sagen hören«, erklärte Hugh, »dass die beiden tatsächlich verheiratet waren, aber Mr Swift darauf bestanden habe, dass sie getrennt lebten, denn er glaubte, eine Ehe werde seine Chancen schmälern, eines Tages in das Amt des Bischofs erhoben zu werden. Ich habe auch noch von einer anderen Frau namens Vanessa gehört, die an einem gebrochenen Herzen starb, als ihr die Gerüchte über Mr Swifts Ehe zu Ohren kamen.«

»Die Damen haben ihn geliebt, so viel steht fest«, warf Denis ein. »Es gibt viele Geschichten, die sein betörendes Wesen belegen.«

»Und wenn die Frauen ihn liebten«, fügte Hugh hinzu, »so war er ihnen mit gleicher Leidenschaft zugetan.«

»Also, was wolltet Ihr denn nun von Stella erzählen?«, bedrängte Edward den Alten.

»Ich weiß nur eines mit Gewissheit«, sagte Hugh, »nämlich dass diese Frau, Stella, in einer furchtbaren Gemütsverfassung war. Sie stöhnte und weinte, dass Mr Swift auf dem besten Wege sei, sich zu Tode zu trinken. Ihre Liebe zu ihm sei so groß, erklärte sie uns, dass sie alles tun würde, um das zu verhindern.«

»Warum sollte die Dame Euch dergleichen Dinge erzählen?«, fragte Edward, dessen Augen schmal geworden waren, argwöhnisch nach.

»Sie hatte es sich in den Kopf gesetzt, den Mann von seiner Maßlosigkeit zu heilen«, fuhr Hugh ihn an. »Und sie wollte, dass wir ihr dabei halfen.«

»Was könntet Ihr schon einem Mann nützen, der dem Whiskey zu entsagen wünscht?«, stammelte Denis schockiert. »Bei Gott, Hugh, das wäre ja geradeso, als bitte man den Teufel selbst um seine Unterstützung bei der Bekehrung der Wilden zum Kreuz. Das wäre die reine Narretei.«

»Es war einer Herausforderung«, gab Hugh zu, »die sich

mir in der Zeit stellte, bevor ich mich in dem edlen Gewerbe des Whiskeybrennens eingerichtet hatte. Und diese Frau weinen zu sehen war eine so schmerzliche Last, dass weder mein Herr noch ich sie zu tragen vermochte. Sie bot einen bejammernswerten Anblick. Sie war hübsch. Sehr hübsch, müsst Ihr wissen.«

Hugh stieß bei der Erinnerung daran einen tiefen Seufzer aus.

»Und Mr Swift, müsst Ihr wissen, hatte damals bereits ein gut Teil seines Verstandes an den Whiskey verloren. Es war eine schreckliche Schande, sich vorzustellen, dass dieses arme Mädel einen Mann liebte, der dem Wahnsinn nahe war.«

»Ich habe gehört, dass er in seinen späteren Jahren an einem Gebrechen des Geistes gelitten haben soll«, räumte Edward ein.

»Die Krankheit nahm in seinen früheren Jahren ihren Anfang«, bekräftigte der Whiskeybrenner, »und mit der Zeit verschlimmerte sie sich, bis der Mann kaum mehr war als eine aus den Fugen geratene Sammlung literarischer Zitate.«

Hugh zog an seiner Pfeife, aber sie war ausgegangen. Er wartete geduldig, bis Mhairgead einen brennenden Kien an den Tabak gehalten hatte. Sobald die Pfeife wieder brannte, fuhr er fort.

»Wie gesagt, Gott sei Dank hatte der Herr sein Augenlicht verloren, sonst wäre er gewiss zum Ehebruch verdammt gewesen. Ich selbst war ernsthaft in Versuchung, dem betörenden Wesen Miss Stellas zu erliegen. Wie hätten wir ihr irgendeine Bitte abschlagen können?«

»Was solltet Ihr denn für sie tun?« Edward war jetzt ganz Ohr.

»Sie hatte die Beobachtung gemacht, dass Mr Swift an jedem Abend, nachdem all seine Freunde gegangen waren, der Reverend Mr Jackson, George Rochefort, Dr. Walonsley und Dr. Delany, in eine schreckliche Melancholie verfiel. In manchen Nächten verlor er gar vollkommen den Verstand, bis am nächsten Morgen die Sonne wieder aufging. Oft fiel er direkt vor seiner eigenen Tür nieder, um erst viele Stunden später an gleicher Stelle zu erwachen.«

Hugh nippte an seinem Whiskey und zog an seiner Pfeife.

»Es war sein großes Glück, sagt man, dass Mr Swift niemals an den Nachwirkungen des Whiskeys litt, wenn er aus einem solchen Schlummer erwachte. Am nächsten Morgen wusch er sich einfach das Gesicht, aß ein wenig Brot und machte sich dann gleich wieder an die Arbeit, als sei das Muster seines Lebens durch nichts gestört worden. Manchmal war er vergesslich, zugegeben, aber ihm wurde niemals übel.«

»Ich wünschte, das wäre auch mein Los gewesen«, jammerte Denis. »Aber ich bin verflucht, jeden Morgen für meine Maßlosigkeit leiden zu müssen. Mein Kopf schmerzt, mein Magen rumort, und die Wärme des Sonnenlichts auf meiner Haut genügt, um mich stöhnend wieder auf mein Lager zu werfen.«

»Und Ihr furzt wie eine fette Kuh«, fügte Hugh hinzu. »Aber Mr Swift neigte zu keiner dieser Unpässlichkeiten. Er musste sich niemals mit irgendeinem Ungemach herumschlagen, abgesehen von gelegentlichen Ausnahmen, bei denen er am Morgen ein wenig von seinem Verstand einbüßte.«

Der alte Whiskeybrenner füllte abermals seine Lunge mit Rauch.

»Eines Nachts wurde ich selbst einmal Zeuge einer solchen Begebenheit. Der gute Mr Swift stand am Feuer und rezitierte einen neuen Vers, den er verfasst hatte, als er plötzlich ohnmächtig wurde. Niemand konnte irgendetwas tun, um ihn wieder zu Bewusstsein zu bringen.«

»Wer hätte das von einem so frommen Mann wie ihm gedacht?«, rief Edward.

»Es sind gerade die Frommen, die den größten Ärger machen«, kicherte Denis.

»Miss Stella«, fuhr Hugh ungerührt fort, »bat uns, eine Möglichkeit zu ersinnen, um diesem unglücklichen Stand der Dinge ein Ende zu machen. Ich glaube, sie fand nur in den wenigen Stunden Frieden, in denen sie am frühen Morgen eines jeden Tages in der Gesellschaft des guten Mannes war, und sie grämte sich um jeden Augenblick, da ihre einzige große Liebe solchermaßen entkräftet war.«

»Das heißt, wenn die beiden nicht verheiratet waren, müssen sie zumindest ein Liebespaar gewesen sein?«, fragte Edward mit offenem Mund.

»In der Tat«, antwortete Hugh, »aber wer bin ich, meinen Mitmenschen für seine Indiskretionen zu verurteilen? Die beiden waren die besten Freunde, und das ist mehr, als die meisten Männer verlangen können.«

»Oder die meisten Frauen«, fiel Mhairgead ihm ins Wort. Dann schenkte sie Edward ein süßes Lächeln und verließ den Raum, um noch einen Krug Whiskey zu holen.

»Wie dem auch sei«, fuhr Hugh fort, »Carolan erzählte der Dame, dass er eine Kur gegen den Whiskey kenne, dass es aber eine gefährliche und bisweilen tödliche Medizin sei. Miss Stella rief, dass sie alles aufs Spiel setzen würde, um den Mann zu retten, den sie liebte. Und so ersannen sie einen Plan, Mr Swift zu narren, indem sie eine winzige Saat des Zweifels in seinen Kopf säten.«

»Wie das?« Edward runzelte die Stirn.

»Beim nächsten Treffen seiner Dichterfreunde blieben Master Carolan und ich im Haus zurück, nachdem schon alle anderen Gäste gegangen waren. Wie erwartet, verfiel Mr Swift, der außer Stande war, beim Trinken mit uns mitzuhalten, schließlich in einen tiefen Schlaf, aus dem wir ihn nicht wecken konnten. Als wir sicher waren, dass er nicht aufwachen würde, trugen wir ihn ins Bett. Der Master zog Mr Swift die Stiefel aus und ersetzte sie durch ein Paar von Miss Stellas Schuhen, die sie uns freundlicherweise für diesen Anlass geliehen hatte.« Hugh hielt einen Moment lang inne und dachte nach. »Es ist wahr, dass ihre Füße fast so groß waren wie die von Mr Swift, aber das tat ihrer Schönheit keinen Abbruch. Sie war ein Diamant unter Kieselsteinen.«

»Ich begreife nicht, welchen Sinn das haben sollte«, unterbrach ihn Edward.

»Wie meint Ihr das?«

»Warum habt Ihr dem Dekan ihre Schuhe angezogen?«

»Am nächsten Morgen«, erklärte Hugh, »erwachte Mr Swift, und da sein Geist erfrischt war, blickte er zuerst auf seine Füße hinab. Und welch rätselhafter Anblick bot sich ihm dort? Seine eigenen Stiefel waren fort, und stattdessen trug er Damenschuhe an den Füßen. Zweifellos glaubte er, es sei ein Streich, den seine Freunde ihm gespielt hatten. Und wahrscheinlich hat er sich gut darüber amüsiert, denn er konnte sich an nichts mehr erinnern, was am vergangenen Abend geschehen war.«

»Wie kann man einen Mann von der Trunksucht heilen,

indem man ihm Frauenschuhe anzieht?«, fragte Denis kopfschüttelnd.

»Es waren nicht die Schuhe, die ihn geheilt haben«, lachte Hugh. »Fasst Euch in Geduld, bis ich zum Ende der Geschichte komme.«

Wieder zog Hugh an seiner Pfeife.

»Als seine Freunde das nächste Mal zusammenkamen«, sagte er und blies dabei den Rauch aus, »erwartete Mr Swift, dass sie ihm die Geschichte mit den Schuhen erzählen würden, dass sie sich auf seine Kosten amüsieren würden und der ganze Zwischenfall eine Erklärung fand. Aber natürlich kam niemand darauf zu sprechen. Denn nur ich selbst, Carolan und Stella waren in die List eingeweiht. Am Ende wagte der arme Mr Swift es nicht, etwas zu sagen, aus Furcht vor der Frage, wie er in diesen Zustand gelangt sein mochte. An diesem Abend brachen Master Carolan und ich sehr zeitig auf, um nicht den Argwohn des guten Mannes zu wecken. Sobald es im Haus still geworden war, schlichen wir wieder hinein. Dann machten wir uns daran, den zweiten Teil des Plans durchzuführen. Wir fanden Mr Swift schlafend auf der Türschwelle vor und brachten ihn abermals zu Bett. Und die ganze Zeit über kam nicht mehr als ein Schnarchen von seinen Lippen, und er hatte keine Ahnung, was mit ihm geschah. Als der Mann auf seinem Bett lag, tat Miss Stella etwas so Schändliches, dass es mir noch heute die Röte in die Wangen treibt, wenn ich auch nur daran denke.«

»Was hat sie getan?«, flüsterte Denis, und wenn seine Augen dazu im Stande gewesen wären, hätten sie schelmisch geblitzt.

»Sie förderte ein Paar lange schwarze Damenstrümpfe zu Tage, die am oberen Ende mit feiner belgischer Spitze bestickt waren – und diese Strümpfe hielt sie uns hin. Dann hieß sie uns, Mr Swifts Hosen auszuziehen und sie durch ebendie Gegenstände zu ersetzen, die sie in der Hand hielt. Als das getan war, gingen wir nach Hause.«

»Was um alles in der Welt sollte das bewirken?«, rief Edward.

»Master Carolan und Miss Stella hatten diesen Plan ersonnen und mich nicht eingeweiht«, erklärte Hugh. Dann nahm er mit offenkundigem Genuss noch einen Schluck Whiskey. »Wahrhaftig, am nächsten Morgen erwachte Mr Swift mit ungewöhnlich guter Laune, aber es war einer jener Tage, an denen sein Geist nicht so gut funktionierte, wie er sollte. Ich kannte seinen Dienstmann recht gut und habe die Geschichte aus seinem eigenen Mund gehört. Der Diener bemerkte wohl die seltsame Aufmachung seines Herrn, war aber entweder zu erschrocken oder zu höflich, um etwas zu sagen.«

»Swift hat nicht bemerkt, dass er Strümpfe trug?«, fragte Denis ungläubig.

»Nein, der arme Mann hat nichts davon mitbekommen«, bestätigte Hugh. »Sein Verstand war umnebelt vom Alkohol, und obwohl er nicht körperlich krank war, spielte sein Geist ihm bisweilen Streiche. Und was die Situation noch verschlimmerte, er machte sich morgens häufig im Nachthemd an die Arbeit. Der Dienstmann erzählte uns, dass Mr Swift aufstand, seine Toilette verrichtete und am Tisch in seinem Arbeitszimmer Tee trank, ohne dass ihm bewusst geworden wäre, wie er bekleidet war. Ohne etwas von seiner misslichen Lage zu ahnen, machte der Geistliche sich daran, eine Predigt zu schreiben. Um ein Uhr erschien eine Dame aus seiner Gemeinde, um die Taufe für ihren Enkel zu arrangieren. Mr Swift erhob sich von seinem Platz, um die Dame zu begrüßen, und erst da bemerkte er, dass es ihm unterhalb seiner Hemdschöße empfindlich kühl war.«

Denis kicherte boshaft. »Das ist eine gute Kur, wahrhaftig.«

»Die Dame aus der Gemeinde war so schockiert, dass sie unverzüglich das Haus verließ und nie wieder in seine Kirche zurückkehrte, solange Mr Swift dort seinen Dienst versah. Und der Herr selbst verschwand, so bleich wie ein Geist, für den Rest des Tages im Bett, natürlich nachdem er sich der anstößigen Kleidungsstücke entledigt hatte.« Hugh nahm noch einen Schluck Whiskey und lächelte selig. »Als wir das nächste Mal alle zusammenkamen, sprach Mr Swift dem Alkohol nur sehr zögerlich zu. Ich bin davon überzeugt, dass die Saat der Sorge zu jener Zeit bereits ausgesät war. Ich hatte jedenfalls große Mühe, meine Gesichtszüge zu beherrschen, als ich die Furchen auf seiner Stirn sah. Denn mittlerweile war mir klar geworden, was mein Herr vorhatte. Wie dem auch sei, mit ein klein wenig Überredung von seinen Freunden ließ Mr Swift sich schließlich dazu hinreißen, dem Alkohol herzhafter zuzusprechen, und schon bald war er genauso betrunken wie die anderen. Armer Kerl. Es wäre besser gewesen, wenn er die Flasche nie wieder angerührt hätte. Aber selbst in den klügsten Männern steckt etwas von einem Narren, wie man sagt. Als wir aufbrachen, waren sowohl Mr Swift als auch Dr. Delany kaum mehr bei Besinnung. Eine Stunde später kehrten mein Herr und ich mit Miss Stella zurück. Der Doktor lag auf einem niedrigen Sofa am Fenster und schnarchte wie ein Schwein. Mr Swift hatte sich vor dem Feuer zusammengerollt.«

»Was hattet Ihr diesmal ausgeheckt?«, stieß Edward hervor.

»Ein komplettes Gewand und eine schöne Perücke, die beide früher einmal Stellas Mutter gehört hatten. Die alte Dame war eine hoch gewachsene Frau und in glücklicheren Zeiten häufig am Hof von König Jakob zu Gast gewesen.«

»Mein Gott«, rief Denis, »diese Stella war ein durchtriebenes Luder! Ich wünschte, ich hätte sie gekannt.«

»Ich kann nur ahnen, was sich am nächsten Morgen in dem Haus abgespielt hat«, fuhr Hugh fort, kaum im Stande, seine Erheiterung im Zaum zu halten. »Dr. Delany war ein diskreter Mensch und ließ niemals ein Wort über den Zwischenfall verlauten, das mir zu Ohren gekommen wäre. Aber es ist eine Tatsache, dass er es seit jenem Tag sorgfältig vermied, mit Mr Swift allein im Raum zurückzubleiben. Und er unterließ es nie mehr, den guten Geistlichen zu ermahnen, wann immer er fand, dass zu viel Alkohol geflossen war. Mr Swifts Dienstmann war natürlich zugegen, und er konnte die Geschichte niemals zu Ende bringen, ohne vor Lachen fast zu ersticken.«

»Und hat der Dekan aufgehört zu trinken?«, wollte Edward wissen.

»Nach jenem Abend rührte er volle drei Monate lang keinen Tropfen mehr an. Die Dichterabende wurden natürlich abgesagt, und Mr Swift sprach für den Rest seines Lebens nur selten mehr als einmal im Monat dem Alkohol zu«, sagte Hugh stolz. »Was, wie ich glaube, für Miss Stella in ihren späteren Jahren ein großer Trost war.«

Hugh führte abermals die Pfeife an die Lippen.

»Und Mr Carolan und ich bekamen zehn Pfund für unsere Mühe, von denen wir uns vier Dutzend Krüge reinsten

Whiskeys kauften. Das Geld hat uns für viele Abende einen vollen Bauch und gute Laune verschafft. Wir waren nur traurig, dass Mr Swift den Whiskey nicht mit uns teilen konnte.«

»Was muss der arme Teufel gedacht haben?«, brüllte Denis. »Und was für eine Frau sie war! Das ist genau der Typ Frau, den ich geheiratet hätte, wenn sich mir die Gelegenheit geboten hätte.«

»Sprecht Ihr von Miss Stella oder Mr Swift?«, wollte Hugh wissen, und die beiden alten Männer brachen fast zusammen vor Lachen.

Edward lehnte sich lächelnd zurück. Plötzlich ging ihm auf, dass es ihn nicht scherte, ob Hughs Geschichten reine Erfindung waren oder nicht. Tatsächlich zog er es langsam vor zu glauben, dass eine Menge Wahrheit in ihnen steckte.

»Also, warum habt Ihr der hinterlistigen Miss Stella nicht selbst den Hof gemacht, Hugh Connor, Herr der Sommersprossen?«, lachte Denis.

»Ich hätte es getan«, gab der alte Mann zu, »wenn ich geglaubt hätte, dass auch nur die geringste Chance bestand, ihre Zuneigung zu gewinnen. Aber sie war ganz vernarrt in Mr Swift und sah keinen anderen Mann an. Obwohl ich denke, dass sie für meinen Herrn vielleicht eine Ausnahme gemacht hätte. Diese beiden verstanden sich ungewöhnlich gut. Sie hatten den gleichen Sinn für Humor, wenn Ihr mich versteht.«

»Habt Ihr damals Eure Katie schon gekannt?«, fragte Denis.

»Nein«, antwortete Hugh. »Ich war ihr noch nicht begegnet. Aber unsere Wege kreuzten sich schon bald darauf.«

»Wer ist Katie?«, wollte Edward wissen.

»Katie ist der Name meiner lieben, verblichenen und viel

betrauerten Frau«, erklärte der alte Whiskeybrenner. »Möge sie in ewigem Frieden ruhen. Wir sind uns unter ungewöhnlichen Umständen begegnet, und wäre mein Herr nicht gewesen, hätten wir niemals geheiratet. Dafür habe ich ihm zu danken.«

Mhairgead kam mit einem frischen Krug Whiskey in den Raum zurück und machte die Runde, um den Männern nachzuschenken.

»Du hast diese Geschichte schon lange nicht mehr erzählt, Großvater«, bemerkte sie sanft.

»Ich konnte nicht darüber sprechen«, gestand Hugh, »so sehr hatte mich der Verlust meiner großen Liebe getroffen.«

Er trank einen Becher von seinem Whiskey, und Mhairgead schenkte ihm abermals nach.

»Aber jetzt werde ich euch die Geschichte erzählen«, erklärte er, »denn es ist eine gute Geschichte.«

Kapitel 11

Der Regen peitschte so heftig übers Land, dass die Stute den Kopf senkte, damit ihr die Tropfen nicht länger in den Augen brannten. Der Mann auf ihrem Rücken zog seinen Mantel fester um sich und kauerte sich dicht an ihren Hals.

Hugh der Sommersprossige führte das Tier am Zügel und trug die Harfe in ihrem Seehundsfell über der Schulter. Er bemühte sich nach Kräften, so trocken wie möglich zu bleiben.

»Meine Finger sind halb erfroren«, brummte er. Aber sein Herr ging nicht auf die Klage ein. »Ich sagte, ich bin bis auf die Haut durchnässt«, fuhr der Diener lauter fort. »Mein Körper ist wie ein Stück Eis. Und es ist so dunkel, dass ich die Straße nicht mehr sehen kann.«

»Sei still«, murmelte Turlough. »Meinst du, ich könnte besser sehen? Wie kann ich schlafen, wenn du fortwährend über die kleinste Kleinigkeit jammerst?«

»Das reicht jetzt!«, zischte der Diener und ließ die Zügel fallen. »Sucht Euch selbst ein Fährboot. Ich bin es Leid, diesen Gaul bei Wind und Wetter und zu jeder nachtschlafenden Stunde kreuz und quer durchs Land zu führen. Von jetzt an seid Ihr Euch selbst überlassen.«

»So weit ist es gar nicht«, protestierte Turlough. »Höchstens ein oder zwei Stunden noch. Vielleicht finden wir sogar früher ein Boot, das uns übersetzt, als wir gedacht haben.«

»Das kümmert mich nicht. Ich finde, es wird höchste Zeit, dass ich statt Eurer auf diesem Pferd säße. In meinen

Schuhen sind Löcher, und der Schlamm blubbert mir zwischen den Zehen. Außerdem habe ich keinen Tropfen mehr getrunken, seit wir das letzte Dorf verlassen haben. Unter solch jämmerlichen Umständen kann ein Mensch leicht zu Tode kommen.«

»Das ist wahr«, erwiderte der Harfenspieler lächelnd. »Ich muss gestehen, dass ich mich selbst ein wenig trocken fühle.«

Wie um dieser Bemerkung zu spotten, regnete es plötzlich heftiger. Das Wasser tropfte Turlough vom Kinn und auf sein Hemd hinunter, und er wischte es sich mit der Hand fort.

»Ich kann ein Herdfeuer riechen«, sagte er zu seinem Diener.

Hugh blickte die Straße hinunter. »Ich rieche nichts als eine weitere List, um mich auf Trab zu halten«, zischte er und wischte sich das Wasser vom Gesicht. »Möglich, dass ein kleines Stück voraus eine kleine Siedlung liegt«, räumte der Diener ein, »aber es kann unmöglich das Dorf sein, das wir heute Abend erreichen wollten. Wir sind erst seit ein paar Stunden unterwegs.«

»Wenn du nicht so ein Langschläfer wärst«, erklärte Turlough achselzuckend, »säßen wir mittlerweile längst mit einem Becher in der Hand in einem warmen Cottage am Feuer.«

»Wenn Ihr nicht immer darauf bestehen würdet, den ganzen Whiskeyvorrat unserer Gastgeber zu trinken«, konterte Hugh, »hätte ich es vielleicht nicht nötig gehabt, bis zum Nachmittag zu schlafen.«

»Du hast Recht«, stimmte der Harfenspieler zu. »Ich werde dich, solange ich lebe, nie wieder zum Trinken zwingen.«

Hugh fluchte leise vor sich hin.

»Es ist nicht nötig, dass du solche Ausdrücke gebrauchst«, tadelte Turlough ihn. »Man erkennt leicht, dass du wieder einmal deine Zeit damit verschwendet hast, dich mit Trunkenbolden einzulassen. Du redest immer so, wenn du mit den falschen Leuten gezecht hast.«

Hugh schoss ein weiterer farbiger Ausdruck durch den Kopf, aber er sprach ihn nicht laut aus.

»Lass uns zu diesen Häusern hinüberreiten und um ein Quartier für die Nacht bitten«, schlug Turlough vor.

»Ihr reitet«, korrigierte ihn der Diener. »Ich wate knöcheltief durch den Schlamm.«

»Je länger wir hier herumstehen und uns streiten, umso elender werden wir uns später fühlen.«

»Also gut«, seufzte Hugh. »Aber wenn ich heute Nacht erfriere, werdet Ihr es auf dem Gewissen haben.«

»Beruhige dich«, erklärte der Harfenspieler mit einem leicht vorwurfsvollen Ton. »Ich kann jederzeit einen anderen Diener finden, wenn die Arbeit nicht länger nach deinem Geschmack ist.«

»Nun«, entgegnete Hugh, der nicht wusste, ob er das als Drohung verstehen sollte oder nicht, »ich glaube nicht, dass viele Männer eine solche Stellung annehmen würden.«

»Mag sein. Können wir unseren Weg jetzt fortsetzen?«

Hugh drehte sich murrend um und griff wieder nach dem Zügel von Turloughs Pferd, aber er hatte die Stute kaum ein paar Schritte weit geführt, als vor ihnen auf der Straße grelles Licht aufflammte. Plötzlich schienen überall Fackeln zu sein, und Hugh, dessen Augen sich an die Dunkelheit gewöhnt hatten, konnte sekundenlang nichts sehen.

Der Diener hörte, wie ein Schwert klirrend aus der Scheide gezogen wurde.

»Bleibt, wo Ihr seid!«, brüllte jemand vor ihm.

»Heilige Mutter Gottes!«, rief Hugh. »Straßenräuber!«

Er ließ die Zügel los und schlug ebenso wild wie nutzlos um sich, um die Angreifer abzuwehren.

»Wir haben nichts bei uns, was das Stehlen lohnte!«, schrie er. »Lasst Gnade walten! Wir sind nur arme Reisende. Und mein Herr ist ein braver Mann, der kein Gold sein Eigen nennt.«

»Hugh«, tadelte ihn Turlough.

»Lasst uns unsere Reise in Frieden fortsetzen«, flehte der Diener.

»Hugh!«, rief Turlough.

Der Diener hielt inne und drehte sich zu seinem Herrn um.

»Ich habe das Gefühl, dass die Herren gekommen sind, um uns in ihr Dorf zu führen.«

Hugh sah sich noch einmal um und bemerkte nun das schiefe Lächeln auf den Gesichtern der Fremden. »Es wäre nicht das erste Mal, dass ich es mit einer Bande Gesetzloser aufnähme, um meinen Herrn zu verteidigen«, warnte er sie. »Ich fürchte nämlich keinen von Euch.«

»Kommt mit ans Feuer«, erwiderte ein ziemlich dicker, kahlköpfiger Mann. »Ihr könnt uns von Euren Abenteuern erzählen, sobald wir im Trockenen sind.« Er trat vor Hugh hin und bückte sich nach dem Zügel, der im Schlamm lag. Der Mann war ein wenig kleiner als Hugh, machte indes ganz den Eindruck, als sei er es gewohnt, Befehle zu erteilen.

»Du gehst voraus«, sagte der Fremde. »Ich führe das Pferd.«

»Das ist meine Aufgabe!«, protestierte Hugh, als der andere Mann ihm eine Hand auf die Schulter legte.

»Geh nur, mein Sohn. In meinem Haus warten Kohl und Schinken, und Ihr seid willkommen, daran teilzuhaben.«

»Und Whiskey?«, fragte Hugh.

Der Fremde trat näher an ihn heran, und der Wind fuhr in seinen Umhang, so dass Hugh den Kragen eines katholischen Geistlichen darunter erkennen konnte. »Bist du ein Sohn des wahren Glaubens?«

»Das bin ich«, antwortete der Diener, obwohl ihn der Gedanke durchzuckte, dass er nicht gerade der gehorsamste Sohn war.

»Mein Name ist Dunleavy. Pater Dunleavy«, stellte der Priester sich vor. »Und ich teile meinen Schnaps immer gern mit Männern, die sich zu der wahren Religion Irlands bekennen. Ich habe einen Tropfen Brandy im Haus, wenn Ihr mich begleiten wollt.«

»Das wäre schön«, sagte der Diener mit einem vernehmlichen Schlucken.

Der Priester musterte Hugh mit stahlgrauen Augen. »Seid Ihr Euch sicher, dass Ihr keine Protestanten seid?«, blaffte er ihn an.

»Ganz sicher«, antwortete Hugh, obwohl die Worte des Geistlichen ihn schlimmer frieren machten als die Kälte und der Regen.

»Seid Ihr durch das Dorf auf der anderen Seite des Lochs gekommen?«

»Nein.« Hugh schüttelte nachdrücklich den Kopf.

»Gut«, sagte der Priester. »Die von dort dulden wir in unseren Häusern ebenso wenig wie jene, die sich mit ihnen einlassen.«

Mit diesen Worten zog Dunleavy an dem Zügel und ging auf sein Haus zu, dicht gefolgt von einem halben Dutzend Männern. Hugh, der hinterdrein trottete, fragte sich, was für eine Siedlung das wohl sein mochte. Er hatte noch nie von einem Dorf gehört, in dem bewaffnete Männer gewohnheitsmäßig in stürmischen Nächten umherliefen – auf die winzige Chance hin, dass sie vielleicht einem Protestanten begegnen könnten.

Es dauerte nicht lange, bis sie zu einem großen, sehr schlichten Haus aus Stein mit einem Strohdach und hölzernen Fensterläden statt Glasscheiben kamen. Der Priester machte das Pferd des Harfenspielers an einem Pfosten fest und half Turlough beim Absteigen.

»Ihr seid herzlich eingeladen, die Nacht hier zu verbringen«, erbot sich Dunleavy.

Obwohl der Tonfall des Priesters eher ernst klang, nickte Turlough lächelnd. »Ich danke Euch, Pater. Ohne Euch wären wir heute Nacht womöglich auf der Straße erfroren.«

»Wohin wolltet Ihr denn?«

»Nach Sligo«, antwortete Turlough. »Heute Abend hatten wir gehofft, noch das Loch überqueren zu können.«

»Die Stadt Sligo ist die Heimstatt alles Bösen«, zürnte der Priester. »Ich verstehe nicht, warum Ihr dort hinreisen wollt. Ich habe gehört, dass man den Protestanten in Sligo gestattet, frei in den Straßen umherzustreifen und die Gläubigen mit ihren verderbten Sitten ins Unglück zu stoßen.«

»Dann wisst Ihr offensichtlich mehr über die Stadt als ich«, antwortete Turlough so höflich, wie es ihm möglich war.

»Wenn Ihr morgen zeitig aufbrecht«, erklärte der Priester ihm, »dürftet Ihr die andere Seite des Lochs durchaus in ein oder zwei Tagen erreichen.« Dann öffnete er die Tür und führte den Harfenspieler in die Eingangshalle.

»In ein oder zwei Tagen!«, entfuhr es Hugh, der hinter ihnen herging. »Wir hatten gehofft, mit einem Boot übersetzen zu können. Der Weg über den See kann doch nicht annähernd so weit sein wie eine Reise am Ufer entlang!«

»Es sind nur gut anderthalb Meilen bis zu dem Dorf am anderen Ufer«, sagte Dunleavy, während er die beiden Männer zu Stühlen dicht am Feuer führte. »Aber es könnte geradeso gut in China liegen, denn niemand aus dieser Siedlung begibt sich je dorthin. Noch würde einer von uns auch nur im Traum daran denken, mit seinem Boot weiter als bis zur Mitte des Lochs zu rudern.«

Hugh öffnete den Mund, um nach dem Grund zu fragen, aber bevor er einen Laut über die Lippen bringen konnte, drängten sich die Männer aus dem Dorf in den Raum.

»Ich habe das Pferd im Stall untergebracht, Pater.«

»Schön, Padraic. Dann wünsche ich Euch eine gute Nacht.«

»Wird denn der Gentleman nicht für uns spielen, Pater?«, fragte der Mann mit Blick auf die Harfe.

»Ich habe ihn noch nicht gefragt, Padraic.«

»Ich würde mit Freuden etwas für Eure Männer spielen«, erbot sich Turlough. »Es tut mir Leid, dass ich nicht früher darauf zu sprechen gekommen bin. Es war ein langer Tag.«

»Lasst die beiden erst etwas essen und trinken«, sagte Dunleavy zu dem Mann. »Kommt in etwa einer Stunde wieder her, dann werden wir sehen, ob unserem Gast nach ein wenig Musik zu Mute ist.«

»Ja, Pater.« Und mit diesen Worten war der Mann auch schon fort.

»Ich habe mich noch nicht vorgestellt«, sagte der Harfenspieler.

»Das ist auch nicht notwendig«, antwortete Dunleavy. »Euer Ruhm eilt Euch voraus, Turlough O'Carolan. Ich war früher ein häufiger Gast im Hause der MacDermots, wo Euer Vater Schmied war. Mrs MacDermot ist sehr stolz auf Euch. Ich habe alles über Eure Abenteuer gehört. Man legt Euch wahrhaftig viele Komplimente zu Füßen.«

»Meine Gönner waren sehr gütig.«

»Ihr verbringt zu viel Zeit in Gesellschaft von Ausländern und Ketzern«, schnaubte der Priester.

»Einige meiner Gönner sind Engländer und Schotten«, gab Turlough zu. »Was ihre religiöse Überzeugung betrifft, so ist es nicht meine Gewohnheit, das Gewissen meiner Mitmenschen zu prüfen. Das ist die Aufgabe eines Priesters.«

»Es schockiert mich, dass Ihr Eure Untreue König Jakob gegenüber auch noch offen zur Schau stellt«, stieß Dunleavy hervor.

»König Jakob ist nicht länger unser Herrscher«, entgegnete der Harfenspieler. »Nicht einmal sein Sohn, Jakob der Prätendent, erhebt offen Ansprüche auf den Thron. Und die Leute sagen, sie seien alle beide ziemlich verrückt.«

»Das ist nicht wahr!«, zischte der Priester. »Ich habe den jungen Jakob selbst kennen gelernt. Er ist ein prächtiger Bursche mit einem guten Herzen. Er wird eines Tages ein großer König sein. Sein Sohn, Karl, ist ein echter Schotte und ein überzeugter Katholik.«

»Die letzte Rebellion ist gescheitert, noch bevor sie überhaupt begann«, warf Hugh ein. »Es würde schon der Hand Gottes selbst bedürfen, um die Deutschen vom Thron zu vertreiben. Und ich habe das Gefühl, dass es nur wenige gibt, die das Risiko eingehen würden, sich offen zu der Sache der Stuarts zu bekennen. In London hängt man die Jakobiten.«

Der Priester runzelte die Stirn, dann wandte er sich zur Küche um.

»Katie!«, brüllte er. »Wir haben Gäste. Bring ihnen etwas zu essen und einen Becher Brandy.«

Irgendwo im hinteren Teil des Hauses erklang eine gedämpfte Frauenstimme. Der Priester ging davon aus, dass die Gerufene ihn gehört hatte, und fuhr fort.

»Ihr habt viel Zeit unter den Heiden in Dublin verbracht, nicht wahr?«, sagte er mit finsterer Miene. »Ich befürchte, die Geißel des Protestantismus hat Euch beide verdorben.«

»Wir sind Männern begegnet, die auf dem Schlachtfeld an der Boyne gekämpft haben«, erklärte Hugh. »Sie waren ihrem katholischen König ehrlich und treu ergeben. Aber er hat ihnen gegenüber nicht die gleiche Treue bewiesen. Er ist vom Schlachtfeld geflohen, bevor der Kampf zu Ende war. Jakob hat die Krone durch Feigheit verwirkt. Selbst wenn er oder sein Sohn den Thron zurückgewinnen sollte, gäbe es unter den alten Soldaten nicht viele, die darüber in Jubel ausbrechen würden.«

»Das waren düstere Zeiten«, gab Dunleavy zu. »Viele Menschen haben Dinge getan, die sie später bedauerten. In der Hitze einer Schlacht begeht ein Mann leicht einen Fehler.«

»Selbst der junge Lord Mayo verflucht das Unglück, das König Jakob in den Palast gebracht hat«, fügte Turlough hinzu. »Und ich erinnere mich gut, dass sein Vater, der alte Lord, sich standhaft für die Sache der Jakobiten eingesetzt hat.«

»Die schottischen Protestanten und die Engländer haben unser Land zerstört«, beharrte Dunleavy.

»Sie haben nicht mehr Unheil angerichtet als die katholischen Stammesoberhäupter und Könige in tausend Jahren erbitterter Rivalität«, erwiderte der Harfenspieler. »Und viele Schotten sprechen dieselbe Sprache wie Ihr. Lediglich der Glaube ist es, der uns trennt.«

»Die Hand Satans hat sie von der Kirche entfernt«, sagte der Priester kalt. »Für keinen von ihnen gibt es Rettung, solange er nicht in den Schoß der Heiligen Mutter Kirche zurückkehrt. Sie alle sind Gesetzlose in Gottes Königreich.«

»Ihr einziges Verbrechen besteht darin, dass sie keine Steuern an Rom zahlen«, wandte Turlough ein.

»Einige Verbrechen können nie verziehen werden.« Dunleavy musterte seinen Gast stirnrunzelnd.

»Das werde ich mir merken für den Fall, dass ich mich jemals in Eurem Beichtstuhl wiederfinden sollte«, antwortete Turlough lächelnd, um der Atmosphäre ein wenig von ihrer Angespanntheit zu nehmen.

»Ich habe mit eigenen Augen die Werke der Ketzer gesehen«, erklärte der alte Priester voller Verbitterung. »Ich habe die Armee von König Wilhelm auf ihrem Plünderzug beobachtet. Ich musste hilflos zusehen, während Frauen vergewaltigt, Kinder erschlagen, Ehemänner gehängt und Häuser niedergebrannt wurden. Ich kann den Ketzern ihre Grausamkeit nicht verzeihen, denn sie haben weder ihren Mitmenschen noch Gottes Gesetz gegenüber Respekt gezeigt.«

»Und doch«, rief Turlough ihm ins Gedächtnis, »habt Ihr selbst gesagt, dass ein Mann in der Hitze der Schlacht leicht Fehler begeht.«

»Das war keine militärische Unternehmung!«, stieß Dunleavy hervor. »Einen Monat nach der Schlacht an der Boyne zog die Armee von Herzog Wilhelm am Loch vorbei. Als seine Soldaten in unser Dorf kamen, plünderten sie es und brannten es nieder.«

»Haben die Offiziere den Männern denn nicht Einhalt geboten?«, fragte Hugh.

»Die Offiziere waren die Anführer«, entgegnete der Priester. »Und ein Prediger namens Edmund Black. Möge er in den ewigen Feuern der Hölle brennen. Und mögen alle verflucht sein, die in Buntrane leben, dem Dorf auf der anderen Seite des Lochs. Denn sie haben die Flammen unserer brennenden Häuser gesehen und keinen Finger krumm gemacht, um uns Leben oder Besitz zu retten.«

»Ist das der Grund, warum Ihr nicht über das Wasser rudert?«, wollte Hugh wissen.

»Früher gab es regen Verkehr zwischen den beiden Dörfern«, erklärte Dunleavy. »In den Tagen vor Herzog Wilhelm sind die Bewohner unserer beiden Dörfer zu vielen Anlässen zusammengekommen, um die Ernte zu feiern oder den Fang zu teilen. Die Leute in unserem Dorf sind berühmt für ihre feinen Fischernetze. Die Menschen in Buntrane dagegen werden weithin gerühmt für ihre Coracles, Boote aus lederbezogenem Weidengeflecht, die wie geschaffen sind für die Bedingungen auf dem Loch. Wir haben unser Geschick und Können vereint und so die Hungersnöte überstanden, wenn im übrigen Irland die Zeiten hart waren.«

»Es ist also niemand aus Buntrane gekommen, um Euch zu helfen?«

»Niemand«, bekräftigte der Priester.

»Hat irgendjemand aus diesem Dorf jemals gefragt, warum das so war?«, fragte Turlough.

»Der Prediger namens Black hat Buntrane am Tag vor dem Angriff aufgesucht und die Menschen gewarnt, sich nicht einzumischen, oder sie würden die Nächsten sein, die unter Wilhelms Armee zu leiden hätten. Die meisten der Leute in dieser Siedlung sind Protestanten, daher haben sie seine Anweisung befolgt.«

»Sie müssen große Angst gehabt haben«, sagte der Harfenspieler. »Das könnte durchaus der Grund gewesen sein, warum sie sich fern hielten.«

»Sie haben ihre Nachbarn in Zeiten der Not im Stich gelassen«, zischte Dunleavy. »Aber wenige Wochen später bekamen sie den Lohn für ihren Verrat.«

»Was ist geschehen?«, fragte Hugh, dem sich bei dieser Geschichte langsam die Nackenhaare aufstellten.

»Einen Monat später kamen die Überreste der großen Armee König Jakobs am Loch vorbei; sie waren auf dem Weg in die Garnison von Limerick. Als wir ihnen von den Ereignissen berichteten, beschlossen die Offiziere des Königs, Buntrane das gleiche Schicksal angedeihen zu lassen, das auch uns beschieden war. Buntrane wurde dem Erdboden gleichgemacht, und alle Männer des Dorfes wurden zum Dienst in der Armee gepresst. Wir haben die Feuer in jener Nacht gesehen und fühlten uns getröstet, dass Gott doch noch Gerechtigkeit hat walten lassen.«

»Das klingt für mich nicht gerade gerecht«, bemerkte Turlough. »Niemand von euch ist den Menschen in Buntrane zu Hilfe gekommen.«

»Auge um Auge«, sagte der Priester.

»Was ihr wollt, das euch die Leute tun, das tut auch ihnen«, konterte Turlough schnell.

»Der Lohn der Sünde ist der Tod«, fuhr Dunleavy auf.

»Liebe deinen Nächsten wie dich selbst.«

»Die Wege der Heiden sind die Wege Satans.«

»Verdienen sie denn keine Barmherzigkeit?«, fragte der Harfenspieler.

»Sie verdienen nichts anderes als unsere Verachtung.«

»Dann gibt es also seit dreißig Jahren oder länger keinerlei Kontakt mehr zwischen den beiden Dörfern?«, überlegte Hugh laut.

»Das ist wahr.« Dunleavy nickte.

»Das heißt, arme Reisende wie wir müssen den ganzen Weg um den See herumwandern, um auf die Straße auf der anderen Seite zu gelangen?«

»Es gibt heutzutage nicht viele Reisende«, lachte Dunleavy.

»Das überrascht mich nicht«, erwiderte Turlough. »Der Empfang, der einem Gast hier bereitet wird, ist – gelinde gesagt – wenig begeisternd. Und es ist sehr unbequem, den ganzen Weg um das Loch herum machen zu müssen, wo man mit einem Boot die Entfernung im Handumdrehen zurücklegen könnte. Diese Torheit verlängert unsere Reise um zwei Tage. Lässt sich denn da gar nichts machen? Ich kann Euch nicht allzu viel bezahlen, aber ich wäre Euch ewig dankbar, wenn Ihr eine Möglichkeit für uns finden könntet, um über das Loch zu kommen.«

»Das steht außer Frage«, fuhr Dunleavy ihn an. »Niemand reist über das Loch. Niemand!«

Der Harfenspieler seufzte, und sein Diener tat es ihm nach, während er sich auf einer Bank vorm Feuer niederließ. Gerade als Hugh sich das Wasser von seinem Mantel schüttelte, brachte eine junge Frau mit kurzem, dunklem Haar einen irdenen Krug und drei Holzbecher herein.

»Steht Euch der Sinn vielleicht nach einem Tropfen Brandy, meine Herren?«, fragte der Priester. »Mein Bruder schickt ihn aus Frankreich.«

»Aus Frankreich!«, rief Turlough, und sein Gesicht leuchtete auf. »Das entschädigt uns für einen ansonsten eher enttäuschenden Tag. Ich nehme gerne einen Tropfen. Französischer Brandy ist in diesen Tagen selten geworden. Was sagst du dazu, Hugh?«

Er bekam keine Antwort. Hugh starrte mit einem seltsamen Ausdruck des Entzückens ins Leere, aber das konnte Turlough natürlich nicht sehen.

»Hugh?«, wiederholte der Harfenspieler. »Bist du hier?«

»Ja«, murmelte der Diener ohne jedes Interesse.

»Bist du krank, Mann?«, flüsterte Turlough und beugte sich zu ihm hinüber, aber es kam noch immer keine Antwort.

Pater Dunleavy sah auf und folgte Hughs Blick. Der Diener war wie gebannt von der jungen Frau, die den Brandy hereingebracht hatte. Und dem alten Priester gefiel die Aufmerksamkeit nicht, die seiner Magd zuteil wurde. Seine Augen wurden schmal.

»Das ist Katie«, sagte der Priester streng. »Sie ist eine Waise und lebt unter meiner Obhut.« In seiner Stimme schwang ein Anflug von Drohung mit, der Hugh aus seinem Tagtraum riss.

»Seit wann gestattet es die katholische Kirche einem Priester, ein junges Mädchen im Haus zu haben, das nicht älter als neunzehn Jahre sein kann?«, fragte der Diener.

»Ich bin einundzwanzig«, erklärte Katie. »Und ich lebe aus freiem Willen hier bei Pater Dunleavy. Er hat mir geholfen, mich um meine Eltern zu kümmern, als ich sie nicht mehr allein hätte pflegen können. Sie sind beide vor drei Jahren am Husten gestorben.«

»Sei vorsichtig, junger Mann«, knurrte Dunleavy Hugh an. »Ich sehe, was du denkst. Es steht dir in den Augen geschrieben.« Dann drehte er sich wieder zu dem Mädchen um. »Geh und hol uns etwas zu essen, Kind. Wir sind alle nass bis auf die Knochen und brauchen etwas im Magen.«

Sie nickte schweigend und verließ den Raum, hielt jedoch an der Tür einen Moment lang inne, um noch einmal in Hughs Richtung zu sehen. Als er ihren Blick auffing, errötete er und sah zum Feuer hinunter. Dunleavy hatte die Augen halb geschlossen, und seine Mundwinkel zuckten.

Kaum war Katie gegangen, stand der Priester auf und durchquerte den Raum. Er gab Turlough einen Becher, dann ging er zu Hugh hinüber. Dunleavy legte dem Diener die Hand auf die Schulter und sprach mit tiefer, bedrohlich klingender Stimme auf ihn ein.

»Jeder Mann, der dieses Kind anrührt, bekommt es mit mir zu tun«, warnte der Priester. »Schlag sie dir aus dem Kopf, denn sie ist dem Kloster versprochen. Ich hätte sie schon vor langer Zeit wegschicken sollen, aber ich habe mich an sie gewöhnt.«

»Ihr meint, Ihr hättet niemanden, der für Euch putzt und kocht, wenn sie den Schleier nähme?«, erwiderte Hugh trocken.

»Hüte deine Zunge!«, fuhr der Priester auf. »Ich weiß, welche Art von Männern es ist, die durchs Land reist und ihren Lebensunterhalt mit der Musik verdient. Ich habe genug von deinesgleichen gesehen, um in dir einen Verderber junger Frauen zu erkennen. Du bist ein Dieb, der ihre Tugend stiehlt, sie ihrer Reinheit beraubt.«

»Das ist ein wenig hart«, unterbrach ihn Turlough.

»Die Welt ist hart«, entgegnete Dunleavy, ohne die Hand von Hughs Schulter zu nehmen. »Vertraue niemandem, prüfe jeden. Wache über dein Eigentum. Hüte deine Moral. Wähle mit Bedacht, mit wem du das Brot brichst oder einen Becher teilst. Besser, allein in der Wildnis zu leben, als unter Diebe, Hurenböcke und Lügner zu fallen.«

»Und wo bleibt die Freude?«, wandte Turlough ein. »Wo bleibt die Musik? Das Lachen? Die Liebe? Gibt es in Eurer Welt denn keinen Platz für diese Dinge?«

»Es gibt nur eine Liebe, die eine würdige Liebe ist«, antwortete der Priester und richtete den Blick gen Himmel. »Die reine Liebe Christi, der starb, damit wir leben konnten. Alles andere ist ein fahler Abglanz des Heiligen Lichtes, das von Gottes Zuneigung kommt. Alle Freude, alles Lachen und alle Musik, die nicht dieser heiligen Liebe entspringen, sind leer und nichtig. Alles, was nicht gottgeweiht ist, ist das Werk des Teufels.«

»Für einen Priester mag das gut und schön sein«, erwiderte Turlough. »Ihr habt der Welt des Fleisches entsagt. Aber was ist mit Eurer Herde? Von Euren Schäfchen könnt Ihr doch gewiss nicht erwarten, dass sie Eurem Ideal von heiliger Liebe gerecht werden?«

»Die Menschen in diesem Dorf haben unter den Grausamkeiten der Engländer gelitten«, erklärte Dunleavy, »aber sie begreifen, dass dies Gottes Strafe für ihre Sünden war. Die Zerstörung der Stadt war eine wertvolle Lektion für uns alle.«

»Welche Sünden könnte ein Fischer schon begehen, die die Brandschatzung seines Hauses und die Ermordung seiner Familie rechtfertigen würden?«

»Ihr seid ein blinder Harfenspieler«, erwiderte der Priester mit einem herablassenden Lächeln. »Was wisst Ihr schon von Theologie? Habt Ihr Euch nie gefragt, welches Verbrechen Ihr begangen haben mögt, dass Gott Euch dafür das Augenlicht nahm?«

»Wenn ich nicht blind geworden wäre«, lachte Turlough, »hätte ich bis ans Ende meiner Tage auf den Feldern gearbeitet und im Lehm der Erde gescharrt, um meine Familie zu ernähren. Mein Magen wäre meist leer gewesen, und ich wäre niemals weiter als bis zur nächsten Gemeinde gereist. So wie ich es sehe, ist meine Erblindung der größte Segen, der mir zuteil wurde. Sie ist keine Strafe.«

Dunleavy klappte vor Erstaunen der Kiefer herunter.

»Der Verlust meines Augenlichts hat mich bescheiden gemacht«, fuhr der Harfenspieler fort. »Ich musste das Leben vollkommen neu erlernen. Die einfachsten täglichen Verrichtungen wurden Berge, die erklommen sein wollten. Ich musste mich auf meine Ohren und meine Hände verlassen, um meinen Weg zu finden.«

»Gott hat Euch das Augenlicht genommen, um Euch Demut zu lehren«, zischte der Priester.

Turlough lehnte sich auf seinem Stuhl zurück und seufzte. »Die Welt der Musik wurde mir aufgetan, als die Galar-breac meine Augen trübte. Und die Musik ist kostbarer als alles andere an der ganzen Schöpfung. Die Musik kommt direkt von Gott. Sie ist sein Geschenk an alle Menschen. In der Musik sind Freude, Lachen, Liebe und alle anderen Gefühle zu einem feinen Wein vergoren – wie dieser seltene Brandy hier –, so dass der Geschmack noch lange, nachdem die Melodien verstummt sind, auf dem Gaumen verbleibt.«

Der Harfenspieler nippte an seinem Brandy.

»Wenn man mir heute mein Augenlicht anböte, ich wollte es nicht zurückhaben. Es hat keinen Wert für mich. Ich bin der, der ich bin, weil ich den Kampf gegen ein schreckliches Gebrechen geführt habe, und ich habe die Folgen dieses Gebrechens zu meinem Vorteil verwandelt.«

»Musik ist das Werk des Teufels«, erklärte der Priester wütend und setzte sich wieder auf seinen eigenen Stuhl vorm Feuer. »Der Verlust Eurer Augen hat Euch gegen mehr als nur die materielle Welt blind gemacht. Ihr seid auch blind für die Welt der Seele geworden.«

»Wenn Ihr das denkt, werdet Ihr mich heute Abend wohl kaum spielen hören wollen«, fuhr Turlough ihn an.

»Ich will es auch nicht«, entgegnete Dunleavy. »Aber die armen Menschen dieses Dorfes kennen nicht viel Vergnügen. Ihr Leben ist hart und beschert ihnen nur wenig Heiterkeit. Wollt Ihr ihnen Eure Gabe vorenthalten?«

Der Harfenspieler zuckte die Achseln. »Sobald ich einen Happen gegessen habe, werde ich für sie spielen. Aber ich muss morgen in aller Frühe aufbrechen. Besteht denn wirklich keine Möglichkeit, dass mein Diener und ich mit einem Boot auf die andere Seite des Lochs gelangen können?«

»Nein. Und Ihr könnt Euch die Mühe sparen, einen der Fischer zu fragen. Sie werden Euch die gleiche Antwort geben.«

»Dann gestattet meinem Diener, ein Boot auszuborgen«, bat der Harfenspieler, »damit er in das andere Dorf hinüberrudern kann. Wenn Eure Leute mich nicht hinbringen wollen, wird sich in Buntrane vielleicht jemand finden, der mir ein Boot schickt.«

»Ganz sicher nicht!«, zischte der Priester. »Wenn sie in

unserer Zeit der Not nicht hergekommen sind, warum sollten sie dann auf Euren Wunsch hin kommen? Ihr mögt ein berühmter Musiker sein und weit gereist, aber diese Art von Menschen rührt keinen Finger, um einem anderen zu helfen. Von ihnen habt Ihr nichts zu erwarten.«

»Aber bitte, verratet mir eins«, fragte Turlough stirnrunzelnd, »inwiefern unterscheiden sich eure beiden Dörfer voneinander?«

»Wir haben das Recht auf unserer Seite. Die Gerechten stehen über den Belangen der Welt.«

Turlough schüttelte ungläubig den Kopf, doch in diesem Augenblick kam Katie mit einem Tablett voller dampfender Speisen herein. Auf drei Zinntellern türmte sich gekochter Kohl, hübsch angerichtet mit dünnen Schinkenstreifen und etwas wildem Thymian. Der köstliche Duft erfüllte den ganzen Raum, aber Hugh bemerkte das Knurren seines Magens nicht einmal. Wie gebannt sah er die junge Dienstmagd an.

Dunleavy machte ein finsteres Gesicht. »Aber um Euch zufrieden zu stellen«, zischte er, da ihm klar wurde, dass er schnell handeln musste, um diese beiden jungen Leute voneinander fern zu halten, »werde ich veranlassen, dass Euer Diener ein Boot bekommt, um auf die andere Seite des Sees zu rudern, sobald er mit dem Essen fertig ist. Er kann im ersten Morgengrauen zurückkommen.«

Hugh öffnete den Mund, um zu protestieren, aber bevor er etwas sagen konnte, klatschte Turlough in die Hände. »Wunderbar! Endlich ein vernünftiges Wort.« Dann drehte er sich um, um Hugh anzusprechen. »Beeil dich mit dem Essen. Ich möchte gleich im Morgengrauen aufbrechen, und es ist deine Aufgabe, alles Notwendige zu veranlassen.«

Katie stellte Hugh einen Zinnteller auf den Schoß, und

die beiden sahen einander mit weit aufgerissenen, sehnsuchtsvollen Augen an.

»Hugh!«, wiederholte Turlough. »Bist du taub geworden? Da würden wir ja ein schönes Paar abgeben. Ich könnte die Harfe nicht sehen, und du könntest sie nicht hören.«

Katie verteilte schweigend die beiden anderen Teller. Hugh wagte es nicht, zu sprechen, und der Priester war sichtlich erzürnt. Dann kehrte das Mädchen in die Küche zurück.

»Was zum Teufel geht hier vor?«, murmelte Turlough.

»Ihr habt mir den Teufel ins Haus gebracht«, antwortete Dunleavy leise, aber drohend. »Und wenn Ihr ihn nicht im Zaum halten könnt, wird er die Schätze dieses Dorfes rauben.«

»Was redet Ihr da?« Turlough runzelte die Stirn, vergeudete aber keine weitere Zeit auf den Versuch, eine Antwort auf diese Frage zu finden. Der Duft von Schinken und Kohl hatte seinen leeren Magen aus dem Schlaf gerissen. Er tastete mit dem Löffel, den Katie ihm in den Hand gedrückt hatte, den Teller ab, bis er sich davon überzeugt hatte, dass man ihm eine ordentliche Portion aufgetan hatte.

Woran lag es nur, dass Priester ständig vom Teufel sprachen?, fragte er sich, während er den ersten Bissen nahm. Sie führten ihn pausenlos im Munde, sie waren besessen von Satan. Die Besten von ihnen gingen in traurigem Schwarz umher, sprachen ausgiebig dem Trunk zu und verbrachten ihre Zeit mit Glücksspielen.

Der Harfenspieler kaute nachdenklich an seinem Kohl. Die Priester mussten doch wissen, was sie mit ihrem Gerede anrichteten: Wann immer sie etwas verdammten, das auch nur im Geringsten vergnüglich war, mussten die Menschen daraus den Schluss ziehen, dass Gott hart, grausam, rachsüchtig und kleinlich war. Turlough glaubte langsam, dass die Priester lediglich versuchten, Gott in Verruf zu bringen. Sie waren diejenigen, die mit dem Teufel im Bunde standen. Und eines Tages würden die Menschen das begreifen.

Schließlich schluckte er den Bissen herunter und beugte sich zu Hugh vor. »Ich möchte mit dir reden, bevor du zu dem anderen Dorf hinüberruderst«, erklärte er. »Hast du verstanden?«

»Ja, ja. Ich bin nämlich kein Idiot«, knurrte Hugh und widmete sich dann wieder seiner Mahlzeit. Der Kohl war salzig, aber frisch, und Katie hatte ein wenig Pfeffer darüber gestreut. Der Schinken war dünn geschnitten und sehr mager, wenn auch so zäh wie Leder. Während Hugh langsam kaute, warf er immer wieder verächtliche Blicke in Dunleavys Richtung.

Plötzlich kam ihm ein Gedanke.

Hugh beugte sich über den Teller seines Herrn. Auf Turloughs Kohl fand sich kein Pfeffer. Er warf einen Blick auf den Teller des Priesters, und auch dort war kein Pfeffer zu sehen. Katie musste ihm ein Zeichen gegeben haben, indem sie das teure Gewürz gerade ihm gab.

Der Pfeffer bewies es. Sie wollte ihn für sich. Und er beschloss, dass sie ihn bekommen würde.

Sobald er mit dem Essen fertig war, stand Hugh auf, um seinen Teller in die Küche zu bringen.

»Lass gut sein«, blaffte der Priester, der die List sofort durchschaute. Dann stellte Dunleavy seinen eigenen Teller nieder und ging zur Küchentür hinüber. »Katie!«, rief er. »Hol mir Padraic. Ich möchte ihn um einen Gefallen bitten.«

»Jawohl, Pater«, kam die gedämpfte Antwort.

Der Priester lächelte zufrieden und setzte sich wieder hin, die Hände auf den Knien verschränkt, um zu warten. Er ließ Hugh nicht aus den Augen, bis Padraic kam. Und selbst dann tat er es nur gerade lange genug, um seinen Nachbarn zu begrüßen.

»Ich möchte, dass Ihr diesem Mann eins unserer Coracles gebt«, erklärte der Priester Padraic. »Er wird heute Abend nach Buntrane hinüberrudern.«

»Nach Buntrane?« Der Mann runzelte die Stirn, dann weiteten sich seine Augen vor Erstaunen. »Was hat er denn mit denen zu tun?«

»Er und seinesgleichen pflegen jeden Tag ihres Lebens Umgang mit dem Feind«, erklärte der Priester. »Besser, einer von ihnen begibt sich in dieses Nest giftiger Schlangen als einer der unserigen.«

»Woher weiß ich, dass ich mein Boot wiederbekommen werde?«

»Wenn die Leute dort drüben töricht genug sind, es zu stehlen, würde Master Carolan Euch zur Gänze für den Verlust entschädigen«, versicherte Dunleavy ihm. »Nicht wahr, Mr Carolan?«

»Nach allem, was Ihr mir erzählt habt, sind die Boote, die in Buntrane gemacht wurden, ohnehin viel besser als Eure«, gab Turlough zurück. »Ich wüsste nicht, warum sie eins Eurer Boote stehlen sollten.«

»Die Wege des Teufels sind verschlungen.«

»Jetzt fangt Ihr schon wieder an«, protestierte der Harfenspieler kopfschüttelnd. »Immer diese Gerede über den Teufel. Ich war noch nie an einem Ort, an dem ich die Gegenwart des Teufels so stark verspürt habe, wie ich es hier in diesem kleinen Dorf fernab der sündigen Welt tue.«

»Da habt Ihr Recht«, erwiderte Dunleavy und hob den Blick zur Decke. »Der Satan treibt sein Vergnügen oft gerade im Paradies. Er war selbst im Garten Eden, um Eva mit den Freuden des Fleisches in Versuchung zu führen. Die Schwäche der Frau ist noch immer der Niedergang des Mannes.« Der Priester sah mit zornblitzenden Augen zu Hugh hinüber.

»Was redet Ihr da?«, fragte Turlough.

»Nacktheit!«, stieß der Priester hervor. »Unzucht! Ehebruch. Die Sünden der Frau. Gib Obacht, junger Mann, oder die Fleischeslust, die in allen weiblichen Wesen brennt, wird deine Seele entflammen und sie zerstören! Wenn du lüsternem Begehren nachgibst, wirst du am Ende nur der verschrumpelte Schatten des Mannes sein, der du einst warst.«

Padraic hielt sich die Ohren zu und keuchte vor Entsetzen laut auf. Hugh starrte Dunleavy ungläubig an und rülpste dann.

»Du machst dich besser auf den Weg«, wies der Harfenspieler seinen Diener an. »Ich glaube nicht, dass dieser Bursche besonderen Gefallen an dir findet.«

Hugh brummte zustimmend und stand auf, um sich zum Gehen zu wenden. Als er an Turloughs Stuhl vorüberkam, hielt der Harfenspieler ihn am Ärmel fest.

»Es kümmert mich nicht, wie du es anfängst«, flüsterte er. »Wenn ich mehr als eine Nacht in diesem Haus verbringen muss, werde ich den Mann ermorden. Ich möchte morgen aufbrechen, und ich will die Reise rund um den See unbedingt vermeiden. Kümmere dich darum.«

»Ja, Herr«, erwiderte Hugh und verdrehte die Augen.

»Und vergiss dieses Mädchen.«

»Wovon sprecht Ihr?«, fragte der Diener unschuldig.

»Ich kenne dich lange genug, Hugh mit den Sommersprossen«, antwortete Turlough. »Ich weiß, wie du dich benimmst, wenn du einer Frau den Hof machen willst. Du wirst plötzlich schweigsam, und so bleibt es dann, bis sie dir zu Willen war.«

»Diese Frau ist anders«, protestierte Hugh.

»Hat sie zwei Köpfe?«

»Nein«, fuhr der Diener auf. Dann seufzte er. »Die Sonne scheint aus ihren blauen Augen, die mit purem Gold gesprenkelt sind. Und ihre Haut ist weiß wie die der Lilie. Ihre Lippen sind so rot wie die Rose, und ihre Wangen -«

»Das genügt!«, unterbrach ihn der Harfenspieler. »Warum vertut die Jugend von heute ihr Leben, indem sie volkstümlicher Musik lauscht? Ich bin davon überzeugt, dass sie deinen Geist trübt. Kennst du denn keine Lieder über echte Frauen?«

»Ich weiß nicht, was Ihr meint«, antwortete Hugh ein wenig verwirrt.

»Tu nicht so unschuldig. Wenn du es dir in den Kopf gesetzt haben solltest, dieses Mädchen mit deinen schmutzigen Händen zu berühren, dann vergiss es. Solange ich dich bezahle, verlange ich ein gewisses Maß an gutem Benehmen.«

»Ich habe seit Wochen keinen Penny mehr von Euch zu sehen bekommen«, rief Hugh seinem Herrn trocken ins Gedächtnis.

»Ich hätte dich bezahlt, wenn ich dazu in der Lage gewesen wäre«, ereiferte sich Turlough. »Aber du weißt geradeso gut wie ich, wie schlecht die Zeiten waren.«

»Fangt nicht wieder damit an«, warnte ihn Hugh. »Ich

habe die ganze Litanei schon früher gehört. Warum spielen wir nicht wieder für die vornehmen Damen und Herren? Wir haben doch ganz gut von ihnen gelebt.«

»Vielleicht hast du Recht«, gab der Harfenspieler zu. »Ich könnte wieder die Söhne und Töchter der Aristokratie unterrichten. Aber das hat nichts mit diesem Mädchen zu tun. Du wirst sie in Ruhe lassen. Hast du mich verstanden?«

Es folgte eine kurze Pause.

»Ich habe verstanden«, sagte Hugh nickend. Dann holte er die Harfe seines Herrn herein und stellte sie Turlough zu Füßen.

»Gut«, sagte Turlough und streckte die Hand nach dem Futteral der Harfe aus. »Jetzt lauf und sieh zu, dass du hinüber nach Buntrane kommst. Ich sehe dich morgen früh gleich nach Sonnenaufgang.«

»Was ist, wenn sie für die Überfahrt bezahlt werden wollen?«

»Sag ihnen, dass ich sie am Abend bezahlen werde.«

Hugh zuckte die Achseln und folgte Padraic hinaus in den strömenden Regen.

Turlough spielte in diesem Abend im Haus von Padraic, dem Fischer, für die Bewohner von Dunleavys kleinem Weiler. Es gab nicht viel Whiskey, denn die Menschen in dem Dorf waren arm. Daher wurde es ein kurzer Abend. Außerdem unterbrach der Priester das kleine Fest, als es auf zwölf Uhr zuging, und befahl allen, sich zu Bett zu begeben.

»Es ziemt sich nicht für ehrliche, hart arbeitende Menschen, noch nach der Mitternachtsstunde zu zechen und zu feiern«, erklärte Dunleavy. »Geht heim und dankt Gott für das Geschenk, das er euch gemacht hat. Und betet für die Seele von Turlough O'Carolan, der morgen die Reise in des

Teufels eigenes Land antreten wird. Er beabsichtigt, direkt über das Loch nach Buntrane zu rudern.«

Ein Raunen des Entsetzens lief durch die Fischer. Einige sahen Turlough mit neu erwachtem Respekt an, während andere lediglich den Kopf schüttelten und den Harfenspieler einen Narren hießen.

Ihr werdet natürlich morgen früh in unserer Messe spielen«, fuhr Dunleavy an seinen Gast gewandt fort.

»Ich hatte eigentlich gehofft, gleich nach Sonnenaufgang aufbrechen zu können.«

»Morgen früh wird dichter Nebel über dem Loch liegen. Ihr werdet erst fahren können, wenn der Nebel sich hebt.«

»Woher wisst Ihr, dass es Nebel geben wird?«

»Ich lebe am Ufer des Lochs, seit ich ein Knabe war. Ich weiß geradeso sicher wie jeder der Fischer, wann es Nebel geben wird. Und in solchen Fällen kommen wir in der Kirche zusammen, um die Messe zu feiern, bis die Sicht klar wird und die Boote wieder ausfahren können.«

»Falls es bei Morgengrauen tatsächlich neblig sein sollte, würde ich es vorziehen, ungestört weiterschlafen zu können«, erklärte Turlough.

»Wollt Ihr Eure Gastgeber beleidigen, die Euch zu essen gegeben und Euch an ihrem Busen willkommen geheißen haben?«

Der Harfenspieler seufzte, weil ihm klar wurde, dass der Priester in diesem Punkt wahrscheinlich Recht hatte. Es wäre unhöflich gewesen, weiterzuschlafen, während alle anderen im Dorf in der Kirche saßen.

»Also schön«, gab Turlough schließlich nach. »Ich sehe Euch dann bei der Morgenmesse.«

»Ich werde dafür sorgen, dass man Euch weckt«, antwortete Dunleavy lächelnd. »Jetzt wird es Zeit, dass wir uns zur Ruh begeben. Ihr könnt für heute Nacht mein Bett bekommen. Ich werde in der Kirche schlafen. Padraic wird Euch nach Hause begleiten. Gute Nacht.«

»Gute Nacht, Pater«, erwiderte Turlough.

»Was wären wir nur ohne diesen Mann?«, fragte Padraic, als der Priester den Raum verlassen hatte.

»Aller Wahrscheinlichkeit nach regelmäßig betrunken und im Stande, nach Herzenslust zu tanzen und zu feiern«, murmelte der Harfenspieler.

»Dann haben wir umso mehr Grund, ihm dankbar zu sein«, erwiderte der Mann ernsthaft, und Turlough schüttelte fassungslos den Kopf. Dann ergriff er die Hand des Fischers und ließ sich zu Dunleavys Haus zurückführen.

Es war noch dunkel, und in der Welt herrschte Stille, als Turlough aus dem Schlaf gerissen wurde.

»Master Carolan«, erklang eine drängende, sanfte Frauenstimme. »Es ist Zeit für die Messe. Der Regen hat aufgehört und Nebel ist aufgekommen.«

»Wer ist da?«, fragte der Harfenspieler.

»Katie«, kam die Antwort. »Pater Dunleavy hat mich geschickt, Euch aus dem Bett zu holen.«

Turlough seufzte tief, rollte sich auf die Seite und drückte sich das Kissen auf den Kopf, um alle Geräusche zu dämpfen.

»Ich komme gleich«, versicherte er ihr.

»Pater Dunleavy hat mir befohlen, mich davon zu überzeugen, dass Ihr auch wirklich aufsteht«, sagte sie. »Euer Dienstmann ist aus Buntrane zurückgekommen.«

Turlough war sofort hellwach und richtete sich im Bett auf. »Hugh ist zurück?«

»Ist das sein Name?«, fragte sie, und ihre Stimme wurde so weich, dass sie mehr wie ein Seufzen klang.

»Nun hör mir einmal gut zu, Mädel«, sagte der Harfenspieler, »lass den Jungen in Ruhe. Er wird dir nichts als Kummer bringen. Er ist ein Weiberheld und ein Trunkenbold ohne einen Funken Verstand im Kopf. Wahrhaftig, er hat in jeder Stadt von hier bis nach Tory Isle ein Mädchen sitzen und wahrscheinlich zahlreiche uneheliche Kinder, die genauso rothaarig und sommersprossig sind wie ihr fauler Vater. Such dir einen guten Mann hier aus der Nähe, damit würdest du dir einen großen Gefallen tun.«

Plötzlich ertönte ein lautes Klirren, als etwas Schweres zu Boden fiel.

»Hier habt Ihr Euren Nachttopf«, warf Hugh ein und fügte dann hinzu: »Ich weiß nun wenigstens, wohin ich mich wenden kann, wenn ich ein Charakterzeugnis brauche.«

Turlough wurde flammend rot.

»Ich bin gerade erst um Euretwillen durch dichten Nebel gerudert«, erklärte Hugh seinem Herrn. »Ich habe Leib und Leben riskiert und bin obendrein noch klatschnass geworden. Und Ihr sprecht von mir, als hätte ich meine Jugend damit verbracht, die Postkutsche von Dublin auszurauben, unschuldige Mädchen zu verführen und sie dann auch noch zu schwängern.«

»Es tut mir Leid, Hugh«, beeilte sich der Harfenspieler, sich zu entschuldigen. »Ich hatte keine Ahnung, dass du im Raum warst.«

»Offensichtlich«, brummte der Diener kopfschüttelnd, dann machte er sich daran, seine Neuigkeiten zu erzählen.

»Die Fischer von Buntrane werden uns in einer Stunde in der Mitte des Sees erwarten. Das heißt, wenn wir das Glück haben sollten, sie in diesem dichten Nebel zu finden. Ich konnte sie nicht dazu überreden, mich hinüber auf die andere Seite zu begleiten. Es muss irgendetwas in dem Wasser in diesem See sein, das die Menschen verrückt macht, denn die Fischer von Buntrane sind genauso verbohrt wie der alte Dunleavy.«

»Gut gemacht!«, rief Turlough, stieg aus dem Bett und suchte nach seinen Reithosen. »Ich wusste ja, dass ich mich auf dich verlassen kann, guter Mann, der du bist.«

»Oh, haltet den Mund und zieht Euch an«, murrte Hugh.

Katie wandte den Blick zu Boden, um nicht mit anzusehen, wie der Harfenspieler sich entkleidete.

»Master«, sagte sie, »könnte ich nicht Euch und den jungen Hugh nach Sligo begleiten?«

»Ganz gewiss nicht, liebes Kind«, antwortete der Harfenspieler, während er auf der Suche nach seinen Kleidern den Raum abtastete. »Wir sind Reisende, weil unser Gewerbe es so verlangt. Dir würde unser Lebensstil nicht gefallen. Es ist ein harter Weg, auf dem man oft Hunger leidet. Für dich ist es besser, hier zu bleiben und einen guten Mann zu heiraten, der in der Lage sein wird, dich und deine Kinder zu ernähren, solltest du mit ihnen gesegnet sein.«

»Es gibt keine jungen Männer in diesem Dorf. Alle Männer sind verheiratet oder haben sich der Kirche verschworen.«

»Nur keine Bange, eines Tages wird schon der Richtige kommen«, versicherte Turlough ihr. Der Harfenspieler suchte noch immer nach seinen Reithosen.

»Aber sie sind alle wie Pater Dunleavy«, seufzte sie.

»Alle. Ihre Vorstellung von einem wilden Abend besteht darin, dass man im Winter noch nach Mitternacht aufbleibt, um einen weiteren Brocken Torf aufs Feuer zu legen. Und selbst dann enden sie im Beichtstuhl, um ihre Sünde zu gestehen.«

»Sie sind doch bestimmt nicht alle so schlimm«, spottete der Harfenspieler.

»Letztes Jahr hat Padraic sich in der Nacht vor dem Fest des heiligen Brendan betrunken und die Messe am nächsten Morgen verschlafen«, entgegnete sie. »Seit dem Tag wird er Padraic der Missetäter genannt. Er konnte sein Vergehen bis heute nicht wieder gutmachen. Sein Bruder hat das Dorf verlassen, als er sechzehn war, und ist zur See gefahren. Als er im letzten Jahr zurückkam, wollte niemand mit ihm sprechen.«

»Warum nicht?«

»Pater Dunleavy sagte, alle Seeleute seien infiziert von der Geißel des Teufels, weil sie heidnische Länder besuchen und mit ungläubigen Frauen Unzucht treiben.«

»Der alte Knabe scheint geradezu fasziniert zu sein von Unzucht«, bemerkte Turlough. »Jeder Priester, der einen Mann dafür verurteilt, dass er es sich ab und zu wohl sein lässt, muss selbst ein wenig merkwürdig sein. Mir erscheint dieses Einstellung schäbig und kleinherzig. Ist die Welt nicht schon schlimm genug, voller Elend und harter Arbeit? Was ist gegen ein wenig Spaß einzuwenden? Hat Gott uns diese Dinge nicht geschenkt, um uns von der Not und Trübsal des Lebens abzulenken?« Plötzlich hielt Turlough inne und fragte: »Wo sind meine Reithosen?«

Hugh beugte sich vor und nahm sie von dem Stuhl, über

dem sie gehangen hatten. Dann reichte er sie mit einer lässigen Geste seinem Herrn.

»Danke«, murmelte der Harfenspieler und schlüpfte hinein.

»Master Carolan«, sagte Hugh, »ich stehe jetzt seit zehn Jahren in Euren Diensten.«

»Seit neun Jahren, zehn Monaten und dreizehn Tagen«, verbesserte Turlough ihn.

»Seit annähernd zehn Jahren«, wiederholte Hugh, der sich nicht von seinem Thema abbringen lassen wollte. »Ich hätte gern eine Ehefrau und ein eigenes Heim, genau wie Ihr. Habt Ihr je darüber nachgedacht, wie ich mich fühlen muss, wann immer Ihr in den Schoß Eurer Familie zurückkehrt? Ich habe niemanden auf der Welt.«

»Mary ist eine gute Frau«, gab der Harfenspieler nickend zu. »Und die Kinder sind ganz entzückend.«

»Ich möchte Katie heiraten«, erklärte Hugh. »Und ich hätte gern Euer Einverständnis dafür.«

»Ich werde darüber nachdenken«, erwiderte Turlough.

Hugh lächelte breit. Turlough setzte sich einen Augenblick lang auf das Bett, die Hand aufs Kinn gestützt. Er atmete tief ein und dann wieder aus. Nach ein paar Sekunden stand er abrupt auf.

»Nun, ich habe darüber nachgedacht«, stellte er fest und knöpfte sich dabei seine Hosen zu. »Nein, Hugh, wir können das Mädchen nicht mitnehmen. Und damit ist die Angelegenheit erledigt.«

»Aber Herr …«

»Ich habe nein gesagt«, beharrte der Harfenspieler, »und es war mir ernst damit. Wenn dieses Mädchen uns begleitet, wird uns die Geschichte ewig nachhängen. Du kannst dir gar nicht vorstellen, wie viel Ärger das bedeuten würde. Jetzt geh und mach das Boot fertig. Ich komme gleich nach. Du wirst ein nettes junges Mädchen in Sligo finden, und in ein paar Tagen hast du Katie bereits vergessen.«

Hugh knirschte wütend mit den Zähnen, dann drehte er sich auf dem Absatz um und stürmte aus dem Raum.

»Bitte, Master Carolan«, flehte die junge Frau.

»Hab Geduld, Kind«, erwiderte Turlough. »Wer warten kann, dem fallen alle Dinge zu, die er begehrt. Dein Wunsch, aus diesem abscheulichen kleinen Dorf befreit zu werden, wird dir vielleicht noch in Erfüllung gehen. Jetzt sag Dunleavy Bescheid, dass ich die Messe nicht abwarten kann und bereit zum Aufbruch bin.«

Während Turlough sich fertig ankleidete, platzte der Priester in seine Kammer herein.

»Ihr werdet bis nach der Messe warten müssen«, erklärte Dunleavy ihm. »Keiner von meinen Leuten wird Euch bei diesem Nebel auf den See hinausbegleiten.«

»Ich habe es eilig«, sagte Turlough nachdrücklich. »Es ist schlimm genug, dass ich mitten auf dem Loch von einem Boot in das andere steigen muss. Eure Halsstarrigkeit kostet mich wertvolle Zeit. Ich habe genug von Eurer Gastfreundschaft und möchte dieses Dorf so schnell wie möglich verlassen. Ich werde Padraic bitten, mit uns zu rudern und das Coracle wieder zurückzubringen, sobald die Fischer aus Buntrane uns in Empfang genommen haben.«

»Ihr werdet bis nach der Messe hier warten.«

Turlough runzelte die Stirn und beschloss, es mit einer anderen Taktik zu versuchen.

»Ich habe letzten Monat mit dem Bischof von Armagh gespeist«, erzählte er dem Priester. »Ein guter Mann.«

»Ich kenne ihn«, knurrte Dunleavy. »Er taugt nicht für sein Amt.«

»Dennoch halte ich ihn für einen guten Mann«, fuhr der Harfenspieler fort. »Er hat mir von einem Priester in einem kleinen Dorf in Donegal berichtet, der so hart gegen seine Gemeinde war, dass der brave Bischof ihn versetzen musste. Ich glaube, der Priester, der sein Missfallen erregt hat, wurde auf die Westindischen Inseln geschickt und tut jetzt Dienst bei den Wilden.«

»Eine verdienstvolle Arbeit«, erwiderte Dunleavy selbstgefällig.

»Ja«, stimmte der Harfenspieler zu. »Ein tapferer Mann, der sich im Dienst der Kirche alltäglich solchen Versuchungen stellt und sie zu bezwingen weiß.«

»Wie meint Ihr das?«

»In diesem Teil der Welt tragen die Einheimischen keinerlei Bekleidung, wie ich höre«, sagte Turlough mit ausdrucksloser Miene. »Es ist einfach zu heiß, und diese Menschen suchen ihr Vergnügen gern auf freiem Feld, wann immer die Laune sie ankommt.«

»Gott sei uns gnädig!«, rief Dunleavy und bekreuzigte sich hastig.

»Diesem Priester ist ein Platz im Himmel gewiss, dafür, dass er inmitten der nackten Heiden lebt.«

»Nackt?« wiederholte der Priester heiser.

»Mir persönlich würde es ja äußerst schwer fallen, mich unter solchen Umständen zurückzuhalten«, vertraute der Harfenspieler ihm an. »Aber andererseits habe ich mich ja auch nicht wie Ihr zum Zölibat verpflichtet.«

»Wollt Ihr mir drohen?«, fragte Dunleavy mit einem kaum vernehmlichen Beben der Furcht in seiner Stimme.

»Ich weiß nicht, wovon Ihr sprecht«, sagte Turlough unschuldig. »Aber ich werde Euch gewiss dem Bischof gegenüber erwähnen, wenn ich das nächste Mal mit ihm diniere. In der Tat, ich werde ihm empfehlen, einmal herzukommen und Eure Gemeinschaft zu besuchen, um selbst zu sehen, was eine strenge Hand in einer kleinen Siedlung auszurichten vermag.«

»Dieser Hurenbock?« wütete der Priester. »Hier in meinem Dorf?«

»Ja. Vielleicht ist es genau das, was das Dorf braucht«, seufzte Turlough nachdenklich. »Ein neuer Besen. Vielleicht ist ja kürzlich ein junger Priester ordiniert worden, den man Euch als Kaplan zur Seite stellen könnte. Oder vielleicht würde Euch eine gewisse Zeit in einem fremden Klima gut tun, um Eurem Glauben neue Tiefe zu verleihen. Ich höre, auf den Bahamas soll es ungewöhnlich warm sein.« Er beugte sich zu dem Priester vor. »Und ich glaube, die Frauen dort sind unvergleichlich schön. Dunkelhäutig. Mit langem, gewelltem Haar und wohlgeformten Gliedern, die geradeso üppig sind wie die Früchte auf den Bäumen dort. Ihre Brüste sind glatt und rund und gekrönt mit den exquisitesten …« Turlough machte eine entsprechende Geste mit Daumen und Zeigefinger.

»Genug!«, rief der Priester und schlug sich entsetzt die Hand vor den Mund. Sekundenlang herrschte Schweigen. Dann sagte Dunleavy: »Geht! Ich bin froh, wenn ich Euch los bin. Wie könnt Ihr es wagen, mich in Versuchung zu führen!«

»Euch in Versuchung führen?«, wiederholte der Harfenspieler mit verwundertem Tonfall. »Ich habe Euch lediglich von den betörenden westindischen Frauen erzählt. Frauen, die nicht die geringste Moral haben. Frauen, die ihre Nächte mit herrlichen Orgien verbringen und ungezügelter -«

»Padraic!«, rief der Priester, bevor Turlough Zeit hatte, seinen Satz zu beenden. »Padraic. Ich möchte, dass Ihr Carolan und seinen Diener auf den See hinausrudert, wo er auf die Fischer von Buntrane treffen wird.«

»Aber Pater«, protestierte der Mann, »was ist mit der Messe?«

»Ihr könnt heute Abend mit mir zusammen die Messe feiern«, blaffte der Priester ihn an, um das Zittern in seiner Stimme zu verbergen. »Jetzt schafft mir diesen Mann aus den Augen, bevor er etwas sagen kann, für das ich Buße tun muss.«

»Vielen Dank, Pater«, erwiderte Turlough lächelnd. »Ich freue mich, dass Ihr Eure Meinung geändert habt.«

»Lasst uns in Frieden«, flüsterte Dunleavy und tupfte sich mit seinem Taschentuch die Stirn ab.

»Ihr hättet Euch auf den Westindischen Inseln großer Beliebtheit erfreut, Pater.« Der Harfenspieler konnte einem letzten kleinen Seitenhieb einfach nicht widerstehen. »Wie ich höre, sind leicht übergewichtige, kahlköpfige Männer bei den jungen Mädchen in jenen Ländern sehr begehrt.«

»Haltet den Mund!«, kreischte der Priester, dann zwängte er sich an Turlough vorbei und eilte auf die Kirche zu.

Turlough lächelte, schulterte seine Harfe und wartete darauf, dass Padraic ihn zum See führte.

Sobald sie am Ufer angelangt waren, nahm Hugh ihm die Harfe ab und legte sie zu dem Sattel und ihrem Reisegepäck in das kleine Boot aus Rindsleder.

»Passt auf, wohin Ihr Eure Füße setzt«, riet Padraic ihnen. »Ein falscher Schritt, und Ihr bohrt ein Loch in das Leder, und wir werden allesamt auf den Grund des Sees sinken.«

Hugh führte den Harfenspieler zu seinem Platz und reichte ihm die Zügel des Pferdes, das bereits bis zu den Knien im Wasser stand.

»Haltet Ihr die Zügel, Master, bis ich mich gesetzt habe«, sagte der Diener. »Die Stute braucht zwar nicht weit zu schwimmen, aber da sie immer nur Schritt geht, hat sie nicht viel Ausdauer. Sie wird gewiss bald ermüden, daher muss ich sie im Auge behalten.«

Der Nebel lichtete sich bereits, als sie kurz darauf aufbrachen. Hugh blickte voller Sehnsucht zu Katie hinüber, die ihm vom Kiesstrand aus nachsah, bis Dunleavy herbeigeeilt kam, um sie zur Messe zu schleifen.

Padraic stand am Heck des Coracles und steuerte das Boot mit rhythmischen Ruderschlägen auf die Mitte des Sees zu. Abgesehen von dem sanften Plätschern des Riemens herrschte vollkommene Stille.

Der Fischer blickte gelegentlich zum Ufer hinüber, und sobald er sich davon überzeugt hatte, dass der Nebel dicht genug war und man sie nicht mehr sehen konnte, holte er eine Lederflasche aus seiner Tasche. Vorsichtig entfernte er den Korken und nahm einen großen Schluck aus der Flasche, bevor er sie an Hugh weiterreichte. Nachdem dieser daraus getrunken hatte, gab er sie Turlough, und die drei Männer lächelten verschwörerisch, während der Whiskey sie wärmte.

»Der alte Pater Dunleavy war noch nie vor Mittag draußen auf dem Loch«, sagte der Fischer. »Er hat keine Ahnung, wie kalt und feucht es dort wird. Ich erzähle ihm nicht, wie ich mich warm halte.« Padraic tippte sich mit dem Finger an die Nase.

»Keine Sorge«, versicherte ihm Hugh. »Wir werden Euer kleines Geheimnis nicht verraten.«

»Ich wusste, dass ich mich auf Euch verlassen kann«, erwiderte der Fischer grinsend. »Und nun, Mr Carolan, würde ich gern mehr über die Westindischen Inseln erfahren. Ich habe Euer Gespräch mit dem Pater vorhin mit angehört, und ich dachte, das wäre vielleicht genau das richtige Land für einen strammen Burschen wie mich. Meint Ihr, ich könnte in Dublin auf einem Schiff anheuern, das in diese exotischen Länder segelt?«

Turlough lachte und erfand sodann eine wunderbare Geschichte über junge Mädchen, die ihre unersättliche Lust zu unvorstellbarer Ekstase trieb.

Es dauerte nicht lange, da entdeckte Hugh eine Laterne, die durch den Nebel leuchtete, und er machte Padraic darauf aufmerksam. Der Fischer nickte schweigend und hielt auf das Licht zu. Die Stute schwamm, obwohl es sie sichtliche Anstrengung kostete, hinterdrein. Padraic bemerkte, dass sie ermüdete, und verlangsamte sein Tempo ein wenig.

Kurz darauf lagen sie längsseits eines viel breiteren und längeren Boots von deutlich überlegener Qualität. In dem großen Coracle saßen zwei Männer, die Padraic mit finsteren Blicken bedachten. Der Fischer beachtete sie nicht; er sah nicht einmal in ihre Richtung.

Hugh übergab die Zügel einem der Männer aus Buntrane, dann reichte er den Sattel, die Harfe und ihr übriges Gepäck hinüber. Schließlich kletterte er selbst in das andere Boot und hielt seinem Herrn die Hand hin.

Padraic half dem Harfenspieler bis zum Rand des Bootes

und legte dessen Hand auf den Dollbord, damit er hinübersteigen konnte.

Turlough schwang lächelnd ein Bein in das andere Boot und stieß Hughs Hand beiseite, als wolle er sagen, dass er keine Hilfe brauche.

»Es wird ein wunderschöner Tag heute«, erklärte er mit einem leichten Nuscheln, das dem Whiskey zuzuschreiben war. »Ich hoffe, Pater Dunleavy kann es mir verzeihen, dass ich seine Messe versäume, aber ich hätte keine Minute mehr in seiner Gesellschaft ertragen.« Der Harfenspieler hob die Nase zum Himmel und schnupperte. »Ja, es wird ein prächtiger Tag werden, ich kann es in der Luft riechen.« Schließlich drehte er sich halb in die Richtung, in der er den Fischer vermutete. »Bei Gott, das war ein guter Tropfen, Padraic«, sagte er vergnügt. »Ein guter Tropfen.«

Dann stieß er ohne auch nur den Anflug von Panik unbeholfen das große Coracle mit dem Fuß von sich. Im nächsten Augenblick glitt er beinahe lautlos über den Rand von Padraics Boot in das tiefe, schwarze Wasser des Sees.

Kapitel 12

Schneller, als man Atem holen konnte, war Turloughs Kopf unter der Wasseroberfläche verschwunden. Die vier Männer in den Booten waren sprachlos vor Schreck.

»Heilige Mutter Gottes!«, entfuhr es Hugh. »Wie konnte das passieren?«

»Er hat das andere Boote verfehlt!«, rief Padraic entgeistert.

»Nun, steht nicht einfach so herum. Tut etwas!«, schrie Hugh mit sich überschlagender Stimme.

»Ich kann nicht schwimmen.« Padraic geriet in Panik.

»Er wird ertrinken!«, rief der Diener. »Er ist so blind wie ein Maulwurf, und er war noch nie in tiefem Wasser.«

Wie der Blitz hatte Hugh sich Mantel und Hemd ausgezogen. Dann hielt er ein letztes Mal Ausschau nach seinem Herrn, bevor er kopfüber ins Wasser sprang.

Auf beiden Booten herrschte angespanntes Schweigen, das sich über lange Sekunden hinzog, bis Hugh spuckend und um Luft ringend wieder an die Oberfläche kam.

»Oh, mein Gott!«, stieß er hervor. »Ich kann ihn nicht finden.«

In ebendiesem Augenblick stiegen Luftblasen neben ihm auf, Turlough kam für einen kurzen Moment an die Oberfläche, packte Hugh an den Schultern und zog seinen treuen Diener wieder in die Tiefe.

»Haltet ihn fest!«, rief Hugh, der Mühe hatte, den Kopf über Wasser zu halten.

Einer der Männer aus Buntrane beugte sich vor und bekam den Harfenspieler an seinem Mantel zu fassen. Mit einem gewaltigen Ruck zog er Turlough wie ein schweres, mit Fischen gefülltes Netz in das Coracle hinein.

Der Mann legte Turlough auf den Rücken und half dann Hugh ins Boot. Binnen Sekunden war der Diener an der Seite seines Herrn und tastete ihn verzweifelt auf ein Lebenszeichen hin ab.

»Es ist alles meine Schuld«, murmelte Padraic, während die Fischer aus Buntrane ihr Coracle wendeten und auf ihr eigenes Dorf zuruderten. »Wenn ich ihm keinen Whiskey gegeben hätte, wäre sein Verstand vielleicht nicht so umnebelt gewesen. Ich habe Schande über mein Dorf gebracht. Wahrhaftig, ich trage den Namen Padraic der Missetäter zu Recht. Möge Gott mir vergeben.«

Der arme Mann saß noch lange reglos in seinem Coracle, bevor er endlich den Mut aufbrachte, seinen Riemen wieder ins Wasser zu tauchen und sich auf den Heimweg zu machen. Im Geiste legte er sich bereits die Worte für seine Beichte zurecht, in dem sicheren Bewusstsein, dass der Zorn Pater Dunleavys furchtbar sein würde.

Mittlerweile hatte das Boot aus Buntrane das andere Ufer des Lochs erreicht. Einer der Fischer gab einem jungen Burschen, der am Ufer wartete, die Zügel des Pferdes, während sein Kamerad Turlough aus dem Boot hob und ihn den schmalen, steinigen Strand hinauftrug.

Hugh schulterte die Harfe in ihrem Seehundsfell und folgte dem Mann.

»Ich werde es mir nie verzeihen, wenn er stirbt«, flüsterte der Diener. »Ich hätte auf ihn Acht geben müssen.«

Die Nachricht von dem Vorfall verbreitete sich in der

Siedlung, und im Nu war das ganze Dorf auf den Beinen. Die Leute kamen aus ihren Häusern, um zu sehen, wie der Fischer den durchnässten, blinden Mann an ihren Häusern vorbeitrug.

Hugh hatte den Eindruck, es dauerte eine Ewigkeit, bis sie endlich zu einem großen, hölzernen Haus mit frisch gedecktem Strohdach kamen. Sie hatten es kaum erreicht, als auch schon die Tür geöffnet wurde. Binnen Sekunden lag Turlough auf einer Strohmatratze vor dem Feuer, und der Fischer, der ihn hergebracht hatte, war verschwunden.

»Ist das der große Turlough O'Carolan?«, kam eine Stimme aus einer dunklen Ecke des Raums, während sich zwei alte Frauen daranmachten, dem Harfenspieler die durchnässten Kleidungsstücke vom Leib zu schälen.

»Das ist er«, antwortete Hugh. »Ich hoffe, wir haben ihn noch rechtzeitig aus dem Wasser geholt.«

»Diese Bastarde«, erklärte der Fremde.

»Welche Bastarde?«, fragte der Diener verwirrt. Er drehte sich um, um zu sehen, wer da zu ihm sprach.

»Diese Bastarde aus Ballynew«, zischte der Fremde. »Ich habe noch nie erlebt, dass sie Fremde freundlich aufnehmen, aber einen Mann über Bord zu stoßen, weil er die römische Messe nicht besuchen wollte, ist unverzeihlich.«

»Ganz so war es nicht«, erwiderte Hugh, aber der Mann beachtete ihn gar nicht.

»Seht Ihr, meine Damen?«, wandte er sich stattdessen an die alten Frauen, die jetzt damit beschäftigt waren, den Harfenspieler in Decken zu hüllen. »Das ist typisch für die Papisten. Sie sorgen nicht einmal für ihresgleichen. In diesem Dorf wird man ihm christliche Barmherzigkeit in ihrer ganzen Fülle zuteil werden lassen. Wir weisen keine Fremden ab. Nicht einmal fahrende Musikanten.«

Die Damen murmelten ein paar Worte der Zustimmung und wandten sich dann wieder ihrer Arbeit zu.

»Ich glaube, Ihr versteht nicht …«, versuchte Hugh es noch einmal, aber er bekam nicht die Chance, seinen Satz zu beenden.

»Keine Sorge, junger Mann«, sagte der Fremde, der nun ins Licht trat und ihm eine Hand fest auf die Schulter legte, geradeso wie Pater Dunleavy es am vergangenen Abend getan hatte. »Wir werden uns um deinen Herrn kümmern, und wenn er das Zeitliche gesegnet hat, wie es allem Fleisch bestimmt ist, wird er ein christliches Begräbnis bekommen.«

Hugh klappte der Unterkiefer herunter. »Er ist noch nicht tot!«

Der hoch gewachsene, dünne Mann vor ihm hatte tiefblaue Augen, die in dunklen Höhlen lagen, zweifellos das Ergebnis von zu langem Lesen und Schreiben in der Nacht. Seine Haut war bleich, und sein Haar war sehr kurz geschnitten. Es war grau mit winzigen, dunklen Strähnen.

»Mein Name ist Harris«, erklärte der Fremde und hielt Hugh die Hand hin, »Reverend Harris. Und wer bist du?«

»Ich bin Hugh der Sommersprossige, der Diener von Master Carolan.«

»Du bist der Mann, der gestern Nacht hierher gekommen ist?«

»Ja.«

»Du bist ein tapferer und treuer Diener«, sagte Harris, »dass du dein eigenes Leben für das deines Herrn aufs Spiel gesetzt hast.«

»Ich konnte ihn nicht ertrinken lassen«, erwiderte Hugh bescheiden.

»Nein«, sagte der Pfarrer kopfschüttelnd, »ich spreche von der Tatsache, dass du hierher gekommen bist, um seine Flucht aus dieser Höhle papistischen Übels zu ermöglichen, die sich Ballynew nennt.«

»Flucht?«, murmelte Hugh.

»Ich sehe, dass du im Herzen Protestant bist, und ich heiße dich willkommen«, sagte der Reverend und umarmte Hugh, als sei er ein Bruder, mit dem er nach langer Zeit endlich wieder vereint war. »Ich werde dafür sorgen, dass man dir gut zu essen gibt«, versicherte Harris ihm. »Obwohl ich doch annehme, dass du nichts essen willst, während dein Herr im Sterben liegt.«

»Im Sterben?«

»Oh ja«, antwortete der Pfarrer nickend. »Ich habe das schon hundert Mal erlebt. Menschen, die um ein Haar ertrunken wären, scheinen oft kaum Schaden genommen zu haben, wenn man sie aus dem Loch zieht. Aber das Wasser gibt ein Leben, das es erst einmal in seiner teuflischen Umklammerung gehalten hat, nur selten wieder frei.«

Harris streckte die Hand aus und krümmte langsam die Finger, als erwürge er ein kleines Tier. In den Augen des Pfarrers brannte eine wilde Leidenschaft.

»Der Master atmet noch«, bemerkte Hugh.

»Aber nicht mehr lange. Dessen kannst du versichert sein.«

Hugh öffnete den Mund, verzichtete dann aber auf die Erwiderung, die ihm auf den Lippen gelegen hatte. »Ich denke, ich würde meinen Herrn lieber selbst pflegen«, sagte er stattdessen. »Ihr braucht Euch um seinetwillen nicht zu bemühen. Ich habe mich schon häufig um den Master gekümmert, wenn er krank war.«

Harris hob die Hand, um zu protestieren, aber bevor er etwas sagen konnte, wurde eine schwache Stimme laut: »Hugh?«

Im Nu war der treue Diener an dem Reverend vorbeigestürzt und kniete neben seinem Herrn nieder.

»Was ist passiert, Hugh?«, flüsterte Turlough.

Hugh ergriff die Hand seines Herrn und drückte sie.

»Ich hätte über Euch wachen müssen«, begann er zu sprechen, obwohl ihm der Kummer die Kehle zuschnürte. »Ich habe Euch aus dem Boot fallen lassen, und Ihr wärt beinahe ertrunken.«

»Du darfst dir keine Vorwürfe machen«, sagte Turlough und tätschelte seinem Diener nachsichtig die Hand. »Es ist der Wille Gottes, dass ich an diesem Ort sterbe.« Der Harfenspieler hielt kurz inne, in dem offenkundigen Bemühen, einen klaren Gedanken zu fassen. »Wo sind wir übrigens?«

»In Buntrane«, erklärte der Pfarrer feierlich.

»In Buntrane«, wiederholte Hugh.

»Verstehe«, seufzte Turlough. »Es ist Gottes Wille, dass ich in diesem Dorf meine letzte Reise antrete. Ich fühle mich sehr schwach. Was meinst du, wird man um mich trauern?«

»Ihr seid der größte Harfenspieler, den Irland je gekannt hat«, erwiderte Hugh, der mit den Tränen kämpfte. »Die Menschen werden nach Buntrane strömen, um den Ort zu sehen, an dem Ihr diese Welt verlassen habt, geradeso wie sie zu den Schreinen der Heiligen gehen, um dort zu beten.«

»Ich dulde kein papistisches Gerede in diesem Haus«, zischte Harris. »Ich weiß, Ihr habt bei Eurer Flucht aus Ballynew sehr gelitten, Master Carolan, aber dies ist nicht der richtige Zeitpunkt für Papismus, gleich welcher Art. Ich dulde nicht, dass Ihr von Heiligen und dergleichen redet, schon gar nicht vor diesen beiden wackeren Witwen, deren Söhne ihr Leben gelassen haben im Kampf gegen die verderbten Handlanger Roms und die katholische Verschwörung, das protestantische Königreich Irland zu unterwerfen.«

Turlough griff nach Hughs Hand. »Was hat er gesagt?«

»Er mag es nicht, wenn man von Heiligen spricht.« Der Diener zuckte die Achseln.

»Alle Bewohner dieses Dorfes bekennen sich zu dem einen wahren Glauben«, erklärte der Pfarrer. »Wir brauchen keinen Papst, der uns sagt, wie wir unser Leben zu führen haben. Wir sind stolz und frei in unserer Religion. Und wir begegnen jedem, der von unseren Gesetzen abweicht, mit größter Strenge und Leidenschaft.«

»Ich spüre, wie mich die Kräfte verlassen, Hugh«, flüsterte der Harfenspieler rau. »Hol mir einen Priester. Es wird Zeit, dass ich meinen Frieden mit Gott mache.«

»Ich werde Euch beistehen«, besänftigte Harris ihn. »Ich werde Euch auf Eurem Weg zu dem Licht des ewigen Paradieses Christi führen.«

»Dann nehmt mir die Beichte ab, Pater«, erwiderte Turlough.

»Ich bin kein Pater«, antwortete der Reverend scharf. »Und ich nehme keine Beichte ab. In Buntrane gibt es diesen ganzen römischen Unsinn nicht.«

»Ich hole Pater Dunleavy«, sagte Hugh.

»Das werdet Ihr nicht tun!«, kreischte der Reverend. »Ich dulde diesen Heiden nicht in meinem Haus, in meinem Dorf oder auch nur an meinem Ufer des Lochs.«

»Ihr wollt mich doch nicht ohne Absolution sterben

lassen, oder?«, fragte der Harfenspieler mit leiser, schwacher Stimme.

»Glaubt mir, wenn Ihr erst tot seid, werdet Ihr ohne diese Narreteien besser dran sein«, antwortete Harris. »Kein Mensch sollte sich für seine Sünden vor einem anderen rechtfertigen als Gott in seinem herrlichen Reich himmlischer Gerechtigkeit. Wenn Ihr ein tadelloses Leben geführt habt, habt Ihr keinen Grund zur Sorge.«

»Ich hatte immer befürchtet, dass es so kommen würde«, schluchzte Turlough leise. »Dass ich keine Gelegenheit bekommen würde, meinen Frieden mit Gott zu machen.«

Hugh stand auf und fasste den Reverend am Ärmel.

»Um des Allmächtigen willen, Mann«, flehte er. »Mein Herr liegt im Sterben. Gewährt ihm die Gnade seines eigenen Glaubens. Ihr dürft seiner Seele nicht den Trost verweigern, nach dem es sie verlangt.«

»Mir sind die Hände gebunden«, erwiderte Harris kalt. »Als Oberhaupt dieser Gemeinschaft kann ich die Handlanger Roms unmöglich in unserer Mitte dulden, denn sie könnten unsere jungen Leute mit ihrem Irrglauben blenden. Dein Herr muss in den nächsten Stunden vor Gott treten, und ich werde tun, was in meinen Kräften steht, um ihn darauf vorzubereiten. Aber ich werde keinem Priester aus Ballynew erlauben, in diesem Dorf seine Verwünschungen auszusprechen und sein heiliges Wasser zu verspritzen.«

»Werdet Ihr dann einen Brief für mich schreiben?«, stieß Turlough hustend hervor. »Ich möchte meine Freunde wissen lassen, was mir in meinen letzten Stunden widerfahren ist.«

»Das will ich gern tun«, sagte der Reverend und klatschte

begeistert in die Hände. »Ich habe nämlich eine sehr saubere Handschrift.«

Hugh sah den Mann stirnrunzelnd an und stellte sich neben seinen Herrn.

Wenige Augenblicke später kam der Pfarrer mit Feder, Tinte, Papier und einem tragbaren Schreibpult zurück, das er sich auf den Schoss legte.

»Also, was soll ich schreiben?«, fragte Harris erregt.

»An den Dekan von St. Patrick, Dublin«, erklärte Turlough. »Jonathan Swift.«

»An den Dekan von St. Patrick, Dublin«, wiederholte Harris langsam, während er die Worte niederschrieb. »Jonathan Swift.« Dann blickte der Reverend auf das Papier hinab und zog die Augenbrauen in die Höhe. »Seid Ihr mit dem Dekan bekannt?«

»Wir speisen häufig mit Mr Swift, wenn wir in Dublin sind«, erklärte Hugh dem Pfarrer.

»Ich verstehe«, sagte Harris strahlend. »Dann ist es mir eine Ehre, Euch kennen zu lernen, Master Carolan. Ich hatte ja keine Ahnung, dass Ihr mit Dekan Swift befreundet seid. Ich hoffe, Ihr werdet mich in diesem Brief erwähnen.«

»Das werde ich«, erwiderte Turlough kalt. »Der Brief beginnt: Lieber Jonathan.«

»Lieber Jonathan«, murmelte Harris entzückt. »Meine Güte. Wir nennen den Dekan von St. Patrick beim Vornamen, wie?«

»Lieber Jonathan«, wiederholte der Harfenspieler. »Ihr werdet mittlerweile gewiss die traurige Nachricht von meinem vorzeitigen Tod in dem Dorf Buntrane erhalten haben.«

»Ja, ja«, flüsterte der Reverend, während er seine Feder eifrig über das Papier kratzen ließ.

»Zunächst einmal möchte ich Euch inständig bitten, jemandem zu verzeihen, und zwar …« Turlough hielt inne. »Was sagtet Ihr noch, wie Euer Name lautet?«

»Reverend Harris«, erwiderte der Pfarrer hastig.

»Und zwar möchte ich, dass Ihr Reverend Harris«, fuhr der Harfenspieler fort, »seinen bestürzenden Mangel an Barmherzigkeit verzeiht. Wäre er nicht gewesen, so wäre ich als glücklicher Mann gestorben und hätte mich mit einem leichten Gewissen zu meiner ewigen Ruhe begeben.«

Der Reverend schrieb weiter, aber sein Gesichtsausdruck veränderte sich ein wenig. Eine winzige Sorgenfalte machte sich auf seiner Stirn breit.

»Mit einem leichten Gewissen zu meiner ewigen Ruhe begeben«, wiederholte Harris beklommen die letzten Worte.

»Ich weiß, dass Ihr solche Männer für gewöhnlich streng bestraft, insbesondere Geistliche, die eine gar zu hohe Meinung von sich selbst haben und ihren Sinn gegen den Rest der Menschheit verschließen«, sprach Turlough weiter. »Aber es würde mich zutiefst bekümmern, wenn dieser Mann in irgendeiner gottverlassenen Gemeinde im Dschungel der Westindischen Inseln für seine Sünden leiden müsste.«

»Westindische Inseln?«, fragte Harris.

»Habt Ihr denn nicht gehört, was Reverend Thomas aus Blackrock widerfahren ist?«, fragte Turlough.

»Nein«, erwiderte der Pfarrer nervös. »Was ist ihm denn widerfahren?«

»Ihr habt die Geschichte von seiner Reise auf die Westindischen Inseln wirklich nie gehört?«

»Nein.« Harris blickte mit einem Ausdruck echter Sorge von seinem Schreiben auf.

»Euch wird das nicht zustoßen«, versicherte ihm der Harfenspieler. »Deshalb schicke ich ja auch diesen Brief an Jonathan. Er wird natürlich sehr zornig auf Euch sein, so viel steht fest. Und seine Wutanfälle sind bekanntermaßen gewaltig. Aber in sechs Monaten oder so wird er Euch gewiss wieder nach Hause rufen, in Eure eigene Gemeinde.«

»Von den Westindischen Inseln?« Harris schluckte hörbar.

»Ihr wisst doch, was man sich von den Kolonien in den Bahamas erzählt«, bemerkte Turlough lächelnd.

»Nein«, murmelte der Reverend, »was erzählt man sich denn?«

»Bring mir etwas Wasser, Hugh«, bat der Harfenspieler.

»Ich bin gleich wieder da«, antwortete der Diener und sprang auf, um zum Dorfbrunnen zu gehen.

Hugh machte sich furchtbare Sorgen um seinen Herrn. Sie waren viele Jahre zusammen umhergereist, und er wusste wirklich nicht, was er ohne ihn anfangen sollte. Er konnte es kaum fassen, dass sein Herr jetzt auf dem Totenbett lag und einen letzten Brief an seine Freunde verfasste.

Binnen Minuten kam Hugh mit einem Zinnkrug voller frischem Wasser zurück. Sobald er die Tür geöffnet hatte, stand Harris auf und sah ihn an.

»Wir dürfen keinen Augenblick mehr warten«, betonte der Reverend und zerriss den Brief, den er geschrieben hatte. »Du musst das beste Coracle im Dorf nehmen und auf der Stelle Pater Dunleavy herbeiholen.«

»Was?«, fragte Hugh verwirrt.

»Steh nicht herum!«, kreischte der Pfarrer. »Dein Herr ist dem Tode nahe. Wenn du nicht unverzüglich aufbrichst, wird er keine Gelegenheit mehr haben, Buße zu tun für sein sündhaftes Leben. Und es wird allein deine Schuld sein.«

Hugh stellte den Krug weg und stürzte zu Turlough hinüber.

»Geh jetzt, Hugh«, seufzte der Harfenspieler. »Und Gott sei mit dir.«

»Bei Jesus und allen Heiligen«, rief der Diener, und im nächsten Augenblick stürzte er auch schon zur Tür hinaus, um wieder zum See hinunterzulaufen. Er sprang in das erste Boot, das er finden konnte, und wriggte es mit dem langen Riemen über den See, als gelte es sein Leben, fest entschlossen, den Priester zu holen und seinem Herrn seinen letzten Wunsch zu erfüllen.

Eine Stunde später stand er atemlos am Ufer von Ballynew und flehte Pater Dunleavy an, ihn nach Buntrane zu begleiten.

»Ich werde nicht in dieses verfluchte Dorf gehen«, erklärte der Priester kategorisch. »Nicht einmal, wenn die heilige Brigid selbst es mir befehlen würde.«

»Wollt Ihr ihn ohne Absolution sterben lassen?«, wandte Hugh ein. »Unter Protestanten?«

»Das ist sein eigenes Werk«, antwortete Dunleavy kopfschüttelnd. »Ich habe ihn davor gewarnt, nach Buntrane zu gehen. Ich habe ihn auf die Gefahren hingewiesen. Aber hat er auf mich gehört? Nein. Er war zu stolz dafür. Und jetzt wird er für seinen Stolz bestraft.«

Hugh legte sich beide Hände über die Augen und dachte verzweifelt darüber nach, wie er den Priester dazu bringen könnte, seine Meinung zu ändern. Plötzlich hatte er eine Idee.

»Die Bewohner von Buntrane behaupten«, sagte er zu Dunleavy, »dass der Meister ins Wasser gestoßen wurde, weil er sich weigerte, an Eurer Frühmesse teilzunehmen.«

»Was?«, brüllte der Priester. »Wie kommen sie darauf? Was hast du ihnen erzählt?«

»Pater?«, meldete sich jemand hinter ihnen furchtsam zu Wort, und beide Männer drehten sich um.

Dort stand Padraic mit gesenktem Kopf, seinen Hut in den Händen.

»Pater, ich glaube, es gibt da etwas, das Ihr wissen solltet«, sagte der Fischer verlegen.

»Was denn?«

»Es ist meine Schuld, dass Master Carolan in den See gefallen ist.«

»Wie das?«

»An kalten, nebligen Vormittagen nehme ich eine Flasche Whiskey mit auf den See«, gab der Fischer zu, »nur um den Elementen zu trotzen natürlich. Ich schwöre, Master Carolan hat nur einen Tropfen getrunken.«

»Allmächtiger!«, zischte Dunleavy.

»Ihr wollt doch nicht etwa, dass der Bischof von Armagh erfährt, dass einer von Euren Männern für den Tod Turlough O'Carolans verantwortlich ist, nicht wahr?«, flüsterte Hugh. »Und dass Ihr dem großen Harfenspieler anschließend die Letzte Ölung verweigert habt?«

»Ich bin in einer Minute fertig«, seufzte Dunleavy resigniert. »Padraic, geht und macht Euer Boot bereit!«

»Ja, Pater.«

»Und wir werden diese Angelegenheit später unter vier Augen erörtern. Habt Ihr verstanden?«

»Ja, Pater.«

»Gott sei gedankt«, wisperte Hugh mit einem Blick gen Himmel.

Als sie in das Boot stiegen, kam Katie herbeigelaufen und schob sich an Padraic vorbei, um sich neben Pater Dunleavy zu setzen. Sie warf ein kleines Bündel vor Hugh in das Coracle und zwinkerte ihm zu.

»Geh nach Hause, Kind«, befahl der Priester. »Buntrane ist kein Ort für unschuldige junge Mädchen wie dich.«

»Ist es Euch nicht in den Sinn gekommen, dass der Harfenspieler vielleicht gar nicht sterben wird?«, hielt sie ihm entgegen.

»Was redest du da?«

»Womöglich hat er sich nur eine Erkältung zugezogen. Was ist, wenn er an Vernachlässigung sterben sollte?«, fragte sie. »Vertraut Ihr wirklich darauf, dass die Frauen von Buntrane ihn so sorgsam pflegen werden wie einen der ihren?«

Dunleavy dachte kurz nach. Er wollte sie nicht mitnehmen, aber er wollte sich auch nicht nachsagen lassen, dass Carolan starb, weil der Priester von Ballynew ihm auf seinem Krankenlager keine gute Pflege hatte angedeihen lassen.

»Also schön«, gab Dunleavy schließlich nach. Er hatte das Gefühl, als entglitten ihm die Dinge immer mehr. »Aber was hast du in dem Bündel?«

»Kräuter und andere Dinge, die dem Mann vielleicht helfen werden«, erwiderte sie unschuldig.

Padraic stieß das Boot vom Ufer ab, und es sank unter dem Gewicht von vier Menschen tief ins Wasser. Sie kamen nur langsam voran, weil der Fischer befürchtete, das schmale Coracle werde anderenfalls kentern; außerdem hatte er das Boot, das Hugh aus Buntrane mitgebracht hatte, im Schlepptau.

Als sie das andere Ufer erreichten, wurden sie bereits von einigen Einwohnern des Ortes erwartet.

»Sein Zustand hat sich verschlechtert!«, rief ihnen einer der Männer zu.

»Es ist gut möglich, dass er schon tot ist, wenn Ihr das Haus erreicht«, fügte ein anderer hinzu.

»Oh Gott«, betete Hugh leise, »gib, dass der Herr noch lebt. Ich weiß, dass ich nicht gerade der beste Diener war, aber ich schwöre, ich werde mich bessern, wenn du ihn nur am Leben lassen willst. Es war alles meine Schuld. Ich verspreche, dass ich in Zukunft viel besser für ihn sorgen werde.«

Als sie am Ufer aus dem Boot stiegen, griff Katie nach Hughs Hand und flüsterte ihm zu: »Ich hoffe, Master Carolan wird sich erholen, aber wenn er es nicht tut, wird niemand mehr da sein, der dir verbieten kann, mich zu heiraten.«

Hugh sah sie an, und das Erschrecken stand ihm deutlich ins Gesicht geschrieben, aber sie hatte sich bereits wieder abgewandt und ging den Strand hinauf.

»Barmherziger Jesus«, murmelte Hugh, »ich will den Meister nicht verlieren, aber ich will auch sie nicht verlieren!«

Als sie das Haus erreichten, in dem Turlough lag, erwartete sie draußen vor der Tür bereits das ganze Dorf. Die meisten Menschen zischten beim Anblick des katholischen Priesters oder stießen leise, von Herzen kommende Flüche aus.

Dunleavy ignorierte die Feindseligkeit der Leute, hielt den Kopf sehr hoch und umfasste sein Messbuch mit beiden

Händen, um ihre Verwünschungen abzuwehren. Aber auf der Stirn des Priesters glänzten Schweißperlen.

Als Hugh den Kopf einzog, um in das Cottage zu treten, fiel ihm auf, dass es dort jetzt viel dunkler war als vor seinem Aufbruch. Man hatte schwarze Tücher vor die Fenster gehängt, und in jeder Ecke des Raums brannten Kerzen.

Die beiden alten Frauen, die Turlough aus seinen nassen Kleidern geholfen hatten, knieten am Fußende des Bettes, auf dem er lag. Mit gesenkter Stimme murmelten sie Psalmen vor sich hin.

»Ich bin Reverend Harris«, informierte der Pfarrer die Neuankömmlinge.

Der Priester nickte stirnrunzelnd. »Mein Name ist Pater Dunleavy.«

»Seid Ihr gekommen, um Euch Euer Werk zu besehen?«, fragte Harris mit einem zynischen Grinsen.

»Ich hatte nichts zu tun mit diesem Unfall«, protestierte Dunleavy wütend. »Was Ihr gehört habt, ist ein bösartiges Gerücht.«

»Wollt Ihr damit sagen, dass meine Leute Lügner sind?«

»Nur dann, wenn Ihr meine Leute Mörder schimpft.«

»Meine Herren!« Turlough hustete, und beide Männer drehten sich zu ihm um. »Ich wünschte, Ihr würdet mit diesem Streit warten, bis meine Leiche kalt geworden ist. Ich möchte mir das lieber nicht mit anhören.«

»Ihr seid gerade noch rechtzeitig gekommen«, sagte Harris kalt und ohne den Blick von dem sterbenden Mann abzuwenden. »Er wird nicht mehr lange auf dieser Welt weilen.«

»Ich bin gekommen, so schnell ich konnte«, verteidigte sich Dunleavy.

»Nun, dann macht Ihr Euch besser schleunigst ans Werk«, erwiderte Harris steif.

Keiner der beiden Männer bemerkte, dass die Atmung des Harfenspielers immer flacher wurde.

»Ich werde für dieses eine Mal Euren abergläubischen Unsinn in meinem Dorf dulden«, fuhr der Reverend fort, »aber bildet Euch nicht ein, dass Ihr eine Gewohnheit daraus machen könnt. Ich lasse dies hier nur aus christlicher Barmherzigkeit zu, die selbst einem unwissenden Toren zukommt.«

»Wie könnt Ihr es wagen, die Sakramente der Heiligen Mutter Kirche als abergläubischen Unsinn zu bezeichnen!«, tobte Dunleavy.

Turlough stöhnte laut auf und öffnete den Mund, als wolle er etwas sagen, aber er konnte anscheinend keinen Laut über die Lippen bringen. Plötzlich lag er vollkommen reglos da, eine Hand in die Decke gekrallt. Aber alle anderen im Raum achteten nur auf das Wortgefecht zwischen den beiden Geistlichen.

»Die Sakramente gründen sich auf den Felsen des heiligen Petrus und die Weisheit des heiligen Paulus«, erklärte der Priester. »Wenn Ihr die Riten Roms mit Euren ketzerischen Lehren ins Lächerliche ziehen wollt, dann tut das bitte an einem Ort, an dem ich Euch nicht hören kann. Ich bin nicht hierher gekommen, um mich demütigen zu lassen. Ich bin hier, um meine Christenpflicht zu erfüllen. Und nun würde ich gern mit meiner Arbeit beginnen, wenn Ihr nichts dagegen habt.«

»Schön«, seufzte der Reverend mit einer geringschätzigen Handbewegung. »Ich werde Euch nicht im Wege stehen.«

»Der Harfenspieler hat aufgehört zu atmen«, warf eine der alten Frauen ein. »Er ist tot.«

Die beiden Geistlichen sahen einander schuldbewusst an. Hätten sie nicht ihren kleinlichen Streit vom Zaun gebrochen, hätte Dunleavy dem Harfenspieler vielleicht noch rechtzeitig die Letzte Ölung geben können. Aber blitzartig wurden die Augen beider Männer wieder hart. Es war offensichtlich, dass einer dem anderen die Schuld daran gab, dass Turlough ohne Absolution gestorben war.

»Es war Zeitverschwendung, hierher zu kommen«, erklärte Dunleavy kalt, während Hugh sich an ihm vorbeidrängte, um neben dem Leichnam seines Herrn niederzuknien. »Ich wusste doch gleich, dass es töricht war, diese Reise zu unternehmen.«

»Wenn Euer Stolz Euch gestattet hätte, eher zu kommen, hättet Ihr dem Mann noch einen gewissen Trost spenden können«, entgegnete Harris. »Wie die Dinge liegen, musste er mit ansehen, dass Ihr gezaudert habt, ihm diesen letzten Dienst zu erweisen. Wahrscheinlich war es die Aufregung, die ihn getötet hat.«

Hugh hatte inzwischen zu weinen begonnen. Er hielt Turloughs Hand und küsste sie.

»Mein Herr«, flüsterte der Diener, »verzeiht mir. Ich bin zurückgekehrt, so schnell ich konnte.«

»Wenn Ihr ihn nicht bereits mit Eurem Protestantismus vergiftet hättet, wäre er noch unter uns«, bemerkte Dunleavy.

»Papistischer Lakai Roms«, flüsterte Harris.

»Gottloser Ketzer«, gab Dunleavy zurück.

»Heuchler.«

»Hurenbock.«

»Seid still!«, rief Hugh und sprang zornig auf. Plötzlich kehrte Schweigen ein. Niemand wagte es, etwas zu sagen. Die beiden Geistlichen hüstelten, um ihr Missfallen darüber zu bekunden, solchermaßen angesprochen zu werden.

»Ein großer Mann ist in diesem Haus gestorben«, schluchzte der Diener verbittert, »und Ihr könnt noch immer nicht Eure schäbigen Händel vergessen, nicht einmal einen Augenblick lang und aus Respekt vor dem Toten. Soweit ich es beurteilen kann, seid Ihr beide eigensüchtige, engstirnige Männer, die sich nicht im Mindesten um die Gefühle ihrer Mitmenschen scheren. Ihr schwadroniert darüber, was gut und recht ist, aber Ihr habt zu große Angst voreinander, um im selben Raum zu sein, ohne dass einer dem anderen an den Kragen geht.«

Dunleavy hob die Hand, um etwas zu entgegnen, aber Hugh ließ ihn nicht zu Wort kommen.

»Unterbrecht mich nicht!«, brüllte der Diener. »Ich musste mir Euer Geschwätz anhören, dass jeder von Euch im Recht sei. Nun, Ihr habt beide Unrecht. Ihr beide tragt die Schuld am Tod meines Herrn. Wenn Ihr Euch wie wahre Christenmenschen benommen hättet, gäbe es einen regen Austausch zwischen Euren beiden Dörfern, und mein Herr hätte nicht mitten auf dem See in ein anderes Boot umsteigen müssen.«

»Das dürfte wohl kaum …«, unterbrach ihn Harris.

»Ich habe Euch gesagt, dass Ihr den Mund halten sollt, Ihr scheinheiliges, aufgeblasenes Nichts!« Jetzt verlor Hugh endgültig die Fassung. Dann drehte er sich zu Dunleavy um und zeigte mit dem Finger auf den Priester. »Da gibt es nichts zu lachen. Ihr seid genauso schlimm.« Hugh holte Atem. »Nun, Ihr werdet beide bereuen, was Ihr getan habt.

Das ganze Land wird die Geschichte von Master Carolans Tod und den beiden Männern hören, die mit ihrer einzigartigen Unduldsamkeit für sein viel zu frühes Dahinscheiden verantwortlich sind.«

»Du bist erregt«, beschwichtigte Dunleavy, ohne ihm in die Augen zu sehen. »Vielleicht solltest du ein wenig ruhen und noch einmal sorgfältig über alles nachdenken, was du gesagt hast.«

»Ja, mein Sohn«, stimmte Harris dem Priester zu. »Deine Trauer hat dir den Sinn getrübt. Du bist den größten Teil der Nacht auf den Beinen gewesen. Du bist müde.«

»Ich werde nicht ruhen«, schwor Hugh, »bevor jeder Mann, jede Frau und jedes Kind in Irland weiß, was hier geschehen ist. Und die ersten Menschen, denen ich es erzählen werde, sind der Dekan von St. Patrick und der Bischof von Armagh.«

Beide Geistliche hoben entsetzt die Hände und flehten Hugh wortlos an, sich zu beruhigen. Aber Hugh war außer sich vor Zorn.

»Versucht nicht, mich zu beschwichtigen, ihr beiden unversöhnlichen Schurken. Ich würde keinem von euch auch nur einen leeren Kollektenteller anvertrauen. Hinterhältige Schufte, das seid ihr.«

»Hugh?«, stöhnte eine schwache Stimme. »Wie spät ist es?«

Der Priester runzelte die Stirn. Der Pfarrer legte sich eine Hand auf den Mund. Hugh blinzelte.

Dann blickten alle drei Männer erstaunt auf den Leichnam des Harfenspielers hinab.

»Hugh? Bist du hier?«

Der Diener kniete wieder neben seinem Herrn nieder

und umklammerte seine Hand, wagte es allerdings nicht, etwas zu sagen.

»Wie spät ist es?«, wiederholte der Harfenspieler heiser.

»Es ist fast Mittag«, erwiderte Hugh, dem jetzt die Tränen über die Wangen strömten, so erleichtert war er, dass sein Herr noch atmete.

»Dann ist es also nicht zu früh für einen Whiskey, nein?«

Der Diener hörte plötzlich auf zu schluchzen und sah seinem Herrn forschend ins Gesicht. Er hatte wieder Farbe bekommen, und er stand gewiss nicht an der Schwelle des Todes. In diesem Augenblick überkam Hugh das seltsame Gefühl, dass keineswegs alle Dinge das waren, was sie zu sein schienen. Er schüttelte den Kopf und verbannte den Gedanken als allzu unfreundlich.

»Was will er denn?«, fragte Dunleavy. »Ist er bereit für die Letzte Ölung?«

»Oder ein Wort des Gebets?«, fügte Harris hinzu.

»Er bittet um einen Whiskey«, erwiderte Hugh, ohne den Blick von dem Harfenspieler abzuwenden. Beide Geistliche zogen einmütig die Augenbrauen in die Höhe.

»Dann soll er Whiskey bekommen«, erklärte Harris. »Den Besten, den Buntrane zu bieten hat.« Und mit diesen Worten eilte der Reverend zur Tür, um dafür zu sorgen, dass Turloughs Wunsch erfüllt wurde.

»Wie fühlt Ihr Euch?«, fragte Hugh seinen Herrn.

»Es wird mir schon viel besser gehen, wenn ich etwas getrunken habe, danke«, erwiderte Turlough höflich und ohne das geringste Anzeichen von Unbehagen. »Ich habe nur tief und fest geschlafen«, fügte er hinzu.

Hugh runzelte die Stirn.

»Da habt Ihr«, erklärte Harris, der nun mit einem Becher

an Turloughs Lager trat. »Vielleicht solltest du den Whiskey deinem Herrn einflößen«, schlug er vor, während er Hugh den Becher reichte.

Der Diener nickte und hielt Turlough das Gefäß vorsichtig an die Lippen, um nichts von dem Inhalt zu verschütten.

»Bevor ich meinen letzten Whiskey trinke«, röchelte Turlough, »möchte ich die beiden Geistlichen um einen Gefallen bitten.«

Der Priester sah den Pfarrer an, und der Pfarrer sah den Priester an.

»Um was für einen Gefallen bittet Ihr uns?«, erkundigte sich der Reverend ängstlich.

»Tretet näher, und ich werde es Euch sagen. Meine Stimme ist schwach. Ich fühle, dass meine Kräfte jetzt schnell schwinden.«

Die Männer knieten neben Hugh nieder und ergriffen jeder eine von Turloughs Händen.

»Ich habe ein maßloses Leben geführt«, gestand der Harfenspieler. »Ich habe meiner Liebe zur Musik nachgegeben, meinem Hang zum Whiskey und meinem unbezähmbaren Verlangen nach hübschen Frauen.«

Die beiden Geistlichen hüstelten und wandten den Blick ab.

»Ist das Eure Beichte, mein Sohn?«, fragte Dunleavy feierlich.

»In gewisser Weise, ja«, antwortete Turlough. »Es bekümmert mich, dass ich diese Welt unter solch unglückseligen Umständen verlassen muss.«

»Das bekümmert uns alle«, pflichtete Harris ihm bei, schloss die Augen und faltete die Hände vor der Brust.

»Gut, dann stimmt Ihr mir also zu, dass unbedingt etwas

gegen diese schreckliche Situation unternommen werden muss.«

Die Geistlichen runzelten die Stirn.

»Es wäre eine schwere Bürde für meine Seele, wenn ich diese Welt verließe und mein Tod der Grund für weitere bittere Zwistigkeiten zwischen den freundlichen Bewohnern von Ballynew und den braven Leutchen von Buntrane wäre.«

Niemand wagte es, ihn zu unterbrechen; die Geistlichen begriffen langsam, worauf der Harfenspieler hinauswollte.

»Ich weiß, dass jeder von Euch dem anderen die Schuld an meinem Tod geben wird«, fuhr Turlough schwach fort. »Daher bitte ich Euch, Euch miteinander zu versöhnen und Eure beiden Gemeinden wieder in Freundschaft zusammenzuführen.«

Dunleavy sog scharf die Luft ein. Ausnahmsweise einmal war er vollkommen sprachlos. Harris griff sich mit blankem Entsetzen an die Stirn.

»Master Carolan«, sagte der Priester dann, »diese Leute sind Protestanten!«

»Die Bewohner von Ballynew sind Papisten«, entgegnete Harris wütend.

»Und doch gab es Zeiten, da die beiden Dörfer zum Wohle aller zusammengearbeitet haben.«

»Das ist lange her«, lachte Dunleavy.

»Sehr, sehr lange«, bekräftigte Harris.

Hugh versuchte, sich ein Lächeln zu verkneifen. Er wollte nicht, dass die Geistlichen seine Erheiterung sahen.

»Stellt Euch nur vor, wie dankbar Euch die Bewohner Eurer beiden Dörfer wären, wenn die Männer endlich genug

Fische für alle fangen würden. Es gäbe keine Armut mehr in Eurer Gemeinschaft, und vielleicht könntet Ihr sogar noch Fische auf dem Markt verkaufen.«

Die beiden Geistlichen machten finstere Gesichter, und Hugh, der von einem zum anderen blickte, bemerkte zum ersten Mal, wie ähnlich sie sich sahen. Das musste wohl an den vielen Jahren des Stirnrunzelns liegen, überlegte er.

»Meine Seele würde jubilieren«, fuhr der Harfenspieler fort, »wenn ich wüsste, dass ich auf meinem Totenbett einen Bruch zwischen Euch geheilt hätte, der sich sonst womöglich noch über Generationen hingezogen hätte.«

»Ihr verlangt etwas Unmögliches«, erklärte Dunleavy mit Nachdruck. »Unsere beiden Dörfer sind miteinander verfeindet. Es würde schon eines Wunders bedürfen, um die Menschen dazu zu bringen, mit dreißig Jahre alten Gewohnheiten zu brechen.«

»Vielleicht braucht es tatsächlich ein Wunder«, seufzte Turlough resigniert. »Aber andererseits haben sich schon seltsamere Dinge auf Erden zugetragen.« Der Harfenspieler ergriff Hughs Hand, bevor er sich auf die Seite drehte, um zu ihm zu sprechen. »Mein treuer Diener und Träger meiner Harfe«, sagte er. »Du kannst bezeugen, wie diese beiden Männer meine simple Bitte beantwortet haben?«

»Das kann ich, Herr.«

»Dann gebe ich dir den Auftrag, zum Bischof von Armagh zu gehen und ihm diese ganze Geschichte von Anfang bis Ende zu erzählen. Und wenn du beim Bischof warst, möchte ich, dass du das Haus unseres geschätzten Freundes aufsuchst, des Dekans von St. Patrick, und auch ihm alles erzählst, was sich hier zugetragen hat.«

»Ja, Herr.«

Turlough ließ Hughs Hand los und tastete wieder nach den beiden Geistlichen.

»Wenn der alte Besen nicht mehr für die Arbeit taugt«, eröffnete er ihnen, »wird es vielleicht ein neuer Besen tun. Wenn Ihr beide meinen letzten Wunsch nicht hier und jetzt erfüllt, solange noch Atem in mir ist, dann ist es so sicher wie das Amen in der Kirche, dass meine Freunde in Dublin und Armagh mein Schicksal erfüllen werden. Und glaubt mir, meine treuen Gönner werden Eure Weigerung nicht ungestraft lassen. Auf den Westindischen Inseln werden Männer der Kirche dringend gebraucht.«

Die beiden Geistlichen keuchten auf, und ihre Blicke kreuzten sich kurz.

»Ihr droht uns«, rief Dunleavy entrüstet.

»Und es ist keine leere Drohung«, versicherte ihm der Harfenspieler.

»Was sollen wir tun?«, fragte Harris leise, denn er wollte nicht, dass seine Leute hörten, wie er etwas so Undenkbares erörterte.

»Gebt einander öffentlich die Hand und schwört, dass Ihr in Zukunft ungeachtet religiöser Meinungsverschiedenheiten zusammenarbeiten werdet.«

»Das kommt nicht in Frage!«, fuhr der Pfarrer auf, immer noch darauf bedacht, seine Stimme zu dämpfen.

»Ihr müsst Euch einen Scherz mit uns erlauben«, erklärte der Priester.

»Oh nein«, erwiderte Turlough ernsthaft. »Man wird Euch nicht nur beiden die Schuld an meinem Tod geben, weil Ihr nicht zusammenarbeiten wolltet, man wird Euch auch als das entblößen, was Ihr in Wahrheit seid: zwei Egoisten, die ihr Mäntelchen in den Wind hängen.«

»Wie könnt Ihr es wagen, unter meinem Dach etwas Derartiges zu sagen?«, stieß Harris hervor.

»Ich bin schockiert über Euren Mangel an Respekt vor Eurem freundlichen Gastgeber«, meldete sich der Priester zu Wort. »Er hat Euch in der Zeit Eurer größten Not Obdach gewährt, und so vergeltet Ihr ihm seine Güte.«

»Schüttelt einander die Hände, oder tragt die Folgen Eures Tuns. Hugh kann in wenigen Tagen in Dublin sein. Und Dekan Swift kann noch schneller einen Boten mit den entsprechenden Anweisungen hierher schicken. Bevor ich auch nur in meinem Grab erkaltet bin, könntet Ihr beide auf dem Weg in die Urwälder der Bahamas sein.«

»Und was ist, wenn wir Eurem seltsamen Wunsch entsprechen?«, wollte Harris wissen.

»Dann wird Hugh für immer Schweigen bewahren, was diese Angelegenheit betrifft.«

Der Diener nickte, um zu bestätigen, dass er in der Tat kein Wort sagen würde.

»Euer Mann müsste außerdem ein Belobigungsschreiben an unsere Vorgesetzten verfassen, in dem unsere weise Entscheidung Erwähnung findet«, zischte Dunleavy. »Und sie wissen lassen, dass wir uns geziemend verhalten haben. Und dass diese ganze Angelegenheit ein bedauerlicher Unfall war.«

Turlough holte langsam Atem und dachte über das Ansinnen nach.

»Nun schön«, stimmte er schließlich zu. »Das erscheint mir durchaus vernünftig. Solange Eure beiden Dörfer nur in Frieden zusammenarbeiten werden, werde ich glücklich sein. Hugh, hast du alles gehört?«

»Ja, Herr.«

»Gut.«

Der Harfenspieler drückte beiden Geistlichen die Hand. »Und nun, Gentlemen, bleibt nur noch, dass Ihr einander Frieden gelobt. Es wäre am besten, wenn Ihr das tätet, bevor ich mein Leben aushauche.«

Dunleavy warf einen angewiderten Blick auf Harris, der voller Abscheu den Kopf schüttelte.

»Meine Herren. Wenn Ihr so freundlich sein wollt.«

Die beiden Männer richteten sich langsam zu ihrer vollen Größe auf und reichten einander widerstrebend die Hände.

»Ich gelobe, mit den Bewohnern von Ballynew zusammenzuarbeiten«, flüsterte Harris beinahe unhörbar.

»Und ich gelobe, mit den Leuten von Buntrane zusammenzuarbeiten«, murmelte Dunleavy.

»Das ist sehr schön, Gentlemen«, sagte der Harfenspieler strahlend, »aber nun möchte ich, dass auch noch einige Zeugen Euer Gelübde mit anhören. Ein unabhängiger Beobachter aus jedem Dorf wird genügen.«

»Das kann nicht Euer Ernst sein!«, zischte der Priester. »Das wird unser beider Ende sein. Niemand wird uns je wieder ernst nehmen.«

»Weil Ihr in Euren Predigten so lange gegen den anderen gezürnt habt?«, fragte Turlough. »Und weil Ihr mit einem Gesinnungswechsel nur beweisen würdet, wie sehr Ihr Euch die ganze Zeit über geirrt habt?«

Die beiden Männer verfielen in Schweigen, aber nicht weil sie von Schuldgefühlen geplagt wurden. Sie schäumten vor Wut.

»Ist irgendjemand aus Ballynew hier?«, fragte der Harfenspieler mit angestrengter Stimme.

»Katie ist mit uns hergekommen«, antwortete Hugh.

»Dann geh und hol sie«, sagte Turlough. »Meine beiden freundlichen Pflegerinnen werden für Buntrane Zeugnis ablegen. Nicht wahr, meine Damen?«

Die beiden alten Frauen zu seinen Füßen hielten plötzlich in ihrem Gebet inne und blickten auf.

»Was war das?«, fragte eine von ihnen.

»Ich sagte, Ihr werdet eine wichtige Vereinbarung für mich bezeugen, nicht wahr?«

»Oh ja!« Die andere Frau nickte mit einem Ausdruck fassungslosen Erstaunens auf dem Gesicht. »Wir dachten, Ihr wärt tot.«

»Diesen Eindruck hatten andere auch«, murmelte Hugh, während er auf die Tür zuging.

Wenige Minuten später kam Hugh mit Katie am Arm zurück. Er führte sie zu den beiden alten Damen hinüber, die zu Turloughs Füßen saßen.

»Ihr müsst Euer Gelübde vor diesen Zeugen ablegen, meine Herren«, beharrte der Harfenspieler.

Harris drehte sich zu Katie und den beiden alten Frauen um, dann wartete er darauf, dass der Priester es ihm gleichtat.

Aber Dunleavy rührte sich nicht. Eine Sekunde lang sah es so aus, als wolle er das Gelübde verweigern. Dann wurde die Miene des Priesters plötzlich weicher, und widerstrebend hielt er dem Pfarrer die Hand hin.

Die beiden alten Feinde legten ihr Freundschaftsgelübde ab, auch wenn sie es nur mit zusammengebissenen Zähnen hervorstießen.

»Gib mir diesen Whiskey«, bat Turlough Hugh. »Ich habe mächtigen Durst.«

Der Harfenspieler nippte an dem Getränk, bis die beiden

Geistlichen ihren Schwur getan hatten, dann stellte er den Becher neben sich auf den Fußboden.

»Meine Herren«, begann Turlough, »es wärmt mir das Herz, Euch mit so viel Anstand wieder versöhnt zu sehen. In der Tat erwärmt es mich so sehr, dass ich mich ganz plötzlich besser fühle.«

Der Harfenspieler schob die Decke beiseite und sprang aus dem Bett, nur bekleidet mit seiner langen, wollenen Unterwäsche. Die beiden alten Damen kreischten vor Verlegenheit, obwohl sie es gewesen waren, die ihn entkleidet hatten.

»Es ist ein Wunder!«, rief Turlough. »Ich bin geheilt! Der Segen dieser beiden Gottesmänner hat mich von den Toten zurückgeholt! Als der Engel des Todes ihr Gelübde hörte, geriet er in Furcht, und der Teufel ging leer aus. Hurra!«

Harris und Dunleavy sahen einander zweifelnd an. Aber bevor einer von ihnen erklären konnte, dass sie übertölpelt worden waren, waren auch schon die beiden alten Damen vom Fußende des Bettes aufgesprungen und stürzten hinaus, um von dem Wunder zu berichten.

»Er war tot!«, riefen sie beide voller Verzückung. »Aber Harris und Dunleavy haben ihn ins Leben zurückgeholt mit ihrem Gelübde, von diesem Tag an als Brüder zusammenzuarbeiten. Ab heute wird es keine Feindschaft mehr mit den Leuten aus Ballynew geben. Gott hat es verfügt.«

Katie lächelte. Hugh schüttelte langsam den Kopf, während die beiden Geistlichen sichtliche Mühe hatten, ihren Zorn im Zaum zu halten. Jetzt, da das Wunder und seine Ursache verkündet worden waren, konnten sie von ihrem Gelübde nicht mehr zurücktreten. Ihre Schützlinge glaubten jetzt, dass sie zusammen die Macht hatten, die Kranken zu heilen und sogar Tote ins Leben zurückzuholen. Und wie hätten sie in einer solchen Situation ihr Wort zurücknehmen können?

»Es ist ein Wunder«, flüsterte Dunleavy, warf einen Blick gen Himmel und bekreuzigte sich.

»Das ist es«, stimmte Harris ihm zu, der ebenfalls zur Decke hinaufsah, als säße ein himmlischer Bote auf dem Dachbalken, um auf sie herniederzuschauen.

»Ihr seid ein gewitzter Mann, Master Carolan«, erklärte der Priester.

»Danke, Pater. Eine Weile war ich allerdings in Sorge, dass Ihr meinen Köder nicht schlucken würdet.«

Dann machte Turlough sich daran, seine Kleider zu suchen. Hugh brachte ihm ein trockenes Hemd, Reithosen und ein Paar Strümpfe aus ihrem Gepäck.

»Ich schätze, dass es etwa halb eins sein wird«, sagte Turlough zu Hugh.

»Etwa.«

»Wenn wir jetzt aufbrechen, schaffen wir es heute Abend vielleicht bis nach Duncastle.«

»Das ist wohl wahr«, pflichtete Hugh ihm bei.

»Dann lass uns aufbrechen.«

»Ihr seid ein guter Mensch, Herr«, bemerkte Hugh.

»Unsinn«, murmelte der Harfenspieler. »Wenn ich diese Reise noch einmal machen müsste, wollte ich verdammt sein, wenn ich mitten auf dem See das Boot wechsle oder zwei Tage vergeude, um am Ufer entlangzureisen. Meine Gründe waren ausschließlich selbstsüchtiger Natur.«

»Ihr habt mich wahrhaft die Furcht Gottes gelehrt«, sagte Hugh mit einem Anflug von Tadel in der Stimme.

»Das tut mir Leid. Aber ich musste diesen beiden eine

Lektion erteilen, und ich hatte keine Zeit, dir meinen Plan zu erklären. Ich muss zugeben, dass ich schon dachte, das Spiel sei aus, als die alte Frau mich für tot erklärte. Gott sei Dank hast du an dieser Stelle das Wort ergriffen, sonst hätte ich keine Chance gehabt, diese beiden mürrischen Geistlichen zu überlisten.«

»Aber meint Ihr nicht, dass es ziemlich gefährlich war«, warf Hugh ein, »einfach an der tiefsten Stelle des Lochs aus dem Boot zu springen? Habt Ihr denn gar nicht an das Risiko gedacht, das Ihr damit eingeht?«

»Ich bin nicht absichtlich gesprungen, Hugh«, gestand Turlough. »Ich war so betrunken, dass ich das Gleichgewicht verlor und gestürzt bin. Die Idee, dieses Missgeschick irgendwie zum Guten zu wenden, ist mir erst später gekommen.«

»Ich bin vor Sorge fast umgekommen!«

»Ich war selbst ein wenig besorgt«, lachte der Harfenspieler. »Aber alles in allem hat es mir durchaus Spaß gemacht.«

Turlough winkte seinen Diener ein wenig näher heran, damit man sie nicht belauschen konnte. »Ist Katie mitgekommen, weil sie dachte, sie könnte dich ganz für sich allein haben, wenn ich erst das Zeitliche gesegnet hätte?«

Hugh wurde dunkelrot im Gesicht, und nicht zum ersten Mal war er dankbar für die Blindheit seines Herrn. »Sie ist aus Sorge um Eure Gesundheit mitgekommen, Herr«, log er.

»Und wenn ich gestorben wäre, wärst du mit ihr auf und davon gegangen?«

»Ja«, gab Hugh zu und ließ den Kopf hängen. »Ich denke, das hätte ich getan.«

»Ich war einmal in eine Frau verliebt«, begann Turlough. »Es gab eine Zeit, da hätte ich alles für sie getan. Aber sie hat mich wegen meiner niedrigen Geburt verschmäht. Jetzt, da ich berühmt bin, jetzt, da man mich in den großen Häusern Irlands willkommen heißt und ich mit Edelleuten, Bischöfen und Colonels speise, jetzt hätte Bridget mich gern zurück.«

»Ich verstehe nicht recht, was Ihr damit sagen wollt, Herr.«

»Überzeuge dich davon, dass diese Katie dich um deiner selbst willen liebt«, riet Turlough ihm. »Nicht um der Dinge willen, die du tust, oder um der Menschen willen, die du kennst. Überzeuge dich davon, dass sie dich sieht, so wie du wirklich bist, und dass sie mit dem zufrieden ist, was sie sieht.«

»Das werde ich tun, Herr«, versprach Hugh.

»Dann wüsste ich nicht, warum man euch beide voneinander fern halten sollte«, erklärte der Harfenspieler. »Wenn sie uns immer noch begleiten will, soll sie mir willkommen sein.«

Hughs Gesicht leuchtete auf vor Freude. »Vielen Dank, Herr«, rief er, ergriff Turloughs Hand und drückte sie fest.

»Aber sie begleitet uns nur bis nach Dublin, hörst du«, fügte Turlough hinzu. »Danach wäre sie gut beraten, sich aus unseren Reisen herauszuhalten.«

»Ganz meine Meinung, Herr«, sagte Hugh strahlend. »Ganz meine Meinung.«

Der alte Hugh lächelte bei der Erinnerung und streckte die Beine vorm Feuer aus.

»So habe ich Katie, meine Frau, kennen gelernt«, sagte er zu Edward. »Eine prächtige Frau, die bis zu ihrem Tode vor einigen Jahren an meiner Seite blieb.«

»Und haben die beiden Dörfer Frieden gehalten?«, wollte Edward wissen.

»Allerdings«, bekräftigte Hugh. »Die Menschen dort leben in Wohlstand und sind bekannt für ihre Gastfreundschaft und die schöne Fähre, die über das Loch fährt. Man nennt sie Carolans Fähre, nach meinem Herrn, weil er um ein Haar ertrunken wäre, als es sie noch nicht gab.«

»Und was ist aus den beiden Geistlichen geworden?«

»Harris ist kurze Zeit später gestorben«, seufzte Hugh. »Aber an seine Stelle trat ein guter Mann, der wie vereinbart den Frieden hielt. Dunleavy dagegen wurde sehr alt und soll, wie ich gehört habe, am Ende seines Lebens ein Schiff zu den Westindischen Inseln genommen haben und nie wieder gesehen worden sein.«

»Aber war es denn wirklich recht, die beiden derart zu überlisten?«, überlegte Edward laut.

»Mein Herr pflegte zu sagen, dass jede List gerechtfertigt sei, wenn sie einen ans Ziel führt. So jedenfalls hielten es die Feen. Von ihnen hat er gelernt, dass man, solange man dabei niemandem wehtut, jedes Mittel benutzen darf, das den eigenen Zwecken dient.«

»Aber das ist unmoralisch!«, protestierte der junge Rebell.

»Mag sein«, räumte Hugh ein. »Aber so geht es nun einmal zu auf der Welt. Jeder ändert die Wahrheit bis zu einem gewissen Maß oder aus irgendeinem Grund ein wenig ab. Wer etwas anderes von sich behauptet, ist ein Lügner.«

»Glaubt Ihr das wirklich?«

»Die Könige, Minister und Generäle denken sich nichts dabei, zu einer List zu greifen, wenn sie zu ihrem Vorteil ist«, rief Hugh seinem Gast ins Gedächtnis. »Selbst der bescheidene Pferdehändler greift von Zeit zu Zeit zu solchen

Mitteln. Priester lügen gewohnheitsmäßig, und das ganze englische Reich beruht auf dieser Kunst. Tatsächlich, wenn ich nicht selbst hie und da zu einer List gegriffen hätte, säßet Ihr nicht dort auf diesem Hocker, um Euch meine Geschichten anzuhören, nicht wahr? Ihr würdet in einem Gefängnis in Dublin verrotten oder auf Anweisung von Leutnant Moss am Galgen baumeln.«

»Ihr seid der größte Ränkeschmied, der mir je untergekommen ist«, kicherte Denis. »Und das Gleiche galt für Euren Herrn.«

»Das ist wahr«, stimmte der alte Whiskeybrenner ihm zu. »Und er war ein Mann von unvergleichlicher Geistesschärfe. Es war das Geschenk der Feen, dass er bis ans Ende seiner Tage einen schnellen Verstand und eine scharfe Zunge besaß.«

»Ich verdurste langsam«, eröffnete Denis seinem Gastgeber. »Gibt es denn keinen Tropfen Whiskey mehr in diesem Haus?«

»Mhairgead?«, rief Hugh, und im nächsten Augenblick stand auch schon seine Enkeltochter am Tisch und zog den Korken aus einem großen irdenen Krug.

»Ist es das, worauf Ihr aus seid?«, fragte sie, während sie die Becher der beiden Männer auffüllte.

»Du bist ein vom Himmel herabgestiegener Engel, junges Fräulein«, erklärte Denis.

»Ich bin kein junges Fräulein mehr«, lachte sie. »Ich bin eine Frau.« Dann sah sie Edward direkt in die Augen und zog eine Braue in die Höhe. Der junge Rebell errötete tief und wandte den Blick ab.

»Das bist du«, sagte Hugh zu ihr, während sie auch Edward Whiskey nachschenkte.

Mhairgead stellte den Krug wieder auf den Tisch, trat näher an den jungen Mann heran und legte ihm eine Hand auf die Schulter.

»Meint Ihr nicht, dass sie ein Prachtexemplar von einer Frau ist, mein Junge?«, fragte ihr Großvater stolz.

Mhairgeads Lächeln wurde breiter, während ihre Hand sich langsam an dem Arm des jungen Mannes hinabtastete, über seine Brust wanderte und schließlich in seinen Schoß. Die beiden alten Männer nippten zufrieden an ihrem Whiskey, ohne auch nur im Geringsten zu ahnen, was in ihrer unmittelbaren Nähe vorging.

»Sie ist in der Tat bemerkenswert«, stotterte Edward nervös und verschüttete dabei etwas von seinem Whiskey.

»Ihr seid höflich«, erwiderte Hugh, während die junge Frau die Hand zurückzog und zur Tür hinüberging.

Edward wischte sich mit dem Hemdsärmel über die Stirn.

»Ich finde wirklich, dass ich jetzt zu Bett gehen sollte«, stammelte er.

»Was höre ich da?«, rief Hugh aus. »Ins Bett? Dabei bin ich doch gerade erst zu dem besten Teil meiner Geschichte gekommen.«

»Ich bin müde«, sagte der junge Rebell. »Könnt Ihr nicht ein andermal weitererzählen?«

»Es wird vielleicht kein anderes Mal geben«, vertraute Denis ihm an.

»Was wollt Ihr damit sagen?«

»Ich bin hundert Jahre alt«, rief Hugh seinem Gast ins Gedächtnis. »Meine Tage sind gezählt. Ich werde nicht immer hier sein. Und wenn Ihr meine Geschichten nicht zu hören bekommt, garantiere ich Euch, dass Ihr es irgendwann einmal bedauern werdet.«

Edward senkte den Kopf und dachte kurz darüber nach.

»Ich werde Mhairgead bitten, Euch noch einen Becher Whiskey zu bringen«, erbot sich Hugh.

»Nein!«, rief Edward, der sich für einen Augenblick vergessen hatte. »Nein«, wiederholte er ein wenig ruhiger. »Ich habe alles, was ich brauche.«

Denis beugte sich zu seinem alten Freund hinüber und sprach in einem Flüsterton, der gerade so laut war, dass Edward ihn noch hören konnte: »Er verträgt keinen Alkohol.«

»Warum seid Ihr nicht verheiratet?«, fragte der alte Hugh Edward unverblümt.

»Ich bin noch jung«, antwortete der Rebell vorsichtig.

»Mögt Ihr Frauen?«

»Natürlich mag ich Frauen«, gab Edward zurück.

»Mehr als alles andere?«

»Ja«, erwiderte er. Dann dachte er über seine Antwort nach. »Das heißt, ich habe noch nichts anderes ausprobiert.«

»Warum seid Ihr dann nicht verheiratet?«, hakte Hugh nach.

»Ich war zu beschäftigt mit meinen Studien«, verteidigte sich der junge Mann. »Und dann steckte ich plötzlich mitten in dem Kampf um Irlands Freiheit.«

»Ich nehme an, in diesem Gewerbe begegnet man nicht allzu vielen hübschen Mädchen«, meinte Denis nickend.

»Nein, wahrscheinlich nicht«, seufzte Hugh. »Das würde es erklären.«

»Was wollt Ihr damit andeuten?«, fragte Edward argwöhnisch.

»Es wird höchste Zeit, dass Ihr Euch eine gute Frau sucht«, antwortete Hugh. »Heiratet, und Ihr werdet keine Zeit und auch keine Neigung mehr haben, englischen Soldaten in den Kopf zu schießen. Ihr werdet nämlich für jeden Eurer Atemzüge Rechenschaft ablegen müssen. Ich kann mir nicht vorstellen, dass eine gute Frau ihren Mann mitten in der Nacht aus dem Haus lässt, um Rotröcke zu ermorden.«

Der Whiskeybrenner wandte sich zu Edward um.

»Sucht Euch eine gute Frau, junger Mann«, riet Hugh ihm. »Und wenn Euch das nicht davon abhält, des Nachts umherzustreifen, um den Rebellen zu spielen, dann weiß ich auch nicht weiter.«

»Euer Herr und seine Missus standen sich sehr nahe«, seufzte Denis. »Wenn sie denn einmal zusammen waren.«

»Sie haben sich sehr geliebt«, stimmte Hugh ihm zu, »oh ja. Aber Mary hat gewiss manche der Dinge erraten, die ihr Mann und ich zusammen ausgeheckt haben. Es waren im Grunde harmlose Schelmereien. Ich nehme an, sie hat einfach ein Auge zugedrückt und ihre gemeinsamen Zeiten genossen. Und das haben die beiden wirklich getan. Niemand hat prächtigere Feste gegeben als die Carolans, und niemand hat je so herzlich gelacht wie diese beiden. Und wenn sie abends mal allein sein wollten, machten sie furchtbaren Lärm dabei«, kicherte er. »Man konnte geradeso gut draußen im Schnee schlafen, denn im Haus fand man keine Ruhe, solange sie zugange waren.«

»Zugange waren?« Edward lächelte. »Womit?«

»Was?«, fragte Hugh.

»Womit waren sie zugange?«, wiederholte Edward.

»*Da*mit«, sagte der alte Mann langsam. »*Da*mit!«

Der junge Rebell sah sich im Raum um. Mhairgead und Daniel kicherten wie zwei kleine Kinder hinter vorgehaltener Hand.

»Wovon redet er?« Edward formte die Worte lautlos mit den Lippen.

Mhairgead hob die Hände. Sie formte mit Daumen und Zeigefinger der linken Hand einen Kreis, dann schob sie ihren rechten Zeigefinger mehrmals durch das Loch, das sie mit der anderen Hand gebildet hatte.

Edward schoss heiße Röte ins Gesicht, und er senkte den Blick.

»Ihr braucht wirklich eine gute Frau, mein Junge«, seufzte Hugh.

Mhairgead und Daniel brachen abermals in Gelächter aus, und Hugh konnte mit seiner Geschichte nicht fortfahren, weil sie so viel Lärm machten. Er nippte an seinem Whiskey und ließ seine Gedanken in die Vergangenheit wandern. Allmählich erstarb das Lächeln auf seinen Zügen, und der Kopf sank ihm auf die Brust. Mhairgead, die es bemerkt hatte, hörte auf zu lachen und drückte ihm seine Pfeife in die Hand. Hugh nahm einen tiefen Zug.

»Ich war dabei, müsst Ihr wissen. In der Nacht, als Mary starb«, murmelte er, und Edward spürte, dass der alte Mann die Szene im Geiste noch einmal durchlebte.

»Es war fast dunkel in dem Raum«, sagte der alte Mann. »Ich erinnere mich, dass der Master und ich ohne Pause geritten sind, um es noch rechtzeitig zu schaffen. Und es war Abend, als wir dort ankamen. Es war so dunkel in diesem Zimmer.«

Er seufzte.

»Und ich dachte bei mir, dass ich kaum das Gesicht der armen Frau erkennen konnte und ob man nicht ein paar Kerzen anzünden sollte, damit der Herr sie ein letztes Mal sehen konnte. Dann wurde mir klar, dass der Master die

Frau, die er liebte, seine beste Freundin, seit mehr als vierzig Jahren nicht mehr gesehen hatte. Und selbst da hatte er durch den Schleier seiner Krankheit nur einen flüchtigen Blick auf sie werfen können.«

Der alte Mann schob die Pfeife wieder zwischen seine Lippen, und Mhairgead setzte sich auf den Hocker hinter Edward, um ihm zuzuhören.

»Sie war furchtbar müde«, fuhr Hugh fort und versuchte zu lächeln. »Und sie befand sich bereits in dem Reich zwischen Schlafen und Wachen, aber als Mary begriff, dass ihr Mann bei ihr war, beschloss sie, ihren Abschied zu nehmen, solange er noch zugegen war. Sie sagte, dass sie auf ihn gewartet habe, solange sie konnte, und dass sie bei seiner Ankunft beinahe bereit gewesen sei, den Kampf verloren zu geben.«

Hugh zog noch einmal an seiner Pfeife.

»Carolan segnete sie dafür, dass sie gewartet hatte. Denn es hätte ihm das Herz gebrochen, wäre sie bei seiner Ankunft bereits tot gewesen. Dann hielten die beiden einander lange an den Händen, und er berührte ihren Ärmel. Und dann sagte er vier Worte zu ihr. ›Dieser Ärmel ist weiß.‹ Sie drückte seine Hand. Ich habe sie beobachtet.«

Der alte Mann nahm einen Schluck Whiskey, um seine Gefühle zu verbergen.

»Ich war bei ihnen im Raum, müsst Ihr wissen. Und Mary sprach noch einige Worte zu ihm. ›Der Ärmel ist so weiß wie frisch gefallener Schnee‹, sagte sie. ›Er ist so weiß wie schimmerndes Silber. Er ist so weiß wie das Licht.‹ Und dann starb sie. Der Atem floh ihr einfach mit einem langen Seufzer aus der Lunge. Dann blickte sie lächelnd und mit leeren Augen zu den Dachbalken auf, und ich dachte bei mir, sie hat das Licht gesehen. Das weiße Licht, versteht Ihr? Das Licht des Engels des Herrn, der gekommen war, um sie zu holen.«

Hugh hustete und putzte sich die Nase.

»Aber die Sache ist die«, flüsterte er und vermochte kaum noch seine Gefühle zu bezähmen, »ihr Kleid war schwarz. Der Ärmel war schwarz. Aber mein Herr hatte sich noch nie in der Farbe geirrt. Er wusste immer genau, welchen Farbton eines ihrer Kleider hatte. Sie wollte nicht, dass er glaubte, er habe sich geirrt. Sie wusste, es war ein besonderes Band zwischen ihnen, und sie wollte dieses Band nicht durchtrennen. Das ist für mich wahre Liebe.«

»Und wollt Ihr nicht von der Melodie erzählen?«, fragte Denis sanft, nachdem einen Augenblick lang Schweigen geherrscht hatte.

»Als sie tot war, spielte er ein wunderschönes Stück für sie«, sagte Hugh. »Ich habe es ihn später nur noch ein oder zwei Mal spielen hören. Er nannte es ›Das Lied über die Trennung von Leib und Seele‹.«

»Nicht lange nach ihrem Tod verkaufte er das Haus, wenn ich mich recht erinnere«, sagte Denis.

»So ist es«, bestätigte Hugh. »Das kleine Cottage war ein Geschenk von Lord Inchinquin gewesen. Mein Herr hat es verkauft. Und danach ist er nie länger als ein paar Tage am selben Ort geblieben. Manchmal begleitete ihn sein nichtsnutziger Sohn auf einer Reise, aber meistens konnte man den Jungen schlafend in irgendeinem Graben oder im Bett einer fremden Frau finden.« Der alte Hugh nahm noch einen Zug von seiner Pfeife, dann richtete er sich auf seinem Stuhl auf. »Das Herz meines Herrn war gebrochen, und er selbst starb nur fünf Jahre später.«

Mhairgead wischte sich die Tränen aus den Augen und verbarg das Gesicht in ihren Ärmeln.

»Nach ihrer Totenwache und der Beerdigung«, fuhr Hugh fort, »verstrich keine Nacht, in der mein Herr nicht mindestens einen Krug Whiskey trank. Nicht einmal ich konnte mit ihm mithalten. Er trank und trank, bis er besinnungslos zu Boden fiel. Und wenn er am nächsten Morgen wieder erwachte, begann er gleich von neuem zu trinken. Und dann am Mittag wieder. Und dann beim Abendessen, so dass er schließlich mehr trank, als er aß, und ich nicht bezahlt wurde. All mein Lohn ging für seinen Whiskey drauf.«

»Und, was habt Ihr getan?«, fragte Edward.

»Ich habe das Problem auf meine Weise gelöst«, antwortete Hugh lächelnd. »Ohne das eigentliche Problem allerdings damit auch nur zu berühren.«

»Wie das?« Edward war verwirrt.

»Ich habe einen Plan ersonnen«, erklärte Hugh, »damit Carolan nicht mehr all sein Geld für Whiskey ausgab und ich am Ende allein für mich sorgen musste. Ich hatte damals eine Frau und drei Kinder zu ernähren.«

Der alte Mann ließ seine Pfeife sinken und klopfte die Asche heraus, so dass sie auf die Steine zu seinen Füßen rieselte.

»Mein Herr war ein sehr kluger Mann«, fuhr Hugh fort. »Ich wusste, dass es nicht leicht sein würde, ihn hinters Licht zu führen. Daher musste ich lange nachdenken, bevor mir die Lösung einfiel. Ein verwegener Plan. Und war ich nicht dumm genug, zu glauben, dass er gelingen könnte?«

»Was habt Ihr getan?«, lachte Edward.

»Ich werde gleich darauf zu sprechen kommen, wenn Ihr mir gestattet, zuvor noch etwas zu bemerken«, fuhr der alte

Mann auf. »Zuerst sprach ich mit Dr. Delany und Mr Swift. McCabe half Delany damals im College, Übersetzungen, wenn ich mich recht erinnere. Natürlich waren beide Männer nur allzu gern bereit, mir zu helfen, vor allem Mr Swift, der ein besonderes Interesse an den Trinkgewohnheiten meines Herrn hatte.«

»Warum denn das?«, fragte der junge Rebell.

»Hört Ihr nicht zu?«, seufzte Hugh. »Weil es die Idee meines Herrn gewesen war, die Mr Swift selbst vom Trunk geheilt hatte, und da inzwischen ganz Dublin die Wahrheit kannte, blieb die Geschichte dem guten Reverend natürlich nicht verborgen. Wie dem auch sei, Mr Swift fädelte es so ein, dass er und Dr. Delany sich in dem Caféhaus trafen, das auch David Murphy und seine Freunde jeden Tag aufsuchten. Diese Burschen pflegten den ganzen Tag dort zu sitzen und dieses abscheuliche schwarze Gebräu zu trinken.«

Er hielt seinen Becher in die Höhe, und Daniel füllte ihn abermals mit Whiskey.

»Ich weiß nicht, was Ihr jungen Leute an Kaffee findet. Er schmeckt wie der Bodensatz im Whiskeyfass und ist doppelt so tödlich. Ich habe so manches junge Leben gesehen, das von den Verderben sbringenden Bohnen aus Afrika zerstört wurde. Wenn die armen Opfer nur gewusst hätten, was für ein grässliches Kraut der Kaffee ist, hätten sie sich niemals zu seinen Sklaven machen lassen. Der Kaffee zerstört das Leben der Menschen«, warnte Hugh Edward, »hört auf meine Worte. Ich kenne Männer, die ihren letzten Shilling dafür ausgegeben haben und anschließend verhungert sind. Es heißt, der Kaffee zermürbe den Geist eines Menschen.«

»Aber Ihr rührt das Zeug nicht an!«, entfuhr es Denis.

»Natürlich nicht«, brauste Hugh auf.

»Welche Ausrede habt Ihr denn dann?«

»Seid still«, befahl der alte Whiskeybrenner seinem Freund. »Ich erzähle gerade eine Geschichte. Wo war ich noch?« Hugh dachte einen Moment lang nach, dann klatschte er in die Hände. »Jetzt weiß ich es wieder … Also, die beiden, Delany und Swift, saßen in dem Kaffeehaus, als Murphy und seine Kumpane hereinkamen. Und der Doktor sagte laut, dass Master Carolan der Meinung sei, es gebe in ganz Irland keinen Harfenspieler, der es mit ihm aufnehmen könne. Und Swift sagte, er habe gehört, dass Carolan mit jedem zu wetten bereit sei, der glaube, ein besserer Musiker zu sein.«

Der alte Hugh griff wieder nach seinem Whiskeybecher und nahm einen Schluck.

»Und Murphy hörte natürlich dieses Gerede, und er sagte, Carolan trage da ein Paar Stiefel, das ihm einige Nummern zu groß sei, und er solle vorsichtiger mit dem sein, was er redet. Und Dr. Delany stachelte ihn an und sagte, er solle doch eine solche Wette anbieten. Und Mr Swift sagte, er halte Carolan für den besten Musiker in ganz Irland, und darüber regte Murphy sich natürlich auf.«

Hugh kicherte in sich hinein.

»Nun, Murphy sagte, er kenne einen erheblich besseren Musiker. Und wir alle wussten, dass er das sagen musste, weil er eine so hohe Meinung von sich selbst hatte. Und Delany sagte zu ihm: ›Wenn Ihr glaubt, Ihr kennt einen besseren Mann, müsst Ihr Turlough O'Carolan zu einem Wettstreit herausfordern.‹ Murphy meinte, dass würde er tun, und wir drei lehnten uns zurück, um abzuwarten und festzustellen, wie die Dinge sich entwickelten. Nun, einige Tage später hielt Murphy meinen Herrn auf der Straße an und sagte zu ihm, dass er es nicht wert sei, als Musiker bezeichnet zu werden, und ob er dagegen zu wetten bereit sei. Carolan hielt noch immer recht wenig von Murphy, daher lachte er den Mann aus und nahm die Herausforderung an.«

»Und?«

»Habt Geduld«, zischte der alte Whiskeybrenner. »Ich möchte zuerst etwas trinken.«

Er tat es und wandte sich dann wieder seiner Geschichte zu.

»Die beiden schüttelten einander die Hände. Das war die einzige Gelegenheit, bei der mein Herr und Murphy sich jemals berührten, ohne dass Blut geflossen wäre, soweit ich mich erinnern kann. Aber dann eröffnete Murphy Carolan, dass der Wetteinsatz ein schönes weißes Connemara-Pony und eine Kuh sein sollten. Nun, mein Herr lächelte, und um sich nicht von seinem Rivalen übertreffen zu lassen, nannte er als seinen Wetteinsatz seine Harfe und obendrein noch sein Pferd.«

»Eine teure Wette«, bemerkte Denis.

»Es kommt noch besser«, fuhr Hugh fort. »Dann sagte Murphy, er würde um einen neuen Mantel wetten, um den zu ersetzen, den Carolan bei ihrer letzten Begegnung zerrissen hatte. Und mein Herr erwiderte, dass er so sicher sei, diese Wette zu gewinnen, dass er seinen Diener als Spieleinsatz anbiete. Das war der Punkt, an dem ich einschritt, um dem Unsinn ein Ende zu machen, und den nächsten Teil meines Plans in Gang setzte.«

»Wie habt Ihr Euch als Wetteinsatz gefühlt?«, lachte Edward.

»Unbehaglich«, gab Hugh zu. »Daher musste ich anschließend noch gründlicher zu Werke gehen. Ich beschloss, nichts dem Zufall zu überlassen. Dr. Delany machte mich mit einem Arzt bekannt, einem gewissen Dr. Stafford, der sich bereit fand, mir bei meinem Plan zu helfen.«

Der alte Hugh holte tief Luft und lächelte breit, zum einen über die alte Geschichte selbst und zum anderen über seine eigene Schläue.

»Eines Morgens nicht lange danach weckte ich den Master und sagte zu ihm: ›Ihr habt heute aber eine merkwürdige Gesichtsfarbe. Ich muss den Doktor holen.‹ Und er antwortete mir, dass er sich durchaus wohl fühle und sich noch besser fühlen würde, wenn er sich erst mit ein paar Whiskeys den Mund ausgespült hatte. Ich gab ihm den Whiskey, schickte aber dennoch nach dem Arzt.«

»Was für eine Farbe hatte er denn?«, fragte Edward verwirrt.

»Er hatte überhaupt keine Farbe!«, erklärte Hugh. »Das heißt, er hatte die gleiche Farbe wie Ihr oder ich. Aber ich hatte ihm erzählt, seine Haut habe eine gelbliche Färbung. Und das Erste, was der Doktor sagte, als er ins Zimmer kam, war: ›Mein Gott, so eine gelbe Haut habe ich ja mein Lebtag noch nicht gesehen. Ihr müsstet eigentlich ein toter Mann sein!‹«

Der alte Whiskeybrenner lachte.

»Und dann richtete Carolan sich auf und wirkte besorgt«, sagte er schadenfroh. »Der Doktor erklärte ihm, dass es keinen Wettbewerb mit David Murphy geben könne, da er nicht in der Verfassung dazu sei. Er litte an der Whiskeygelbsucht. Und der Master fragte, was das sei, und der Doktor erklärte ihm, dass, wenn ein Mann zu viel Alkohol zu sich genommen habe, seine Haut gelb wurde und seine Finger erstarrten und sich nicht mehr bewegen ließen. Und dass Carolan, wenn er seine Wette mit Murphy gewinnen wolle, noch am selben Tag, in derselben Minute mit dem Trinken würde aufhören müssen. Sonst würde er seine Finger bald überhaupt nicht mehr bewegen können, und dann gäbe es keinen Arzt in ganz Irland, der ihm helfen könne.«

»Hat er mit dem Trinken aufgehört?«, warf der junge Rebell ein.

»Es wäre grausam gewesen, hätte man ihm seinen Whiskey vollends weggenommen, denn er trank mehr, als er aß«, kicherte Hugh. »Also verordnete der Doktor ihm nicht mehr als drei Becher Whiskey am Tag und die auch erst abends nach dem Essen. Sonntags waren ihm vier gestattet. Der Master blieb eine ganze Woche im Bett, dann verfiel er wieder in seine alten Sitten, obwohl ich nach dem Wettbewerb schließlich doch einen Monatslohn bekam.«

»Und wie ging es mit diesem Wettbewerb weiter?«, wollte Edward wissen.

»Nun, er war auf einen Abend nur sechs Wochen später festgesetzt worden«, erklärte Hugh. »Einige Tage vor dem Ereignis begann mein Herr plötzlich zu zittern, und wir schickten nach Dr. Stafford. Der Doktor erklärte ihm, dass sich Mr Swifts Gesundheitszustand in der letzten Woche in ähnlicher Weise verschlechtert habe. Sie hätten sich beide eine gerade erst entdeckte Krankheit zugezogen, die ihren Ursprung in London hatte.«

»Wie hieß denn diese Krankheit?«

»Stafford sagte, es seien die Nerven«, erwiderte der alte Mann. »Master Carolan habe es schlimm damit getroffen. Mancher ist damals daran gestorben, und es kommt heute noch vor. Und der arme Doktor dachte, dass er vielleicht zum Teil verantwortlich war für Carolans Zustand, denn er hatte dem Master das eine genommen, das ihm seit dem Tod seiner Frau überhaupt noch ein wenig Vergnügen in seinem Leben schenkte. Und das ist einer der Hauptgründe für das Leiden, versteht Ihr«, vertraute Hugh Edward an. »Einem Mann das wegzunehmen, was ihm am liebsten ist.«

»Also, was hat der Doktor dann getan?«

»Voller Reue gab er meinem Herrn eine neue Verordnung und erhöhte die Dosis Whiskey auf höchstens eine halbe Flasche am Abend, zu genießen in freundschaftlicher Gesellschaft. Mein Herr war so glücklich darüber, dass er eine entzückende Melodie komponierte, die er nach Dr. Stafford benannte. Er nannte sie Planxty Stafford, aber heutzutage ist sie besser bekannt als Carolans Receipt.«

»Was bedeutet dieses Wort?«, erkundigte sich Edward. »Ich spreche kein Irisch.«

»Meint Ihr Planxty?«

»Ja.«

»Das ist kein irisches Wort«, erklärte Hugh. »Es ist ein Wort, das mein Herr erfunden hat. Er ersann ständig neue Wörter, und das war ein Zeichen für sein Genie. Er erzählte mir, dass die Sprache des Feenvolkes viele solcher merkwürdigen Ausdrücke enthalte und dass er immer versuche, ihre Wörter nachzuahmen.«

Hugh hielt inne und nahm noch einen Schluck Whiskey.

»Ich habe niemals an der Wahrheit seiner Erklärungen gezweifelt«, bemerkte der Whiskeybrenner, »und Ihr sollet das ebenso wenig tun. Ein Planxty war immer eine Melodie, die er einem seiner Gönner gewidmet hatte. Und bevor er ein Planxty spielte, brüllte der Master das Wort laut heraus, um die Aufmerksamkeit aller Anwesenden auf sich zu ziehen, bevor er anschließend die Person nannte, für die er zu spielen beabsichtigte.«

»Und was ist mit dem Wettstreit mit David Murphy?«, half Edward seinem Gastgeber auf die Sprünge.

»Der Wettstreit.« Hugh kicherte. »Es war eine herrliche Nacht, wenn es je eine gegeben hat. Und ich dachte die ganze Zeit über darüber nach, ob ich für den Rest meines Lebens zur Sklaverei bei David Murphy verurteilt sein würde. Und das alles nur, weil ich so töricht war, meinen Lohn ausbezahlt haben zu wollen, statt ihn an das Verlangen meines Herrn nach Whiskey zu verlieren. Es hätte mir weniger ausgemacht, wenn ich einen Teil des Whiskeys wenigstens hätte selbst trinken können.«

»Nun erzählt endlich weiter«, brummte Denis.

»Das werde ich tun, wenn Ihr aufhört, mich zu unterbrechen«, blaffte Hugh ihn an.

»Ich habe Euch nicht unterbrochen. Ihr habt Euch selbst unterbrochen«, bemerkte der alte Harfenspieler.

»Es war etwa zu Winteranfang«, erinnerte sich der alte Whiskeybrenner und wandte sich nun zu Edward um. »Ich erinnere mich deshalb so gut daran, weil es bitterkalt war und Mr Swift in Decken gehüllt in einem großen Sessel sitzen musste. Bei der Kälte litt er an Schmerzen in den Knochen. Und an jenem Abend konnte er sich kaum bewegen, wegen des schrecklichen Zustands seiner Nerven.«

»Ich liebe den Winter«, seufzte Denis wehmütig. »Es gibt doch kein süßeres Gefühl, als sich im Bett zusammenzurollen, ein Feuer zu Füßen und einen Arm um die schlanke Taille einer Frau gelegt.«

»War das auch keine Unterbrechung?«, knurrte der alte Whiskeybrenner.

»Ihr habt Recht«, gab Denis zu, dann hielt er sich seinen Becher unter die Nase und verfiel in Schweigen.

Kapitel 13

Zwei Gestalten in weißen Reitumhängen kauerten unter dem steinernen Tor zu Dr. Delanys Haus. Vor dem schweren Regen konnten sie sonst nirgendwo Zuflucht finden. Sie sahen einander in die Augen und waren beide recht dankbar dafür, es zumindest ein wenig trocken zu haben.

Der Wind wurde plötzlich kräftiger und peitschte ihnen den Regen ins Gesicht. Der große, flache Stein über dem Tor bot ihnen endgültig keinen Schutz mehr vor dem Wetter.

»Lass uns hineingehen, Hugh«, brüllte Cathair McCabe. »Er wird schon rechtzeitig wieder da sein. Wir brauchen uns keine Sorgen zu machen. Eine solche Gelegenheit würde Turlough O'Carolan sich niemals entgehen lassen.«

»Aber was ist, wenn er nach England oder Amerika geflohen ist?« Plötzlich kam Hugh ein schrecklicher Gedanke, und er musste sich an eine der Säulen des Tores lehnen, um seine Nerven zu beruhigen. »Was ist, wenn er zu den Westindischen Inseln aufgebrochen ist?«

Mit einem Mal schien ihm dies die wahrscheinlichste Möglichkeit zu sein, und er begann, vor Furcht zu zittern.

»Was ist los, Mann?«, rief McCabe. »Was ist passiert?«

»Master Carolan ist auf die Westindischen Inseln geflohen!«, erwiderte Hugh, der Mühe hatte, den Wind zu übertönen.

»Was redest du da?« McCabe runzelte die Stirn.

In ebendiesem Augenblick erschien eine dunkle Gestalt auf der Straße, und beide Männer traten unter dem Tor hervor. Obwohl der Regen nur so herunterprasselte, erkannten sie Turloughs altes Zugpferd fast sofort.

»Er ist es!«, rief McCabe und lief dem Harfenspieler entgegen.

»*Deo gratias!*«, seufzte Hugh, blickte zum Himmel auf und bekreuzigte sich. Nachdem er sich dieser kleinen Pflicht entledigt hatte, lief er hinter McCabe her, um sich davon zu überzeugen, dass es tatsächlich Carolan war.

Zumindest schneite es noch nicht, dachte der Diener bei sich, aber die Schärfe der Luft und die Farbe der Wolken, die der Wind vor sich hertrieb, sagten ihm, dass der Schnee nicht mehr lange auf sich warten lassen würde.

Bis Hugh seinen Herrn erreichte, war er bereits bis auf die Haut durchnässt, und sein breitkrempiger Filzhut hing ihm schlaff ins Gesicht. McCabe sah Hugh mit schreckgeweiteten Augen an.

»Ich kann ihn nicht wach bekommen!«, brüllte McCabe. Und in diesem Moment verwandelte sich der Wind in einen Sturm.

»Sturzbetrunken«, murmelte Hugh, aber McCabe brauchte diese Worte nicht zu hören, um zu wissen, was der Diener dachte.

»Schaffen wir ihn ins Haus!«, schrie McCabe. Hugh hievte seinen Herrn bereits von der Stute herunter.

Mit vereinten Kräften schleiften sie Turlough die Auffahrt entlang und schafften es schließlich bis in die Eingangshalle von Delanys Haus. Kaum hatten sie die Tür hinter sich geschlossen, flaute der Wind ab und es hörte auf zu regnen.

Hugh verdrehte die Augen zur Decke.

Sie setzten den Harfenspieler auf einen Stuhl, und McCabe schlug seinem Freund ins Gesicht.

»Schon gut, schon gut!«, grunzte der Harfenspieler. »Ich bin wach.«

»Nein, das seid Ihr nicht«, erwiderte Hugh. »Ihr seid vollkommen hinüber.«

»Ich bin im Vollbesitz meiner geistigen Fähigkeiten«, stieß Turlough mit einiger Mühe hervor und wiederholte den Satz zur Sicherheit noch zweimal.

»Das seid Ihr nicht«, wandte der Diener ein. »Ich wette, Ihr könnt nicht einmal aus eigener Kraft aufstehen.«

»Kann ich doch.«

»Ich wette, dass Ihr es nicht könnt.«

»Um einen Krug Whiskey.«

»Abgemacht.«

Turlough spannte seinen ganzen Körper an und bewegte dann die Arme so, dass seine Ellbogen ihn stützten. Schließlich zog er die Füße näher an den Stuhl heran. Dann stieß er die Luft aus und sackte wieder auf die hölzerne Sitzfläche hinunter.

»Ich habe Euch doch gesagt, dass Ihr nicht wach seid«, lachte Hugh. »Ihr schuldet mir einen Krug Whiskey.«

»Was meinen Körper betrifft, mag ein gewisser Zweifel bestehen«, räumte Turlough ein, »aber ich bin im Vollbesitz meiner geistigen Kräfte. Und ich verspreche, ich werde meine Schulden bei dir begleichen, wie und wann es meine Mittel zulassen. Wenn ich schliefe, könnte ich außerdem nicht hier sitzen und mit dir darüber streiten, ob ich wach bin.«

»Allmächtiger«, stöhnte Hugh. »Der Wettstreit findet heute Abend statt. Wir haben keine Chance, ihn bis dahin wieder auf die Beine zu bekommen.«

»Beruhige dich«, sagte McCabe lächelnd. »Er war schon in

schlimmerer Verfassung und hat es trotzdem geschafft zu spielen.«

»Für Euch mag das alles gut und schön sein«, bemerkte Hugh. »Wenn Carolan die Wette verliert, werde ich als Kriegsbeute an Murphy ausgeliefert.«

»Ist es dir nie in den Sinn gekommen, dass du aus Carolans Dienst austreten könntest, falls er seine Wette verliert? Ist dir klar, dass du Murphy nicht als deinen neuen Herrn anzuerkennen brauchst?«

»Das könnte ich nicht tun«, sagte Hugh und schüttelte ernst den Kopf. »Ich bin ein sehr treuer Mensch. Wenn mein Herr mir etwas befiehlt, dann tue ich es. Ohne Fragen zu stellen.«

»Worüber beklagst du dich dann?«

»Ich will nicht für Murphy arbeiten!«

McCabe verdrehte die Augen. »Du bist nicht der ganze Wetteinsatz. Es steht noch mehr auf dem Spiel, wenn ich mich recht erinnere. Da waren ein schönes Connemara-Pony, eine Kuh, eine Harfe, ein Zugpferd, ein eleganter Mantel und zum Schluss noch du.«

»Wollt Ihr mich beleidigen?«

»Aber keineswegs«, beteuerte McCabe lächelnd. »Carolan hat sich das Beste bis zum Schluss aufgehoben, als er die Wette abschloss.«

»Ich habe mir das Beste bis zum Schluss aufgehoben, jawohl«, murmelte der Harfenspieler.

»Schaffen wir ihn nach oben und ins Bett, damit er seinen Rausch ausschlafen kann«, stieß McCabe atemlos hervor, während er Turloughs Arm über seine Schulter legte und den Harfenspieler von seinem Stuhl hochzog.

»Cathair!«, rief Carolan.

»Ich bin hier«, rief McCabe.

Turlough drehte verzweifelt den Kopf von links nach rechts. »Ich kann dich nicht sehen!«, kreischte der Harfenspieler entsetzt.

»Du bist blind, Turlough.«

»Oh ja. Das bin ich. Danke, dass du mich daran erinnert hast.«

Dann schrie er noch einmal auf und versuchte, McCabe wegzustoßen.

»Was ist denn nun schon wieder?«, fuhr Cathair ihn verärgert an.

»Cathair! Die Welt steht Kopf«, erklärte Turlough. »Ein Stuhl sollte dazu dienen, sich darauf auszuruhen, wenn man müde ist. Aber dieser hier versucht, mich die Treppe hinaufzuzerren.«

»Sei still«, sagte McCabe lächelnd. »Wir bringen dich in dein warmes Bett, damit du ein Weilchen schlafen kannst.«

»Ich will nicht schlafen!«, jammerte Carolan. »Ich will ausgehen und mich betrinken und mir ein hübsches Mädchen mit leuchtenden Augen, einem scharfen Verstand und einem schönen Hintern suchen.« Er zeichnete mit den Händen die Kurven nach, die er sich vorgestellt hatte.

»Halt den Mund, Turlough«, beharrte McCabe, »sei ein braver Junge.«

Zu dritt gingen sie nun die breite, prächtige Treppe hinauf, die zu den oberen Räumen des großen Hauses führte. Sie waren erst bis zur Hälfte gekommen, als sich an dem Treppenabsatz eine Tür öffnete und Murphy aus dem Salon trat, begleitet von einem anderen Herrn. Beide Männer waren nach der neuesten Mode gekleidet – Umhänge mit weiten Röcken, tiefe Taschen, üppige, farbige Perücken.

Und natürlich hatten sie sich einen feinen, weißen Puder aufs Gesicht gestäubt, um Falten zu verbergen.

»Seid jetzt still, Herr«, flüsterte Hugh, »David Murphy wird auf der Treppe an uns vorbeigehen.«

»David Murphy!«, knurrte Turlough. »Was schert mich denn der? Er hat die Moral einer Nymphe und den Verstand einer Muschel. Seine Hände sind wie die Krallen einer Krabbe, und er ist so schlüpfrig wie ein Fisch.« Turlough zupfte McCabe am Ärmel. »Ich habe Hunger. Ist heute Freitag?«

»Ja«, antwortete McCabe.

»Gott helfe mir, aber ich könnte im Augenblick einen Mord begehen für einen Teller Meeresfrüchte«, sagte der Harfenspieler. »Ist es nicht herrlich, Katholik zu sein? Jeden Freitag Fisch. Ich habe nie begriffen, warum irgendjemand Protestant sein möchte. Wenn man so großgezogen worden ist und es nicht besser weiß, dann mag es vielleicht gar nicht so schlimm erscheinen. Aber jeder Papst, der seiner Herde befiehlt, mindestens einmal die Woche Fisch zu essen, wird sich lange Zeit großer Beliebtheit erfreuen, so viel steht fest.«

Seine kleine Rede wurde unterbrochen, da jetzt Murphy und sein Gefährte näher kamen. McCabe stieß Turlough in die Rippen, um ihn zum Schweigen zu bringen, und der Harfenspieler fiel vornüber direkt in Murphys Arme.

Ein paar Sekunden lang verharrte Turlough in dieser Position, gestützt von einem zutiefst schockierten David Murphy. Nach und nach bewegte der Harfenspieler die Hände, bis sie das Gesicht des anderen Mannes fanden. Die Haut fühlte sich seltsam an. Turlough schnupperte an seinen Fingern und roch Fettschminke. Sofort versuchte er, sich aufzurichten.

»Es tut mir furchtbar Leid, Sir.« Der Harfenspieler verneigte sich. »Ich hatte keine Ahnung, dass Ihr eine Frau seid.« Dann wurde ihm klar, dass seine Bemerkung nicht ganz so geklungen hatte, wie es sein Wunsch gewesen wäre, aber jetzt war es zu spät, noch etwas daran zu ändern, daher zuckte er nur die Achseln.

»Ich bin keine Frau!«, erwiderte Murphy mit schriller Stimme.

Turlough bemerkte einen schwachen, italienischen Akzent und etwas seltsam Weibisches in der Sprache des anderen Mannes. Er zog die Augenbrauen in die Höhe. »Seid Ihr Euch da ganz sicher?«, fragte er stirnrunzelnd.

»Natürlich bin ich mir sicher.«

»Wo habe ich Eure Stimme schon einmal gehört?«

»Das ist Murphy«, wisperte McCabe.

»Murphy!«, rief der Harfenspieler. »Allmächtiger. Ihr tragt Frauenschminke auf dem Gesicht.«

»Das ist in London jetzt Mode«, erklärte Murphy herablassend. »Geradeso wie an den italienischen Höfen.«

»Italien!«, stieß Turlough hervor. »Es heißt, alle Italiener seien dick, hätten große Zähne, spindeldürre Beine und Mundgeruch. Warum sollten sie sich die Mühe machen, ihre Gesichter zu bemalen, es sei denn, sie wären obendrein noch außerordentlich hässlich?«

»Darf ich vorstellen«, sagte David Murphy mit einem boshaften Lächeln, »Signor Francesco Geminiani.«

»Sir.« Turlough verbeugte sich in die falsche Richtung. »Es ist mir ein Vergnügen, Euch kennen zu lernen.«

Geminiani musterte den Harfenspieler mit finsterer Miene von Kopf bis Fuß.

»Signor Geminiani ist Geiger«, fuhr Murphy fort. »Er lehrt mich, sein Instrument zu spielen. Anscheinend habe ich eine natürliche Gabe für Rosshaar und Harz. Außerdem hat der Signore sich freundlicherweise bereit erklärt, mich in dem Wettstreit, den wir für heute Abend abgemacht haben, zu vertreten.«

»Euch vertreten?«, warf Hugh ein. »Ihr vergleicht Euch doch mit dem Master, nicht wahr?«

»Oh nein!«, stieß Murphy mit gespielter Überraschung hervor. »Niemand hat etwas davon gesagt, dass ich mich mit Carolan vergleiche. Ich habe lediglich mit deinem Herrn gewettet, dass er nicht der beste Musiker sei, der in Irland lebt. Ich denke, ich habe den Besten gefunden.«

»Aber er ist Italiener«, bemerkte der Diener.

»Wie du jedoch unschwer an seinen stetigen Atemzügen erkennen kannst«, sagte Murphy lächelnd und tippte dabei mit dem Griff seines Gehstocks auf den Unterleib des Signore, »lebt er in Irland.«

»Hat er große Zähne?«, warf Turlough ein.

»Sei still!«, befahl McCabe dem Harfenspieler.

Turlough ließ sich schwer auf die Treppe sinken.

»Das verstößt gegen die Regeln«, wandte Cathair an Murphy gewandt ein.

»Welche Regeln?« Murphy grinste. »Ich erinnere mich nicht daran, dass Regeln erwähnt wurden.«

»Wie soll der Wettstreit dann entschieden werden?«, fragte McCabe.

»Der bessere Musiker wird derjenige sein, der dem Publikum den größten Beifall entlockt. Es wird derjenige sein, der die kunstvollsten und schönsten Melodien spielt. Es wird derjenige sein, der den Stil des anderen mühelos nachahmen kann.«

»Das ist nicht gerecht«, entrüstete sich McCabe. »Der

Signore hat ein ganzes Leben Zeit gehabt, seine Kunst zu vervollkommnen. Er kann lesen und schreiben.«

»Er ist ein gebildeter Mann«, pflichtete Murphy ihm bei. »Wollt Ihr ihm daraus einen Vorwurf machen?«

»Ich weiß nicht, wie wir dieses Problem lösen sollen«, flüsterte McCabe, der eine Möglichkeit entdeckt hatte, sich aus dem Wettbewerb zurückzuziehen, ohne das Gesicht zu verlieren. »Bevor die beiden gegeneinander antreten, müssen wir zunächst einmal festlegen, nach welchen Regeln die Wette entschieden werden soll.«

»Macht Ihr nur die Regeln«, lachte Murphy, »wenn Ihr solche Furcht habt zu verlieren. Und lasst das Publikum entscheiden. Ich vertraue nach wie vor darauf, dass Signor Geminiani sich als der bessere Musiker erweisen wird. Unter welchen Bedingungen auch immer.«

Murphy grinste. Er war davon überzeugt, dass er die Wette bereits gewonnen hatte. Geminiani war einer der beliebtesten Musiker seiner Zeit. Er hatte die schönsten Melodien Italiens und Frankreichs gespielt. Carolan und Hugh hatten oft genug andere Musiker gehört, die versuchten, Geminiani und dessen Lehrer, Signor Corelli, nachzuahmen.

»Ihr solltet besser zusehen, dass er wieder nüchtern wird«, schlug Murphy vor. »Ich wäre sehr enttäuscht, wenn er die Wette verlöre, weil er zu betrunken ist, um an der Harfe zu sitzen.«

»Er wird da sein«, versicherte Hugh Murphy.

»Und ab morgen werdet Ihr für mich arbeiten«, rief Murphy dem Diener ins Gedächtnis. »Also wärt Ihr gut beraten, mir ein wenig Höflichkeit zu erweisen.«

Hugh dachte kurz nach. Dann neigte er leicht den Kopf. »Ja, Sir«, sagte er ehrerbietig.

»Dann bis heute Abend, meine Herren.« Murphy verbeugte sich und ging die breite Treppe hinunter, wobei er verstohlen Signor Geminiani unterhakte.

»Das war's«, ächzte Hugh. »Ich bin erledigt. Dieser Stutzer wird mich zu Tode schinden, nur weil ich früher in Carolans Diensten stand.«

»Es gibt vielleicht doch noch eine Möglichkeit, wie Turlough diesen Wettbewerb gewinnen könnte«, versicherte McCabe dem Diener. »Wir müssen nur gründlich nachdenken. In der Zwischenzeit sorgen wir besser dafür, dass der große Harfenspieler ein wenig Ruhe bekommt, damit er heute Abend gut in Form ist.«

Die beiden Männer machten sich daran, Turlough die Treppe hinaufzuschleppen und ihn zu Bett zu bringen. Dann setzte Hugh sich an die Tür, und Cathair nahm am Bett Platz, um sicherzustellen, dass Turlough sich nicht auf die Suche nach einem weiteren Krug Whiskey machte.

McCabe schwieg lange, versunken in seine eigenen Gedanken. Er versuchte verzweifelt, einen Plan auszuknobeln, der seinem Freund eine peinliche Niederlage Murphy gegenüber ersparen würde.

Plötzlich richtete Turlough sich auf und sah sich im Raum um.

»Ich will einen Becher Whiskey«, rief er.

»Ihr bekommt keinen Tropfen mehr bis nach dem Wettbewerb heute Abend«, erwiderte Hugh grob. »Ich habe Angst, zur Knechtschaft im Hause David Murphys verdammt zu werden, und Ihr seid besinnungslos betrunken.«

»Ich bin nur hinausgegangen, um ein wenig frische Luft zu schnappen und mich am Morgentau zu erfreuen«, ereiferte sich Turlough.

»Es war bereits Mittag und damit zu spät für den Morgentau«, blaffte Hugh ihn an.

»Das kommt ganz drauf an, wer ihn brennt«, sagte der Harfenspieler mit einem hinterhältigen Lächeln und tippte sich mit dem Finger an die Nase.

»Der Doktor hat gesagt, Ihr dürft nicht vor dem Abendessen trinken«, schalt ihn Hugh.

»Dr. Stafford ist ein dünner alter Kerl, der nicht einmal seine eigene Blähsucht kurieren kann.«

»Fühlst du dich besser?«, fragte McCabe.

»Mein Kopf dreht sich, und mein Magen wird gleich platzen«, antwortete Turlough. »Aber nach einem Tropfen Whiskey bin ich gleich wieder auf den Beinen.«

»Ich halte es für das Beste, wenn du dich für ein Weilchen vom Whiskey fern hältst«, sagte McCabe.

»Das habe ich ja versucht«, seufzte der Harfenspieler, »als Dr. Stafford mir erklärte, der Whiskey würde meine Finger steif machen. Aber am Ende habe ich mich noch schlechter gefühlt, als wenn ich mehrere Krüge Whiskey am Tag getrunken hätte.«

»Heute Abend«, sagte Hugh langsam und in der Hoffnung, dass vielleicht wenigstens einige seiner Worte in den Kopf seines Herrn vordrängen, »heute Abend sollt Ihr für all Eure Freunde und Gönner die Harfe spielen. Dann wird Signor Geminiani spielen. Anschließend wird das Publikum entscheiden, welcher von euch beiden der bessere Musiker ist. Und wenn Ihr keine gute Vorstellung gebt, werdet Ihr Eure Harfe, Euer Pferd und mich verlieren.«

»Ich werde nicht verlieren«, versicherte Turlough seinem Diener. »Ich spiele nicht schlecht, wenn ich das einmal selbst sagen darf. Mein Ruhm reicht höher hinauf als der mächtige Himmel. Die Macht meiner Finger ist beispiellos. Man wird niemals jemanden finden, der besser ist als ich.«

»Ihr seid betrunken.«

»Das bin ich nicht!«, fuhr Turlough auf. »Wenn ich betrunken wäre, würde ich nicht mit dir reden. Ich würde schlafen.« Dann dachte er kurz nach. »Haben wir dieses Gespräch nicht schon einmal geführt?«

»Viele Male«, brummte Hugh. »Aber der Wetteinsatz war noch nie so hoch.«

»Ich weiß nicht, worüber du dich beklagst«, lachte Turlough. »Ich bin ein guter Harfenspieler. Die Musik wird mich nicht im Stich lassen.«

»Ich wünschte, Ihr würdet diese Angelegenheit ernst nehmen«, zischte sein Diener.

»Ich wette mir dir um einen Monatslohn«, entgegnete der Harfenspieler, »dass ich besser spiele als der Italiener.«

»Ihr habt mich seit drei Monaten nicht mehr bezahlt!«, entfuhr es Hugh. »Was ist mit all dem Geld passiert, das Ihr hättet sparen müssen, als Ihr auf Anweisung des Doktors mit dem Whiskey Maß gehalten habt?«

»Die Zeiten waren hart«, antwortete Turlough. »Seit die Engländer nach Irland gekommen sind, gibt es hier nichts als Tod und Zerstörung. Es ist furchtbar schwierig für einen Harfenspieler, sich seinen Lebensunterhalt zu verdienen. Es macht nicht viel Spaß, ständig auf Beerdigungen zu spielen.«

»Ach, seid doch still!«, rief Hugh. »Diese kleine Ansprache habe ich in den letzten zehn Jahren allzu oft gehört. Ich habe eine Familie zu ernähren, und mein eigenes Verlangen nach Whiskey will gestillt sein. Ihr behandelt mich manchmal überhaupt nicht gut.«

»Dann wirst du ja dankbar sein, in Murphys Haus übersiedeln zu können, wo der Whiskey, wie ich höre, in Strömen fließt und es schöne Frauen – und anscheinend auch Männer – im Überfluss gibt.«

»Was glaubt Ihr, warum ich bei Euch geblieben bin?«, fragte Hugh. »Meint Ihr, es macht mir Spaß, unterbezahlt zu sein? Glaubt Ihr, ich folge Euch gern durch Wind und Wetter, wenn ich Euch nach einer durchzechten Nacht nach Hause karre und mir jeden Morgen ein Bein ausreiße, um Euch wieder zu wecken?«

»Keine Ahnung«, murmelte Turlough. »Vielleicht macht es dir ja doch Spaß, dich um mich zu kümmern. Wenn es anders wäre, wärst du nicht bei mir geblieben.«

»Das reicht«, erklärte Hugh. »Wenn Ihr Euch nicht ein wenig Mühe gebt, nüchtern zu werden und Eure Pflicht mir gegenüber zu erfüllen, bin ich die längste Zeit Euer Diener gewesen.«

»Das kannst du nicht machen, Hugh.«

»Warum nicht?«

»Ich kann es mir im Moment nicht leisten, dich auszuzahlen. Die Zeiten waren schwer, und ich habe kein Geld in meiner Börse. Seit die Engländer nach Irland gekommen sind …«

»Ich will nichts mehr davon hören!«, brüllte Hugh.

»Na schön«, beschwichtigte Turlough ihn. »Ich werde alles in meiner Macht Stehende tun, um heute Abend die Wette zu gewinnen. Wenn ich gewusst hätte, dass du so wenig Vertrauen in mich hast, hätte ich dich nicht so viele Jahre bei mir behalten.«

»In einer Stunde werden die Gäste eintreffen«, machte McCabe sich nun bemerkbar. »Willst du dich ankleiden?«

»Meinetwegen.« Turlough zuckte die Achseln. »Aber ich brauche keine vornehmen Kleider, um gut zu spielen. Tatsächlich würde ich mit Freuden einmal ganz ohne Kleidung spielen. Meint Ihr, ich würde den Wettbewerb gewinnen, wenn ich die Harfe nackt spielte?«Dann fiel ihm etwas ein, und er wartete die Antwort auf seine Frage nicht mehr ab. »Hat Murphy wirklich Frauenschminke getragen?«, fragte er Cathair leise. »So wie die feine Gesellschaft in Dublin es tut?«

»Ja«, bekräftigte McCabe.

»Allmächtiger. Er ist ein Mann von fünfundsechzig Jahren«, rief Turlough aus. »Manche Leute wissen einfach nicht, wann es Zeit wird, ein wenig kürzer zu treten und ihre Jugend fahren zu lassen.«

»Wie wahr«, flüsterte Hugh.

»Meinst du«, fuhr der Harfenspieler fort, »dass Murphy und dieser Italiener, Geminiani, einander ein wenig zu nahe stehen?«

»Was soll das heißen?«, fragte McCabe.

Turlough versuchte, seine Frage so zu stellen, dass sie nicht anstößig klang. »Meinst du, dass sie vor dem Cembalo nebeneinander sitzen?«

»Mag sein.« McCabe, der nicht begriff, worauf sein Freund hinauswollte, runzelte die Stirn.

»Meinst du, die beiden spielen mitten in der Nacht Duette, wenn niemand sonst zugegen ist?«

»Möglich wäre es«, sagte Cathair vorsichtig.

»Er fragt Euch«, warf Hugh ein, »ob Ihr glaubt, dass Murphy den Bogen des Signore gelegentlich mit allzu großer Vertraulichkeit handhabt und dass Geminiani vielleicht auf die gleiche Art und Weise Murphys Saiten zupft.«

McCabe errötete. »Darüber habe ich noch nie nachgedacht.«

»Ich habe den Verdacht, dass es so sein könnte«, seufzte Turlough. »All die Jahre, die er als junger Mann am französischen Hof zugebracht hat. Ich bin davon überzeugt, dass die Franzosen ihn verdorben haben. Aber andererseits vermute ich, dass Murphy nicht besser oder schlechter ist als Pater Augustus. Dieser hat in den Armen eines jeden jungen Burschen gelegen, der ihn dort duldete. Und Augustus hat es schließlich bis zum Kardinal gebracht. Tatsächlich könnte er inzwischen Papst sein, nach allem, was ich weiß.«

»Vielleicht ist das der Grund, warum Bridget sich mit Murphy entzweit hat«, meinte Hugh.

»Das könnte sein«, sagte der Harfenspieler und klatschte in die Hände. »Arme alte Bridget. Das muss ein furchtbarer Schlag für sie gewesen sein. Da folgt sie dem Burschen ihr Leben lang auf Schritt und Tritt, geradeso wie ich ihr gefolgt wäre, hätte ich nicht meine liebe, verblichene Mary gefunden.«

Turlough hielt inne, um für einen Augenblick an seine Frau zu denken.

»Und Murphy war wahrscheinlich der einzige Mann, den Bridget jemals wirklich geliebt hat«, fuhr er fort. »Er war alles, was sie bei einem Mann suchte. Alles, was ich nicht war. Er war elegant, geistreich, gebildet, modisch …«

»Und interessierte sich nicht im Mindesten für Frauen«, seufzte Hugh.

»Arme Bridget«, flüsterte Turlough und stimmte in das Seufzen seines Dieners ein.

»Ich habe gehört«, sagte McCabe, »dass Bridget die meiste

Zeit des Jahres in einem Kloster lebt und sich um die Pilger kümmert.«

»Sie müsste jetzt zweiundsechzig sein«, rechnete Turlough schnell aus. »Sie muss sich bereitmachen, ihrem Schöpfer gegenüberzutreten. Ich hoffe, dass ich sie noch einmal sehen werde. Sie war als junges Mädchen nämlich außerordentlich schön. Sie hatte einen schlanken Hals«, flüsterte Turlough, »und Haut wie feines Porzellan. Und ihr Haar war wie Strähnen aus purem Gold. Als ich ein junger Bursche war, habe ich sie um ihrer Schönheit willen geliebt«, gab der Harfenspieler zu. »Und vielleicht liebe ich sie in gewisser Weise immer noch, obwohl es keine andere Frau mehr für mich gegeben hat als meine Mary.«

»Ihr habt Euch gerade selbst widersprochen«, bemerkte sein Diener.

»Und du würdest dir auch selbst widersprechen«, beschied ihn der Harfenspieler, »wenn du mit dieser Bridget so viel Zeit in den Ställen zugebracht hättest wie ich. Ich habe drei Stücke für sie komponiert. Das erste war eine traurige, klagende Melodie, die den Zustand meines armen, gebrochenen jungen Herzens widerspiegelte. Das zweite war ein Stück, das von meiner Hochachtung vor ihr sprach. Damals hatte ich gerade begriffen, dass sie niemals die meine sein würde. Die dritte Melodie habe ich komponiert, nachdem meine Vernarrtheit langsam nachgelassen hatte und ich sie als die Frau gesehen habe, die sie wirklich ist. Diese Melodie war auch voller Enttäuschung.« Der Harfenspieler hustete und rülpste. »Bridget Cruise war zeit meines Lebens eine Quelle beständigen Kummers für mich. Noch heute kann ich nicht ohne Bedauern an sie denken.«

»Vielleicht würde eine kleine Pilgerfahrt Euch auch nicht schaden«, sagte Hugh. »Ihr seid ein alter Mann.«

»Das bin ich«, erwiderte Turlough lächelnd. »Eine Pilgerfahrt könnte mir in der Tat nicht schaden«, stimmte er zu und erwärmte sich dann immer mehr für den Gedanken. »Wir reden später darüber. Aber jetzt wird es wirklich Zeit, dass ich mich ankleide.«

Der Harfenspieler stand auf, und McCabe dachte, dass die Wirkung des Alkohols wohl beträchtlich nachgelassen haben musste, denn sie konnten mühelos verstehen, was er sagte. Daher ging Cathair zu den Reisekoffern hinüber und holte einen schönen, grünen Umhang für Turlough heraus.

Seit Squire Crilly ihm seinen ersten dunkelgrünen Umhang geschenkt hatte, war der Harfenspieler dieser Farbe treu geblieben, so dass man ihn leicht daran erkennen konnte. Dieser neueste Umhang, der feinste, den Turlough je besessen hatte, war von einem Schneider in Dublin eigens für ihn angefertigt worden. Der Harfenspieler hatte für seine Kleidungsstücke mit einer Melodie bezahlt, die dem Schneider gewidmet war.

Als er das erste Mal davon gehört hatte, hatte McCabe nicht verstehen können, warum ein Schneider einem Kunden mit Freuden einen kompletten Anzug überließ im Austausch gegen eine Melodie. Eines Tages wurde ihm dann klar, was für eine gesellschaftliche Stellung einem solchen Mann durch eine Komposition Turloughs verliehen wurde. Carolan komponierte normalerweise nur für die Wohlhabenden und die Hochgeborenen. Der Umstand, dass eins seiner Stücke nach ihm benannt worden war, machte den Schneider zum Mitglied in einem exklusiven Club. Und die Mitgliedschaft in diesem Club bedeutete, dass sein Geschäft rasch wuchs. Der Schneider bekam so viele Bestellungen von vornehmen Herren, die sich unbedingt in den gleichen gesellschaftlichen Kreisen bewegen wollten wie er selbst, dass er Personal einstellen musste. Er wusste kaum, wie ihm geschah, da konnte er auch schon einen großen Besitz sein Eigen nennen und hatte genug Arbeit für den Rest seines Lebens.

An diesem Punkt war Cathair klar geworden, dass der Schneider einen guten Handel gemacht hatte.

Hugh und Cathair brauchten nur zwanzig Minuten, um den Harfenspieler präsentabel herzurichten. Als Turlough angekleidet war, führten sie ihn die breite Treppe hinunter zu dem Ballsaal, wo Diener hin und her huschten und letzte Vorbereitungen für das Festmahl trafen.

»Alle, die wir kennen, werden hier sein«, sagte McCabe zu Turlough. »Delany hat den jungen Lord Inchinquin eingeladen, Dekan Swift, Loftus Jones und dessen Bruder, den Squire, James Betagh, Morgan Magan, Squire Sheehan mit Gemahlin, die Familie Power und natürlich Mrs MacDermot mit ihrem Gatten, der gerade erst aus Frankreich zurückgekehrt ist.«

»Also eine Versammlung alter Freunde«, meinte Turlough wohlgelaunt.

»Und alter Feinde«, erinnerte Hugh seinen Herrn.

»Ein alter Feind ist lediglich ein Mensch, den man nicht richtig behandelt hat«, bemerkte der Harfenspieler. »Was ist mit Bridget? Wird sie auch hier sein?«

»Nein«, antwortete McCabe. »Sie will Murphy nicht mehr sehen und meidet jeden Kontakt mit der Gesellschaft, um dem Burschen nicht begegnen zu müssen.«

»Ich wüsste gern, was wirklich dahinter steckt.«

»Wir werden es wahrscheinlich nie erfahren«, sagte Cathair achselzuckend.

»Könnt Ihr sie denn nicht mal für eine Minute aus Euren Gedanken verbannen?«, fragte Hugh.

»Sie hat mich verzaubert, mein Freund«, erwiderte Turlough. »Ich werde sie niemals vergessen, nicht einmal jenseits des Grabes. Und doch würde ich mit Freuden all meine Stunden mit Bridget Cruise für einen einzigen Augenblick mit Mary, meiner Frau, geben.«

»So dürft Ihr nicht sprechen«, tadelte in Hugh. »Womit soll ich mir meinen Lebensunterhalt verdienen, wenn Ihr tot umfallt?«

»Du würdest gewiss etwas finden, mit dem du dich beschäftigen kannst«, sagte der Harfenspieler lächelnd.

In ebendiesem Augenblick spielte ein kleines Kammerorchester im Ballsaal auf, und Turlough zog seine Begleiter auf die Quelle der Musik zu.

»Sie bereiten sich wohl auf ihre Darbietung heute Abend vor«, meinte der Harfenspieler strahlend. »Und sie spielen Corelli. Ich liebe Corellis Musik. Mein Herz singt, wenn ich sie höre.«

»Das ist Signor Geminianis Ensemble«, erklärte Cathair. »Sie reisen durch ganz Europa mit ihrem Herrn und spielen die Werke von Corelli, Vivaldi und Geminiani selbst.«

»Sie sind sehr gut«, flüsterte Turlough und summte die Melodie mit. »Ich kenne dieses Stück«, rief er begeistert. »Was für ein wunderbarer Abend vor uns liegt.«

»Lasst uns in den Salon gehen und dort auf die anderen Gäste warten«, schlug McCabe vor. »Dort kannst du deine Harfe ungestört stimmen und vielleicht schon einige Stücke für die ersten Gäste spielen, die eintreffen.«

»Gott weiß, Ihr werdet alles Wohlwollen brauchen, das Ihr bekommen könnt«, seufzte Hugh.

»Du machst dir viel zu viele Sorgen«, spottete der Harfenspieler. »Und wo ist meine Harfe?«

»Oben im Zimmer«, antwortete der Diener.

»Nun, dann geh sie holen!«, verlangte Turlough. »Wie soll ich die Harfe stimmen, wenn sie sich am anderen Ende des Hauses befindet?«

»Ich werde Euch nicht aus den Augen lassen, Turlough O'Carolan«, antwortete Hugh mit einem Lachen. »Ich bin schließlich kein Engländer. Ich weiß genau, was Ihr im Schilde führt.«

»Ich weiß nicht, wovon du sprichst!«, erwiderte der Harfenspieler gekränkt.

»Sobald ich Euch den Rücken zukehre, werdet Ihr einen Krug Whiskey aufstöbern und Euch daran gütlich tun.«

»Du hast eine lebhafte Fantasie, Hugh Connor«, sagte der Harfenspieler mit ernstem Tonfall. »Glaubst du, ich würde etwas Derartiges tun und damit dein zukünftiges Glück aufs Spiel setzen?«

Hugh zog eine Augenbraue in die Höhe und dachte kurz nach. »Ja«, erwiderte er.

»Ich gebe auf ihn Acht«, versicherte McCabe dem Diener. »Bleibt nur nicht zu lange fort.«

»Na schön«, gab Hugh nach. »Ich brauche höchstens fünf Minuten.«

»Dann ab mit dir«, erklärte der Harfenspieler und klatschte in die Hände. »Ich sehe dich, wenn du zurückkommst.«

Im nächsten Moment lief Hugh auch schon die Treppe hinauf, so schnell er konnte, während McCabe den Harfenspieler ins Wohnzimmer führte.

»Ich mache mir Sorgen um Hugh«, vertraute Turlough Cathair an. »Ständig drückt ihn irgendwo der Schuh. Er muss lernen, sich zu entspannen. Wenn er nicht Acht gibt, wird sein Herz ihn noch im Stich lassen. Denk an meine Worte.«

McCabe schüttelte den Kopf, erwiderte jedoch nichts.

Im Wohnzimmer hatten sich bereits einige Gäste zusammengefunden, die aus schön geschliffenen Kristallgläsern Rotspon tranken. Es war eine europäische Mode, vor dem Dinner Rotspon zu trinken. Einige der Gäste kosteten von den italienischen Delikatessen, die die Köche des Doktors eigens für diesen Anlass vorbereitet hatten.

Die junge Mrs Elizabeth Power und ihr Mann waren die ersten, die den Harfenspieler und seinen Freund begrüßten. Nach einem kurzen Gespräch gingen sie weiter, dann führte McCabe Turlough zu Dekan Swift hinüber, damit er diesem seine Aufwartung machen konnte.

Der Dekan saß, umringt von Kissen, in einem gewaltigen Sessel. Dicht hinter ihm stand sein Diener. Die Beine des Dekans waren bandagiert und zusammengebunden, und er war damit beschäftigt, Wollfäden aus seiner Decke zu zupfen.

Als Turlough und Cathair näher kamen, blickte Swift auf.

»Ihr seht mir ziemlich mitgenommen aus, mein Junge«, brummte Swift.

»Und Ihr klingt ziemlich mitgenommen, Mr Swift«, entgegnete Turlough. »Ich höre, Ihr seid unpässlich gewesen.«

»Ich war vor zwei Monaten im Club«, erklärte Swift, und seine Worte überschlugen sich vor lauter Aufregung. »Ich habe Gedichte für meine Anhänger rezitiert, als ich plötzlich einen Anfall erlitt. Ich kann mich kaum noch an den

Krampf erinnern. Aber letzten Donnerstag machte mein Butler mir eine sahnige Lauchsuppe. Er ist nämlich Waliser.«

»So ist es«, bekräftigte der Butler.

»Und er hat mir erzählt«, fuhr Swift fort, »dass in Wales jeder, der auch nur die leisesten Anzeichen für heftige Krämpfe oder Wahnsinn zeigt, sofort Lauchsuppe bekommt. Es ist nämlich so, wenn man der Krankheit Einhalt gebietet, bevor sie sich auf den unteren Teil des Gehirns ausdehnen kann, dann ist Lauchsuppe immer das probate Mittel, um sie zu heilen. Anschließend habe ich wunderbar geschlafen. Aber ich kann mich an nichts erinnern, was vor jenem Nachmittag im Club geschehen ist.«

Der Dekan rutschte in seinem Sessel hin und her und schüttelte den Kopf, als wolle er sich einer Spinnwebe entledigen, die sich in seinen Haaren verfangen hatte. Dann legte er eine Hand an den Mund, damit niemand sonst seine Worte hören konnte. »Ich kenne Euch doch irgendwoher, nicht wahr?«, fragte er Turlough.

»Mich?«, erwiderte der Harfenspieler.

»Ja, Euch.«

»Ich bin Turlough O'Carolan.«

»Nein«, murmelte Swift. »Carolan ist ein junger Mann mit vollem Haupthaar, dem stets hundert Damen nachlaufen. Ihr seid nicht Carolan. Ihr habt Falten und einen kahlen Kopf.«

Von einem Augenblick auf den anderen wechselte die Stimmung des Dekans, und er lehnte sich bequem zurück und lächelte. »Ich hoffe, Ihr werdet zum Tee kommen, Turlough, wenn Ihr das nächste Mal in Dublin seid. Es ist lange her, seit wir mit Delany und den anderen die Nächte durchzecht haben. Wenn nur Stella hier wäre, um uns jetzt zu sehen.« Er dachte kurz nach. »Wo ist Stella? Sie ist nur schnell hinausgegangen, um Blumen für das Krankenzimmer zu holen, und seither habe ich sie nicht mehr gesehen.«

»Miss Stella ist vor fünf Jahren gestorben«, stotterte Turlough, schockiert darüber, dass dem Dekan so etwas entfallen konnte.

»Ach ja, natürlich«, erwiderte Swift und schlug sich auf die Schenkel, als die Erinnerung zurückkam. »Hat sie die Blumen denn inzwischen gebracht?«, fragte er seinen Butler.

Aber bevor der Diener Gelegenheit zu einer Antwort hatte, hatte Dekan Swift seine Aufmerksamkeit doch wieder auf Carolan gerichtet. »Also, Turlough, wir nähern uns nun beide dem Ende unserer Tage. Wir hatten ein gutes Leben, nicht wahr? Ihr seid ein großartiger Musiker, und ich bin ein berühmter Autor. Und Stella ist ausgegangen, um Blumen zu holen. Ich habe früher oft ihre Kleider getragen, wusstet Ihr das?«

Turlough hüstelte. McCabe zog die Augenbrauen in die Höhe.

»Was habt Ihr gesagt?«, fragte der Harfenspieler.

»Dass wir uns nun beide dem Ende unserer Tage nähern.« Swift runzelte die Stirn. »Was dachtet Ihr denn, was ich gesagt habe?«

»Ich dachte«, warf Cathair ein, »Ihr hättet gesagt, dass Ihr früher Miss Stellas Kleider getragen habt.«

»Habe ich das gesagt?«, fragte der Dekan entsetzt und legte sich eine Hand auf den Mund. »Dann ist es vielleicht wahr. Vielleicht habe ich wirklich ihre Kleider getragen. Die Gerüchte sind nicht aus der Luft gegriffen.«

»Ich habe mich gewiss geirrt«, versicherte McCabe dem alten Mann. »Ich bin ein wenig schwerhörig.«

»Ach wirklich?«, erkundigte sich Swift.

»Was?« Cathair hielt sich eine Hand ans Ohr. »Tut mir Leid, Ihr müsst lauter sprechen.«

»Seid Ihr schwerhörig?«, brüllte Swift.

»Ob ich was bin?«, erwiederte McCabe und hob nun seinerseits die Stimme.

»Ein wenig taub?«

»Ja.« McCabe nickte. »So ist es. Ihr müsst lauter sprechen.«

Dann wandte Cathair sich zu Turlough um, weil er hoffte, der Harfenspieler würde ihn aus dieser Zwangslage befreien können. Aber Turlough war fort.

»Wo ist er?«

»Wie bitte?«, sagte Swift so laut er konnte.

»Wo ist Turlough?«, wiederholte McCabe.

»Der Harfenspieler?«

»Ja.«

»Den habe ich schon seit Jahren nicht mehr gesehen«, seufzte der Dekan. »Warum fragt Ihr nicht Stella. Sie wird bald zu Hause sein. Sie ist nur kurz weggegangen, um Blumen zu holen.«

Dann konzentrierte der Dekan sich wieder ganz darauf, Wollfäden aus dem Saum seiner Decke zu zupfen.

McCabe sah Swift an, und der alte Schriftsteller versank von einem Augenblick auf den anderen in einen tiefen Schlaf. McCabe war so fasziniert von der Plötzlichkeit, mit der der Dekan eingeschlummert war, dass er, zumindest für eine Sekunde, Turlough vollkommen vergaß.

Dann zupfte jemand an seinem Ärmel. Cathair drehte

sich um, und vor ihm stand Hugh mit gerunzelter Stirn, die Hände in die Hüften gestemmt.

»Er ist Euch entwischt, nicht wahr?«

McCabe nickte einfältig. »Ich weiß nicht, wie das passieren konnte«, sagte er achselzuckend und sah sich suchend im Raum um.

»Ich wusste, ich hätte hier bleiben sollen«, jammerte der Diener. »Jetzt wird es teuflisch schwer sein, ihn wiederzufinden.«

»Er kann nicht weit gekommen sein«, beruhigte ihn McCabe. »Ich meine, schließlich ist er blind.«

»Wo es Whiskey gibt«, erwiderte Hugh, »dort wird man auch Turlough O'Carolan finden, den letzten der großen Harfenspieler und den Ersten Musiker Irlands.«

In aller Eile durchsuchten sie den Salon. Aber der Harfenspieler war nicht da. Auch ihre Suche in der Halle und im Ballsaal blieb erfolglos. Dann ging McCabe zu den Küchen hinüber, während Hugh sich auf den Weg in den Garten machte. Aber beide Männer kehrten schließlich in die Eingangshalle zurück, ohne eine Spur von Turlough gefunden zu haben.

»Wie konnte das passieren?«, fragte Hugh verärgert.

»Ich habe mich mit Dekan Swift unterhalten«, erklärte Cathair, »wahrscheinlich war ich nicht ganz bei der Sache. In einem Augenblick war Turlough noch da, und im nächsten war er fort.«

»Ich weiß vielleicht, wo er sein könnte«, sagte Hugh lächelnd und kehrte eilends in den Salon zurück. Er ging direkt in die Ecke des Raums, in der Swift saß. Dort sah er hinter dem riesigen Sessel nach.

McCabe beobachtete den Diener, wie er sich vorbeugte

und etwas hinter dem Sessel hervorholte, und im Nu stand Hugh mit einem leeren Whiskeykrug in der Hand vor ihm.

»Hier ist er gewesen«, erklärte der Diener feierlich. »Wie sonst könnte dies hier hinter Mr Swifts Sessel gelangt sein?«

»Dann ist er vielleicht noch im Raum«, überlegte McCabe.

Die beiden gingen zu dem langen, weiß gedeckten Tisch hinüber, auf dem exotische italienische Delikatessen standen. Hugh kostete ein Gebäckstück.

»Da ist Alkohol drin«, stellte er fest. »Dann kann der Meister nicht weit sein.«

McCabe blickte unter das eine Ende des Tisches und Hugh unter das andere. Und dort saß, mitten auf dem Boden, Turlough und kaute gelassen an einem Gebäckstück, während er sich gleichzeitig einen Whiskeykrug an die Lippen hielt.

»Herr!«, flüsterte Hugh. »Kommt her, es wird Zeit für Euer Spiel.«

»Lass mich in Ruhe«, zischte der Harfenspieler. »Siehst du nicht, dass ich glücklich bin?«

»Komm jetzt heraus«, sprach McCabe begütigend auf ihn ein. »Es wird Zeit für deine Darbietung. Du willst die Gäste doch nicht enttäuschen, oder? Einige von ihnen sind viele Meilen gereist, um heute Abend hier sein zu können.«

»Ich komme ja schon«, erwiderte Turlough. »Ich bin nur ein wenig erschrocken über das seltsame Benehmen von Mr Swift. Ich hatte ja keine Ahnung, dass sein Zustand sich derart verschlechtert hat. Ich brauche lediglich etwas zu trinken.«

»Wo hast du bloß in einem Raum voller wohlhabender Menschen zwei Krüge mit purem Whiskey gefunden?«, wollte Cathair wissen.

»Dr. Delany hat immer ein paar Krüge überall im Haus versteckt«, erklärte Turlough. »Es ist nicht schwierig, sie aufzuspüren, nicht einmal für einen Blinden, wenn man weiß, wie der alte Delany denkt.«

»Bist du so weit, dass du spielen kannst?«

»Ich denke schon«, brummte Turlough und kam dann unter dem Tisch hervorgekrochen, sehr zur Bestürzung der versammelten Gäste, von denen keiner bemerkt hatte, dass er darunter verschwunden war.

Hugh packte die Harfe aus, stellte sie seinem Herrn zu Füßen, und dieser begann zu spielen. Zuerst gab Turlough einige seiner bekannten Stücke zum Besten, dann spielte er ein paar Melodien, die nur gewisse gebildete Personen im Raum kennen konnten. Stücke aus den vergangenen Tagen. Schließlich spielte seine Tänze und dann seine Planxtys.

Zum Schluss spielte Turlough SheeBeg SheeMor, die erste Melodie, die er je komponiert hatte. Und als der letzte Ton verklungen war, brach tosender Applaus aus. Der Harfenspieler erhob sich und machte eine Verbeugung. Von allen Seiten schlugen ihm die Gäste auf die Schultern und gratulierten ihm. Gelächter erfüllte den Raum, und nicht zum ersten Mal dankte Turlough seinem Schutzengel, dass er erblindet und so zur Musik gekommen war.

»Wenn ich mein ganzes Leben noch einmal leben müsste«, rief er, »würde ich mich dieser Aufgabe mit Freuden stellen, und ich würde nichts anders machen wollen!«

»Es freut mich, das zu hören«, erklang eine vertraute Stimme inmitten des Jubels.

»Da ist ja Mrs Sheehan!«, rief Turlough. »Ich bitte um Ruhe! Die huldvolle Königin der Feen ist heute Abend unter uns.«

Mrs Sheehan kicherte hinter vorgehaltener Hand, scheinbar verlegen gemacht von dieser Bemerkung.

»Dies ist die Frau, für die ich die Melodie ›Die Königin der Feen‹ komponiert habe. Es ist eins meiner besten Stücke.«

»Wenn das ein gutes Stück ist«, warf David Murphy mit gekünsteltem italienischem Akzent an, »dann möge der Himmel Euch bei diesem Wettbewerb beistehen.«

Turlough beugte sich zu McCabe vor. »Hat Murphy nicht früher mit französischem Akzent gesprochen?«, flüsterte er.

»Das ist Jahre her. Heutzutage ist Italien der letzte Schrei«, erklärte Cathair.

Die Menschen im Raum verfielen in Schweigen, weil sie die wachsende Anspannung zwischen den beiden Männern spürten, die zeitlebens Rivalen gewesen waren, zuerst um die Gunst einer Frau und später dann um die Gunst der vornehmen Häuser Irlands.

»Signor Geminiani ist bereit, im Ballsaal aufzuspielen«, verkündete Murphy prahlerisch.

Die Gäste verließen langsam und unter aufgeregtem Getuschel den Raum.

»Viel Glück, Turlough«, wünschte Mrs Sheehan ihm im Vorbeigehen.

»Ich danke Euch, Euer Majestät.« Der Harfenspieler verneigte sich und führte ihre Finger an die Lippen.

»Meint Ihr nicht, dass Ihr etwas dick auftragt?«, zischte Hugh ihm zu, als die Dame außer Hörweite war.

»Wage es nicht, etwas gegen die Königin der Feen zu sagen, denn ich habe einen Eid geleistet, sie jederzeit zu verteidigen!«, drohte Turlough ihm.

»Beruhig dich«, griff McCabe ein. »Lasst uns zum Ballsaal hinübergehen und dem Ensemble zuhören.«

»Na schön«, stimmte Turlough zu und ergriff Cathairs Hand. Hugh folgte ihnen mit der Harfe.

Zwei Violen, zwei Celli und eine wunderbare Viola da gamba stimmten den Eröffnungssatz zu einem von Turloughs Lieblingsstücken an. Es war ein Concerto, das der berühmte italienische Geiger Arcangelo Corelli komponiert hatte. Als die Musik schließlich anschwoll, fiel der Signore mit seinem eigenen Instrument ein. Seine Geige war von durchdringender Klarheit, und er spielte mir überirdischer Anmut.

Turlough war verzückt. Die Hände vor der Brust verschränkt, stand er auf den Zehenspitzen, seufzte und summte die Melodie mit. McCabe warf einen Blick auf seinen Freund und sah das Glück in dessen altem Gesicht.

Die Musik kam zum Ende, und der Signore verneigte sich. Das Publikum applaudierte wild und verlangte eine Zugabe, und Geminiani, der sich bereit erklärte, dieser Bitte zu entsprechen, gab dem Ensemble einige schnelle Anweisungen. Die Viola da gamba übernahm die Führung, und ihre Saiten sangen wie eine menschliche Stimme. Dann fielen die Violen und Cellos ein, bis schließlich Signor Geminiani mit seinem Bogen über die Saiten strich. Cathair klappte der Kiefer nach unten, so überrascht war er, als er die ersten Töne hörte. Turlough drückte seinem Freund die Hand und lächelte so breit wie noch nie in seinem Leben.

Signor Geminianis Geige sang die Melodie von SheeBeg SheeMor. Hugh keuchte auf, als er das Stück erkannte, und blickte suchend durch den Raum, weil er darauf brannte, Murphys Gesichtsausdruck zu sehen. Aber er konnte Murphy nirgendwo entdecken.

Das Publikum war wie gebannt. Überwältigt. Verzaubert.

Turlough flüsterte seinem Diener etwas zu, und Hugh zog die Harfe aus ihrem Futteral. Binnen Sekunden hatte Hugh das Instrument geschultert und trug es zu Geminiani hinüber. Der Geiger verneigte sich, während er spielte, dann nahm Turlough den Platz neben dem Signore ein.

Im Handumdrehen hatte Turlough die Stimmung der Harfe der der anderen Instrumente angeglichen. Und dann, als das Ensemble die Melodie ein letztes Mal erklingen ließ, fiel Turlough mit seiner Harfe ein. Die Zuhörer rissen die Augen auf.

Bevor die Musik auch nur verebbt war, klatschte Dr. Delany bereits wie wild Beifall. Die Gäste schwärmten zu den Musikern hinüber, klopften ihnen auf die Schultern und sprachen ihnen ihre Anerkennung aus. Turlough blieb während des ganzen Aufruhrs friedlich und gelassen sitzen, bis langsam wieder Ruhe einkehrte.

»Heute Abend«, begann Delany seine kleine Ansprache an seine Gäste, »haben wir zwei große Musiker gehört. Und ich habe das große Vergnügen, euch allen noch mehr von der gleichen Art versprechen zu können. Wie dürfen wir, die wir in den Genuss so großartiger Musik gekommen sind, an einen Wettstreit zwischen diesen beiden Männern auch nur denken?«

Die Gäste gaben mit lauten Zurufen und Applaus zu erkennen, dass sie der gleichen Meinung waren. Alle, bis auf einen Mann, der sich nun durch die Menge schob.

»Damit ist die Wette, die Carolan und ich abgeschlossen haben, allerdings noch nicht entschieden«, meldete Murphy sich zu Wort. »Es muss ein Sieger bestimmt werden, sonst geht mir der Gewinn verloren.«

»Ein jeder der beiden ist geradeso brillant wie der andere«, überlegte Delany laut. »Wie soll irgendjemand hier in diesem Saal ermitteln, welcher der beiden Männer der Begabtere ist?«

»Eine Komposition«, antwortete Turlough. »Das ist die wahre Probe für einen Musiker. Eine Komposition.«

»Ist das wirklich notwendig?«, flüsterte Delany Murphy stirnrunzelnd zu.

»Allerdings.«

»Nun denn«, erklärte der Doktor und hob dabei die Stimme. »Dies ist mein Urteil als Gastgeber des Wettbewerbs. Die beiden Musikanten haben eine Nacht und einen Tag lang Zeit, um ein neues Stück zu komponieren, das die Tugend und Größe ihres jeweiligen Instruments geziemend zur Geltung bringen muss. Wir werden die Kompositionen morgen Abend hören.«

»Ein Concerto?«, fragte der Signore.

»So könnte man es nennen«, erwiderte Delany.

»Das kann ich nicht«, erklärte der Geiger. »Es ist eine fast unmögliche Aufgabe.«

»Ich werde es tun«, warf Turlough ein. »Und was mehr ist, ich werde ein Concerto im italienischen Stil komponieren. Morgen Abend werde ich Ihnen ein Harfenconcerto präsentieren, das Corelli selbst hätte komponieren können, wäre er als Ire zur Welt gekommen.«

»Wenn Ihr so zuversichtlich seid, Signor Carolan, dann werde auch ich es versuchen«, hielt Geminiani dagegen. Dann beugte der Italiener sich zu dem Harfenspieler vor. »Ich hatte gehofft, dieser dummen Wette ein Ende zu machen, indem ich Euer Stück spiele«, erklärte der Geiger mit leiser Stimme. »Es war Dr. Delanys Idee.«

»Wenn Murphy sich einmal etwas in den Kopf gesetzt hat, gibt es kein Halten für ihn«, erwiderte Turlough achselzuckend. »Er braucht einen eindeutigen Sieger.«

»Könnt Ihr wirklich über Nacht ein Concerto komponieren?«, fragte der Signore.

»Das kann ich.«

Geminiani hob die Hand, um dem Publikum Schweigen zu gebieten. »Ich werde meine Niederlage in dieser Angelegenheit einräumen«, erklärte er, »falls Turlough O'Carolan morgen Abend sein Concerto spielen sollte. Falls er es nicht schaffen sollte, werde ich am Abend darauf einen Versuch wagen.«

Dieser Vorschlag fand allgemeine Billigung, und Dr. Delany trat wieder vor, hob die Hand und rief: »So sei es! Morgen Abend wird die Wette entschieden. Und jetzt wartet ein großartiges Dinner auf uns, mit dem wir Signor Geminiani willkommen heißen wollen.«

Der Italiener verneigte sich vor den Gästen, die seine Verbeugung höflich erwiderten. Dann führte Dr. Delany Geminiani aus dem Saal. Die anderen folgten ihm zu zweit oder zu dritt, um an dem Fest teilzuhaben.

Turlough, McCabe und Hugh blieben zurück, um die Harfe einzupacken und ungestört ein paar Worte zu wechseln.

»War das nicht großartig?« Turlough klatschte in die Hände.

»Wo hat er die Melodie nur gelernt?«, fragte McCabe erstaunt.

»Er hat mir erzählt, dass Squire Reynolds sie vor einigen Jahren Delany beigebracht hat. Delany hat sie Geminiani auf dem Cello vorgespielt«, antwortete Turlough. »Dann hat der Signore die Partituren für die anderen Instrumente geschrieben.«

»Squire Reynolds!« McCabe lachte. »Möge der gute Reynolds in Frieden ruhen. Dann hat ihm das Stück wohl doch gefallen.«

»So muss es wohl sein«, erwiderte Turlough strahlend, »auch wenn er das niemals zugegeben hätte, solange er lebte.«

»Könnt Ihr wirklich, was Ihr Euch da vorgenommen habt?«, wechselte der Diener das Thema.

»Was ich mir vorgenommen habe?«

»Bis morgen Abend ein Stück im Stil Corellis komponieren?«

»Du solltest es wirklich besser wissen, als mir diese Frage zu stellen, Hugh«, tadelte ihn sein Herr. »Ich habe eine Methode beim Komponieren, die niemals versagt. Wenn ich einschlafe und dabei an die Melodie denke, die ich brauche, und die Person, der sie gewidmet ist, wache ich ein paar Stunden später auf und habe das Stück fertig im Kopf. Dann brauche ich mir nur noch die Noten einzuprägen. Am nächsten Morgen kann ich die neue Komposition ohne Mühe spielen.«

»Das ist eine seltene Gabe, Turlough«, bemerkte Cathair. »Ich habe noch nie von einem anderen Menschen gehört, der ein solches Talent besäße.«

»Ich bin wahrhaft gesegnet worden«, stimmte der Harfenspieler ihm zu. »Und damit es auch wirklich eine gute Komposition wird, werde ich jetzt ordentlich essen und mich heute Abend früh zurückziehen.«

»Ein kluger Plan«, rief Hugh begeistert. Er verknotete die Riemen des Harfenfutterals und hievte sich das Instrument auf die Schulter. Dann gesellten sich die drei zu der übrigen Gesellschaft.

Turlough ging vor Mitternacht zu Bett, während die anderen Gäste noch tanzten, sangen und tranken.

»Hugh?«, fragte der Harfenspieler seinen Diener, als er den Raum verließ.

»Ja, Herr.«

»Möchtest du mich auf eine Pilgerfahrt begleiten?«

»Wohin wollt Ihr denn gehen?«

»Nach Lough Derg, zu Saint Patrick's Fegefeuer.«

»Das bedeutet eine Nachtwache, nicht wahr?«

»Allerdings.«

»Ich werde Euch begleiten. Es würde unser beider unsterblichen Seelen gut tun, einen Tag ohne Essen, Whiskey und Schlaf zu verbringen.«

»Wäre ich nicht blind geworden«, sagte Turlough, »dann hätte ich viele Tage ohne jede Behaglichkeit verbracht. Es ist seltsam, dass mir das Augenlicht genommen wurde und ich doch ein besseres Leben gehabt habe, als es der Fall gewesen wäre, hätte ich die Welt sehen können.«

»Das ist es, was ich am Leben so liebe«, meinte Hugh. »Die Wunder. Die Dinge, die keinen Sinn ergeben, wenn man darüber nachdenkt, die man aber auch nicht ignorieren kann.«

»Du hast Recht«, stimmte Turlough ihm zu, dann bettete er den Kopf zum Schlafen auf sein Kissen und begann zu komponieren. Hugh schloss die Tür und kehrte zu dem Fest zurück.

Turlough kam es so vor, als hätte er schon eine Ewigkeit im Bett gelegen. Aber er konnte nicht schlafen. Er konnte sich nicht auf die Komposition konzentrieren. Er konnte weder an Musik denken noch an Corelli oder an David Murphys Wette. Seine Gedanken waren weit fort, in der Vergangenheit, in den Tagen vor seiner Erblindung.

Er erinnerte sich an die Gesichter all der Menschen, die er gekannt hatte. Sein Vater, lange tot; Mrs MacDermot, eine junge Frau von siebenundzwanzig Jahren mit einer kleinen Tochter und einem Haushalt, den sie leiten musste, während ihr Mann im Dienst König Jakobs unterwegs war. Squire MacDermot war ein junger Mann gewesen, als Turlough ihn das letzte Mal gesehen hatte. Squire Crilly, der vor etwa zwanzig Jahren unter rätselhaften Umständen und ohne einen Erben zu hinterlassen gestorben war. Turlough hatte gehört, dass Dublin Castle nach Crillys Tod dessen Besitz beschlagnahmt hatte. Das Gut gelangte schließlich in den Besitz eines Protestanten, der den heiligen Hain auf dem Hügel abholzte und auf dem Hurlingfeld Hafer anbaute.

Bridget Cruise gehörte zu den wenigen Menschen seiner Bekanntschaft, die so alt waren wie er. Sie war eine der wenigen, die die Kriege, die Seuchen und die Entbehrungen der letzten fünfzig Jahre überlebt hatte. Turlough war schon lange nicht mehr verbittert darüber, dass er sie verloren hatte. Sie hatten nie eine Chance gehabt, miteinander zu leben.

»Einzig jugendliche Torheit hat mich zu dem Gedanken verleitet, es könnte anders sein«, flüsterte er vor sich hin. »Junge Liebe ist nichts als Vernarrtheit. Wahre Liebe ist Freundschaft.«

Er beschwor ihr Gesicht in sich herauf; das Gesicht einer Achtzehnjährigen, so frisch und klar wie eine Porträtminiatur.

Dann dachte Turlough an David Murphy, den arroganten jungen Harfenspieler, der mit Lord Mayo ins Haus der

MacDermots gekommen war. Murphy war zu einem anmaßenden Mann herangewachsen, der keinen Grafen mehr hatte, dem er hätte folgen können. Der junge Lord Mayo konnte ihn nicht ausstehen, und Turlough fand, dass er guten Grund dazu hatte. Aber ihm war auch klar, wie anders sein eigenes Leben wahrscheinlich ausgesehen hätte, wäre David Murphy nicht vor all diesen Jahren ins Haus der MacDermots gekommen.

Bridget Cruise und David Murphy hatten ihm großen Schmerz zugefügt, aber sie waren beide, jeder auf seine Weise, zum Teil verantwortlich für die Ereignisse, die ihn auf seinen Lebensweg geführt hatten.

Schließlich wurde der Harfenspieler schläfrig, und seine Gedanken glitten allmählich in das Reich der Feen hinüber und zu dem Hurlingmatch, an dem er als Junge teilgenommen hatte. Dann hörte er Mrs Sheehans Stimme.

»Ihr müsst ein Concerto komponieren«, rief sie ihm ins Gedächtnis. »Schlaft jetzt und reist ins Land der Träume.«

Die Atemzüge des alten Mannes wurden immer gleichmäßiger, dann fiel er in einen tiefen Schlaf.

In seinen Träumen war Turlough niemals blind. Für den Schlafwandler in ihm war Blindheit lediglich eine ärgerliche Konsequenz des Lebens in der materiellen Welt. In der Anderwelt der Traumvisionen war alles möglich.

So kam es, dass Turlough plötzlich als junger Mann wieder zu sich kam, in einem Mantel, der zu groß für ihn war. Er stand am Ufer eines Sees und blickte zu einer Insel hinüber. Dann sah er zu Boden und stellte fest, dass das Wasser über die Kiesel spülte. Er gähnte und reckte sich, als sei er soeben aus einem langen Schlummer erwacht.

»Ich stehe am Ufer des Lochs«, flüsterte er. »Meine Augen

sind wieder lebendig«, fügte er staunend hinzu. »Ich kann die Felsen sehen und das Licht auf dem Wasser und die Spitzen meiner Stiefel.«

Auf der Insel im See ragten steinerne Gebäude in den Himmel, und eine Kirchenglocke verkündete das mittägliche Angelusgebet. Es ging kein Wind. Das Wasser lag vollkommen still da, wie ein Spiegel.

Als die Glocken verstummt waren wie die ersterbenden Töne seiner Harfe, konnte Turlough die Rufe der Möwen und Krähen in der Ferne hören. Und dann nahm er das schwache Echo einer Melodie wahr, die über den See wehte.

»Ich muss zu dieser Insel hinüber«, sagte er sich, und kaum war ihm dieser Gedanke gekommen, da näherte sich auch schon ein großes Coracle dem Ufer, und der Bootsmann begrüßte ihn.

»Erinnert Ihr Euch an mich?«, rief der Mann. »Ich bin es, Padraic!«

Turlough lächelte und nahm auf der Bank vor dem Fischer Platz.

»Ihr seid gar nicht so hässlich, wie ich es mir vorgestellt habe«, gestand der Harfenspieler.

»An diesem Ort ist alles besser, als man es sich vorstellt«, lachte Padraic.

»Ihr habt ein schönes Coracle«, bemerkte Turlough.

»Es ist gewiss schöner als das Coracle, aus dem Ihr in den See gefallen seid«, stimmte der Fischer ihm zu. »Habt Ihr jemals schwimmen gelernt?«

»Nein.«

»Dann bleibt um Himmels willen auf Eurer Bank sitzen«, kicherte Padraic. »Wir sind bald da.«

»Wohin bringt Ihr mich?«

»Zu der Musik«, antwortete der Fischer.

Und tatsächlich, als sie sich der Insel näherten, wurde die Melodie deutlicher. Turlough lauschte verzückt, während die Klänge der Harfe gleich einem Schwarm summender Bienen die Luft erfüllten.

»Geht an Land«, hieß Padraic ihn, als das Coracle sich wie durch ein Wunder von selbst auf den steinigen Strand zog. »Ich werde hier auf Euch warten, bis Ihr die Musik beisammenhabt, die Ihr mit Euch zu nehmen wünscht.«

»Wie meint Ihr das?«

»Ihr könnt so viel Musik mitnehmen, wie Ihr in Eurem Kopf tragen könnt«, erklärte der Bootsmann lächelnd.

»Ich wünschte, ich hätte meine Harfe mitgebracht«, erwiderte Turlough. »Dann könnte ich jede Melodie einmal spielen und sie mir auf diese Weise besser einprägen.«

»Das würde Euch nichts nutzen.« Padraic schüttelte den Kopf. »An diesem Ort sind keine Musikinstrumente gestattet. Das sind die Vorschriften. Ebenso wenig, wie Ihr die Instrumente, die Ihr hier findet, mitnehmen könnt, wenn Ihr wieder geht. Ihr dürft nur Erinnerungen mit in Eure Welt zurücknehmen. Und manchmal nicht einmal die.«

Turlough nickte zum Zeichen, dass er verstanden hatte, dann ging er den schmalen Strand hinauf zu der Kirche in der Mitte der Insel. Er konnte die Musik, die aus dem Gebäude kam, jetzt ganz deutlich hören. Davon abgesehen herrschte vollkommene Stille. Es gab keine Vögel, und die Brise strich lautlos durch die Bäume.

Der Harfenspieler trat auf die Doppeltüren der Kirche zu und drückte dagegen. Aber sie ließen sich nicht bewegen. Daher legte er ein Ohr auf das Holz, um die herrlichen Töne zu erlauschen. In diesem Augenblick öffneten die Türen sich jedoch nach innen und gaben den Blick frei auf ein ebenso schönes wie unerwartetes Bild.

Der Fußboden der Kirche schien überwuchert zu sein von Blätterpflanzen und Efeu und jeder erdenklichen Art von Vegetation. Wo eigentlich Säulen das Dach hätten tragen sollen, standen riesige Bäume.

»Es ist wie in einem großen Wald«, murmelte Turlough im Schlaf. »Ein Wald innerhalb der Kirche.«

Dieses Gebäude war anders als alle, die er je zuvor gesehen hatte. Wo der Altar hätte stehen sollen, befand sich ein Stein mit einer Quelle, aus der Wasser hervorbrach. Sonnenlicht strömte durch die Lücken zwischen den Bäumen und erhellte Turloughs Weg.

Irgendwo tief in der Kirche erklang unter den Fingern eines erfahrenen Harfenspielers eine süße Musik. Sosehr seine seltsame Umgebung Turlough mit Ehrfurcht erfüllte, hatte er jetzt doch nur noch den einen Wunsch, den unsichtbaren Musikanten zu finden.

»Ich muss diese Melodie erlernen«, dachte der Träumer bei sich.

Turlough kletterte über die knorrigen Wurzeln und die gewundenen Kletterpflanzen hinweg zum Altar hinüber. Am Fuße des Steins bückte er sich, um von der Quelle zu trinken.

»Du darfst niemals von den Getränken der Feen kosten oder ihr Essen zu dir nehmen«, hörte er Squire Crilly in seiner Erinnerung sagen, aber Turlough fürchtete sich nicht.

»Sollen sie mich doch holen«, erklärte der Harfenspieler, während er mit den Händen einen Becher formte und das kristallklare, eiskalte Wasser an seine Lippen führte. Sofort war sein Durst gestillt, und er fühlte sich erfrischt.

In diesem Augenblick wurde die Musik kräftiger. Turloughs Drang, diesen Musikanten zu finden, wurde noch stärker. Zuerst dachte er, die Töne müssten ihren Ursprung unter dem Boden der Kirche haben, und er sah an der Stelle nach, an der das Quellwasser unter den steinernen Fliesen verschwand.

»Vielleicht kommt die Melodie aus der Krypta«, überlegte er.

Aber noch während er sprach, wusste er irgendwie, dass er sich irrte. Er lauschte aufmerksam und stellte fest, dass die goldenen Klänge ihren Ursprung irgendwo hoch oben im Dach dieses seltsamen Bauwerks haben mussten.

Der Harfenspieler ließ seinen Blick über die Baumwipfel wandern, wo eigentlich gotische Bögen hätten sein sollen. In den Zweigen hockten leuchtend bunte Vögel von einer Art, wie er sie noch nie zuvor gesehen hatte. Und seltsame Früchte wuchsen daran, die nur darauf warteten, gepflückt und verzehrt zu werden.

»Es wird schon nicht schaden, wenn ich eine dieser Früchte koste«, sagte er sich, während die Musik verklang. Im nächsten Moment kletterte er auch schon auf den ersten Baum hinauf, bis er an die unteren Zweige heranreichen konnte. Dann pflückte er eine hellrote Frucht, die die gleiche Form hatte wie eine Birne, aber um ein Dreifaches größer war, bevor er sich mit seiner Beute wieder auf den Boden gleiten ließ.

Die Haut der Frucht fühlte sich an wie Samt, und Turlough schnitt sie mit seinen langen Fingernägeln auf. Während er die Haut abschälte, sickerte aus dem Fleisch ein milchiger Saft. Das Innere der Frucht hatte die gleiche Farbe wie frische Sahne.

Dem Harfenspieler lief das Wasser im Mund zusammen. Er erinnerte sich gut an die Warnungen, nichts von den Speisen an diesem Ort zu essen, aber er konnte einfach nicht widerstehen. Er schloss die Augen und biss in die Frucht hinein.

Sofort erfüllte eine ungeheure Süße seinen Mund. Der Saft rann ihm übers Kinn, und das weiche Fleisch der seltsamen roten Frucht schmolz in seinem Mund. Als er fertig war, saugte er an dem Kerngehäuse, bis kein Fleisch mehr daran zurückgeblieben war und nur noch einige dunkle Samen an dem Stiel klebten.

Zufrieden und mit vollem Bauch lehnte Turlough sich zurück. Und er wäre an Ort und Stelle eingeschlafen, wäre in diesem Augenblick nicht die Musik wieder erwacht, um seine Aufmerksamkeit aufs Neue zu fesseln.

Unirdische Rufe, die wie ein Lied klangen, schwebten von den Baumwipfeln herab. Der Harfenspieler hatte zuvor nichts dergleichen bemerkt und fragte sich, ob die fremdartige Frucht ihm die Gabe verliehen hatte, nunmehr alle Schätze dieser Kathedrale hören zu können.

Unerwartet drang ein Duft an die Nase des Träumers. Ein frischer, erdiger Geruch, der ihn an Regen erinnerte.

Kaum war ihm dieser Gedanke durch den Sinn gegangen, da fielen auch schon die ersten Tropfen auf sein Gesicht. Binnen Sekunden ging ein heftiger Regen nieder. Der Harfenspieler setzte sich auf eine Baumwurzel, öffnete den Mund und lachte laut auf vor Glück und Erstaunen, während seine Kleider vollkommen nass wurden. Dann brach der Regen ab, so plötzlich wie er aufgekommen war, und die Luft war frisch und würzig wie ein Frühlingsmorgen.

Turlough stand auf und sah sich um. Zu beiden Seiten

des Altars befanden sich zwei riesige geschnitzte Holzstühle, die ihm zuvor irgendwie entgangen waren. Ein jeder der Stühle war geschmückt mit Stechpalmzweigen und Efeu. Die roten Beeren waren so verlockend und strahlend, dass er darüber nachdachte, ob er nicht einige von ihnen pflücken sollte, um sie mit nach Hause zu nehmen. Dann fielen ihm Padraics Worte ein, dass man nur Erinnerungen von diesem Ort mitnehmen könne. Plötzlich bekam er ein schlechtes Gewissen, dass er von der roten Frucht gekostet hatte.

Turlough strich mit den Fingern über die Beeren und die geschnitzten Stühle, und während er das tat, erhellte ein ungeheures Licht den Raum dahinter. Mit einem Mal bemerkte Turlough eine Kapelle, die ein wenig abseits der Kathedrale hinter dem Altar lag. Helle Sonnenstrahlen fielen durch den steinernen Bogengang, der zu dieser Kapelle führte.

Der Harfenspieler ging auf den Bogen zu und blieb voller Ehrfurcht darunter stehen. Vor ihm befand sich ein großes Buntglasfenster, das in vielen Farben leuchtete, golden und rubinrot, smaragdgrün und ozeanblau.

Andererseits wies dieses Fenster kein Bild von einem Heiligen und auch keine Szene aus dem Evangelium auf. Das Muster war kompliziert und schwer zu entziffern. Es gab Vögel dort zu sehen, die eine gewisse Ähnlichkeit mit denen hatten, die im Hauptteil der Kirche lebten. Und die Ränder der Fenster waren verziert mit unbekannten Früchten und Blumen. Schließlich bemerkte Turlough den Zweig eines gewaltigen Baums in dem Muster, und ihm wurde klar, dass dieses Fenster die Kirche selbst abbildete.

Das Licht fiel auf einen kleinen, grasbewachsenen Hügel

am Fuß des Fensters. In den leuchtenden Lichtstrahlen sah Turlough einen alten Mann mit einer Harfe sitzen.

Und er spielte die wunderbare Melodie, die Turlough überhaupt zu dieser Insel hingezogen hatte. Das Herz des träumenden Harfenspielers machte einen Satz, als hätte er einen teuren Freund erblickt, den er seit Jahren nicht mehr gesehen hatte.

Mit schnellen Schritten ging er auf den alten Mann zu, blieb dann aber lange Zeit vor ihm stehen und lauschte, um den Musikanten nicht zu stören. Die Melodie war noch liebreizender als zuvor.

Die hellen oberen Töne der Harfe vibrierten wie Glocken in der klaren Luft, und der Bass hallte durch den Boden und ließ das Gras unter seinen Füßen erzittern. Turlough gab sich große Mühe, sich jeden einzelnen Satz der Melodie einzuprägen. Er wusste, dass dies das einzige Geschenk war, das mitzunehmen ihm gestattet sein würde.

Ein Sekunde lang ging dem Träumer der Gedanke durch den Kopf, dass er diesen Ort eigentlich nicht wieder verlassen wollte. Er hatte noch nie ein so wunderbares und schönes Gebäude gesehen. Dies musste die friedvollste, glücklichste Kathedrale auf Erden sein, dachte er bei sich. Aber dann fiel ihm wieder ein, dass er sich wahrscheinlich gar nicht auf der Erde befand.

Wie zur Antwort auf seine sich überschlagenden Gedanken brach der alte Mann sein Spiel ab.

»Ihr werdet Zeit genug haben für die Ruhe, nach der Ihr strebt, wenn Eure Arbeit getan ist«, sagte der alte Mann lächelnd. »Aber ich verstehe Eure Ungeduld sehr gut.«

Turlough blickte dem Mann ins Gesicht und sah sofort, dass seine Augen leer waren. Er war blind.

»Ich mag mein Augenlicht verloren haben«, erklärte der Fremde, der wiederum die Gedanken des träumenden Harfenspielers gehört hatte, »aber ich habe andere Fähigkeiten, die mich für meine Blindheit entschädigen. Doch wie dem auch sei, Ihr habt nicht den ganzen Tag Zeit, mich plappern zu lassen. Ich müsst eine Melodie lernen, bevor Ihr in die Welt zurückkehrt, die Ihr noch immer bewohnt.«

»Sprecht Ihr von der Melodie, die Ihr gespielt habt?«, fragte Turlough.

»In der Tat.«

»Welchen Namen trägt sie?«

»Carolans Concerto«, gab ihm der alte Mann mit einem Kichern zur Antwort. »Es ist ein Geschenk an Euch von Euren Gönnern.«

»Welchen Gönnern?«, fragte der träumende Harfenspieler verwirrt.

»Denjenigen, die Euch Euren Wunsch erfüllt haben«, erklärte der Fremde. »Habt Ihr denn keine Erinnerung an das Hurlingmatch und an den König und an die Königin?«

»Natürlich erinnere ich mich daran«, erwiderte Turlough. »Aber manchmal bin ich mir nicht sicher, ob es vielleicht nur ein Traumbild war, dass mir die Pocken beschert haben.«

»War es vielleicht so wie diese Vision?«, fragte der alte Mann. »Wie dieser Traum, den Ihr soeben träumt? Ist Euch das alles hier nicht wirklich genug?«

»Es ist wirklich, aber auch wieder nicht«, sagte Turlough.

»Ihr habt die Frucht gegessen«, sagte der alte Mann und drohte dem Träumer spielerisch mit dem Finger. »Jetzt seid Ihr dazu verdammt, eines Tages hierher zurückzukehren und bei der Pflege des Gartens zu helfen.«

»Mit Freuden«, seufzte Turlough, dessen Blick wieder zum Dach hinaufwanderte.

»Doch nun müsst Ihr erst einmal genau diesem Stück lauschen«, schalt ihn der alte Mann. »Es ist eine schwierige Melodie, um sie auf den Saiten zu zupfen, und Ihr werdet den größten Teil des morgigen Tages damit zubringen müssen, sie zu üben, wenn Ihr Eure Sache gut machen wollt. Glaubt mir, das Stück wird Eure Mühe lohnen, wenn Ihr es zu spielen lernt.«

Turlough setzte sich mit untergeschlagenen Beinen in das Gras zu Füßen des Harfenspielers und lauschte mit seiner ganzen Seele der Melodie, die für ihn gespielt wurde. Er konnte nicht sagen, wie lange er dort saß. Er wusste instinktiv, dass Zeit an diesem Ort keine Rolle spielte. Die einzigen Dinge, die in dieser Traumwelt zählten, waren die Erfahrungen und die Einblicke, die man hier gewann.

»Habt Ihr Euch alles eingeprägt?«, fragte der alte Mann, ohne den Fluss seiner Melodie zu unterbrechen.

»Ich denke schon«, antwortete Turlough.

»Das genügt nicht!«, zürnte der Mann. »Habt Ihr alles behalten?«

»Ja«, erwiderte der träumende Harfenspieler, und in diesem Augenblick brach die Musik ab, und der alte Mann verschwand.

»Wer seid Ihr?«, rief Turlough. »Wie ist Euer Name?«

»Ihr kennt mich sehr gut«, wehte die Stimme des Alten zu ihm herüber. »Zu gut vielleicht.«

Der träumende Mann stand auf, tief bekümmert, dass er nicht länger mit dem alten Mann hatte sprechen können.

Turlough wandte sich zum Gehen, wobei er die Melodie noch immer vor sich hin summte, darauf bedacht, dass sie seinem Gedächtnis nur ja nicht entfiel. So schnell er konnte, strebte er auf das Kirchportal zu und eilte den Strand hinunter.

Padraic wartete auf ihn. »Wie ich sehe, habt Ihr eine Melodie bekommen«, bemerkte der Fischer.

»So ist es, und obendrein eine wunderschöne«, sagte der Harfenspieler, während er in das Boot kletterte.

»Haltet sie gut fest«, riet Padraic ihm. »Sonst wird sie wohlmöglich über Bord gespült. Auf der Rückreise ist das Wasser immer sehr unruhig, und so manch ein hart erkämpfter Schatz ist schon für immer in der trüben Finsternis des Lochs versunken.«

Plötzlich bewegte das Coracle sich von selbst das Ufer hinunter, bis es im Wasser lag. Turlough setzte sich vorn ins Boot, und die Wellen, die der stumpfe Bug schlug, bespritzten ihn mit ihrer Gischt. Er blickte sich noch einmal zum Ufer um und bemerkte eine kleine Gruppe von Menschen, die ihm von dem steinigen Strand aus zuwinkten.

»Lebt wohl, Turlough«, rief ein Mann. »Kommt bald wieder zurück.«

»Squire Crilly«, murmelte der träumende Harfenspieler ungläubig. Und dann sah er sich auch die anderen Gesichter in der Gruppe noch einmal näher an. Er erkannte Dr. Lindsay, aber da waren noch so viele andere, deren Gesichter ihm vollkommen unvertraut waren. Dennoch hatte er das Gefühl, er müsse sie in irgendeiner Weise kennen.

»Wer sind diese Leute?«, fragte er Padraic.

»Ihr solltet doch inzwischen wissen, dass man hier keine Fragen stellt, Master Carolan«, tadelte in der Fischer. Aber ich werde es Euch sagen, wenn Ihr es nicht selbst erraten könnt.«

»Das sind die Seelen meiner verblichenen Freunde«, begriff Turlough jetzt. »Und der Grund, warum ich einige von ihnen nicht erkenne, ist der, dass ich viele von ihnen in meinem ganzen Leben nie habe sehen können.«

»Genauso ist es.«

»Ist Mary auch da?«, fragte der Harfenspieler.

»Ich sollte Euch in diesem Punkt nicht nachgeben«, flüsterte Padraic. »Aber sie ist da. Seht. Die Frau am Ende der Gruppe, sie ist ganz in Weiß gekleidet.«

»Mary!«, rief Turlough und stand auf. »Mary!«

»Setzt Euch und seid still, ja?«, rief der Fischer. »Ihr solltet wirklich nicht in das Wasser des Sees fallen, denn dann gäbe es keine Rückkehr mehr für Euch. Und wenn Ihr nicht gut Obacht gebt, wird Euch diese Melodie über Bord gehen, und sie wird für immer verloren sein.«

»Tut mir Leid«, murmelte Turlough, dessen ganze Aufmerksamkeit sich auf die Frau konzentrierte, die am Ufer stand und ihm nachwinkte. »Werde ich sie wieder sehen?«

»Bei meiner Seele«, zischte Padraic, der langsam die Geduld verlor, »natürlich werdet Ihr sie wieder sehen! Aber jetzt habe ich genug von Euren Fragen … Hier.« Padraic hielt Turlough eine kleine, mit Leder eingeschlagene Flasche hin. »Da Ihr die Frucht gegessen und vom Wasser in dem Tempel getrunken habt, kann Euch ein Schluck davon auch nicht schaden.«

Turlough zog den Korken aus der Flasche und nahm einen Schluck. Der Alkohol brannte wie Whiskey in seiner Kehle, schmeckte aber geradeso wie der süße Saft der roten Frucht.

»Was ist das?«, wollte der Träumer wissen, während er Padraic die Flasche zurückgab.

»Hört endlich auf mit Euren Fragen«, brummte der Fischer und fasste den Riemen fester. »Ich muss mich konzentrieren, wenn wir durch diesen Sturm den Rückweg schaffen wollen.«

»Durch welchen Sturm?«

Kaum hatte Turlough die Frage gestellt, verdunkelte sich der Himmel auch schon. Ein Blitz zuckte kurz am Horizont auf, und ein tiefes Donnergrollen ließ das Boot erbeben.

»Ihr behaltet Eure Melodie im Sinn«, überschrie der Fischer den tosenden Regen. »Haltet sie fest, als gelte es Euer Leben, und achtet nicht auf das Unwetter. Ich trage die Verantwortung dafür, Euch nach Hause zu bringen, und ich werde mein Bestes tun, um diese Pflicht zu erfüllen. Aber wenn Ihr weiter so herumhüpft, wird mir das nicht möglich sein.«

Hohe Wellen brandeten auf, und Turlough wurde bis auf die Haut durchnässt. Eine andere Frage weckte brennende Neugier in dem träumenden Harfenspieler. Aber er wagte es nicht, sie zu stellen, denn Padraic sah ihn jetzt durchdringend an, als wüsste er, was ihm durch den Kopf ging. Also hielt er den Mund und blickte voller Sehnsucht zu der Insel hinüber, während er die ganze Zeit leise die Melodie vor sich hin summte. Als sie das andere Ufer fast erreicht hatten, hörte es auf zu regnen, aber ein feiner, silberner Nebel verbarg die Insel nun vor seinem Blick. Das Wasser um das Coracle herum war wieder vollkommen ruhig, und so stellte Turlough seine Frage doch noch.

»Wer war der alte Mann?«

»Ihr kennt die Regeln«, antwortete Padraic leise. »Keine Fragen. Das ist unhöflich.«

»Ich schere mich nicht um Eure verdammten Regeln, und wenn ich mich recht erinnere, tut Ihr das ebenso wenig.«

Padraic lächelte. »In diesem Fall werde ich Euch eine Antwort geben, ohne das Geheimnis zu verraten.«

Turlough runzelte die Stirn, da er nicht verstand, was der Fischer meinte.

»Wenn Ihr in den Spiegel sehen könntet, würdet Ihr ihn erkennen«, sagte Padraic, und er hatte die Worte kaum ausgesprochen, als das Coracle auf den Kiesstrand auf der anderen Seite des Sees auflief. Der Harfenspieler blickte noch einmal zu den gewellten Hügeln in der Ferne hinüber. Und als er sich wieder zu Padraic umdrehte, war der Fischer spurlos verschwunden. Das Boot war leer.

Als Turlough gerade an Land treten wollte, griff jemand nach seiner Hand. Es war eine junge Frau, und als Turlough aufblickte, erkannte er ihr Gesicht sofort.

»Bridget!«, rief er überrascht.

»Steig schnell aus dem Boot«, sagte sie. »Es warten noch andere.«

»Wirst du diese Reise ebenfalls unternehmen?«, fragte der Harfenspieler sie.

»Bald«, antwortete sie, ohne den Blick von dem feinen Regenschleier abzuwenden, der die Insel einhüllte. Turlough bemerkte, dass ein Ausdruck der Sehnsucht in ihren Augen stand, der gleiche Ausdruck, der auch in seinen Augen gelegen hatte, als er mit dem Coracle aufgebrochen war.

»Werde ich dich wieder sehen?«, fragte der Träumer.

»Turlough O'Carolan«, sagte sie mit einem fröhlichen Lachen, als ihr Blick endlich den seinen traf. Und dann löste sie sich plötzlich in Luft auf, als sei sie nie da gewesen. Aber das Echo ihrer Worte umwehte ihn noch, als er im nächsten

Moment auf dem Rücken lag. Er stöhnte vor Ärger und Enttäuschung.

McCabe rüttelte ihn.

»Turlough«, sagte Cathair, »es wird Zeit aufzustehen.«

»Habt Ihr Eure Melodie?«, fragte Hugh ängstlich, während er die Kleider seines Herrn bereitlegte.

»Ich habe sie«, antwortete Turlough. »Würdest du mir bitte meine Harfe holen?«

Hugh tat wie geheißen, und als er das Instrument ausgepackt hatte, stellte er es Carolan zu Füßen, so dass dieser es bequem zu sich heranziehen konnte. Zaghaft zupfte Turlough einige der Saiten, bis er den ersten Ton gefunden hatte.

Dann begann er zu spielen und hielt nur hier und da inne, um sich zu korrigieren oder eine schwierige Tonfolge noch einmal einzuüben. McCabe saß auf einem Sofa und lauschte, voller Staunen über das Talent seines Freundes.

»Woher kommt eine solche Musik?«, fragte er schließlich laut.

»Sie lebt im Reich der Träume«, erklärte Turlough ihm. »Auf einer heiligen Insel, auf der alle Menschen, die wir je gekannt haben, auf den Tag warten, da wir wieder zu ihnen stoßen werden. Man findet sie in den Tiefen des Heiligtums, hinter dem Altar, inmitten der erhabenen Bäume, die das Dach der Welt tragen. Auf der anderen Seite des Lochs. In der Kapelle auf dem grasbewachsenen Hügel.«

Sein Freund sah ihn an und versuchte sich einen Reim auf diese seltsame Beschreibung zu machen.

»Die alten Griechen hatten einen Namen für eine solche Inspiration«, bemerkte Cathair. »Es hieß, jeder, der in die Traumwelt gereist sei und ein Geschenk mit zurückgebracht habe, hätte am Hochaltar von Äskulaps heiligem Tempel des Schlafs gebetet.«

»Äskulap?« Hugh wiederholte den Namen mit einiger Mühe.

»Der Gott der Träume«, erklärte Cathair, »und der Anderwelt.«

»Genau da bin ich gewesen«, stimmte Turlough ihm zu. »In Äskulaps heiligem Tempel des Schlafs.«

Der Harfenspieler arbeitete weiter an seiner Melodie.

»Das Stück fließt so leicht aus deinen Fingern wie Wasser aus einer Quelle«, bemerkte McCabe.

»Aber die Melodie stammt nicht von mir«, entgegnete Turlough und hielt in seinem Spiel inne. »Jeder, der behauptet, irgendeine Musik komponiert zu haben, ist ein Lügner oder ein Prahlhans. Die Musik stammt aus einem anderen Reich als diesem, und sie verbindet uns wie ein magisches Band mit dieser fremden Welt. Wir kehren in unseren Träumen in den Tempel zurück, um Ruhe, Nahrung und Leitung zu empfangen. Und manchmal dürfen wir ein Geschenk mitnehmen. Eine Erinnerung an unsere Reise in die Anderwelt.«

»Willst du damit sagen«, fragte McCabe stirnrunzelnd, »dass keine der wunderbaren Melodien, die du in deinem Leben gespielt hast, wirklich von dir stammt?«

»Ein Musikstück kann mir ebenso wenig gehören, wie ich einen Gedanken in meine Tasche stecken oder eine Erinnerung auf einer Waage wiegen könnte.«

»Das verstehe ich nicht.«

Turlough seufzte. »Die Musik ist die reinste Form der Sprache. Sie ist der süße Saft der Gefühle. Sie ist das haltbar gemachte Gewürz von Liebe und Krieg. Sie ist der Anfang und das Ende aller Trauer. Sie ist die Essenz aller Empfindungen. Ich weiß nicht genau, woher die Musik kommt, aber ich weiß, dass ich nur ein Instrument bin, geradeso wie die Harfe, durch die der Zauber der Musik strömt. Und ich bin nie so glücklich wie in dem Moment, da sie frei fliegen kann, ungehemmt von Bedauern, Schuld oder Furcht.«

»Das ist die Melodie, die Ihr heute Abend spielen werdet?«, fragte Hugh.

»Wenn du mir Zeit gibst, sie zu üben«, fuhr Turlough auf.

»Wir werden dich jetzt allein lassen«, sagte McCabe taktvoll und erhob sich von dem Sofa.

»Ich hole Euch Euer Frühstück, sobald ich Euch angekleidet habe«, erbot sich sein Diener.

»Ich kann durchaus in meiner Unterwäsche sitzen und ein Weilchen spielen, bevor ich die Kälte spüre«, erwiderte Turlough. »Hol mir einen Krug Whiskey.«

»Turlough«, sagte McCabe warnend, »es wäre das Beste, wenn du etwas feste Nahrung zu dir nehmen würdest.«

»Das ist so eine reizlose Ausdrucksweise«, meinte Turlough und spitzte die Lippen. »Die Worte fest und Nahrung im selben Satz lassen mich an ein Krankenbett denken. Ich bin noch nicht so alt, dass ich nicht entscheiden könnte, was gut für mich ist.«

Er blieb eine Sekunde lang still sitzen, aber Hugh rührte sich nicht von der Stelle.

»Whiskey!«, brüllte er aus Leibeskräften. »Hol mir einen Krug Whiskey! Oder ich schreie das ganze Haus zusammen.«

»Schon gut«, erwiderte Hugh. »Beruhigt Euch. Wenn es Whiskey ist, den Ihr haben wollt, werdet Ihr ihn bekommen. Wer bin ich, Eure Trinkgewohnheiten zu tadeln? Ich bin nie zu dem Tempel auf der Insel gereist, von der Ihr erzählt habt. Wenn der Alkohol Euch hilft, dorthin zu gelangen, dann könnt Ihr meinetwegen trinken, bis sich Euch die Zehen nach oben krümmen.«

»Ich werde deinen Rat beherzigen«, erklärte Turlough mit einem listigen Lächeln, zufrieden, seinen Willen durchgesetzt zu haben.

Hugh verließ den Raum, um Whiskey zu holen, und Cathair blieb ein Weilchen an der Tür stehen, um zu lauschen. Als der Diener zurückkam, ließen sie den Meister allein, damit er in Frieden üben konnte.

Kapitel 14

An diesem Abend betrat Turlough O'Carolan in seinem dunkelgrünen Umhang am Arm seines Freundes Cathair McCabe den Ballsaal. Signor Geminiani und Dr. Delany begrüßten ihn, und er erklärte den Gästen, dass sein Concerto das befriedigendste Stück sei, das er jemals komponiert habe.

»Ich werde Euch auf eine Reise in jene Anderwelt führen, die ich in meinen Träumen besucht habe«, sagte der Harfenspieler. »An einen Ort, an dem Musik die Gestalt der strahlendsten Edelsteine annimmt und Melodien ein höherer Wert beigemessen wird als Gold.«

Turlough hielt inne und fragte sich, ob überhaupt jemand im Ballsaal war, so tief war die Stille um ihn herum.

»Lauscht meiner Musik, und Ihr werdet wissen, dass ich ein kostbareres Geschenk erhalten habe als bloßes Augenlicht«, fuhr er fort. »Und Blindheit war nur ein kleiner Preis, den ich dafür zu zahlen hatte.«

Turlough setzte sich an die Harfe, stimmte einige Akkorde an und beschwor vor seinem inneren Auge das Bild der Kathedrale herauf. Er dachte an die knorrigen Bäume, die das Gebäude trugen, und an die vielen Vögel und Früchte in den Zweigen dieser Bäume. Er stellte sich vor, dass er wieder von dem Wasser der Altarquelle kostete und dass er zu Füßen des alten Harfenspielers saß und aufmerksam dessen Melodie lauschte.

Und als die herrliche Musik frei und ungehindert durch seinen Kopf strömte, legte Turlough O'Carolan die Finger auf die Saiten und begann zu spielen. Zuerst spielte er ganz langsam, wie es seine Gewohnheit war, und als er zum Ende des ersten Satzes kam, verfiel er in eine lebhafte Melodie, bei der seine Zuhörer vor Entzücken und Erstaunen seufzten.

Turloughs Finger glitten sachte über die Saiten, während er sich ganz und gar auf die Kathedrale konzentrierte. Jedes Geräusch, jedes Bild und jeder Duft nahmen in seiner Erinnerung so deutlich Gestalt an, als sei er wieder dort. Als er an die seltsame rote Frucht dachte, die er gegessen hatte, ließ er die Melodie spielerischer klingen. Seine Finger fanden neue Muster in der Musik, die seine Sehnsucht nach dem süßen, saftigen Fleisch der Frucht stillten.

Dann fiel ihm der Rückweg von der Insel wieder ein und sein Kampf, die Melodie nicht über Bord fallen zu lassen. Turlough erinnerte sich auch an Padraics Gesicht, ein Gesicht, das er nie im Leben gesehen hatte, und an die Menschen, die in einer langen Reihe am Ufer standen, um ihm nachzuwinken. Und zu guter Letzt verweilte er in Gedanken bei seiner Begegnung mit Bridget am Rand des Wassers.

Dieses Bild lebhaft vor Augen, beendete Turlough O'Carolan die erste öffentliche Darbietung seines Concertos. Und bevor die letzten Klänge erstorben waren, waren die Zuhörer aufgesprungen, stampften wie wahnsinnig mit den Füßen, riefen nach einer Zugabe und priesen seine Musik, bis er glaubte, das Dach würde unter dem Lärm einstürzen.

Signor Geminiani war der Erste, der auf ihn zutrat.

»Ich bilde mir nicht ein, mit Eurem Genie wetteifern zu können, Signor Carolan«, überschrie er den tosenden Applaus. »Ihr seid wahrhaft der Erste Musiker Irlands.«

»Danke«, murmelte Turlough, vollkommen überwältigt von dieser Reaktion.

Dr. Delany kam herbei und schüttelte Turlough die Hand, bis dieser sich vorbeugte. »Wer versucht da, mir die Finger zu zerquetschen, bis sie mir abfallen?«, fragte er.

»Ich bin es, Delany«, antwortete der Doktor. »Herzlichen Glückwunsch, Turlough. Das war großartig.«

»Auch ich möchte gratulieren«, fügte Mrs MacDermot hinzu und griff ebenfalls nach seiner Hand.

»Ich habe den Eindruck, dass heute Abend mehr Menschen hier sind als gestern«, bemerkte der Harfenspieler. »Entweder das, oder Eure Gäste machen einen außerordentlichen Lärm.«

»Es sind mindestens doppelt so viele«, erwiderte Mrs MacDermot. »Es war nicht genug Platz im Ballsaal für alle, daher stehen etliche Gäste in der Halle, und einige sitzen auf dem Boden zu Euren Füßen.«

»Warum sind so viele Leute hergekommen, um mich spielen zu hören?«

»Als es sich in Dublin herumgesprochen hatte«, lachte Delany, »dass der große Turlough O'Carolan heute Abend sein Concerto für die Harfe darbieten würde, ist die ganze Stadt an meinem Tor erschienen, um Einlass zu erbitten.«

Das alles flüsterte der Doktor Turlough ins Ohr, bevor er die Hände hob, um das Publikum zum Schweigen zu bringen.

Es dauerte ein Weilchen, bis die Menge sich beruhigt hatte, und als wieder Stille eingekehrt war, trat Signor Geminiani vor.

»Heute Abend ist eine Wette verloren gegangen«, erklärte er. »Ich will gern einräumen, dass es keinen besseren

Musiker in Irland gibt als Turlough O'Carolan, den Meister der irischen Harfe.«

Neuerlicher Applaus und wilder Jubel brandeten auf.

Geminiani bat das Publikum noch einmal um Ruhe. »Ich würde den guten Signore gern in meine Heimat, Italien, einladen, um vor dem Dogen von Venedig zu spielen, der einer meiner ehrenwerten Gönner ist.«

»Ich nehme die Einladung mit Freuden an«, erwiderte Turlough schnell und machte dann eine tiefe Verbeugung vor dem Italiener.

Delany trat vor und sprach, bevor seine Gäste abermals allzu unruhig wurden. »Seit einigen Jahren«, erklärte er, »bezeichnen wir Turlough O'Carolan nun schon als den Ersten Musiker Irlands. Aber dies ist kein offizieller Rang, in den man berufen werden kann.«

Delany hielt kurz inne.

»Ich habe mir sagen lassen, dass der König sich das Recht vorbehält, würdige Personen mit der Ritterschaft auszuzeichnen«, fuhr der Doktor dann fort. »Nach sorgfältiger Erwägung sind meine Landsleute und ich zu dem Schluss gekommen, Seine Majestät nicht um eine offizielle Anerkennung von Turloughs Genie zu bitten. Carolan hat den Titel schon seit vielen Jahren inne, weil er ein großzügiger, gutmütiger, umgänglicher und charmanter Mann ist und als solcher höchstes Ansehen genießt.«

Das Publikum applaudierte abermals, doch Delany übertönte den Lärm.

»Könige werden lediglich hineingeboren in ihren Rang. Es bedarf keines besonderen Talents, um Monarch zu werden. Aber große Musiker brauchen Leidenschaft, Talent und in den meisten Fällen ein gewisses Maß an Genie. Kein

König könnte sich jemals mit Turlough O'Carolan vergleichen, daher wäre es nicht passend, wenn ihm die Auszeichnung eines Königs verliehen würde. Er ist der Erste Musiker Irlands, weil das Volk ihn dazu bestimmt hat.«

Die Gäste erhoben sich, applaudierten, johlten und tobten, und Turlough verbeugte sich tief.

»Ich kann nur sagen«, antwortete der Harfenspieler, »dass ich mich oft gefragt habe, wie es wohl wäre, die Gesichter jener Menschen sehen zu können, die meine Musik gehört haben. Aber heute Abend habe ich nicht den Wunsch, Euch alle zu sehen. Eure Stimmen und Euer Applaus sind mir kostbarer als hundert Augenpaare oder tausend Ehren von tausend Königen.«

Dann stieg Turlough O'Carolan vom Podium herunter und ließ sich in den Speisesaal führen, um mit einer auserwählten Schar von Gästen das Abendessen einzunehmen. Als McCabe ihn aus dem Ballsaal geleitete, legte eine Frau ihm eine Hand auf den Arm, und er hörte eine Stimme in seinem Ohr.

»Herzlichen Glückwunsch, mein Freund«, sagte die Frau. Dann war sie fort.

»Das war Bridget!«, rief Turlough.

»Ich habe sie nicht gesehen«, erwiderte Cathair. »Ich wusste nicht einmal, dass sie heute Abend hier ist.«

»Ich schwöre, sie war es«, erklärte Turlough.

»Ich kann sie nirgends entdecken«, meinte McCabe. »Bist du dir sicher?«

»Absolut sicher«, antwortete der Harfenspieler. »Ist Murphy heute Abend auch hier?«

»Nein«, antwortete Cathair. »Seine Abwesenheit ist ausgesprochen auffällig. Dr. Delany hatte ihm einen Platz in der ersten Reihe freigehalten, aber David Murphy hat einen Boten geschickt, um mitzuteilen, dass er erkrankt sei. Er wollte nicht öffentlich vorgeführt werden, wie es ihm gestern Abend passiert ist.«

»Ich hoffe nur, dass er seine Schulden bezahlt«, lachte Turlough. »Ich hatte große Mühe, die Wette zu gewinnen.«

Murphy war bekannt für seine Prahlsucht, und man wusste allenthalben, dass er ein Lügner war, aber seine Schulden hatte er bisher noch immer bezahlt. Als Hugh und Turlough sich am nächsten Morgen für ihre Reise in den Norden des Landes rüsteten, fanden sie im Hof ein schönes weißes Connemara-Pony vor und eine scheckige braune Kuh. Auf dem Rücken des Ponys lag ein prächtiger grüner, seidengefütterter Mantel, den Hugh Turlough gleich anprobieren ließ. Er war natürlich viel zu groß für ihn, was Turlough zum Lachen brachte.

Signor Geminiani winkte ihnen zum Abschied nach. »Ich werde bei meiner Heimkehr Carolans Concerto spielen«, versprach er. »Damit die Menschen in Italien von dem großen irischen Komponisten, Turlough O'Carolan, erfahren.«

Turlough freute sich sehr, das zu hören.

»Stell dir nur vor«, sagte er zu seinem Diener, »all die Jahre habe ich Corelli und Vivaldi bewundert, und jetzt werden meine Melodien in ihrem Geburtsland gespielt.«

Hugh lächelte breit, überglücklich, dass er nicht in den Dienst David Murphys zu treten brauchte. Und er trug mit Freuden die Harfe über der Schulter, während er auf dem jungen Connemara-Pony saß. Was Hugh jedoch am meisten erfreute, war die Kuh.

»Wir werden jetzt jeden Morgen frische Milch zum Frühstück haben«, sagte er zu seinem Herrn.

Nicht lange, nachdem sie die Stadt hinter sich gelassen hatten und wieder auf freiem Feld waren, erklärte Turlough: »Ich möchte jetzt zu Saint Patricks's Fegefeuer reiten, Hugh.«

»Wir werden ein paar Tage brauchen, um Lough Derg zu erreichen.«

»Wie viele Tage?«

»Zwei oder drei. Es kommt ganz darauf an, wie viel Zeit wir uns in den einzelnen Häusern entlang des Weges lassen.«

»Dann wollen wir uns beeilen«, erwiderte Turlough. »Ich habe das Gefühl, dass ich möglichst schnell dorthin gelangen sollte.«

»Habt Ihr eine Vorahnung Eures Todes?«, fragte Hugh, dem die plötzliche Veränderung seines Herrn Sorgen machte.

»Nein«, lachte der Harfenspieler, »ich haben nur das starke Gefühl, dass ich zumindest einmal in meinem Leben eine Pilgerfahrt unternehmen sollte und dass dies die beste Zeit dafür ist. Ich möchte Gott dafür danken, dass er mir das Concerto geschenkt hat. Und ich möchte ihm zeigen, dass ich trotz der großen Gaben, die mir zuteil wurden, noch immer voller Demut bin.«

»War es denn Gott, der Euch dieses Geschenk gemacht hat?«

»Gott hat alles gemacht«, sagte Turlough nachdenklich, »das heißt dann wohl, dass er auch die Melodie zu meinem Concerto gemacht haben muss, obwohl ich mir sicher bin, dass jeder Priester meine Vision als Teufelswerk verdammen würde.«

»Der Teufel mag böse sein«, lachte Hugh, »aber bei Gott, er arbeitet hart.«

»Das kann man ihm nicht zum Vorwurf machen«, stimmte Turlough ihm zu.

»Dann war es also nicht das Wohlwollen der Feen«, fragte der Diener, »denen Ihr das Concerto verdankt?«

»Vielleicht doch«, überlegte der Harfenspieler laut, »aber ist nicht auch das Gute Volk durch die Hand Gottes entstanden?«

»Wenn Gott alles geschaffen hat«, erwiderte Hugh, der langsam Turloughs Gedankengang verstand, »dann folgt daraus wohl, dass er auch die Feen erschaffen hat. Alles trägt das Zeichen der Hand Gottes.«

»Warum tun die Priester sich dann so schwer mit dem Guten Volk?«, fragte der Harfenspieler. »Ich bin nie dahinter gekommen, warum die Geistlichen dem alten Glauben gegenüber so feindselig sind.«

»Weil die Menschen die Feen schon verehrt haben, noch bevor der heilige Patrick nach Irland kam, um uns mit der wahren Religion zu segnen«, antwortete Hugh.

»Aber die Menschen verehren die Feen noch immer«, wandte Turlough ein, »trotz der Lehren der Kirche.«

»Seid lieber still, Herr«, stieß der Diener hervor. »Ich will keine Ketzereien von einem so alten Mann, wie Ihr es seid, hören. Wird es nicht langsam Zeit, dass Ihr Eure Worte mit größerem Bedacht wählt? Ich meine, keiner von uns wird jünger, und der Allmächtige könnte uns jeden Augenblick in sein ewiges Reich rufen.«

»Die Feen sind Gottes schönste Geschöpfe«, fuhr Turlough ungeachtet der Warnung fort. »Sie sind sanft und musikalisch. Sie sind barmherzig und verfügen über einen Wohlstand, der unser bescheidenes Vorstellungsvermögen bei weitem übersteigt. Und sie sind unsterblich. Welcher

Mann und welche Frau träumen nicht davon, im Laufe ihres Lebens wenigstens einige dieser Dinge zu erringen? Ich kann verstehen, warum die Menschen ihnen huldigen.«

»Und doch sind die Feen zu großer Schlechtigkeit fähig«, bemerkte Hugh.

»Das habe ich auch gehört«, sagte der Harfenspieler nickend, »obwohl ich niemals einen Beweis dafür gefunden habe, es sei denn, David Murphy wäre ein Schützling der Dunklen Feen. Außerdem spielt das ohnehin keine Rolle, denn alle Dinge und alle Menschen haben ihre guten und ihre schlechten Seiten. Selbst die Besten unter uns haben ihre Schwächen. Und ich bezweifle nicht, dass es auch unter den Feen Gut und Böse gibt. Wir werden zu Saint Patrick's Fegefeuer reiten«, beschloss Turlough. »Ich habe mich entschieden. Heute Abend werden wir in dem letzten Haus vor Sonnenuntergang rasten, und dann werden wir ohne Pause bis an das Ufer des Lough Derg reiten.«

Hugh seufzte und brummte etwas Unverständliches vor sich hin. Er verabscheute nichts mehr, als eine Nacht durchreiten zu müssen. Aber er wusste, dass nichts den Harfenspieler aufhalten konnte, wenn er sich erst einmal eine Idee in den Kopf gesetzt hatte.

»Sobald wir dort sind«, erklärte Hugh seinem Herrn, weil er sich zumindest einen schwachen Protest schuldig war, »müssen wir mit einer Fähre auf die Insel übersetzen. Und am Tag zuvor müssen wir fasten. Dann erwarten uns ein ganzer Tag und eine ganze Nacht mit Gebeten und den Stationen des Kreuzes. Die Strapazen dieses Unternehmens sind hart, selbst für die jüngeren Pilger. Wenn schon die Reise dorthin so anstrengend ist, dürfte die Pilgerfahrt umso schwieriger sein.«

»Wenn es einfach wäre, hätte es keinen Nutzen für die Seele.« Turlough tat Hughs Einwand mit einem Achselzucken ab.

»Es gibt keinen Whiskey dort.«

»Das habe ich mir gedacht«, knurrte der Harfenspieler. »Ich kann durchaus ein oder zwei Tage darauf verzichten, wenn es meiner unsterblichen Seele zugute kommt.«

»Herr, darf ich eine Frage stellen?«, sagte Hugh.

»Das hast du gerade getan«, gab der Harfenspieler zurück, der des Redens langsam müde war.

»Ihr habt niemals einen tiefen Glauben an die Lehren der Kirche gekannt«, erklärte der Diener. »Was hat diesen Gesinnungswechsel herbeigeführt? Warum der plötzliche Drang, zu einem katholischen Altar zu pilgern und Rituale zu vollziehen, an die Ihr gar nicht wirklich glaubt?«

»Oh doch, Hugh, ich habe einen Glauben.« Turlough lächelte. »In diesem Punkt irrst du dich. Es ist nur eine andere Art von Glauben als der, dem die meisten Menschen anhängen. Ich habe genug Priester, Reverends und andere Geistliche in meinem Leben kennen gelernt, um zu wissen, dass auch sie irgendwann einmal an ihrem Glauben gezweifelt haben. Ich komme langsam in das Alter, in dem ein Mensch über seinen Tod nachdenkt. Wenn es ein Leben nach dem Tode gibt, möchte ich bereit sein dafür. Ich kann nur hoffen, dass es nicht voller Narren ist, die den ganzen Tag von Gott reden und einem nicht gestatten, am Sonntag zu tanzen, aus Furcht, man könne sich dadurch zu sündigen Taten hinreißen lassen.« Turlough schwieg eine Weile, dann stieß er einen tiefen Seufzer aus. »Diese Insel, Saint Patrick's Fegefeuer, hat etwas an sich, das mich anzieht. Ich weiß, dass ich dort hingehen muss. Du kannst mir all deine

Fragen stellen, nachdem wir unsere Pilgerfahrt beendet haben.«

In dieser Nacht nahmen sie Quartier bei einem Bauern und seiner Familie, und am nächsten Morgen brachen sie wieder auf, aber sie erreichten die Ufer des Lough Derg erst im Morgengrauen des folgenden Tages. An dem kleinen Cottage, das als Fährhaus bekannt war, lud Hugh die Pferde ab. Dies war der Ort, an dem der Bootsmann seine Passagiere abholte, um sie zur Insel hinüberzurudern.

Sobald das Pony und die Stute versorgt waren, das Gepäck untergebracht, entschuldigte Hugh sich.

»Ich muss ein wenig ruhen, wenn ich auch nur die geringste Chance haben will, die Härten des Pilgerwegs zu überleben«, sagte er zu seinem Herrn.

»Ich werde zum Ufer des Sees hinuntergehen«, erwiderte Turlough. »Mach dir um meinethalben keine Sorgen, ich werde schon zurückfinden, wenn die Zeit gekommen ist, unsere Reise fortzusetzen.«

Hugh protestierte, aber nur mit halbem Herzen. Dann legte er sich auf dem Fußboden des Hauses nieder, schloss die Augen und fiel sofort in einen tiefen Schlaf.

Als er erwachte, stieß sein Herr ihn mit einem Stock an.

»Zeit zum Aufstehen«, drängte Turlough ihn. »Ich kann Stimmen auf dem Loch hören.«

Und tatsächlich, als Hugh auf das Wasser hinausblickte, sah er ein Boot voller Pilger, das sich dem Ufer näherte.

»Wir werden hier warten«, sagte der Diener. »Es kommen Wolken auf, und ich möchte nicht draußen sein, wenn es anfängt zu regnen.«

»Beschreib mir, was du siehst«, bat der Harfenspieler

und zupfte dabei sanft an dem Ärmel des anderen Mannes. »Erzähl mir, wie der See aussieht und wie die Insel aussieht.«

»Das Wasser ist an manchen Stellen ungewöhnlich ruhig«, antwortete Hugh, »aber wenn ein Wind darüber hinwegstreicht, wird es sehr rau. Um die Insel herum regnet es, ich kann jedoch trotzdem eine Kirche und einige andere Gebäude erkennen. Und am anderen Ufer steht eine kleine Gruppe von Menschen.«

Der Harfenspieler umklammerte Hughs Arm jetzt so fest, dass dieser auf Turloughs Hand hinabblickte. Die Knöchel waren weiß.

»Was siehst du sonst noch?«, flüsterte sein Herr.

»In der Luft sind Möwen und Krähen. Ein Boot kommt über das Wasser auf uns zu. Es ist ein breites Coracle, ähnlich denen, die wir in Buntrane gesehen haben.«

Inzwischen hatte das Boot den Kiesstrand erreicht, und die ersten Fahrgäste sprangen bereits heraus, um durch das knöcheltiefe Wasser ans Ufer zu waten. Einige von ihnen halfen, das Boot auf den Strand hinaufzuziehen, wo die Wellen es nicht erreichen konnten.

Ein alter Priester mühte sich, auf einen Gehstock gestützt, auf das Cottage zu. Während die Pilger sich zerstreuten, um nach Hause zurückzukehren, hielt der Priester ihnen die Hand zum Gruß hin.

»Ich bin Pater John«, erklärte der alte Mann. »Mir kommt die Pflicht zu, dafür zu sorgen, dass die Pilger wissen, was von ihnen erwartet wird, bevor sie die Reise zum Fegefeuer antreten.«

»Ich bin Hugh Connor«, erwiderte der Diener, »und dies ist Turlough O'Carolan, mein Herr.«

»Ich sehe, dass Ihr mit Blindheit geschlagen seid«, sagte der Priester zu Turlough.

»Ich wünschte, das könnte ich auch sehen«, antwortete der Harfenspieler schnell.

»Aber dann wärt Ihr nicht blind«, erwiderte Pater John, und da erst begriff er, dass der andere Mann einen Scherz gemacht hatte.

»Ich mag keine Augen haben, aber ich sehe deutlich, dass Ihr ein Priester seid, der in einer abgeschlossenen Gemeinschaft ein behütetes Leben führt«, bemerkte Turlough.

»Ihr seht recht gut für einen Blinden«, murmelte der Priester, bevor er ihre Namen in das Register eintrug. »Habt Ihr gefastet?«

»Das haben wir«, antworteten beide Männer wie aus einem Mund.

»Seid Ihr gut gerüstet für die Tage des Betens, die vor Euch liegen?«

»Ja.«

»Dann könnt Ihr zum Boot hinuntergehen, und möge Gott Euch auf Eurer Reise behüten«, sagte Pater John.

Hugh griff nach dem Harfenfutteral und setzte es sich auf die Schulter.

»Was ist in dieser Tasche?«, fragte der Priester.

»Meine Harfe«, antwortete Turlough.

»Es gibt eine strenge Regel, nach der keinerlei Musikinstrumente auf die Insel gebracht werden dürfen«, eröffnete ihm Pater John. »Ich werde Eure Harfe hier behalten, solange Ihr fort seid. Ich werde erst in drei Tagen auf die Insel zurückkehren.«

»Das ist seine Harfe«, warf Hugh ein. »Nicht einmal dreißig Jahre Krieg mit den Engländern und noch einmal zwanzig Jahre Hungersnot haben ihn von seinem Instrument trennen können, ebenso wenig wie die Zerstörung des alten Adels und das Erscheinen der neuen Aristokratie. Nicht einmal der beste Geiger der christlichen Welt konnte Turlough O'Carolan dazu bringen, die Harfe niederzulegen. Wie könnt Ihr von ihm verlangen, dass er es tut?«

»Das ist die Regel«, antwortete der Priester ausdruckslos. »Ich mache die Regeln nicht, ich befolge sie lediglich. Ihr könnt das Instrument drüben in der Ecke neben dem Sessel liegen lassen. Es wird keinen Schaden nehmen.«

»Wisst Ihr, wer dieser Mann ist?«, rief Hugh wütend.

»Ihr habt gesagt, sein Name sei Turlough O'Carolan«, erwiderte Pater John stirnrunzelnd. »Ich habe es soeben notiert.«

»Er ist der größte lebende Harfenspieler«, plusterte der Diener sich auf.

»Nun, ich habe noch nie von ihm gehört.« Der Priester zuckte die Achseln.

»Wo habt Ihr während der letzten fünfzig Jahre gelebt?«

»Draußen auf dieser gottverlassenen Insel«, fuhr Pater John auf. »Und ich habe die Absicht, nun ein paar Tage in Ruhe und Frieden ganz für mich allein zu sein. Ich möchte nicht, dass der Abt Euch zurückschickt, weil Ihr die Regeln gebrochen habt. Sobald Euer Boot abgelegt hat, wünsche ich keine Störungen mehr. Ich habe mir diese Ruhepause verdient, und niemand wird sie mir streitig machen.«

»Es ist schon in Ordnung, Hugh«, unterbrach Turlough das Gespräch. »Ich nähere mich dem Ende meines Lebens. Ich werde schon bald eine andere Pilgerfahrt antreten, und dorthin kann ich die Harfe auch nicht mitnehmen. Lass dem Priester seine Ruhepause. Wir werden ihm unsere Pferde und meine Harfe anvertrauen.«

»Gott segne Euch, Fremder«, murmelte Pater John. »Und nun lasst mich freundlicherweise allein. Ich habe sehr viel Nichtstun nachzuholen, und das kann keinen Augenblick länger warten.«

Turlough grinste und ließ sich zum Boot hinunterführen. Als er hineinkletterte, beugte er sich zu dem Bootsmann vor.

»Wie heißt Ihr?«, flüsterte er.

Der Bootsmann lächelte. »Michael.«

Turlough zuckte mit den Schultern und ließ sich im vorderen Teil des Coracle nieder. Binnen kurzem waren zehn weitere Pilger erschienen, und das Boot legte ab.

Hugh und Turlough verbrachten zwei Tage auf der Insel mit Fasten und Beten. Für Hugh waren es harte Tage, denn er war erschöpft von der Reise. Aber Turlough durchwachte demütig die Nacht, sprach die Kreuzwegstationen, blieb draußen im strömenden Regen, um vor dem steinernen Kreuz zu beten, und schlief nur sehr wenig, nachdem alle Gebete gesprochen waren.

Am Morgen des dritten Tages stiegen die beiden Männer wieder in das Boot und fuhren über das Lough Derg zum Fährhaus hinüber.

»Habt Ihr gefunden, was Ihr hier gesucht habt?«, fragte Hugh seinen Herrn.

»Ich bin mir nicht sicher«, gestand Turlough. »Aber ich bin froh, dass ich hergekommen bin. Diese Tage haben meiner Seele Ruhe gegeben.«

In diesem Augenblick frischte der Wind auf, und die Gischt schlug dem Harfenspieler ins Gesicht. Er wischte sich das Wasser vom Kinn und lachte. Hugh sah, dass sein

Herr vollkommen gelöst war, und das ohne einen Tropfen Whiskey.

Das Boot wurde wieder an Land gezogen, und alle Fahrgäste außer Turlough gingen von Bord, da sich bereits eine neue Gruppe von Pilgern dem Coracle näherte. Der Harfenspieler stand von seiner Bank im Bug des Bootes auf, um den Neuankömmlingen beim Einsteigen zu helfen.

Eine Frau schob sich an allen anderen wartenden Pilgern vorbei und ergriff seine Hand. In diesem Augenblick wurde Turloughs Gesicht bleich.

»Fühlt Ihr Euch nicht wohl, Herr?«, rief Hugh vom Ufer aus. Er konnte sehen, dass irgendetwas nicht stimmte.

»Das ist die Hand von Bridget Cruise«, erklärte der Harfenspieler.

»Gott segne dich, Turlough«, erwiderte sie. »Woher wusstest du, dass ich es bin?«

»Ich werde die Hand, der ich einst gehuldigt habe, immer und überall erkennen«, antwortete der Harfenspieler. »Hilfst du mir zu meiner Harfe hinüber? Ich habe eine letzte Melodie für dich.«

»Gern«, sagte Bridget, und zusammen mit Hugh führte sie Turlough bis zum Rand der Kieselsteine, wo das Gras wuchs.

Turlough setzte sich nieder und wartete darauf, dass Hugh ihm seine Harfe brachte. Währenddessen saß Bridget neben ihm, hielt seine Hände und massierte sie, damit das Blut wieder in seine Finger zurückkehrte. Die Pilger nahmen ihre Plätze im Boot ein, aber Bridget stand nicht der Sinn danach, jetzt schon aufzubrechen.

»Wir sind beide alt«, seufzte sie und blickte auf den See hinaus.

»Wir werden uns in diesem Leben vielleicht nicht wieder sehen«, erwiderte Turlough.

»Es war mein Vater, der mich dazu gebracht hat, nach Dublin zu gehen«, sagte Bridget. »Wenn er mir nicht all die Flausen in den Kopf gesetzt hätte von den Reichtümern, die dort auf mich warteten, hätte ich dich niemals verlassen.«

»Aber wenn ich nicht solche Sehnsucht nach dir gehabt hätte, hätte ich niemals die Harfe ergriffen«, beruhigte Turlough sie und strich dabei über ihre Hand.

»Kannst du mir jemals verzeihen, dass ich geglaubt habe, David Murphy und seinesgleichen könnten mir mehr bieten als du?«

»Ich verzeihe dir«, versicherte Turlough ihr mit einem Lachen. »Ich habe dir schon vor vielen Jahren verziehen. Ich danke dir von ganzem Herzen, und ich bin auch Murphy dankbar. Denn wärt ihr beide nicht gewesen, hätte ich mich niemals der Musik zugewandt.«

»Vielleicht wärst du auch niemals erblindet, wenn ich da gewesen wäre, um für dich zu sorgen.«

»Vielleicht«, erwiderte Turlough. »Aber das Mädchen, das mich damals pflegte, war die beste Frau, die ich jemals kennen gelernt habe. Und jetzt warte ich nur darauf, mich wieder in die Obhut meiner geliebten Mary begeben zu dürfen. Hätte ich nicht diesen törichten Wunsch ausgesprochen, wäre ich ihr niemals begegnet. Und ich hätte nicht das Leben gehabt, das mir gewährt wurde.«

»Ein törichter Wunsch? Wovon sprichst du?«, fragte Bridget.

»Ich habe mir gewünscht, der beste Harfenspieler im Land zu werden, um die Chance zu bekommen, deine Liebe zurückzugewinnen«, gestand Turlough, und obwohl all diese Dinge vor so vielen Jahren geschehen waren, errötete er bei seinen Worten.

»Ich habe dich immer geliebt, Turlough«, sagte Bridget und beugte sich vor, um das Seidenband zurechtzuzupfen, mit dem sein langes Haar im Nacken zusammengebunden war. »Ich war einfach zu jung, um den Wert wahrer Liebe zu schätzen zu wissen. Ich habe sie weggeworfen wie ein beschmutztes Taschentuch. Das war mein Verlust.«

»Und meiner, denke ich«, stimmte der Harfenspieler ihr zu und neigte den Kopf, damit sie sein Haar richten konnte.

»Wir werden niemals wissen, wie die Dinge sich vielleicht entwickelt hätten«, sagte sie schließlich, und in diesem Augenblick stellte Hugh die Harfe neben seinen Herrn. Turlough schlang einen Arm um das Instrument und drückte es an seine Schulter.

»Wenn ich nur einen Viertelpenny hätte für jede Stunde, in der ich mir wünschte, du würdest mich so im Arm halten«, flüsterte Bridget. Dann küsste sie Turlough auf die Wange, erhob sich und ging auf das Boot zu.

Turlough brachte kein Wort des Abschieds über die Lippen. Sein Mund verweigerte ihm den Dienst. Aber er stimmte eilig die Harfe und spielte die vierte und letzte Melodie, die er für Bridget Cruise komponiert hatte. Und als das Boot über den Kiesstrand glitt, wehten die Klänge über das Wasser zu Bridget hinüber, und ihre Augen waren voller Tränen bei diesem letzten Abschied.

Der alte Whiskeybrenner, ehemaliger Diener des berühmten Turlough O'Carolan, lehnte sich auf seinem Stuhl zurück und lächelte. Er nahm noch einen Zug von seiner Pfeife und hob seinen Whiskeybecher an die Lippen.

»Es war ein kleines Wunder, Bridget Cruise an diesem Ort und zu dieser Zeit zu begegnen«, erzählte Hugh seinen Zuhörern. »Ich habe oft gedacht, dass mein Herr während der ganzen Pilgerfahrt darum gebetet hat, Bridget nur noch einmal zu begegnen, und dass dies die Antwort auf sein Flehen war.«

»Sind die beiden später noch einmal zusammengekommen?«, fragte Mhairgead.

»Nein«, antwortete der alte Mann. »Denn Bridget ist drei Tage später auf der Insel gestorben.«

»Und was ist aus David Murphy geworden?«, wollte Edward wissen.

»Der junge Lord Mayo hat ihm mit der Zeit seine Indiskretionen verziehen, und Murphy beschloss seine Tage in einem prächtigen Haus, umringt von Bewunderern. Aber auch er verfiel im letzten Jahr seines Lebens dem Trunk, und da er nicht daran gewöhnt war, nehme ich an, dass der Whiskey seinen Tod beschleunigt hat.«

»Und Ihr seid nach all dem regelmäßiger bezahlt worden?«, fragte Denis.

»Für eine Weile, ja«, erwiderte der alte Whiskeybrenner. »Aber mein Herr fiel allmählich wieder in seine alten Trinkgewohnheiten zurück, und ich musste drastischere Schritte unternehmen, um mein Einkommen zu sichern.«

»Was habt Ihr getan?«, erkundigte sich Edward.

»Ich habe gelernt, selbst Whiskey zu brennen«, erklärte Hugh, »damit mein Herr seine Einkünfte nicht länger darauf verschwenden musste und ich wenigstens ab und an meinen Lohn bekam. Mein Whiskey wurde schließlich berühmt, und nun ist dieses Geheimnis die Grundlage eines Familiengeschäfts.«

Daniel hustete und leerte den Becher, den er in der Hand hielt, in einem Zug.

»Und du meinst nicht, dass es der Whiskey war, der Carolan getötet hat?«, fragte der rothaarige Mann.

»Ganz gewiss nicht!«, fuhr Hugh auf. »Mein Whiskey war ihm ein großer Trost. Und er war das Letzte, was er auf dieser Erde kostete.«

»Genau das meinte ich ja«, bemerkte Daniel mit hochgezogenen Augenbrauen.

»Turlough O'Carolan lebte bis zu dem hohen Alter von achtundsechzig Jahren«, beschied der alte Whiskeybrenner seinen Enkelsohn. »Das war zu jener Zeit eine unglaubliche Leistung. Von den Menschen, die etwa in seinem Alter waren, überlebten ihn einzig Cathair McCabe und Mrs MacDermot. Du kannst nichts von diesen Dingen wissen, da die Zeiten jetzt so viel leichter sind, aber in jenen Tagen war der Tod ein steter Gast in allen Häusern.«

Hugh nahm einen Schluck von seinem Whiskey.

»Die Kinder hatten nur geringe Hoffnung, erwachsen zu werden«, fuhr der Whiskeybrenner fort. »Es gab Kriege und Hungersnöte, wie Irland sie weder vorher noch nachher erlebt hat.«

»Und vielleicht wird das Land diese Dinge jetzt wieder erleben«, ergänzte Denis.

»In der Tat«, pflichtete Hugh ihm von ganzem Herzen bei. »Und mein Herr hat bis zum letzten Atemzug Melodien komponiert.«

»Das hat er wirklich getan?«, fragte Edward beeindruckt.

»Oh ja«, bekräftigte der alte Mann. »Und seine letzte Melodie war gleichzeitig auch seine größte, denn sie war sehr eigenartig und nicht von dieser Welt.«

»Werdet Ihr uns davon erzählen?«, fragte Denis und lehnte sich auf seinem Stuhl zurück.

»Das werde ich, wenn Ihr zuhören wollt«, erwiderte Hugh, und Mhairgead machte erneut die Runde, um Pfeifen und Becher zu füllen, während ihr Großvater sich anschickte, den nächsten Teil der Geschichte zu erzählen.

Die Kutsche bog schlingernd in den Hof ein, während der Fahrer seine Pferde ein letztes Mal auf dieser Fahrt beruhigte. Im Nu erschien der Butler der MacDermots an der Küchentür, um nachzusehen, was es mit dem Lärm auf sich habe.

Der Dienstmann blinzelte, dann riss er die Augen vor Erstaunen auf.

Im nächsten Moment kam William O'Flynn auch schon auf seinen langen, spindeldürren Beinen auf die Kutsche zugelaufen. Der alte Diener hatte heute keine Gäste erwartet, daher brachte das plötzliche Erscheinen des Gefährts ihn einigermaßen aus der Fassung.

Es hatte während der Nacht heftig geschneit, so dass der Hof unter einer dicken weißen Decke verborgen lag und sich zwischen den Pflastersteinen Eis gebildet hatte. Der Diener gab genau Acht, wo er hintrat. Er wollte nicht ausrutschen und damit seine Herrin in Verlegenheit bringen.

William war in Gedanken ganz bei seiner Pflicht. Mrs MacDermot stand in dem Ruf, eine gute Gastgeberin zu sein, und diesen Ruf galt es zu verteidigen. O'Flynn blieb am Rand des gepflasterten Bereichs stehen, atemlos von der Anstrengung des Laufens. Grübelnd betrachtete er die dunkelgrünen, mit einem gelben Streifen eingerahmten Schläge der Kutsche und versuchte sich darauf zu besinnen, welche vornehme Familie diese Farben bevorzugte.

Einen Augenblick später wurde ihm klar, dass es sich um die Leibfarben des jungen Squire Reynolds handelte. O'Flynn zupfte seine Manschetten zurecht, die unter seiner Butleruniform hervorlugten. Dann holte er tief Luft und ging voller Zuversicht zu der Stelle hinüber, an der das Gefährt seiner Meinung nach stehen bleiben musste.

Jahrelange Übung hatte ihm die Fähigkeit vermittelt, einen Kutscher mit einem Blick zu beurteilen. Daher umfasste O'Flynn nun mit einer schwungvollen, eleganten Bewegung den Griff des Wagenschlags, drückte ihn herunter und öffnete die Kutsche genau in dem Moment, als sie zum Stehen kam. Im Nu hatte der Butler die hölzerne Treppe unter der Tür heruntergelassen.

Dann streckte er die Hand aus, um den Fahrgästen beim Aussteigen behilflich zu sein.

Aber niemand bewegte sich. Nichts geschah. Und als William in die Kutsche hineinblickte, mochte er seinen Augen kaum trauen. In der Ecke saß, tief schlafend, ein alter Mann. Sein Kopf war fast kahl, aber die letzten ihm verbliebenen Haarsträhnen hatte er sich mit einem schwarzen Band im Nacken zusammengebunden.

Der alte Mann trug einen eleganten dunkelgrünen Umhang und Reithosen; seine Gürtelschließen waren aus funkelndem Silber und seine Strümpfe aus feinster Baumwolle. Seine Haut war totenbleich, und auf seiner Stirn glänzten Schweißtropfen.

Aber William O'Flynn hätte den Mann überall erkannt.

»Master Carolan!«, rief der Butler aus.

Der alte Harfenspieler erwachte aus seinem Schlaf und

wandte den Kopf dem Diener zu. »William?«, sagte er mit schwacher Stimme. »William, bist du das? Du bist noch immer unter uns?«

»Ja, Master Carolan. Willkommen in Ballyfarnon.«

»Ich fürchte, dies wird vielleicht mein letzter Besuch sein«, sagte Turlough hustend. »Diesmal bin ich sehr krank. Und dies ist der kälteste März, seit ich denken kann.«

»Das Wetter wird noch eine Weile so übel bleiben«, stimmte William ihm zu. »Es könnte geradeso gut Januar sein, so viel Schnee und Eis, wie wir hatten.«

Hugh stieg von seinem Sitz hinter dem Kutscher und trat, die Harfe über der Schulter, neben den Butler.

»Wie fühlt Ihr Euch jetzt, Master?«, fragte der treue Diener, während er sich die Schneeflocken von seinem Mantel wischte und sich die Hände in den ledernen Handschuhen rieb.

»Viel besser«, log Turlough mit einem Lächeln in der Stimme, um die Wahrheit vor den beiden Männern zu verbergen.

»Ist die Lady in der Nähe?«, fragte Hugh William.

»Ich werde sie holen«, antwortete der Butler und drehte sich auf dem Absatz um. Er hatte erst wenige Schritte getan, als die Küchentür sich öffnete und eine alte Frau erschien, gestützt auf den Arm eines jungen Mädchens.

Die Dame warf sich einen Umhang über und hielt ihn vor der Brust fest zusammen, um sich gegen die Kälte zu schützen. Das Mädchen legte einen Arm um die alte Frau, um sie zu wärmen.

»Wer ist da gekommen, William?«, fragte die Dame mit einer Stimme, die schwach war vom Alter, aber noch immer voller Autorität.

»Es ist Master Carolan, Mylady«, meldete der Butler, und die Augen der alten Frau leuchteten auf, als seien die Jahre plötzlich von ihr abgefallen, als sei sie wieder jung.

»Turlough?«, rief sie erfreut und schob das junge Mädchen an ihrer Seite von sich. Mit überraschender Beweglichkeit eilte Mrs MacDermot über den Hof auf die Kutsche zu, und ihre junge Begleiterin blieb ein paar Sekunden lang verblüfft an der Küchentür stehen.

Dann keuchte das Mädchen erschrocken auf, als ihr klar wurde, dass der Boden vereist und rutschig war. Im Nu setzte sie Mrs MacDermot nach wie ein Greyhound dem Hasen.

Plötzlich war der Rücken der alten Dame wieder kerzengerade, ihr Schritt federte, und ein breites Lächeln spielte über ihre Züge. Ihre Augen glänzten wie vor Zeiten, als das Haus voller Gäste war und bis zum Sonnenaufgang erfüllt von Musik.

Als Mrs MacDermot den Schlag der Kutsche erreichte, trat Hugh respektvoll zurück, damit sie einen Blick auf seinen Herrn werfen konnte. Ein paar Sekunden lang lehnte sie sich an den Wagen, um Atem zu schöpfen, dann spähte sie mit zusammengekniffenen Augen hinein. Plötzlich erstarb das Lächeln auf ihrem Gesicht, und an die Stelle der Freude traten tiefe Sorgenfalten.

»Turlough?«, fragte sie noch einmal. »Heilige Mutter Gottes. Ihr seht so aus, als könntet Ihr einen Whiskey gebrauchen.«

»Dafür ist noch genug Zeit«, erwiderte der Harfenspieler.

»Dafür ist nie genug Zeit«, bemerkte Hugh leise, und Mrs MacDermot runzelte die Stirn.

»Lass ihn in Ruhe mit deinen Narreteien«, befahl sie Hugh. »Siehst du nicht, in was für einem Zustand er ist?«

Der Harfenspieler richtete sich auf. »Es ist schon gut«, sagte er lächelnd. »Ihr dürft Hugh nicht tadeln. Er war sehr gut zu mir, und ich war in all den Jahren stets dankbar für seine Gesellschaft. Ich mache ihm keinen Vorwurf, dass er meiner langsam müde wird. Er hat mich in vielen Nächten betrunken nach Hause gebracht, und damit hat er sich das Recht auf ein wenig Sarkasmus wohl erworben.«

Turlough beugte sich vor, um zu husten, und sein ganzer Körper zitterte vor Anstrengung. Es war ein loser Husten, der aus der Brust kam, nicht aus dem Hals. Es war die Art Husten, die im Winter allzu viele kleine Kinder und alte Leute ins Grab brachte.

»Wie lange habt Ihr diesen Husten schon?«, fragte die alte Frau drängend. Ihr war klar, dass die Situation sehr ernst sein musste. »Wann ist diese Krankheit über Euch gekommen?«

»Im November«, antwortete Hugh für seinen Herrn. »Deshalb konnten wir Weihnachten auch nicht hier sein. Der Master lag bei Delany im Bett und konnte kaum atmen. Ich dachte schon, er würde von uns gehen.«

»Ich hatte nicht die Absicht, bei Delany zu sterben«, spottete Turlough. »Und das Risiko eingehen, in Dublin beerdigt zu werden? Außerdem wollte ich nicht in den Tod gehen, ohne ein letztes Stück Musik komponiert zu haben.«

»Wir werden Euch gleich in ein warmes Bett schaffen, mit einem Feuer zu Euren Füßen«, erklärte Mrs MacDermot. »Und ich werde nach dem Doktor schicken.« Sie wandte sich zu dem Mädchen um, das dicht hinter ihr stand. »Geh hinein und sag der Köchin, sie soll etwas Weidenborke aufkochen. Das wird den Husten ein wenig lindern.«

Die junge Frau stand da und wog ihre Pflicht der alten

Dame gegenüber gegen den Befehl ab, den sie erhalten hatte.

»Man hat mir aufgetragen, stets an Eurer Seite zu bleiben«, sagte sie unterwürfig.

»Tu, was ich dir sage!«, beharrte Mrs MacDermot und hob dabei die Stimme, zum Zeichen, dass ihre Geduld sich erschöpfte. »Ich bin mehr Jahre, als ich zählen mag, über diesen eisigen Hof gegangen. Ich kenne alle schlechten Stellen hier, weil ich, als ich in deinem Alter war, oft genug darauf ausgeglitten bin. Es ist sehr unwahrscheinlich, dass mir das Gleiche jetzt wieder passieren wird.«

Das Mädchen knickste und eilte in die Küche davon, ohne weitere Einwände zu erheben.

Mrs MacDermot wandte sich wieder zu dem Harfenspieler um. »Es tut meiner Seele wohl, Euch wieder zu sehen, Turlough«, seufzte sie und griff nach seinen Händen. »Ich schätze mich glücklich, Euch meinen Freund nennen zu dürfen.«

»Ich bin zurückgekehrt«, keuchte Turlough. »Nach all den Abenteuern, die ich erlebt habe, wollte ich meine letzten Tage im Frieden jenes Hauses verbringen, in dem ich meine ersten Lektionen und mein erstes Pferd empfangen habe. Ich bin hergekommen, um Euch meine Dankbarkeit für Eure Großzügigkeit zu bezeigen und für Euer sanftes Herz, das mich zu einem wunderbaren Abenteuer ausgesandt hat.«

Die alte Frau drückte seine Hände. Sie waren eiskalt. Mrs MacDermot versuchte nun nicht länger, ihre Tränen zurückzuhalten, aber sie weinte schweigend. Sie war fest entschlossen, den Harfenspieler nicht wissen zu lassen, wie erregt sie war.

»Kommt ins Haus, Turlough«, sagte sie mit ihrem mütterlichsten Tonfall. »Und dann lasse ich Euch von William einen Whiskey holen.«

Der Harfenspieler beugte sich vor und stieg mit Hilfe des alten Butlers aus der Kutsche. Dann gingen Mrs MacDermot und Turlough langsam Arm in Arm auf das Haus zu, ein jeder gestützt auf den anderen. O'Flynn und Hugh wichen ihnen nicht von der Seite, für den Fall, dass einer der beiden ausgleiten sollte.

Sobald sie in der Küche waren, setzten Mrs MacDermot und Turlough sich vors Feuer. Dann füllte man seinen Lieblingsbecher, den größten im ganzen Haus, mit dem besten Whiskey und gab ihn ihm in die Hand.

»Ich bin zu den Häusern meiner Gönner gereist«, erzählte Turlough der alten Dame, während er an seinem Becher nippte, »und ich habe die Melodie gespielt, die ich als mein eigenes Klagelied komponiert habe. Ich habe das Stück Slan le Ceol genannt, das Lebewohl an die Musik. Ich wünschte nur, Cathair hätte sie von mir selbst hören können.«

»Cathair McCabe unterrichtet den Prinzen«, rief Mrs MacDermot ihm ins Gedächtnis. »Ich werde eine Nachricht nach Frankreich schicken, um ihn über Eure Krankheit in Kenntnis zu setzen.«

»Ich hätte meinen lieben Freund gern in meinen letzten Stunden an meiner Seite gehabt«, seufzte Turlough, »aber ich bin stolz darauf, dass er Prinz Charlie das Harfenspiel lehrt.«

»Ich würde Eure Komposition liebend gern hören«, sagte die alte Frau und legte ihm eine Hand auf die Schulter. »Aber zuerst müsst Ihr einen Tee aus Weidenborke trinken. Er wird Eure Lunge besänftigen und den Schmerz lindern.«

Eine Tasse mit einer dampfenden Flüssigkeit wurde vor den Harfenspieler hingestellt.

»Bist du hier, Hugh?«

»Jawohl«, antwortete der Diener.

»Kümmerst du dich bitte um diesen Tee?«

»Aber ja«, erwiderte Hugh und verdrehte die Augen. Und dann schüttete er den Whiskey in den Tee, rührte um und goss das Ganze wieder in Turloughs Becher.

»Das sollte genügen«, bemerkte Hugh. »Nehmt einen Schluck und entscheidet dann, wie es Euch gefällt.«

Der Harfenspieler führte den Becher an die Lippen und zuckte zusammen, leerte ihn dann aber in einem Zug.

»Das ist die einzige Möglichkeit, wie ich ihn dazu bewegen kann, Tee zu trinken«, erklärte Hugh. »Er mag den Geschmack von Flüssigkeiten nicht, in denen nicht wenigstens eine Spur Whiskey ist.«

»Ich bin mir nicht sicher, ob die Weidenborke ihre volle Wirkung entfalten kann, wenn man sie auf diese Weise zu sich nimmt«, erwiderte Mrs MacDermot und zog erheitert die Augenbrauen in die Höhe. »Aber wenn das bedeutet, dass Ihr zumindest ein wenig Nutzen daraus zieht, dann werde ich mich wohl damit abfinden müssen.«

»Ich werde die neue Melodie für Euch spielen, sobald meine Finger warm geworden sind und ich sie wieder spüren kann«, erklärte Turlough. »Sie fangen bereits an zu kribbeln, daher dürfte es nicht mehr lange dauern.«

»Es besteht kein Grund zur Eile, mein Freund«, versicherte ihm die alte Dame. »Ihr seid mir herzlich willkommen und könnt bleiben, solange Ihr wünscht.«

»Dann wünschte ich, ich könnte den Rest der Ewigkeit hier verbringen. Aber leider befürchte ich, dass es nicht mehr lange dauern wird«, seufzte der Harfenspieler und hustete wiederum, und alle, die es hörten, blickten voller Sorge zu ihm hinüber.

»Ich kann mich kaum ein paar Stunden am Tag wach halten«, gestand Turlough. »Je eher ich Euch dieses Stück spiele, umso besser.«

»Also schön«, sagte Mrs MacDermot. »Ich werde William beauftragen, im Musikzimmer Feuer zu machen.«

»Ihr meint den Raum mit all den Spiegeln?«, fragte Turlough mit bebender Stimme.

»Ihr habt ein gutes Gedächtnis, Turlough.«

»Ich würde lieber nicht in diesem Raum spielen, wenn Ihr nichts dagegen habt«, sagte der Harfenspieler zu der alten Dame.

»Warum nicht?«

»Es sind die Spiegel«, antwortete er. »Sie machen mich nervös. Mir gefällt der Gedanke nicht, dass all diese körperlosen Gestalten mich beobachten. Mich schaudert allein bei dem Gedanken an diesen Raum voller Menschen. Ich bekomme eine Gänsehaut bei dieser Vorstellung, und meine Zähne klappern.«

»Ihr seid blind, Turlough«, lachte Mrs MacDermot. »Wie ist es dann möglich, dass die Spiegel Euch Unbehagen bereiten?«

»Es sind nicht die Spiegel selbst«, beharrte der Harfenspieler. »Es ist der Gedanke an all diese Spiegelbilder, der mich aus der Fassung bringt.«

»Nun denn.« Die Dame lächelte. »Euch zuliebe werde ich die Bibliothek meines verstorbenen Mannes heizen lassen, und wir werden uns Eure Komposition dort anhören.«

»Vielen Dank, Mylady«, antwortete der Harfenspieler mit einiger Erleichterung.

»Solange Euch nur die Vorstellung nichts ausmacht, einen Raum mit über sechshundert Büchern zu teilen«, bemerkte sie.

»Ich habe seit fünfzig Jahren kein Wort mehr gelesen«, antwortete er, »nicht, seit ich mein Augenlicht verlor. Ich erinnere mich nicht einmal daran, wann ich das letzte Mal über Bücher nachgedacht hätte. Dieser Raum ist gerade richtig.«

»Gut«, sagte die alte Dame und klatschte in die Hände. »Dann werde ich alles vorbereiten. Habt Ihr schon gegessen?«

»Bei Squire Reynolds hat man uns ein gutes Frühstück vorgesetzt«, antwortete Hugh, »aber der Meister hat kaum davon gekostet.«

»Natürlich nicht«, sagte die Dame. »Er ist krank. Ich werde die Köchin eine nahrhafte Suppe zubereiten lassen, die seine Verdauung nicht beschweren wird.«

»Ihr könnt durchaus mit mir selbst sprechen«, beklagte sich Turlough. »Noch bin ich nicht tot. Ich bin immer noch hier im Raum und atme.«

»Ich bitte um Entschuldigung«, erwiderte die Dame, der nun klar wurde, wie unhöflich sie gewesen war. Dann stand sie auf und rief nach William, um ihm die Anweisung zu geben, das Feuer in der Bibliothek zu entzünden. Kurze Zeit später verließ sie zusammen mit dem Butler den Raum, um die Vorbereitungen zu überwachen.

Kaum war Mrs MacDermot fort, beugte Hugh sich über seinen Herrn.

»Ist es wahr, dass Ihr Euch im Musikzimmer unbehaglich fühlt?«, wollte der Diener wissen.

»Ich zittere wie Espenlaub, wenn ich dort sitze. So ist es mir schon immer ergangen. Seit ich als junger Bursche das erste Mal dort gespielt habe.«

»Warum?«

»Ich habe das Gefühl«, erklärte Turlough, »dass der Raum mich an das Spielfeld der Feen in der Nacht des Hurlingmatches erinnert. Hunderte von Seelen schwebten dort umher, bevor das Spiel begann, und der bloße Gedanke daran genügt, um mir die Knie weich werden zu lassen.«

»Haben andere Räume eine ähnliche Wirkung auf Euch?«

»Einige schon«, bestätigte Turlough.

»Was ist mit dem Naturkabinett im Haus des alten Squire Reynolds?«, hakte Hugh nach. »Habt Ihr Euch dort jemals im Mindesten unwohl gefühlt?«

»Du meinst die kleine Kammer, in der die Herren sich nach dem Abendessen zu versammeln pflegten, um meine Musik zu hören?«

»Genau die«, bestätigte der Diener.

»Nein, in diesem Raum habe ich nie etwas Besonderes empfunden«, antwortete der Harfenspieler stirnrunzelnd. »Abgesehen von der Tatsache, dass es dort furchtbar stickig war, wenn man die Türen schloss. Ich begreife nicht, warum Reynolds ausgerechnet einen Raum ohne Fenster ausgewählt hat, um mich spielen zu hören.« Dann dachte Turlough einen Moment lang nach. »Warum wurde er eigentlich das Naturkabinett genannt?«

»Weil der Squire dort seine Sammlung von Akten aufbewahrte«, flüsterte der Diener mit einem schelmischen Kichern.

»Akte?«

»Nacktbilder.«

»Allmächtiger Himmel!«, entfuhr es dem Harfenspieler. »Du meist Bilder von Frauen? Nackten Frauen?«

»Ja«, gestand Hugh. »An allen Wänden. Jeder Zentimeter des Raums war den Porträts von Frauen in ihrem Naturzustand gewidmet.«

»Ich wünschte, ich hätte das gewusst«, sagte der Harfenspieler und schüttelte enttäuscht den Kopf. »Das hätte meine Besuche dort um so vieles interessanter gemacht.«

»Aber Ihr hättet die Bilder doch nicht sehen können, Herr.« Der Diener lachte.

»Ich hätte sie mir vorstellen können«, erklärte Turlough mit einem Schmunzeln. Dann runzelte der Harfenspieler die Stirn. »Ich dachte immer, die Herren seien aus Respekt vor meinem Spiel so still, und dabei haben sie die ganze Zeit über auf die Wände gestarrt! Deshalb waren sie so schweigsam.«

»Ich muss zugeben, dass es einem bisweilen schwer fiel, sich auf die Musik zu konzentrieren«, räumte Hugh ein.

»Heilige Mutter Gottes«, sagte Turlough traurig. »Warum hat mir das niemand erzählt?«

»Der Squire dachte, Ihr könntet die Bilder vielleicht unbeabsichtigt seiner Frau gegenüber erwähnen«, erklärte Hugh. »Daher beschloss er, Euch nichts davon zu verraten.«

»Mrs Reynolds wusste nichts von der Gemäldesammlung ihres Mannes?«

»Sie hatte keine Ahnung«, sagte Hugh lächelnd.

»Dann hat er mich also nur deshalb in diesen Raum geführt, damit all diese Herren einen Vorwand hatten, um ihren Frauen zu entkommen?«, stieß der Harfenspieler ehrlich erschrocken hervor. »Und um die Kurven anderer als ihrer eigenen guten Frauen zu betrachten?«

»So ist es«, erwiderte der Diener und wünschte jetzt, er hätte schon eher davon gesprochen.

»Dann waren also alle Männer in diesem Raum ihren Gattinnen untreu«, lachte Turlough.

»In gewisser Weise«, antwortete der Diener, ein wenig gekränkt über diese Anschuldigung. »Wart Ihr denn selbst niemals untreu?«

»Ich war in Versuchung«, gab Turlough zu. »Viele Male war ich in Versuchung. Aber in all den Jahren unserer Ehe bin ich meiner Mary immer treu geblieben.«

»Und vor Eurer Heirat?«, fragte Hugh. »Ich möchte wetten, dass Ihr durchaus kein Mönch wart.«

»Erinnerst du dich an diesen jungen Bullen, den Lord Inchinquin ein Jahr lang auf einer Insel mitten im See gehalten hat?«, fragte Turlough.

»Er hat ihn dort hingebracht, um das Tier für eine gewisse Zeit von den Kühen fern zu halten«, erwiderte Hugh, »bis der Bulle seine volle Reife erreicht hatte.«

»Erinnerst du dich daran, was dieser Bulle getan hat, als man ihn wieder mit den Kühen zusammenbrachte?«

Hugh besann sich einen Moment lang, errötete und lächelte dann breit. »Ich erinnere mich.«

»Ich war geradeso wie dieser Bulle unter den Kühen, bis Mary mir ein wenig Vernunft eingebläut hat«, erklärte der Harfenspieler. »Ich nehme an, ich werde sie nun bald wieder sehen«, fügte er mit einem Lächeln hinzu.

In diesem Augenblick kam William in die Küche zurück. »Die Lady hat mich gebeten, Euch in die Bibliothek zu führen«, erklärte er. »Seid Ihr so weit?«

»Ja«, antwortete der Harfenspieler und versuchte aufzustehen. Kaum hatte er sich jedoch erhoben, überfiel ihn ein weiterer Hustenkrampf, und er krümmte sich vor Schmerz. Hugh legte einen Arm um seinen Herrn, um ihn, so gut er konnte, zu stützen.

Turlough war in der Vergangenheit oft krank gewesen. Die Galar-breac hatte ihm eine schwache Konstitution beschert. Aber der Diener hatte seinen Herrn noch nie so sehr leiden sehen.

Als der Krampf verebbte, richtete Turlough sich auf und bemühte sich, seine Atmung unter Kontrolle zu bringen. Einige Minuten verstrichen, bevor er schließlich eine Hand auf Hughs Schulter legte.

»Lass uns gehen«, keuchte der Harfenspieler, »bevor mein Körper ein für alle Mal den Geist aufgibt.«

»Bis dahin habt Ihr noch ein gutes Stück Weges zu gehen«, erklärte Hugh, bemüht, seinen Herrn aufzumuntern.

»Das glaube ich nicht«, antwortete der Harfenspieler ernst. »Wenn der Engel des Todes dich ruft, dann erkennst du seine Stimme. Vor allem, wenn du seine Annäherungsversuche fast siebzig Jahre lang abgewehrt hast.«

O'Flynn fasste Turlough am Arm, und Hugh folgte den beiden mit der Harfe. Die Bibliothek lag im oberen Stockwerk, befand sich aber in unmittelbarer Nähe zu dem Schlafgemach, das die Mägde für den alten Harfenspieler bereitmachten.

»Es kann also noch nicht allzu schlecht um das Haus MacDermot stehen«, bemerkte Turlough, als sie die Treppe zur Hälfte erklommen hatten.

»Wie meint Ihr das?«, fragte O'Flynn.

»Ich möchte schwören, dass es hier heute doppelt so viele Stufen gibt wie zu der Zeit, als ich noch ein Junge war«, erwiderte der Harfenspieler.

Hugh und der Butler lachten, aber Turlough sparte sich seinen Atem für den Weg.

Schließlich erreichten sie das obere Stockwerk und gingen direkt auf die Bibliothek zu. Turlough wurde zu einem weich gepolsterten Sessel geführt, und Hugh stellte die Harfe vor ihn hin. Der Harfner beugte sich über das Instrument, liebkoste das sanft geschwungene Holz und ließ die Finger dann über die dicke vordere Säule gleiten, um sachte über die Schnitzerei zu streichen.

»Ich werde die Harfe vermissen«, sagte er zu seinen Zuhörern. »Meine Instrumente waren mir fast so treu wie mein Diener, Hugh Connor, der Mann, der auch unter dem Namen Herr der Sommersprossen bekannt ist.«

Hugh errötete und trat zur Tür zurück, um von dort aus zuzuhören.

Die Diener des Hauses waren ebenfalls zusammengekommen, um der Darbietung zu lauschen, und einige von ihnen schoben sich aufgeregt an Hugh vorbei, um nach einem Sitzplatz zu suchen. Es gab nicht genug Stühle, daher lehnten die meisten von ihnen sich an die Wand.

Das Gerücht, dass der Meister schwerkrank war, hatte sich schnell im Haus verbreitet. Vielen der Dienstboten war mittlerweile klar, dass dies möglicherweise die letzte Gelegenheit war, Turlough O'Carolan seine Harfe spielen zu hören.

»Ich habe nach Dr. Stafford geschickt«, flüsterte Mrs MacDermot Turlough zu, als sie sich auf dem Weg zu ihrem Platz kurz über ihn beugte. »Und Dr. Duigenan wird ebenfalls heute Abend hier sein. Er ist mein eigener Arzt. Ihr dürft die Hoffnung noch nicht aufgeben. Vielleicht handelt es sich ja doch um eine vorübergehende Krankheit.«

»Man könnte mein ganzes Leben als eine vorübergehende Krankheit bezeichnen, Mylady«, antwortete der Harfenspieler mit einem leisen Lachen. »Aber die Wolke der Blindheit wird bald schon von mir genommen werden, und dieser Gedanke allein macht mich sehr glücklich.«

Die alte Dame strich ihm zärtlich über die Stirn, dann ging sie zu ihrem Platz. Sobald sie fort war, fuhr Turlough zaghaft mit den Fingern über die Saiten und nahm dann den kleinen Stimmschlüssel aus der Tasche. Mit großer Geschicklichkeit stimmte er das Instrument, zog hie und da eine Saite ein wenig nach, bis alle mit einer einzigen süßen Stimme sangen.

Hugh durchzuckte der Gedanke, dass der Körper seines Herrn zwar langsam und müde geworden war, dass sein Verstand indes so scharf war wie nur je.

Schließlich lehnte Turlough sich in seinem Sessel zurück, zufrieden mit dem Klang seines Instruments. Er holte tief Atem und legte die Hände dicht über die Saiten. Dann zupfte er mit den Fingerspitzen die Drähte, sachte zuerst, um seine Melodie mit einer Zärtlichkeit zum Leben zu erwecken, die seinen Zuhörern ein entzücktes Seufzen entlockte.

Die Melodie begann klagend, langsam und tief. Es war ein seltsames Stück, selbst in Hughs Ohren. Der Diener hatte seinen Herrn ungezählte verschiedene Stücke spielen hören, um Menschen der unterschiedlichsten Art zu gefallen. Protestanten wie Katholiken, Reichen wie Armen, dem alten Adel und den neu ernannten Lords aus Schottland und England.

Plötzlich ging dem Diener auf, dass dies eins der wenigen Stücke war, die Turlough einzig zu seinem eigenen Vergnügen komponiert hatte und nicht um seinem Publikum zu gefallen. Die Melodie erinnerte stark an die alte Musik, die Basstöne waren stark und fest, die Höhen tanzten einen verschmitzten Reigen.

Als der Harfenspieler den zweiten Satz begann, veränderte sich der Charakter der Musik. Jetzt war das Stück ein strahlendes, fröhliches Echo der Eingangsphrase in den oberen Registern. Am Ende dieses lebhaften Intermezzos verklang die fröhliche Stimmung, das Spiel wurde langsamer, und der meisterhafte Harfner nahm das erste Thema wieder auf.

Und nun war die Komposition so voller Trauer, dass Hugh Mühe hatte, die Tränen zurückzuhalten. Mit diesem Stück, das wurde ihm nun klar, sagte Carolan wahrlich Lebewohl, der Musik, seinen Abenteuern und seinen lieben Freunden. Und Hugh wusste, dass mit dem Tod dieses Mannes wahrscheinlich eine ganze Tradition verwelken würde. Turloughs Sohn hatte die Harfe erlernt, aber sein Spiel war wenig bemerkenswert, und seine Kompositionen waren nichts als ein leeres Echo der Melodien des Meisters.

Es gab vielleicht noch dreißig Harfner in ganz Irland, die sich mit ihrem Spiel eine karge Existenz sicherten, und die meisten von ihnen konnten von ihrer Kunst kaum leben. In den Häusern wohlhabender Gönner waren solche fahrenden Musikanten nicht länger willkommen; sie interessierten sich mehr für die neue Musik vom Kontinent. Männer wie Signor Geminiani waren sehr gefragt. Die musikalischen Moden Italiens und Frankreichs hatten die Tradition der Barden eingeholt. Und die ärmeren Schichten, also der größte Teil der irischsprachigen Bevölkerung, konnten einem Harfenspieler kaum mehr anbieten als eine Mahlzeit und ein Bett. Daher waren die meisten Musikanten schäbig gekleidet und sahen aus wie Bettler.

Turlough O'Carolan hatte außerordentliches Glück gehabt. Er war in eine Zeit hineingeboren worden, da die alte Ordnung kurz vor ihrem Ende stand. Der Harfenspieler war klug genug gewesen, um zu begreifen, dass der Einfluss der Ausländer eine Veränderung des musikalischen Geschmacks herbeiführen würde. Und so hatte Carolan sich an die Veränderung angepasst.

Seine Gönner und Freunde, wie Cathair McCabe, hatten ihn in einen großen Kreis von Menschen eingeführt, die zu seinen Anhängern wurden. Turlough hatte es nie an einem warmen Bett, einem guten Essen und einem Glas des feinsten Whiskeys gemangelt.

Der Meister hatte viele Aspekte der Kunstmusik Italiens in seine Kompositionen eingearbeitet, während er gleichzeitig etwas von der großen irischen Musik bewahrt hatte, die seine Inspiration und die Grundfeste seiner Kunst gewesen war. Die meisten anderen Harfenspieler hatten sich halsstarrig geweigert, die neue Musik zu spielen, und das war ihr Untergang gewesen.

Aber diese letzte Melodie, das Lebewohl an die Musik, war ein durch und durch irisches Stück. Es war lockend und berauschend. Es hätte in jenen fernen, längst vergangenen Tagen komponiert sein können, da man Harfenspielern wahrhaft den gleichen Rang zusprach wie Königen.

Und in diesem Moment begriff Hugh etwas, das ihm noch nie zuvor aufgefallen war. Er dachte zurück an den Wettstreit zwischen Geminiani und seinem Herrn. Für Hugh bestand einfach kein Zweifel daran, dass Carolan der bessere Musiker war. Denn obwohl der Harfenspieler seine Melodien nicht auf die gleiche Weise ausschmückte wie der Geiger, konnte er sich selbst in seine Musik einbringen, wie andere Musiker es nicht vermochten.

Carolan spielte seine Kompositionen nicht nur. Er wurde eins mit ihnen. Mochte es auf jahrelange Übung zurückzuführen sein, mochte es ein gottgegebenes Geschenk sein, der Meister verstand sich darauf, all seine Gefühle dem Fluss einer Melodie anzuvertrauen. Seine Tänze waren die fröhlichsten seiner Stücke. Seine Klagelieder waren herzzerreißend. Seine Loblieder auf einen bestimmten Gönner waren stets klare Porträts der Personen, denen sie gewidmet waren.

In diesem Augenblick verlangsamte Turlough sein Spiel ein wenig und ließ die Basssaiten nachschwingen, statt sie mit den Fingerspitzen zum Schweigen zu bringen. Auf diese Weise verlieh er der Melodie etwas Ätherisches, ein geisterhaftes Echo.

Hugh schloss die Augen, und es fiel ihm nicht schwer, sich vorzustellen, ein Stück Feenmusik zu hören. Er fragte sich, ob sein Herr diese Melodie auf einem Feenhügel gehört und sich in der Absicht eingeprägt hatte, das Stück als seinen eigenen Nachruf darzubieten.

Gerade in diesem Moment endete die Weise, und die Saiten der Harfe sangen ein letztes Mal unter den Fingern Turlough O'Carolans. Dann wartete er ab, bis sein Instrument vollkommen still geworden war. Er brachte die Saiten nicht zum Schweigen. Er wollte noch das allerletzte Echo auskosten, das seiner geliebten Harfe entstieg.

»Ich bin weit gereist«, sagte der Harfenspieler schließlich, so leise, dass seine Zuhörer sich vorbeugen mussten, um ihn zu verstehen, »um an diesen Ort zurückzukehren, an dem alles begann. Ich habe einen vollen Bauch und wunderbare Freunde, und ich habe ein Leben unberührt von der Not geführt, die unser Land ins Verderben gestürzt und den meisten meiner Freunde aus Kindertagen den Tod gebracht hat. Die Harfe war mein Lebenszweck. Die Musik war meine Opfergabe an Gott. Und nun biete ich ihm meine Seele dar, zum Dank für die kostbaren Geschenke, die mir zuteil wurden.«

Turlough hielt kurz inne, denn das Atmen machte ihm Mühe, aber ob es an der Krankheit lag oder an einem Übermaß an Gefühl, das wusste niemand außer ihm.

»Jetzt ist es vorüber«, sagte der große Harfenspieler schließlich.

Niemand applaudierte. Niemand wagte es, zu sprechen oder überhaupt ein Geräusch zu machen. Es war Mrs MacDermot, die sich als Erste erhob, und sobald sie aufgestanden war, folgten die Diener ihrem Beispiel und verließen einer nach dem anderen den Raum. Viele von ihnen warfen einen letzten langen Blick auf diesen Mann, der in ganz Irland bekannt und willkommen war.

»Ich bringe Euch zu Eurem Bett«, sagte William dem Harfenspieler leise ins Ohr. »Ihr sollt den Raum bekommen, den Ihr mir genommen habt, als ich vor all jenen Jahren Butlergehilfe hier war.«

Turlough nickte und schob die Harfe beiseite. Wie immer stand Hugh bereit, um ihm das Instrument abzunehmen. Der Diener packte die Harfe in ihr Seehundsfell, wie er es seit Jahren getan hatte.

»Ich hoffe, Ihr habt diese Melodie einen Eurer Schüler gelehrt«, bemerkte Mrs MacDermot.

»Charles O'Connor, der Freund von Dr. Delany, kennt

sie«, versicherte Turlough ihr. »Und er wird dafür Sorge tragen, dass sie nicht in Vergessenheit gerät. Er hat sie auf Papier niedergeschrieben, als ich ihn verließ, so dass jede Note an dem Platz bleiben wird, den ich ihr zugewiesen habe, und nicht unter den Fingern eines Musikanten mit einem schlechten Gedächtnis in die Irre läuft.«

»Ich bin erleichtert, das zu hören«, flüsterte die Dame. »Es wäre wahrlich eine Tragödie, wenn Euer letztes und größtes Werk zukünftigen Generationen verloren ginge.«

»Es ist ein schönes Stück«, pflichtete Turlough ihr bei, »und nun bin ich mir doch nicht mehr so sicher, ob das Concerto wirklich meine beste Komposition war. Habe ich Euch erzählt, wie ich von dieser Melodie geträumt habe?«

»Das habt Ihr«, antwortete die Dame.

»Ich habe lange Zeit geglaubt, der alte Harfenspieler, der mich in meinem Traum unterwiesen hat, sei ein Feenmann gewesen oder gar ein Engel, der zur Erde herniedergestiegen war, um mir ein Geschenk zu machen. Aber jetzt weiß ich, dass der blinde alte Mann in meiner Vision ich selbst war.«

»Ihr selbst?«, fragte Mrs MacDermot.

»Ich habe mein Spiegelbild seit über fünfzig Jahren nicht mehr gesehen«, erklärte er ihr. »Daher kann ich nicht einmal erahnen, wie ich heute aussehen mag. Manchmal stelle ich mir immer noch vor, ich sei achtzehn Jahre alt, obwohl ich weiß, dass mein Kopf fast zur Gänze kahl ist und mein Bauch ziemlich üppig. In dem Traum habe ich mich nicht erkannt.«

»Ihr seid immer noch ein gut aussehender Mann«, sagte sie.

»Das bin ich nicht«, kicherte der Harfenspieler, »und ich

wäre Euch dankbar, wenn Ihr Eure Schmeicheleien nicht auf mich vergeuden wolltet. Ich habe in diesem Leben mehr Komplimente gehört, als mir gerechterweise zustehen. Und ich weiß, dass Schmeichelei zu Eitelkeit führt. Der Himmel steh mir bei, wenn ich so enden sollte wie David Murphy. Und das in meinem Alter!«

Dann erhob der Harfenspieler sich unter großen Mühen und stützte sich auf O'Flynn.

»Padraic, der Fährmann, hat in meinem Traum etwas zu mir gesagt«, bemerkte Turlough und dachte an sein Gespräch mit dem Fischer zurück. »Er sagte, wenn ich in den Spiegel hätte sehen können, hätte ich den alten Mann erkannt, der mich das Concerto gelehrt hat. Ich war es selbst. Eine andere Erklärung gibt es nicht. Die Musik ist immer schon durch mich hindurchgeflossen. Sie suchte nur nach einer Möglichkeit, aus der Anderwelt in diese hier zu finden, die wir bewohnen. Ich war die Fähre, und die Musik war mein Fahrgast.«

Turlough stützte sich schwer auf den Butler und hustete ein wenig.

»Die Königin der Feen«, fuhr Turlough fort, »und ihr Gatte …«

»Prinzgemahl«, korrigierte ihn Mrs MacDermot, und der Harfenspieler lächelte bei dem Gedanken, dass die alte Dame die Wahrheit über die Sheehans vielleicht über all diese Jahre hinweg gekannt hatte.

»Ihr Prinzgemahl«, wiederholte Turlough. »Diese beiden waren geradeso meine Gönner, wie Ihr es gewesen seid. Jene, die Vertrauen in mich hatten, haben gut für mich gesorgt.«

Turlough begann von neuem zu husten, und er hielt

Mrs MacDermots Hand fest umklammert, während der Krampf sich seines Körpers bemächtigte.

»Ich sehe, dass Ihr jetzt Ruhe braucht«, sagte die alte Dame. »Uns bleibt in den nächsten Tagen noch reichlich Zeit zum Reden. Habt keine Furcht.«

»Ich bete, dass Ihr Recht habt«, erwiderte der Harfenspieler, dem das Atmen große Mühe machte.

Turlough O'Carolan erwachte erst spät am nächsten Tag. Die Ärzte untersuchten ihn und erklärten Mrs MacDermot, dass sie bedauerlicherweise nichts mehr tun könnten.

Hugh wich seinem Herrn keinen Augenblick von der Seite, nicht einmal, wenn der alte Harfenspieler schlief.

»Ich will bei ihm sein«, sagte der Diener zu William O'Flynn, »wenn die Zeit kommt.«

Und so hielt der ganze Haushalt Wache. Zwei Tage verstrichen. Dann ein dritter. Turlough schlief die meiste Zeit über, und wenn er erwachte, flößte man ihm ein wenig Suppe ein und gab ihm Whiskey, um den Schmerz seines Leidens zu lindern. Denn selbst im Schlaf wurde er von quälenden Hustenanfällen geschüttelt. Dann, am Abend des sechsten Tages, erwachte er unerwartet und fühlte sich sehr viel besser.

»Der Husten ist fort«, sagte er zu Hugh, »aber ich werde die Nacht nicht überleben.«

»Unsinn«, erwiderte der Diener. »Es ist offensichtlich, dass Ihr auf dem Wege der Genesung seid. In ein paar Tagen werdet Ihr wieder auf den Beinen sein und an der Harfe sitzen und zechen wie in alten Zeiten.«

»Mary hat immer zu mir gesagt, ich solle die Harfe in diesem Leben so oft spielen wie nur möglich«, seufzte

Turlough, »weil der Ort, an den ich anschließend gehen werde, keine Harfen kennt.«

Hugh erwiderte den Scherz mit einem halbherzigen Lachen. Er wollte sich nicht anmerken lassen, wie besorgt er war. Und er wollte sich nicht eingestehen, dass sein Herr ihn bald verlassen würde. Es war, als klammere er sich an Turloughs Hand, um ihn anzuflehen, noch zu bleiben.

»Ich freue mich darauf, Mary wieder zu sehen«, vertraute der Harfenspieler ihm an. »Denn auf der Insel gibt es keine Blindheit.«

Turlough tastete nach Hughs Hand.

»Ich möchte dir etwas erzählen«, sagte der Meister. »Und ich möchte nichts als die Wahrheit von dir hören. Schwörst du mir das?«

»Ich schwöre es.«

»War ich ein guter Harfenspieler?«

»Was redet Ihr da?«, stieß Hugh hervor. »Es gab niemals einen größeren Harfenspieler in ganz Irland.«

»Woher willst du das wissen?«

»Ich habe all die Jahre Eurem Spiel gelauscht«, erwiderte der Diener begütigend. »Und ich habe fast jeden anderen Harfenspieler im Land gehört. Eure Musik und Euer Spiel kennen nicht ihresgleichen.«

In diesem Augenblick kam William O'Flynn in den Raum.

»Irland ist in Trauer«, eröffnete er ihnen. »Denn ich habe soeben erfahren, dass David Murphy vor einer Woche in seinem Haus in Dublin verschieden ist.«

»Irland hat diesen Narren schon betrauert, als er noch lebte«, sagte Hugh stirnrunzelnd. »Ich kann mir nicht vorstellen, dass es viel Energie auf ihn vergeuden wird, nachdem er nun tot ist.«

»Ich habe gehört, dass es ein großes Abschiedsfest für ihn gegeben haben soll«, bemerkte William. »Es hat die ganze Nacht hindurch gedauert.«

»Den Leuten ist jeder Vorwand recht, um zu trinken und sich den Bauch mit Bries vollzuschlagen«, warf Hugh ein.

»Er war kein schlechter Mensch«, unterbrach ihn Turlough, und Hugh zog angesichts dieses Gesinnungswandels seines Herrn die Augenbrauen in die Höhe. »David Murphy war eingebildet, selbstsüchtig und töricht, und sein Snobismus war unübertroffen«, fuhr der alte Harfenspieler fort. »Aber ich würde nicht sagen, dass er ein schlechter Mensch war. Jeder hat seine Fehler.«

»Nun, einige Leute müssen wohl eine hohe Meinung von ihm gehabt haben«, bemerkte O'Flynn. »Seine Totenwache ging bis zum Morgengrauen.«

»Ist das das Zeichen für einen guten Harfenspieler?«, fragte Turlough. »Kann man sein Talent an der Länge der Totenwache messen?«

»Es ist ein Zeichen, an dem man die Beliebtheit eines Menschen erkennen kann«, antwortete Hugh. »David Murphy muss wohl einige Bewunderer gehabt haben. Aber genauso wahrscheinlich ist es, dass seine Freunde mit Begeisterung Murphys Weinkeller geleert haben.«

»Dann bin ich ja froh, dass ich keinen Weinkeller habe«, lachte Turlough. »Wenn es eine Totenwache gibt, dann deshalb, weil die Menschen ehrlich trauern.«

»Eure Musik wird weiterleben, noch lange nachdem Ihr gestorben seid«, erklärte Hugh seinem Herrn.

»Meinst du?«

»Ich bin davon überzeugt«, antwortete der Diener. »Ich

werde das Concerto für den Rest meines Lebens in meinem Herzen tragen, und das bedeutet, dass es weiterleben wird.«

»Wenn Murphys Totenwache also die ganze Nacht hindurch gedauert hat«, fuhr Turlough fort, »was meinst du, wie lange man dann für mich Wache halten wird?«

»Das kommt darauf an.« In Williams Stimme lag ein schelmischer Unterton. »Einen schlechten Harfenspieler wird man vielleicht überhaupt nicht vermissen, und seine Totenwache könnte eine arg gedämpfte Angelegenheit mit nur wenigen engen Freunden sein. Um Mitternacht ist alles vorüber.« Der Butler schnippte mit den Fingern. »Ein halbwegs guter Harfenspieler dürfte wohl erwarten, dass seine Freunde und Bekannten während der dunklen Stunden der Nacht und bis zum Sonnenaufgang bei der Leiche sitzen, obwohl es vielleicht nicht genug zu essen und zu trinken und auch nicht genug Tabak geben wird, um sie durch ihre ganze Totenwache zu bringen.«

»Ein sehr guter Harfenspieler«, griff Hugh den Gedankengang des Butlers auf, »kann mit einem Fest rechnen, das die ganze Nacht andauert, so wie das Fest, das Murphy bekommen hat.«

»Für einen großen Harfenspieler«, erklärte William, »würden gewiss noch einige Freunde am nächsten Vormittag um den Sarg herumtanzen.«

»Sorg dafür, dass es reichlich Whiskey gibt, Hugh«, wies Turlough seinen Diener an.

»Den wird es geben. Ich habe gerade erst eine große Ladung gebrannt, von der ich gehofft hatte, dass sie uns durchs Frühjahr bringt.«

»Ich werde den Whiskey brauchen, um mich auf die

andere Seite hinüberzubringen«, seufzte der Harfenspieler, und das Kinn sank ihm auf die Brust.

Eine kurze Zeit verstrich, und Hugh glaubte, sein Herr müsse wieder eingeschlafen sein. Er wollte gerade aufstehen, als Turlough wieder zu sprechen begann.

»William?«, flüsterte er mit versagender Stimme. »Bist du da?«

»Ja«, antwortete der alte Butler leise.

»Würdest du mir einen letzten Tropfen Whiskey holen?«

»Ich habe ihn hier, in Eurem Lieblingsbecher«, kam die Antwort.

»Der Whiskey und ich, wir waren so lange Zeit enge Freunde«, sagte Turlough, »dass es eine schreckliche Schande wäre, wollte ich mich ohne einen letzten Kuss auf den Weg machen.«

O'Flynn hielt Turlough den Becher an die Lippen, und der alte Harfenspieler kostete davon, dann schlief er wieder ein. Und kurz darauf, in Anwesenheit seiner Freunde, ging Turlough O'Carolan, Erster Musiker Irlands, von dieser Welt hinüber in die nächste.

Kapitel 15

Edward nippte an seinem Becher und sah den alten Hugh Connor, den ehemaligen Diener des großen Carolan, durchdringend an.

»Und wie lange hat seine Totenwache gedauert?«, wollte der junge Mann wissen.

»Vier Tage«, antwortete Hugh stolz. »Vier Tage, die wir durchzecht, durchtanzt und durchfeiert haben. Am vierten Tag kamen sechstausend Menschen zu seiner Beerdigung, und seither hat es in ganz Irland nie wieder eine größere Versammlung von Harfenspielern und Edelleuten gegeben. Hundert Geistliche haben ihm das letzte Geleit gegeben, und noch Wochen danach strömten die Tränen ungehindert über die Gesichter der Menschen.«

»Man hat ihn geliebt«, meinte Denis nickend. »Und es war wahrlich ein großartiges Fest. Damals haben Hugh und ich enge Freundschaft geschlossen, denn die Totenwache wurde zu einem großen Fest der Harfenkunst. Jeder Harfenspieler im Land kam, um dem Meister die letzte Ehre zu erweisen.«

»Ich habe diesen alten Kerl natürlich schon vorher gekannt«, erklärte Hugh und zeigte auf Denis. »Aber es war bei der Beerdigung, dass ich beschloss, Harfenträger von Denis Hempson zu werden.«

»Ihr habt ihm die Harfe getragen, geradeso wie vorher Carolan?«

»Jawohl«, bestätigte der alte Whiskeybrenner. »Aber mir war die Lust am Reisen vergangen. Ich habe Denis nach einem Jahr verlassen und mich mit großer Hingabe dem Whiskeybrennen gewidmet.«

»Und gelobt sei Gott dafür, dass Ihr das getan habt«, sagte Denis. »Denn Euretwegen habe ich mich ständig im Land verirrt. Ich weiß nicht, wie Carolan sich mit Euch und Euren blicklosen Augen abfinden konnte.«

»In jenen Tagen war ich noch nicht blind«, ereiferte sich Hugh.

»Das ist Ansichtssache«, erwiderte Denis.

»Ich würde gern denken, dass mein Herr mit dem Boot hinüber zu seiner Insel gefahren ist«, seufzte Hugh. »Und dass ihn auf der anderen Seite Mary und all seine Freunde erwarteten, die während seines langen Lebens gestorben waren. Ich würde gern glauben, dass seine letzten Gedanken jener Traumwelt galten, in der er das Concerto gelernt hatte. Und ich würde gern glauben, dass ich ihn eines Tages dort besuchen werde.«

»Ihr seid zu jung für solches Gerede, Hugh Connor«, tadelte Denis seinen Freund. »Menschen wie wir sterben nicht so jung. Dazu lieben wir den Whiskey viel zu sehr, den Whiskey, ein schönes Fest und ein klein wenig Schelmerei.«

»Und dennoch kann ich in Gedanken Turlough O'Carolan vor mir sehen, wie er inmitten der Feen Hurling spielt«, erklärte Hugh grinsend. »Denn an diesem Ort ist jeder jung, gesund und glücklich. Ich kann ihn mit der Feenkönigin tanzen sehen und mit Mary. Ich weiß, dass er noch immer seine Musik für all jene spielt, die ihm zuhören wollen. Denn er hat die rote Feenfrucht gegessen, und er hat von der Quelle am Fuß des Altars getrunken.« Der alte Whiskeybrenner atmete tief ein und führte seinen Becher an die Lippen. Als er einen Schluck davon genommen hatte, fragte er: »Wollt Ihr mir nicht jetzt das Concerto spielen, Denis?«

»Es war eine gute Geschichte«, gab Denis zu. »Aber gerade jetzt bin ich doch ein wenig müde. Ihr hättet mich früher darum bitten sollen.«

»Ich habe Euch früher darum gebeten, und Ihr habt geantwortet, Ihr würdet es später spielen«, bemerkte Hugh.

»Nun, das ist in der Tat ein Widerspruch«, stimmte Denis ihm zu. »Denn in diesem Augenblick ist es zu spät, das Concerto zu spielen. Gerade darauf kommt es ja an beim Harfenspiel, auf den richtigen Zeitpunkt.«

»Ich gebe Euch Euren richtigen Zeitpunkt«, brauste Hugh auf, »Ihr alter Trunkenbold. Den Whiskey aus meinen Bechern zu schlürfen wie ein Lord und dann nichts zurückzugeben für den Genuss eines guten Tropfens.«

»Ich werde das Concerto spielen«, beteuerte Denis. »Ich habe Euch mein Wort gegeben. Aber eben nicht heute Abend. Ich fühle mich gerade jetzt nicht gut genug vorbereitet.«

»Was um Himmels willen braucht Ihr denn noch mehr an Vorbereitung?«

»Eine geruhsame Nacht«, gähnte der alte Harfenspieler. »Es muss auf drei Uhr am Morgen zugehen.«

Daniel zog eine Uhr aus seiner Tasche und warf einen Blick darauf.

»Es ist halb vier«, stöhnte er. »Ich muss um sechs Uhr aufstehen, um eine Lieferung Gerste für den nächsten Brand in Empfang zu nehmen.«

»Dann ab mit dir ins Bett«, befahl Hugh. »Ich möchte nicht, dass du zu diesem Termin zu spät kommst. Der Vorrat des ganzen Jahres hängt davon ab.«

»Ja, Großvater«, erwiderte Daniel mit resigniertem Tonfall, dann stand er auf, um Denis in sein Quartier zu geleiten.

»Gute Nacht, Hugh«, wünschte Denis seinem Gastgeber auf dem Weg zur Tür.

»Ihr werdet es morgen für mich spielen, nicht wahr?«

»Aller Wahrscheinlichkeit nach, ja«, antwortete der Harfenspieler. »Denn ich spüre, dass mich die Inspiration ankommt, und das ist immer ein gutes Zeichen. Gute Nacht, Master Edward«, fügte Denis hinzu, dann führte Daniel den alten Mann aus dem Haus und hinunter ins Dorf.

»Ein Mann in Dublin hat mir zwanzig Pfund geboten«, sagte Hugh zu Edward, »wenn ich ihm dafür diese Geschichte von Anfang bis Ende erzählte.«

»Und er hat wirklich alles geglaubt?«

»Seid nicht unhöflich!«, blaffte Hugh ihn an. »Jedes Wort davon ist so wahr, wie ich es weiß. Denn ich habe einen großen Teil davon aus dem Mund des Meisters selbst gehört. Dieser Bursche aus Dublin war ein Gelehrter am Trinity College«, erklärte Hugh. »Er hat mir erzählt, er könne nichts in sein Buch hineinschreiben, was nicht bereits gut dokumentiert sei.«

»Also war der größte Teil Eurer Geschichte nutzlos für ihn«, stellte Edward fest.

»Allerdings«, erwiderte Hugh, »da zu Lebzeiten meines Herrn nur wenige Menschen lesen konnten. Daher wurde nicht viel in Büchern festgehalten. Ich selbst konnte ein wenig lesen, aber schließlich bin ich auch mit dem berühmtesten Harfenspieler der Geschichte umhergereist. Ich war sein Führer. Also musste ich einige Worte lernen. Die wenigen Geschichten, die von Carolans Leben niedergeschrieben wurden, sind in den Kriegen oder den Aufständen verloren gegangen.«

»Ihr könnt also kein Wort von Eurer Geschichte beweisen?«

»Das ist richtig«, gab Hugh zu. »Daher wollte mir der Gentleman vom Trinity College auch nicht die zwanzig Pfund bezahlen, obwohl ich den Verdacht habe, dass er die Geschichten dennoch benutzt hat.«

»Den Verdacht habe ich auch«, sagte Edward und nickte. Dann legte er Hugh die Hand auf die Schulter. »Ich glaube Euch«, sagte er aufrichtig.

»Wirklich?«, fragte Hugh überrascht.

»Ja. Das Ganze ist einfach zu fantastisch, um frei erfunden zu sein. Und selbst wenn die Glaubwürdigkeit an manchen Stellen ein wenig dünn erscheint, ist es trotzdem eine gute Geschichte.« Edward lächelte breit. Er fragte sich, ob in Hughs Geschichten nicht vielleicht doch mehr Wahrheit steckte, als er es für möglich gehalten hätte.

»Vielleicht werdet Ihr das alles eines Tages aufschreiben«, bedrängte ihn der alte Whiskeybrenner.

»Schon möglich.«

»Damit würdet Ihr Irland einen größeren Dienst erweisen als mit Euren Streifzügen, bei denen Ihr umherlauft und Rotröcken in den Hinterkopf schießt.«

»Da mögt Ihr Recht haben«, gab Edward zu. »Da mögt Ihr Recht haben.«

»Ich gehe jetzt ins Bett«, seufzte Hugh. »Ich bin erschöpft von all diesen Geschichten.«

»Gute Nacht«, wünschte Edward ihm.

»Ich bin froh, dass ich zu dem Schluss gekommen bin, es sei zu gefährlich, Euch frei in der Welt herumlaufen zu lassen«, sagte Hugh zu seinem Gast.

»Ist das der Schluss, zu dem Ihr gekommen seid?«, lachte Edward.

»Allerdings. Ich hatte Angst, dass Ihr Aufmerksamkeit auf meine ungesetzlichen Aktivitäten lenken könntet. Und so dachte ich, dass ich Euch besser hier behalte, als Sicherheit gegen eine mögliche Entdeckung. Aber jetzt sehe ich, dass es Schicksal war, das Euch in dieses Haus geführt hat. Und ich bin froh, Eure Bekanntschaft gemacht zu haben.«

»Auch ich bin sehr dankbar, dass ich Euch kennen lernen durfte«, erwiderte Edward aufrichtig. Ganz plötzlich überkam ihn eine Sehnsucht, hier zu bleiben und in Frieden zu leben und jede Nacht Geschichten zu hören. Die Sache der Freiheit erschien ihm nach ein paar Nächten mit Hugh doch irgendwie leer.

»Ich nehme an, Ihr werdet am Morgen abreisen?«

»Wenn Euch das recht ist«, antwortete der Rebell vorsichtig.

»Ganz wie Ihr wünscht, junger Herr.« Hugh zuckte die Achseln. »Ich möchte Euch nicht gegen Euren Willen hier festhalten. Aber ich glaube doch, dass ich Euch vermissen werde.«

Hugh stand auf.

»Falls Ihr Euch jemals dazu entschließen solltet«, flüsterte der alte Mann, »etwas von dem Geld Eures Vaters in das Brennereigeschäft zu investieren, so hoffe ich doch, dass Ihr nicht zögern werdet, als Erstes Kontakt zu mir aufzunehmen.«

»Sollte ich einen solchen Schritt in Erwägung ziehen«, versprach Edward, »seid Ihr derjenige, an den ich mich um Rat wenden würde.« Dann fiel dem Rebellen plötzlich wieder etwas ein. »Was ist mit den neunzig Pfund?«

»Von welchen neunzig Pfund redet Ihr?«

»Das Geld, das Ihr und Seamus und Eure Freunde verloren habt«, rief Edward ihm ins Gedächtnis, »wegen meiner überstürzten Tat, als ich Major D'Arcy erschoss.«

»Ihr habt doch nicht etwa darüber nachgedacht, wortbrüchig zu werden, oder?«, stammelte Hugh erschrocken.

»Nein, wirklich nicht.«

»Dann schickt uns das Geld aus Dublin«, seufzte Hugh. »Keine Sorge. Ich weiß, wo Ihr lebt, und meine Freunde in der Stadt würden nicht zulassen, dass Ihr an Bord eines Schiffes geht, um aus dem Land zu fliehen, ohne vorher Eure Schulden beglichen zu haben.«

»Ich verstehe«, erwiderte der Rebell lächelnd.

»Ihr seid ein feiner Kerl, Edward«, sagte der Whiskeybrenner, »aber Geschäft ist Geschäft.«

Hugh tastete sich zur Tür hinüber und wartete darauf, dass Mhairgead wieder zurückkam, nachdem sie die Pferde für die Nacht fertig gemacht hatte.

»Meine Enkeltochter hat ein Auge auf Euch geworfen«, vertraute der alte Whiskeybrenner ihm an. »Und ich denke, Ihr zwei würdet ein schönes Paar abgeben. Sie ist noch jung, obwohl sie zwei Kinder hat. Und obwohl ich weiß, dass es Euer Herz danach verlangt, das Leben eines Rebellen zu führen. Falls Ihr Euch dazu durchringen solltet, hier zu bleiben, könntet Ihr dieses Haus als Euer Heim betrachten. Und Ihr wärt hier vor den Engländern geradeso sicher wie in New York.«

»Und was würdet Ihr als Gegenleistung für meine Sicherheit verlangen?« Edward lächelte. Während er Hugh bei seinen Erzählungen zugehört hatte, hatte er das eine oder andere über den alten Mann gelernt.

»Ihr kränkt mich, Master Edward«, stieß Hugh hervor. »Ich bin fast sprachlos.«

»Fast, aber nicht ganz, möchte ich wetten«, lachte der junge Mann.

»Daniel kann die Brennerei nicht allein betreiben, und seinen beiden jüngeren Brüdern steht der Sinn nicht danach, ihm zu helfen. Sie haben eigene Pläne. Und ich bin davon überzeugt, dass wir mit den Beziehungen Eures Vaters in Dublin unser Geschäft auch dort betreiben könnten. Wir müssten nicht mehr ein halbes Jahr darauf warten, dass die Landjunker ihre Rechnungen bezahlen. Wir könnten mit den wohlhabenden Häusern und den Tavernen in Dublin Handel treiben. Der Verlust von Major D'Arcy hat mein Einkommen arg geschmälert.«

Hugh dachte kurz nach, dann beschloss er, auszusprechen, was ihm im Kopf herumging.

»Und mit Euren Beziehungen zu den Rebellen«, sagte der alte Whiskeybrenner leise, »könnten wir zusätzlich durch den Verkauf von Waffen ein paar Pennys verdienen. Und gleichzeitig die Sache unterstützen.«

»Ich werde darüber nachdenken«, erwiderte Edward, ohne sich festzulegen.

»Außerdem könnte ich dafür sorgen, dass Ihr Eure Schulden bei den Hiesigen in Raten und über eine längere Zeit hinweg abbezahlen könnt«, erbot sich Hugh.

»Ich müsste Euren Vorschlag zunächst einmal gründlich überdenken«, sagte Edward zögernd. Langsam bekam er es mit der Angst, dass er für den Rest seines Lebens an diesem Ort in der Falle sitzen könnte. »Ich kann Euch heute Abend noch keine Antwort geben. Was ist mit der Revolution? Ich kann meine Kameraden nicht einfach im Stich lassen, oder?«

»Ich wüsste nicht, warum nicht«, lachte Hugh. »Die Revolution ist bisher auch gut ohne Euch zurechtgekommen. Ich bezweifle nicht, dass die Rebellen sie auch dann fortsetzen werden, wenn Ihr Euch von ihnen abgewandt habt.«

»Ich weiß nicht, ob ich mich von ihnen abwenden kann.«

»Ich habe in meinem kurzen Leben ein halbes Dutzend Rebellionen mit angesehen«, sagte der alte Mann kopfschüttelnd. »Nicht eine von ihnen hat mehr erreicht als das sinnlose Abschlachten der Blüte der irischen Jugend. König Jakob ist nie zurückgekommen, wie er uns versprochen hat. Sein Sohn hat einen schwächlichen Versuch unternommen, das zu tun. Sein Enkel, Charlie, hat sich als Frau verkleidet im schottischen Hochland versteckt. Ich finde, dass die Stuarts ihre Chance gehabt haben. Jetzt müssen wir mit ihren Nachfolgern leben.«

»Irland könnte frei sein von allen Königen«, beharrte Edward. »Die Amerikaner haben keinen Monarchen. Sie haben einen Kongress.«

»Unsinn«, erklärte Hugh abschätzig. »Wenn es keine Könige mehr gäbe, die für Ordnung sorgten und die vom Volk respektiert werden, würde die Welt in Verwirrung, Krieg und Hungersnot verfallen.«

»Aber genau diese Dinge hat Irland hundert Jahre lang unter einem englischen König erlitten«, bemerkte der junge Mann.

»Ich möchte lieber Not leiden unter einem armen König als unter einem Ausschuss gesichtsloser Männer, die sich selbst Parlament nennen. Denn solange es einen König gibt, hat das Volk wenigstens einen einzelnen Mann, auf den es seinen Ärger konzentrieren kann. Im Parlament schiebt jeder Schuft die Schuld dem anderen zu. Niemand übernimmt Verantwortung. Und das verstimmte Volk wird schon bald jede Hoffnung aufgeben, Gehör zu finden.«

Edward belächelte diese Feststellung. »Aber das ist doch gerade der Sinn der amerikanischen Republik: dem gewöhnlichen Mann eine Stimme zu geben. In Amerika beherrscht die Stimme aller die Regierung.«

»Der gewöhnliche Mann will gar keine Stimme«, lachte Hugh. »Er will eine Mahlzeit im Bauch haben, ein Dach überm Kopf und am Ende des Tages eine brave Frau in seinem Bett. Zeigt mir eine Regierung, die einem Mann diese Annehmlichkeiten bietet, und ich zeige Euch eine Regierung, die die allgemeine Zustimmung gewonnen hat.«

Mhairgead betrat mit einem leisen Hüsteln den Raum und griff dann nach Hughs Arm.

»Ich bringe dich jetzt in dein Cottage, Großvater«, sagte sie.

»Schön«, erwiderte der alte Mann und überzeugte sich davon, dass er seine Pfeife in der Tasche hatte. »Ich muss reichlich getrunken haben heute Abend!«, rief er. »Ich habe mich schon seit Jahren nicht mehr so leicht auf den Füßen gefühlt.«

»Komm jetzt. Die Sonne geht bald auf, und mir steht morgen ein harter Arbeitstag bevor«, schalt Mhairgead. »Für dich mag es ja gut und schön sein. Du kannst herumliegen, bis dir der Sinn danach steht, dich aus deinem Bett zu erheben. Ich muss früh raus, um das Frühstück fertig zu machen, das Brot zu backen und Wasser aus dem Brunnen zu holen.«

»Ich bewege mich, so schnell ich kann, Frau!«

»Werdet Ihr noch wach sein, wenn ich zurückkomme?«, fragte Mhairgead Edward.

»Vielleicht«, antwortete der Rebell vorsichtig.

»Ich bleibe nicht lange weg«, sagte sie.

»Also gut«, erwiderte der junge Mann und hielt sich den Whiskeybecher unter die Nase. Ihm war plötzlich ein wenig unbehaglich zu Mute.

Einige Minuten später kehrte Mhairgead zurück, nachdem sie ihren Großvater in seinem Cottage zu Bett gebracht hatte. Sie ging direkt auf Edward zu. Dann zog sie sachte die Hände durch sein Haar, neigte seinen Kopf leicht nach hinten und drückte die Lippen auf seine.

Der junge Mann ließ seinen Becher fallen und setzte sich kurz, aber ohne Überzeugung zur Wehr. Und als er die Liebkosung ihrer Hände auf seinem Gesicht spürte, gab er den Versuch endgültig auf.

»Meint Ihr, wir sollten das im Haus Eures Großvaters tun?«, fragte Edward, als Mhairgead sich rittlings auf seinen Schoss setzte.

»Hast du nicht gehört, was er gesagt hat?«, kicherte sie. »Er hat nur das eine Ziel, uns zu verheiraten, damit du ins Geschäft eintreten kannst.«

»Was würde er sagen, wenn er jetzt plötzlich hereinkäme?«, erkundigte sich Edward mit einem Anflug von Furcht in der Stimme.

»Gar nichts«, erwiderte sie. »Er würde dich einfach wortlos erwürgen.«

Edward zuckte erschrocken zurück, dann bemerkte er das schelmische Funkeln in Mhairgeads Augen. Sie war wirklich schön, das musste er zugeben. Und sie wusste, was sie vom Leben wollte. Er errötete abermals, denn er war sich vollauf im Klaren darüber, dass er sich zu ihr hingezogen fühlte, seit er sie das erste Mal gesehen hatte. Mhairgead hatte etwas an sich, das sie von ihrem Großvater geerbt haben musste.

Lebensfreude und einen Humor, den sie sich trotz aller Kämpfe bewahrt hatte. Und einen starken Freiheitsdrang.

»Da würde er mich zuerst einmal zu fassen bekommen müssen«, erklärte er. »Und wenn die ganze englische Armee das nicht schafft, bezweifle ich, dass es einem blinden alten Mann gelingen würde, seine Hände um meinen Rebellenhals zu legen.«

Lachend umarmten sich die beiden. Und bis die Sonne aufging und das blaue Licht des frühen Morgens den Raum einhüllte, blieben sie beieinander, redeten, neckten sich und kicherten.

Es war fast Mittag, als der alte Hugh sich mit Hilfe seines Gehstocks zum Haus hinübertastete. Wegen der fortgeschrittenen Stunde erwartete er, Edward auf seinem Stuhl am Feuer vorzufinden, eine Suppenschale in der Hand. Aber als er sich auf seinem vertrauten Platz niederließ, hatte er das Gefühl, dass der junge Mann überhaupt nicht im Raum war.

Der Gedanke durchzuckte ihn, dass Edward doch noch beschlossen hatte, sich davonzumachen. Die vertane Chance ließ sein Herz rasen.

»Edward?«, rief er, aber er bekam keine Antwort. »Edward, seid Ihr hier irgendwo?«

Einige Sekunden später erklang ein lautes Ächzen und dann ein vernehmliches Gähnen.

Der alte Whiskeybrenner drehte sich stirnrunzelnd auf seinem Stuhl um und versuchte herauszufinden, woher die Geräusche gekommen waren. Er wandte den Kopf dorthin, wo das Bett stand, das man für seinen Gast aufgeschlagen hatte. Aber dort war alles still.

Dann hörte Hugh, wie nackte Füße auf die Dielenbretter gesetzt wurden, und sein Blut begann sofort zu kochen.

Der Whiskeybrenner kannte dieses Haus wie keinen anderen Ort auf Erden. Jeder Teil des Fußbodens hatte seinen eigenen unverkennbaren Klang. Jedes Brett und jeder Dachbalken warfen auf ganz eigene Art die Geräusche zurück. Hughs Schätzung nach hatte der junge Rebell sich soeben aus Mhairgeads Bett gewälzt.

»Wo seid Ihr, Edward?«, fragte er in dem Bemühen, den Zorn zu verbergen, der in ihm aufwallte.

»Ich bin hier drüben«, antwortete der junge Mann. »Guten Morgen, Sir.«

»Es ist nach Mittag«, zischte Hugh.

»Tatsächlich?«

»Tatsächlich? Tatsächlich?«, rief der alte Whiskeybrenner und erhob sich, um seinen Stock in Edwards Richtung zu schwingen. »Was habt Ihr in Mhairgeads Bett zu suchen?«

Edward antwortete nicht.

»Habt Ihr mich gehört?«, schrie der alte Mann. »Warum habt Ihr im Bett meiner Enkeltochter geschlafen?«

»Das habe ich nicht getan«, log Edward.

»Mir macht Ihr nichts vor«, kreischte Hugh. »Ihr habt die Ehre meiner geliebten Mhairgead besudelt!«

Seinen Stock hoch erhoben, durchquerte der alte Mann den Raum und bemerkte es kaum, als er in seinem Zorn den Tisch zur Seite stieß.

»Ich habe Euch in dieses Haus eingeladen und Euch den besten Whiskey, das beste Essen und die besten Geschichten vorgesetzt, und so dankt Ihr mir meine Freundlichkeit! Ihr verführt mein unschuldiges Enkelkind unter meinem eigenen Dach!«

»Ich habe sie nicht verführt«, protestierte Edward. »Sie war diejenige …«

»Und Ihr seid nicht mal Manns genug, die Verantwortung dafür zu übernehmen!«, brüllte der alte Whiskeybrenner. »Daniel, komm sofort hierher! Ich möchte, dass du diesem Burschen eine Lektion erteilst.«

Edward murmelte ein höchst anstößiges Wort, denn ihm war klar, dass er jetzt in echten Schwierigkeiten steckte. Wenn Daniel genauso reagierte wie sein Großvater, würde wahrscheinlich gleich die Hölle losbrechen. Der Rebell knöpfte seine Hosen zu und bückte sich, um in seine Schuhe zu schlüpfen, während der alte Mann durch den Raum stürmte. Edward zog gerade seinen zweiten Schuh an, als er ein Geräusch neben sich auf dem Bett hörte.

Es war Hughs Stock, der auf die Decke gekracht war.

»Ich werde Euch mit eigenen Händen töten!«, rief Hugh. »Ihr seid ein Dieb, denn Ihr habt die Ehre einer Jungfrau gestohlen!«

»Mhairgead ist keine Jungfrau«, entrüstete sich Edward. »Sie hat zwei Kinder.«

»Wollt Ihr sie obendrein auch noch beleidigen? Ihr verräterischer kleiner Dubliner! Dafür werde ich Euch in einem Fass mit Eurem eigenen Urin ertränken lassen. Wenn ich mir vorstelle, dass ich zwei Abende lang meine Geschichten und all diesen Whiskey auf Euch vergeudet habe. Und wofür? Damit Ihr mit meiner geliebten Mhairgead schlafen und ihre unbezahlbare Jungfräulichkeit stehlen konntet!«

»Sie hat zwei Kinder«, rief Edward dem alten Mann nachdrücklich ins Gedächtnis, aber kaum hatte er diese Worte über die Lippen gebracht, da fand der Gehstock sein Ziel und krachte auf seinen Hinterkopf herunter. Einen Augenblick lang war der junge Mann benommen, dann ging er in Deckung. So schnell er konnte, kroch er über den Boden, um sich vor Hugh in Sicherheit zu bringen.

»Hugh«, sagte Edward beschwichtigend. »Es war nicht meine Schuld.«

»Da seid Ihr!«, rief der alte Mann, sobald Edward gesprochen hatte. »Ich bringe Euch um!«

»Hugh!«, kreischte Edward, als der alte Whiskeybrenner mit seinem Stock auf ihn zustürzte.

»Das Ganze ist zum Teil auch Euer Werk«, sagte Edward beschwichtigend, und Hugh hielt kurz inne, um über diese Bemerkung nachzudenken.

»Was habe ich damit zu tun?«

»Ihr habt Mhairgead ermutigt, sich einen guten Ehemann zu suchen«, erinnerte Edward ihn. »Und mir habt Ihr immer wieder erzählt, was für eine prächtige Ehefrau sie abgeben würde.«

»Ich wollte, dass Ihr sie heiratet«, schrie Hugh, »nicht dass Ihr mit ihr schlaft!«

Edward runzelte die Stirn, hielt es aber für klüger, nicht auf den Widerspruch hinzuweisen, der in dieser Bemerkung lag.

Der alte Mann fuchtelte abermals mit seinem Stock herum und fegte sämtliche Becher vom Tisch. »Ich werde Euch mit meinen eigenen Händen ermorden«, schwor der Alte. »Ihr werdet mir nicht entkommen! Vagabund!«

Während die Becher noch über den Boden rollten, kamen Daniel und Mhairgead hereingestürzt, um festzustellen, was der ganze Aufruhr zu bedeuten hatte.

»Was ist hier los?«, fragte Daniel.

»Ich sage dir, was los ist«, knurrte Hugh. »Dieser Prachtbursche, der unseren Whiskey getrunken und sich an unserem Feuer gewärmt hat, hat deine Schwester, Mhairgead, verführt.«

»Was redest du da?«, fragte der rothaarige Mann kopfschüttelnd.

»Er hat in Mhairgeads Bett geschlafen!«, erwiderte Hugh.

»Ist das wahr?«, fragte Daniel Edward mit bedrohlichem Tonfall.

»Ja, es ist wahr«, warf Mhairgead trotzig ein, bevor der junge Rebell eine Chance hatte zu antworten. Dann durchquerte sie den Raum, um sich neben ihn zu stellen.

»Was hast du dir nur dabei gedacht?«, stotterte Daniel. »Im Haus deines Großvaters mit einem Gast zu schlafen.«

»Du hast im Nebenzimmer mit deiner Frau geschlafen, lange bevor ihr beide verheiratet wart«, rief sie ihrem Bruder ins Gedächtnis. »Ich weiß es, weil sie mich mit ihrem Stöhnen die ganze Nacht wach gehalten hat.«

»Was zum Teufel?«, stammelte Hugh entsetzt. »Habt ihr dieses Haus in eine Lasterhöhle verwandelt? Meine eigenen Enkelkinder, die unter meinem eigenen Dach mit jedem dahergelaufenen Fremden ins Bett steigen?«

»Bridie ist keine dahergelaufene Fremde«, antwortete Daniel. »Sie ist meine Frau.«

»Aber das war sie noch nicht, als du das erste Mal mit ihr geschlafen hast«, konterte der alte Mann.

»Nein«, gab Daniel zu.

»Dann hast du kein Recht, mich jetzt zu verurteilen, Daniel Connor McHugh«, erklärte Mhairgead selbstbewusst.

»Wirst du endlich den Mund halten!«, zischte Daniel seiner Schwester zu.

»Wage es nicht, mich zu kritisieren, Bruder«, erwiderte sie

lächelnd. »Denn du hast dich dieser Sünde genauso schuldig gemacht, wie ich es getan habe. Und ich habe es nur einmal getan. Du hast außerdem mit Kathleen und ihrer Schwester, Moira, geschlafen.«

»Zur gleichen Zeit?«, ächzte Hugh und stützte sich schwer auf seinen Stock.

»Nein, Großvater«, versicherte ihm Daniel. »Es waren zwei verschiedene Nächte.«

Im nächsten Moment schlug sich Hughs Enkel an die Stirn und schloss die Augen.

Der alte Whiskeybrenner stand mit offenem Mund und absolut sprachlos da.

»Allmächtiger«, stöhnte Daniel. »Hätte ich doch den Mund gehalten ... Du solltest dich setzen, Großvater«, schlug er mit einem gelasseneren Tonfall vor.

»Wie ist es möglich, dass ich von alldem nichts gewusst habe?«, fragte der alte Mann leise. »Meine lieben, unschuldigen Enkelkinder haben unter meinem eigenen Dach Unzucht getrieben, und ich hatte keine Ahnung davon.«

Hugh schüttelte den Kopf und lehnte sich an seinen Stuhl. Daniel eilte zu ihm hinüber und hielt ihn fest, damit er nicht der Länge nach hinfiel.

»Nimm deine Hände von mir, du Schürzenjäger!«, zischte der alte Whiskeybrenner. »Ich verstehe das alles nicht«, murmelte er. »Was habe ich nur falsch gemacht?«

»Willst du mir etwa erzählen, dass du niemals eine wilde Nacht mit einem hübschen Mädchen verbracht hast?«, fragte Daniel.

»Niemals unter dem Dach ihres Großvaters!«, rief der alte Mann schrill. »Und ich habe niemals eine Nacht mit zwei Schwestern verbracht.«

»Es waren zwei verschiedene Nächte, Großvater«, korrigierte Daniel ihn. »Ich habe es nie geschafft …«

Daniel schloss die Augen und hörte auf zu sprechen. Stille kehrte ein, während alle Anwesenden den Satz des Rothaarigen in ihrer Fantasie beendeten. Mhairgead unterdrückte ein Kichern. Edward schüttelte den Kopf.

»Heilige Mutter Gottes«, flüsterte Hugh vor sich hin. »Bei Brigid und allen heiligen Heerscharen des Himmels. Ich mag meinen armen alten Ohren kaum trauen.«

»Setz dich, Großvater«, sagte Daniel leise, in der Hoffnung, Hughs Ärger auf diese Weise besänftigen zu können.

»Wusstest du davon?«, fragte der Alte seinen Enkel.

»Meinst du von Mhairgead und Edward?«

»Natürlich meine ich von Mhairgead und Edward!«, brüllte der alte Mann.

»Ich hatte so eine Ahnung, dass etwas daraus werden könnte«, gab Daniel zu.

»Jetzt werden die beiden niemals heiraten, und Mhairgead wird als alte Jungfer enden«, stöhnte Hugh.

»Was redest du da?«, lachte seine Enkeltochter.

»Jetzt, da du ihm zu Willen warst, wird er dich bestimmt nicht heiraten. So sind sie eben, die jungen Männer. Vor allem die Rebellen.«

»Mach dich nicht lächerlich«, spottete Mhairgead. »Würdest du ein Pferd kaufen, ohne es einmal über den Acker zu reiten?«

Edward zog die Augenbrauen in die Höhe.

»Man braucht nicht mit einem Pferd zu schlafen, um festzustellen, ob es einen tragen kann oder nicht«, blaffte Hugh sie an.

In ebendiesem Augenblick kam Denis herein, geführt von Finbar, Daniels jüngstem Bruder.

»Gott segne Euch alle«, wünschte er den Anwesenden.

»Seid still, Ihr alter Narr!«, rief Hugh.

»Ich weiß, wie Ihr Euch fühlen müsst«, sagte der alte Harfenspieler mitleidig und griff sich an die Stirn. »Ich bin selbst heute mit fürchterlichen Kopfschmerzen aufgewacht. Ich bin auch nicht mehr so jung, wie ich einmal war.«

»Ich habe soeben entdeckt, dass meine Enkeltochter mit diesem Schurken geschlafen hat«, tobte Hugh.

»Geschlafen haben sie, ja?«, fragte Denis. »Und was ist daran auszusetzen?«

»Sie haben eine ganze Menge mehr getan, als nur zu schlummern.«

»Und Ihr habt sie dabei erwischt?«

»Nicht dabei«, gab Hugh zu. »Mhairgead war draußen, und er lag in ihrem Bett.«

»Sie ist ein kluges Mädchen, dass sie in Anwesenheit eines jungen Mannes eine solche Vorsichtsmaßnahme getroffen hat«, erklärte Denis nickend.

»Was redet Ihr da?«, schnaubte der alte Whiskeybrenner.

»Die beiden können nicht viel getan haben«, schlussfolgerte der Harfenspieler, »wenn er hier drin war und sie draußen. Habt Ihr vielleicht einen Tropfen Whiskey für einen alten Mann mit einem hämmernden Schädel?«

»Die Ehre meiner Enkeltochter ist besudelt worden!«

»Fühlt Ihr Euch unwohl?«, fragte Denis seinen alten Freund. »Meint Ihr nicht, dass ein Whiskey Euch helfen würde, einen klaren Kopf zu bekommen?«

»Wagt es nicht, so mit mir zu sprechen!«, schrie Hugh. »Ich bin nicht verrückt. Ich habe die Dielenbretter unter

Mhairgeads Bett knarren hören, als Edward aufgestanden ist.«

»Die Dielenbretter?«, wiederholte der Harfenspieler, der offenkundig versuchte zu begreifen, wovon sein Freund eigentlich redete.

»Versteht Ihr denn nicht?«, seufzte Hugh verärgert. »Er muss die Nacht mit ihr verbracht haben.«

»Wollt Ihr etwa behaupten«, sagte Denis stirnrunzelnd, »dass Ihr das Knarren der Dielenbretter um Mhairgeads Bett herum erkennen könnt?«

»Allerdings«, antwortete Hugh.

»Ihr würdet nicht einmal den Unterschied zwischen dem Knarren eines Dielenbretts und dem Lärm einer Mühle erkennen«, lachte der alte Harfenspieler.

Hugh lief dunkelrot an, aber da sein Freund die Veränderung seiner Gesichtsfarbe nicht sehen konnte, plauderte Denis weiter munter drauflos.

»Mein Vetter hat in einer Mühle gearbeitet, als ich ein Junge war. Mein Bruder und ich haben ihm sein Abendessen gebracht, wenn er die Nacht hindurch arbeiten musste. Und es war eine harte Arbeit, das kann ich Euch sagen. Wenn er nach Hause kam, war er über und über mit weißem Puder bedeckt, und in seinem Haar wimmelte es von Getreidekäfern.«

»Wollt Ihr wohl endlich den Mund halten! Was schert mich Euer verdammter Vetter!«, brüllte Hugh.

»Es gibt keinen Anlass zu solcher Unhöflichkeit«, tadelte der Harfenspieler ihn, während er sich zu seinem Stuhl vor dem Kamin hinübertastete. »Ich bin hergekommen, um für Euch zu spielen, nicht um mich von Euren Fantastereien verwirren zu lassen.«

»Ich habe die Mühlen knarren hören!«, schrie Hugh.

»Die Dielenbretter«, korrigierte ihn Edward.

»Was?«, fuhr der alte Mann auf und wandte sich zu seinem Gast um. »Was habt Ihr gesagt?«

»Ihr habt die *Dielenbretter* knarren hören.«

»Ich weiß verdammt gut, dass ich sie habe knarren hören! Was glaubt Ihr, weshalb ich mich so aufrege?«, blaffte Hugh ihn an. Jetzt verlor er endgültig die Beherrschung. »Ihr haltet Euch da raus! Die ganze Sache geht Euch überhaupt nichts an.«

Edward griff sich an die Stirn und wünschte, er hätte geschwiegen.

Dann fiel Hugh über seine Enkeltochter her. »Ich hätte wissen müssen, dass du mal so wirst. Deine Mutter war hinter allem her, was Hosen trug. Mein armer Sohn wäre vor Kummer fast gestorben, so toll hat seine Frau es getrieben.«

»Wie kannst du es wagen, so von meiner Mutter zu sprechen!«, rief Mhairgead. »Sie war eine gute, rechtschaffende Frau, die mich ordentlich erzogen hat und hier ein hartes, einsames Leben führte, während mein Vater jahrelang auf See war.«

»Mein Sohn ist nur wegen der schrecklichen Dinge, die sie ihm angetan hat, überhaupt zur See gefahren«, gab Hugh wütend zurück. »Sie muss wohl aus Dublin gekommen sein. Jeder weiß, dass die Menschen dort zügellos und sündhaft sind. Der Beweis dafür hockt irgendwo in ebendiesem Haus.«

»Ah, Dublin. Was für eine Stadt«, seufzte Denis wehmütig, doch niemand achtete auf ihn.

»Meine Mutter war eine Kelly«, fuhr Mhairgead auf. »Sie

war Irin durch und durch. In ihren Adern ist nicht ein Tropfen Dubliner Blut geflossen.«

»Ich denke, du wirst feststellen, dass die Kellys Normannen waren«, warf Edward ein.

»Was?«, fragte Mhairgead verwirrt.

»Die Kellys sind eigentlich überhaupt keine Iren, wenn man ihren Familienstammbaum weit genug zurückverfolgt«, erklärte der Rebell. »Sie sind vor Hunderten von Jahren mit der normannischen Invasion ins Land gekommen.«

»Seid still!«, brüllten Hugh und Mhairgead wie aus einem Mund, bevor sie sich wieder auf ihren Streit konzentrierten.

Edward seufzte und ließ sich auf die Bettkante sinken.

»Moment mal«, meldete Denis sich nun zu Wort. »Das spielt doch eigentlich gar keine Rolle.«

»Ich wünschte, Ihr würdet Euch allesamt aus unseren Familienangelegenheiten heraushalten«, ereiferte sich Hugh.

»Werden die beiden nun heiraten oder nicht?«, fragte der alte Harfenspieler.

»Was?«

»Das ist es doch, was Ihr die ganze Zeit wissen wolltet, oder?«

»Ja, natürlich ist es das«, zischte Hugh.

»Nun, warum fragt Ihr sie dann nicht?«, sagte Denis sanft.

Hugh holte tief Luft und dachte über diesen Vorschlag nach. Dann drehte er sich zu Mhairgead um. Sie sagte nichts, daher wandte er sich an Edward.

»Nun, junger Mann, jetzt, nachdem Ihr von den großzügigen Gaben meiner Enkelin gekostet habt, seid Ihr bereit, sie zu heiraten?«

»Das bin ich«, antwortete Edward, ohne zu zögern.

»Ihr seid dazu bereit?« Einen Augenblick lang war Hugh verwirrt.

»Ja.«

»Da habt Ihr's«, kicherte Denis. »Alles geregelt. Also, trinken wir jetzt einen Whiskey, um zu feiern?«

»Warum habt Ihr mir das nicht mitgeteilt?«, fragte Hugh mit unüberhörbarem Argwohn.

»Ihr habt mir ja keine Gelegenheit dazu gegeben«, entgegnete Edward.

»Also schön«, murmelte Hugh, während er über diese jüngste Entwicklung nachdachte. Er brauchte nur wenige Sekunden, um sich an die neue Situation anzupassen, dann stieß er die Luft aus und grunzte. »Ich bin froh, dass Ihr endlich Vernunft angenommen habt«, sagte er zu Edward. »Ich hatte schon befürchtet, ich müsste Euch ein wenig Anstand in den Schädel prügeln. Es wärmt mir das Herz, dass Ihr und Daniel das Familiengeschäft an meiner Stelle übernehmen werdet, nachdem ich in die andere Welt hinübergegangen bin.«

»Wir gehen nach Amerika«, unterbrach ihn Mhairgead.

»Ihr tut was?«, keuchte Hugh.

»Wir gehen nach Amerika, um mitzuhelfen, eine Armee aufzustellen, die Irland von den englischen Unterdrückern befreien wird«, erklärte sie.

»Du redest jetzt schon wie dieser junge Rebell«, rief der alte Whiskeybrenner, dessen Gesicht sich nun abermals rötete. »Ist denn dieses ganze Haus verrückt geworden?«

»Ich kann mich nicht einfach zurücklehnen und gelassen zusehen, wie mein Volk unter dem Joch der Fremden leidet«, sagte Mhairgead.

»Ich kann es nicht fassen, dass ich das höre«, murmelte Hugh. »Und was ist mit deinen Kindern?«

»Daniel und seine Frau werden für sie sorgen, bis wir zurückkommen«, antwortete sie trotzig.

»Ich verbiete es!«, erklärte der alte Mann. »Ich verbiete dir, einfach auf und davon zu gehen und diesen dummen jungen Abenteurer zu heiraten. Wovon willst du leben? Er wird dich nicht ernähren können. Er hat ja nicht einmal so viel Vernunft, zu wissen, wann er genug getrunken hat!«

»Ich liebe ihn«, entgegnete Mhairgead.

»Dein ganzes Gerede von Liebe schert mich keinen Deut. Ich werde nicht dulden, dass meine Enkeltochter einen Rebellen heiratet. Ich werde nicht dulden, dass du in der Politik dein Leben riskierst. Das ist keine Beschäftigung für eine junge Frau. Oder einen anständigen Mann, was das betrifft.«

»Aber Ihr kauft Waffen von unredlichen englischen Majoren und verkauft sie an die Rebellen«, entgegnete Edward. »Ihr seid bereits in die Politik verwickelt.«

»Das ist eine vollkommen andere Angelegenheit«, entgegnete der alte Mann scharf. »Das ist Geschäft. Mögen die Heiligen uns bewahren, wenn die Politik jemals ein Geschäft werden sollte. Wohin würde uns das führen? Diese beiden passen nicht zueinander. Sie geben eine gefährliche Mischung ab.«

»Was glaubt Ihr denn, wohin diese Waffen gebracht werden?«, fragte Edward. »Sie enden allesamt in den Händen der Rebellen.«

»Ich mache einen guten Gewinn mit diesen Waffen. Ich frage nicht, wofür sie genutzt werden. Und ich handle nicht mit Schwarzpulver oder Blei. Ohne Munition und Pulver sind die Waffen nutzlos.«

»Aber übervorteilt Ihr die Rebellen damit nicht?«

»Lasst Euch nicht zum Narren halten«, sagte Denis lächelnd. »Dieser alte Mann war einer der Helden von '45.«

»Was?«, rief Edward aus.

»Er ist im Jahr 1745 nach Schottland gegangen, um für Bonnie Prince Charlie zu kämpfen«, lachte der alte Harfenspieler. »Er war damals fast sechzig Jahre alt. Und er ist seither ein leidenschaftlicher Rebell gewesen. Seamus Kelly wird Euch das bestätigen, und Major D'Arcy hätte das Gleiche getan, hätte er noch Atem in der Lunge, um zu sprechen.«

»Das genügt!«, brüllte Hugh, und sein Gesicht wurde einmal mehr flammend rot. »Ich bin kein verfluchter Rebell! Und ich lasse mich in meinem eigenen Haus nicht beschimpfen!«

Edward öffnete den Mund, um zu sprechen: »Könnt Ihr –«

»Seid still!«, fiel Hugh ihm ins Wort. »Was glaubt Ihr wohl, wovon das Essen bezahlt wurde, an dem Ihr Euch während der letzten beiden Tage gütlich getan habt? Ich habe meine Familie einzig von dem Geld ernährt, das ich durch den Handel mit diesen Musketen verdient habe. Ich riskiere mein Leben für diese Familie, und das ist der Dank dafür.«

»Nicht du hast dein Leben riskiert«, bemerkte Daniel. »Ich war derjenige, der sich draußen mit dem Major getroffen und ihm seine Ladung abgenommen hat. Finbar und Francis haben mich begleitet. Wenn ich mich recht erinnere, hast du keinen Finger krumm gemacht, um zu helfen.«

»Ich habe dir durch meine vielen Beziehungen zum Militär ein stetes Auskommen verschafft«, schimpfte Hugh. »Und du solltest mir dankbar dafür sein.«

»Meint Ihr nicht, Ihr solltet Euch niedersetzen und einen Tropfen Whiskey zu Euch nehmen?«, schlug Denis vor. »Ihr redet Euch nur in Rage.«

»Ich rede mich nicht in Rage!«, brüllte Hugh aus Leibeskräften. Die Worte brachen mit solcher Gewalt aus ihm heraus, dass er für ein paar Sekunden um Atem rang.

Plötzlich erbleichte der alte Mann, taumelte und tastete mit dem Stock nach seinem Stuhl. Einen Moment lang sah es so aus, als würde er ersticken, aber schließlich gelang es ihm, die Fassung wiederzugewinnen, und er zeigte mit seinem Stock quer durch den Raum.

»Du hast das alles gewusst«, sagte Hugh zu Daniel. »Du wusstest die ganze Zeit über, dass sie nach Amerika gehen wollen, und du hast dazu geschwiegen.«

»Mhairgead hat erst heute Morgen mit mir über die Kinder gesprochen«, hielt Daniel dagegen.

»Unter meinem eigenen Dach«, hustete der alte Mann, und er war plötzlich so schwach, dass er sich schwer auf seinen Stock stützen musste.

»Großvater!«, rief Mhairgead und stürzte zu ihm hinüber. »Ist alles in Ordnung?«

Hugh setzte sich zitternd auf seinen Stuhl am Feuer.

»Es ist der Schock«, stieß er zwischen zwei Hustenkrämpfen hervor. »Es ist einfach zu viel für mich.«

Daniel sah seinen Großvater mit schmalen Augen an, weil er argwöhnte, dies sei wieder eine von Hughs Listen.

»Ihr seid ein alter Mann«, bemerkte Denis. »Es würde mich nicht überraschen, wenn dies Euer letzter kleiner Wutanfall wäre. Genauso ist es Sean Farrell ergangen, als er seine alte Kuh dabei erwischte, wie sie es auf der benachbarten Weide mit dem Bullen eines Protestanten trieb. Ihm blieb einfach das Herz stehen bei dem Gedanken, dass sein schönes Tier, das er seit Jahren mit dem besten Heu gefüttert hatte, sich auf der Suche nach Trost an die Presbyterianer wandte.«

Hugh hob seinen Stock, als wolle er nach dem alten Harfenspieler schlagen, aber dann wurde seine Hand plötzlich schlaff. Der Gehstock fiel klappernd zu Boden. Hugh schloss die Augen und stöhnte. Dann kam kein Laut mehr über seine Lippen.

Edward durchquerte hastig den Raum, um neben seinem Gastgeber niederzuknien.

»Er atmet noch«, erklärte der junge Rebell. »Er ist nur ohnmächtig geworden. Am besten, wir bringen ihn ins Bett.«

»Hübsche junge Frauen, Politik und Musketen«, sagte Denis kopfschüttelnd. »Eine tödliche Mischung.«

»Wollt Ihr vielleicht einen Whiskey?«, fragte Daniel.

»Das wäre wunderbar«, antwortete der Harfenspieler. »Aber nur einen kleinen. Die Sonne ist noch nicht untergegangen, und ich möchte nichts überstürzen.«

»Wie Ihr wünscht, Denis.«

»Daniel«, sagte Edward drängend, »Euer Großvater wird vielleicht sterben. Wie könnt Ihr da so sorglos sein?«

»Oh, das ist seit Weihnachten nun schon das dritte Mal, dass er blass geworden und in Ohnmacht gefallen ist«, erwiderte der rothaarige Mann.

»Sechs Mal letztes Jahr«, erinnerte sich Denis. »Meistens setzt er auf diese Weise seinen Willen durch. Aber wir beachten ihn gar nicht mehr besonders.«

»Diesmal ist es anders«, unterbrach ihn Mhairgead. »Ich denke, er ist wirklich ziemlich krank. Seine Haut ist ganz kalt geworden, und er atmet sehr flach. Und seht Euch nur seine Gesichtsfarbe an.«

Daniel trat neben sie und legte dem alten Mann die Hand auf die Stirn.

»Oh, süßer Jesus!«, flüsterte er nach ein paar Sekunden, dann stürzte er zur Tür hinaus. »Francis!«, brüllte er. »Hol Dr. Morrisey. Großvater hat einen Anfall gehabt. Und dann hol auch Pater Anthony. So schnell du kannst.«

Francis rief ihm zu, dass er verstanden habe, und eilte dann davon.

»Am besten, wir bringen ihn in mein Zimmer«, sagte Daniel, als er wieder neben dem alten Mann stand. »Meine Frau und ich haben ein sehr bequemes Bett im Haus, und er wird dort ungestört sein. Bridie und die Kinder können heute Nacht in Großvaters Cottage schlafen.«

Edward und Daniel hoben Hugh von seinem Stuhl und trugen ihn vorsichtig in das Zimmer, in dem Daniel und seine Frau schliefen. Dann legten sie den alten Mann auf die Matratze, und Mhairgead zog ihm die Decke über die Schultern. Anschließend blieb ihnen nichts anderes übrig, als zu warten, bis der Arzt kam.

Als Morrisey schließlich erschien, um Hugh zu untersuchen, blieben Daniel und Mhairgead bei ihrem Großvater, während Edward dem alten Harfenspieler Gesellschaft leistete.

»Das Ganze ist meine Schuld«, murmelte Edward leise.

»Redet nicht solchen Unsinn«, lachte Denis und verschluckte sich beinahe an seinem Whiskey. »Der Mann ist hundert Jahre alt. Er kann nicht ewig leben. Wenn Ihr nicht dahergekommen wärt, hätte uns gewiss irgendeine andere Katastrophe heimgesucht.«

Edward runzelte die Stirn bei dieser Bemerkung, dann nahm er einen Schluck Whiskey.

»Dieser alte Teufel hatte ein gutes Leben«, fuhr Denis fort. »Kein moralisches Leben, wohlgemerkt. Aber doch ein verdammt gutes. Ich werde ihn wahrscheinlich vermissen.

Und eins steht fest«, fügte Denis mit einem Grinsen hinzu. »Es wird eine verdammt gute Totenwache geben.«

»Vier Tage?«, fragte Edward lächelnd.

»Es würde ein volles Dutzend kräftiger Männer eine geschlagene Woche kosten, um dem Inhalt des geheimen Kellers auch nur den geringsten Schaden zuzufügen«, erklärte Denis.

In diesem Moment öffnete sich die Schlafzimmertür, und Daniel kam zurück in den Wohnraum.

»Wie sieht es aus?«, fragte Edward und erhob sich von seinem Stuhl.

»Nicht gut«, antwortete Daniel mit gedämpfter Stimme. »Morrisey sagt, Großvater werde die Nacht nicht überleben. Er hat einen Schock erlitten, der ihm übel zugesetzt hat.«

Denis bekreuzigte sich feierlich, und Edward ließ sich wieder auf seinen Stuhl sinken. Im nächsten Augenblick klopfte es an der Tür, und Daniel ging hinüber, um nachzusehen, wer es war. Zur gleichen Zeit trat Dr. Morrisey in den Hauptraum des Cottage, schlüpfte in seinen Mantel und gab Mhairgead noch einige letzte Anweisungen.

»Haltet ihn warm und gebt ihm reichlich Whiskey zu trinken«, erklärte der Doktor ihr. »Sonst kann man nicht mehr viel für ihn tun. Wenn er nicht hundert Jahre alt wäre, würde ich mir keine Sorgen um ihn machen. Zäher alter Teufel. Aber ich fürchte, seine Zeit ist begrenzt.«

»Vielen Dank, Doktor«, erwiderte sie, während Daniel

den Priester einließ. Die beiden Herren begrüßten einander mit einem knappen Nicken, während ihre Blicke sich trafen.

»Verfolgt Ihr mich heute eigentlich, Horan?«, fragte der Doktor.

»Es sieht so aus, als machtet Ihr mir viel Arbeit«, antwortete der Priester.

»Nicht ich«, sagte Morrisey. »Es ist alles Gottes Werk.«

Der junge Priester versuchte das Lächeln des Doktors zu erwidern, aber er argwöhnte, dass Morrisey kein guter Katholik und sein Scherz durchaus ernst gemeint war.

»Ich bin Hugh Connors Enkel«, sagte Daniel und hielt dem Priester die Hand hin. »Wir hatten eigentlich Pater Anthony erwartet.«

»Mein Name ist Horan«, erwiderte der junge Priester und ergriff die ihm dargebotene Hand. »Pater Anthony ist von einer überaus geheimnisvollen Krankheit befallen worden und kann sich nicht um Euren Großvater kümmern. Daher hat er stattdessen mich geschickt.«

»Eine plötzliche Krankheit?«, wiederholte der rothaarige Mann kopfschüttelnd. »Was ist denn passiert?«

»Dem Pater ging es heute Morgen, als wir unsere Runde machten, noch sehr gut«, erklärte der Priester ratlos, »aber kaum hatte Euer Bruder, Francis, uns die Nachricht von dem Anfall Eures Großvaters überbracht, befielen Pater Anthony plötzlich seinerseits Krämpfe. Ich musste ihm nach Hause helfen, sonst wäre ich schon viel früher hier gewesen.«

»Darf ich Euch einen Whiskey anbieten, Pater?«, fragte Daniel, während er die Tür hinter dem Doktor schloss.

»Ich trinke nicht«, antwortete der Priester schnell. »Ich habe dieses Zeug in meinem ganzen Leben noch nicht angerührt, und ich sehe keine Notwendigkeit, jetzt damit anzufangen.«

»Teufel auch, was für eine Art Priester seid Ihr denn?«, erkundigte sich Denis.

»Ich bin Jesuit«, erklärte Horan und versuchte sich ein Lächeln zu verkneifen. Diese Burschen vom Land waren einfach zu drollig.

»Ich kenne viele Männer, die gerade des Alkohols wegen dem Jesuitenorden beigetreten sind«, bemerkte der Harfenspieler stirnrunzelnd.

»Ich bin keiner von ihnen«, versicherte ihm der Priester sanft.

»Warum seid Ihr dann Geistlicher geworden?«, fragte Denis mit unüberhörbarem Argwohn.

»Es gibt viele Gründe, sein Leben in den Dienst der Kirche zu stellen«, sagte Pater Horan nach kurzem Nachdenken. »Ich fühlte mich zu einem Leben des Geistes berufen und zum Dienst an dem allmächtigen Vater. Meine Inspiration war die strenge Verleugnung des Fleisches, die unser Erlöser und der heilige Paulus gepredigt haben. Ich war schon immer ein großer Bewunderer der christlichen Märtyrer.«

»Bei Jesus und allen Heiligen«, brummte der Harfenspieler leise. »Ein Betbruder in Hugh Connors Haus! Ich hätte nie gedacht, dass ich diesen Tag einmal erleben würde. Ich glaube es einfach nicht, nein, ich glaube es nicht.« Mit diesen Worten leerte Denis seinen Whiskeybecher und hielt ihn dann Daniel hin, damit er ihn wieder auffüllte.

»Stimmt irgendetwas nicht?«, fragte Horan. »Habt Ihr Einwände dagegen, dass ein Jesuit die Letzte Ölung vornimmt? Ich könnte einen anderen Priester darum bitten, dem Sterbenden die Beichte abzunehmen, wenn Ihr glaubt, meine Anwesenheit sei ihm nicht recht. Pater Anthony wäre natürlich gekommen, aber …«

»Ich weiß«, unterbrach ihn der alte Harfenspieler lächelnd, »sein Zustand hat sich jäh verschlechtert, als er hörte, dass Hugh auf dem Totenbett liegt.«

»Da wäre noch Pater Murphy aus der Nachbarpfarrei«, schlug Horan vor. »Ich würde mit Freuden nach ihm schicken lassen.«

»Oh nein, Pater«, säuselte Denis. »Ihr seid genau der richtige Mann. Der alte Hugh wird begeistert von Euch sein. Ich gebe Euch mein Wort darauf.«

»Wo ist der arme Mann denn?«, erkundigte sich der Priester. »Ich gehe besser so schnell wie möglich zu ihm.«

»Ich zeige Euch das Zimmer, Pater«, sagte Daniel, während er Denis' Becher nachfüllte.

»Eine letzte Frage, Pater«, warf der Harfenspieler ein.

»Ja, mein Sohn?«

»Wie lange seid Ihr schon ein geweihter Priester?«

»Seit drei Wochen.«

»Und wie oft habt Ihr einem Sterbenden die Beichte abgenommen und ihm die Letzte Ölung erteilt?«

»Einmal«, gab der Priester zu. »Heute Morgen, im Haus einer Patientin von Morrisey. Ich war zusammen mit Pater Anthony bei Mrs Feeney.«

»Sie war eine alte Frau, die kaum noch sprechen konnte«, seufzte Denis.

»So ist es«, sagte Horan.

»Ich möchte wetten, dass sie Euch eine faszinierende Geschichte von ihrem Leben in dem türkischen Harem erzählt hat?«

»Nein«, erwiderte der Priester verwirrt.

»Hat sie Euch nicht davon erzählt, dass sie einmal an einem einzigen Nachmittag von einem Sultan und seiner gesamten Leibwache vergewaltigt wurde?«

»Sprechen wir von derselben Frau?«, fragte der Priester errötend.

»Sie hat in einem Cottage nicht weit von der alten Mühle gelebt, und im ganzen Haus hingen türkische Seidenstoffe an den Wänden?«

»Ja«, bestätigte Horan, »ich habe tatsächlich viele seidene Wandbehänge aus dem Osten gesehen. Ich fand sie recht exotisch, aber ich hätte nie gedacht …« Der Priester hielt inne, als er das breite Grinsen auf dem Gesicht des Harfenspielers bemerkte.

»Ihr erlaubt Euch wohl einen Scherz mit mir«, sagte Pater Horan und drohte dem Alten lächelnd mit dem Finger.

Denis, der diese Geste nicht sehen konnte, fuhr mit ungebrochener Heiterkeit fort. »Ich erlaube mir vielleicht einen Scherz«, äffte er Horans Tonfall nach. »Aber vielleicht auch nicht. Ihr werdet es jedoch nie herausfinden, wenn Kitty Feeney es Euch nicht erzählt hat.«

»Es hat sie schon all ihre Kraft gekostet, uns von ihren wenigen unbedeutenden Sünden zu berichten«, erwiderte Horan, der nun doch ein wenig die Fassung verlor. »Ich denke, die Anstrengung, ihre Seele zu entlasten, hat sie den letzten Rest Leben gekostet, der noch in ihr war.«

»Dann wünsche ich Euch viel Glück bei Hugh Connor, Pater«, sagte Denis zu dem Priester.

»Vielen Dank«, erwiderte Pater Horan, dann folgte er Daniel in das Zimmer, in dem Hugh lag.

»Dieser Priester ist die Antwort auf Hughs Gebete«, flüsterte der Harfenspieler Edward zu.

»Wovon sprecht Ihr?«

»Ihr werdet schon sehen«, erwiderte Denis grinsend. »Ihr werdet schon sehen.«

Daniel kam schon bald darauf zurück, um sich auf Hughs Platz vor dem Feuer zu setzen. »Habt Ihr noch etwas von diesem Virginiatabak übrig?«, fragte er Edward.

Der junge Mann zog seinen Tabaksbeutel aus der Tasche und reichte ihn hinüber.

»Ich nehme an, jetzt muss ich wohl die Zügel ergreifen«, murmelte der rothaarige Mann, während er seine Pfeife stopfte. »Als Erstes muss ich alles für die Totenwache vorbereiten. Dann werde ich zusehen, dass ich diesen ganzen verdammten Whiskey loswerde.«

»Ihn loswerden!«, zischte Denis.

»Ich habe nicht die Absicht, mit Waffen und schwarz gebranntem Alkohol zu handeln«, erklärte Daniel. »Ich möchte dieses Land so bearbeiten, wie ein Bauernhof bearbeitet werden sollte. Statt Krügen, Fässern und Musketen, die in jedem Acker begraben liegen, werde ich Getreide anbauen. Mir steht nicht der Sinn danach, meine Tage in Botany Bay zu beschließen, mit Ketten um beide Fußgelenke und der Peitsche auf dem Rücken, wie es meinem Vater ergangen ist.«

»Ihr macht einen schrecklichen Fehler«, warnte Denis ihn. »Wenn Hugh Euch jetzt hören könnte, würden Eure Worte ihn gewiss kurieren. Er würde sich an sein Leben klammern, nur damit Ihr nicht Euren Willen bekommt. Was ist denn mit der Familientradition?«

»Mein Vater und mein ältester Bruder setzen diese Tradition fort«, erwiderte Daniel. »In der Strafkolonie von New South Wales. Was diese Familie betrifft, hat es mit der

Whiskeybrennerei ein Ende. Von jetzt an werden wir ehrliche Arbeit tun. Ich möchte Kartoffeln, Gerste und Hafer anbauen. Und vielleicht ein paar Kühe kaufen.«

»Eure Nachfahren werden Euch verfluchen, Daniel Connor McHugh«, seufzte der Harfenspieler. »Verfluchen zu einer Ewigkeit in den Tiefen der Hölle selbst, weil Ihr mit der Familientradition des Whiskeybrennens gebrochen habt.«

»Eine so lange Tradition war es gar nicht«, bemerkte Daniel lächelnd und zog an seiner Pfeife. »Großvater war der Erste, der sich dieser Betätigung zugewandt hat.«

»Aber sein Whiskey ist der beste im ganzen Land«, protestierte Denis.

»Wenn Ihr wüsstet, was in diese Fässer hineinkommt, würdet Ihr das nicht sagen«, erklärte der rothaarige Mann.

Bei diesen Worten wich alles Blut aus dem Gesicht des alten Harfenspielers.

»Gerste«, sagte Denis zaghaft. »Ich weiß, dass man Whiskey aus Gerste macht. Und ich bin davon überzeugt, es werden auch einige Gewürze dazugegeben.«

»Es hat keinen Sinn, alter Mann«, lachte Daniel. »Es ist ein Familiengeheimnis, und ich werde es niemals verraten.«

Denis schnaubte; es missfiel ihm sichtlich, dass man sich einen Scherz mit ihm erlaubte.

Der Priester blieb lange bei Hugh, und Schweigen senkte sich über das Haus, während der fromme Mann seine Arbeit tat. Mhairgead wärmte ein wenig Whiskey im Kessel an, da sie vermutete, dass es nicht mehr lange dauern würde, bis ihr Großvater sein Leben aushauchte. Sie erklärte Edward, dass es nur passend sei, zu diesem Anlass warmen Whiskey zu trinken, aber der junge Rebell wollte seine Unwissenheit nicht verraten, indem er nach dem Grund dafür fragte.

Dann, gerade als die Sonne unterging, holte sie einen frisch gebackenen Laib groben Brotes aus dem Ofen und brach ihn mit den Händen entzwei.

»Heute Abend wird es in diesem Haus keine Messer geben«, sagte sie, und alle anderen nickten zustimmend, obwohl Edward wiederum keine Ahnung hatte, warum das so sein musste.

Sie hatten gerade ihr Brot verzehrt, als sie hörten, wie die Tür von Daniels Zimmer geöffnet wurde. Einige Sekunden später fiel sie wieder ins Schloss, und nun konnten sie Pater Horan hören, der ein lateinisches Gebet vor sich hin murmelte.

»Füllt einen frischen Becher mit Whiskey«, befahl Denis.

»Wofür?«, fragte Mhairgead.

»Tut einfach wie geheißen. Ihr werdet es schon bald herausfinden«, erklärte ihr der Harfenspieler.

Also holte Mhairgead einen sauberen Becher hervor und goss Whiskey hinein.

»Nehmt ihn, Edward«, sagte Denis, »und haltet Euch im Flur bereit für den Priester.«

»Aber Horan hat uns doch erzählt, dass er das Zeug nicht anrührt«, protestierte der junge Mann.

»Lasst Euer törichtes Gerede und tut, was ich sage«, fuhr der alte Harfenspieler auf. Also nahm Edward den Becher entgegen und wartete auf den Priester.

Horan kam mit langsamen Schritten in den Raum und verharrte dann kurz an Edwards Seite. Er warf einen Blick in den schwach beleuchteten Raum und hob eine Hand an die Lippen. Er sah blass und mitgenommen aus, und er hatte offenkundig reichlich Tränen vergossen.

»Ist er tot?«, fragte Mhairgead schließlich, als ihr klar

wurde, dass keiner von den anderen das Thema anschneiden würde.

»Euer Großvater ist noch unter uns«, flüsterte der Priester, dann sah er den Becher mit Whiskey in Edwards Hand und beäugte ihn sehnsüchtig.

Der junge Rebell reichte ihm den Becher, und Pater Horan leerte den Inhalt in einem Zug. Dann blickte er sekundenlang zur Decke empor, bevor er Edward das leere Gefäß zurückgab.

»Verzeih mir, Vater«, wisperte er und schlug das Kreuzzeichen.

»Stimmt irgendetwas nicht?«, fragte Edward.

»Es ist nichts, was sich nicht mit einem weiteren Becher heilen ließe«, antwortete der Priester mit einem schwachen Lächeln.

»Kein Mann ist immun gegen die Verlockungen des Whiskeys«, kicherte Denis. »Und vertraue niemals einem Burschen, der von sich das Gegenteil behauptet«, riet er jedem, der ihm zuhören wollte.

»Geht es Euch nicht gut?«, fragte Mhairgead.

»Als ich meine heiligen Gelübde ablegte, wusste ich, dass viele Herausforderungen auf mich warteten«, sagte der Priester, »aber ich hätte mir niemals träumen lassen, dass ich eines Tages eine Beichte zu hören bekäme wie diese gerade eben.«

Der Priester schleppte sich zu Edwards Stuhl am Feuer hinüber und sank dort in sich zusammen, während man ihm abermals einen gefüllten Becher reichte.

»Nach einigen der Dinge, die ich heute gehört habe, werde ich selbst eine Beichte ablegen müssen«, gestand Horan. Und dann kippte er den zweiten Whiskey geradeso schnell herunter wie den ersten. Fast sofort hielt er Daniel den Becher wieder hin.

»Ich hole einen frischen Krug«, erbot sich dieser.

»Tut das«, sagte Horan, »denn ich werde heute Nacht hier bleiben müssen, bis er gestorben ist. Es ist sein Wunsch, dass ich sein Testament verlese, bevor sein Leichnam kalt wird und bevor er gewaschen wurde.«

»Jetzt dürft Ihr Euch wahrhaft Priester nennen«, beschied ihn Denis. »Jeder Mann, der diesem Burschen die Beichte abnimmt und mit nichts Schlimmerem daraus hervorgeht als einem Verlangen nach Whiskey, taugt für den Bischofsstuhl.« Der Harfenspieler hob seinen Becher. »Auf Eure Gesundheit, Bischof Horan«, brachte er seinen Trinkspruch aus.

»Ich glaube, wir sind einander noch nicht vorgestellt worden«, sagte der Priester und blinzelte zu dem alten Mann hinüber.

»Ich bin Denis Hempson, der Harfenspieler.«

»Oh, lieber Jesus!«, entfuhr es Horan, und seine Augen weiteten sich vor Entsetzen. »Ich weiß zu viel über Euer Leben, um mit Euch anzustoßen!«

»Was hat dieser alte Teufel Euch erzählt?«

»Oh Gott«, schluchzte der Priester und bekreuzigte sich abermals, »jetzt werde ich auch Eure Beichte hören müssen. Wird es denn niemals enden?«

Pater Horan schloss die Augen und bedeckte sie mit den Händen. Dann saß er lange Zeit einfach nur da und schluchzte, ohne den Harfenspieler zu beachten, der den Grund seines Unbehagens zu finden versuchte.

»Ich bringe diesen alten Unruhestifter um«, schwor Denis. »Ich werde ihn verdammt noch mal ermorden.«

»Da werdet Ihr Euch aber beeilen müssen«, flüsterte Daniel, als Denis sich erhob.

»Ich wüsste doch zu gern, welche Streiche er noch für uns parat haben mag«, bemerkte der alte Harfenspieler grinsend.

»Was habt Ihr vor?«, fragte ihn Mhairgead.

»Ich will dem Sterbenden noch ein paar Melodien auf der Harfe spielen«, erwiderte Denis, »um seiner Seele den Weg ins Jenseits zu erleichtern. Es gibt nichts Beruhigenderes für eine verdammte Seele als den Klang einer sanft singenden Harfe.« Er stützte sich auf seinen Stock und drehte sich um. »Bringt mich zu ihm, ja, Daniel?«

»Das werde ich, Denis«, antwortete der rothaarige Mann. »Aber kein Wort von meinen Plänen, habt Ihr gehört?«

»Wofür haltet Ihr mich?«, gab der Harfenspieler zurück. »Er war mir stets ein guter Freund, und ich würde nicht im Traum daran denken, ihm seine letzten Stunden auf dieser Erde zu verderben. Soll er doch auf dem Weg ins Fegefeuer davon erfahren. Dann wird es zu spät für ihn sein, zurückzukehren und uns das Leben schwer zu machen.«

Daniel stieß einen Seufzer der Erleichterung aus, während er die Harfe nahm und Denis am Ellbogen fasste.

Die beiden alten Männer mussten viel zu bereden gehabt haben, denn Denis blieb lange fort. Gelegentlich wehten die Klänge einer Harfenmelodie zum Feuer herüber, zur Freude jener, die dort saßen. Nach geraumer Zeit stand Daniel auf, um nach Hugh zu sehen, und kam schließlich mit Denis zurück.

»Ich habe noch nicht genug zu trinken bekommen!«, brüllte der alte Mann in das Zimmer des Sterbenden hinein. »Warum habt Ihr es so verdammt eilig? Ich habe Euch doch erklärt, was für ein schwieriges Stück es ist. Ich komme später noch einmal zurück, dann spiele ich Euch die Melodie.«

Edward konnte den gedämpften Protest des alten Hugh hören, verstand aber nicht, was genau gesprochen wurde. Denis setzte sich auf seinen Platz vorm Feuer, und kaum hatte er sich dort niedergelassen und seinen Becher in Empfang genommen, beugte Edward sich vor.

»Das Concerto?«, fragte er.

»Was könnte es sonst sein?«, fuhr Denis ungehalten auf. »Es fällt mir äußerst schwer, dieses Stück zu spielen, denn es gefällt mir nicht, es gefällt mir überhaupt nicht. Ich muss eine Melodie lieben, wenn ich ihr Gerechtigkeit widerfahren lassen will.«

»Er stirbt, Denis«, rief Edward dem alten Mann ins Gedächtnis.

»Er kann von Glück sagen, dass überhaupt jemand für ihn spielt«, gab der Harfner zurück. »Für mich wird niemand spielen, wenn ich diese Welt verlasse. Ich stelle mir vor, dass ich auf dem Rücken in meinem Bett liege, die Harfe neben mir. Und ich werde selbst für mich spielen müssen, wenn ich mich auf den Weg ins Jenseits mache. Es ist hart, wenn man der Letzte seiner Art ist.«

»Ihr seid doch gewiss nicht der letzte Harfenspieler?«, rief Edward aus.

»Ich werde es sein, wenn ich so lange lebe, wie ich beabsichtige«, kam die Antwort. »Meint Ihr, es wäre klug, wenn Ihr selbst noch einmal zu dem alten Teufel hineingehen und ein Wort mit ihm reden würdet?«

»Ich dachte, ich sollte ihn besser in Ruhe lassen«, erwiderte Edward zögernd.

»Nun, er hat jedenfalls nach Euch gefragt. Also solltet Ihr lieber zu ihm gehen und Euren Frieden mit ihm machen.«

Edward leerte seinen Becher und kam zu dem Schluss, dass Denis Recht hatte. Es wäre das Beste, wenn er versuchte, sich mit Hugh zu versöhnen. Schließlich konnte der alte Mann bis zum Morgen durchaus tot sein.

Edward schenkte Pater Horan noch einen Whiskey ein, füllte dann auch den Becher des alten Harfenspielers wieder auf und ging in das andere Zimmer hinüber.

Als er die Tür öffnete, sah er den alten Mann mit auf der Brust verschränkten Armen auf dem schmalen Bett liegen.

Das Licht einer einzelnen Kerze erhellte den Tisch neben dem Bett, auf dem ein Whiskeykrug und ein leerer Becher standen.

»Ich habe mich schon gefragt, wie lange Ihr mich warten lassen würdet, Edward«, murmelte Hugh, als der junge Mann die kleine Holztür hinter sich zuzog.

»Woher wusstet Ihr, dass ich es bin?«

»Ich habe nach Euch schicken lassen«, erwiderte der alte Mann. »Wer sonst sollte es sein?«

Edward zuckte die Achseln. »Ich bin hergekommen, um mich bei Euch zu entschuldigen«, sagte der junge Rebell.

»Das wurde aber auch Zeit«, antwortete Hugh.

»Ihr habt Recht.«

Der alte Mann runzelte argwöhnisch die Stirn. »Glaubt ja nicht, dass ich Euch helfen werde, Eure Schulden zu begleichen, Bursche. Wenn Ihr in der Absicht hergekommen seid, mit mir zu sprechen und so zu tun, als wärt Ihr voller Reue, nun, das wird nicht funktionieren.«

»Ich bin voller Reue«, protestierte Edward. »Ich tue nicht nur so.«

»Unterbrecht mich nicht«, zischte der alte Whiskeybrenner. »Ich habe lange genug auf dem Land gelebt, um die Witterung eines Fuchses zu erkennen, wenn ich sie rieche. Das Angebot, Euch bei der Abzahlung Eurer Schulden zu helfen, war an die Bedingung geknüpft, dass Ihr und Mhairgead hier bleibt und Daniel helft.«

Hugh dachte kurz nach.

»Wahrscheinlich erwartet Ihr, dass Ihr einen Anteil an dem Erbe erhalten werdet«, brummte Hugh und warf den Kopf in den Nacken, »jetzt, da Ihr zur Familie gehört.«

»Ich will Euer Geld nicht«, sagte Edward sanft. »Ich bin nur hergekommen, um mich zu entschuldigen und Euch dafür zu danken, dass Ihr mich vor den Rotröcken gerettet habt.«

»Darauf braucht Ihr Euch nichts einzubilden«, fuhr Hugh auf. »Ich hätte das Gleiche für jeden anständigen Mann getan.«

»Seht mal, ich könnte noch eine Weile bleiben und Daniel helfen, wenn Ihr es so wollt«, erbot sich der junge Rebell. »Mhairgead und ich werden gewiss einige Zeit brauchen, um eine Überfahrt nach Amerika zu bekommen. Und hier ist es viel sicherer als in Dublin.«

»Ich werde nur dann dafür sorgen, dass man Euch Eure Schulden erlässt, wenn ich Eure Zusicherung bekomme, dass Ihr auf Dauer hier bleibt«, erklärte Hugh halsstarrig.

Dann räusperte sich der alte Mann.

»Gebt mir einen Becher Whiskey, ja?«

Edward griff nach dem irdenen Krug auf dem Tisch, um einen Becher zu füllen. Dann hielt er ihn Hugh vorsichtig an die Lippen.

»Das ist der reinste Tropfen Whiskey, den ich je gebrannt

habe«, sagte Hugh lächelnd, nachdem er getrunken hatte. »Ich verstehe mich von Tag zu Tag besser auf mein Handwerk.«

»Dann können wir ja alle nur dankbar sein, dass Ihr so lange gelebt habt«, antwortete Edward.

»Ich habe genug von Euren kecken Bemerkungen, mein Junge«, sagte Hugh, der zu erkennen versuchte, ob in dieser Bemerkung eine Kränkung verborgen lag. »Ihr werdet mir langsam zu vertraulich«, brummte er.

»Erzählt mir mehr über Euren Herrn«, warf Edward ein, um weiterer Schelte zuvorzukommen.

»Was wollt Ihr denn wissen?«, erwiderte der alte Mann mürrisch.

»Mich würde interessieren, ob Ihr all die Dinge, die Ihr mir über die Feen erzählt habt, wirklich glaubt.«

»Es gibt noch eine andere Welt als diese«, erklärte Hugh voller Überzeugung. »Sie liegt dicht neben unserer, vielleicht in dem Reich zwischen dieser Welt und der nächsten. Ich habe gehört, dass die Priester jenen Ort Fegefeuer nennen, aber ich glaube nicht, dass es ein Ort der Strafe ist. Es ist ein Land des Frohsinns, in dem der Whiskey in Strömen fließt, die Musik niemals abreißt und unsere verblichenen Freunde in ungestörter Wonne die Abende durchtanzen.«

»Wo liegt dieses Land?«

»Das kann ich Euch nicht sagen«, seufzte der alte Mann bedauernd. »Aber mein Herr nahm an, dass er es in seinen Träumen häufig besuchte und dann mit einer großen Komposition zurückkehrte, die er dort gelernt hatte. Es mag das Traumland sein, in das unsere Seelen wandern, wenn wir einschlafen.«

Hugh holte tief Atem und rutschte unbehaglich auf

seinem Lager hin und her. Dann keuchte er und griff sich an die Brust, um den Schmerz zu lindern.

»Vielleicht«, fuhr er mit schwacher, angestrengter Stimme fort, »versammeln wir uns des Nachts alle an diesem Ort, um bestimmte Fähigkeiten zu erwerben und gleichgesinnte Geister zu treffen. Hattet Ihr noch nie das Gefühl, dass Ihr einem Menschen schon einmal begegnet seid, Euch aber nicht daran erinnern könnt, wo, selbst wenn es Euer Leben gelte?«

»Viele Male«, gab Edward zu. »Ich frage mich oft, ob wir nicht alle schon einmal zu anderen Zeiten gelebt haben, unsere Geister vielleicht am Ende eines jeden Lebens einfach in neuen Körpern wiedergeboren werden.«

»Das scheint mir doch recht weit hergeholt zu sein«, spottete Hugh. »Ich ziehe es vor, an meine eigene Vorstellung vom Fegefeuer zu glauben, wenn Ihr nichts dagegen habt. Warum sollte irgendjemand freiwillig in diese Welt zurückkehren wollen?«

»Vielleicht haben wir keine Wahl, was das betrifft«, meinte Edward. »Vielleicht ist es einfach so.«

»Seid Ihr hierher gekommen, um mir Trost zuzusprechen, oder seid Ihr aus einem anderen Grund hier?«, brummte Hugh. »Ich habe bereits mit dem Doktor und mit dem Priester geredet, und ich kann nicht behaupten, dass ich mich auch nur im Mindesten besser fühle nach den Gesprächen mit den beiden. Und diese Unterredung macht mich langsam nervös. Will sagen, ich stehe selbst unmittelbar vor einer kleinen Reise, und ich stelle mir vor, dass es eine ziemlich verdrießliche Erfahrung sein wird. Ich möchte lieber nicht glauben, dass ich im Handumdrehen wieder zurück bin, vielen Dank.«

»Pater Horan war ja lange bei Euch«, bemerkte Edward, um das Thema zu wechseln.

»Der arme Mann«, kicherte Hugh. »Er hat während meiner Beichte unablässig vor sich hin gebrabbelt, und ich schwöre, dass es lauter Unsinn war.«

»Ich habe sein Gesicht gesehen, als er aus dem Zimmer kam«, sagte der junge Rebell lächelnd. »Was habt Ihr ihm bloß erzählt?«

Hugh bekreuzigte sich und faltete die Hände vor der Brust. »Vergebt mir, Pater, denn ich habe gesündigt«, äffte Hugh nun seine kleine Ansprache an den Priester nach. »Es sind sechsundsiebzig Jahre, vier Monate und zwölf Tage vergangen seit meiner letzten Beichte.«

Der alte Mann lachte und begann dann zu husten. Es dauerte einige Minuten, bis der Anfall vorüber war. Edward blieb geduldig auf seinem Platz sitzen und wartete darauf, dass Hugh wieder zur Ruhe kam.

»Ich hatte viel nachzuholen«, gab der alte Mann zu. »Und nachdem ich erst einmal angefangen hatte, fielen mir etliche Dinge ein, an die ich seit Jahren nicht mehr gedacht hatte. Ich habe meine Jugend in Sünde verbracht, so viel steht fest«, sagte er und schüttelte den Kopf.

»Horan sah so aus, als hätte er einen Blick in die Hölle getan«, flüsterte Edward.

»Was dem einen die Hölle, ist dem anderen der Himmel«, keuchte der alte Mann und versuchte, sich im Bett hinzusetzen. Edward half ihm, sich auf dem Strohkissen aufzurichten.

»Ich möchte, dass Ihr Euch um Mhairgead kümmert«, sagte Hugh streng. »Der Vater ihrer Mutter war ein guter Freund von mir, und ich habe ihm versprochen, auf sie aufzupassen, während er fort war, um in der französischen Armee zu kämpfen.«

»Ich verspreche Euch, dass ich auf sie Acht geben werde.«

»Denkt noch einmal nach über diese Reise nach Amerika«, bat ihn der alte Mann. »Mit der Whiskeybrennerei kann man hier ein Vermögen machen. Es wäre mir schrecklich, zu denken, der arme Daniel müsse die ganze Arbeit allein tun. Und Ihr habt Eure Bekannten in Dublin. Ich wette, Ihr könntet ein hübsches Sümmchen an ihnen verdienen.«

Edward antwortete nicht.

»Ich habe nie einen Mann getötet, wie Ihr es getan habt«, erklärte Hugh. »Wenn ich allerdings jemanden ermordet hätte, wäre es gewiss Denis Hempson gewesen«, fügte er hinzu, »und ich verstehe nicht, warum Ihr freiwillig in den wilden Wäldern Amerikas leben wollt. Ihr werdet Eurer Tat nicht entkommen, indem Ihr davor weglauft. Es macht mir Sorgen, dass Ihr diesen Mord vielleicht für den Rest Eures Lebens auf dem Gewissen haben werdet.«

»Ich habe über alles nachgedacht, was Ihr gesagt habt«, erwiderte Edward. »Ich habe die kurzen Augenblicke dieser Tat in Gedanken wohl hundertmal durchlebt. Ich bin kein Held. Ich war fast besinnungslos vor Angst, als ich hinter dem Major herging und auf den Abzug drückte. Aber ich hatte das Gefühl, mich meinen Kameraden gegenüber beweisen zu müssen. Um ihnen Hoffnung zu machen. Um uns das Gefühl zu geben, wir hätten etwas erreicht.«

»Ein Mensch ist tot«, seufzte Hugh. Er verfiel abermals in ein qualvolles Husten, bevor er fortfahren konnte. »Seine Kinder haben ihren Vater verloren. Und wie sich herausgestellt hat, war er einer der wenigen Rotröcke, die Eurer Sache vielleicht ein gewisses Verständnis entgegengebracht haben. Wie wollt Ihr für das alles Wiedergutmachung leisten?«

»Das weiß ich nicht«, gestand der junge Mann. »Aber mittlerweile bin ich mir sicher, dass ich falsch gehandelt habe.« Edward legte sich eine Hand über die Augen und haderte im Stillen mit sich selbst, dass er etwas so Törichtes tun konnte.

»Es stimmt, dass Major D'Arcy ein kaltblütiger und grausamer Mann war«, sagte der alte Whiskeybrenner sanft. »Ich bin davon überzeugt, dass er in der Schlacht oder in Erfüllung seiner Pflichten selbst einige Menschen getötet hat. Aber er war seinen Kindern ein guter Vater und seiner Frau ein liebevoller Ehemann. Seine Freunde haben ihn bewundert, und die Soldaten haben ihn respektiert. Und am Ende ist er der Welt gegenüber ein wenig weicher geworden.«

»Was versucht Ihr mir zu sagen?«

»Ich weiß mit Bestimmtheit, dass Major D'Arcy einige der Dinge, die er im Laufe seines Lebens getan hatte, bedauerte«, fuhr Hugh fort. »Er hat es mir bei einem Fass besonders guten Whiskeys, den ich für Weihnachten aufgehoben hatte, selbst erzählt. Wir alle machen Fehler, wenn wir jung sind. Und einige von uns machen auch dann noch Fehler, wenn sie älter werden, aber es hat keinen Sinn, dass Ihr deswegen mit Euch hadert. Es ist besser, wenn Ihr so viel wie möglich aus Euren Fehlern lernt und den festen Entschluss fasst, die gleichen Fehler nie wieder zu begehen.«

»Da habt Ihr wahrscheinlich Recht.«

»D'Arcy war übrigens auch zu dieser Erkenntnis gekommen«, eröffnete der alte Mann seinem Gast. »Er hatte beschlossen, Wiedergutmachung für all das Unrecht zu leisten, das er begangen hatte. Deshalb hat er so vielen Armen geholfen. Und es entsprach seinem Gerechtigkeitsgefühl, dass die Armee große Summen für irischen Whiskey ausgab.«

»Und dass die Waffen der Garnison an die Rebellen verteilt wurden?«

»In der Tat«, sagte Hugh nickend. »Das war allein D'Arcys Werk. Ich war lediglich der Mittelsmann bei diesen Geschäften.« Hugh lachte leise. »Es ist ein Jammer, dass Ihr Euch ausgerechnet diesen Offizier als erstes Ziel für Eure Rebellion ausgesucht habt.«

»Das ist es, nicht wahr?«, flüsterte der junge Mann.

»Ich hoffe, Ihr werdet Wiedergutmachung leisten, Edward«, sagte Hugh. »Ich hoffe, Ihr werdet mit leichtem Herzen und gutem Gewissen in Euer Grab gehen. Denn genau das ist es, was ich vorhabe.«

Der alte Hugh hustete ein wenig und griff dann nach der Hand des jungen Mannes.

»Mein Herr hatte eine große Gabe«, keuchte der alte Mann. »Carolan wurde geliebt und bewundert von allen Menschen, die ihn kannten, mit Ausnahme von David Murphy, der niemanden liebte als sich selbst. Er hat seine Gabe durch ein grausames Schicksal entdeckt. Aber gerade das Unglück, das ihm das Augenlicht raubte, bescherte ihm ein unvergleichliches Talent, Musik zu machen, die die Seelen seiner Zuhörer berührte.«

Wieder hustete Hugh und drückte Edwards Hand.

»Ich habe ihn viele Male spielen hören, müsst Ihr wissen. Ich habe erlebt, wie Menschen zu den Klängen seiner Musik in die andere Welt hinübergingen. Auch mich haben seine Melodien bisweilen an einen anderen Ort geführt. Er hat sich über seine Blindheit niemals beklagt. Er hat niemals in meiner Gegenwart auch nur ein einziges Wort des Bedauerns über das Leben verloren, das ihm zuteil geworden war. Und obwohl ich davon überzeugt bin, dass er geradeso ein Sünder war wie jeder Mensch, ist er mit einem Lächeln auf dem Gesicht und Freude im Herzen hinübergegangen.«

Plötzlich begann Hugh, heftig zu husten. Der alte Mann beugte sich vor, während der Krampf ihn schüttelte, und Edward legte ihm einen Arm um die Schultern, um ihn zu stützen. Als der Anfall vorüber war, ließ Hugh sich wieder in seine Kissen sinken. Aber sein Gesicht war furchtbar bleich, und er atmete in flachen, kurzen Zügen.

»Ich werde schon bald in Äskulaps Tempel des Schlafes beten«, murmelte Hugh schwach.

»Kann ich noch irgendetwas für Euch tun?«, fragte Edward.

»Füllt mir einen Becher«, flüsterte der alte Mann, der langsam wieder zu sich kam.

Edward griff nach dem Krug, um Whiskey nachzuschenken, aber der Inhalt reichte gerade noch, um den Becher bis zur Hälfte zu füllen.

»Habt Ihr diesen ganzen Krug Whiskey getrunken?«, erkundigte sich der junge Mann.

»Das war dieser verdammte Priester«, antwortete Hugh mit einem schwachen Lächeln. »Ich konnte ihn nicht von dem Whiskey fern halten.«

»Das erklärt, warum Horan so blass war, als er zum Feuer kam«, murmelte Edward. »Nach einem Krug von diesem Zeug konnte er von Glück sagen, dass er noch in der Lage war, seine Füße am Ende seiner Beine zu finden.«

Gerade in diesem Augenblick öffnete Daniel die Tür.

»Ist alles in Ordnung?«, fragte er. »Ich dachte, ich hätte Großvater husten hören.«

»Ihr könntet diesen Krug für ihn nachfüllen«, sagte Edward und reichte Daniel das Gefäß.

Daniel blickte in den Krug hinein, zog die Augenbrauen hoch und zuckte die Achseln. »Fängt er die Totenwache schon ohne uns an?«, fragte er.

»Bist du das, Enkel?«, flüsterte Hugh.

»Ja«, antwortete der rothaarige Mann.

»Hol mir schnell einen Whiskey, ja, mein Junge? Ich sterbe, wenn ich nichts zu trinken bekomme.«

»Du solltest uns besser noch etwas übrig lassen«, warnte Daniel ihn. »Wir können dich nicht geziemend hinüberschicken, wenn kein Tropfen mehr im Haus ist.«

»Still«, sagte der alte Mann lächelnd. »Tu einfach, was ich dir aufgetragen habe.«

Daniel schüttelte den Kopf und verließ den Raum. Der alte Mann lehnte sich in sein Kissen zurück und sog rasselnd die Luft ein.

Kaum hatte er sich ein wenig entspannt, richtete er sich plötzlich wieder auf, als hätte er Schmerzen. Edward griff instinktiv nach der Hand des alten Mannes.

»Bist du da?«, rief Hugh plötzlich.

»Ja«, antwortete Edward.

»Hast du mir etwas zu trinken geholt?«

Edward blickte auf den halben Becher Whiskey, den er aus dem Krug eingeschenkt hatte.

»In diesem Becher ist noch ein Tropfen«, erwiderte der junge Mann. »Wollt Ihr ihn haben?«

»Schnell«, stöhnte Hugh leise, »wir haben nicht mehr viel Zeit.«

Edward führte dem Alten den Becher an die Lippen, und Hugh nippte daran. Dann legte er sich wieder nieder und stieß einen tiefen Seufzer der Zufriedenheit aus.

»Danke, Enkel«, wisperte Hugh. »Jetzt wird alles gut werden.«

»Edward«, korrigierte ihn der junge Mann.

»Edward? Wieso Edward?«, fragte Hugh stirnrunzelnd.

»Ich bin Edward. Ich bin noch nicht Euer Enkel. Mhairgead und ich müssen erst heiraten.«

Der alte Mann versuchte sich aufzurichten, wobei er wild nach dem Becher tastete.

»Allmächtiger!«, rief er. »Nicht Ihr solltet derjenige sein.«

Edward hatte keine Ahnung, wovon der alte Mann sprach. Er dachte, dass Hugh wohl fantasierte oder dass er einfach nicht mehr wusste, wo er war.

Daniel öffnete die Tür, sah, was geschah, und stellte den Krug auf den Tisch. Dann versuchte er, seinen Großvater zu beschwichtigen.

»Was ist los?«, fragte er. »Beruhige dich.« Dann drehte er sich zu Edward um. »Was ist passiert, während ich fort war?«

»Er bat um einen Becher Whiskey, daher habe ich ihm den Rest von dem letzten Krug gegeben.«

Daniel schnupperte an dem Becher und zuckte zurück, als hätte er etwas Abstoßendes gerochen.

»An dem Whiskey scheint mir nichts auszusetzen zu sein«, erklärte er zuversichtlich. »Er riecht genauso scheußlich wie immer.«

»Bist du das, Daniel?«, keuchte Hugh.

»Ja, Großvater.«

»Schenk mir einen Whiskey ein, ja?«

»Für den Augenblick hast du erst einmal genug gehabt«, besänftigte Daniel ihn. »Jetzt solltest du dich ausruhen.«

»Noch nicht!«

»Du musst.«

»Du verstehst nicht«, protestierte Hugh. »Nicht er sollte derjenige sein.«

»Wer, Großvater?«

»Der Rebell«, seufzte der alte Mann, der jetzt leichter und langsamer atmete. »Du solltest es sein.«

Daniel schüttelte den Kopf, warf einen Blick auf Edward und ergriff dann die Hand seines Großvaters, während der alte Mann das Bewusstsein verlor. Edward wagte es nicht, sich zu bewegen. Er wusste nicht, was er getan hatte, um Hugh derart aus der Fassung zu bringen, aber er wollte keine weitere Aufmerksamkeit auf sich ziehen, indem er den Raum verließ.

Nach und nach verlangsamte sich Hughs Atmung, und Daniel und Edward wurden Zeuge, wie das Leben den alten Mann verließ. Nach wenigen Minuten hörte er vollends auf zu atmen, dann lag Hugh Connor ganz still da.

»Holt Pater Horan«, sagte Daniel mit leiser Stimme. »Es ist vorbei. Er hat seinen Frieden gefunden.«

Kapitel 17

Edward verließ den Raum, so leise er konnte. Kurz darauf kam er mit Pater Horan zurück. Mhairgead, der die Tränen übers Gesicht strömten, folgte ihnen ein Weilchen später, zusammen mit Denis, dessen Harfe sie trug.

Der Priester segnete den Leichnam, überzeugte sich dreimal davon, dass der alte Mann wirklich nicht mehr atmete, und nahm dann ein Stück Papier aus seiner Manteltasche.

»Ich bin durch mein Versprechen dazu verpflichtet«, erklärte Pater Horan mit einem leichten Nuscheln, »das Testament und die letzten Wünsche des gerade verblichenen Hugh Connor Esquire zu verlesen.«

»Kann das nicht warten?«, flüsterte Mhairgead.

»Er hat es so gewollt«, erklärte der Priester. »Wer bin ich, die Wünsche eines soeben Verstorbenen zu missachten?«

»Wenn Ihr nicht tut, was er verlangt hat«, murmelte Denis, »wird der alte Teufel zurückkommen und Euch die Meinung sagen.«

Pater Horans Gesicht wurde noch blasser, und er lehnte sich an den Nachttisch.

»Das würde ich nicht wollen«, erwiderte er feierlich, dann bekreuzigte er sich noch einmal, um sich zu beruhigen.

»Zuzutrauen wäre es ihm«, bemerkte Daniel. »Also bringt es hinter Euch, dann können wir alle etwas trinken.«

Der Priester klappte seine Brille auf und schob sie sich auf die Nasenspitze. Edward war überrascht, dass ein so junger

Mann eine Lesebrille trug. Er fand, dass sie ihn unglaublich töricht aussehen ließ.

Pater Horan räusperte sich.

»An diesem dritten Tag des Juli im Jahr unseres Gesegneten Herrn, 1788, niedergeschrieben von Pater Horan, Gemeindepfarrer.«

»Das ist ja heute!«, flüsterte Daniel. »Deshalb wart Ihr so lange hier bei ihm.«

»Glaubt mir«, zischte Horan, »die Abfassung des Testaments war eine Kleinigkeit verglichen mit der Beichte.« Der Priester warf einen Blick auf den vollen Whiskeykrug auf dem Tisch.

»Ihr könnt noch genug trinken, wenn Ihr das Dokument verlesen habt«, sagte Daniel zu dem Geistlichen.

»Also schön«, erwiderte Horan und richtete seine Aufmerksamkeit wieder auf das Stück Papier in seinen Händen. »Ich, Hugh Connor, einhundert Jahre alt, berühmter Whiskeybrenner, Rebell, Vertrauter Seiner Hoheit Prinz Karl Eduard Stuarts und ehemaliger Reisegefährte des großen Carolan …«

»Prinz Karl Eduard Stuart?«, wiederholte Edward verwirrt. Er war sich nicht sicher, ob er richtig gehört hatte. »Hat Hugh Bonnie Prince Charlie gekannt?«

»Allmächtiger«, stöhnte Denis, »Ihr wisst gar nicht, welches Glück Ihr hattet, dass der alte Teufel nicht lange genug lebte, um Euch davon zu erzählen. Was für eine verfluchte Geschichte!«

»Seid still«, fauchte Mhairgead und umklammerte den Arm des alten Harfenspielers mit festem Griff.

Denis zuckte angewidert zurück.

»… Reisegefährte des großen Carolan«, wiederholte der

Priester, »vermache hiermit meinem lieben Freund Denis Hempson zwei kleine Gemälde, die Geschenke des verstorbenen Squire Reynolds waren. Ich weiß, wenn er sie sehen könnte, würde er den Gegenstand dieser Bildnisse gewiss zu schätzen wissen.«

»Der alte Bastard«, murmelte Denis vor sich hin.

»All meine anderen Besitztümer, mein gesamtes Vermögen von viertausend Pfund, das im Grab meiner Mutter auf dem Friedhof von Kilronan versteckt ist …«

Der Priester musste kurz innehalten, um sich die Augen zu reiben. Dann nahm er seine Brille ab und atmete tief durch. Offensichtlich machte ihm der Gedanke zu schaffen, dass Hughs Mutter in ihrem Sarg viertausend Pfund in Gold in ihren Armen hütete. Der Priester blickte zur Decke, als hätte etwas im Gebälk seine Aufmerksamkeit erregt.

Edward kam der Gedanke, dass möglicherweise Musketen unterm Dach versteckt waren, aber als er aufsah, war unter den Dachsparren nichts zu entdecken, und er atmete auf. Als Mhairgead und Daniel bemerkten, dass beide Männer zum Dach hinaufstarrten, hoben auch sie den Blick.

»Warum habt Ihr aufgehört?«, wollte Denis wissen.

Pater Horan riss sich von seinen Gedanken los, und Mhairgead schenkte ihm einen Whiskey ein.

»Trinkt das, Pater«, sagte sie. »Es wird Eure Nerven beruhigen.«

»Danke«, antwortete der Priester und leerte den Becher in einem Zug. Dann holte er tief Luft und zwang sich, wieder auf das Papier zu sehen.

»… meine beiden Brennereien«, nahm Horan den Faden wieder auf, »die auf dem Berg und die in der alten Mühle, mein jährliches Einkommen von zweihundert Pfund, meine vier Cottages, zwei Pferde, drei Wagen, sechzehn Ziegen und den Kadaver meiner kürzlich verschiedenen Kuh, Philomena, gehen an den Mann, der mir meinen letzten Whiskey eingeschenkt hat. So wahr Gott und Pater Horan meine Zeugen sind, möge ein Fluch auf jeden Mann, jede Frau oder jeden Geistlichen kommen, der meine Wünsche missachtet.«

»Seinen letzten Whiskey?«, fragte Daniel ungläubig.

»Ich … ich habe ihm seinen letzten Whiskey gegeben«, stotterte Edward entsetzt. Dann fiel ihm wieder ein, was Hugh gemurmelt hatte, kurz bevor er starb.

»Nicht ich sollte derjenige sein«, sagte der Rebell. »Hugh wollte, dass Daniel ihm seinen letzten Whiskey reicht. Ich war nur zufällig dort. Es war ein Versehen.«

»Du hinterhältiger, kleiner Dubliner Mistkerl!«, zischte Daniel.

»Ich hatte keine Ahnung, was der alte Mann wollte«, beteuerte Edward. »Es war ein ehrliches Versehen.«

»Du Frettchen«, fluchte Daniel drohend. »Ich habe das Genörgel dieses alten Mannes ertragen, seine schlechten Launen, seine Hinterhältigkeit und seinen schlechten Whiskey …«

»Ganz zu schweigen von seinen endlosen Geschichten und seinen ermüdenden Streichen«, warf Denis ein.

»Ich habe ihn all die Jahre ertragen«, fuhr Daniel ungeachtet dieser Störung fort, »nur um im letzten Augenblick um mein Erbe betrogen zu werden?«

»Von Rechts wegen hätte alles an Euren Vater gehen müssen«, erklärte der Priester. »Aber da er …« Horan wählte seine Worte mit Bedacht. »Da er sich gegenwärtig in einem anderen Teil der Welt aufhält, ist es unwahrscheinlich, dass das Vermächtnis ihm von Nutzen sein könnte. Daher nehme ich an, dass der alte Mann beabsichtigt hat, Euch seine weltliche Habe zu überlassen. Es handelt sich offensichtlich um einen simplen Irrtum.«

»Mein Irrtum war es, dieses kleine Wiesel nicht an die Rotröcke ausgeliefert und mir die Belohnung geholt zu haben, die auf seinen Kopf ausgesetzt ist«, tobte Daniel. »Tatsächlich ist das immer noch der beste Plan, der mir einfallen will.«

»Daniel«, sagte Edward vernünftig, »ich will das Geld nicht.«

»Und ob du es willst!«, warf Mhairgead ein. »Wir wollen nach Amerika, weißt du noch? Dieses Geld wird uns sehr nützlich sein.«

Edward sah zu Daniel hinüber. In den Augen des anderen Mannes stand pure Mordlust.

»Ich will das Geld nicht«, wiederholte Edward. »Ich will weder die Destille noch die Pferde, die Ziegen oder sonst etwas. Ihr könnt alles haben, Daniel. Absolut alles. Lasst nur Mhairgead und mich in Frieden ziehen.«

Daniel wollte gerade den Mund öffnen, um das Angebot anzunehmen, als Pater Horan ihm zuvorkam.

»Es tut mir furchtbar Leid«, sagte der Priester und versuchte, sich zu seiner vollen Größe aufzurichten, ohne sich an den Tisch lehnen zu müssen, »aber das kann ich nicht zulassen.«

»Was?«, brüllte Daniel.

»Euer Großvater hat sich sehr klar ausgedrückt«, erwiderte Horan. »Er hat mir aufgetragen, dass ich in jedem Falle seine Wünsche durchsetzen und dafür sorgen müsse, dass sie buchstabengetreu ausgeführt würden, ganz gleich, was nach der Verlesung dieses Testaments geschieht, ganz gleich, welche Einwände erhoben, welche Streitigkeiten ausbrechen sollten. Ich habe ihm mein feierliches Versprechen gegeben.«

»Aber er wusste nicht, dass das passieren würde«, hielt Edward dagegen. »Es war ein Missgeschick.«

»Es ist Gottes Wille«, beharrte der Priester. »Ich habe mein Wort als Jesuit gegeben, und ich werde dazu stehen.« Horan machte eine weit ausholende Gebärde mit beiden Armen und verlor dabei um ein Haar das Gleichgewicht. »Edward«, erklärte der Priester, »all das gehört Euch.«

»Bis auf die beiden Gemälde, die ein Geschenk von Squire Reynolds waren«, berichtigte Denis ihn.

»Alles bis auf die Gemälde«, bekräftigte Horan. Dann nahm er langsam seine Brille ab, schob sie in die Innentasche seines Umhangs und lächelte, zufrieden, dass er seine Pflicht getan hatte. Im nächsten Moment verdrehte er die Augen, taumelte und brach neben dem Bett zusammen. Geräuschvoll schlug er, das Gesicht voraus, der Länge nach auf dem Boden auf. Alle Anwesenden, bis auf Denis natürlich, beobachteten, wie der Priester ohnmächtig wurde, aber keiner von ihnen machte Anstalten, ihm zu helfen.

»Damit werdet Ihr nicht durchkommen«, knurrte Daniel und wandte seine Aufmerksamkeit wieder Edward zu.

»Ich will nichts von alledem haben«, wiederholte der junge Rebell.

»Doch, willst du wohl!«, zischte Mhairgead und stieß ihren zukünftigen Mann in die Seite.

Plötzlich hörten sie ein Kichern. Sie wandten sich zu Denis um. Der alte Harfenspieler lehnte an der Tür und hatte sichtliche Mühe, seine Erheiterung zu unterdrücken.

»Was gibt es da zu lachen?«, verlangte Daniel zu wissen.

»Das war sein letzter kleiner Scherz«, kicherte der alte Harfenspieler. »Er dachte, dass Daniel ihm gewiss seinen letzten Whiskey bringen würde und dass wir anderen darüber nachgrübeln würden, was geschehen wäre, hätten wir diesen Whiskey ausgeschenkt. Seine Verfügung sollte alle Streitigkeiten aus der Welt schaffen, aber am Ende haben sich die Dinge nicht ganz so entwickelt, wie er es erwartet hatte.«

Denis schlug sich die Hände vor den Mund und krümmte sich vor Lachen, obwohl er sich tapfer bemühte, dagegen anzukämpfen.

»Ich habe die besten Jahre meines Lebens damit vergeudet, mich um diesen alten Teufel zu kümmern«, stieß Daniel zornig hervor, »und was habe ich jetzt davon?«

»Daniel«, sagte Edward begütigend, »wir alle wissen, dass es seine Absicht war, Euch seine gesamte Habe zu vermachen. Es schert mich nicht, was der Priester sagt. Nehmt alles an Euch und vergesst, dass ich mich jemals eingemischt habe. Es war wirklich nicht meine Absicht.«

Der rothaarige Mann stieß ein tiefes Knurren aus.

»Das ist nicht der rechte Zeitpunkt, um über dergleichen Dinge zu reden«, ermahnte Denis die drei jüngeren Leute. »Trinkt einen Whiskey und raucht eine Pfeife. Schlaft darüber, und am Morgen wird alles klar sein. Das Problem wird sich von selbst lösen.«

»Er hat Recht«, stimmte Mhairgead zu. »Heute Nacht sollten wir trauern und unseres lieben, verblichenen Großvaters gedenken. Über das Erbe werden wir sprechen, sobald er unter der Erde liegt.«

Sie fasste ihren Bruder am Arm und begleitete ihn zum

Feuer hinüber, während Denis sich an seine Harfe setzte. Edward hatte sich bereits zum Gehen gewandt, als ihm auffiel, dass der Harfenspieler sich anschickte, ein letztes Mal zu Ehren seines Freundes zu spielen, daher blieb er an der Tür stehen, um zuzuhören.

Die Melodie war langsam und klagend, und sie erinnerte Edward an den Tod seines eigenen Großvaters, der in Dublin ein ehrliches Leben als Kaufmann geführt hatte. In diesem Augenblick beschloss der junge Rebell, Hughs Rat anzunehmen. Und dann fiel ihm tatsächlich eine Lösung für das Problem ein, das das Testament verursacht hatte.

Er nahm sich vor, gründlich darüber nachzudenken, wie er Daniel seine Idee präsentieren sollte, beschloss aber, das Thema nicht vor dem Morgen anzuschneiden. Schließlich ging er ebenfalls zum Feuer hinüber, wo Mhairgead Daniel auf ihrem Schoß wiegte. Der hoch gewachsene Mann, der für gewöhnlich so stark und beherrscht war, weinte wie ein kleines Kind.

Mhairgead blickte Edward an und lächelte, so wie sie es bei ihrer ersten Begegnung getan hatte. Er setzte sich neben die beiden, um ins Feuer zu starren, dem Klagelied zu lauschen und etwas von Hughs Whiskey zu trinken.

Als Pater Horan die Augen aufschlug, herrschte im Raum vollkommene Dunkelheit. Der junge Priester drehte sich mit einiger Mühe auf den Rücken und blieb dann lange Zeit still liegen. Er atmete tief durch und versuchte sich darauf zu besinnen, wo er war und wie er dort hingelangt war. Aber es wollte ihm einfach nicht einfallen.

Horans Mund war trocken und seine Zunge geschwollen. Seine Zähne fühlten sich an, als seien kleine Haare darauf gewachsen, die seine Lippen kitzelten. Aber es war sein Kopf, der ihm die schlimmsten Schmerzen bescherte. Im hinteren Teil seines Schädels nahm er ein dumpfes Pochen wahr, das sich von Sekunde zu Sekunde weiter auszudehnen schien, bis er das Gefühl hatte, dass jemand seine Stirn mit einem Hammer bearbeitete.

»Heilige Mutter Gottes«, stöhnte Horan und rieb sich die Augen in der Hoffnung, die Qualen dadurch zu lindern.

Mit einem Mal bemerkte der Priester ein anderes rhythmisches Dröhnen. Es war, als sei ein ganzes Regiment Rotröcke um seinen Kopf herum aufmarschiert, um die Trommeln zu schlagen. Das Geräusch schwoll langsam an, bis Horan es nicht länger ertragen konnte.

Mit einem weiteren Stöhnen richtete der Pater sich auf. Im nächsten Augenblick bereute er allerdings auch schon die hastige Bewegung.

»Mein Kopf!«, murmelte der Priester. »Ich habe das Gefühl, als hätte man meinen Schädel als Kanonenkugel benutzt. Wo in Gottes Namen bin ich überhaupt?«

Kaum hatte er gesprochen, als sich ihm Magen und Gedärme zusammenkrampften. Horan ächzte laut, furzte und rappelte sich dann taumelnd auf. Das Trommeln wurde immer lauter. Sein Kopf hämmerte jetzt wie wild, und Horan glaubte, sein Schädel würde unter dem beharrlichen Ansturm platzen.

Vor dem einzigen Fenster im Raum hingen Laken, die alles Licht aussperrten. Der junge Priester zog einen der Vorhänge beiseite, und urplötzlich fiel grelles Licht in den Raum. Horan schrie gequält auf und hielt sich die Augen zu, um den sengenden Schmerz in seinem Kopf zu lindern. Er wandte sich vom Fenster ab, und das Laken fiel zu Boden.

Das war der Augenblick, in dem Pater Horan eine schweigende, reglose Gestalt auf dem Bett liegen sah.

Leise trat der junge Priester auf die Gestalt zu, darauf bedacht, kein Geräusch zu machen, das den Schlummer dieses Fremden stören könnte. Er beugte sich vor, um einen Blick auf das Gesicht zu werfen, weil er hoffte, den Mann zu erkennen, so dass er vielleicht einen Hinweis darauf erhielt, wo er war oder was er in diesem unvertrauten Raum zu suchen hatte.

Gerade in diesem Augenblick knurrte jedoch lautstark sein Magen, und ein gewaltiger Rülpser entfuhr ihm. Als der Krampf vorüber war, stand der Priester vollkommen bewegungslos da, bis er sicher sein konnte, dass er den schlafenden Mann nicht gestört hatte. Er überzeugte sich gerade davon, dass sich in dem Bett nichts rührte, als die Tür zu dem Raum aufschwang und ein hoch gewachsener, rothaariger Mann hereinkam.

»Ich sehe, Ihr seid schon wach, Pater«, sagte der Mann. »Wir haben auf Euch gewartet.«

»Seid still«, beharrte der Priester und zeigte auf das Bett. »Ihr werdet ihn sonst wecken.«

»Nicht den da, Pater«, sagte Daniel lächelnd. »Nicht einmal die Aussicht auf zehn Gallonen kostenlosen Whiskeys bei Finnegan würde ihn wecken. Mein Großvater ist seit gestern Abend tot.«

»Wer ist er?«

»Hugh Connor.«

»Tot?«, fragte der Priester, während er nach Hughs Hand griff. Die Finger waren eiskalt und steif. »Hugh Connor«, wiederholte Horan leise, und plötzlich überschwemmte ihn eine Flut von Erinnerungen. »Heilige Mutter Gottes!«, entfuhr es dem Priester, und er zog seine Hand hastig wieder weg. Dann verdrehte er die Augen und wollte ohnmächtig werden.

»Nein, das werdet Ihr nicht tun, Pater«, beschied ihn der rothaarige Mann, als er durch den Raum lief, um den Priester aufzufangen. »Ihr habt heute Nachmittag eine Beerdigung, und uns bleiben nur noch wenige Stunden Tageslicht. Wir haben den ganzen Tag darauf gewartet, dass Ihr Euch endlich rührt.«

»Ich fühle mich nicht allzu gut«, protestierte Horan, als Daniel ihm zum Feuer hinüberhalf. »Mein Kopf dröhnt wie ein Dutzend Trommler, die in meinem Schädel Quartier genommen haben.«

»Ein paar Tage Ruhe und reichlich frisches Wasser, um Euren Körper auszuspülen, und es wird Euch schon viel besser gehen«, riet ihm Daniel. »Aber für den Augenblick brauchen wir Eure Dienste. Ihr solltet zusehen, dass Ihr Eure Sinne wieder beieinander habt, damit Ihr Eure Pflicht erfüllen könnt.«

»Aber ich will schlafen gehen«, jammerte der Priester. »Der Boden bewegt sich unter mir, und ich habe das Gefühl, als hätte mir ein Pferd in den Magen getreten.«

»Das wird Euch lehren, weniger maßlos zu sein, Pater«, sagte Daniel zu dem Priester, während er sich neben Denis Hempson ans Feuer setzte.

»Wovon redet Ihr eigentlich?«, fragte Horan und versuchte, durch den Nebel vor seinen Augen den rothaarigen Mann zu erkennen. »Ich rühre niemals einen Tropfen an. Ich bin so maßvoll wie jeder andere Jesuit.«

»Genau das meint er ja«, kicherte Denis.

Pater Horan drehte sich auf seinem Platz um, um den

alten Harfenspieler anzusehen. Einige Sekunden lang starrte er verständnislos hinüber, dann stieg eine andere Erinnerung in ihm auf. Plötzlich stand ein Ausdruck des Entsetzens auf seinem Gesicht.

»Oh, mein Gott!«, rief der Priester. »Ihr seid das! Der Harfenspieler. Ich weiß alles über Euch.«

Dann legte sich der Jesuit eine Hand auf den Mund, rutschte von seinem Stuhl auf den Boden hinab und rollte sich, leise schluchzend, dort zusammen. »Was hat dieser alte Teufel über mich gesagt?«, fragte Denis entrüstet, aber der Priester war nicht mehr in der Verfassung, irgendetwas wahrzunehmen.

»Warum schweigen diese Trommeln nicht endlich?«, rief Horan und schlug sich mit beiden Händen an den Kopf. »Ich bekomme das Geräusch einfach nicht aus dem Schädel!«

»Wartet«, sagte Denis. »Seid mal einen Moment still.«

Der Priester hörte auf zu jammern.

»Ich kann ebenfalls Trommeln hören«, flüsterte der alte Harfenspieler und leerte noch einen Becher Whiskey.

In diesem Augenblick erschien Mhairgead an der Tür, und Daniel konnte ihrem Gesicht ansehen, dass etwas Furchtbares passiert war.

»Rotröcke!«, rief sie. »Eine ganze Kompanie marschiert die Straße hinauf. Und Colonel Cumberland reitet an der Spitze.«

»Allmächtiger!«, stieß Daniel hervor. »Wo ist Edward?«

»Er ist zum Brunnen hinuntergegangen«, antwortete seine Schwester atemlos.

»Nun, jetzt ist es zu spät, ihn zu warnen«, erklärte Daniel. »Wollen wir hoffen, dass er beschlossen hat, sich zu waschen, und nicht so bald zurückkommt.«

»Was sollen wir nur tun?«, fragte Mhairgead verzweifelt.

»Zuerst einmal musst du dich beruhigen«, antwortete ihr Bruder. »Und dich so benehmen, als sei nichts passiert.«

»Euer Großvater ist soeben gestorben«, rief Denis ihnen ins Gedächtnis.

Mhairgead und Daniel sahen einander erleichtert an, als ihnen plötzlich eine Lösung für das Problem einfiel.

»Wir sind in Trauer!«, sagten sie wie aus einem Mund.

»Whiskey für alle«, befahl Daniel ihr. »Hol jeden Krug hervor, den du finden kannst. Ich sorge dafür, dass die Soldaten sich betrinken, und während sie beschäftigt sind, wirst du hoffentlich eine Chance bekommen, dich davonzustehlen und Edward zu warnen.«

»Danke«, sagte Mhairgead. »Ich weiß, dass du im Augenblick nicht besonders gut auf ihn zu sprechen bist, aber dafür bin ich dir wirklich dankbar.«

»Sei still, Mädchen, sonst ändere ich noch meine Meinung.«

Mit diesen Worten erhob sich Daniel, um Horan zu helfen, wieder Platz zu nehmen. Dann schenkte er dem jungen Priester einen Whiskey ein.

»Jetzt seid ein guter Jesuit«, erklärte Daniel mit herablassendem Tonfall, »und bleibt einfach dort sitzen. Und ganz gleich, was die Soldaten Euch fragen, Ihr sagt kein Wort. Ich werde das Reden übernehmen.«

»Jawohl, Daniel«, versprach Horan unterwürfig.

»Braver Junge«, erwiderte der rothaarige Mann und tätschelte dem Priester den Kopf. »Ihr passt auf ihn auf, Denis, ja?«

»Das wird nicht einfach sein«, bemerkte der blinde Harfenspieler, »aber ich tue mein Bestes.«

Gerade als Daniel sich davon überzeugt hatte, dass alles im Haus in Ordnung war, hörte er draußen die Trommeln und kam zu dem Schluss, dass er die Rotröcke nicht länger ignorieren konnte. Er ging zur Tür und trat in die schwache Nachmittagssonne hinaus.

Daniel blickte zum Himmel auf; es sah so aus, als würde es in Kürze zu regnen beginnen. Dann schaute er zur Straße hinüber, und ihm wären beinahe die Augen aus dem Kopf gefallen.

Eine ganze Kompanie Soldaten in Rot kam in einer Kolonne auf das Haus zu. Sie wurden angeführt von einem halben Dutzend Trommlern und einem Offizier, der auf einem weißen Schlachtross saß. Instinktiv bekreuzigte sich Daniel.

»Möge Gott Euch helfen, Edward«, flüsterte er, als die Kolonne vor ihm umschwenkte und ein Sergeant den Befehl zum Stillstehen gab. Das Trommeln brach plötzlich ab, und Daniel hörte eine Männerstimme aus dem Innern des Hauses.

»Gott sei Dank, es hat aufgehört!«, rief Pater Horan.

Der Offizier auf dem weißen Pferd ließ sein Reittier an der Reihe der Soldaten vorbeitraben, um die Männer schnell zu inspizieren.

»Kompanie!«, brüllte ein Sergeant. »Setzt ab das Gewehr!«

Die Soldaten nahmen ihre Musketen von der Schulter und stellten sie mit den Kolben neben sich auf den Boden.

»Pflanzt auf Bajonett!«, befahl der Sergeant.

Die Soldaten befestigten ihre langen, dünnen Bajonette an den Enden ihrer Musketen.

»Oh nein«, murmelte Daniel erschrocken.

»Sergeant«, sagte der Offizier auf dem weißen Pferd gelassen, »sorgt dafür, dass die Männer ihre Pulverpfannen gut gefüllt haben.«

»Ja, Sir!«

»Und lasst sie in zwei Reihen antreten.«

»Ja, Sir!«

Dann ließ der Offizier sein Reittier zu Daniel hinübertraben. Er saß ab und zog lässig seine Lederhandschuhe aus, während er den immer dunkler werdenden Himmel betrachtete. Dann reichte er seine Zügel einem Soldaten, der das Pferd an einen sicheren Platz hinter den Reihen der Rotröcke führte.

»Guten Tag, Colonel Cumberland«, sagte Daniel. »Es ist ein schöner Tag, um Eure Truppen exerzieren zu lassen. Vielen Dank, dass Ihr sie hier heraufgebracht habt, um sie uns vorzuführen.«

»Daniel«, erwiderte der Colonel, ohne dem anderen Mann in die Augen zu sehen, »ich muss ein Geständnis machen.« Der Offizier räusperte sich. »Die Wahrheit ist, ich fürchte, ich bin nicht hier oben, um die Soldaten exerzieren zu lassen«, gab der Colonel zu. »Ich bin aus dienstlichen Gründen hier.«

»Verstehe«, sagte Daniel. »Um was für Gründe handelt es sich?«

»Diesmal militärische.«

»Kompanie!«, befahl der Sergeant. »Legt an das Gewehr!«

Der Colonel wartete, bis die Soldaten den Befehl ausgeführt hatten.

»Es betrifft die Aktivität der Rebellen in dieser Gemeinde«, fuhr Cumberland fort.

»Rebellen, ja?«, fragte Daniel.

»Ja«, erwiderte der Colonel, dem das Ganze sichtlich

peinlich war. »Ich wüsste gern, ob Euer Großvater wohl zu Hause ist?«

»Ja«, antwortete Daniel schnell. »Er liegt in meinem Bett.«

»Er ruht ein wenig?«

»Das könnte man sagen.«

Die Soldaten hatten die Musketen angelegt und waren bereit zu feuern.

»Dürfte ich wohl ein Wort mit Hugh sprechen?«, fragte der Colonel.

»Das dürft Ihr nicht«, erwiderte Daniel.

»Bitte, macht mir die Dinge nicht noch schwerer, als sie ohnehin schon sind«, bat Cumberland. »Ich kenne Hugh seit vielen Jahren. Ich bin mit Master Carolans Musik und den wilden Geschichten Eures Großvaters groß geworden. Ich konnte Hughs Beziehungen zu den Jakobiten in all diesen Jahren übersehen, weil er mir versichert hat, er führe jetzt ein ruhiges Leben. Aber es tut mir Leid, sagen zu müssen, dass er diese Zusage gebrochen hat.«

»Seid Ihr gekommen, um ihn unter Arrest zu stellen?«

»Ja.«

»Wie lautet die Anklage?«

»Hochverrat. Verschwörung mit dem Ziel, die Rebellen mit Waffen zu versorgen«, sagte Cumberland, »und der Versuch, die Grenadierkompanie des Zweiten Infanterie-Garderegiments zu vergiften, mit verdorbenem Whiskey, wie es aussieht.«

»Die ganze Kompanie?«

»Bis auf den letzten Mann, einschließlich einer Ziege, die das Kompaniemaskottchen war«, antwortete der Colonel, der sichtliche Mühe hatte, einen Anflug von Würde zu bewahren.

»Gibt es Tote zu beklagen?«

»Nur die Ziege.«

»Ich bin erleichtert, das zu hören«, erwiderte Daniel und zog die Augenbrauen in die Höhe.

»Es tut mir sehr Leid, Euch mitteilen zu müssen«, fuhr Cumberland fort, »dass die Beweise gegen Euren Großvater erdrückend sind.«

»Wie das?«

»Nach D'Arcys Ermordung«, erklärte der Offizier, »ist das persönliche Tagebuch des Majors in meinen Besitz gelangt. Dort hat D'Arcy in allen Einzelheiten seine Geschäfte mit den Rebellen festgehalten. Es hat sich herausgestellt, dass der Major ein Verräter war, der Musketen, Kanonen, Piken und Munition aus dem Besitz des Regiments stahl und sie an die Rebellen verkaufte.«

»Ich verstehe«, sagte Daniel nickend. »Und inwiefern hat mein Großvater damit zu tun?«

»Unglücklicherweise taucht Hughs Name wieder und wieder im Zusammenhang mit diesen ungesetzlichen Geschäften auf. Anscheinend war Hugh der Mittelsmann zwischen D'Arcy und den Aufständischen.«

»Ich habe gehört, Major D'Arcy sei von den Rebellen ermordet worden«, sagte Daniel. »Wie ist es möglich, dass er mit ihnen Geschäfte gemacht hat?«

»Ich kenne leider nicht alle Tatsachen«, gab der Colonel zu. »Es ist möglich, dass D'Arcy sich auf irgendeine Weise zur Zielscheibe für die Fürsprecher der Freiheitsbewegung gemacht hat. Aber das ist nicht mehr mein Problem. Ich bin hier, um Hugh Connor unter Arrest zu stellen.«

»Dann ist die Krone Großvater zu guter Letzt also doch

noch auf die Schliche gekommen«, seufzte Daniel und schüttelte den Kopf.

»Glaubt mir«, sagte der Colonel mitfühlend, »wenn die Beweise für sein unkorrektes Handeln nicht unumstößlich wären, würde ich die Anklage ohne weiteres fallen lassen. Aber wir sprechen hier von Hochverrat, und mir liegen schriftliche Beweise vor. Natürlich wird auch Hughs Vergangenheit dabei ans Licht kommen.«

»Seine Vergangenheit?«

»Seine Beziehung zu Karl Eduard Stuart in der Rebellion von '45«, flüsterte der Colonel.

»Ich verstehe.«

»Und nun«, fuhr der Offizier fort, »wäre ich Euch sehr verbunden, wenn Ihr mich zu Hugh führen würdet, damit ich ihn darum bitten kann, sich ohne weiteres Aufhebens zu stellen. Dann kann ich ihn in die Garnison bringen, ihn dem Brigadier vorführen und dieser unangenehmen Angelegenheit ein schnelles Ende machen. Es ist nicht nötig, dass die Soldaten hier herumstehen, ihre geladenen Musketen auf die Cottages armer Bauern richten und mit ihren Bajonetten die Bevölkerung einschüchtern. Glaubt mir, wenn Hugh sich ergibt, wird man ihn wie einen Gentleman behandeln.«

»Nichts, was ich sagen könnte, würde Großvater dazu bringen, das Haus zu verlassen«, antwortete Daniel dem Colonel.

»Daniel!«, sagte der Offizier flehentlich. »Ich möchte kein Blutvergießen. Ich habe diese Soldaten nur mitgebracht, weil der Brigadier darauf bestanden hat. Es liegt mir fern, den Männern zu befehlen, Hugh mit Gewalt aus seinem eigenen Haus zu holen.«

»Ihr werdet ihn niemals lebend fassen«, erwiderte der rothaarige Mann mit einem Anflug von Trotz in der Stimme.

Cumberland seufzte und rieb sich die Stirn. »Bitte, versucht nicht, mich zu einer derartigen Vorgehensweise zu zwingen«, sagte er leise.

»Ihr werdet ihn niemals lebend fassen«, wiederholte Daniel, »weil er gestern Nacht in Frieden gestorben ist.«

Der Colonel sah Daniel eindringlich in die Augen, um festzustellen, ob der andere Mann die Wahrheit sagte.

»Er ist gestorben?«, fragte der Offizier, während sich Erleichterung in seinen Zügen breit machte.

»Gestern Nacht«, erklärte Daniel nickend. »Der Priester war bei ihm, und er hatte seine ganze Familie um sich.«

»Daniel, ich kann Euch gar nicht sagen, wie froh ich bin, das zu hören!«, rief Cumberland mit einem Lächeln. Dann dachte er kurz nach und schüttelte den Kopf. »Ich meine, es wäre mir einfach schrecklich gewesen, ihn verhaften zu müssen«, erklärte er. »Ihr habt mein tiefstes Mitgefühl.«

»Danke«, erwiderte Daniel.

»Sergeant!«, befahl Cumberland.

»Ja, Sir?«

»Lasst die Männer sich rühren.«

»Ja, Sir«, antwortete der Sergeant stirnrunzelnd.

»Diese Angelegenheit hätte sehr peinlich für mich werden können«, gestand der Colonel. »Wenn meine Freundschaft mit Eurem Großvater ans Licht gekommen wäre, hätte das das Ende meiner Karriere bedeuten können. Ich hätte meiner Pension Lebewohl sagen und mich darauf gefasst machen können, bis ans Ende meiner Tage in Botany Bay mit Schlüsseln zu klappern.«

»Dann kann man wohl von einem echten Glücksfall sprechen«, bemerkte Daniel trocken.

»Es ist natürlich ein schrecklicher Verlust«, warf der Colonel ein. »Aber Euer Großvater hatte schon immer ein einzigartiges Talent dafür, die richtigen Dinge zum richtigen Zeitpunkt zu tun.«

»Und es sah ihm absolut ähnlich, dabei stets an andere zu denken«, stimmte Daniel ihm zu. »Wollt Ihr auf einen Whiskey hereinkommen?«

»Nur einen kleinen«, erwiderte Cumberland. »Man erwartet von mir, dass ich dieses Rebellennest aufspüre.«

»Dann habt Ihr es also nicht allzu eilig?«

»Eigentlich nicht, nein.«

Gemeinsam betraten sie das Cottage, gerade in dem Augenblick, als Pater Horan bewusstlos von seinem Stuhl glitt.

»Colonel Cumberland«, sagte Daniel, »ich würde euch gern mit unserem neuen Gemeindepfarrer bekannt machen, Pater Horan.«

»Der gute Pater hat Hugh gestern Nacht die Beichte abgenommen«, erklärte Denis. »Und seither geht es ihm nicht besonders gut.«

»Vollkommen verständlich unter diesen Umständen«, sagte der Colonel und nickte. »Wie geht es Euch, Denis?«

»Ich könnte einen Whiskey vertragen«, erwiderte der alte Harfenspieler strahlend.

»Dann wollen wir zusammen einen trinken«, antwortete Cumberland und klatschte begeistert in die Hände. »Aber bevor wir das tun«, murmelte er und kam damit noch einmal zur Sache, »meint Ihr, ich dürfte schnell einen Blick auf Hugh werfen?«

»Natürlich!«, antwortete Daniel. »Wie unhöflich von mir!

Ich hätte Euch das schon früher anbieten sollen. Ihr werdet Euch davon überzeugen wollen, dass er tatsächlich tot ist?«

»Ja«, gab der Colonel zu. »Liegt er in diesem Zimmer am Ende des Korridors?«

»So ist es«, bekräftigte Daniel. »Geht einfach hinüber. Ihr werdet ihn im Bett vorfinden.«

»Ich bin gleich wieder da«, entschuldigte sich der Offizier und ging dann zu dem Schlafzimmer hinüber, in dem Hugh aufgebahrt lag.

Als Cumberland wenige Minuten später zurückkehrte, nahm er einen Whiskey von Daniel entgegen und brachte einen Trinkspruch aus. »Auf Hugh Connor«, erklärte der Colonel, »einen großzügigen Gastgeber und einen einzigartigen Whiskeybrenner. Einen Mann, der alles für seine Freunde getan hätte. Möge er in Frieden ruhen.«

»Aye«, antworteten alle anderen im Raum.

Pater Horan stöhnte.

In diesem Augenblick erklang ein lautes Klopfen an der Tür.

»Colonel?«, rief ein Mann. »Colonel, dürfte ich wohl kurz ein Wort mit Euch sprechen?«

Daniel öffnete die Tür, und der Sergeant kam hereingestürzt. Zwei Soldaten folgten ihm, die Edward mit Gewalt in den Raum schleiften. Mhairgead ging hinter ihnen her und flehte die Rotröcke an, den jungen Mann loszulassen.

»Was hat diese Störung zu bedeuten, Sergeant?«, brüllte der Colonel.

»Ich habe den Rebellen gefangen, der sich Edward Sutler aus Dublin nennt«, erklärte der Sergeant stolz. »Und dieser Mann da«, der Soldat zeigte auf Daniel, »ist sein Komplize.«

»Was redet Ihr da?«, fragte Cumberland ungehalten.

Plötzlich erkannte Daniel den Sergeant. Es war der Mann, der versucht hatte, Edward am Fluss gefangen zu nehmen.

»Ihr habt die Kuh meines Großvaters erschossen«, klagte Daniel ihn an. »Ohne die geringste Vorwarnung.«

»Verfluchter Rebell!«, erwiderte der Sergeant.

»Wir wollen heiraten«, rief Mhairgead, »bringt ihn nicht fort. Ich könnte es nicht ertragen, noch einen Mann an die Gefängnisschiffe zu verlieren.«

»Seid Ihr Edward Sutler aus Dublin?«, fragte Colonel Cumberland scharf.

»Der bin ich«, antwortete Edward voller Trotz.

»Und habt Ihr Major D'Arcy ermordet?«

»Ja.«

»Nun«, fuhr Cumberland fort, und sein Tonfall entsprach dem Ernst der Situation, »ich muss Euch zu Eurer Tat gratulieren. Ihr habt, wie es Eure Pflicht als treuer Untertan ist, das Königreich von einem berüchtigten Verräter befreit.« Der Colonel wandte sich zu dem Sergeant um. »Lasst den Gentleman frei.«

»Colonel?«, stammelte der Sergeant entrüstet.

»Ich habe gesagt, Ihr sollt ihn freilassen.«

»Er ist ein Rebell.«

»Und wenn Ihr nicht tut, was ich Euch befohlen habe«, sagte der Colonel warnend, »dürft Ihr Euch als Meuterer betrachten.«

»Werden Meuterer bei der Armee immer noch gehängt?«, erkundigte sich Daniel beiläufig.

»Bei Gott, ja«, versicherte ihm Cumberland und kippte seinen Whiskey herunter.

»Ihr dürft jetzt gehen, Sergeant«, befahl der Offizier. »Und lasst die Kompanie in Marschformation in die Garnison zurückkehren. Ich glaube, man bereitet dort gerade einen Rindereintopf für das Abendessen vor. Es täte mir Leid, wenn sie den Eintopf kalt essen müssten.«

»Ja, Sir«, antwortete der Sergeant mit einem zögerlichen Gruß. Dann verließen er und die beiden anderen Soldaten den Raum.

Cumberland gab Daniel seinen leeren Becher mit einem Schmatzen zurück. »Nun, dann mache ich mich wohl besser ebenfalls wieder an die Arbeit.«

»Trinkt noch einen Whiskey mit uns«, drängte Daniel ihn.

»Nein, das darf ich wirklich nicht«, lehnte Cumberland ab. »Ich muss diese Angelegenheit die Rebellen betreffend wirklich irgendwann in Angriff nehmen. Vielleicht könnten wir später in der Woche bei ein oder zwei Krügen Whiskey ein wenig miteinander plaudern? Wenn diese elenden Zeremonien für die Geburtstagsparaden des Königs vom Tisch sind.«

»Das würde mich freuen«, erwiderte Daniel. »Ich werde Euch also erwarten.«

»Nun denn«, erklärte Cumberland. »Es hat mich gefreut, Eure Bekanntschaft zu machen, Mr Sutler. Meinen Glückwunsch auch zu Eurer bevorstehenden Hochzeit. Unsere Mhairgead ist ein Prachtmädel.« Der Colonel räusperte sich. »Ich hoffe allerdings, Ihr werdet diese unglückselige Angelegenheit nicht weiter erwähnen«, sagte er zu Edward. »Und ich kann Euch wirklich nicht genug danken, dass Ihr mir D'Arcy so umsichtig vom Hals geschafft habt. Ich hätte ihm natürlich viel früher auf die Spur kommen müssen, aber ich habe niemals Verdacht geschöpft. Ihr habt mir wirklich eine Menge Ärger erspart. Womöglich hätte ich die kleinen

Ränke des Majors niemals entdeckt, hättet Ihr ihm nicht in den Kopf geschossen.«

»Keine Ursache«, erwiderte Edward einigermaßen verblüfft, als der Colonel ihm die Hand schüttelte.

»Falls Ihr jemals eine Karriere in der Armee in Erwägung ziehen solltet, lasst es mich wissen«, fuhr Cumberland fort. »Ich glaube, Ihr würdet einen hervorragenden Soldaten abgeben. Und das Regiment ist immer auf der Suche nach Offizieren, die Initiative zeigen.«

»Ich werde Euer Angebot gründlich überdenken«, versprach Edward mit verblüfftem Gesichtsausdruck.

»Schön«, sagte Cumberland lächelnd. »Mhairgead, Denis, Pater Horan, Daniel.« Der Colonel nickte ihnen der Reihe nach zu. »Ich wünsche Euch allen noch einen guten Tag.«

Kaum hatte der Offizier das Haus verlassen, ging Edward schnurstracks auf den Tisch zu, schenkte sich einen Whiskey ein und ließ sich neben Pater Horan, der immer noch der Länge nach auf dem Boden lag, auf den Kaminstein sinken. Er leerte den Becher und blickte zu dem rothaarigen Mann hinüber.

»Danke, Daniel«, sagte er. »Ihr hättet nicht für mich eintreten müssen.«

»Bedankt Euch nicht bei mir«, lachte Daniel. »Bedankt Euch bei Großvater. Wenn er nicht gerade zu diesem Zeitpunkt seinen letzten Atemzug getan hätte, säßet Ihr jetzt womöglich übel in der Klemme. Wie die Dinge liegen, ist Cumberland nur allzu glücklich, dass er D'Arcys Ermordung nicht weiter nachgehen muss.«

Draußen begannen die Trommler wieder mit der Arbeit, und die Rotröcke setzten sich in Marsch.

»Müssen wir nicht eine Beerdigung vorbereiten?«, rief Denis den jüngeren Leuten ins Gedächtnis.

»Falls wir den Priester wach bekommen können«, seufzte Daniel.

»Er wird uns wohl kaum von Nutzen sein«, sagte Mhairgead zu ihrem Bruder. »Sieh ihn dir doch an. Er muss fünfzehn Stunden geschlafen haben und ist trotzdem noch fix und fertig.«

»Mir tut er Leid«, warf Edward ein. »Armer Tor.«

»Kippt ihm einen Eimer Wasser über den Kopf«, schlug Denis vor.

»Er ist ein Priester!«, keuchte Mhairgead. »So etwas kann man doch mit einem Priester nicht machen!«

»Waschen die sich denn nie?«, fragte der alte Harfenspieler.

»Nicht voll bekleidet, möchte ich meinen«, erklärte Edward.

»Nun, in diesem Zustand wird er uns jedenfalls nichts nutzen«, befand Daniel. »Vielleicht sollten wir nach einem anderen Geistlichen schicken.«

»In der Nachbargemeinde findet ein Rennen statt«, sagte Denis. »Dort werdet Ihr gewiss auch ein oder zwei Priester finden.«

»Nein, wir müssen uns wohl mit diesem hier begnügen«, erwiderte Daniel. »Es bleiben nur noch ein paar Stunden bis Sonnenuntergang, und es liegt Regen in der Luft. Wenn wir Großvater heute also noch beerdigen wollen, sollten wir besser dafür sorgen, dass Pater Horan wieder nüchtern wird.«

»Was schlägst du vor?«, fragte Mhairgead.

»Den Wassereimer«, meinte Daniel achselzuckend und

ging hinaus, um einen Eimer zu holen. Er hatte gerade die Tür erreicht, als Finbar und Francis mit einem leeren Sarg herbeikamen.

»Habt Ihr das Grab ausgehoben?«, fragte Daniel seine Brüder.

»Es ist das schönste Loch im Boden in der ganzen Gemeinde«, sagte Finbar und warf einen Blick über die Schulter. »Geziemend für einen König. Wenn er noch lebte, hätte er nichts als Lob dafür gehabt.«

»Wenn er noch lebte, würde er es nicht brauchen«, bemerkte Denis trocken, während Daniel den Raum verließ, um Wasser aus dem Brunnen heraufzuziehen.

»Ich werde jetzt den Leichnam waschen«, sagte Mhairgead zu Edward. »Du kümmerst dich um unseren zukünftigen Bischof.«

Edward nickte und starrte den bewusstlosen Priester an, ein wenig ratlos, weil er nicht wusste, was er mit dem Mann machen sollte. Kurze Zeit später kam Daniel zurück und leerte, ohne zu zögern, den Inhalt des Eimers über Pater Horan aus. Der Priester ächzte und richtete sich auf. Die Haare standen ihm zu Berge.

»Bei Christus in all seiner Herrlichkeit«, schrie er, »was im Namen Luzifers geht hier vor?«

»Jetzt klingt Ihr schon eher wie ein Jesuit«, sagte der alte Harfenspieler und klatschte in die Hände, »den Teufel mit solcher Leidenschaft heraufzubeschwören.«

Der Priester setzte sich auf einen Stuhl vor dem Feuer und wischte sich das Wasser vom Gesicht. Er nahm den Becher, den Edward ihm hinhielt, unverzüglich entgegen und leerte den Inhalt ohne einen Anflug von Unbehagen. Dann ließ er sich in aller Gemütsruhe nachschenken.

»Der Zauber braucht nicht lange, um Wirkung zu zeigen«, bemerkte Daniel und schenkte sich ebenfalls einen Becher ein, während sie gemeinsam darauf warteten, dass Mhairgead den Leichnam für die Beerdigung fertig machte.

Eine Weile später kehrte Mhairgead ins Wohnzimmer zurück und erklärte, dass man Hugh jetzt in seinen Sarg legen könne.

»Es wird Zeit«, sagte sie feierlich, »dass wir uns auf den Weg den Hügel hinauf machen, um ihn zu begraben.«

»Es sind zwei Meilen bis zum Friedhof«, jammerte Pater Horan. »Das ist zu weit. Wir können es unmöglich vor Sonnenuntergang schaffen.«

»Wir gehen nicht zum Friedhof«, erwiderte Daniel. »Es war der Wunsch meines Großvaters, auf dem Grundstück seiner ersten Brennerei begraben zu werden. An genau der Stelle, an der er vor all den Jahren sein Augenlicht verlor. Es war der letzte Ort auf dieser Erde, den er gesehen hat, und daher hielt er es für passend, diesen auch zu seinem letzten Ruheplatz zu bestimmen.«

»Aber es ist keine geweihte Erde!«, wandte der Priester ein.

»Dann werdet Ihr sie eben weihen müssen, nicht wahr?«, beschied ihn Daniel mit einiger Schärfe.

Pater Horan sah dem rothaarigen Mann in die Augen, schluckte und sagte hastig: »Also schön.« Mit zitternden Fingern hielt er ihm seinen Becher hin. »Ich werde Euch diesen Gefallen tun, wenn Ihr auch mir einen Gefallen tut.«

Daniel lächelte. »Ich habe vier Fässer von diesem Zeug in einem unterirdischen Keller«, sagte er zu Horan. »Die könnt Ihr alle haben.«

»Wirklich?«, fragte Horan unterwürfig. Der Priester verzog das Gesicht und schloss die Augen, als müsse er eine gewaltige innere Schlacht gegen die Dämonen der Versuchung ausfechten.

Eine Schlacht, die er verlor.

»Was sitzen wir immer noch hier herum und drehen Däumchen?«, verlangte Denis zu wissen. »Wir haben hier einen Mann, der darauf brennt, beerdigt zu werden, und einen anderen, der es genauso eilig hat, ertränkt zu werden.«

»Ich nehme Euer Angebot an«, antwortete Horan schließlich. »Nicht für mich selbst, das versteht sich, sondern zum Trost der Kranken und Gebrechlichen. Und um Pater Anthony ein wenig Ruhe am Ende eines jeden Tages zu verschaffen.«

»Und Ihr werdet die Beerdigung ohne weitere Einwände vornehmen?«, fragte Daniel.

»Ich mache Euch eine Beerdigung für jedes Fass, wenn Ihr wollt«, antwortete Pater Horan, dann errötete er, weil er seinen Eifer allzu deutlich gezeigt hatte. »Will sagen, falls jemals jemand in Eurer Familie beerdigt werden muss, würde ich mich geehrt fühlen, die Zeremonie zu vollziehen.«

»Das höre ich gern«, murmelte Denis. »Die Stimme eines zufriedenen Mannes, der seine Arbeit liebt.«

Daniel, Edward, Francis und Finbar legten Hugh gemeinsam in den Sarg, nagelten den Deckel fest und trugen den Sarg den Hügel hinauf. An der Spitze des kleinen Trauerzugs ging Pater Horan, gefolgt von Mhairgead und Denis. Die übrigen Familienmitglieder, die Grassoden gesammelt hatten, kamen in einer ungeordneten Prozession hinterdrein.

Es war ein kurzer Weg. Man konnte das Grab von den Cottages aus sehen, und so kam es, dass der alte Hugh nach einem an Abenteuern reichen Leben mit einem Krug besten Whiskeys unterm Arm zur letzten Ruhe gebettet wurde.

Der junge Priester sprach die Worte über dem Sarg, überantwortete den Leichnam wieder der Erde und die Seele einer zweifelhaften Zukunft irgendwo zwischen der heiligen Glückseligkeit des Himmels und den ewigen Feuern der Hölle. Als er seine Ansprache beendet hatte, schritt Pater Horan zwischen den versammelten Familienmitgliedern umher, brachte sein Beileid zum Ausdruck und versicherte sie der Weisheit von Gottes allmächtigem Plan.

Während der Priester seine Runde machte, ließ Denis sich auf dem Boden nieder, um ein letztes Mal für seinen alten Freund die Harfe zu spielen. Finbar und Francis machten sich derweil daran, Erde in das Grab zu schaufeln. Sie waren fast fertig, als Pater Horan den Vorschlag machte, dass sie alle auf einen Whiskey ins Haus zurückkehren sollten. Mhairgead und Daniel gingen voran, bereits in ein erhitztes Gespräch über die Zukunft verstrickt.

Sie waren nicht weit gegangen, als der Harfenspieler eine fröhliche Melodie anstimmte, worauf Pater Horan sich noch einmal zu dem Grab umdrehte und sich bekreuzigte.

»Man stelle sich das vor«, zischte er Edward zu, der ein wenig abseits der Beerdigungsstätte stand und dem Harfenspieler lauschte. »Einen Tanz am Grab eines Mannes zu spielen. Wenn das keine Gotteslästerung ist, was dann?

»Ich denke, der alte Hugh wüsste es zu schätzen«, bemerkte Edward grinsend und ohne weiter auf den Priester zu achten. »Ihr seht besser zu, dass Ihr zum Haus zurückkommt, bevor Daniel all Euren Whiskey ausschenkt.«

Horans Augen weiteten sich vor Schreck, und er brach ohne ein weiteres Wort auf.

Finbar und Francis waren bald mit ihrer Arbeit fertig und folgten den anderen. Nur Edward blieb zurück, um auf Denis zu warten.

Der junge Rebell schloss die Augen, um sich ganz auf die herrlichen Klänge zu konzentrieren, die der Harfe entstiegen. Und beinahe augenblicklich hatte er in Gedanken eine Abfolge wunderbarer Bilder vor sich.

Edward konnte eine Insel sehen, die aus einem großen, ruhigen See herausragte. In der Mitte der Insel erhob sich eine graue, steinerne Kathedrale. Und längs des Ufers glaubte Edward, eine Gruppe von Menschen ausmachen zu können, die ihm zuzuwinken schienen. Dann legte sich ein dichter Nebel über den See, und plötzlich war die Insel verschwunden, verschlungen von den weißen Dunstschwaden.

Während er Denis' Spiel lauschte, stellte er sich Hugh vor, wie er einen fröhlichen Tanz mit seinem Herrn vollführte, und um die beiden herum scharten sich all die Freunde, die sie im Laufe der Jahre gewonnen hatten. Die beiden Männer, Harfenspieler und Diener, verneigten sich voreinander, und in ebendiesem Augenblick beendete Denis seine muntere Melodie. Die letzten Klänge wehten über den Hügel. Edward schlug die Augen auf und wusste, dass er soeben einen Blick in die Anderwelt getan hatte.

Dann ging er zu dem alten Harfenspieler hinüber, um ihm aufzuhelfen.

»Ich trage die Harfe zum Feuer zurück«, erbot sich Edward.

»Was glaubt Ihr, wo Hugh heute Nacht schlafen wird?«, fragte Denis den jungen Mann.

»Ich weiß es nicht«, gab Edward zu. »Aber ich würde gern

glauben, dass er sich gerade jetzt am Rand eines Feldes im Land des Guten Volks niedersetzt, ein Hurlingmatch verfolgt und nach Herzenslust dazu trinkt. Ich kann beinahe diese Melodie hören, SheeBeg SheeMor, während die gegnerischen Mannschaften sich auf den Kampf vorbereiten.«

Der alte Harfenspieler lachte.

»Ich stelle ihn mir vor, wie er dem König der Feen und seiner Frau am Feuer ungeheuerliche Geschichten erzählt«, kicherte Denis.

»Sie ist die Königin«, korrigierte Edward den anderen Mann lächelnd. »Er ist lediglich ihr Prinzgemahl.«

Denis grinste breit.

»Dann wollt Ihr also wirklich nach Amerika gehen?«, fragte der Harfenspieler mit plötzlichem Ernst.

Edward blickte zu Boden. »Ich habe darüber nachgedacht«, sagte er langsam, »und ich glaube, ich werde Daniel anbieten, ihm für ein Weilchen auf dem Bauernhof zu helfen, und dann sehen wir weiter. Außerdem würde ich gern die Geschichte aufschreiben, die der alte Hugh mir erzählt hat. Ich denke, dass viele Menschen sie gern lesen würden. Und ich habe die vage Idee, dass ich selbst gern die edle Kunst des Whiskeybrennens erlernen würde.«

»Darüber wäre er mächtig froh, Master Edward«, sagte Denis. »Mächtig froh.«

»Verratet mir eins, Denis«, wechselte der junge Mann das Thema. »Das war ein seltsames Stück, um es am Grab eines Menschen zu spielen, nicht wahr? Vor allem am Grab eines lieben Freundes.«

»Wie meint Ihr das?«

»Ich habe noch nie erlebt, dass bei einer Beerdigung eine Tanzmelodie gespielt wurde.«

»Das war kein Tanz«, sagte Denis lächelnd, während er in seinen Taschen nach seiner Pfeife kramte.

»Was war es dann?«, fragte Edward.

»Das war Carolans Concerto.«

Danksagung

Bedanken möchte ich mich bei Selwa Anthony, Julia Stiles und Linda Funnell für ihre Hilfe und Unterstützung, die harte Arbeit, die sie geleistet haben, für ihre freundlichen Worte und das gelegentliche aufmunternde Lachen. Sie sind ein phantastisches Team.

Mein herzlicher Dank auch allen bei Random House Australia für ihre freundliche Unterstützung. Ich hoffe, ihr habt bei meiner Geschichte alle ein bisschen lachen müssen.

Allen Lesern, die meine Website www.caiseal.net besucht und mir dort ein paar Zeilen hinterlassen haben, gilt mein besonderer Dank. Während man einen Roman schreibt, kann es sehr einsam um einen werden; umso wunderbarer ist es dann, in Briefen aus aller Welt Zustimmung zu erfahren.

Und schließlich ein Dankeschön allen meinen verständnisvollen Freunden. Sie haben sich daran gewöhnt, dass ich monatelang verschwinde, nur um mit einem dicken Manuskript unter dem Arm aus meiner Abgeschiedenheit wieder aufzutauchen. Diesmal war es eine Flasche Whiskey.

Slainté.

Caiseal Mór
Sydney, Mai 1999

Die Ankunft der Mönche

Die Wanderer I

Der heilige Baum

Die Wanderer II

Der Plan der Druiden

Die Wanderer III

Das Reich der Danaan

Die Wanderer IV

Die Bewahrer der Alten Wege

Die Wanderer V

Die Schlacht von Samhain

Die Wanderer VI

Knaur Taschenbuch Verlag